Sándor Márai

Literat und Europäer

Sándor Márai
Literat und Europäer

TAGEBÜCHER 1
1943–1944

Aus dem Ungarischen
von Akos Doma

Mit einem Vorwort
von László F. Földényi

Herausgegeben,
mit Anmerkungen
und einem Nachwort
von Ernő Zeltner

PIPER
MÜNCHEN ZÜRICH

Mehr über unsere Autoren und Bücher:
www.piper.de

Die ungarische Originalausgabe erschien 2006 unter dem Titel »A teljes napló 1943–1944« im Helikon Verlag, Budapest.

ISBN: 978-3-492-05190-3

Satz: Uwe Steffen, München
Druck und Bindung: Kösel, Krugzell
Printed in Germany

Sándor Márai
Literat und Europäer

TAGEBÜCHER I
1943–1944

László F. Földényi

DER NACHLETZTE BÜRGER

Sándor Márais Tagebücher 1943–1945[1]

Literatur ist nicht nur das, was davon sichtbar ist, was laut oder voller Leuchtkraft oder beispiellos populär ist; nicht einmal das, was beispiellos unpopulär ist.« Sándor Márai schrieb diese Worte im Dezember 1935 in einer Rezension für *Nyugat*, die progressivste ungarische Zeitschrift der damaligen Zeit. Er selbst war damals bereits »beispiellos populär«, und seine Bekanntheit und Beliebtheit nahmen – vorerst in Ungarn – stetig zu. Doch schon damals beschäftigte ihn auch jene andere Form des Schreibens, die nicht unbedingt sofortige Popularität versprach. »Die Literatur hat auch ein unsichtbares Leben; und dieses ist vielleicht das wirklichere«, setzte er seinen Gedanken fort, eine Mahnung, die er möglicherweise an sich selbst richtete.

Doch noch schrieb er über einen anderen: über das mehr als 800-seitige Tagebuch des an der Wende vom 19. zum 20. Jahrhundert in Vergessenheit geratenen Autors Jules Renard. Etwas an Renards Tagebuch hatte ihn ergriffen. Vielleicht gerade die Tatsache, dass jener vor allem nicht nach Popularität trachtete, mit seinem Tagebuch kein bestimmtes Ziel verfolgte, das Schreiben nicht als Mittel zur Erziehung, zur Erbauung gebrauchte. Wie Márai sagt: »Er sucht keine Läuterung wie Tolstoi. Er will kein Zeitbild

1 Zitate aus Márais Tagebüchern 1943/44 werden im Folgenden mit I und der Seitenangabe der deutschsprachigen Ausgabe versehen. Zitate aus den Tagebüchern 1945 mit II.

zeichnen wie die Gebrüder Goncourt. Er schreibt dieses Buch, dreiundzwanzig Jahre lang, so wie er atmet.«

Márai führte zu diesem Zeitpunkt noch kein Tagebuch, und nichts deutet darauf hin, dass er es vorgehabt hätte. Er war durch und durch ein Mann der Öffentlichkeit und der Presse. Aber vielleicht ließ gerade Renards Buch die Erkenntnis in ihm reifen, dass das »unsichtbare Leben« der Literatur nicht unvereinbar mit dem war, was er machte. »Ein Schriftsteller, der in seinem Tagebuch oder einem privaten Brief einen Satz mit schriftstellerischen Mitteln formt«, schreibt er in derselben Rezension, »geht insgeheim davon aus, dass einst auch diese vertraulichen Zeilen ein Teil seines Werkes sein werden [...] Wir müssen uns damit abfinden, dass ein Schriftsteller, ein Künstler unweigerlich für die Öffentlichkeit lebt und stirbt, auf jedes seiner Worte, jede seiner Äußerungen das Echo der Menschen einfordert – selbst wenn dieses Echo erst von der Nachwelt kommt. Nur ein Wahnsinniger brüllt seine Worte ins Nichts. Ein Schriftsteller, der in der Einsamkeit seines Zimmers ein ›vertrauliches Tagebuch‹ schreibt, wähnt sich auf der Bühne der Nachwelt, er benimmt sich keinesfalls natürlich, er verbeugt sich nach jedem gelungenen, vertraulichen Eintrag und bedankt sich für den längst überfälligen Applaus.«

Zu diesem Zeitpunkt, 1935, bedankte sich auch Márai noch auf der Bühne der Öffentlichkeit für den Applaus seiner Zeitgenossen. Sieben Jahre später, Ende 1942, beschloss er jedoch, mit dem Tagebuchschreiben zu beginnen. Die ersten Zeilen brachte er kurz vor seinem 43. Geburtstag zu Papier und sollte fortan nie mehr mit dem Tagebuchschreiben aufhören, was zum größten und wohl bleibendsten Unterfangen seines Lebens werden sollte. Der Gedanke, seine Autobiografie zu Literatur zu stilisieren, hatte Márai immer schon gereizt: *Bekenntnisse eines Bürgers* (1934) und dessen gleichsam späte Fortsetzung *Land, Land* (1972) sind

Höhepunkte seines Œuvres. Das gewaltige Material der *Tagebücher*, die von 1943 bis 1989 fast ein halbes Jahrhundert umspannen, ist eine herausragende Schöpfung nicht nur der ungarischen, sondern auch der europäischen Literatur. Das »unsichtbare« und das öffentliche Leben der Literatur verschmelzen darin zu einer Einheit. »Augenblicke, in denen die Stille – in uns und um uns – so groß wird, dass wir das geheime Ticken des Weltmechanismus zu hören glauben.« So lautet der erste Satz des gewaltigen Korpus der Tagebücher vom Anfang 1943, kurz vor seinem Geburtstag am 11. April. »Ich warte auf den Stellungsbefehl; bin nicht ungeduldig, will aber auch nichts hinauszögern. Es ist Zeit.« So lautet der letzte Satz vom 15. Januar 1989 (*Tagebücher 1984–1989*, S. 149). Fünf Wochen später, am 22. Februar, erschießt er sich.

Alle Tagebücher durchdringt eine dem Lärm der Welt trotzende Stille, der Zauber einer nicht für die Öffentlichkeit bestimmten Literatur. Márai wollte nicht »geläutert« werden und auch kein »Landschaftsbild« seiner Zeit zeichnen. Er führte nicht Tagebuch, um private oder intime Details aus seinem Leben aufzuzeichnen; noch wollte er die tägliche Routine verewigen, denn eine Datierung findet man nur selten; noch diente ihm das Tagebuch, um seine Projekte, Ideen darin zu notieren; auch seine Phantasien verdrängte er; und obwohl er regelmäßig über seine Lektüren Bericht erstattet, wollte er auch kein Lektüretagebuch führen.

Was beabsichtigte er also mit seinen Tagebüchern?

* * *

Obwohl er über seine Tätigkeit als Tagebuchschreiber nur selten reflektiert, lassen sich aus den Tagebüchern sehr wohl die beiden Gründe rekonstruieren, die ihn zu diesem Unterfangen bewogen haben. Ein Grund ist zweifellos die Verrohung der politischen Zustände im damaligen Ungarn. Das zunehmende Abdriften des Landes nach rechts, die Serie der Judengesetze, die Konzessionen an Hitler-Deutschland und das anschließende Kriegsbündnis: Das alles veranlasste Márai bereits Anfang 1943, sich für die innere Emigration zu entscheiden. Und das, obwohl das Land zum damaligen Zeitpunkt noch nicht von den Deutschen besetzt war (dies geschah am 19. März 1944), niemand ahnen konnte, dass die Deportation der Juden in Europa solch beispiellose Ausmaße annehmen würde, niemand an die Machtübernahme der Pfeilkreuzler glaubte und natürlich auch die Vorstellung einer sowjetischen Okkupation nur wie ein Albtraum anmutete.

Der zweite Grund ist Márais wachsende Unzufriedenheit mit seinem schriftstellerischen Schaffen bis dahin. Darauf lässt sich rückblickend aus vereinzelten Bemerkungen schließen. »Und wie viel Überflüssiges ich geschrieben habe, als ich noch eine Schreibmaschine besaß, nur damit wir uns die Wohnung und den Lebensstil leisten konnten, der zu den zwei Dienstboten passte!«, schreibt er Anfang 1945 (II, 75). Kurz darauf will er seine eigenen Romane zwar nicht verleugnen, bekennt jedoch, »dass mir in den letzten Jahren das Schreiben schon zu leicht gefallen ist, der Widerstand in dem, was ich sagen wollte, zu gering war« (II, 119). 1946 spricht er – auf die Zeit um 1943 verweisend – bereits davon, dass ihm die eigene Stimme »Brechreiz« bereite, diese »melodiöse Márai-Stimme, die zuletzt – vor zwei, drei Jahren!! – schon wirklich etwas Drehorgelartiges hatte, eine knarrende Melodie. Ich hasse diese Stimme« (III, 70)[2]. Und wenn er an seine bei der Belagerung Budapests zer-

2 Sándor Márai, *A teljes napló 1946*, Helikon, Budapest 2007, ins Deutsche übertragen von Akos Doma für dieses Vorwort; im Folgenden zitiert als III.

bombte Bibliothek denkt und überlegt, eine neue Bibliothek anzulegen, kann er sich nicht vorstellen, seine eigenen Romane in die Regale zu stellen: »Ich bin viel anspruchsvoller als die Romane, die ich geschrieben habe« (III, 189). Von dieser Zeit an beobachtet Márai sein eigenes Werk stets mit Vorbehalten – zu Beginn der Achtzigerjahre lehnt er sogar seinen Roman *Die Glut* (verfasst 1924; in Ungarn erschienen 1990; deutsch 1998) ab. Das hindert ihn allerdings nicht daran, immer neue Werke zu schreiben.

Nach der deutschen Okkupation am 19. März 1944 untersagte Márai die Veröffentlichung seiner Werke und weigerte sich fortan, etwas zu publizieren. Sein Rückzug hatte jedoch schon 1943 begonnen – zu der Zeit, als er sich intensiv dem Tagebuchschreiben zu widmen begann. »Ich habe beschlossen, mit dem Journalismus zu brechen«, schreibt er am Anfang seines Tagebuchs von 1943 (I, 95). Márais Entscheidung war folgenschwer: Seit zwei Jahrzehnten verdiente er seinen Lebensunterhalt vorwiegend als Journalist und war seit Dezember 1936 Mitarbeiter der gemäßigt konservativen *Pesti Hírlap*, einer der bedeutendsten Zeitungen des Landes. Jeden Sonntag schrieb er ein Feuilleton, für das er ein außergewöhnlich hohes Honorar erhielt: 1001 Pengő, was dem Monatseinkommen eines durchschnittlichen Mittelklasseangestellten oder drei Monatseinkommen eines qualifizierten Fabrikarbeiters entsprach. (Sein Vorgänger, der konservative Dichterfürst Ferenc Herczeg, hatte pro Artikel 1000 Pengő erhalten, und Márai war nur für ein höheres Honorar bereit, das Angebot der Zeitung anzunehmen.) Seinen letzten Artikel für *Pesti Hírlap* gab er am 17. Januar 1943 ab. Vielleicht begann er gerade an diesem Datum Tagebuch zu führen. Seinen Schritt begründet er kurz darauf damit, dass »ein Schriftsteller in einem bestimmten Alter, ab einer bestimmten Entwicklungsstufe nicht mehr ungestraft für Zeitungen schreiben kann [...]

Dieses niveaulose, hingestotterte Kommentieren von Begebenheiten und Ereignissen, zu dem die Publizistik heute, da wir keine freie Presse mehr haben, verkommt, ist für jeden Schriftsteller zutiefst erniedrigend und korrumpierend [...] jetzt muss ich verstummen, mich in dieses Tagebuch [...] zurückziehen [...] Vielleicht stellt dieses Opfer meine ›bürgerliche Lebensordnung‹ auf den Kopf – aber ohne Opfer gibt es keine Aufgabe« (I, 95f.).

Márai wäre freilich nicht Márai gewesen, wenn er für immer auf die Öffentlichkeit verzichtet hätte. Wie er schon im Zusammenhang mit Renards Tagebuch schrieb, wähnt sich ein Schriftsteller selbst in der Einsamkeit seines Zimmers noch auf der Bühne der Nachwelt, ja sogar der Gegenwart. Er schrieb sein Tagebuch von vornherein mit der Schreibmaschine und gab darauf genauso acht wie auf seine Romanmanuskripte: Er nahm es überallhin mit und hielt es sorgsam versteckt. Zum einen wegen seines beispiellos scharfen zeitkritischen Tons, zum anderen in der Hoffnung auf eine Veröffentlichung. »Ich muss dieses Tagebuch [...] seit zwei Tagen nicht mehr auf irgendwelchen Dachböden verstecken wie in den Monaten zuvor«, schreibt er Ende Dezember 1944 (I, 408), nachdem die Russen das an der Donau nördlich von Budapest gelegene kleine Dorf Leányfalu befreit hatten, wohin er nach der deutschen Okkupation mit seiner jüdischstämmigen Frau Lola gezogen war und wo er die Belagerung Budapests überstand. Seit dem 17. Juni 1945 veröffentlichte er hin und wieder Auszüge aus dem Tagebuch in der liberalen Zeitung *Magyar Nemzet*, blieb aber auf der Hut und fragte sich immer wieder (weiterhin in Tagebuchform), ob das, was er schrieb, nicht nur Rollenspiel und Selbstdarstellung sei. Man müsse schreiben, als spräche man zu sich selbst, und sich dennoch auch an die Menschen wenden, schreibt er. Ende 1945 erscheint das Tagebuch von 1943/44 bereits als eigenständiger Band.

Nur in Auszügen natürlich, denn Márai hatte vieles gestrichen, was sich seiner Ansicht nach für eine Veröffentlichung nicht eignete. Er ging mit seinem Tagebuch genauso an die Öffentlichkeit wie mit seinen Romanen und Theaterstücken. Mit anderen Worten: Er konnte bewusst oder unbewusst auch seine vertraulichsten Bekenntnisse nur als Kunstwerk zu Papier bringen. Und wie es bei Büchern oft geschieht, so hat auch das veröffentlichte Tagebuch fortan sein eigenes Schicksal. Anfang 1946 etwa trägt ein ehemals faschistischer Dorfpfarrer seiner Gemeinde in der Kirche Sätze aus dem Tagebuch von 1943/44 vor, was – jedenfalls nach Márais Ansicht – auf dessen erzieherische Wirkung zurückzuführen sein könnte. Im Sommer 1946 erscheinen Auszüge daraus in einer französischen Zeitschrift in der Schweiz, was zu Hause Anlass für Angriffe auf Márai bietet. Als ein französischer Verlag die Veröffentlichung des Tagebuchs ablehnt, nimmt Márai die Gelegenheit wahr und verhindert noch im selben Sommer die geplante amerikanische Veröffentlichung: »Dieses ›Tagebuch‹ und auch das bereits veröffentlichte schreibe ich für mich, weil ich nicht anders kann, und das, was ich davon dem ungarischen Publikum vorlege, soll unter uns bleiben, in der Familie [...] ich will nicht, dass Fremde in fremder Sprache und nicht immer wohlwollender Übersetzung lesen, was innerhalb der Familie unbedingt besprochen werden muss«, schreibt er 1946 (III, 226).

Die »Familie«, also die ungarische Öffentlichkeit, verhielt sich allerdings keinesfalls wohlwollend. Márton Horváth, einer der ideologischen Führer der immer rascher um sich greifenden kommunistischen Diktatur, schreibt um diese Zeit über Márai: »Seine Worte und Sätze sind schön wie grün und golden schimmernde Fliegen, die sich auf Leichen niederlassen«, und 1947 erscheint eine Karikatur anlässlich des Tagebuchs von 1943/44, die Márai unter Rosen sitzend zeigt, während im Hintergrund Juden deportiert werden. Die Zeichnung bezieht sich auf einen Tagebucheintrag nach den Bombardierungen vom 3. Juli 1944: »Ein Moment im Garten. Ein Moment zwischen zwei Unendlichkeiten; die Sonne scheint; die Rosen verblühen; zwischen den Fluten zweier Meere des Grauens [also der Bombardierung und der Verschleppung der Juden; L. Földényi] fühle ich mich restlos glücklich« (I, 255).

Ist das Tagebuch also eine Manifestation des Rückzugs, so lässt es sich auch als eine neue Form der Suche nach Öffentlichkeit verstehen. Statt – oder neben – dem Romanschreiben experimentierte Márai auch mit einer neuen literarischen Ausdrucksform, und es stellte sich schnell heraus, dass er mit dem Tagebuch jene Gattung gefunden hatte, die am meisten auf ihn zugeschnitten war. Das Tagebuch wurde zu einem organischen Teil seines schriftstellerischen Œuvres. Das verdeutlichen sowohl seine Stilisiertheit als auch sein Aufbau, der stets die sichere und geübte Hand verrät. Schon der oben zitierte erste Satz ist stark rhetorisch, und die folgenden Seiten vermitteln eher den Eindruck von Memoiren als den eines Tagebuchs. Kindheits- und Jugenderinnerungen werden heraufbeschworen, Bruchstücke aus der Vergangenheit tauchen auf, Schauplätze werden genannt – Bártfa und Pistoia, die Ungarische Tiefebene und die Normandie –, zeitlich hin und her springend ziehen frühere Erlebnisse vorbei, treten Tote hervor – sowohl unbekannte als auch mit Monogramm gekennzeichnete bekannte Personen, aber auch historische Figuren wie Pál Teleki, der ungarische Ministerpräsident, der zu Beginn der Zwanzigerjahre seine Rückkehr planende Karl IV. oder auch Márais eigener Vater. Anfangs scheinen Vergangenheit und Gegenwart noch durch eine dicke Glasplatte getrennt, um sich dann unbemerkt zu überlagern und den Leser unvermittelt in die Gegenwart zu versetzen. Márai beginnt das Tagebuch wie einen Roman – oder wie ein anderes seiner Hauptwerke, *Bekenntnisse eines Bürgers* –, und der gehobene Ton und das hohe Maß an Selbstreflexion deuten darauf hin, dass er sich auch diesmal an den Leitfaden der beiden großen Gestalten der europäischen Bekenntnisliteratur, Augustinus und Jean-Jacques Rousseau, halten will. Aber es tauchen auch andere geistige Leitfiguren auf, wobei gar nicht die namentlich genannten, deren Ansichten mit Márais in Vielem übereinstimmen, wichtig sind (etwa José Ortega y Gasset, dessen vernichtendes Urteil über das Massenphänomen in der Moderne er begeistert teilt, oder Oswald Spengler, der wie er die europäische Kultur sich ihrem endgültigen Untergang nähern sieht, oder Ernst Robert Curtius, der Europa vor der Bedrohung der Barbarei warnt).

Nein, die wirklich große Leitfigur ist Mark Aurel, der stoische Kaiser, der seine Gedanken etwa 170 n. Chr. in Carnuntum östlich von Wien ebenfalls am Donauufer zu Papier brachte. Immer wieder ruft Márai den Kaiser an. »[...] du bist meine größte Stütze«, schreibt er im Sommer 1944, angesichts der größten Bedrohung (I, 190); aber auch 1945, beim Anbruch der Friedenszeit, findet er seine Ruhe bei ihm. Eingezwängt zwischen Deutschen und Russen, beide gleichermaßen fürchtend, und von den Ungarn erst recht zum Hass veranlasst, blieb Márai in der Tat keine Wahl, als sich dem Stoizismus zuzuwenden. Sein letzter öffentlicher Auftritt Ende 1943 war ein Vortrag – über Mark Aurel. Danach war er nicht mehr bereit, an die Öffentlichkeit zu gehen: »Man kann in Ungarn nicht mehr anders als in innerer Emigration leben. Sich ganz nach innen wenden, seiner Arbeit zuwenden. In die Arbeit auswandern« (I, 180). Márai kannte das 1929 entstandene Gedicht »Marcus Aurelius« seines einstigen Beinahefreunds und großen Vorbilds Dezső Kosztolányi, in dem Kosztolányi jenen römischen Staatsmann einen »grandiosen Schriftstellergefährten« nannte, der für alles Barbarische und »alles, was Lüge ist«, nur Verachtung übrig hat. Auch Márai folgt dem Beispiel des römischen »Schriftstellergefährten«, indem er zum einen einen scharfsinnigen, ungeheuer genauen Befundbericht zahlreicher gesellschaftlicher und historischer Fragen seiner Zeit erstellt, zum anderen aber auch bemüht ist, die Distanz zur Gegenwart zu wahren und, was ihm später viele vorwerfen werden, den Standpunkt eines Außenstehenden einzunehmen.

Diese stoische Grundhaltung erklärt auch, warum es schwer ist, die Ereignisse dieser schicksalhaften Jahre anhand des Tagebuchs genau zu verfolgen. Atmosphäre spielt für Márai eine größere Rolle als Geschichtstreue, die poetische Grundhaltung ist ihm (obwohl er kein bedeutender Lyriker war) wichtiger als die Chronologie. »Ich ertrage Hitze und Kälte noch immer schlechter als den Weltkrieg«, schreibt er (I, 260), und misst den inneren Vorgängen folglich eine noch größere Bedeutung als den äußeren bei, auch wenn er letztere keineswegs unterschätzt. Mit der Okkupation vom 19. März 1944 etwa beginnt er sich, so schicksalhaft sie für sein Leben auch war, erst Monate später, zur Jahresmitte, eingehender zu beschäftigen (»Als wäre am neunzehnten März etwas in mir zerbrochen«; I, 284). Zugleich notiert er, was sich eines Nachmittags um vier Uhr ereignet hat – ohne allerdings zu erwähnen, an welchem Tag. Er weist auf Geburtstage sowie auf den Todestag seines Sohnes Kristóf hin (sein einziges Kind war am 1. September 1939 nur wenige Monate alt gestorben); er teilt mit, dass die Hitze sechsunddreißig Grad beträgt, aber dass wir uns im Juli 1944 befinden, lässt sich nur erschließen; er berichtet in rührender Ausführlichkeit über den von ihnen 1945 adoptierten vierjährigen János Babocsay, erwähnt die literarischen Dispute von 1945 dagegen nur beiläufig, obwohl sie auch für ihn entscheidend waren, galt es doch, immer klarer für oder gegen die sowjetischen Besatzer Stellung zu nehmen. Er erwähnt den Tag dieses oder jenes Luftangriffs, aber als er über Miklós Horthys Proklamation schreibt, erwähnt er das Datum, den 15. Oktober 1944, nicht und geht auch nicht auf die Quintessenz der Proklamation ein, den (erfolglosen) Versuch zum Austritt Ungarns aus dem Krieg.

Sein Schweigen ist umso bemerkenswerter, als er an den Vorbereitungen des Ausstiegs, der ein lebensgefährliches Unterfangen war, mehr oder weniger auch selbst beteiligt war. Er hatte im Oktober 1944 in seinem freiwilligen Exil in Leányfalu gemeinsam mit Kálmán Hardy, einem Generalleutnant des Königlich-Ungarischen Heeres, jene Botschaft mit der Schreibmaschine getippt, in der Horthy gedrängt wurde, mit den Deutschen zu brechen. (Die Schreibmaschine der Marke Hermes bewahrte Márai bis zu seinem Tod bei sich auf.) Am Tag nach der Verkündung der Proklamation griff die Waffen-SS unter der Führung Otto Skorzenys (der früher schon Benito Mussolini befreit hatte) die Budaer Burg an und entführte den Sohn Horthys, worauf dieser unter dem Druck der Erpressung sein Amt als Staatsoberhaupt niederlegte und am 16. Oktober den Führer der Pfeilkreuzler Ferenc Szálasi zum Ministerpräsidenten ernannte. Hardy, von 1935 bis 1940 Militärattaché in Berlin und Pate von Márais Sohn, wurde von den Pfeilkreuzlern umgehend verhaftet, ein Schicksal, das auch Márai ereilt hätte, wären die Umstände des Briefes ans Tageslicht gekommen. Diese klägliche – Horthys Schwäche und Verantwortungslosigkeit entlarvende und insofern charakteristisch ungarische – Geschichte findet im Tagebuch kaum Erwähnung; wer auf die Details neugierig ist, muss in den Geschichtsbüchern nachschlagen. Bei Márai lesen wir am 17. Oktober 1944 (wobei auch das Datum nur erschlossen werden kann) lediglich: »Seit zwei Tagen wissen wir, dass es auch vom Höllengrund noch weiter abwärtsgehen kann; als habe sich eine Falltür geöffnet, als empfinge uns nun eine noch tiefere, noch übler riechende Verdammnis als bisher« (I, 344f.).

Auch über vieles andere, was in den Augen der Nachwelt – und seinem eigenen späteren Urteil nach – wichtig ist, berichtet er nicht. Erst seine 1972 erschienene autobiografische Schrift *Land, Land* enthüllt, was am 18. März 1944, in der Nacht vor der deutschen Besetzung, bei der Namenstagsfeier der Familie geschehen ist. Wie wichtig dieser Tag für ihn gewesen sein muss, zeigt sich schon daran, dass er noch in einem Tagebucheintrag vom 18. März 1984 darauf zurückkommt: »Heute vor 40 Jahren ging der kaputt, der ich bis dahin war« (*Tagebücher 1984–1989*, deutsch 2002, S. 25). Ebenfalls erst Jahrzehnte später erwähnt er das jüdische Mädchen Ági, das er 1944, sie bei der Hand führend, vor den Pfeilkreuzlern rettete – in seinem Tagebuch von 1944 verschweigt er es genauso, wie er auch verschweigt, dass er höchstwahrscheinlich auch half, Juden zu verstecken. (Ági, die bei ihnen in Leányfalu wohnte, war die Tochter der Schwester seiner Frau.) Auch das österliche Abendessen in Leányfalu, bei dem die Gastgeberin neben jeden Teller auch einen gelben Stern legte, erwähnt er nicht; er berichtet nicht, wie ein jüdischer Gastwirt namens Poldi Krausz, der Besitzer eines literarischen Cafés, vor seiner Deportation das Gästebuch mit den Notizen seines großen Vorbilds Gyula Krúdy seiner Obhut anvertrauen wollte; und auch jene Szene, bei der im Dezember 1945, nun schon nach der Befreiung, die Gäste eines Cafés stumm beobachten, wie sich ein jüdischer Polizist genau so aufführt, wie es ein Jahr zuvor seine Verfolger getan hatten, schildert er im Tagebuch nicht. Das Verschweigen dieser Ereignisse lässt sich kaum damit begründen, dass Márai Angst hatte, die Pfeilkreuzler oder später die Sowjets könnten das Tagebuch entdecken. Er hätte die Details ja auch später einfügen können. Es lässt sich nämlich darauf schließen, dass er manches erst nachträglich ins Tagebuch aufgenommen hat. Im Juli 1944 etwa schreibt er über die Gaskammern, die die Juden erwarteten, am 1. September desselben Jahres berichtet er ausführlich über das Konzentrationslager in Auschwitz, über die »Industriegebiete des Todes«, die Krematorien – obwohl Auschwitz erst am 27. Januar 1945 befreit wurde und Márai wie alle anderen wohl erst im Nachhinein in allen Details erfahren hat, was in dem Lager vor sich ging.

Am 18. Januar 1985 durchblättert er in seiner San Diegoer Einsamkeit wieder einmal sein Tagebuch von 1943/44 und notiert dazu: »Das Blättern im Tagebuch 43/44 erinnert mich an den irrwitzigen Massenmord vor vierzig Jahren, und mich wundert manchmal, wie zurückhaltend alles ist, was ich über diese Zeit schreibe« (*Tagebücher 1984–1989*, S. 61). Diese auffällige Zurückhaltung kommt auch im häufigen Verschweigen zum Ausdruck. Die Erklärung dafür liegt in Márais bereits erwähntem Stoizismus begründet: Dieser setzt andere Schwerpunkte als ein herkömmliches chronologisches Tagebuch. Die stoische Haltung ist jedoch nur zum Teil eine Sache der Veranlagung; sie ist genauso eine Folge seiner spezifischen geschichtlichen Situation. Und von 1943 bis 1945 zählte die stoische Mentalität in Ungarn wenn auch nicht zu den effektivsten, so doch zweifellos zu den edelsten und aufrichtigsten Haltungen.

* * *

»Ungarn hat etwas Unwirkliches«, schreibt Márai kurz nach dem Krieg, irgendwann 1947. Von dem, was sie für die Nation gehalten hätten, sei nichts als »ein Rumpfterritorium, eine kunterbunte Bevölkerung, eine immer verwässertere und schmuddeliger werdende Sprache« übrig geblieben, meint er. Der wachsende sowjetische Terror hatte zweifellos zu Márais Verbitterung beigetragen. Aber wenn wir das Tagebuch zu lesen beginnen, zeigt sich schnell, dass er auch schon 1943, vor der deutschen Okkupation, einen ähnlichen Standpunkt vertrat. Das größte Problem stellten in seinen Augen nicht die fremden Besatzer dar, die Deutschen oder die Russen, vielmehr waren es die Ungarn selbst, die ihm seinen ehemals festen Glauben an das Ungarntum genommen hatten. Zweifellos war auch das ein Grund dafür, dass er 1943 Tagebuch zu führen begann. »Man muss Ungarn verlassen«, schreibt er im Januar 1945 (II, 36). Fortan vergeht kaum ein Monat, ohne dass ihn dieser Gedanke beschäftigt. Márai war sich sehr wohl im Klaren darüber, was die Emigration bedeutete: Seine Heimat war 1920 an die Tschechoslowakei angeschlossen worden und er dadurch ungewollt zum Verbannten geworden; zudem hatte er in den Zwanzigerjahren ein Jahrzehnt in Deutschland und in Frankreich verbracht. Nach seiner Rückkehr wurde er alsbald zu einem der populärsten Schriftsteller Ungarns. Aber auch seine ungebrochene Popularität änderte nichts daran, dass er schon während des Krieges das Gefühl hatte, in der Emigration zu leben. Obwohl »nichts Außergewöhnliches« passiert war, wie er sich 1972 an die Zeit erinnert, als der Gedanke der Emigration in ihm reifte. Er hatte einfach seinen Glauben verloren. Das ungarische Volk sei nicht zu jener moralischen Kraftanstrengung bereit, von der die Schweden, die Dänen, die Niederländer, die Finnen, die Engländer in kritischen Zeiten ihrer Geschichte durchdrungen waren; »der Ungar hat kein moralisches Verantwortungsgefühl«, schreibt er (II, 118).

Márai hat nicht immer eine so schlechte Meinung über seine Nation gehabt. Er hatte 1942 eine folgenreiche, viele Kontroversen auslösende Abhandlung mit dem Titel *Röpirat a nemzetnevelés ügyében* (*Traktat über die Volkserziehung*; noch nicht ins Deutsche übersetzt) veröffentlicht und das

Ungarntum darin noch folgendermaßen beurteilt: »Der Ungar ist weder romantisch noch verträumt. Zu seinen charakteristischen Eigenschaften und Fähigkeiten gehören Besonnenheit, Wirklichkeitssinn und Urteilsvermögen. Der Ungar besitzt ein Gefühl für Maß, wie es nur wenige Völker in Europa haben.« Als Márai diese Worte schrieb, hatte Ungarn infolge des Ersten sowie des Zweiten Wiener Schiedsspruchs bereits einen Teil der durch den Vertrag von Trianon verlorenen Gebiete – so Oberungarn, wo er geboren wurde, die Karpato-Ukraine sowie einen Teil von Siebenbürgen – wieder zurückbekommen. In seiner Rede anlässlich des Wiederanschlusses der ungarischen Territorien beschrieb auch Horthy den Nationalcharakter der Ungarn mit ähnlichen Worten. Auch er berief sich auf das »vornehme Rechtsempfinden der Ungarn« und auf die »uralten ungarischen Tugenden«, und wie Márai hielt er die Ungarn für ritterlich. Selbst der damalige Ministerpräsident Teleki (der am 3. April 1941 Selbstmord beging, da er beim deutschen Überfall auf Jugoslawien für keine der beiden Seiten Partei ergreifen konnte) berief sich bei seinem Versprechen, auf die wiedergewonnenen ungarischen Gebiete achtzugeben, auf die Ritterlichkeit der Ungarn. Dennoch übergaben die ungarischen Behörden umgehend 18 000 Juden aus der wieder angeschlossenen Karpato-Ukraine an die SS – und nur wenige Zeitgenossen machten sich Gedanken darüber, wie sich das mit der ungarischen Ritterlichkeit vereinbaren ließ.

Auch Márai schienen die Augen erst später aufzugehen – als die Lage nicht mehr zu ändern war. Anfang 1944 sieht er nur noch Verschlossenheit, Hoffnungslosigkeit und menschliche Niedertracht um sich. Er beobachtet und formuliert immer präziser und erkennt, dass es nicht von einem Tag auf den anderen zu den Ereignissen gekommen war. Das Scheitern des Bauernaufstands von György Dózsa

(1514), die Katastrophe von Mohács (1526), die anderthalb Jahrhunderte währende türkische Besatzung, die Niederschlagung des Freiheitskampfs von 1848/49, Trianon und die Verstümmelung des Landes, die deutsche (und die darauffolgende, damals noch nicht absehbare sowjetische) Okkupation: das war mehr als genug, um »das Rückgrat der Nation« zu brechen, wie es Márai ausdrückt (I, 272). Doch die schlimmste Gefahr drohte in seinen Augen nicht von außen. Die Katastrophe reifte von innen heran: Die Ungarn selbst trugen die Hauptverantwortung für ihr Schicksal. Das schrieb Márai im Sommer 1944 und fügte hinzu: »Wir haben uns irgendwo verirrt« [I, 272).

Damit spielt er auf die unter dem gleichen Titel erschienene Artikelreihe des damals führenden ungarischen Historikers Gyula Szekfű an. Dieser Essay hat einen ungeheuer großen Einfluss auf Márai ausgeübt. Den Titel seiner Schrift hatte Szekfű einem Gedicht von Endre Ady aus dem Jahr 1913 entnommen. Der Essay erschien in Fortsetzungen in einer Tageszeitung um die Jahreswende 1943/44. Nur wenige hatten den Ungarn je ein derart illusionsloses Spiegelbild vorgehalten. Szekfű untersuchte der Reihe nach alle Versäumnisse, infolge derer es in Ungarn zu keiner bürgerlichen Entwicklung gekommen und das Land in einem halbfeudalen Zustand stecken geblieben war: Er zählte alle Vorhaben der ungarischen Reformepoche (1825–48) auf, die durch äußeren und inneren Widerstand vereitelt worden waren. Dazu gehörten die Verwaltungs- und Selbstverwaltungsreform, die Vereinigungsfreiheit, die wirtschaftliche Assoziationsfreiheit für Arbeiter und Bauern, das allgemeine und geheime Wahlrecht und der Abbau der staatlichen Übermacht. Diese bürgerlichen Reformen wurden in Ungarn nie durchgeführt, was zur Folge hatte, dass die Übermacht des Staates erhalten blieb. »Das Gewicht des Menschen in einem solchen L'art-pour-l'art-Staatswesen wird immer geringer, sein Stellenwert immer kleiner und vernachlässigbarer«, schrieb Szekfű und betonte, dass in Ungarn auch nach der Abschaffung des feudalistischen Abhängigkeitsverhältnisses von Lehnsherr und Lehnsmann eine Art Feudalismus übrig geblieben war, nämlich der »übergroße politische und gesellschaftliche Einfluss der einstigen Feudalherren, der Mitglieder der Aristokratie«. Das zeige sich auch daran, dass die Repräsentanten des Staates und der Macht ein ungerechtfertigt und unstatthaft hohes Ansehen genössen und demokratisches Denken, selbst dort, wo es sich ansatzweise bemerkbar mache, bloße Rhetorik bliebe. Nach der Unterzeichnung des sogenannten Friedensvertrags von Trianon am 4. Juni 1920 in Paris, infolgedessen das Territorium Ungarns von 282 000 auf 93 000 Quadratkilometer und die Bevölkerungszahl von 18,2 auf 7,9 Millionen geschrumpft war, habe sich die Lage weiter verschlechtert. 1922 etwa sei das Wahlrecht, gemessen an der Gesamtbevölkerung, von früher 40 Prozent auf nun 28 Prozent gesunken und im damaligen Europa geradezu einmalig *offen* geworden (nur 20 Prozent der Wahlberechtigten habe geheim wählen dürfen), wodurch die Zahl der Großgrundbesitzer im Parlament rasant gestiegen sei. Diese Tatsache sowie die Einschränkung der Pressefreiheit und die religiöse, später rassische Diskriminierung verletzten das staatsbürgerliche Gleichheitsprinzip und stärkten den autoritären Charakter des Staates. Mit Szekfűs Worten: Nach Trianon »konsolidierte sich das Obrigkeitssystem – noch nie wurde so viel über die ›Achtung vor den Autoritäten‹ geredet wie damals.«

Die Ungarn waren nach Szekfűs Ansicht vom rechten Weg abgekommen. Er fiel nicht auf die »Dolchstoßlegende« herein, die in Ungarn genauso virulent wie in Deutschland war, und machte für die Zustände in Ungarn nicht die Liberalen, die Juden oder den Westen verantwortlich.

István Bibó, der andere führende Historiker jener Zeit, schrieb von den »Sackgassen der ungarischen Geschichte«. Auch Márai fühlte sich wie in einer Sackgasse, einer Falle – die der inneren Emigration. Er, der bis dahin als einer der angesehensten Schriftsteller des Horthy-Regimes gegolten hatte und im Gegensatz zu seinen bedeutendsten Zeitgenossen Dezső Kosztolányi, Zsigmond Móricz und László Németh auch Mitglied der konservativen Akademie geworden war, der den erzkonservativen Dichterfürsten Ferenc Herczeg in einem zu dessen Ehren herausgegebenen Gedenkbuch gepriesen hatte und der einen materiell außergewöhnlich hohen Lebensstandard genoss, begann seit 1943 immer radikaler zu werden. Anfang 1945 schrieb er bereits: »Was das Horthy-Regime zu verantworten hat, ist in der ungarischen Geschichte ohne Beispiel; der Tatarensturm und Mohács sind nur Schatten jener fürchterlichen Wirklichkeit, die diese Generation heraufbeschworen und die sich dann unerbittlich eingestellt hat« (II, 43). Márai erwähnt zwar die Tataren, die Türken und die Österreicher, aber die eigentliche Verantwortung gibt er seinesgleichen – jener »Kommanditgesellschaft, die das Land unter dem Etikett der ›Szegeder Idee‹ fünfundzwanzig Jahre lang ausgenutzt hat« (I, 301)[3]. Was diese Gesellschaft betraf, ließ Márai keinerlei Rechtfertigung gelten; er lehnte ihr Christentum genauso ab wie ihre nationale Ausrichtung. Denn worin bestand das »christliche« Element dieses Kurses? »Chris-

3 Der »Geist von Szeged« war ein rechtsradikales Programm nach dem Sturz der Räterepublik in Ungarn, das sich die Verwirklichung des sogenannten »christlich-nationalen Kurses« zum Ziel setzte und sich betont nationalistisch und antisemitisch gab. Unter den Verfassern des »Geistes« befanden sich auch Horthy sowie Gyula Gömbös, der 1932–36 Ministerpräsident war (das erste ausländische Staatsoberhaupt, das Adolf Hitler nach seiner Machtergreifung besuchte) und alles tat, um Ungarns Abgleiten in den Faschismus voranzutreiben.

tentum, sagten sie – und meinten einen ohne Fachausbildung erworbenen Gewerbeschein. Christentum, sagten sie und meinten den Raub jüdischer Möbel. Christentum, sagten sie und meinten die Einschüchterung jedes freien Gedankens, jeder persönlichen Meinungsäußerung. Ich bin ein Christ, sagten sie hochmütig und hielten die Hand auf« (I, 323). Und worin bestand das »nationale« Element? »Ein Interessenverband hat zum Schutze des feudalen Großgrundbesitzes unter dem Vorwand von Trianon fünfundzwanzig Jahre lang ein System aufrechterhalten, das mit sanftem und weniger sanftem Terror jedes Streben nach Qualität unterdrückt und unterschlagen hat« (I, 285).

Wenn irgendjemand wirklich Grund hatte, Trianon zu bedauern, so war es Márai: Im Gegensatz zu Horthy oder Gömbös war er wirklich in einem der abgetrennten Gebiete zur Welt gekommen, in Kaschau in Oberungarn, das der Tschechoslowakei zugeschlagen wurde[4]. Aber als Ungarn gemäß dem Münchner Abkommen einen Großteil von Oberungarn zurückbekam, machten sich inmitten des nationalen Jubels nur wenige Gedanken darüber, ob es wirklich so selbstverständlich war, sich über dieses Geschenk Nazideutschlands zu freuen. Nach der Eroberung Kaschaus durch die Russen am 18. Januar 1945 notierte Márai etwas in seinem Tagebuch, wofür man ihn nicht nur damals gesteinigt hätte, sondern noch heute steinigen würde: »Fakt ist jedoch, dass die Ungarn nicht an dem Tag Kaschau verloren haben, als die russischen Truppen dort einmarschiert sind; wir haben es, endgültig, an jenem Tag verloren, als im November 1938 Horthys Truppen vor dem Dom erschienen. Wir haben es verloren, weil wir Reaktion der allerschlech-

4 Unter den zeitgenössischen Schriftstellern teilten Béla Balázs und Béla Hamvas, beide ebenfalls aus Oberungarn, sowie Kosztolányi, dessen Geburtsstadt Jugoslawien angeschlossen worden war, sein Schicksal.

testen Sorte mitgebracht haben, die Willkür bequemer und habgieriger Beamter, anmaßender, ungebildeter Verwaltungs- und Heeresorgane; weil wir den ungarischen Gnädige-Herren-Geist in eine Stadt brachten, die unter den Tschechen die Demokratie kennengelernt hatte; wir brachten alles mit, was es nach Trianon in Ungarn an Üblem gab. Das Ungarn der Vorrechte, der Bevorzugungen, der Gernegroße, des Pfusches, der Unangemessenheit, der neobarocken aufgesetzten Kultur ist an jenem Tag in Kaschau eingezogen: Diese Stadt hatte eine andere Art von Ungarntum gekannt und eine eher europäische Lebensweise. Damals haben wir Kaschau wirklich, vielleicht für immer verloren. Und wir verdienen Strafe, weil wir uns diese Stadt nicht verdient haben. Es gibt keinen ehrlichen Kaschauer Ureinwohner, der sich in diesen Jahren nicht die Tschechen zurückgewünscht hätte« (II, 44)[5]. Márai sah nicht erst im Nachhinein klar. Im Sommer 1944, als Oberungarn noch zu Ungarn gehörte, hielt er den Ungarn das Beispiel der Finnen, der Bulgaren, der Rumänen vor Augen: Ihnen sei der Verlust von Teilen ihres Landes genauso schmerzhaft gewesen, und dennoch hätten sie – im Gegensatz zu den Ungarn – kein Bündnis mit den Deutschen geschlossen, da »sie das Land [...] das Leben der ganzen Nation retten wollten und nicht die Privilegien und den Großgrundbesitz einer Klasse« (I, 317).

* * *

Ehrliche Worte bar jeglichen Selbstmitleids. Sie mochten seinerzeit auch deshalb seltsam geklungen haben, weil

5 Als 1946 Eduard Beneš, der damalige Staatspräsident der Tschechoslowakei, mit dem Ziel der ethnischen Homogenisierung Tausende von Ungarn aus Oberungarn auszusiedeln begann, nahm Márai einen radikal anderen – aber genauso berechtigten – Standpunkt ein.

Márai, der populärste Schriftsteller der sogenannten bürgerlichen Mittelklasse, ebendieser Mittelklasse seine Solidarität verweigerte. Wenn er sich mit jemandem solidarisierte, dann mit den Verfolgten. Im Dezember 1945 beendete er seinen Roman *Befreiung* (*Szabadulás*; noch nicht ins Deutsche übersetzt), in dem er die Tage der Belagerung beschreibt. Darin heißt es: Ungarn sei »seit der deutschen Besatzung nicht mehr eine Heimat, sondern ein Jagdrevier von Verfolgern und Verfolgten« gewesen. Zu den Verfolgten gehörten in erster Linie die Juden, deren Verfolgung allerdings nicht erst mit der deutschen Okkupation von 1944 begonnen hatte. Im Gegenteil, was die Judenfrage betrifft, ging Ungarn Deutschland voraus. Bereits 1920 hatte man im Sinne des »Geistes von Szeged« die erste Verordnung erlassen (eine Art »Numerus clausus«), um die Zahl der jüdischstämmigen Studenten an den Hochschulen zu reduzieren; zwischen 1938 und 1942 wurden weitere Judengesetze vom Parlament verabschiedet.

Obwohl Horthy zweifellos bemüht war, die Lage der Juden zu erleichtern und auch den deutschen Forderungen so lange wie möglich Widerstand entgegensetzte, waren ihm nach der Okkupation vom 19. März die Hände gebunden. Adolf Eichmann traf in Budapest ein, um die Deportationen zu organisieren. Die ersten Züge verließen das Land am 15. Mai, bis Ende Juni wurden etwa 440 000 Juden vor allem aus den ländlichen Regionen deportiert. Als Reaktion auf ausländische Proteste stoppte Horthy Anfang Juli die Deportationen und rettete damit nahezu 200 000 Budapester Juden das Leben. Doch nach der Machtübernahme der Pfeilkreuzler (16. Oktober 1944) brach in Budapest die Hölle aus, Pfeilkreuzler-Schergen jagten und ermordeten die zum Freiwild gewordenen Juden – vor den Augen einer passiven nichtjüdischen Bevölkerung. Ungarn führte Krieg in der Sowjetunion – und zur gleichen Zeit seinen eigenen Bürgerkrieg. Denn die Deportation der beinahe 600 000 ungarischen Juden beziehungsweise ihre Ermordung in der Heimat war kein Krieg zwischen Ungarn und Juden, sondern die Ermordung ungarischer Staatsbürger durch ungarische Staatsbürger. Für Márai gab es keinen Zweifel, dass diese tiefe Krise der ungarischen Gesellschaft der logische Endpunkt der ungarischen Geschichte der vorausgegangenen Jahrzehnte war. Seine Solidarität mit den Juden entsprang nicht nur einer natürlichen menschlichen und christlichen Haltung, sondern war auch eine Folge seiner illusionslosen Sicht der ungarischen Geschichte.

Sein Mitgefühl mit den Juden kommt im Tagebuch vor allem als emotionale Identifikation zum Ausdruck. Es ist eine biografische Tatsache, dass Márai auch selbst half, Juden zu verstecken, obwohl er darüber sein Leben lang schwieg; sein Mitgefühl zeigt sich eher in Gesten, etwa dass er seit der deutschen Okkupation am 19. März 1944 die Veröffentlichung seiner Schriften untersagte und fortan nicht mehr bereit war, etwas zu publizieren, oder dass er am 4. April 1944, als das Tragen des gelben Sterns obligatorisch wurde, sich den von seinem Vater geerbten Siegelring vom Finger zog[6]. Viel mehr konnte er nicht tun. Aber schon die bloße Existenz schien ihm eine Sünde zu sein: »Es ist eine Schande zu leben. Es ist eine Schande, unter der Sonne zu sein. Es ist eine Schande zu leben« (I, 232). Natürlich musste auch er unter der Sonne sein. In Vác fällt ihm auf, dass die Leute taktvoll und ernsthaft bemüht sind, die mit gelbem Stern gekennzeichneten Menschen nicht zu bemerken, und rührend beschreibt er auch die absurde Szene, wie er eines Tages im Hotel Gellért zu Mittag isst, wo auf makellosen leinenen Tischtüchern gedeckt wird, stumme

6 Das beschreibt Márai in seinem Tagebuch von 1946. Tatsächlich wurde das Tragen des gelben Sterns jedoch schon am 29. März obligatorisch.

Kellner die Speisen auf Silberplatten servieren, die Hemdbrüste weiß leuchten und alles Wohlstand und innigen Frieden atmet – bis er beim Blick aus dem Fenster eine Gruppe Juden auf der Straße bemerkt, die von Polizisten zu einer der Deportationsstellen getrieben wird (I, 381). Die Situation lässt sich aus heutiger Sicht weder rekonstruieren, noch lässt sich psychologisch deuten, was Márai, der durch seinen Wohlstand und seine Herkunft von denen, die er da sah, getrennt war, sich ihnen aber wegen seiner jüdischen Frau und seines deportierten Schwiegervaters mindestens genauso zugehörig fühlte, in diesem Moment empfunden haben mag.

Und was mag er in den ersten Tagen des Juli 1944 empfunden haben, als er mit dem Vorortzug von Leányfalu nach Budapest fuhr und Folgendes beobachtete: »Unterwegs passiert der Zug die Ziegelfabrik von Budakalász. Hier, in den Scheunen, die sonst zum Trocknen der Ziegel dienen, warten siebentausend Juden aus dem Budapester Umland auf die Deportation. Am Bahndamm stehen Soldaten mit Maschinenpistolen« (I, 257). In einer der Scheunen befand sich auch der 14-jährige Junge Imre Kertész, der diesen Sommernachmittag Jahrzehnte später in seinem *Roman eines Schicksallosen* (1975; deutsch 1990) folgendermaßen beschrieb: »Dann erinnere ich mich nur noch daran, wie ich mit den Jungen wieder zurückgegangen bin, zu unserer Unterkunft, und daß die Sommerdämmerung, die den Himmel über den Hügeln schon rötlich färbte, besonders friedlich und warm war an diesem letzten Tag. Auf der anderen Seite, in Flußrichtung, sah ich über dem Rand des Lattenzauns gerade die Wagendächer des grünen Vorortzuges fahrplanmäßig vorübereilen« (S. 80). In einem der Wagen dieses Zuges saß Márai. Erst lange nachdem er den *Roman eines Schicksallosen* geschrieben hatte, stieß Kertész auf diesen Tagebucheintrag Márais, eine Koinzidenz, die er später in *Galeerentagebuch* (1992; deutsch 1993), seinem nicht minder bedeutenden eigenen Tagebuch, auf eine eigenwillige Sternenkonstellation zurückführte: »Ich weiß nicht, warum mich schlagartig noch nachträglich dankbare Freude darüber ergreift, daß Márai mich erblickt hat. Er war vierundvierzig, ich vierzehn. Er erblickte zwischen den Trockenschuppen der Ziegel das Kind mit dem gelben Stern und wußte, was dieses Kind damals nicht wußte: daß es schon bald nach Auschwitz abtransportiert würde. All das schrieb er – was sonst konnte ein Schriftsteller tun – in seinem Tagebuch nieder (und dieses Tagebuch ist, nebenbei bemerkt, der reinste, umfassendste und wichtigste geistige Abdruck dieser Zeit). Was bedeutet all das? Es ist so schwer zu deuten wie eine eigenwillige Sternenkonstellation. Dennoch, ich fühle darin ganz entschieden Sinn, der in einem langsam größer werdenden Kreis leise ausstrahlt« (S. 283).

* * *

Imre Kertész kann Márai natürlich nicht mehr kennengelernt haben, erst später tauchte seine Gestalt ab und zu vor ihm auf: »[...] nach dem Krieg, halb als Kind noch, [sah ich ihn mitunter,] wie er in der Zárda utca, auf den Serpentinen am Fuße des Rosenhügels, spazierenging oder sich im Lukács-Bad sonnte.«[7] Márai war zu diesem Zeitpunkt bereits zurückgekehrt aus seinem freiwilligen Exil in Leányfalu. Seine Wohnung in der Mikóstraße samt seiner 5000 Bücher umfassenden Bibliothek lag in Schutt und Asche (genauso wie das benachbarte Haus, in dem Dezső Kosztolányi gewohnt hatte). Márai hatte sich von seinen Autorhonoraren noch vor dem Krieg eine kleine Wohnung auf dem Rosenhügel gekauft; dort lebte er mit seiner Frau

7 Imre Kertész, »Hommage an Fejtő«, in: ders., *Die exilierte Sprache*, Suhrkamp, Frankfurt a.M. 2004, S. 184.

und seinem Adoptivsohn bis 1948, als er schließlich den jahrelang in ihm reifenden Gedanken in die Tat umsetzte und mit seiner Familie ins Ausland reiste, um nie wieder einen Fuß auf ungarischen Boden zu setzen. Seine Emigration erregte kein großes Aufsehen. Es war Kertész, der in seinem *Galeerentagebuch* die für die Ungarn bittere Wahrheit aussprach, dass, während die Emigration eines Thomas Mann auf die ganze deutsche Nation ihren Schatten warf, Márais Abreise in Ungarn weitgehend unbemerkt und folgenlos blieb. Das lässt sich damit erklären, dass Márai der Repräsentant eines Bürgertums war, das es in Ungarn im westeuropäischen Sinn eigentlich nie gegeben hat.

Márai ist ein typisches Beispiel dafür, wie für einen durch und durch in seiner Heimat, seiner Sprache und seiner Kultur verwurzelten Schriftsteller der luftleere Raum zum eigentlichen Zuhause wird. Er war deshalb vom luftleeren Raum umgeben, weil das ungarische Bürgertum nichts als eine membrandünne Schicht auf dem Körper eines halbfeudalen, seit dem Ende der Dreißigerjahre rapide faschistischer werdenden Landes war. Márai war seit dem Ende der Zwanzigerjahre vor allem in den Leserkreisen der Mittelklasse ein überaus populärer und geschätzter Autor. Doch zu Beginn der Vierzigerjahre musste er verbittert feststellen, dass diese Mittelklasse keineswegs mit dem von ihm stets idealisierten Bürgertum identisch war. 1943 bezeichnet er die ungarische Mittelklasse bereits als »durch und durch verdorbene«, denn sie »will nicht, wagt es nicht, die Wirklichkeit zur Kenntnis zu nehmen« (I, 149). Seine Überzeugung, dass Bürgertum und Mittelklasse keineswegs dasselbe sind, verfestigt sich in der Folgezeit mehr und mehr. In seinem Tagebuch von 1985, gegen Ende seines Lebens, bemerkt er denn auch, »dass der ›Bürger‹ eine Berufung war, der Mittelstand nur ein Interessenbund« (*Tagebücher 1984–1989*, S. 61).

Die Lektüre von Márais Tagebüchern wirft natürlich die Frage auf, wo denn die Bürger sind, wenn die Menschen der Mittelklasse keine Bürger sind? Wo verstecken sich jene, die ihm gleich, mit ihm im Bunde, gewillt und auch mutig genug sind, der Wirklichkeit ins Auge zu blicken? In welchen Katakomben verstecken sie sich, wo lauschen sie Márais mahnenden Worten? Vielleicht ahnte auch Márai selbst, dass es sie in Wahrheit nicht gab, dass er sein Loblied auf das Ethos des Bürgertums als Fürsprecher eines gar nicht existierenden Heeres in die Wüste hinausschrie.

Was bedeutete es für ihn, ein Bürger zu sein? In seinem 1972 erschienenen Buch *Land, Land* (deutsch 2001) formulierte er es folgendermaßen: »Bürger zu sein, das war für mich nie eine Klassenstellung – ich hielt es immer für eine Berufung. Der Bürger war für mich stets das Beste, was die moderne westliche Kultur hervorgebracht hat, denn er brachte sie hervor: Als eine überalterte gesellschaftliche Hierarchie verschwand, stellte der Bürger das Gleichgewicht der Weltordnung wieder her« (S. 86). Die Balkanisierung des Landes sei eine Folge des fehlenden Bürgertums gewesen, schreibt er 1944 (I, 193), und darin hat er recht. Und doch zeugt sein Urteil von einer gewissen Engstirnigkeit. Denn Márai schwebt ein idealisiertes Bürgertum vor, dessen Rolle die Bewahrung von Bildung und Kultur ist, das sich jedoch – gerade wegen seiner kulturerhaltenden Rolle – aus den wirklichen Ereignissen heraushält, sich nicht mit der Geschichte die Hände schmutzig macht, sich politisch keiner Richtung verpflichtet fühlt. Ein Bürgertum also, das die Geschichte von der hohen Warte aus betrachtet. Ein so konzipiertes Bürgertum wäre dann auch für die historischen Katastrophen des 20. Jahrhunderts nicht verantwortlich; es spielte weder bei den Weltkriegen noch bei der Verbreitung totalitärer Ideen eine Rolle, geschweige denn, dass es dafür verantwortlich wäre. Es gehörte keinem weltlichen Interessenverband an – es wäre gleichsam eine frei schwebende Entität, die, aus welchen Gründen auch immer, plötzlich von bösen Kräften zu Boden gerissen und zu Tode getrampelt wurde. »Europa wurde von den Bürgern erbaut und von den Proleten zerstört«, schreibt Márai 1945, kurz nach Kriegsende (II, 288), und macht sich keine Gedanken darüber, ob die Proleten des 20. Jahrhunderts nicht demselben Rohmaterial entsprungen waren wie ihre Opfer, die Bürger. Er hat vollkommen recht, wenn er schreibt, der wahre Verlierer des Zweiten Weltkriegs sei nicht allein Deutschland, sondern *ganz Europa* gewesen, da das, was man bis dahin Bürgertum nannte, vernichtet und durch etwas ersetzt worden sei, was man »intellektuelles Proletariat« nennen könnte (I, 166). Auf die Verantwortung des Bürgertums dagegen geht er kaum ein; lieber konstatiert er mit stoischem Fatalismus, das Bürgertum sei in Europa genauso vergangen, wie alle Naturphänomene gesetzmäßig, ohne jede moralische Verantwortung, vergehen oder auch wiedergeboren werden.

Márai gebärdete sich in der Rolle des »Bürgers« zuweilen so, als sei er das letzte Exemplar eines vom Aussterben bedrohten Menschentyps. Endre Ady hatte sich zu Beginn des Jahrhunderts als den letzten Ungarn bezeichnet, und auch Márai neigte dazu, sich als den letzten Bürger zu sehen. Seinem Verhalten wohnt eine tiefe nostalgische Aufrichtigkeit, aber auch etwas Anachronistisches inne. Man könnte sogar behaupten, Márai habe, indem er sich an sein idealisiertes Bild des »Bürgers« klammerte, genauso ein Luftschloss errichtet wie jene nichtbürgerlichen Ungarn, die er gerade wegen ihrer Träumereien und Luftschlösser verdammte.

Man könnte über Márais diesbezügliche Engstirnigkeit viel schreiben. Weitaus fruchtbarer ist jedoch die Frage, warum er das Bürgertum so sehr idealisiert hat? Die Antwort ist bereits gefallen: deshalb, weil es in Ungarn ein Bürgertum im westeuropäischen Sinne nie gegeben hat und Márai nie wirklich die Gelegenheit hatte, das Bürgertum von innen, seinem wahren Wesen nach, kennenzulernen. Er war ein Städter – aber nicht im Sinne seines gelebten Bürgerdaseins, sondern in seiner Sehnsucht nach Bürgertum. Europa und das Bürgertum verkörperten in seinen Augen die Zukunft – die einzig sinnvolle Zukunft. Aber er ahnte auch, dass diese Zukunft – in Gestalt eines normal funktionierenden bürgerlichen Ungarns – für ihn in der Heimat nicht zu verwirklichen sein würde. Und deshalb dachte er schon lange im Voraus voll wehmütiger Nostalgie an sie. Er beschrieb diese Zukunft, als sei sie längst vergangen.

Er war noch keine 34 Jahre alt, als er über seine unmittelbare, erst zwei, drei Jahre zurückliegende Vergangenheit schon so schrieb, als blickte ein alter Mann auf seine Jugendzeit zurück *(Bekenntnisse eines Bürgers)*. Er sehnte sich noch immer nach der bürgerlichen Lebensform zurück, als sie woanders längst im Verfall begriffen war. Und man braucht an dieser Stelle gar nicht an einen sowohl weltanschaulich als auch poetisch weit radikaleren Autor wie Robert Musil zu denken, sondern eher an einen Thomas Mann, dessen *Buddenbrooks* (1901) er gerade während der Kriegsjahre wieder las und das ihn beim Gedanken an das für immer verschwundene Bürgertum zu Tränen rührte. Allerdings hätte sich Thomas Buddenbrook (zumal mit Manns ironischer Sichtweise gewappnet) sehr darüber gewundert, dass Márai in den Dreißigerjahren das Kaschau der Zehner- und Zwanzigerjahre als das Goldene Zeitalter des Bürgertums darstellt! Márais Kaschau und überhaupt das, was er für die Welt des untergegangenen Bürgertums hielt, war keineswegs identisch mit der Welt Manns. Im Vergleich zu Mann hat Márai etwas Nostalgisches, Konservatives. Schließlich hatte er nicht die solide, zuverlässige Existenz eines Sohnes der Hansestadt und somit auch nichts zu bewahren.

Er hielt weniger an der bürgerlichen Wirklichkeit als an seinen darüber gesponnenen Traumvorstellungen fest. Das Bürgertum galt ihm als das verschwundene Goldene Zeitalter. Da er dennoch einen Realitätssinn besaß, lokalisierte er dieses Goldene Zeitalter in Raum und Zeit: Er beschränkte es auf Siebenbürgen und Oberungarn, also auf die beiden abgetrennten Gebiete, die von Budapest in unerreichbare Ferne gerückt waren. Zweifellos hatte es in diesen Gebieten eine Art bürgerliche Lebensform gegeben, was auf das infolge des Reichtums an Bodenschätzen stark ausgeprägte Handwerks- und Industriegewerbe zurückzuführen war; aber Márais wiederholte Behauptung, wonach es in Budapest kein Bürgertum gegeben habe, ist nicht wahr. Und natürlich ignoriert Márai (der, sosehr er seine Distanz auch betont, zu den sogenannten urbanen Schriftstellern gehörte), dass in Ungarn gerade in den Zwanziger- und Dreißigerjahren die ebenfalls als bürgerlich zu bezeichnende Schicht jener, die von Bauern zu Intellektuellen geworden waren, stark angewachsen war. Die Ursache für Márais Schweigen liegt in seinem tiefen Widerwillen gegen das Bauerntum und die Bewegung der völkischen Schriftsteller begründet. (Im Vergleich zu den Bauern der Tiefebene oder Transdanubiens hatte das Bauerntum Oberungarns infolge geografischer Nachteile in der Tat stets unter kümmerlichen Bedingungen gelebt.) In seinem Tagebuch schreibt er stets mit negativem Beigeschmack über das »Volk« und die völkischen Schriftsteller, die dessen Interessen vertraten[8]. Aber indem er die rechtsgerichtete Welt-

8 Die Spaltung der ungarischen Literatur der Zwischenkriegszeit in völkische und urbane Schriftsteller war so ausgeprägt und bestimmend, dass viele in Ungarn die Schriftsteller noch heute danach klassifizieren.

anschauung mancher von ihnen ablehnt, schüttet er das Kind mit dem Bade aus: Er ignoriert eines der brennendsten Probleme der damaligen ungarischen Gesellschaft – die seit anderthalb Jahrhunderten systematisch hinausgeschobene Bodenreform –, dessen Lösung die Entstehung ebenjenes von ihm so herbeigesehnten bürgerlichen Ungarn begünstigt hätte. Indem er sich an ein idealisiertes Bild des Bürgertums klammerte, stolperte Márai manchmal über unmittelbar vor seinen Füßen liegende Gesellschaftsprobleme, ohne sich seines Stolperns überhaupt bewusst zu werden.

Natürlich ist Márai auch die Selbstironie nicht fremd – obwohl sie in der Regel dann zum Vorschein kommt, wenn er genügend Distanz zum Geschriebenen hat. In seinem Tagebuch ist oft von der 5000 Bände umfassenden Bibliothek in der Mikóstraße die Rede, dieser mächtigsten Bastion bürgerlicher Lebensweise, dieser Insel der Kultur, die während der Belagerung Budapests größtenteils vernichtet wurde. Was ihn im zerbombten Zimmer erwartete, beschreibt er so: »Meine Bücher liegen auf dem Boden herum, doch mein Schreibtisch, die beiden französischen Arm-

Der Unterschied zwischen völkischer und urbaner Literatur, ihr mal feindliches, mal alliiertes Verhältnis zueinander, ist aus ausländischer Sicht praktisch nicht zu begreifen. Die Verbürgerlichung stellte in dem damals halbfeudal eingerichteten Land ein genauso dringendes Problem dar wie die Lösung der Lage des Bauerntums (des »Volkes«). Beide literarischen Lager formierten sich je nach Schwerpunkt. Dass sie nicht oder nur schwer miteinander auskamen, ist ebenfalls eine Folge dieses halbfeudalen Zustands. Reaktion erzeugt Gegenreaktion: Je mehr die urbanen Schriftsteller auf einer ihnen als zeitgemäß erscheinenden literarischen Sprache und Ausdrucksweise beharrten, umso bereitwilliger unterwarfen sich die völkischen Schriftsteller einer gemeinschaftlichen, antimodernen Gesinnung. Während die urbanen Schriftsteller bürgerlich eingestellt waren, obwohl ein Bürgertum kaum existierte, stellten sich die völkischen Schriftsteller so in den Dienst der Gemeinschaft, dass sie das Schicksal des Individuums, dieses zentrale Problem des 20. Jahrhunderts, praktisch ausklammerten.

sessel sind noch da; an der Wand, hinter heilem Glas, hängt unbeschädigt Hufnagels Stich von Kaschau ... Alles andere ist kaputt« (II, 106). Am Ende hebt er ein Foto auf, das Lew Tolstoi und Maxim Gorki im Garten von Jasnaja Poljana zeigt, steckt es ein und geht. In *Land, Land*, ein Vierteljahrhundert später entstanden, erinnert er sich erneut an diese Szene, an die zertrümmerten Brandschutzmauern, den Schutthaufen, die zermalmten Bücher. Und an die Fotografie. Doch diesmal fügt er hinzu: »Nur [ein Buch] lag mit unbeschädigter Titelseite da, unmittelbar neben dem Zylinder. Ich hob es auf und las den Titel: *Handbuch zur Pflege des zivilen Hundes*. Ich steckte es ein und stieg vorsichtig den Schutthügel hinunter. In diesem Augenblick empfand ich – später habe ich viel darüber nachgedacht – eine merkwürdige Erleichterung« (S. 69). Der Leser mag kaum glauben, dass Márai tatsächlich auf dieses Buch gestoßen ist, dramaturgisch zu gut sitzt die Pointe. Obwohl es wirklich so passiert ist: Márai erwähnt den Band auch in seinem Tagebuch von 1945. Nur misst er ihm dort keine Bedeutung bei, erwähnt ihn nur beiläufig. Doch 1972 ist seine Selbstironie schon am Werk. Er hatte zu jenem Zeitpunkt bereits fast ein Vierteljahrhundert in Westeuropa und in den Vereinigten Staaten verbracht, hatte erfahren, was Bürgertum in Wirklichkeit bedeutet, und konnte nun auch seine frühere Bürgertumsnostalgie in kritischerem Licht betrachten[9].

Márai, der Tagebuchschreiber, erweckt als »letzter Bürger« den Eindruck eines auf einer hohen Warte über der Geschichte sitzenden einsamen Propheten. Der Wahrheit halber muss jedoch hinzugefügt werden, dass Ungarn seit 1943

9 1989, kurz vor seinem Tod, erklärte Márai: »Man bekommt zwei Vignetten verpaßt. Die eine lautet: ›Bürger‹, die andere: ›europäisch‹. Sie heften sie auf einen wie eine Tafel auf ein Denkmal. – Aber Denkmälern ergeht es so: Erst bestaunen es die Schulkinder, dann kommen die Hunde und pinkeln es an.«

von so viel Dreck und Schmutz überschwemmt wurde, dass Márai kaum eine andere Wahl blieb als die innere (und später äußere) Emigration. Das Ideal des Bürgertums diente ihm dabei als Rettungsring – und sich das bewusst zu machen ist vielleicht wichtiger, als seine Sicht des Bürgertums zu verurteilen.

Und das Gleiche gilt auch für seine maßlose Voreingenommenheit zugunsten der Bildung und seinen übertriebenen Glauben an die Macht des Geistes. Einer der wiederkehrenden Gedanken in seinen Tagebüchern ist, dass er stets versucht habe, der Nation mit Qualität zu dienen, diese davon jedoch nichts habe wissen wollen. Das war zweifellos der Fall. Nicht nachvollziehbar ist jedoch, wie er im Zusammenhang mit der Machtübernahme der Pfeilkreuzler schreiben konnte, das Land sei deshalb so tief gesunken, weil »diese Gesellschaft fünfundzwanzig Jahre lang die Kultur verweigert hat« (I, 377), oder dass sich die Juden ihr Unglück auch selbst zuzuschreiben hätten, da zwischen den Weltkriegen geistig anspruchslose Juden durch ihre Zeitungen und andere kulturellen Erzeugnisse die allgemeine geistige Anspruchslosigkeit gefördert hätten. Das ist eine eher törichte Naivität. Aber auch dafür gibt es eine Erklärung: In einem derart rechtsorientierten, betont rassistischen Milieu, in dem Begriffe wie »Bildung« und »Kultur« zum Teil als antisemitische Codes dienten, wird Márais Standpunkt, seine maßlose Voreingenommenheit zugunsten der Bildung, verständlich. Wenn Ferenc Herczeg nach 1919 bekundet: »Parolen wie Liberalismus, Kultur, Westen, Bildung – erfüllen uns heute mit Abscheu und Ernüchterung«[10] (gleichsam als Vorwegnahme von Hanns Johsts Ausspruch von 1933: »Wenn ich Kultur höre [...] entsichere

10 Zit. n.: Levente Püski, »Die Bethlensche Konsolidierung und die Judenfrage«, in: *Rubicon*, 2004/11, S. 62.

ich meinen Browning«[11]), bringt er eine weit verbreitete antiliberale (und stillschweigend antisemitische) Haltung zum Ausdruck. Blieb Márai in einem solchen Milieu etwas anderes übrig, als allem zum Trotz an jenem Bildungsideal festzuhalten, das irgendwann im 18. Jahrhundert aufgetaucht war und als Kind der Aufklärung kaum zwei Jahrhunderte Bestand hatte? Er blieb selbst dann noch ein Bildungsbürger, als in Europa schon der »Bildungsphilister« (Friedrich Nietzsche) zu einem Anachronismus geworden war – und so gesehen haben wir es doch wieder mit einem charakteristisch ungarischen Schriftsteller zu tun, der in der Falle, der »Sackgasse der ungarischen Geschichte«, zappelnd, versucht, die Fassade aufrechtzuerhalten.

* * *

Am 11. April 1943, seinem Geburtstag, notierte Márai: »Ich habe bisher dreiundvierzig Jahre gelebt. Und wenn ich noch einmal so lange lebe? Und sechsundachtzig bin? Werde ich dann mehr wissen? Glücklicher sein? Mehr Gewissheit über Gott und Mensch, das Natürliche und das Übernatürliche haben? Ich glaube nicht. Erfahrung bedarf der Zeit, aber jenseits eines bestimmten Grades der Erkenntnis vertieft die Zeit die Erfahrung nicht mehr. Ich werde einfach älter werden, nicht mehr und nicht weniger« (I, 114).

Márai hörte nie mehr auf, Tagebuch zu schreiben; er hatte jene Form entdeckt, die seiner Veranlagung und seinem Talent am meisten entsprach. Seine Tagebücher nahm er überallhin mit und setzte sie fort, wo immer er war. Auch in der Emigration, auch in den Vereinigten Staaten. 40 Jahre später, in seiner San Diegoer Einsamkeit, halb erblindet, an der Seite seiner im Sterben liegenden Frau, kurz vor dem Tod seines Sohnes, stieß er am 11. Januar 1985 beim Durchblät-

11 Hanns Johst, *Schlageter* (1933), I. Akt, 1. Szene.

tern seines alten Tagebuchs von 1943/44 unvermittelt auf die oben zitierten Zeilen. Er übertrug sie in sein damaliges Tagebuch und setzte den 42 Jahre früher entstandenen Eintrag so fort: »Diese Zeilen hallen seltsam aus dem Jahr 43, als das Buch gedruckt wurde, in das Jahr 85 herüber. Aus der Frage ist Wirklichkeit geworden, ein Jahr fehlt bis zum 86. Und ich weiß nicht mehr. Eher ist es so, dass ich zusammenkratze, was ich schon vor 43 Jahren gewusst, aber inzwischen verloren, vergessen habe« (*Tagebücher 1984–1989*, S. 60).

Aus dem Ungarischen von Akos Doma

1943

Augenblicke, in denen die Stille – in uns und um uns – so groß wird, dass wir das geheime Ticken des Weltmechanismus zu hören glauben.

Ein Toter in Pistoia, in der Kirche.

Niemand kümmerte sich um ihn. Man hat ihn aufgebahrt, den Sarg ohne Schmuck und ohne Blumen in der Kirche abgestellt und ist weggegangen.

Am Nachmittag trat ich ein, ziellos, wie man in den Kirchen italienischer Kleinstädte umherzustreifen pflegt. Ich war aus Florenz gekommen, mit dem Wagen. Der Frühling ging zu Ende, es sah nach Regen aus. Unter dem violetten Himmel bogen sich entlang des Weges Zypressen im warmen Wind. Die Luft war schwer mit dem schwülen Duft von Lorbeer und Mimose, dem Geruch der Regenwolken, als trocknete feuchte, schlampig gewaschene, graue Unterwäsche in den Höhen. Eine schirokkohafte Leidenschaft huschte zwischen den schwarz-weißen Steinen des toskanischen Städtchens, als trieben sich noch immer Guelfen und Ghibellinen in den Häusern herum. Dante erwähnt Pistoia.

Der Tote setzte mich in Erstaunen. Er lag so einsam da, so schmucklos, so bar jeder Festlichkeit und falscher Pietät wie jemand, der seinen Verwandten und Landsleuten nicht einmal durch die Tatsache seines Todes eine geheuchelte kleine Ehrenbekundung abzuringen vermocht hatte. Er starb, wurde in einen Sarg gelegt, mitten in der Kirche abgestellt. Der Küster würde ihn am Morgen schon finden.

Ich war jung und hatte in meinem Leben noch nicht viele Tote gesehen. Diesen konnte ich nun ungestört, beliebig lange betrachten. Sonst hatten stets Weihrauch, Gesang, schwarz-weiße Draperien, Klagegeschrei und viele Blumen die Toten umgeben. Dieser Tote war ungeschmückt: ein Mann in mittleren Jahren, in schwarzem Gewand, zwischen vier Brettern. Seine gelbe Nase überragte mächtig den zahnlosen Mund. Er wirkte ernst, gleichgültig. Seine Kleider glichen denen eines Armen, wenn er sich festlich, schwarz anzieht.

Da begriff ich zum ersten Mal, dass der Tod nichts Schreckliches, sondern Gleichgültigkeit ist. Und auch eine Art Fest, bei dem man sich schwarz kleidet. Wenn er stirbt, wird jeder zum Armen und kleidet sich schwarz.

Die Tabaktrafikantin, die nie vorrätig hatte, was ich gerade verlangte. Sie saß in einer kleinen Bude an der Straßenecke zwischen ranzigen Töpfen, lumpigen Häkeleien, abgegriffenen Papierbögen. Durch den Spalt, bei dem sie die Ware hinausschob und das Geld einstrich, strömte aus dem Budeninneren ein Geruch wie aus einem Pumakäfig auf die Straße. So saß sie inmitten ihrer muffelnden Näpfe, alt, mit rotem, aufgequollenem Gesicht, zerzausten grauen Haaren, leeren, blauen, immerfort tränenden Augen, und bot etwas feil, was sie gerade nicht da hatte. Verlangte ich Zigaretten, konnte sie mir keine geben, aber »die Lieferung ist gerade unterwegs«. Verlangte ich Briefmarken, empfahl sie mir Streichhölzer. Bat ich um Streichhölzer, wollte sie mir Briefpapier aufdrängen. Verlangte ich Zigarren, lächelte sie mit einem Anflug von Hochmut wie jemand, der für müde, eitle Scherze nichts übrig hat. Wollte ich die Morgenzeitung haben, versuchte sie mir die Zeitungen vom vergangenen Abend oder zwei Wochen alte Magazine anzudrehen.

Manchmal glaubte ich, dass sie mich foppte. Jahrelang ließ ich nicht locker, führte zur Probe Kontrollen durch, überquerte die Straße, blieb – im Winter, bei Nebel – vor ihrer Bude stehen und verlangte etwas mit tiefer, verstellter Stimme. Sie ließ sich nie täuschen: Sie habe die gewünschte Ware gerade nicht vorrätig, aber »sie ist schon unterwegs«. Immer versprach sie alles für den nächsten, übernächsten Tag. Mir war es unbegreiflich, wovon sie eigentlich lebte, wovon sie die ranzigen Esswaren für ihre Töpfe, das Heizmaterial für den eisernen Ofen kaufte. Sie war vollkommen und makellos wie ein Meisterwerk der Natur. Zehn Jahre lang beobachtete ich sie, stellte sie auf die Probe. Später blieb ich nur noch einmal pro Jahreszeit vor dem Fenster ihrer Bude stehen und verlangte etwas. Aber sie erkannte mich sofort: »Memphis?«, sagte sie schadenfroh, »habe ich nicht. Vielleicht Mirjam gefällig?«

Das Erwachen an frühen Wintermorgen, wenn du spürst, dass du noch gesund bist, Zeit und Alter noch nicht an dir nagen. Kleidest dizitternd, aber gut gelaunt im eisigen Zimmer an. Auf den Straßen treibt Schnee im frostigen Wind; die ersten Straßenbahnen spucken im Dunkeln ein heiseres gelbes Licht, wie Zechbrüder, wenn sie sich frühmorgens mit krächzender Stimme räuspern.

Das Dampfbad an winterlichen Morgen. Ich bin der erste Gast. Das Wasser ist sauber, durchsichtig blassgrün. Der einäugige Apotheker entspannt sich am Fuß des Brunnens im Wasser wie ein einsamer Zyklop. Emsig kneift und knetet der Masseur deine Muskeln, als wollte er dich loben, dass du noch nicht im Schlamm und Spülicht des Lebens verrottet bist. Der Masseur benutzt ein Pseudonym. Man nennt ihn »Viktor«. In Wahrheit heißt er Károly. Warum? …

»Das ist sein Künstlername«, erwidert der Bademeister ernst.

Nach dem Dampfbad ein winterliches Frühstück im alten Café. Tee, kalter Braten, Zeitungen. Die milde Geborgenheit der Zivilisation. Und das Wissen, dass diese Freuden zerbrechlicher als das mit Tee gefüllte Glas sind, das du an deine Lippen führst.

Der Moment, da ich mit meiner ersten Liebe über das Stoppelfeld laufe, zwischen den geernteten Roggengarben. Ich bin vierzehn Jahre alt, das Mädchen ist dreizehn. Es trägt Sandalen an seinen nackten Füßchen. Wir halten uns bei den Händen, wie Hänsel und Gretel im Märchen.

Mehr geschieht auch nicht. Um uns die große Tiefebene, die Getreideschober. Der Himmel ist violett, die Landschaft steht in Erwartung des Regens. Die Spannung in der Luft und in unseren Herzen ist beinahe unerträglich. Lange gehen wir so, Schauder laufen mir den Rücken hinunter, die Augen des Mädchens füllen sich mit Tränen. Der Sommer geht zu Ende, herrlich ist die Landschaft und todtraurig. Am nächsten Tag reise ich ab, zurück in die Stadt.

Das Mädchen sehe ich nie wieder.

*R.*s junges, schönes, boshaftes Gesicht, wenn sie mich – in einem unbewachten Moment – ansieht, beobachtet und glaubt, ich bemerke ihren Blick nicht. Sie beobachtet mich wie die Giftmischerin, die ihrem Opfer das tödliche Gift verabreicht hat und nun unbefangen plaudernd auf die Wirkung wartet.

Und nicht ahnt, dass ich ihre Machenschaften, mithilfe derer sie mir das böse, würzige Gift ihres Körpers und ihres Wesens eingeben will, um Macht über mich zu erlangen, schon lange beobachte; und wie Mithridates schon längst das Gegengift schlucke. Das einzig mögliche Gegengift: dass ich jedes ihrer Worte von allen Affekten befreie, auf die Waagschale der Vernunft lege und erkenne, wie leicht doch diese Worte sind. Und wie schmutzig! Ich beobachte ihren erwartungsvollen, bösen Blick und sage mir fast mitleidig: Über mich hast du keine Macht.

Und dann wirft die Zeit in wenigen Sekunden alles in den Müll.

Ein Sommernachmittag an der Felsenspitze von Cap d'Antibes. In schierer Lust bieten sich die Mimosen und Kakteen der Sonne dar. Tief unten am Fuße des Felsens das stille, gläserne, dunkelblaue Meer. Die geheimnisvolle dunkelblaue Stille des Mittelmeers: als hätten die Engel nach einem himmlischen Waschtag alles Waschblau in dieses Becken gegossen.

Im Hintergrund das Hotel, ein gelber Empirepalast. Eine junge Frau liegt fast nackt auf einer Liege unter einer Mimose, gibt sich der Sonne, der Stille, der lauen Brise hin, wie die Bäume, wie der Felsen, wie das Meer. Vollkommene Einheit und Harmonie in allem, was lebt und atmet. Der jodhaltige Duft des Meeres, der raue, herbe Duft der Blumen.

Ich beuge mich von der Felsenspitze über das Meer und erblicke mich in der Tiefe, im glänzenden dunkelblauen Kristallspiegel. Ich bin dreißig Jahre alt und bin glücklich.

Ein Sommernachmittag in Bártfa. Das Zimmer in dem Gasthof, in dem auch schon Königin Elisabeth gewohnt hat. Im Wald, inmitten der Tannen, das winzige, künstlich angelegte Schwimmbad, dessen kaltes Wasser mit Dampf erwärmt wird. Den Kessel heizt man mit harzigem Tannenholz, der Dampf und der Rauch vermengen sich in der Umgebung des Bades mit dem kräftigen Duft des Harzes.

Am Waldweg Reizker, herbe Heidelbeeren. Ich bin schon einmal hier gewesen, in meiner Kindheit, mit meiner Mutter. Vom Bergrücken sieht man nach Polen hinüber. Alles duftet, alles ist voller Thymian. In der Nähe Rákóczis Burg und ihre Linden.

Ich schwimme auf dem Rücken im lauwarmen Wasser, über den Tannen und Berggipfeln schimmert hellblau, wolkenlos der sommerliche Himmel. Als sei ich körperlos: Das Wasser, die Erde, der Himmel, alles schwebt. In der Ferne, unten in der Siedlung, spielt ein Zigeuner nachmittags um fünf.

Der Zug hält plötzlich vor einem normannischen Dorf. Ein Signal hat seine rasende Fahrt gestoppt. Ich erwache auf meiner Bank dritter Klasse, auf der ich erschöpft geschlafen habe, springe auf, trete ans Fenster. Zwischen den goldenen und bordeauxroten Schleiern der herbstlichen Abenddämmerung erblicke ich einen üppigen Garten, Apfelbäume überladen mit reifen roten Früchten. Durchs Zugfenster strömt der warme Körpergeruch des sonnenerhitzten Gartens.

Tränen treten mir in die Augen. Ich habe plötzlich das sichere Gefühl: Ich muss hier bleiben, aussteigen, eilig mein Gepäck zusammenraffen, hier bleiben irgendwo zwischen Dieppe und Paris, in der Normandie. Ich komme aus London, Europa rüstet zum Krieg. Wo bin ich? … »Irgendwo in der Welt«, inmitten meines eigenen dreißigjährigen Krieges. Die Überfahrt ist stürmisch gewesen, schon in New Haven begann das Schiff zu schlingern, in der Mitte des Kanals verfinsterte sich der Himmel, vornehme Damen lehnten sich in Tücher gehüllt über die Schiffsreling und stöhnten, übergaben sich wie Tiere. Später in Dieppe, im glücklichen Moment der Landung, des Festlands, der »terra firma« wirkten sie dann noch vornehmer als zwei Stunden zuvor an englischen Ufern. Sie winkten die Zollbeamten ab.

Doch das alles geht mich nichts an. Nur dieser Garten Eden in der Normandie geht mich jetzt etwas an. Ein warmer Wind lässt die schweren Äste erzittern. Hier bleiben, leben, glücklich sein. Ich hatte stets nur arbeiten, meine Pflicht tun wollen wie jemand, dem man eine Strafe auferlegt hat. Und jetzt, zum ersten Mal in meinem Leben, diese wilde Sehnsucht: glücklich zu sein.

Langsam, schleppend setzt sich der Zug in Bewegung, als sträube er sich, diese glückliche Gegend zu verlassen. Wir lassen die Obstbäume im goldenen Nebel, im dichten Dunst des Frühherbstes hinter uns. Ich werde mit einem Mal müde, lege mich wieder auf die Holzbank, bin allein im Abteil. Ich verberge mein Gesicht in meinen Armen. Ich fahre heim, zu leben, zu arbeiten, alt zu werden.

Der »Tatort«, das Zimmer, in dem einst etwas geschah, wovon ich viel später erfuhr, dass es ein verhängnisvoller Akt war, jemanden das Leben kostete.

Jahre später mache ich Zwischenstation in der Stadt. Ich steige um Mitternacht in einer Herberge für Durchreisende nahe dem Bahnhof ab. Am Mittag des nächsten Tages begebe ich mich zu dem Haus, läute an der Wohnungstür.

Ja. *X*. habe hier gewohnt. Jetzt wohnen Fremde hier. Sie lassen mich eintreten, misstrauisch. Von den Möbeln stehen nur noch das Bücherregal und der zweitürige Schrank an ihrem Platz. Ich trete ans Fenster, sehe den Platz gegenüber, das hellgrüne Haus mit dem Garten. Jetzt ist alles schneebedeckt. Damals war Sommer, weiße Hitze, staubbedeckte Akazien.

Und nun am Tatort wird mir plötzlich klar: Ich hatte keine Wahl. Alles andere wäre eine Lüge, eine Verleugnung der Wirklichkeit gewesen. Wir hatten beide keine Wahl, weder er noch ich. Das ist wohl das Verhängnis. In solch ärmlichen, bescheidenen Kulissen reift das Verhängnis heran.

Im Zimmer nebenan wimmert ein Säugling. Diese Stimme beruhigt mich. Das Leben, wie gleichgültig es doch ist! Ausharren, unsere Pflicht tun, uns um nichts anderes kümmern.

Pál Teleki. Er geht auf der Schanze spazieren, ein paar Tage vor seinem Selbstmord. Ein Beamter begleitet ihn.

Er trägt einen polnischen Pelz, einen Jägerhut. Sein Blick hinter der Brille ist der eines Kindes: fragend und misstrauisch. Und tatsächlich, dieser gebrechliche Körper hat etwas von der Haltung eines in die Jahre gekommenen Jungen, eines Jünglings, der sich weigert, ganz erwachsen zu werden. Nur sein Geist ist erwachsen: die Art, wie er der Welt entgegentrat. Er blieb jungenhaft bis zum Schluss, auch als Ministerpräsident; linkisch, nur zum Schein rohrstockfreudig und lehrmeisterhaft. Insgeheim fürchtete er sich vor der Welt. Nicht zufällig zog er sich so gern als Pfadfinder an, war er so gern unter Kindern. Unter ihnen fühlte er sich im Grunde seines Herzens viel heimischer als in der Welt der Erwachsenen.

Ein paar Tage später erschoss er sich, und plötzlich war er entsetzlich erwachsen. Jede Verlegenheit, jede Befangenheit war aus dem Gesicht des Toten gewichen. Er war wie jemand, der etwas begriffen und ausgesprochen hat.

Ein regnerischer Vormittag im Park von Gödöllő. Schon seit einer Stunde stehe ich am Schlosseingang, vor zwei Wache haltenden Husaren. Da erscheint der König.

Er trägt Uniform, hat den Mantelkragen hochgeschlagen. Ein junger Offizier folgt ihm zu seiner Linken. Langsam, die Hände in den Taschen, geht er auf dem vom Regen aufgeweichten Weg des Parks, unter triefenden Bäumen. Ich sehe ihn zum zweiten Mal in meinem Leben. Ein junger Mann mit gerötetem Gesicht. Er blickt mich einen Moment verwirrt an, nimmt meinen Gruß mit hilfloser Freundlichkeit entgegen.

In der Stadt kreischt schon die Revolution. Ich bin achtzehn Jahre alt in diesem Moment und weiß, dass dieser junge König nicht mehr lange regieren wird. Ihm bleiben vielleicht noch ein paar Wochen, vielleicht ein paar Tage.

Ich empfinde tiefes Mitleid für den einsamen König, wie er im Regen unter den Bäumen umherirrt. Er ist unbehaust, wie es nur Könige sein können, im letzten Augenblick vor ihrem Sturz.

Das Bad, in Tripolis, nachmittags um vier. Ich komme aus Leptis Magna, mit dem Wagen, bei vierzig Grad Hitze. Die Luft ist wie geschmolzenes Metall, wenn es aus dem Schmelzofen gehoben und in den Tiegel gegossen wird. Der gelbe Sand der Wüste, sonst nichts. Jenseits des gelben Sandes die dunkelblaue Chimäre des Meeres. Zwei Stunden Fahrt auf der Betonpiste nach Bengasi. Nirgends eine Oase. Die Gewissheit, dass die Elemente stärker als die Maschine sind und dass wir, müssten wir nachmittags um drei hier in der Wüste, ohne Kopfbedeckung halten, rettungslos verloren wären. Und diese Gleichgültigkeit, dieses Wohlbefinden unmittelbar vor dem Sonnenstich, wie immer, wenn der Mensch den Elementen, dem Ursprünglichen ausgesetzt ist: Dann sind wir eben verloren! Als sei diese Möglichkeit, die Möglichkeit, verloren zu sein, etwas Gutes und Verheißungsvolles angesichts der Elemente; als sagte man: Wir kehren heim.

Und dann das Meer. In den Zementkabinen Skorpione, blutverschmierte Watte, Spinnweben. Das Meer, das hier weder kühl noch lauwarm ist, nur anders. Das ist die Urheimat, die Urheimat jedes Europäers, die mediterrane Vertrautheit, das Urwasser, dem wir alle entsprungen sind. Es nimmt dich in die Arme, wiegt dich sacht. Dieses Wasser, das Wasser des Mittelmeers, hat etwas: Es ist anders lauwarm, hat einen anderen Wellengang, eine andere Farbe, einen anderen Duft als der Ozean. Eine Stunde vollkommene körperliche und seelische Glückseligkeit. Das Wasser und mein Körper sind eins. Wie die Leibesfrucht im Fruchtwasser verbringe ich eine ganze Stunde in vollkommener Sicherheit und Geborgenheit.

Abends um sieben in London, an einer Straßenecke redet jemand zu der Menge. Es regnet. London bei Regen ist weich und glitschig wie ein Seeungeheuer, das infolge seiner Größe auch ein wenig rührend und hilflos ist. Im grünen Licht der Gaslaternen nehmen die Gesichter der Menschen gespenstische Züge an. Als lauschten dem Redner Tote am Meeresgrund.

Es ist der Augenblick, in dem bekannt wird, dass zwischen Italien und Abessinien der Krieg ausgebrochen ist. Die Leute starren mit gläsernen Blicken vor sich hin. Der Redner gestikuliert mit seinem Regenschirm. Ich komme aus der Bibliothek, habe den ganzen Nachmittag die Bildnisse assyrischer Prinzessinnen bewundert. Der Kopf tut mir weh. Die verregnete Abenddämmerung Londons mit ihren perlfarbenen Lichtern deckt mich zu, als wollte sie mir einen riesigen Umschlag machen.

Regungslos umstehen die Menschen den Redner. Diese Wortlosigkeit und Regungslosigkeit ist angsteinflößender und beunruhigender als jeder Lärm, jedes Geschrei, jede Parole. Engländer. Ihr Schweigen ist beängstigend. Zum ersten Mal begreife ich etwas, was für mich bis dahin nur Literatur, Information aus zweiter Hand gewesen ist: Diese Menschen sind anders zornig als wir auf dem Kontinent. Sie verstehen es, in der Zeit zornig zu sein, ihre Nervenreflexe zeitlich auszudehnen. Heute, am Donnerstag, beginnen sie zornig zu sein, verraten womöglich aber erst in zehn Jahren, warum sie böse waren. Stumm stehe ich unter ihnen. Noch nie habe ich mich unter Menschen so hoffnungslos einsam und fremd gefühlt.

R., im Foyer des Hotels in Marseille, im Pelz, wie eine Königin. Ohne Hut, im Abendkleid, um ihre Schultern ein teurer Pelzumhang; sie erwartet mich, und wir schlendern zu Fuß die Cannebière entlang.

Ein närrischer Karneval, dieser Abend. Marseille schießt Raketen in den Himmel und schlägt Purzelbäume vor Freude. Die Seeleute, die Schmuggler, die ernsten und bärtigen Einheimischen in dunkler Kleidung und steifem Hut, die Frauen in ihren farbenfrohen und weichen Fetzen, der Geruch gebratenen Fisches im alten Hafen, die Prostituierten und die korrekt gekleideten, festlich umherschlendernden Lustmörder und Lustknaben, die Soldaten, die Fremden, die ihr Fremdsein zur Schau tragen wie das Abzeichen eines Sportvereins, die schaukelnden Schiffe im warmen, flockigen Nebel, die schimmernde Festung von Montechristo in der Ferne wie auf einem Öldruck, die Wellenlinie der Grande Corniche, überall der sommerliche Duft der Mimosen, der Singsang der flinken Zungen, diese süße, an ihrem eigenen Elan sich berauschende Geschwätzigkeit, die kindische, zufriedene Selbstdarstellung dieser Plebejer auf den Caféterrassen, das überall blubbernde Gelächter und hinter alledem das Schweigen des Meeres, das mit seiner Ebbe und Flut die Reservoire dieser engen Gassen Tag und Nacht mit Waren und Menschen, Gewürzen und Goldstaub, Opium, Aluminium, Kork, Heringen und Heroin, Mauren und Levantinern, Chinesen und Sarazenen, weißen Amerikanerinnen und französischen Stabsfeldwebeln füllt. *R.* schlendert stolz inmitten dieser heißen, schmuddeligen, selbstvergessenen und klebrigen Menge, wie eine Königin, die endlich zu ihrem Volk heimgekehrt ist.

Zwei Monate später ist sie tot.

Und wieder ein Tag in Marseille, acht Jahre später. Das Hôtel de Noailles steht noch, das Feuer hat die edlen alten Möbel nicht versengt. Dieses Hotel wirkt so, als habe Paris einen Generalkonsul an die Grenze geschickt, die Europa von Afrika, den Westen vom Süden trennt. Ein strenger und seriöser Luxus, mit dem die Europäer inmitten der südländischen Umgebung die disziplinierte Überlegenheit der Kultur demonstrieren wollen. Alle, selbst der Groom, sind eine Nuance zu festlich und zu formell. Und unter den fein geschwungenen Fenstern wogt mit schmierigem Geplätscher die Marseiller Nacht.

Morgens serviert man die Schokolade in altem Sèvresporzellan. Ich liege bis Mittag auf dem Damastbett, lese die Gedichte Rimbauds. Er starb in einem Krankenhaus unweit von hier. Man hatte ihm ein Bein abgenommen, er fluchte und röchelte. Verlaine und der Negus hatten ihn längst vergessen.

Zu Mittag betrete ich Pascals Restaurant, befangen wie jemand, der gleich einer Zeremonie beiwohnen wird. Natürlich bestelle ich bei dem Kellner, der genauso alt und festlich wie die hundertjährige Örtlichkeit wirkt, eine Bouillabaisse. »Altes Personal«, verkündet am Eingang eine gläserne schwarze Tafel mit goldenen Buchstaben. Er bedient mich streng. »Sie trinken heimischen Wein zur Suppe«, sagt er, als belehrte er einen Neger, wie man isst und die Gabel hält.

Er serviert einen Rotwein, der genauso heimtückisch schäumt wie der Mousseux, wie der weiße Vouvray. Der Wein ist süß und herb, er benebelt mich, macht mich aber auch überaus lebhaft. Die Fischsuppe ist dickflüssig und stark gepfeffert. Als hätte man das weiße Fleisch der Fische und die mit dickflüssigem Saft übergossenen Brotstücke im fast schon unmoralischen und unanständigen Duft des tiefsten Meeres gedünstet. Danach serviert er gepfeffertes blutiges Fleisch mit Bratkartoffeln und einem Salat, an dem das Öl so stark duftet, als sei es nicht aus Oliven, sondern aus Blumen gepresst worden. Er bedient mich stumm und feierlich, jeder seiner Ratschläge, jede seiner Bewegungen birgt die tiefen Geheimnisse einer gediegenen Bildung in sich.

Nach dem Mittagessen ein heißer Sturm mit heftigen Regenschauern, gelb-blauen Blitzen und einem warmen Wind, der die Jalousien des Hotels aufreißt und die gelben Seidenvorhänge bläht. Das alles ist Überfluss, Überreife, der Süden. Am Abend begebe ich mich zum Bahnhof, betäubt wie nach einem karthagischen Gelage.

Wir beerdigen *J.* in Kiskőrös. Sterbend kroch er aus dem Bett, kramte aus einer Schublade seine Pistole hervor und schoss sich in die Schläfe. Aber er blieb noch stundenlang am Leben: Die Kugel war einmal innen um die Schädelwand gesaust und dann irgendwo im Gehirn stecken geblieben. Er starb im Morgengrauen, blieb bis zum Schluss bei Bewusstsein.

Die Frau, die er tötete und für die er starb, weiß nichts vom Tod ihres Mannes; sie liegt in der Stunde der Beerdigung in Budapest im Sterben. Der Mann wird im Hinterzimmer der Apotheke aufgebahrt: Man hat ihm die Schläfe mit rosarotem Leukoplast verklebt, einem münzgroßen Heftpflaster, als habe die pflegende Hand nur einen eröffneten Furunkel abgedeckt. Das Gesicht ist schon gelb, larvenhaft.

Um den Sarg Blumen aus dem Dorf. Dieses Zimmer sollte das wonnig-warme Nest einer großen Liebe werden.

Hierher hatte er die junge Frau, seine Geliebte, geschleppt, in diese staubige Kleinstadt, wo sich die Tuberkulosebazillen wie Flöhe fast sichtbar im Staub vergnügen. Hier wurde diese wahnwitzige zu einer blutigen Liebe, im ultimativen Sinn des Wortes und der Groschenhefte »blutige« Wirklichkeit. Sie hatten sich hier innerhalb eines Jahres zu Tode geliebt.

Ich würde am liebsten alles fotografieren und notieren, die Zimmereinrichtung, die Beleuchtung, das Gesicht des Toten. Es ist unsagbar einfältig und erhaben, was sich hier vor meinen Blicken ausbreitet: die sinnlose, grausame, bedingungslose Leidenschaft. Rings um den Sarg beten slowakische Bäuerinnen mit dem eintönigen, klagenden Singsang eines griechischen Chors.

Ein Augustvormittag in Gardone. Ich gehe von D'Annunzios Garten zum See hinunter, aus den Kulissen dieses schlauen und raffinierten Wahnsinns, aus dem süßlich-geilen Chaos dieser grandiosen Possenreißerei, rezitierenden Großmannssucht und hanebüchenen Erhabenheit. Alternde Charakterdarsteller träumen wohl von solchen Kulissen an ihrem Lebensabend. Aber dieser Mann hat wirklich in diesen Kulissen gelebt, und die Landschaft, die er sich für seine schusselige Einsamkeit, sein prahlerisches Eremitendasein ausgedacht hatte, stellte sich ihm gehorsam zur Verfügung.

Am Ufer des Sees die schwüle, duftende Hitze eines Treibhauses, in dem man Pflanzen, fleischfressende Blumen und riesige Seerosen von den Südseeinseln und aus der Äquatorgegend bei künstlicher Wärme aufzieht und züchtet. Alles giert und schmachtet nach Hitze und Licht, dürstend, mit keuchendem Hunger, lechzendem Durst: die Olivenbäume, die Kakteen, die zwischen den Uferfelsen wild wachsenden grell leuchtenden Blumen. Als hätte ich in meiner Geistesabwesenheit die Tür zum Treibhaus der Unterwelt geöffnet. In dieser dampfenden, duftenden Hitze erschlafft alles, selbst die Steine und die Erde atmen den Duft der Wollust. So muss es im Garten Eden geduftet haben, Sekunden nach dem Sündenfall. Die Erde dampft nur so vor Sünde, als gäbe es auch noch am jenseitigen Ufer, wo die Tugend nicht mehr blüht, etwas Süßes und Gutes.

Ich atme diesen feuchten Duft in tiefen, keuchenden Zügen. Mit achtzig Kilometern in der Stunde rase ich weiter, Richtung Riva.

Sz., der Falschspieler, der zwei Wochen vor der Matura mit Siebzehnundvier acht seiner Klassenkameraden um ihr ganzes Geld brachte. Das waren wilde Schlachten, Nachmittag für Nachmittag, in der Bude eines unserer Kameraden. Unsere Kleider, unsere Sachen waren längst in die Pfandleihe gewandert. *Sz.* gewann jedes Mal, und wir liefen um unser Geld, unsere Wertsachen. Aber eines Nachmittags wurde er entlarvt: Er spielte mit gezinkten Karten.

Schaudernd vor Ergriffenheit hielten wir Femegericht über ihn. Er war ein armer Junge, nur seine verwitwete Mutter war noch am Leben, er gab Stunden, um sich über Wasser zu halten. Wir brachen ihm nicht das Genick, das Urteil lautete schlicht: Ächtung und Verachtung.

Fünfundzwanzig Jahre später kommt mir der Falschspieler auf der Straße entgegen. Ein ergrauter, korpulenter, ehrwürdiger Herr. Er erkennt mich nicht, erwidert verwirrt meinen forschenden Blick. Wir gehen stumm aneinander vorbei, und ich spüre, dass uns, den Richter wie den Angeklagten, nun die wirkliche Strafe ereilt hat, die Strafe, die sowohl das Verbrechen als auch das Urteil aufhebt. Diese Strafe lautet schlicht: Wir werden alt.

Als mein Vater starb, ging ich vom Sterbezimmer sofort in den Krankenhausflur, um eine Zigarette zu rauchen. Das Gleiche tat ich, als mein Sohn starb. Ich bin wohl wirklich ein starker Raucher.

Ein Nachmittag bei Barbusse. Er wohnt in der Nähe des Champs de Mars, in der bürgerlichen Wohnung eines Mietshauses der Jahrhundertwende. Baumlang, äußerlich ein Don Quijote, traurig, sympathisch und unbedeutend. Er schreibt gerade ein Buch über Zola. Ein langes Gespräch über Krieg und Frieden – ein Gespräch, das nur dazu führt, dass uns beim Abschied klar ist: Es gibt nichts, aber auch gar nichts, was wir einander zu sagen hätten.

Er gehört zu jenen Menschen, mit denen man immer gern beisammen ist, weil man aus ihren Worten heraushört, dass sie nicht lügen, nicht heucheln können. Er gehört zu jenen Menschen, von denen man immer mit Erleichterung Abschied nimmt: als sei man einer großen moralischen Gefahr entronnen.

Die Krankheit. Sie ist gewiss auch eine Strafe, die man ruhig, möglichst ohne zu revoltieren, absitzen muss.

Und man muss wissen, dass man keinen Tag früher entlassen wird. Das wurde dir beschieden, das hast du verdient. Und wissen, dass auch das seinen genauen Platz, seine genaue Ordnung in der Zeit hat: Die Krankheit ist genauso ein Teil des Lebens, wie sie eine Bedingung des Todes, eine Form von Veränderung ist – schließlich ist alles Veränderung, das Leben ebenso wie die Krankheit und der Tod. Zapple also nicht, wenn du krank bist. Bleib still liegen. Tut es weh? … Und wenn schon! Natürlich tut es weh. Auch das gehört zur Strafe. Wird es noch lange dauern? … Tja, so viel du bekommen hast, drei oder sechs Monate!

Ich habe mich nie wirklich für eine Stadt oder eine Landschaft interessiert – in Wahrheit interessierten mich immer nur die Menschen. Florenz bedeutet für mich nicht die Uffizien oder der Boboli-Garten, sondern eine Engländerin oder ein toskanischer Schuster in einer der engen Gassen nahe der Via Tornabuoni. Wenn ich die Augen schließe und an Paris denke, fallen mir nicht die Straßen oder die Seine als Erstes ein, sondern ein menschliches Gesicht, das sich vage aus den Kulissen der Landschaft löst. Vom Sueskanal ist mir nur der Tonfall eines syrischen Auswanderers wirklich lebhaft in Erinnerung geblieben. Es scheint, als sei der Mensch der einzig wahre Sinn von allem, was wir erleben. Alles andere dient nur dazu, ihn zu charakterisieren, zu umgeben, zu erklären. Die eigentliche Bedeutung von Stromboli besteht für mich in *R.*s Stimme, wie sie sich über die Schiffsreling beugt und gleichgültig fragt: »Warum ist ein Berg so unruhig?« Den Stromboli habe ich vergessen, ich könnte ihn nicht zeichnen. *R.*s Stimme habe ich nicht vergessen. Ein Vulkan bedeutet mir nichts. Ein Mensch alles.

Nicht nur die Krankheit stellt sich überfallartig ein, auch die Genesung. Du erwachst eines Morgens, deine Temperatur ist unverändert, deine Glieder pochen genauso wie am Tag zuvor. Und doch weißt du: Es ist etwas passiert. Das geschieht plötzlich. Gestern vor dem Einschlafen setztest du dich noch mit dem Problem von Tod und Unsterblichkeit auseinander. Am Morgen danach, mit dem Thermometer im Mund, denkst du dir schon, zwanzig Pengő müssten für den Portier zum Abschied eigentlich genügen.

Momente, in denen dir – immer wieder von Neuem – klar wird, dass du dem Gebot deiner Seele nicht entrinnen kannst: dem zwingenden Gebot, die Antwort nicht in der Welt, sondern in dir selbst zu suchen. Und diese Antwort kann nicht anders lauten als Pflichterfüllung, bis zum letzten Augenblick.

Drei Monate im Bett, fast regungslos. Die Nervenstränge, die im Verlauf der Entzündung beschädigt oder zerstört wurden, bilden sich allmählich wieder. In den Gliedmaßen wachsen fast ein Meter lange Nervenfasern nach: Das muss abgewartet werden. Ich kann schon wieder gehen, allerdings sehr mühsam. Die starken Schmerzanfälle, das Ausstrahlen der entzündeten Wurzeln in den lebenden Nerven, sind vorerst vorbei. Ich schlafe, brauche kaum noch Schlafmittel.

Die Skala der Schmerzen kennt kein Ende, aber das ist nicht das Schlimmste. Der Körper vergisst den Schmerz. Ich betrachtete alles, was geschehen ist, als eine Revolte des Körpers, eine Art Matrosenmeuterei. Schlimmer war, als mir eines Tages bewusst wurde, dass mir mein Schicksal allmählich aus den Händen glitt. Meine Seele hatte aufgehört, über mich zu verfügen ... es geschah etwas mit mir, große Mächte begannen mit meinem Körper und meiner Seele zu spielen, ohne böse Absicht, einfach so, gleichgültig. Das war das Schlimmste, vielleicht schlimmer als der Tod.

Rilke sagt: »Man stirbt, wie es gerade kommt; man stirbt den Tod.« Das ist wahr. Wir akzeptieren unseren Tod, und wenn er kommt, um uns zu holen, wird er uns – so oder so – vertraut sein. Doch jetzt zu allem Überfluss diese neue nächtliche, statistische Todeswahrscheinlichkeit. Dieser willkürlich aus der Luft gestreute Tod. Das ist nicht mein Tod; er wird mir nur auferlegt wie eine Steuer. Damit kann man sich nicht abfinden.

Die Krankheit wird auch von einer Liturgie begleitet: Priester mit Weihrauchfässern und Devotionalien, Gläubige mit andächtigem Gemurmel … Das Leben als horizontale Zeremonie.

Goethe hat einmal bemerkt, die Deutschen würden angesichts eines Meisterwerks erschrecken und in höflichem Ernst verharren. Südländer lächeln, wenn sie einem Meisterwerk begegnen, lächeln dankbar.

Wege, tiefe Gewässer und Strömungen in der Literatur:

Franz Kafka trägt den Ton eines Schriftstellers namens Walser weiter. Kafkas Ton wird von Julien Green weitergemurmelt. An Greens Welt, dieser seltsam bemessenen Welt, baut Charles Morgan fort.

Das alles ist kein Plagiat. In der Literatur existieren Strömungen von unterschiedlicher Wellenlänge, die sich auf den entsprechenden Empfangs- und Sendestationen äußern.

Der Amoklauf durch die Arbeit, dem die meisten schöpferischen Menschen bis zu ihrem fünfzigsten Lebensjahr zum Opfer fallen: Lässt er sich willentlich, künstlich verlangsamen? Aufhalten? Lässt sich diese Flamme regulieren und dosieren? Durch eine bestimmte Methode, Lebensweise, Erfahrung drosseln? Ich glaube kaum. (Das vermochte nur Goethe.) Bis zu seinem fünfzigsten Lebensjahr ist man entweder mit seinem Werk fertig oder mit seinem Leben.

Das Leben des Menschen verliert allmählich seine menschliche Dimension. Alles wird übermenschlich, kolossal, gigantisch. Nur die Literatur bewahrt noch das menschliche Maß, nur ein paar Seelen tragen noch das Greenwich-Maß in sich. Dieses Ungeheuer auf tönernen Füßen, der zur Masse aufgedunsene Mensch, wird eines Tages zusammenbrechen und in seiner Verzweiflung vom Kolossalen wieder zum menschlichen Maß zurückkehren. Dann werden erneut die Schriftsteller gefragt sein, diese treuen Bewahrer des Maßes.

Am Morgen erwachen alle im Haus mit Kopfschmerzen. Es geht etwas vor sich, in der Luft, in der Welt … keiner kann sich dem entziehen. Woher die fixe Idee, dass alles, was mit uns geschieht, so auch unsere Kopfschmerzen, eine persönliche Bedeutung hätte? Aber ebendiese fixe Idee ist der Mensch.

Seit Tagen leichte Kopfschmerzen morgens bei der Arbeit. Ich kann wieder gehen, aber meine Glieder sind noch völlig gefühllos: Ich gehe nicht, ich hebe gelegentlich ein Bein und setze es dann vorsichtig auf den Boden. Das alles – das Gehen, die Arbeit, das Leben, eine Beobachtung auf der Straße – verlangt einen ungeheuren Kraftakt von mir; ich bin nach dem Mittagessen zuweilen so müde, als hätte ich einen Berg bestiegen.

Am Abend Gäste, unter ihnen Professor *Z.*, der Nervenarzt. Er erzählt vom Selbstmord der Frau und der Tochter von *X.*: Das Mädchen hatte ihre Mutter und anschließend sich selbst mit Blausäure umgebracht. *X.* wollte vom Tod seiner Frau und seiner Tochter nichts wissen, er verdrängte die Tragödie und flüchtete sich in seine Krankheit. In seinen letzten Wochen, siebzigjährig, berichtete er seinem Arzt prahlend, dass er onaniere, und beteuerte, dass in diesem Alter auch Goethe onaniert habe. Auch Széchenyi führte er an.

Ich lese Charles Morgans *Voyage*, eher aus Pflichtbewusstsein und Ordnungssinn, da ich nun einmal damit begonnen habe, denn aus Vergnügen. Das Buch geht organisch aus Kafka und Green hervor, so wie eine Chemikalie aus dem Benzolbereich hervorgeht, wenn einige Moleküle verschoben werden. Der Verfasser lässt sich verdammt viel Zeit. Doch vergeblich – die Gattung Roman hat nicht so bequem viel Zeit wie der Verfasser. Die Gattung hat eine bestimmte Dauer, ein bestimmtes Zeitmaß, und sei es ein noch so langsames; es ist spezifisch festgelegt. Ein Schriftsteller, der gegen das gültige Zeitmaß der Gattung verstößt – ihm hinterherhinkt oder ihm vorauseilt –, verpasst letztlich sein Werk.

Mit einundsechzig und ein paar Jahren notiert Gide in seinem Tagebuch, dass er seit geraumer Zeit nur noch posthume Bücher schreiben will; also gar nicht mehr schreiben möchte.

Ebendort, Ingres zitierend: »Ein Mensch mit Begabung macht, was er will; ein Mensch mit Genie macht, was er kann.«

Man schickt mir ein Exemplar der tschechischen Ausgabe von *Ein Hund mit Charakter*. Ich kann die Übersetzung leider weder verstehen noch überprüfen, aber auf dem Titelblatt erblicke ich ein Ungeheuer, das meinen Hund Csutora in der Phantasie des tschechischen Zeichners zeigt, wie es ihm vom Roman suggeriert wurde – eine Art Mischling aus bastardiertem Drahthaarfox und Klosettbürste. Csutora hingegen war ein Puli, und ich habe mich bemüht, ein äußerlich wie innerlich getreues Bild von ihm zu geben.

Was wird aus alledem, was wir schreiben und denken, in den Händen von Übersetzern, in der Phantasie von anderen? Was für ein furchtbares Missverständnis ist doch jedes Wort, das ein Mensch an den anderen richtet.

Ohne Eros gibt es keine Schöpfung. Eros ist natürlich nicht nur der Moment der Verliebtheit, sondern auch die Besessenheit, ohne deren Strom wir keinen Bezug zu unserer Arbeit haben. Was leitet diesen Strom, was ruft diese Besessenheit hervor? Gnadenreiche kleine Wunder des Alltags: der Blick einer Frau, die Lichtbrechung in einer Landschaft, die ein bestimmtes Lebensgefühl in uns weckt, eine Zeile in einem Buch, irgendeine Nichtigkeit. Und doch ist diese Nichtigkeit alles.

Morgans *Voyage* schlage ich – trotz meiner Vorsätze – etwa auf Seite 200 zu und schicke den Roman zurück an den, der ihn mir geliehen hat. Es gibt auch in der Literatur eine Art aufrichtige Langeweile, die schlimmer als jede Sünde ist. Die Dauer meines Lebens kenne ich nicht, der Umfang dieses Buches beträgt jedoch fünfhundert Seiten; beides lässt sich nicht miteinander vereinbaren.

Jede Zeile, die ich schreibe – ob Zeitungsartikel, Abhandlung, Romanausschnitt, selbst diese Tagebucheintragungen –, weckt in mir ein Gefühl großer Beklemmung und Unruhe. Dieses Gefühl vergeht auch mit den Jahren, der Erfahrung, der in diesem Handwerk – und was für ein »Handwerk!« – gesammelten Praxis nicht, es nimmt eher zu. In der Zeit, die ich meiner Arbeit widme, empfinde ich alles als störend und beunruhigend, ein Telefongespräch wühlt mich auf, und das Bewusstsein, dass Besuch kommen könnte, dass ich mit meinem Tagespensum »rechtzeitig« fertig werden muss, wirkt sich geradezu vernichtend auf mich aus, vergleichbar der Angst vor den Schmerzen eines körperlichen Anfalls. Wenn diejenigen, die mich für einen »souveränen« und »eloquenten Plauderer« halten, wüssten, welch hohen Preis diese Souveränität und Eloquenz haben! ... Ich lebe nur noch zwischen den Zeilen meiner

Arbeit – und wie unvollkommen, wie dürftig, wie furchtbar dürftig diese Zeilen doch sind! –, alles andere ist bloße Vorbereitung, bloßes Kräftesammeln für diese paar Zeilen. Lektüre, Ernährung, Schlaf, der ganze wunderbare Ablauf des Lebens ist nur Beiwerk und Training für die Arbeit, und wird es immer mehr. Es ist zum Sterben.

Ich weiß gar nicht, worüber ich mehr staunen soll: über den Kalender, der genau weiß und ankündigt, dass Pankraz, Servaz und Bonifaz Frost im Mai bescheren, oder über die Natur, die uns dieses windig-regnerische Phänomen pünktlich auf den Tag beschert? Über die Präzision der Beobachtung oder über das minutengenaue Eintreffen des Phänomens? In der Nacht keimt der Nordwind auf, am Morgen biegen sich die Bäume, ringen vor meinem Fenster schon entsetzt mit den Böen der Eisheiligen. Welch große Ordnung doch in der Welt herrscht, jenseits der hektischen Welt der Menschen! – ja vielleicht sogar in der hektischen, schwer verständlichen, selbstherrlichen Welt der Menschen?

Dostojewski quält mich, als sei ich mit einem Geisteskranken zusammengesperrt – einem Geisteskranken, der einst womöglich heiliggesprochen wird. Ich kann mich nicht mit dem Gedanken abfinden, dass diese anarchistische Schrankenlosigkeit die Perspektive des Menschen sein soll – ich bin Europäer, ich glaube auch an die Maße und die Angaben auf den Landkarten.

Maiwind. Als lüftete man diesen schwülen, moderigen, muffigen Winkel aus, diese Welt.

Wir müssen Berta, die alte Köchin, entlassen, denn sie vertreibt uns die Zimmermädchen im Zweiwochentakt: Mit erstaunlichem Instinkt konstruiert sie ihre Vorwürfe, die stets erfunden und ungerechtfertigt sind und ihr, der alten Jungfer, Gelegenheit bieten, die Beleidigte zu spielen und ihre Zimmer- und Arbeitskolleginnen durch ihr eifersüchtiges Liebesbedürfnis zu verdrießen. Das führt zu einer angespannten Stimmung im Haus, und deshalb müssen wir eine andere Stelle für sie finden. »Ich habe eben eine ungute Natur!«, sagt sie ruhig und einsichtig, als ich sie zur Rede stelle; so als sei es eine unabänderliche Tatsache, als sage ein Einbeiniger: »Ich bin nun einmal lahm.« Ihre Religiosität ist eine fixe Idee, sie beichtet und betet sich jeden Sonntag von ihren Schuldgefühlen frei. Sie ist böswillig und empfindlich wie alle egoistischen und ungeduldigen, unter Liebesbedürfnis leidenden Menschen. Und ich vermag durch Argumente und Aufklärung nicht einmal den Charakter einer Köchin zu ändern: Was soll ich mir also von der Menschheit erhoffen?

Der Widerwille, den ich gegen seinen Stil empfinde, schmilzt in der lodernden Hitze des Werkes wie Blei in der Glut eines Kessels. Dostojewski ringt jeden Widerstand nieder: Das ist jenes »Mehr als Literatur«, das keine Gegenargumente gelten lässt. Man muss sich dazu bekennen oder davor fliehen. Und eben darüber zerbricht sich die Welt nun den Kopf, wenn sie die Wirklichkeit, die in Dostojewskis Werk zum Leben erwacht ist, beurteilen soll; etwas anderes bleibt dem abendländischen Menschen angesichts des russischen Messianismus im Moment auch nicht übrig.

Ich habe seit zwei Wochen Glossitis, eine Art fleckigen Ausschlag auf der Zunge. Sie wird vermutlich von einem Mangel an roten Blutkörperchen verursacht, eine Folge von Neuritis. Noch vor einigen Monaten wäre ich mit diesem Symptom und diesem Befund nervös von einem Arzt zum anderen gelaufen. Jetzt bleibe ich erstaunlich gleichgültig: wie jemand, der nun ein für allemal erkannt hat, dass er irgendwann – so oder so – sterben muss.

V. schickt mir einen französischen »Rechenschaftsbericht«, den ich noch in der Nacht in einem Atemzug überfliege: Paul Mousset, *Le temps travaille pour nous*. Der Verfasser ist Verbindungsoffizier zwischen dem französischen und dem englischen Heer. Er wird von Dünkirchen nach England evakuiert.

Dieses Buch ist Propaganda: Seine eigentliche Bedeutung liegt in der Verzweiflung, mit der sich ein kampferprobter Franzose dem Schicksal seiner Heimat zuwendet und die dortige Korruption, Desorganisation, Habgier geißelt. Diese Vorwürfe sind berechtigt. Eine ganz andere Frage ist, worin die Aufgabe der Franzosen hier auf Erden besteht. Sie mussten Hitler wie eine Plage des Schicksals über sich ergehen lassen. Ihre Aufgabe besteht nicht darin zu kämpfen, den habgierigen Imperialisten zu spielen, nein. Sie besteht darin, ihrer Rolle entsprechend zu denken und zu schaffen. Sparta hat der Welt nur hirnlose Kraftpakete geschenkt und ging schließlich zugrunde; Athen lebt und wirkt noch heute. Mag sein, dass die Franzosen jetzt Teile ihres Kolonialreichs verlieren, dafür gewinnen sie aber ihre eigentliche Rolle zurück.

Ich habe mein dreiundvierzigstes Lebensjahr vollendet. Warum hat man, selbst wenn man schon krank und erschöpft ist, noch das Gefühl, dass es zwischen der Jugend und dem Alter noch ein drittes, noch intensiveres Lebensalter als die Jugend gibt? Und was wird uns das Alter bringen? Wie viele kluge Freuden, wie viel stumme, verborgene Inbrunst? … Das Leben ist in der Tat ganz und vollkommen. Und die Zeit bringt auch den Tod, und wie vertraut, wie wenig beängstigend er ist – mit jedem Jahr vertrauter und vertraulicher!

Ich lese die Maximen von Laotse. Wie das Brausen des Windes in einem sonnendurchfluteten Wald. Nein, das Tao lässt sich weder erzählen noch erläutern, nur fühlen und begreifen. Diese Weisheit ist so sanft und einfach, fast gar nicht mehr menschlich: kindlich, tierisch. Und dennoch menschlich.

Dieser Unglückselige, der mich mit seinen Telefonaten und »literarischen Plänen« belästigt: Es ist, als wolle er mich als stillen Teilhaber einer Bahnhofstoilette gewinnen.

Es ist für den Leser eine Qual, aus den *Brüdern Karamasow* herauszudestillieren, was Schicksal und Substanz ist, aus dem Geplapper und wahnwitzigen Geschwätz das Gebot des Evangeliums herauszuhören. Denn alles in allem streitet man mit einem Irren – auch wenn die Kraft dieses Irren die Welt erschüttert und in Aufruhr versetzt hat. Und es noch heute tut ... Ich bin nach der Lektüre von fünfundzwanzig, dreißig Seiten vollkommen erschöpft, als Leser leidet man noch stundenlang unter der Nervosität, die sein Ton und seine redseligen Einschübe in einem auslösen. Und doch kommt man von ihm nicht los.

Es kann durchaus sein – und wird eines Tages vielleicht durch eine polizeiliche Ermittlung bewiesen –, dass Dostojewski jemanden ermordet hat.

Mein erster Gang in die Stadt. Ein Besuch in der Redaktion. Das Gehen ist eine Qual, jeder Schritt ein Willensakt. Die schlechten Verkehrsmöglichkeiten heute, im vierten Kriegsjahr, die überfüllten Straßenbahnen, die zu selten verkehrenden Omnibusse, der Taximangel, das alles verdoppelt meine Qualen. Aber ich ertrage alles fast zufrieden, als Teil der Strafe.

»Liebe« bedeutet gewöhnlich die Erinnerung an zwei Personen. An die, die uns in der Kindheit als Erste in die Arme nahm, worauf wir eine große Sicherheit empfanden. Und an die, die als Erste unsere Sinneslust entfachte. Der Erinnerung an diese beiden Personen jagen wir ein Leben lang nach. Deshalb laufen Männer aus den Armen makellos schöner Frauen zu dickbeinigen Trampeln, und so weiter.

Ich komme mir wieder wie ein Chemiker vor, der in einer Parfümerie Gesichtscreme verkauft.

Zu Hause erwarten mich die ersten Exemplare vom *Buch der Kräuter*. Ich nehme eines in die Hand und habe das Gefühl, dass dieses Buch der Nachhall von etwas ist – und es an der Zeit wäre, zu schweigen.

Jener Satz in den *Brüdern Karamasow*, der das ganze monströse Gebilde aufrecht hält: »Gehen Sie zu den Menschen und bekennen Sie.«

Das sagt der Starez, als er seinen Ordensbrüdern vom großen Erlebnis seiner Jugend berichtet, von dem Mörder, der eine Frau aus Eifersucht getötet und dann vierzehn Jahre lang unter diesem Geheimnis gelitten hat. In diesem Satz liegt der tiefste Sinn jedes menschlichen Verhaltens, und Dostojewski hat ihn ausgesprochen: Man gehe zu den Menschen und bekenne.

Am Nachmittag bei General Z.: ein überaus freundliches und liebenswertes Haus, eine Weltsicht und Lebensauffassung, die die durchschnittliche Bildung eines Offiziers weit übertrifft. Nach dem Höflichkeitsbesuch schleppe ich mich todmüde nach Hause; jede nicht auf echter Leidenschaft beruhende Begegnung mit einem Menschen lässt mich völlig erschöpft zurück. Ich bin wie jemand, der es eilig hat und nicht mehr versteht, warum er überhaupt noch über etwas anderes als das Wesentliche spricht.

Ich habe das *Buch der Kräuter* gelesen und immer wieder mit dem Kopf genickt, wie jemand, der etwas gutheißt. Dieses Buch ist viel klüger, mutiger und menschlicher, als ich es bin. Ich habe viel daraus gelernt. Ja, so müsste man leben, denken, dem Leben und dem Tod begegnen … Ich vermute nun, dass unser Werk größer, vollkommener und stärker ist, als wir selbst sind. So wie in der Physik das Ganze mehr als die Summe der Teile ist, die das Ganze bilden, so hat auch unser Lebenswerk einen Mehrwert, den rätselhaften Mehrwert unseres Lebens und Wesens. Es ist ein interessantes Buch, ich werde es öfter aufblättern: Vielleicht kann es mir helfen, mir armem, elendem, vergänglichem Menschen, der es geschrieben hat.

Die ungarische Ausgabe von Delacroix' Tagebüchern in Auszügen. Ein großer Künstler, der sich in einen vollkommenen Dummkopf verwandelt, sobald er von etwas anderem als von der Malerei redet: Shakespeare und Goethe etwa hält er für Dilettanten mit beschränktem Horizont verglichen mit Corneille und Racine, selbst die Genialität spricht er ihnen ab. Mutige, treffende, überraschende Bemerkungen über Begabung und die Kunstgattungen. Was er über das Genie und die Leidenschaft sagt, ist wahr. Ohne Leidenschaft gibt es keinen schöpferischen Akt; aber lange in der Leidenschaft zu leben ist nicht möglich.

Ein glücklicher, echter Maler, der an den Farben der Welt erblindet; ein glücklicher Künstler, der dort Probleme der Farbe sieht, wo der Schriftsteller das Schicksal erkennt!

Schirokko. Der heiße Wind saust durch die Poren der Haut, lässt jeden Nerv einzeln erschaudern, zwickt und brennt. Ich schleppe mich mit schmerzenden, zuckenden Nerven durch die Straßen, stehe in überfüllten Straßenbahnen. Als brüllte das heiße, geisteskranke Schicksal.

Ehrenkonvent an der Akademie der Wissenschaften. Ich nehme neben dem sechsundachtzigjährigen Professor *A.* Platz, vor mir sitzt der hoch aufgeschossene Herr *Cs.*, der immer noch die Epigramme Martials übersetzt, allerdings schamhaft; die pikanten Passagen lässt er weg. Professor *A.* mustert Herrn *Cs.* neugierig und neidisch, wendet sich an mich: »Er hält sich gut«, räumt er säuerlich ein und deutet auf ihn: »Vierundachtzig.« Wie eine Schauspielerin, wenn sie ihre Rivalin begutachtet.

Und dennoch, wie viel Anstand herrscht noch hier, wie sehr ist die Akademie noch heute eine Festung und ein Bollwerk, wie »fortschrittlich«, geradezu revolutionär ist sie doch verglichen mit allerlei Formen junger Reaktion ... Hier, zwischen diesen Mauern, unter diesen Achtzigjährigen, fühle ich mich heimisch.

X. hat viele Bücher gelesen und einige passable Kapitel geschrieben. Jetzt gibt er sich affektiert: Er schreibt mit großem Elan und interpretiert, konnotiert, verteidigt, erläutert, begründet, belegt, bezeugt, was er geschrieben hat, versiegelt es wie eine Bulle. Wenn er es mit der Beweisführung so eilig hat, wann wird er überhaupt Zeit finden, die Tat zu begehen?

Shakespeares Tragödien in Prosa, auf Französisch, in der Übersetzung von Pierre Messiaen. Die Übersetzung, dieser seiner Verse und Musik entkleidete Shakespeare-Text, ist wie das Röntgenbild eines Menschen. Der Zauber seines Wesens geht verloren, aber das Röntgenbild deckt auch manche Geheimnisse auf.

Die der Übersetzung vorangestellte Studie versammelt detektivisches Material über Shakespeares Katholizismus und seine pessimistische Phase (von 1600 bis 1608, von *Hamlet* bis *Timon von Athen*). Diese Phase, die Zeit der Sonette, war in Shakespeares Leben Höhepunkt und Krise zugleich. Lauter Beweise für das, was schon manche vermutet und angedeutet haben: dass der Höhepunkt im Leben des Genies mit der Befreiung oder einfach Bewusstwerdung latent bisexueller Neigungen zusammenfällt.

Aus Genf kommend besucht mich *Sz.* und fragt mich, ob es Ungarn zum Vorteil gereichen könnte, wenn wie geplant Illyés' Selbstbekenntnisse, *Die Puszta*, auf Französisch erschienen? Die offiziellen Bedenken und Gegenargumente sind altbekannt: Unsere Feinde würden alles, was der Autor über das Schicksal der ungarischen Leibeigenen schreibt, ausschlachten, und so weiter, und so fort.

Ich glaube, auch ohne Illyés' Buch wissen und sagen unsere Feinde alles, was man über den Feudalismus und die ungarischen Leibeigenen wissen und sagen kann. So formuliert bleibt die Frage mechanisch und zwecklos. Für den Schriftsteller gibt es nur ein Gebot: die Wahrheit auszusprechen, die er erkannt hat, die in seinem Herzen brennt, die er aussprechen muss, wenn nicht jedes seiner Worte, selbst die gleichgültigsten, zur Lüge verkommen sollen. Was die Welt mit dieser Wahrheit anfängt, ist Sache der Welt. Ich glaube nicht, dass es je einer Nation geschadet hat, was die Besten ihrer Söhne an Einsichten und Wahrheiten in die Welt hinausschrien. Ich glaube nicht, dass Széchenyis Bekenntnisse über seine Heimat Ungarn »geschadet« haben. Ohne Diagnose kann es keine Heilung geben.

Eric Knights Kriegsroman *This above all* etwa »schadet« dem kriegführenden England in den Augen seiner Feinde sicher auch nicht; obwohl oder vielleicht gerade weil er mit unerbittlicher Offenheit den Widerwillen der englischen Arbeiter und Soldaten gegen diesen Krieg darlegt, bis man ihnen versprochen hat, dieses England der rotbefrackten Bierfabrikanten nach dem Krieg in ein würdiges Zuhause für die arbeitenden Massen zu verwandeln. Eric Knights Roman erschien während des Krieges, in England, und es erschien auch der Beveridge-Plan, und trotzdem schlugen sich Montgomerys Truppen in Tunis prächtig ... Das Bekenntnis zur Wahrheit hat das Potenzial einer Nation noch nie geschmälert. Verhüllung und Lüge hingegen führen immer in die Tragödie.

Das Gastmahl des Trimalchio in einer neuen Übersetzung. Ich lese diesen herrlichen zweitausendjährigen Schmöker, den damaligen Schlüsselroman des grausamen und ohrenbetäubend kreischenden Nero, in einem Zug durch. (Vor zwanzig Jahren, in einer schlechten deutschen Übersetzung, erschien es mir noch saft- und kraftlos.) Dieses zweitausendjährige Abendmahl aus der Leopoldstadt, dieser fette römische Schieber Trimalchio und seine Gäste, diese heitere Grausamkeit und Freimütigkeit, die Art und Weise, wie Petronius diese verkommene Gesellschaft, die zu jener Zeit noch über die ganze Welt herrschte, der Ewigkeit vor Augen führt, diese buhlenden, rülpsenden, sich übergebenden, bei Flötenspiel und griechischen Versen dahinsiechenden Emporkömmlinge, dieses auf ein paar Seiten komprimierte umfassende Bild einer ganzen Epoche ist in der Tat ein Meisterwerk. Der Schlüsselroman sagt mehr über das antike Rom aus als Mommsen und noch viel mehr über den ewig hoffnungslosen Menschen. Überlasst die Geschichte nur den Schriftstellern! Sie werden davon ein umfassendes Panoramabild zeichnen, und das nebenher und meisterhaft.

Mein Herz, meine Seele, meine Nerven, was wollt ihr? Was erhofft ihr euch? ... Wie ist es möglich, dass ich fast wehmütig an die entsetzliche Krankheit zurückdenke? Wie jemand, der endlich in den Besitz einer Freifahrkarte gekommen ist, um diese Welt zu verlassen, und diese Freifahrkarte vorschnell und unbedacht weggeworfen hat ... Will ich wirklich weiterleben, mit meinem ganzen Glauben, mit all meiner Kraft? Eine schwierige Frage. Ich wage nicht, darauf zu antworten.

Nicht überrascht sein und nicht gekränkt sein. Mit aller verbleibenden Kraft darauf achten, dass ich jede bösartige und gierige Manifestation menschlicher Selbstsucht, Frechheit und Eifersucht ruhig und mit jener Gleichgültigkeit über mich ergehen lasse, die wohl weiß, dass es gar nicht anders sein kann, dass die Menschen nun einmal so sind, oder nur selten einmal, zufällig, in irgendeiner pathetischen oder gleichgültigen Situation nicht so sind. Nicht gekränkt sein, nicht streiten, ruhig bleiben und sachlich handeln, im Sinne deiner höheren Interessen und Pflicht. Und nicht zögern, wenn die Zeit des Handelns gekommen ist.

In der Nacht las ich wieder *Romeo und Julia* – in der Übersetzung von Kosztolányi. Die Übersetzung ist holprig, stellenweise lahm. Kosztolányis barocke Verssprache wird dem brausenden Pathos Shakespeares nicht gerecht. Vörösmarty war der einzige ungarische Dichter, dessen Sprache den Shakespeareschen Schwung und Strom wiedergeben konnte; wie schade, dass ihm die Lust und Leidenschaft dazu fehlte und er des Englischen kaum mächtig war! Aranys *Hamlet* und *Sommernachtstraum* sind stellenweise nur lyrisch. Und auch heute haben wir keinen Shakespeare-

Übersetzer. Kosztolányi flötet nur, wo Shakespeare seinen Richterspruch über die Erde und das All fällt.

Shakespeare kannte die »Regeln der Dramaturgie« nicht. Er schuf aus dem Nichts, komprimierte eine Handlung aus der Urmaterie und brachte sie – soweit möglich – auf einer Bühne unter. Freilich waren auch das Fassungsvermögen, das Publikum und die Schauspieler des Globe Theatre nicht mit den »Regeln der Dramaturgie« vertraut. Sie trafen einfach alle im Willen eines Genies zusammen, die Bühne, die Schauspieler und das Publikum.

Shakespeares Helden sterben oft weniger vor Gram als vor rasendem Zorn, vor kindischer, ohnmächtiger Wut. Wie so oft die Menschen im echten Leben.

Der Omnibus fuhr los, und ich lief ihm, meine Lahmheit vergessend, drei Schritte hinterher. Der Schmerz brachte mich gleich zum Stehen; die geschädigten Nerven riefen mir in Erinnerung, dass ich lahm bin oder jedenfalls halb lahm, ein am Stock gehender, sich Schritt für Schritt vorwärts schleppender Patient, der froh sein muss, wenn er langsam von einer Straßenecke zur anderen humpeln kann. Letztes Jahr um die Zeit spielte ich noch Tennis ... Ich gab mir Mühe, diese unerbittliche Pädagogik zu begreifen und widerspruchslos zu erdulden.

Der wahre Held in Shakespeares Tragödie ist nicht der alte Cäsar, der den Tod vielleicht schon sucht, nicht der »Verräter« Brutus, der feinfühlige Aristokrat, der seinen Dolch wider besseres Wissen ins Herz seines Gönners senkt, sondern der glatte, hinterlistige Antonius, der jede Befähigung zur Macht, nur keinen Wirklichkeitssinn besitzt.

Der Schriftsteller bewahre in dieser zögerlichen, anklagenden, mordenden Welt seine Unparteilichkeit; er druckse nicht herum; klage nicht an; sticht der Meuchelmörder mit seinem Dolch nach ihm, verdecke er sein Gesicht mit seiner Hand, mit einer stummen Geste. Gegen die revoltierende Zeit bleibt uns kein anderes Mittel, als Haltung zu wahren.

Wer beleidigt ist, erliegt schon einer Strategie.

Das *Wintermärchen*, wiederum in Kosztolányis Übersetzung, die diesmal ungleich besser als sein Übersetzungsversuch von *Romeo und Julia* ist; vielleicht weil dieses Drama wirklich ein Märchen ist, eine lyrische Erzählung von Königen, Schäfern, verzauberten Menschen. Diesen klingenden Märchenton beherrscht der Übersetzer aus voller Brust. Aber dort, wo der Shakespearesche Sturm losbricht, geht Kosztolányi die Puste aus.

Das Drama, in dem Böhmen am Meer liegt und die Eifersucht eines monomanen Königs eine Reihe märchenhafter Missverständnisse auslöst, das Drama, dem die Shakespeare-Interpreten seit dreihundertvierzig Jahren jede Dramatik absprechen und das auf der Bühne – allen »dramaturgischen Regelwidrigkeiten« zum Trotz – noch heute so viel Zauber versprüht wie eine Frühlingslandschaft. Nein, Shakespeare ist zweifellos nicht dann am größten, wenn er »konstruiert« oder wenn er »Typen schafft«. Er ist dann am größten, wenn er ein Dichter ist. Shakespeare ist die Sprache, das Gefühl, das Wort. Dieses sanftmütig abgerundete Hirtenlied begeistert den Leser und Zuschauer nicht durch seine »Handlung« oder seine »Struktur« immer wieder aufs Neue, sondern durch seinen Tonfall, seinen Duft, seine Worte, seine Dichtung. Wir erahnen den Ausgang, das Ende … und sehnen diesen naiven Ausgang dennoch pochenden Herzens herbei. Im Ebenmaß des Märchens, in der Versöhnung und dem Zusammenfinden der Jungen und der Alten entdecken wir eine uralte Harmonie, die mehr ist als jede ausgeklügelte und versponnene dramatische Handlung… Dramatiker, bleibe stets ein Dichter, selbst »auf Kosten der Spannung«. Shakespeare musste auf das Publikum des Globe Theatre schließlich genauso Rücksicht nehmen wie die Theaterleute von heute. Und er nahm auf sie Rücksicht und adelte sie durch seine Dichtung. Der Dichter ist ein Souverän, auch auf der Bühne: Er adelt sein Thema wie auch sein Publikum.

Die Krankheit hat mich zur Wunschlosigkeit erzogen… und zweifellos ist die künstliche Spannung, die die Menschen unserer Zeit nach Abenteuern jagen lässt, etwas vollkommen Unfruchtbares und Gezwungenes. Der Körper, die Natur sind, was die Sexualität betrifft, viel bescheidener und vielleicht auch inniger, als wir im erregten Konkurrenzkampf glauben wollen. Man werfe nur einen Blick auf die starken und schönen Tiere, wie bescheiden sie in der Liebe sind! Und welch ein seltenes, wildes Fest die Paarung für sie ist! Nur der Mensch frisst sich über seine natürlichen Bedürfnisse hinaus am Fleisch satt – nicht er ist es, der liebt, sondern seine Eitelkeit.

In einem Hotelzimmer auf der Margareteninsel im dritten Stock. Wie oft habe ich hier gewohnt, in jedem Alter, bei jeder Stimmung! Im Moment krank, aber – wie Montherlant sagt – wie ein Kranker, der die Krankenschwester am Morgen schon mit der Miene eines Piraten erwartet.

Vor dem Fenster eine Eiche, deren Krone das Dach des dreistöckigen Gebäudes weit überragt. Die Sonne scheint, und der Wind treibt im späten Mai die Donau vor sich her. Zum ersten Mal seit Monaten habe ich wieder das Gefühl, dass die Arbeit interessant ist und sich lohnt.

Ich habe Gides Autobiografie beendet. Gide ist mehr als sein Werk. Sein Leben und sein Verhalten sind von bleibender Wirkung. Die Wirkung seines Werkes ist uneinheitlich, relativ – so mein Eindruck. Aber eine so präzise, musikalische Prosa wie manche Kapitel in *Si le grain ...* hat es in der französischen Sprache seit Bossuet nicht mehr gegeben. Und die letzten Zeilen seines Tagebuchs, als der siebzigjährige Wanderer – nach dem Tod seiner Frau und ein paar Monate vor dem Ausbruch des Zweiten Weltkriegs – wieder einmal in die Welt hinauszieht, rühren mich zu Tränen. »Ich bin entsetzlich frei ...«, schreibt er.

Rilkes Prosa.

Wie muskulös, wie sehnig diese Prosa ist! Wie hart sie ist! Er nennt alles beim Namen, weil er ein Dichter ist; er schreibt auch seine Prosa mit jener letzten Präzision, mit der sich nur ein Dichter den Phänomenen nähern kann. Er schreibt über Gerüche, und es wird einem tatsächlich schlecht, als stünde man eines Augustnachmittags mitten in einer an ihrem eigenen Gestank verrottenden Menschenmenge. Er schreibt über den Tod wie ein Arzt, der den Vorgang kennt, und wie ein Heiliger, der auch weiß, was auf den Vorgang folgt.

Wie erschreckend logisch seine Überleitungen, seine Themenwechsel sind – nicht die Themen knüpfen aneinander an, sondern der innere Zusammenhang der Phänomene der Welt verleiht allem, was er anfasst, inneren Halt und Kohärenz.

Das Spiel des Windes, des Wassers vor dem Fenster. Seit einiger Zeit habe ich das Gefühl, als könne ich die Bewegungen des Weltmechanismus *sehen* – als durchströmten der Wind, das Wasser, das Licht auch mich. Ist es das, was das Leben später mit sich bringt? Was erwartet mich, wenn ich alt bin? Ich vermute, es wird großartig sein, alt zu werden. Alles wird dicht und komprimiert, ganz süß und ganz bitter sein.

Wilder Wind im späten Mai, bleierner Regen. Ich spüre es immer unmittelbarer, mit jedem Jahr mehr, dass ich gegen einen gewaltigen Bruder ankämpfe, die Natur. Sie ist stärker als ich, und was ich für eine Stimmung, eine nervöse Befindlichkeit halte – ist wieder einmal ein nicht zu parierender Kinnhaken dieses mächtigen Champions.

Nacht für Nacht erwarten wir die Luftangriffe. Man trägt sein Schicksal, plötzlich ganz klein, gleichsam in einer Handtasche bei sich – wir tragen es in unserer linken Hand überallhin mit.

Vielleicht das Größte und Beste, was eine Frau geben kann: ein selbstvergessenes Lächeln, auf der Straße, im Restaurant, im Vorbeigehen. Alles andere ist nur: Geschäft, Zweikampf, Aktion.

Arme Jugend! Immerzu lebt sie in der Zukunft.

Jeden Augenblick hat sie das Gefühl, aus dem Augenblick hinausspringen und weitereilen zu müssen, der Zukunft entgegen, die sie sonst verpassen würde … Aber mit der Zeit lernen wir, dass es im Leben auch etwas Spannenderes als die Zukunft gibt. Die Gegenwart.

Das Geschenk des alternden Menschen ist die Gegenwart. Wenn man die Gegenwart entdeckt, wird man mit einem Schlag reich. Und das kann uns niemand nehmen.

Kosztolányis *Gesammelte Novellen*. Was wirft ein Schriftsteller in fünfzig Jahren nicht alles weg, beiläufig, leichtfertig, in der Eile! Niemand ist so verschwenderisch wie der schöpferische Mensch, der aus dem Stoff seines Wesens und seiner Existenz etwas erschafft.

Nur der Dilettant ist sparsam. Der Künstler ist immer verschwenderisch und schämt sich im Grunde seiner Seele noch, denkt schuldbewusst: Ich habe noch immer zu wenig gegeben, denn ich habe zwischendurch auch gelebt, mehr oder weniger, habe mir auch die Krawatte gebunden, war eine Viertelstunde vielleicht sogar glücklich.

Wie journalistisch seine Novellen zu Anfang der Zwanzigerjahre noch sind! Ein Triumph des Feuilletons: Alle schreiben so, als habe Franz Molnár die Gattung erfunden. Das Leben ist »klein, gemein«, ein Kellner »arm, traurig«. Mit vierzig findet er seinen eigenen Ton. Seine Prosa aus dieser Zeit ist bereits streng und wortkarg, die Attribute von tödlicher Treffsicherheit.

Ein wunderbarer Tag, an dem das Thema der *Möwe* unverhofft seine endgültige Form, seinen Grundriss findet – alle eigenständigen Elemente des Themas, die »Ähnlichkeit«, die »Geheimgesellschaft«, die Kriegsstimmung setzen sich auf einmal zu einem runden, organischen Ganzen zusammen, wie Kristalle in einem Kaleidoskop. Wer hat dabei geholfen? Gestern war alles noch Nebel und Verwirrung, heute bildet alles eine organische Einheit – »es muss nur noch geschrieben werden«. Und es muss in der Tat nur noch geschrieben werden … zusammengehalten wird das Ganze durch den wundersamen und unbegreiflichen Zusammenhang der Elemente, durch eine unerklärliche Kohärenz. Es gibt in jedem künstlerischen Schöpfungsakt einen Augenblick – den entscheidenden, schicksalhaften Augenblick! –, in dem der Künstler nur noch einem Befehl folgt, den Entwurf, den ihm eine himmlische Hand vorgesetzt hat, gleichsam nur noch ausführt.

Nach freudianischer Lesart hasst Hamlet seinen inzestuösen Onkel, da er selbst den Platz des ermordeten Vaters im Bett der geliebt-verhassten sinnlichen Mutter einnehmen möchte.

Solche Deutungen schweben im luftleeren Raum, aus dem einfachen Grund, weil sie nicht zu beweisen sind. Doch zweifellos ist Hamlets Beziehung zu seinem toten Vater und seiner Hochzeit haltenden Mutter nicht »normal«. Hamlet ist ein depressives, pathologisch melancholisches Wesen, das nicht nach Plan mordet – dazu fehlt ihm die Kraft –, sondern in einer krankhaften Aufwallung des Augenblicks. Der Hass, den er für seinen Stiefvater empfindet, ist natürlich; die schwärmerische Verherrlichung des Andenkens seines Vaters ist pathologisch. Aber alle Thesen, mit denen die Freudianer diesen Seelenzustand zu erläutern suchen, sind vage und ungewiss.

Es »könnte« genauso gut sein, dass Hamlet homosexuell ist – leicht ließe sich nachweisen, dass in dem neurotischen dänischen Prinzen der männliche Protagonist der »Sonette« zum Bühnenleben erweckt wurde.

Das Entsetzen, womit ich denn meine Zeit verbringen, meine verbleibende Lebenszeit totschlagen soll? Und das andere Entsetzen, dass ich sie schon totgeschlagen habe.

Sich damit abfinden, dass nicht nur das Leben, sondern auch der Tod seinen Preis hat. Man muss dafür bezahlen, mit Schmerzen, Leiden, namenlosen Qualen. Bekommt man das Leben nicht »umsonst«? Meist ziemlich billig. Der Tod hingegen kostet viel, im wahrsten Sinn des Wortes.

Der Angriff des Unkultivierten kann brutal sein, aber irgendwie verfehlt er sein Opfer doch, wenn er ihm einen gewaltigen Schlag versetzen will … Der Kritiker einer Pfeilkreuzler-Zeitung stellt in einer Rezension meines *Buchs der Kräuter* fest, dass die kleinen Maximen »unter dem Eindruck von Lin Yutangs Buch *Honig und Pfeffer*« entstanden seien. Lin Yutangs erwähntes Buch beinhaltet Zeitungsartikel, die weder im Tonfall noch im Umfang der Gattung, noch durch irgendeine Eigenart an meine Maximen erinnern. Jeder, der die beiden Bücher kennt und auch nur den leisesten, blassesten Schimmer von Literatur hat, weiß und muss zugeben, dass keinerlei Ähnlichkeit zwischen beiden besteht. Der Pfeilkreuzler-Kritiker wollte anscheinend seine literarische Bildung zur Schau stellen, als er derart plump danebengriff. Aber das merkt er gar nicht; ich allerdings auch kaum.

Es gibt Bücher, die seltsamerweise nur so lange kraftvoll und überzeugend wirken, wie ihr Verfasser noch lebt. Das gilt auch für die Bücher von Peter Altenberg, des Wiener Kaffeehausweisen aus der Friedenszeit (*Was der Tag mir zuträgt* usw.). Der Zauber dieser Art Schriften wirkt nur, solange der Leser weiß, dass der »Peter« irgendwo im Wiener Café Central sitzt, kahlköpfig, mit slowakischem Schnurrbart und Sandalen, und weise und geschwätzig, affektiert und in lyrischer Ekstase Bettelbriefe und an Halbwüchsige gerichtete wilde Poeme kritzelt, ein wildes Genie des Asphalts und der Zivilisation, eher wild als genial und eher zivilisiert als wild. Die Wirkung solcher Schriften muss durch die Persönlichkeit verbürgt sein. Peter Altenberg ist gestorben, und im Augenblick seines Todes ist auch schon die Poesie seiner Bücher verflogen. Er gehört zu den Schriftstellern, die ständig persönlich für die Glaubwürdigkeit ihrer Werke bürgen müssen. Wenn sie sterben, gibt es keinen mehr, der für ihre Werke einsteht und Zeugnis ablegt.

Der erste Sommertag. Glück, Frieden, Versöhnlichkeit machen sich in der Welt und in mir breit. Vor einigen Jahren wäre ich vor der Hitze noch geflohen, jetzt – anscheinend kühle auch ich schon ab wie die unbewohnten Planeten – sehne ich bibbernd und gierig jeden Sonnenstrahl herbei. In der Sonne leben, in der Sonne sterben, zurückkehren in die Sonne, von der wir einst abgefallen sind, im Lichte beenden, was im Licht begann, ein winziger Punkt, einen Punkt setzen.

In der Festausgabe einer Zeitschrift lese ich erstaunt, der Schriftsteller *X.* sei verliebt.

Der Schriftsteller teilt der Welt diese Hiobsbotschaft selbstverständlich in literarischer Form mit. Meine erste Empfindung bei der Lektüre ist mitmenschliche Solidarität: Wenn sich alle Schriftsteller zusammenschließen und eine Proklamation herausgeben könnten, in der sie den unwürdigen Angriff auf ihren Schriftstellerkollegen zu ihrer eigenen Angelegenheit erklärten … Wenn wir eine Spendensammlung einleiten, der Frau das Geld überreichen und sie auf eine längere Auslandsreise schicken würden … könnten wir ihn vielleicht noch retten.

Aber ich weiß aus Erfahrung, dass in solchen Situationen jede Hilfe von außen hoffnungslos ist. Wir, Schriftsteller wie Leser, müssen uns darauf gefasst machen, Augenzeugen des dramatischen Zwischenspiels, der Liebesaffäre des Schriftstellers *X.*, zu werden; und die letzte Konsequenz dieses Zwischenspiels wird ein Buch sein – ein Buch, in dem der Schriftsteller seiner Geliebten erklärt, warum er sie verlassen hat. Ich habe es auch so gemacht.

Ich lese den Gedichtband des Tausendsassas Henry de Montherlant – *Encore un instant de bonheur* – und kann mich anhand dieses Bandes davon überzeugen, dass Apollinaire wirklich ein guter Dichter war.

Der Redakteur eines Klatschblattes dringt in meine Wohnung ein, und nachdem er mir sein Ehrenwort gegeben hat, dass er kein Wort unseres erzwungenen Gesprächs in seinem Blatt veröffentlichen wird, macht er sich natürlich umgehend daran und veröffentlicht alles, überzogen und ungenau. Die Lehre daraus: 1. ich kenne die Menschen noch immer nicht; 2. ich bin noch immer zu höflich zu ihnen; 3., und das ist das Wichtigste: ich habe noch immer nicht gelernt, gnadenlos zu schweigen. Eine gute Lehre, ich werde sie fortan beherzigen.

Auf der Margareteninsel knospen jetzt scharenweise die Rosen. Ich durchquere den Rosengarten, nervös wie jemand, der vor aufdringlichen Leuten auf der Flucht ist. Eine einzelne Rose, ja – das ist die Schönheit auf Erden. Aber zehntausend Rosen, in massenhafter, schwüler Zurschaustellung, das ist die Langeweile auf Erden. Jede Übertreibung ist langweilig.

Der Regen treibt mich in den geschmacklos-luxuriösen, marmorgetäfelten Salon des großen Hotels. Im vormittäglichen Lampenschein wimmelt es in dieser Arche Noah der neuerlichen Sintflut von den üblichen Gestalten jedes zu Ende gehenden Krieges: der Schieber, die Frau im Silberfuchs, deren Gunst die Kriegsparvenüs mangels anderer günstig zu habender Rohstoffe wie üppig verteiltes Papiergeld kaufen, der Mittelsmann eines vornehmen Herrn, der in einer Ecke mit dem Schieber plaudert und paktiert … All das ist mir entsetzlich vertraut: Ich habe es 1919 im Foyer des Grand-Hotels in Wien schon einmal erlebt. Sie senken nicht einmal die Stimme, reden ganz ungezwungen über Lei, Schweizer Franken, Dreschmaschinen, Dokumente und Ausreisevisa, konsularische Beziehungen, Öl, in einem jämmerlichen Jargon, stets mitten im Geschehen und stets darüber stehend, schwimmend und schnaubend wie Wale inmitten von U-Booten … Die fromme Masse mag vielleicht noch glauben, dass sich tatsächlich etwas »Neues« in der Welt ereignet, dass der Faschismus, der Nationalsozialismus die Menschen verändert hätte. Aber die Gespenster der Vergangenheit sind nach wie vor da: Der Schieber, der Neureiche, die Kokotte schwimmen fröhlich im blutigen Schmutzwasser, fressen die Abfälle des Krieges. Nichts hat sich geändert, nur das Leiden ist universeller, die Grausamkeit tiefer und erfindungsreicher geworden.

Nach zweiwöchigem Aufenthalt auf der Insel fährt mich das Taxi vom Hotel nach Hause zurück, und das Erlebnis dieser Taxifahrt ist fast so großartig, als hätte ich diese zwei Wochen nicht an einem anderen Punkt der Stadt, sondern fünfhundert Kilometer entfernt verbracht. Die Entfernung ist in uns, die Landkarte und die Erde sind bloße Zugaben.

Les Châtiments, die Gedichte Victor Hugos aus der Emigration – eine klein gedruckte Ausgabe von 1853, aus den ersten Jahren seines Exils, datiert aus Genf und New York und mit einem Anhang versehen, der einen Auszug aus dem Protokoll jener denkwürdigen Parlamentssitzung von 1849 beinhaltet, bei der sich Hugo zum ersten Mal gegen Napoleon III. ereiferte, der damals noch das Amt des Präsidenten bekleidete und einen kaiserlichen Staatsstreich vorbereitete.

Wie viel Leidenschaft in diesen klein gedruckten Zeilen steckt! Wie viele berechtigte Vorwürfe der Blutschuld gegen den »Mörder«, den »Despoten«, den »loyale Patrioten und Republikaner« massenweise niedermetzelnden und zugleich träumerischen, blauäugigen und dickwanstigen, vermutlich deutschstämmigen Bastard Louis Beauharnais … der in der Tat ein Mörder und ein Blutsauger und ein außergewöhnlich feinsinniger, verträumter, das Wohl der Arbeiter wünschender, talentierter Mensch war. Und wie recht hat Hugo in *Châtiments*, wenn er das Blut des Despoten fordert, und wie recht hatte Napoleon III., als er Frankreich während der Zweiten Republik zwei Jahrzehnte Frieden, Glanz, Fortschritt und Ordnung bescherte ... Wie recht hat der Verbannte, wenn er aus London und Brüssel Rechte und Freiheit fordert, und wie recht hatte – aus der Distanz von hundert Jahren betrachtet – der, der ihn verbannte. Und wie schnell stürzte der Despot, und wie lange lebte noch der aus dem Exil Heimgekehrte, und was erlebte er nicht noch alles! Den Sturz des Despoten, der damals mit Sedan gleichbedeutend war, die Pariser Kommune, die mit der Verhöhnung der edelsten Revolutionsideen gleichbedeutend war, den Sturz der Kommune und die Schreckensherrschaft der rachsüchtigen Bourgeoisie ... und er erlebte, dass er, der Verbannte von einst, das alles mit der Souveränität eines Methusalems überlebt, überschreibt, überprophezeit! ... Wie wunderbar ist doch das Leben und wie großartig und erbärmlich der Mensch, in seiner Schuld und seinem Recht, seinen Beschuldigungen und seinen grotesken Vergeltungen! Das Büchlein ist erschreckend zeitgemäß: Der Mensch kopiert und wiederholt mit der Zeit alle seine Sünden, Irrtümer, Verbrechen und Rufe nach Vergeltung mit geradezu manischer Konsequenz.

Der Geschichte fehlt es an Phantasie.

Nicht nur Dichter werden inspiriert, zuweilen werden ganze Generationen gemeinsam inspiriert. Diese überpersönliche Inspiration ganzer Generationen ist ein internationales Phänomen am Anfang des neunzehnten Jahrhunderts. In der ungarischen Literatur ist es derselbe gemeinsame Elan, der die Generation Petőfis, Aranys und Vörösmartys und am Anfang dieses Jahrhunderts die Generation von *Nyugat* beseelt.

Dann wiederum, so auch heute, bleibt dieser oder jener Dichter ein Einsamer. Seine Generation hat keine Inspiration. Und er hofft allein auf die Gnade und die himmlische Stimme. Das ist ein schweres Los.

Glück ist eine Frage der Disziplin.

Was Ortega y Gasset am Anfang des Jahrhunderts in Spanien vermisste – neben geistigen Einzelphänomenen einen »neuen Adel«, ein »geistiges Rückgrat« für die Nation –, dieses Rückgrat fehlt heute ganz Europa.

Macbeth ist auch als Drama vollkommen, und die wenigen schönen, aber allzu literarischen Tiraden – der Dolchmonolog, Lady Macbeths Selbstermunterungen – hängen heraus wie Spruchbänder aus dem Mund der Heiligen auf mittelalterlichen Heiligenbildern. Es ist jenes Drama Shakespeares, in dem er wirklich »komponiert«, die Bühne stets im Blick hat, mit aller Kraft verdichtet, die Szenen bis zum Rand mit dramatischem Stoff füllt.

Als Duncan, der König, die Bühne betritt und sich im Plauderton erkundigt: »Ist Cawdor schon hingerichtet? ...«, blicken wir in andächtigem Staunen auf die Szenerie. Nur Shakespeare, niemand sonst in der Weltliteratur, kann so fragen.

Nein, dieses Gesellschaftsspiel unzurechnungsfähiger Lumpen ist wirklich kein »literarisches Leben« mehr! – man darf sich keinen Deut mehr daran beteiligen ... Jemand, der noch vor einigen Wochen eine gemeinsame Erklärung unterzeichnet hat, in der er gegen den groben Ton parteilicher literarischer Urteile protestiert – leider hat man auch mich unterzeichnen lassen –, fällt über den toten Kosztolányi her und tritt ihm mit ganzer Wucht gegen die Brust.

Keinen Schritt darfst du dich mehr von deinem Werk entfernen. Viele, deren Gegröle heute auf den öffentlichen Plätzen der Literatur zu hören ist, brauchen nicht Kritiker, sondern Pfleger.

»Ich habe es nicht gewollt!« Das ist wahr. Aber ich habe es geduldet; und auch das ist wahr.

Die Möwe will nicht, kann nicht abheben: Irgendein schwerer, schlammiger Erdenstoff klebt an ihren Flügeln.

Ich schreibe den Roman mühsam und todmüde, zerlege ihn in winzige Teile und bearbeite die Teile, so nähere ich mich stockend, Zentimeter für Zentimeter dem Sinn der einzelnen Abschnitte. Ich habe das Gefühl, dass das Ganze unbedeutend und zudem unehrlich sei, das größte Problem und Übel ist jedoch, dass es keine Musik hat, nicht schwebt … Diese Möwe watschelt auf der Erde wie eine Trappe oder eine Gans.

Der gleiche Widerstand in allem, was ich schreibe, sowohl in den Zeitungsartikeln als auch in diesen Tagebuchaufzeichnungen. Aber auch ein fester Entschluss, ein Wille, stärker als meine Schwäche und Verzagtheit, mich nicht an den Mast dieses in Sturm geratenen Schiffes fesseln zu lassen, diesen seltsamen Kampf, diese erste große Krise meines Lebens, die Krise des verlorenen Glaubens, des Glaubens an meine Arbeit, bis zum Letzten auszufechten. Bloß nicht, keine Sekunde der Versuchung nachgeben. Lieber auf der Stelle, zwischen zwei schlechten, dumpfen Sätzen, verrecken.

Die Chroniken von Paul Morand, in einem Band. Ein mittelmäßiger Schriftsteller, der für Ereignisse, die Beute eines Journalisten, nichts übrig hat und für den Erlebniswert eines Ereignisses, das Lebenselement eines Schriftstellers, blind ist.

Auf der Straße, in der Straßenbahn, wo ich auch bin, starren mich die Menschen mit offenem Mund an, als sei ich ein Gespenst. Sie hatten mich anscheinend schon beerdigt, und jetzt sind sie ein bisschen beleidigt, weil ich doch noch am Leben bin.

Antonius und Cleopatra kannte ich bisher noch nicht. Das ist der ganze Shakespeare, der entsetzliche, der alles überstrahlende. Spott, Klugheit, Galgenhumor, ein erstaunliches Wissen über das Leben und die Bühne; ich lese es mit offenem Mund, als lernte ich über den schon bekannten Shakespeare hinaus einen neuen kennen, der alle und alles überragt. Zwei Charakterbilder: der junge Octavian beim Gelage auf dem Schiff und Antonius, als er sich senil zum Handeln entschließt und wieder in die glitschigen sexuellen Bande der alternden Cleopatra verstrickt: Mehr ist mit Menschen auf der Bühne nicht möglich.

Wie in all seinen Dramen missachtet er auch hier die geschichtliche Zeit; er verdichtet nur die dramatische Zeit.

Pázmány hob die ungarische Prosa in bis dahin unbekannte Höhen; doch bald darauf begannen auch die Besten zu plaudern und zu schwatzen, tauschten das üppige Gold dieser Prosa in bequemes Kleingeld um. Nach Pázmány klingt die düstere Kraft der ungarischen Sprache in ihrer ganzen Authentizität erst wieder und nur ein einziges Mal in den Gedichten Vörösmartys an.

Der ungarischen Prosa die von Pázmány erreichte Authentizität der Sprache, ihre Kraft, ihre Musik, ihre spezifische Wort- und Satzverbindung zurückgeben ... darauf warten alle, die ungarische Bühne, die Literatur, die Politik. In Pázmánys Sprache ließe sich nicht so leicht lügen.

Die Jugend verabschiedet sich ganz unsentimental. »Also, servus, Alter«, spricht sie, reicht einem die Hand. Und geht.

Die Erinnerung an das Morphin und Dolantin, wenn mich die Krankheit in meinen Träumen heimsucht.

Das ist gewiss nicht die schlimmste Art, zugrunde zu gehen: Es gibt kluge und disziplinierte Morphinisten, die über eine lange Zeit hinweg unauffällig, mit dosierten Spritzen leben. Wenn man nichts mehr von der Welt will – weder geben noch bekommen –, ist das Morphin sicherlich eine Lösung. Aber eines ist gewiss: Wer sich zu dieser Lösung entschließt, hat die Arbeit, die Kreativität, jede Art verantwortliche und moralische zwischenmenschliche Beziehung aufgegeben. Und doch wird eines Tages der Moment kommen, da man auch dazu das Recht hat.

Bis dahin jedoch gilt es, auch unter größten Schmerzen besonnen und wach zu bleiben. Solange du arbeitest, hast du kein wirkliches Recht, vor dem Schmerz zu fliehen.

Disziplin ... ein fast noch größeres Erlebnis als das Morphin, als jede Art euphorische Betäubung, ein größeres Erlebnis als der Kampf und die Auseinandersetzung. Diszipliniert bleiben und beobachten, wie das Leben und die Menschen ihr wahres Gesicht enthüllen, ihre Masken ablegen: Das zu belauschen und zu beobachten, was für ein Erlebnis!

Huizingas Buch *Im Bann der Geschichte*. Die Frage lautet: Worin besteht der eigentliche Sinn der menschlichen Geschichte? Die Wahrheit liegt irgendwo zwischen den Auffassungen von Vico und Marx: Die Geschichte der Menschheit ist ein ständiges Bestreben, von der Barbarei auf die höhere Ebene der Sittlichkeit zu gelangen, ein Versuch, der immer wieder neue Rückfälle und neue Barbarei nach sich zieht; der wahre Sinn der menschlichen Geschichte besteht im permanenten Klassenkampf zwischen den Besitzenden und den Besitzlosen.

Pfingsten, Schirokko. Die Luft ist voll feinen Bleistaubs. Ich durste nach Luft, lebe mit pochendem Herzen.

Vilmos Juhász' Versuch einer Religionsgeschichte, *Der Weg zur Erlösung*. Eine bescheidene, volkstümliche Zusammenfassung der Religionsgeschichte der primitiven Völker. Was er über das sexuelle Schuldbewusstsein als eine Hauptquelle des religiösen Grundgefühls sagt, klingt verlockend realistisch. Man müsste es einmal überprüfen.

Pläne:

Zwei Romane: *Die Schwester* und *Mana, oder der Detektivroman*. Der zweite und dritte Band von *Die Beleidigten*.

Theaterstücke: *Zauber*. Sodann: *Kampf*, *Begegnung in Bolzano* (in Versen) sowie ein Kammerspiel mit sechs Figuren über Mark Aurel: über jenen Menschen, der ohne Akten, im Namen sittlicher Prinzipien über ein Weltreich herrscht, sich jeden Morgen vornimmt, die Menschheit durch Erziehung zu retten, und sich jeden Abend gezwungen sieht, Todesurteile zu unterzeichnen …

Antrittsvorlesung an der Akademie: »Inspiration und Generation«. (Über die überpersönliche Inspiration der Kultur.)

Ein Band *Gestern und heute*. Ein Band mit Erzählungen; das Material beider Bände in einem, natürlich nach sorgfältiger Umarbeitung.

Das alles ist, sofern es das Leben erlaubt, die Arbeit eines Jahrzehnts.

Ich bekomme Besuch von meinem deutschen Verleger. In Deutschland lautet das Motto zurzeit: »Lasst uns den Krieg genießen, der Frieden wird schrecklich sein.« Ich glaube, das Motto ist begründet.

Meine einzige Waffe gegen die Welt: Ich erwarte nichts von ihr. Ich flehe nicht einmal darum, in Ruhe gelassen zu werden.

Ich wehre mich, so gut es geht: vor allem, indem ich mich gar nicht mehr wehre.

Vor hundert Jahren starb Hölderlin, Cherub und Wahnsinniger. Seine Wirkung in unseren Tagen, dank Nietzsche, dem anderen Wahnsinnigen, der kein Cherub war: in Deutschland gewaltig, in Europa nichtig. Die Jugend eines großen Volkes glaubt die Inspiration, derer jedes Handeln bedarf, im Pathos eines Wahnsinnigen zu finden.

Die neue ungarische Übersetzung von Machiavellis *Principe*. Ich lese das Buch nachmittags im Café mit jenem anerkennenden Nicken, das man Jahrhunderte später einem Autor schuldet, der plötzlich erlebt, dass sein Werk, seine Ratschläge, seine Prophezeiungen sich vollends erfüllt haben.

Jetzt habe ich verstanden, warum das Buch – wie ich hörte – die Lieblingslektüre, *livre de chevet*, eines meiner großen Zeitgenossen in den letzten Jahren war. Die Methode, die Cesare Borgias einstiger Hauschronist den Fürsten empfiehlt, ist verblüffend einfach. Am besten ausrotten, wiederholt er hartnäckig – ein Grundsatz, über dessen Modalitäten sich zwar streiten lässt, den er aber nicht müde wird in einfacher und geballter Form vorzubringen; ausrotten: die Bevölkerung von Städten, von Provinzen, die Familien unserer Feinde. Ausrotten, denn einer, der Angst hat, ist nicht weniger gefährlich als einer, der hasst. Ausrotten: weil das am einfachsten und sichersten ist.

Der Ratschlag ist nicht neu. Aber das Buch lebt und schreit heute; es ertönt eine Stimme aus dem fünfzehnten Jahrhundert und wirkt mächtig und überzeugend in der Gegenwart. Es waren vierhundert und ein paar Jahre nötig, bevor das Buch auf überzeugendere Art in Mode kommen konnte als jeder Bestseller.

Eine Stunde im Horváth-Park, auf einer Bank, auf einem mit Sand bestreuten Kinderspielplatz: Unermüdlich morden sich die kleinen Hitlers, Dschingis Khans und Timur-Lengs im Sand. Lauter Mörder und Opfer, so weit das Auge reicht. Ein Dreijähriger mit kahlgeschorenem Kopf, rundem Schädel und kalten, mongolischen Augen, des Gehens kaum mächtig, versucht fachmännisch, unermüdlich, mit großem Ernst, schwitzend, keuchend und stumm das Gesicht eines dümmlichen, blonden fünfjährigen Jungen in den Sand zu drücken, damit er erstickt. Die Eltern auf den Bänken weiden sich an diesem reizvollen Kampf in Dreck und Sand. Vier Bengel haben sich aus Bohnenschoten Pfeifen gebastelt und verfolgen mit Höllenlärm ein flüchtendes Mädchen. Die Dümmeren sitzen am Rand und warten darauf, von ihren Folterern gerufen zu werden.

Worauf sollen wir noch hoffen? …

Der Krieg, wie er mich in meinen Träumen heimsucht: Ich bin mitten in einer Operation, die unbedingt beendet werden muss.

Nein, ich weiß genau, dass ich nicht zum Angestellten geboren bin.

Womöglich gehe ich daran zugrunde, aber vielleicht schadet es nicht, wenn ich es auf mich nehme, das Ansehen der Schriftsteller zu retten.

Die Totenfeier in finnisch-ugrischen und slawischen nomadischen Hirten-, Jäger- und Fischerkulturen: Jedes Jahr laden die Verwandten ihre Toten in ihre Hütten ein, unterhalten sich mit ihnen, tragen ihre Klagen vor, bewirten sie und schnitzen nach ihrem Weggang mit der Axt Kerben in den Sturzbalken des Herdes, um eventuell zurückgebliebene Geister zu verscheuchen. (Hervorragendes Bühnenbild.)

Ich habe angefangen, Virginia Woolfs Roman *Die Jahre* zu lesen. Sie geht souveräner mit der Zeit um als Proust; und wie viel stille, ernsthafte Kraft in jeder Zeile steckt! Sie ist neben Colette die einzige Schriftstellerin, bei der ich eine große Kraft spüre.

Ich will es nicht verschreien, aber seit letzter Woche – seitdem ich im Bewusstsein lebe, jede Art Journalismus aus meinem Leben verbannt zu haben – schreibe ich *Die Möwe* leichter, befreiter, und ich glaube, dass auch das, was ich diese Woche geschrieben habe, nicht schlecht ist. Als hätte ich meine Stimme wiedergefunden.

Meine Freunde warnen mich, »dass es einem Schriftsteller schadet, wenn sein Name nicht präsent ist …« – wie sehr wir aneinander vorbeireden! Ich habe das Gefühl, nichts ist dem Ruf eines Schriftstellers abträglicher, als wenn sein Name »präsent« ist.

Hans Blüher, *Traktat über die Heilkunde*.

Der Arzt – so der deutsche Verfasser – war in alten Zeiten ein Priester und ist es noch heute oder müsste es sein, eine Art Verbindungsoffizier zwischen Gott und den Menschen. Auch nach Hippokrates und Paracelsus ist das Heilen eine Art religiöse Handlung: Die Welt ist nichts anderes als ein kranker Gott, und wenn der Arzt einen gebrochenen Finger heilt, korrigiert er ein Stück an dieser Gottheit insgesamt. Der Arzt in den alten Kulturen heilte also mittels religiöser Kraft im Rahmen ständischer Kulte; der zivile, heidnische Arzt von heute ist nur dann wirklich Arzt, wenn er in der Lage ist, diese Verbindung zwischen der kranken, menschlichen Heilkraft und der göttlichen Heilkraft mit weltlichen Mitteln herzustellen.

Die Beklemmung, die Angst ist *stets* verdrängte Sexualität. (?)

Hitze, schmuddelige Hundstage, die ich – blutarm und erschöpft, wie ich bin – gierig schlucke, wie der durstende Wanderer in der Wüste das nach Körper riechende warme Wasser aus der inneren Kammer des geschlachteten Kamels.

Nach Blüher ist es leichter, das zu tun, was wir wollen, als das zu wollen, was wir wollen.

Es gibt zu wenig Freude in meinem Leben. Doch Freude ist eine Erscheinungsform der Wahrheit: Ich habe kein Recht, mich ihr zu verweigern.

Ich habe beschlossen, mit dem Journalismus zu brechen – warum eigentlich? Weil ein Schriftsteller in einem bestimmten Alter, ab einer bestimmten Entwicklungsstufe nicht mehr ungestraft für Zeitungen schreiben kann. Das ist die Wahrheit, alles andere nur eine Ausrede. Dieses niveaulose, hingestotterte Kommentieren von Begebenheiten und Ereignissen, zu dem die Publizistik heute, da wir keine freie Presse mehr haben, verkommt, ist für jeden Schriftsteller zutiefst erniedrigend und korrumpierend. Im Frieden, wenn es wieder Freiheit und eine Presse gibt, zwanglos, nach Lust und Laune über Reisen, über Begebenheiten schreiben … vielleicht. Aber jetzt muss ich verstummen, mich in dieses Tagebuch, in meinen Roman, ins Schreiben zurückziehen, so wie es mir das Schicksal, das Gewissen, die erzieherische Funktion des Buchstabens gebieten. Es bleibt mir nichts anderes übrig. Vielleicht stellt dieses Opfer meine »bürgerliche Lebensordnung« auf den Kopf – aber ohne Opfer gibt es keine Aufgabe. Ich bin zum Schriftsteller geboren, das ist alles. Und das muss man eines Tages, wie es scheint, in aller Konsequenz auf sich nehmen.

Bernanos' Roman *Tagebuch eines Landpfarrers*. Auf jeder Seite der reine Atem eines großen Werkes. Ich habe seit Wilders *Die Brücke von San Luis Rey* in keinem zeitgenössischen Buch mehr eine solche Einheit gespürt, den gemeinsamen Atemzug von Autor und Thema.

(Abendessen mit *X*. und seiner Frau. Sie kommen gerade aus Italien, wo man jeden Augenblick mit geneigter Ungeduld die Invasion erwartet. »Italien erinnert sich wie eine Frau an Mussolini«, sagt Frau *X*., »als an den Mann, der sie seit der Antike am heftigsten umarmt hat. Das Land, das er umarmte, erkrankte daran, er nahm seiner Geliebten den Schmuck weg; und doch war es herrlich!«)

Der Sinn von Bernanos' Roman liegt in dem Satz: »Die Hölle beginnt dann, wenn wir nicht mehr lieben.«

Aber in der Gestalt des Romanhelden, dieses an Magenkrebs leidenden jungen Pfarrers, ist in Wirklichkeit »Gott erkrankt« – wie das laut Blüher die Griechen vor Hippokrates glaubten.

Der einzige Held in Virginia Woolfs Roman *Die Jahre* ist das Leben, also nichts und niemand. Die unzähligen Figuren, Ereignisse, Schauplätze, Kulissen, die von der Zeit verschoben und bewegt werden, sind bloße Anhängsel dieses seltsamen Helden, den es nicht gibt, der, obwohl er ständig erscheint, im Roman doch fehlt. »Das Leben« lässt sich nicht beschreiben, immer nur ein Gegenstand, ein Mensch, ein Gefühl … Ich habe das Gefühl, dass sie das Unmögliche versucht hat, und schätze ihre Bemühungen umso höher ein. Und wie üppig, wie verschwenderisch sie dieses Nichts aufbaut!

Ich habe gestern Abend seit sechs Monaten zum ersten Mal wieder Wein getrunken; nicht viel, vielleicht einen halben Liter; ich merke keinerlei negative Auswirkung, und dennoch bin ich mir sicher, dass Wein mir schadet, meinen Körper und meine Seele in Gefahr bringt. Schade. Es steckt eine große Kraft im Wein, er kann einem eine Art schmuddeliges Glück bescheren. Vielleicht werden mir das Leben und meine Natur eines Tages auch das nehmen, mich zu Nüchternheit und Disziplin verurteilen. Aber dieses Urteil wird ernst sein, und ich werde mich nicht dagegen auflehnen.

So schreiben, dass sich, selbst wenn man nur einen Gegenstand oder das Äußere einer Figur beschreibt, stets in jedem Detail irrlichternd wie eine Fata Morgana das ganze Leben und die ganze Vision spiegeln. Stets von der ganzen Welt, dem ganzen Leben schreiben.

Ich lese die Schriften Pascals in der Auswahl von Mauriac. Wenn er betet, kann ich ihm nicht folgen; wenn er denkt, passe ich dankbar auf. »Das Wunder des Kleinen ist genauso groß wie das Wunder des Großen« – auf diesem Satz basiert die Pascalsche Weltsicht. Betrachtet er das Universum durch dieses Fernrohr, sitze ich gern mit aufgestützten Ellbogen neben ihm.

Aber die »große Nacht« ... die große Nacht Pascals! Was geschah damals? Offenbarte sich ein Wunder oder eine Geisteskrankheit? Freilich, auch eine Geisteskrankheit kann ein Wunder sein. Der eine landet nach einer solchen Nacht im Sanatorium, der andere wird zum Heiligen, der Dritte zu Pascal.

Der abendländische Bolschewismus namens Besteuerung erhebt sich mit unerbittlicher Konsequenz über die bestehenden brüchigen Rechtssysteme. Der abendländische Mensch verwandelt sich in den Geldeintreiber des Staates.

In Wirklichkeit sündigt der Mensch nicht durch das, was er sagt oder tut; die Erbsünde des Menschen besteht darin, dass er ist. Das ist unverzeihlich.

Ich bekomme unerwarteten Besuch von *H.*, ganz in Schwarz. Es fehlt nur noch das Verdienstkreuz an seiner Brust. Ein reiner Höflichkeitsbesuch; aber er sieht sich in meinem Zimmer um wie ein Detektiv.

Was ihn schmerzt – der Verrat an seinem Talent –, ist durch Verdienstorden, Geld und Erfolg nicht wiedergutzumachen. Vielleicht glaubt er, dass ich glücklicher bin, da ich bisher stets die Kraft gehabt habe, meiner Arbeit treu zu bleiben. Nur ich kenne meinen Verrat, meine Unzufriedenheit, nur ich weiß, wie wenig ich dem gedient habe, was, wie ich wohl weiß, allein wert ist, dass man ihm dient! Wir sprechen über Menschen, über Krankheiten. Wir sprechen über etwas anderes. Ständig sprechen wir über etwas anderes. Denn *darüber* kann man nicht sprechen … *das* muss man tun.

Ich lese Erasmus' *Colloquia*, dieses hinreißende Stück Journalismus aus dem sechzehnten Jahrhundert, den Vorläufer aller Feuilletons … diese eifersüchtige, eitle, geistreiche, souveräne, elegante, raffinierte Plauderei, in der sich das Christentum und der Humanismus eines großen Schriftstellers so prächtig ergänzen. Wie mutig spricht er über Menschen, gegen den Krieg, gegen Priester und Mönche, obwohl das zur Zeit der Religionskriege, als Franz I., Karl V. und Heinrich VIII. an der Welt zündelten, wohl kein ganz ungefährliches Unterfangen war. Auf dem Bild Holbeins des Jüngeren beugt sich, erlesen und würdevoll gekleidet, die beringte Hand auf sein Manuskript gestützt, ein Mann über ein Blatt, der mit lateinischen Worten und perfekten stilistischen Formulierungen gegen alle Leidenschaften der Welt zu Felde zieht. Er kämpft lächelnd und elegant. Und was er in der Colloquia-Reihe über die Deutschen sagt, wenn er über die Gasthöfe spricht! Auf das, was Frobenius damals druckte, steht noch heute Scheiterhaufen und Schinden.

Maeterlinck pocht mit seinen zwei feinen Händchen an die dunkle Pforte des Todes und des Schweigens. Der Titel des Buches: *La grande porte*. Seine Schlussfolgerung: Ließe sich die irdische Laufbahn des Menschen über die Jahrtausende hinweg in bewegten Bildern verewigen, erschiene in dem Film vermutlich immer wieder derselbe Mensch, wie er immer wieder die Bühne betritt und mit denselben Bewegungen seinen Platz in der Welt sucht.

Hin und wieder leuchtet und dämmert in der Masse der Plattheiten ein poetischer Satz auf.

Buffon – der Erste, der davon sprach, dass der Stil der Mensch sei – kleidete sich zum Schreiben an; er zog sich in einer peniblen Prozedur eine Art Talar an, wie ein Priester vor der Messe.

Der Beveridge-Plan spricht also – soweit man das anhand der schweizerischen Ausgabe verstehen und beurteilen kann – jedem das Recht auf Schaffen zu, das Recht, sich und seine Familienmitglieder durch seine Arbeit zu versorgen, und im Falle von Krankheit (ja, Scheidung!) oder Arbeitsunfähigkeit im Alter das Recht auf eine Grundversorgung. Ein wunderbarer Plan.

Die Sache hat nur einen Haken. Zwei Milliarden und einige hundert Millionen Menschen zu versorgen bedeutet, in Form von Steuern alles zu kappen, was über einen niedrigen Durchschnittslohn hinausgeht. Mit anderen Worten: Einige wenige talentierte Menschen werden gezwungen sein, zwei Milliarden und einige hundert Millionen Menschen zu versorgen – denn die überwiegende Mehrzahl der Menschen besitzt keinerlei besondere Fähigkeiten, und es sind stets einige wenige Ausnahmetalente, die den Mechanismus und die Systeme des menschlichen Zusammenlebens erfinden, aufrechterhalten und erneuern. Die Frage ist, welche Rückwirkungen ein solch nivelliertes Zusammenleben und solche Belastungen auf die Schaffenslust, den Unternehmergeist der Talentierten haben wird?

Die Autobiografie von Mihály Táncsics. Der ungarische Freiheitsheld, den Petőfi und seine Gefährten am 15. März 1848 auf ihren Schultern aus dem Gefängnis tragen, ist der Sohn eines kroatischen Tagelöhners und einer slowakischen Magd, dessen lebhafteste Erinnerung an das Dorf im Komitat Veszprém, wo er geboren wurde und aufwuchs, jene glücklichen Monate sind, als er mit einem Kropf einige Monate Kostgänger im Spital des nahe gelegenen Klosters der Barmherzigen Brüder war.

Wenn man seinen Memoiren Glauben schenken darf – und ich glaube, man darf das –, begann die Verwandlung des Mihály Táncsics von einem seine langen Haarsträhnen mit Fett pomadisierenden jungen Leibeigenen zu einem Schriftsteller und Revolutionär in dem Augenblick, als er sich einmal bei der Fron am Ende des Ackers mit seinen Ochsen auf die faule Haut legte und von dem Heiducken des Gutsherrn mit der Rute grün und blau geprügelt wurde. Das beschreibt er, in knappen Worten.

Woraus auch wieder hervorgeht, dass es viele Formen von Inspiration geben kann.

Zitternde Bäume im Juliregen. Die Welt ist jetzt wie eine blonde Dreißigjährige in anderen Umständen, in einem durchsichtigen Mantel.

Solange man glücklich sein will, ist man wie der Alchimist, der bei der Goldherstellung nur ja nicht an den weißen Elefanten denken will. Das Experiment geht jedes Mal schief.

Aber eines Tages, als er schon an alles gedacht hat, auch an den weißen Elefanten, erkennt er, dass er manchmal doch glücklich gewesen ist. Der Mensch ist dann glücklich, wenn er – stets unbewusst – mit den Kräften der Schöpfung in Verbindung steht. Manchmal im Bett, manchmal in der Werkstatt … die Natur ist nicht wählerisch, wenn sie eine Bühne für ihren Schöpfungsakt sucht.

Ich stoße in einem Antiquariat auf eine von Mátyás Trattner wunderschön gedruckte, in französisches Leder gebundene, voluminöse späte Károlyi-Bibel von 1805 … und kaufe sie natürlich. (Bisher besaß ich nur die Luther-Bibel, auf Deutsch.)

Ich schlage sie in der Nacht aufs Geratewohl auf, wie es sich gehört, und lese in den Offenbarungen des Johannes über die Apokalypse. Eine zeitgemäße Lektüre. Den Antichristen kann – so hatte es auch Goethe in *Dichtung und Wahrheit* gelehrt – nur die Welt selbst besiegen, der er den Kampf angesagt hat. *Nemo contra Deum, nisi Deus ipse*.

Die Menschen bewegen sich innerhalb ihres eigenen Schicksals, unabhängig, fast unberührt von dem, was in der Welt passiert.

Im Café tritt *D*. an mich heran, verjüngt, braun gebrannt, gesund. »Warst du im Urlaub?«, frage ich. So verändert wirkt er seit unserer letzten Begegnung! »Nein«, erwidert er, »ich habe zehn Monate an der russischen Front verbracht, in vorderster Linie.«

Am Ende des vierten Kriegsjahres, während die Stadt, in der ich wohne, und noch vieles mehr, meine Angehörigen und auch ich selbst binnen vierundzwanzig Stunden vernichtet werden können, fühle ich mich ruhig wie selten zuvor in meinem Leben. Ruhig, fast zufrieden; ich arbeite, und nur das, worauf ich Lust habe; es gibt nichts, was ich von der Welt verlangen, worum ich sie beneiden würde ... Ich bejuble das schöne Wetter, einen Teller Himbeeren, einen klugen Satz in einem Buch. Pascal hatte recht, der Mensch ist ein Ungeheuer. Nein, Pascal hatte nicht recht: Der Mensch ist etwas Großartiges.

Gyula Illyés' *Petőfi* hat mich nicht davon überzeugt, dass Petőfi nicht ebenso eitel und ehrgeizig war, wie er ein Dichter und Revolutionär war. Sein krankhafter Hochmut, seine rastlose Eitelkeit, seine schlechten Manieren, seine arrogante und hochnäsige Unduldsamkeit, seine grenzenlose Überheblichkeit; das sind Tatsachen, und wenn ihn Illyés noch so sehr in Schutz nimmt. Seine Zeitgenossen erkannten in diesem Genie, das einer der größten Dichter der Weltliteratur war, zu Recht den eitlen, schwachen, gemütskranken, gefährlich egoistischen Menschen. Diese großen Egoisten steigen natürlich auch aufs Schafott, wenn es ihre Eitelkeit verlangt … und das tat gewollt oder ungewollt auch Petőfi, der wie jeder Krakeeler in Wahrheit ein Feigling war.

So weit das eine Profil der »authentischen Daguerreotypie«, wie sie uns überliefert ist. Das andere ist Petőfi, der Dichter von »Puszta im Winter«, »Feentraum« und »Septemberausklang«; und von all den anderen Gedichten, die er geschrieben hat, von allen.

Die Eifersucht, mit der er sich gegen den schüchternen, mädchenhaften Jókai wendet, als dieser der martialischen Róza Laborfalvy in die Hände fällt, weist Elemente einer latenten unbewussten Homosexualität auf.

Eine hinreißende Taschenbuchausgabe von La Rochefoucaulds *Maximen*, in der Gestaltung des Genfer Milieu du monde. Diese *Maximen* wurden Mitte des letzten Jahrhunderts von einem Onkel von mir aus Zombor sorgfältig und geistreich ins Ungarische übersetzt und herausgegeben.

Der große Haudegen, Kämpfer und Abenteurer war schon über sechsundvierzig Jahre alt, als er beschloss, Moralist zu werden. Da wusste er genug, um über das Leben zu reden, und konnte schon zu wenig, um es zu leben. Wie er selbst sagt: Die Alten belehren durch gute Grundsätze, wenn sie nicht mehr durch schlechtes Beispiel belehren können.

Er formuliert perfekt. Alle Beschwichtigungsversuche Madame de La Fayettes vermochten die knisternde Kritik an den Zeitgenossen nicht zu neutralisieren. Alles, was die gnädige Dame erreichte, war, dass er das Urteil »toujours« zuweilen durch ein vorangestelltes »presque« abmilderte … Aber sein Verdikt über den Menschen bleibt auch so unerbittlich.

Was wusste dieser vornehme französische Herr dreihundert und ein paar Jahre vor Freud nicht alles über das Bewusstsein und das Unterbewusste! Über Charakter und Instinkt, Geschlecht, Sexualität, Eitelkeit, Egoismus, Irrtümer! Er weiß alles, und er weiß auch, dass der Mensch trotz seines ganzen Wissens und seiner ganzen Erfahrung der Wirklichkeit genauso lächerlich ausgeliefert ist wie ein Kiesel, den das Meer hin und her wendet und wirft.

Der Nervenzustand, den man Liebe nennt, will weder »geben« noch »bekommen«. Ein Nervenzustand will einfach seinen Verlauf nehmen: Das ist alles.

Es ist im Allgemeinen ratsam, unsere Werke erst zu schreiben, bevor wir etwas verteidigen, erläutern und belegen, was wir noch gar nicht geschrieben haben.

Auch der größte Gedanke bleibt ein Gemeinplatz, wenn er nicht von diesem spezifischen Zungenschlag begleitet wird, in dem jenes innere Wesen zum Ausdruck kommt, das noch wichtiger als der begriffliche Gehalt ist.

Abends auf dem Széchenyiberg: Zum ersten Mal seit sechs Monaten mache ich ein paar Schritte – von der Endstation der Zahnradbahn bis zum Aussichtsturm – und entdecke von Neuem die Freuden der Bewegungsfreiheit. Es ist ein lauer und windiger Abend; ich fahre im Taxi den Berg hinab, bewundere die gleichgültige Schönheit der Welt, bin voll Ruhe und Dankbarkeit.

Auch in mir spielt sich die Welt ab, nicht nur in Raum und Zeit. Auch ich bin Volumen.

Mein Hund ist krank; er ist alt, er leidet an Asthma und Herzerweiterung; er ist traurig und sucht Hilfe, er frisst nicht, er trägt und erwartet sein Schicksal ... Nur wenige Lebewesen sind mir in den vergangenen elf Jahren so ans Herz gewachsen wie dieser weiße Hund. Es ist nichts Außergewöhnliches, dass man ihn der Welt, aus der er für einen Augenblick hervorgegangen ist, zurückgeben muss; aber das Bewusstsein des Verlustes ist ein Teil von mir, des Menschen; dieses Bewusstsein, diesen ständigen Verlust, dieses hoffnungslose Dahingehen von allem, wozu wir einen Bezug haben, bewusst und vernünftig zu ertragen: das ist wahrlich eine übermenschliche Aufgabe.

Jede Übertreibung, jeder Überschwang ist gefährlich, auch die übertriebene Sympathie. Menschen, die sich einem auf dem hohen C nähern, werden ob ihres Gefühlsüberschwangs plötzlich innehalten und beschämt, in ohnmächtiger Wut loskreischen.

Platons gesammelte Werke, auf Ungarisch; eine große, bewegende Leistung. Wenige Nationen – nicht einmal die großen – können von sich behaupten, in diesem Krieg auch so etwas vollbracht zu haben.

Nachts lese ich Sokrates' Reden vor den Richtern. Die Übersetzung ist angenehm, nicht störend. Welch reine Luft diese einfachen Zeilen verströmen ... und welch klassische Hoffnungslosigkeit!

Ich bekomme am Nachmittag Jenő Heltais Umdichtung von *Lumpazivagabundus* und lese sie im Café in einem Zug aus. (Das Buch ist »im Selbstverlag« erschienen, und das ist wirklich eine Schande – Heltai ist ein hervorragender Schriftsteller, ein bescheidener und maßvoller Künstler, seine Sätze haben einen präzisen Rhythmus, seine leicht dekadente, überbordende Heiterkeit schimmert durch jedes seiner Worte hindurch, und doch dürfen die Bühnen seine Werke nicht spielen, die Verleger seine Bücher nicht herausgeben!)

Lumpazivagabundus, so wie er von Nestroy und Heltai geschrieben wurde, ist eine Burleske und hat als Gattung somit – wie Heltai in seinem Vorwort klug schreibt – mehr Aussicht auf Unvergänglichkeit als ein Lustspiel oder ein Drama. Das Stück ist eine sanfte Burleske, die Österreichisches und Budapesterisches mit etwas Französischem mischt – als sei Molière ein österreichischer Staatsbeamter, der seine Werke in einem Budapester Café schreibt.

Ich lebe die ganze Zeit inmitten von Wundern. Wie blind bin ich doch manchmal, dass ich sie nicht bemerke, nicht wahrnehme! Lauter Wunder, die Wunder der Zusammenhänge, die Wunder der Wiederholung, die Wunder der Ordnung … Dinge, Menschen, Situationen gehören in so wunderbarer Weise zu mir, und ich gehöre nach einer ebenso wunderbaren Ordnung, einem ebenso wunderbaren System zu allem anderen! Wunder, lauter Wunder.

Aber innerhalb des Wunders gibt es einen Augenblick – so scheint mir –, in dem Gott mich allein lässt, die Entscheidung mir überlässt. Das ist der Augenblick meiner Verantwortung. Diese Verantwortung verleiht dem menschlichen Leben seinen tragischen Sinn.

Wir wissen nie, was Gott durch uns sagen will! *Die Möwe* hat sich jetzt, da ich den Schluss schreibe, in einen Roman über das Problem einer individuellen Persönlichkeit verwandelt – darin lag der einzige Sinn des Themas, dorthin musste ich über die »Handlung« gelangen, logisch und konsequent. Hatte ich das so geplant? Nein, Gott hatte es für mich geplant, als er mir befahl, diesen Roman zu schreiben.

Es ist hinreißend, wie Platon die beiden eifersüchtigen alten Gelehrten Sokrates und Protagoras beschreibt; wie sie einander neidisch und argwöhnisch beschnüffeln, wie sie sich mit dem Anschein der Bescheidenheit aufplustern, wie Sokrates unter dem Vorwand der Wahrheitssuche vor Gott und der Welt zu beweisen versucht, dass der eben erst in Athen eingetroffene sophistische Schriftsteller Protagoras ein schlechterer Schriftsteller und auch weniger weise als er selbst sei, er, der arme, bescheidene Sokrates, der nichts schreibt und auch gar nicht weise ist, und wenn er vielleicht doch ein klein bisschen weise ist, dann nur deshalb, weil er weiß, dass er nichts weiß … Diese naiv-listige Eifersüchtelei, die ewig gekränkte Eitelkeit des beruflichen Ehrgeizes, ist hinreißend. Nein, Sokrates und Protagoras werden es nie zur gleichen Zeit am selben Ort aushalten, weder in Athen noch in der Welt. In tiefer Demut und Unterwürfigkeit zerredet Sokrates das Ansehen des mit ihm rivalisierenden Fremdlings, genauso wie die heutigen Schriftsteller in literarischen Cafés oder Gelegenheitszeitschriften Ehre und Ansehen ihrer Zeitgenossen zerreden. Die Welt wird sich vielleicht ändern, auch die Literatur wird sich vielleicht ändern, aber die Gelehrten werden sich nie ändern.

Zwei Tage, in denen ich nicht in der Lage bin, mich auf meine Lektüre zu konzentrieren. Eine Schraube funktioniert nicht, der atmosphärische Druck beschwört irgendwo in der Welt eine Katastrophe herauf, und in irgendeinem Gehirnmark vermag der Mechanismus weder die Worte Platons noch die Zeitungsnachrichten mehr aufzunehmen.

In diesen zwei Tagen lese ich Geschichte, erlebe ich Geschichte: Die Engländer haben Sizilien angegriffen. In diesen Tagen entscheidet sich auf sehr lange Sicht das Schicksal des Kontinents, zu dem ich gehöre. Ich lese, arbeite so viel wie möglich, immer nach der Uhr, wie ein Wahnsinniger, der selbst dann noch an seine fixe Idee glaubt, wenn die Welt um ihn herum schon einstürzt. Und ich glaube, dass dieser Wahnsinnige in mir und in allen Menschen, der in diesen Tagen gewissenhaft seine Pflicht, seine Aufgabe erfüllt, recht hat. Sizilien, Europas Schicksal, der Angriff der Engländer, das alles wird vergehen. Der Gedanke und die Arbeit werden bleiben. Ich schalte das Radio aus, das gerade die Eroberung von Syrakus durch die Besatzer verkündet, und setze mich wieder an meinen Tisch, um Platon zu lesen und zu arbeiten. Und ich empfinde das weder als Flucht noch als eine vorgebliche Verhaltensweise. Vorgeblich wäre es, wenn ich in Begeisterung ausbräche, weil diese oder jene Partei Sizilien oder Vámosgyörk erobert hat. Das ist Sache der Welt. Meine Sache ist es, mithilfe von Subjekt und Prädikat Begriffe aneinanderzufügen – auch dann, ja gerade dann, wenn die Welt am Einstürzen ist.

Es wird Zeit, dass ich mir den Gebrauch von Anführungszeichen abgewöhne. Ich habe mir das vor zehn, fünfzehn Jahren angewöhnt, als meine Sinne mir sagten, dass das Gehör der lesenden Massen immer mehr abstumpft, und die ironische beziehungsweise sachliche Betonung eines Attributs oder Adjektivs zum besseren Verständnis durch Anführungszeichen gekennzeichnet werden sollte. Aber es ist schließlich nicht meine Aufgabe, für Leute ohne Gehör zu schreiben – sollen doch die Elenden hören lernen, wenn man es schon geschafft hat, ihnen das Abc einzutrichtern.

Als durch die Krankheit alles in unwirkliche Ferne gerückt war und ich manchmal das Gefühl hatte, dass alles, was mich in der Zeit meiner Gesundheit gequält, beunruhigt hatte, was mir nahe gewesen war, wonach ich mich gesehnt, worauf ich mich gefreut, wovor ich mich gefürchtet hatte, nicht mehr existierte, wusste ich natürlich, dass dieses Gefühl nur ein krankheitsbedingtes Trugbild ist. Mir war klar, dass mit der Genesung auch diese Sehnsüchte, Beunruhigungen und Ängste zurückkämen und das Leben resolut und unabwendbar die richtigen Abstände wiederherstellen würde.

So geschah es auch … und doch nicht ganz so. Alles ist zurückgekommen, die Sehnsucht, die Angst, die misslichen Situationen; aber nicht mit der gleichen Heftigkeit. Habe ich eine Entscheidung zu treffen, treffe ich sie jetzt ruhiger, ohne Angst, sehne ich mich nach etwas, sehne ich mich ohne tragische Gier danach und bin nicht beleidigt, wenn sich meine Sehnsucht nicht erfüllt. Ein gewisser Abstand ist doch geblieben, zwischen mir und der Welt. Das ist der Krankheit zu verdanken; das und noch vieles mehr.

Platon ist der größte »Plauderer«. Er redet über die bedeutungsvollsten Dinge wie ein guter Feuilletonist von heute: von ganz nah, mit den einfachsten Worten, wunderbar geschliffen und leicht. Phaidros und Sokrates diskutieren in einer Art und Weise über die Liebe, als habe ihnen ein guter französischer Lustspielautor – der auch Mitglied der Akademie ist – die Worte in den Mund gelegt.

X. ist kleinmütig. Er ist eitel und eifersüchtig, weil ihm die Schaffenskraft fehlt, aber er verfügt über eine stichwortartige Bildung, die in seiner Seele nie zu einem echten Erlebnis heranreifen, sich weder in kreative Kraft noch in ein bestimmtes Lebensgefühl verwandeln konnte.

Man hat meinen Hund an der tierärztlichen Klinik untersucht, durchleuchtet … ja, er ist herzkrank. Das Digitalis spuckt er wieder aus, er verabscheut es. Ist auf eine so kluge und edle, so weise Art krank! Er hat sein Leben gelebt, sein Schicksal hat sich erfüllt, er akzeptiert die Krankheit und den Tod. Er sehnt sich nur noch nach Zärtlichkeit; er hält seinen Kopf mit einer flehenden Geste an meine Hand, bittet mich, ihn zu streicheln. Er quengelt nicht, er trägt sein Schicksal stumm und für sich. Er ist herzkrank und wartet auf den Tod.

In immer fröhlicherer Distanz zur Welt und immer wirklicherer Nähe zu Gott: Darin liegen Sinn und Erfahrung des Alterns.

Ich könnte aus La Rochefoucaulds fünfhundert Maximen fünfzig herausdestillieren, aus denen nicht die Gattung, sondern der Schriftsteller und erfahrene, schöpferisch begabte Mensch spricht. Bei zu viel Routine läuft die Maxime Gefahr, sich gleichsam durch Selbstteilung und krankhaftes Sprießen selbst zu vermehren, wie Algen oder Aufgusstierchen.

Der hiesige Astrologe – ein alter Ingenieur und Mathematiker – ist felsenfest davon überzeugt, dass es den freien Willen gibt, dass es möglich ist, durch gewisse Spalten hindurch unser Schicksal zu schauen. Es gibt seines Erachtens drei Ereignisse, an denen der menschliche Wille nichts ändern kann: die Geburt, den Tod und die schicksalhafte Partnerwahl. Zwischen den Ecken dieses Dreiecks kann ein bewusst lebender Mensch über sein Schicksal verfügen.

Er kann aus freiem Willen die Straße überqueren, ein Versprechen geben oder halten … Ist das viel oder wenig? Für den Menschen viel, doch in Anbetracht der Gegebenheiten der Welt ist alles, was wir wollen oder tun können, nichts.

Abends mit Lehrer *R.* Er erzählt von den Experimenten von *Sz.*, der mithilfe irgendeiner geistreichen – vielleicht allzu geistreichen – Methode eine Gesetzmäßigkeit in der Partnerwahl zu entdecken und sie dadurch zu erklären versucht. Wenn jemand beispielsweise eine Taubstumme heiratet, muss es in seiner Familie schon einmal einen Taubstummen gegeben haben und so weiter. Ein solcher Rückbezug in Geschmack und Neigung sei gesetzmäßig, so *Sz.* Das rezessive Element sei bei der Partnerwahl stets stärker als die konstitutiv dominanten Eigenschaften des Wählenden. Kreuzt man eine schwarze Ratte mit einer weißen, wird vielfach die schwarze durchschlagen, aber in irgendeinem der Nachkommen wird wieder die weiße zum Vorschein kommen.

Das klingt gefällig, zumal es in der Vergangenheit einer jeden Familie, wenn man ihre Vorfahren bis Abraham zurückverfolgt, irgendwann einmal sowohl Taubstumme als auch Raubmörder als auch Linkshänder und so weiter gegeben hat. Die Frage ist nur, aus welcher Generation die Eigenschaften der Ahnen noch durchschlagen können? Aber diese Frage bleibt vage; die gewählten Beispiele hingegen sind stets gefällig in ihrer Willkürlichkeit.

Europica Varietas von Márton Szepsi Csombor, einem Schulmeister aus Kaschau, aus dem Jahr 1620 ... Der erste ungarische reisende Feuilletonist. In der Stadt Graudenz macht er die folgende volkskundliche Beobachtung: »Eine wundersame Art der Menschentötung herrscht in diesem Ort. Der Schuldige wird nach Judenart auf ein Kreuz gebunden, unter ihm viel tierischer Dung angezündet, der Henker besprengt ihn mit Wasser, damit er länger leidet, damit ihn der Rauch erst nach und nach tötet. Wer geköpft wird, wird neben dem Galgen begraben, sein Kopf auf einen Pfahl gespießt.«

Man beachte die feine Nuance: »der Henker besprengt ihn mit Wasser, damit er länger leidet«. Wirklich phantasievoll waren die Menschen stets nur, wenn es um Folter und Vernichtung ging. Da achteten sie auf jede Nuance.

Ich lese Szekfűs *Rákóczi in der Verbannung*. Aus dem Abstand von dreißig, vierzig Jahren ist es unbegreiflich, warum sich einst die ganze Nation über dieses Buch empörte. Der Verfasser wurde seinetwegen beinahe selbst verbannt.

Heute gilt es als eine der unbestrittensten Quellen der offiziellen Geschichtsschreibung. Die Menschen lassen sich fast genauso schnell zu den Wahrheiten bekehren, wie sie sich einst über sie empört haben. Man darf nicht mit ihnen streiten. Man muss sie bilden, allen Gefahren zum Trotz, man darf nicht auf ihr Getöse hören: weder wenn sie ihren Lehrer in die Verbannung treiben noch wenn sie ihn beweihräuchern.

Eine echte Buddhastatue in der Wohnung eines Freundes. In Bronze gegossen lächelt die bauchige Gestalt mit ihren großen Brüsten, ihrer beunruhigend gleichmütigen Miene, der Gefühllosigkeit des Metalls und der Idee von Leben und Tod.

Lange betrachte ich neidisch und ehrfürchtig das gleichgültige Lächeln des glänzenden bronzenen Gesichts. Diese dicklich-souveräne Ruhe könnte natürlich als Ideal dienen, wenn … Aber was macht Buddha, der Souveräne, wenn er zum Militär einberufen wird? Oder in ein Arbeitslager geschickt wird? Oder ihm die Steuern alles wegnehmen? Oder sein Kind hingerichtet wird? Oder die Kirche zerbombt wird, auf deren Altar er so souverän lächelt? Oder ihm ein Feldwebel einen Tritt in den Hintern versetzt? … Denn auch ihm kann so etwas passieren. Bleibt er auch dann so souverän? So gleichgültig? So heiter lächelnd? … Wenn ja, dann ist er wirklich ein Gott.

Man vergesse nicht, dass in einer der vollkommensten menschlichen Gemeinschaften, die es je gegeben hat, im Athen von Perikles, Platon und Sokrates, wo die Lebensform der ganzen Gemeinschaft auf Kultur beruhte und selbst die Töpfer Tanagra-Figuren herstellten, Sokrates zum Tode verurteilt wurde. Wenn auch durch Stimmenmehrheit. Aber ebendiese »Stimmenmehrheit« ist stets stärker als die Kultur.

Lockt mich die Welt wirklich noch, das Erlebnis der Sinne, Peking, Lissabon oder Ragusa? … Ich höre ihren Lockruf noch, aber ich höre auch eine andere, nicht minder verlockende Stimme: die Stimme des eigenen Heims, der Bücher, der Arbeit und Gottes. Wie es aussieht, werde ich doch schon alt.

Wenn ein Schriftsteller bewusst schweigt – also nicht aus Faulheit oder Unvermögen, sondern mit Absicht, mit pädagogischem Vorsatz –, wirkt sein Schweigen fast beunruhigender auf die Menschen als alles, was er je zuvor gesagt hat.

Der schönste Beweis für den allgemeinen und unabänderlichen Hang des Menschen zum Sadismus ist die Erfindung der Hölle in allen Religionen, besonders in der christlichen Vorstellungswelt. Die Hölle, wo die »Bösen« bis in alle Ewigkeit kochen und braten, bis ans Ende der Zeiten, für Sünden, die sie in der Zeit begangen haben, und deren Folgen, und seien sie noch so schrecklich, in der Zeit vergehen. Die Strafe jedoch, durch Schwefel, Pech, siedendes Öl: Sie ist ewig. Und auf den mittelalterlichen Darstellungen beobachten die »guten Seelen« im Vorhof der Hölle, auf die Balustrade gelehnt, mit zufriedenem Lächeln die unten schmorenden und schmachtenden »bösen Seelen« … Diese christliche Gerichtsbarkeit ist die metaphysische Dimension des Sadismus.

Ich habe bisher dreiundvierzig Jahre gelebt. Und wenn ich noch einmal so lange lebe? Und sechsundachtzig bin? Werde ich dann mehr wissen? Glücklicher sein? Mehr Gewissheit über Gott und Mensch, das Natürliche und das Übernatürliche haben? Ich glaube nicht. Erfahrung bedarf der Zeit, aber jenseits eines bestimmten Grades der Erkenntnis vertieft die Zeit die Erfahrung nicht mehr. Ich werde einfach älter werden, nicht mehr und nicht weniger.

Abends in der Gesellschaft eines dummen Menschen. Er ist zutiefst dumm und leicht blutrünstig. Seine Dummheit hat Pathos, einen Stil, den er nie ablegt. Er ist belesen und schildert auch seine Erfahrungen mit der makellosen Dummheit eines großen Künstlers, der auf der Tastatur nie danebengreift.

Louis Jouvets kluges, liebevolles Geplapper in einem Buch über das Theater. Er hat recht: Es gibt kein »Theaterproblem«. Es gibt nur den Dichter, der seine Vision in dramatischer Form erzählt. Alles andere ist künstliche Bedingung, handwerkliche Kondition.

Am Anfang war Gott und das Wort, also der Dichter. Dann begann jemand unter Menschen das Wort zu sprechen. Das war die Geburt des Theaters. Und mehr tun die Schauspieler auch heute nicht: Sie sprechen und sprechen mit religiöser Andacht, was der Dichter erträumt und in

Worte gefasst hat. Alles andere ist Zirkus, Bestien, Kritiker und Agioteure.

Von der Langeweile erzählen, spannend wie ein Detektivroman.

Seit drei Tagen wieder große Schmerzen. Vielleicht eine Folge des Schirokkos, vielleicht einer Revolte im geschädigten Nervensystem. Aber ich, der ich den Schmerz habe, revoltiere nicht mehr.

Ich lese, zum dritten Mal, Goethes *Novelle*.

Dieses zwanzigseitige Meisterwerk ist eines der geheimnisvollsten Wunder der Weltliteratur. Sein Gehalt, seine Harmonie, sein Ton, seine Musik, die Gedichte des Löwenbändigers, die einen unbegreiflichen Zauber ausstrahlen und das Thema in irgendeiner den Verstand übersteigenden Harmonie zu Ende führen ... das alles kann man nicht erklären. Dreißig Jahre lang bereitete sich Goethe auf die *Novelle* vor. Als Erstes berichtete er Schiller davon, doch der konnte nicht verstehen, was daran so reizvoll und bezaubernd sein sollte. Und noch heute verstehen wir es nicht, überlassen uns nur ohnmächtig dieser herrlichen Harmonie; wie es auch der Löwe tut.

Abends Z. Es gibt eine Art charaktervolle Dummheit, die noch provokativer, noch unerträglicher als charakterloses Talent ist. Er kapiert nichts, leiert charaktervoll seine Gemeinplätze herunter, missversteht und gibt verkehrte Antworten ... Das Ideal wären ein fester Charakter und ein kristallklarer Verstand. Die Lösung in der Wirklichkeit lautet: ein fügsamer Charakter und ein anpassungsfähiger Verstand. Alles, was darunter und darüber ist, wird unerträglich oder unerreichbar.

Hundstage. Rom wird bombardiert. In Sizilien kämpfen Engländer, Italiener und Deutsche bei fünfundsiebzig Grad Hitze. An der russischen Front Generalangriff, die »größte Materialschlacht der Weltgeschichte«. Ein heißer Wind, auch abends. Alles ist auf dem Siedepunkt, sowohl in der Natur als auch in der menschlichen Welt.

Die Nachricht von der Bombardierung Roms berührt mich stärker als alles, was ich bisher in diesem Krieg gehört und erlebt habe; ja, noch stärker und schmerzvoller als die beiden Bombenangriffe auf Budapest, die ich in der Stadt durchlebt habe. Erst in diesen Tagen ist mir klar geworden, dass Rom eine der innigsten Privatangelegenheiten der Menschheit ist.

Tage, in denen ich mich der Wirkung der wieder gelesenen *Novelle* nicht entziehen kann; Tränen schießen mir in die Augen, wenn ich die Abschiedsverse des flötenden Knaben lese: »Denn der Ew'ge herrscht auf Erden / Über Meere herrscht sein Blick; / Löwen sollen Lämmer werden, / Und die Welle schwankt zurück; / Blankes Schwert erstarrt im Hiebe, / Glaub' und Hoffnung sind erfüllt; / Wundertätig ist die Liebe, / Die sich im Gebet enthüllt.« Was steckt in diesen Zeilen? Und dazu das Bild: der Löwe, der seine durch den Dorn verletzte Tatze in die heilende Hand des singenden Knaben legt, der Burghof, die fürstliche Gesellschaft … Ein echtes Meisterwerk hat immer etwas Wahnsinniges, Überlebensgroßes an sich.

Es ist nicht wahr, dass man ohne Liebe nicht leben kann. Verlangen kann sich in einem Menschen in Harmonie, in eine körperlose Anschauung verwandeln. Sokrates und Kefalos wussten darüber Bescheid. Eros ist erst dann wirklich göttlich, wenn seine Leidenschaft nicht mehr dem Körper, sondern dem Wesen der Welt gilt.

Nacht für Nacht erwarten wir den Bombenangriff; der Krieg rückt uns mit jedem Tag näher; in den Wohnungen werden die Innenfenster abmontiert und in den Keller gebracht, weil das durch den Luftdruck zerstörte Glas nicht mehr zu ersetzen ist.

Ich lese Platon und Goethe – den *Staat* und die *Wahlverwandtschaften*. Diesmal bezaubert mich die wunderbare Ruhe, mit der sich Goethe seinem Gegenstand nähert; er gebraucht keine »gattungsspezifischen Kniffe«; er spricht stets über das Wesentliche, leise, ruhig, unmittelbar, mit göttlicher Heiterkeit und Konsequenz, stets tiefsinnig, aber auf eine Weise, dass seine Worte dennoch an der Oberfläche bleiben, menschlich und unmittelbar bleiben … Die Materie, mit der er ringt, schmilzt in seinen Händen, wird durch die Berührung seiner Finger knetbar und formbar. Selten war ein Künstler im menschlichen Streben ähnlich souverän wie er; vielleicht Leonardo da Vinci.

Die Druckerei schickt mir ein gebundenes Exemplar der *Sonntagschronik*; das Buch erscheint erst im Oktober, in drei Monaten.

In der Nacht lese ich den voluminösen Band aus. Diese Artikel wollen eine Antwort auf die dramatischen Momente der letzten sieben Jahre geben. Natürlich können sie keine »Antwort« geben. Aber zumindest stottern sie … wie jemand, der auf der Folterbank kurz vor der Folter, wenn die Zangen und Pinzetten sich in der Glut schon röten, fragt: »Ich bitte Sie, was hat das für einen Sinn?«

Die Dramaturgie eines Romans kann ein genauso gefährliches Unterfangen sein wie die Dramaturgie eines Bühnenstücks. Auch hierbei kann man über ein einzelnes Wort, eine einzelne Szene stolpern. Auch hier gibt es Zeit und Umfang, hat alles seinen Platz und seine Proportion. Es ist nicht wahr, dass ein Roman seinem Autor »epische Freiheiten« einräumt. Die Handlung eines tausendseitigen Romans muss auf den Buchseiten genauso wortkarg vor sich gehen wie eine fünfminütige Szene auf der Bühne.

Welch großes Abenteuer ein Roman doch ist! – wenn das die biederen Leser und noch biedereren Schriftsteller wüssten, die sich mit naiver Sicherheit auf den schmalen Pfaden einer vorgezeichneten »Handlung« vorwärts bewegen … Welch großes Abenteuer, wenn ein Roman zu leben und sich auszudehnen beginnt, sich von unserem Willen und Vorhaben löst und den ursprünglichen Rahmen des Themas überflutet, willkürlich überwuchert, als entfalte sich plötzlich die ganze Vegetation eines schönen und lieblichen, sorgfältig gepflegten Ziergartens in tropischer Blüte! Und sofort wird der Roman gefährlich, verwandelt sich der Garten in einen Urwald, mit geheimnisvollen, kreischenden Lauten, huschenden Gestalten, Schatten und Licht, Sturm und Dürre, wie man es vorher nie erwartet hätte … Glückliche Erzähler, die die Landschaften des Romans auf den Gleisen eines Bummelzugs durchfahren! Ich falle manchmal auf die Knie in dem Dschungel, der mein Thema überwachsen hat, und krieche auf allen vieren weiter.

In einer Zeitschrift das Tagebuch und die Briefe (in kurzen Ausschnitten) des Fürsten de Ligne. Über Casanova, über Joseph II., über Gärten als Mittel zur Erlösung der Menschheit … Ein glücklicher und wunderbarer Schreibgenosse, dessen Zeilen im achtzehnten Jahrhundert auf regen Widerhall stießen. Ohne den Widerhall der Zeit kann man nicht mit ganzer Kraft sprechen. Ohne Akustik gibt es kein Schreiben. Lignes Briefe und *Mélanges militaires* sind gemeinsame Werke des Autors und der Zeit, in der er gelebt hat.

Ich schreibe die kleine lyrische Skizze *China* schon zum dritten Mal um, und sie wird immer schlechter. Sie kann nun nie mehr so werden, wie ich gewollt habe. Dazu bedarf es der Gnade.

Ich bin schon so bescheiden geworden, dass ich mich auch mit dem Vollkommensten begnüge.

Die Angelsachsen haben Palermo erobert. Es war schon immer einer ihrer bevorzugten Aufenthaltsorte. Ich sehe Montgomery, wie er sich im Hotel Pellegrino in aller Zufriedenheit ein Zimmer aussucht. Auch seine Eltern, seine Großeltern pflegten im Sommer hierher zu kommen. Dieses Jahr ist auch er nach Sizilien gekommen; mit Panzern zwar, aber er ist gekommen.

Eine herrliche Stadt; nicht mehr Europa, noch nicht ganz Afrika, die Verkörperung mediterraner Fülle und Vermischtheit, wilde, verbürgerlichte Schönheit. Ich habe sie zum letzten Mal bei Sonnenuntergang, vom Deck eines auslaufenden Schiffes, gesehen. »*C'est une belle ville, tout de même! …*«, hatte der französische Kapitän gegen das Geländer gelehnt gesagt, mit der Bewunderung eines Weinhändlers aus Bordeaux, wenn er über den Nektar der griechischen Mythen spricht. Eine unwirkliche Stadt, der Mittelpunkt vieler Sagenkreise. Jetzt teilt sie das Schicksal von Warschau.

Ich habe die Skizze *China* ein viertes Mal umgeschrieben. Jetzt ist sie gut.

Die Briefe von Berzsenyi. Eine peinliche Lektüre.

Seine Briefe an den Vater, an Döbrentei, Mihály Horváth, Miklós Wesselényi, Kazinczy … die Briefe eines übertrieben höflichen, schmeichlerischen, sich ständig rechtfertigenden und der floskelhaften, zeremoniellen Sprache der Zeit bedienenden, zugleich eitlen, krankhaft (oder wie er sagt: »hypochondrisch«) misstrauischen, permanent beleidigten, Lob und Anerkennung heischenden, kranken Mannes. Er sitzt in Nikla wie ein »armer, von der Welt abgefallener Schriftsteller« – so nennt er sich gern – und ist in seiner geradezu unheimlichen Eitelkeit fest davon überzeugt, dass sein Dichterwort in aller Welt gehört wird, als stritte er mit seinen Gegnern in einem literarischen Café unserer Tage. Nicht nur Kölcsey sei gefährlich, nein, auch Kisfaludy sei gefährlich, und nach vielen unterwürfigen Briefchen zieht er auch über Kazinczy her, da dieser zwei seiner eingesandten Gedichte nicht leidenschaftlich genug gewürdigt habe. Seinem Vater berichtet er mit der peniblen Genauigkeit eines Geizkragens über den weltlichen Gewinn, den sein Talent abwirft. Literatur, was für eine Krankheit!

Mussolini und das faschistische System in Italien sind gestürzt. Ich erhalte die Nachricht nachts um halb zwölf am Telefon, von einer unbekannten Stimme auf Deutsch; man hat den Anrufer versehentlich mit meiner Wohnung verbunden. Wie klein die Welt doch ist: Um elf Uhr tritt Mussolini zurück, und schon um halb zwölf übermittelt mir ein Unbekannter die Nachricht in meine Wohnung.

Ich habe ein Foto von Mussolini aufbewahrt, entstanden während der Marcia su Roma: In gestreifter Hose, schwarzem Hemd, mit Gamaschen an den Füßen führt er die Menge gegen den Quirinal. Er sieht wie ein Handwerksbursche aus, der am Sonntag auf dem Schützenfest besonders elegant aussehen möchte und weiße Gamaschen zu seiner gestreiften schwarzen Hose angezogen hat. Später war er auch mehr und auch anders. Aber alles in allem war er der Urvater jener künstlichen Menschenzüchtung, die die ganze Nation in einen Brutapparat verwandeln wollte. Und dann hat er für seine Züchtung einen Platz in der Welt gesucht. Und den menschlichen Geist mehr und mehr beschnitten, eine Art in die Nationalfahne gehüllte Beschränktheit aus Mensch und Geist, Individuum und Variation geschaffen. Er war nicht grausam, das ist wahr. Er war gewalttätig und ungeduldig, auch das ist wahr. Er hat Straßen und Krankenhäuser gebaut … aber wer baut keine Straßen und Krankenhäuser, wenn er einen Staat führt?

Jetzt ist die Welt in ihren Grundfesten erschüttert. Der König, dieser traurige Zwerg, hat sein mickriges Schwert gezückt … aber dem Haus Savoyen und Italien wird auch das nichts mehr nützen. Und der Kriegsschauplatz rückt uns immer näher.

Eine zweitägige Sommergrippe mit heftigem Fieber, Schüttelfrost. Die Welt ist auf dem Siedepunkt, alles brennt lichterloh … kein Wunder, wenn auch die Körper entflammen.

Vierundzwanzig Stunden, in denen ich nicht lesen, nicht schreiben kann. Ich liege den ganzen Tag in der dunstigen, brütenden Hitze, hilflos und erschlagen.

Ich lese das Buch *Zwei Jahre am Hofe von Peking* der chinesischen Prinzessin Der Ling. Sie schreibt lieber über Feste, Brokate, Juwelen, Eunuchen und Hofdamen als über den Boxeraufstand … aber auch durch diese weibliche Brille gesehen bietet das Buch ein wunderbares Bild vom Leben am Hof des letzten Mandschukaisers. Die Kaiserinmutter, dieser weibliche Khan, tritt in voller Dämonie vor den Leser. Und der Ton des Buches ist durchweg vornehm, einer Prinzessin würdig … kein Klatsch, keine üble Nachrede, sie spricht stets großmütig über das untergegangene System. Prinzessin Der Ling war die erste Hofdame der Kaiserinmutter, heiratete später einen Amerikaner. Sie blieb auch in ihren Memoiren stets eine Prinzessin. Und von jeder Seite der Tagebücher weht der edle, wunderbare, schwül-dekadente Duft einer verschwundenen Kultur.

In Mailand hat man schon die neuen »Via Matteotti«-Straßenschilder angebracht … Das hat jetzt begonnen und wird tausendfach fortgesetzt.

All das ist natürlich. Fünf Jahre lang werden sie sich rächen, fünf Jahre lang sich von den Anstrengungen der Rache erholen, weitere fünf Jahre werden vergehen, bis sie sich halbwegs versöhnt und wieder an die Arbeit gemacht haben. Nach zwanzig, fünfundzwanzig Jahren kann der Krieg von Neuem beginnen.

Diese Todessehnsucht ist so gewöhnlich, so sehr zu einem Teil meines Alltags geworden wie für einen jungen Mann die Sehnsucht nach Glück oder Erfolg.

Die Tagebücher von József Teleki, auf Französisch. Er hatte sich bei Ludwig XV. in Versailles aufgehalten. »Der König ist mittelgroß und nicht sehr klug«, schreibt der Zeitgenosse über den Sohn des Sonnenkönigs.

X. ist aus Italien zurückgekehrt. An dem Tag, an dem Mussolini geschasst wurde, kamen *X.* und seine Frau in Venedig an. Sie wohnten im Danieli, wussten von nichts. Am Morgen trat der Zimmerkellner ein und sagte strahlend: »*Fiesta*! …« »Was für *Fiesta*?«, fragten sie. »Mussolini, futsch! …«, sagte der Kellner mit breitem Grinsen und deutete mit einer Hand an, dass es mit dem Diktator vorbei sei. So endete die einundzwanzigjährige Willkürherrschaft.

Man hängte sechshundert, achthundert Jahre alte Brokate, orientalische Teppiche aus den Fenstern der Häuser in Venedig. Alle sangen. Der Lido war überfüllt: mit finster wachenden deutschen Soldaten und badenden Italienern.

Mein Gott, gib mir Kraft, jenem Licht treu zu bleiben, das in größeren Tiefen als der Verstand entspringt, in meiner Seele flackert und mir zeigt, was ich tun, schreiben, denken soll! Nur darum bitte ich dich noch … nur? Aber das ist doch schon fast alles.

Man sollte sehr einfach, auf hundert Seiten, den Mythos von Pál Teleki aufschreiben … und bei den Friedensverhandlungen – auf Französisch und Englisch – all jenen in die Hand drücken, die über das Schicksal Ungarns zu entscheiden haben.

Goethe erwähnt in den *Wahlverwandtschaften* jenen »roten Faden«, der inzwischen zu einem literarischen Gemeinplatz geworden ist. Ursprünglich hatte man die Segel der englischen Flotte in der Mitte mit einem nicht auftrennbaren roten Faden durchwoben, um den Stoff als Eigentum der englischen Flotte zu kennzeichnen.

Der rote Faden ist aus dem Besitz der Flotte in den der Literatur übergegangen.

Die Möwe entflog in den Nebel mit mir … ich bereue nicht, dass es so gekommen ist, aber diese Verantwortung würde ich nicht noch einmal auf mich nehmen.

Die Deutschen haben alles verloren: den Sieg, die Chance auf einen Kompromiss, alles. Sie haben nur noch die Wahl zwischen zwei Formen der Rache: der englischen und der russischen. Aber mir schwant, dass ihnen am Ende beides zuteil wird.

B. ist jetzt Soldat. Am Tag von Mussolinis Sturz überwacht er einen Zug von Juden auf dem Weg ins Arbeitslager. Ein Schütze aus Somogy betrachtet den Zug und sagt:

»Herr Leutnant, diese Juden betreiben Sabotage.«
»Wie kommst du darauf?«
»Ich sehe doch, dass sie gar nicht leiden.«

Und doch ist er deutsch, auch Goethe .... wie tragisch! Er hat einen schulmeisterhaften Dünkel, eine Uniformgläubigkeit, bei aller olympischen Größe etwas Provinzielles und Verschlossenes an sich – diese aufgeschlossenste aller Naturen kann erstaunlich kleinlich sein. Als müsse er die Obrigkeit ab und zu um Erlaubnis für seine eigene Größe bitten.

Mein Schicksal hat mir die Fähigkeit, die Gabe oder die Gnade verliehen, mich zu disziplinieren. Ein trauriges Geschenk. Es befähigt mich, die Aufgabe zu verrichten, die ich mir gesetzt habe, hindert mich aber womöglich daran, jemals meine wahre Aufgabe kennenzulernen.

Ich lese in Platons *Staat*, dass Leonidas, der Sohn des Aglaion, als er einmal an der Behausung des Henkers nahe der nördlichen Stadtmauer vorbeikam, beim Anblick der Leichen im Hof von dem unwiderstehlichen Wunsch erfasst wurde, sie näher zu betrachten ... Er wollte sich der Versuchung mit aller Macht widersetzen, schaffte es jedoch nicht ... Da trat er vor die Leichen und erklärte seinen Augen: »Da habt ihr es, ihr Schändlichen, sättigt euch an diesem herrlichen Anblick!«

So sollte man mit seinen Sinnen, seinen Neigungen, seiner Natur umgehen. Sollen sie sich doch vollfressen ... und wir sehen ihnen wie hungrigen Hunden dabei zu, wie sie sich an dem Anblick weiden.

Wir müssen alle Einfälle, Gedankensplitter notieren, denn niemand ist so vergesslich wie ein denkender Mensch. Aber wir dürfen nichts, was noch ein Einfall ist, vor seiner Zeit in ein Werk verwandeln … wir müssen der Idee nach der Inkubationszeit auch eine Zeit der Reifung und der Belastungsproben durch die Wirklichkeit gönnen. Wenn sie allem standgehalten hat und wir ihrer nicht überdrüssig geworden sind, uns nicht langweilen, obwohl wir längst alle Details bis zum Überdruss kennen … dann ist es höchste Zeit, sie aufzuschreiben.

Sie war wirklich eine unmoralische Frau: wollte mit der Idee schlafen.

Unsere letzte Hoffnung ist, dass es in Ungarn ruhig bleibt, wie im sturmumtosten Auge des Tornados. Aber diese Hoffnung ist wirklich nur symbolisch.

Ich habe die *Möwe* beendet – dieses Buch wurde während der Niederschrift zu einer Art Salto mortale für mich. Oft würde ich mich an einen solchen Todessprung nicht wagen; ein-, zweimal mag er noch gelingen, aber wer so etwas oft versucht, bricht sich schließlich das Genick.

Hamburg und Berlin werden evakuiert. Wells' Roman beginnt Wirklichkeit zu werden: nomadisierende Horden auf den Landstraßen Europas, die Ruinen ausgestorbener Metropolen, die Schreckensherrschaft der Luftchauffeure … Die Wiederauferstehung des nomadischen Europa in unserer Zeit.

Mir fällt gerade ein, dass ich mich am Ende des vierten Kriegsjahres, während man Rom und Berlin bombardiert, höllisch langweile.

Die Wahlverwandtschaften sind eine seltsame Geschichte … ein seltsamer kleiner Roman, ja Schauerroman, das Werk eines Genies in einem launischen Augenblick. Die Darstellung ist so, als beschriebe ein Naturwissenschaftler das Leben sich merkwürdig paarender und vermehrender Insekten! Und die Handlung, kühn und heikel wie selten zuvor in einem Roman, pendelt irgendwo zwischen Schund und Dichtung! Und doch wirkt das Ganze beruhigend, als hätten wir durch die Lupe eines Dichters einen Blick in die Werkstatt der Natur geworfen ... in die geheime Werkstatt, wo das Außergewöhnliche und Groteske genauso natürlich und belanglos ist wie das Gewöhnliche und Geläufige.

Seit zwei Tagen in Kaschau, mit Frau, Hund und viel Gepäck. Was vor den Bombenangriffen zu retten war – ein paar Anzüge, einige Garnituren Unterwäsche, Bettwäsche, Tischtücher –, haben wir mitgebracht, um nicht ganz nackt dazustehen, falls die Phosphorbomben – die das englische Radio heute früh auch Budapest angedroht hat – meine Wohnung während unserer Abwesenheit in Brand setzen.

Die Reise ist völlig zwecklos. Es hat keinen Sinn, vor den Bomben fliehen zu wollen; mich veranlasste eher der Gedanke an die Unbequemlichkeit beim möglichen Verlust der gesamten Garderobe – denn ersetzen lässt sich heutzutage nichts mehr –, ein paar notwendige Gebrauchsgegenstände in Sicherheit zu bringen. Meine Wohnung, meinen Lebensstil, mein Leben kann ich ohnehin nicht retten, wenn es das Schicksal nicht will. Ich möchte ein paar Wochen reisen, hier oder anderswo, und dann werde ich nach Budapest zurückkehren, um mit allen anderen auf die Bomben und das Schicksal zu warten.

Kaschau erregt, beunruhigt mich nicht mehr, den Klang jener in den Tiefen der Kindheit versunkenen wunderbaren Glocke höre ich nicht mehr. Ich verspüre keine Beklommenheit, wenn ich durch die Straßen gehe; die Kindheit ist vorbei; nicht nur in der Realität, auch in mir.

Heute früh begann ich in Kaschau im Café Europa die Arbeit an meinem dritten Theaterstück *Zauber*. Ich will gar nicht an eine Aufführung denken; ich will es nach eigenem Gutdünken schreiben, ohne mich um die Gesetze der Bühne und der Dramaturgie zu kümmern.

Es ist lange her, dass ich in einem Café gearbeitet habe – in meiner Jugend, als ich genauso heimatlos war, wie ich es heute bin und morgen vielleicht erst recht sein werde.

Galsworthy sagt, man müsse ein Theaterstück so schreiben, dass es in einer Aussage gipfelt. Nicht die Charaktere sollen sich nach der Handlung richten, die Handlung soll sich aus den Charakteren ergeben. Und es muss »geschrieben werden«, blind und taub für alles, mit der Stimme des Autors – darin liegt das Geheimnis.

Der amerikanische Journalist John Gunther – der sich im Vorkriegseuropa womöglich auch ein bisschen als Spion betätigte – hat in einem 1937 erschienenen Buch den ganzen geschichtlichen Klatsch zusammengetragen, der damals über die politischen Potentaten Europas im Umlauf war. Hitler, Mussolini, Stalin, Blum, die Großen, die Kleinen, die Nachahmer, alle finden sie sich in diesem Buch wieder.

Alles, was er über den Spanischen Bürgerkrieg schreibt, erinnert in beängstigender Weise an Ungarn. Wie bei uns fehlte auch dort eine demokratische Mittelschicht. Nachdem die feudale Gesellschaft explodiert war, fand das »neue« Spanien rasch Minister und Diplomaten, konnte auch demokratische Wählermassen mobilisieren; es fehlten eben nur demokratisch denkende und fühlende Bezirksrichter, Gendarmerieoffiziere, Gemeindenotare, Verwaltungsbeamte des einfachen und mittleren Dienstes. Wie bei uns auch. Ungarn könnte schon morgen eine ansehnliche demokratische Regierung stellen, eine Diplomatengarnitur aus intellektuellen Schöngeistern zusammensetzen; aber wo ist jener Bezirksrichter, der die Absichten der demokratischen Regierung umsetzt und wirklich umsetzen will? … Diese zweite Garnitur hat Spanien gefehlt, und deshalb fiel das demokratische Spanien erst dem kommunistisch-anarchistisch-syndikalistischen Chaos und dann dem Faschismus anheim. Dort, wo nicht durch eine jahrhundertelange Kultur eine demokratische Verwaltung entstanden ist, wird eine Veränderung der feudalen Ordnung stets anarchistische Extremismen heraufbeschwören. So auch bei uns, wie ich vermute.

Könnte ich in dieser Kleinstadt, meiner Heimatstadt, der Fundstätte so vieler schmerzvoller und spannender Erinnerungen, leben? Inzwischen schon.

Ich fühle mich in diesem Hotelzimmer der Provinz genauso heimatlos wie in den schummerigen Löchern der muffeligen, moderigen und morschen Hotels des Quartier Latin vor zwanzig Jahren, jung, ohne Geld und ohne ein Zuhause, ohne jede Perspektive … Meine Wohnung in Budapest kann jederzeit einer Bombe zum Opfer fallen – die Engländer drohen schon damit –, ich habe lediglich zwei Anzüge, dieses Tagebuch und die Schreibmaschine bei mir. Und meinen Hund.

Und doch fürchte ich mich nicht, vor gar nichts. Ich verzweifle nicht bei dem Gedanken, dass alles vernichtet werden könnte – obwohl es mir um meine Bücher sehr leid täte –, mir ist bewusst, dass es um etwas anderes geht. Es geht um meine Seele, die nichts mit irgendeiner Wohnung oder irgendeinem Zuhause zu tun hat – um meine heimatlose Seele, die nur mir gehört.

Was erwartest du schon von ihnen, den Menschen? Sie sind jämmerliche, feige Aufrührer, wenn man sie gewähren lässt – und zwischen zwei Bombenabwürfen drücken sie dir unter Wehklagen die Hand und flehen um Lob und Zärtlichkeit.

Ich lese Joseph Conrads Roman *The Rover*. Dieser Schriftsteller ist ein seltenes Phänomen in der Weltliteratur: Er wurde nicht in seiner polnischen Muttersprache, sondern in der englischen, einer ihm fremden Sprache zu einem wirklich großen Schriftsteller. (Rilkes Franzosentum ist keinesfalls so bewusst, wie gemeinhin angenommen.)

Er war ein Seemann, ein abenteuerliches Leben hatte ihn zu den Riffen des gefährlichsten aller Abenteuer, der Literatur, gespült, er aber stand seinen Mann in allen Gefahren. Ein wirklich großer Schriftsteller. Dieses Buch weist seine besten Eigenschaften vielleicht gar nicht auf, sein Ton ist uneinheitlich, und es kommt vor, dass nicht der Autor, sondern die Geschichte spricht. Aber wie er eine Landschaft – die Bucht bei Toulon – oder einen Menschen, den alten Freibeuter oder den jungen republikanischen Offizier oder die wahnsinnige Bäuerin, deren Eltern von ihrem Mann, einem Fanatiker der Revolution, aufs Schafott geschleppt wurden, dem Leser vor Augen führt: Das zeugt von großer Dichterkraft.

Und sein Schreiben hat noch etwas: den Atem der großen Welt. Unsere Schriftsteller leben in Käfigen; den Käfigen von fixen Ideen wie das Individuum, die Klasse, die Nation. Conrad und seine Helden treiben immer ein bisschen Freibeuterei in der großen Welt … und manchmal schlägt uns von den Seiten seiner Werke diese klassen- und nationenüberschreitende Wirklichkeit entgegen: der Westwind, der über Kontinente und Völker hinwegbraust, gleichgültig oder belebend, tragisch oder launisch wie das Schicksal.

Durch die Straßen Kaschaus zu gehen ist wie eine ständige Geisterbeschwörung: Zerstreut passiere ich in der frühnachmittäglichen Hitze ein Haus, in dem sich im letzten Krieg ein Lazarett befand, und entsinne mich plötzlich der Farbe eines Stoffes, aus dem die »neuen Kleider« geschneidert wurden, die ich damals – sechzehnjährig – trug. Was schleppt der Mensch nicht alles mit sich herum, wie viel Abfall neben den Erinnerungen an die »großen Erlebnisse«! Und wie lebendig dieser Abfall ist! …

Spätsommerliches Licht. Dieser wunderbar versöhnliche Lichteinfall, der erste Herbststrahl, beleuchtet nachmittags um vier die Kastanien des alten Parks von Kaschau. Und mit einem Mal ist die Welt reich und gesegnet.

Aber selbst wenn ich überlebe, werde ich jenes Europa, das ich einst kannte, nicht mehr wiedersehen. Ich werde, wenn ich noch zwanzig Jahre lebe, ein Lübeck, ein Hamburg voller Wohnblocks vorfinden. Und ein Neapel, wo es vielleicht noch den Vesuv gibt … Und meine Wohnung in Budapest, an der Ecke des Vérmező-Parks, diese vier Zimmer, mein ganzes Hab und Gut auf Erden, meine Bücher? …

Wenn es vorbei ist, werden wir genauso klug sein wie Hiob auf der Müllhalde mit einer Tonscherbe in seiner Hand.

Mein Gott, stärke meine Seele, gib mir die Kraft, das alles zu ertragen, wenn ich es überlebe – die Kraft, ruhig und klaglos zu sterben, wenn mich der Sturm fortreißt. Die Kraft, meiner Seele und allem, woran ich glaube, bis zum letzten Augenblick treu zu bleiben.

Zweigs *Brasilien* – ein Buch über das Land, in dem der Wanderer und Verbannte ein neues Zuhause fand. Der Sechzigjährige schreibt an einer Stelle: »Es ist ein gutes Land für ältere Menschen, die schon viel von dieser Welt gesehen haben und nun in einer schönen, friedlichen Landschaft Stille und Zurückgezogenheit begehren, um all das Erlebte zu überdenken und auszuwerten.«

Er schrieb es, dann nahm er sich das Leben.

Ich habe Schüttelfrost, Fieber: Ich darf nicht krank werden, nicht jetzt. Ich muss mit aller Kraft versuchen, Herr der Lage zu bleiben, nicht von Kleinmut, Feigheit, Bequemlichkeit übermannt zu werden. Ich werde keine Wohnung haben? Und wenn schon. Alles Menschliche ist vergänglich, warum soll also nicht auch vergehen, was zum Menschen gehört? Eine Phosphorbombe setzt eines Nachts meine Bibliothek von fünftausend Bänden in Brand? Mir bleiben genügend Bücher in den Bibliotheken der Welt. Und meine Möbel, meine Kleider, die Erinnerungsstücke an Reisen, an einzelne Lebensabschnitte ... ja, auch das kann heute oder morgen vernichtet werden. (Täglich kündigt das englische Radio die Bombardierung Budapests an, und der Engländer hält sein Wort.) Ich werde heimatlos sein, obdachlos, alles, was ich gesammelt habe, wozu ich irgendeinen Bezug habe, wird vernichtet werden; aber meine Seele wird mir gehören, solange ich lebe. Nur daran denke ich, Tag und Nacht. Ich muss arbeiten, solange ich lebe, das Leben, die Menschen beobachten, solange ich lebe, die Phänomene der Welt und der Menschen, das Komplexe und das Unbegreifliche verstehen lernen ... alles andere ist nebensächlich, bloßes Beiwerk. Ich darf jetzt nicht erkranken.

Magyar Csillag – die einzige Zeitschrift, die sich heute noch mit literarischem Anspruch an den Leser wendet – bekommt man in Kaschau an keinem Zeitungsstand, in keinem Café und keiner Buchhandlung. »Wir können sie bestellen«, erwidert man schulterzuckend.

Was gehen mich die Menschen an? Juden, Christen? Ungarn, Deutsche, Engländer? »Was geht mich die Sünde der Welt an?«, fragt mit Babits' Jona eine Stimme in meiner Seele.

Sie geht mich offensichtlich nur insoweit etwas an, als ich ein Mensch und ein Ungar bin. Zu den Menschen dieser Stadt – Kaschau – habe ich keinen persönlichen Bezug; ihr Schicksal interessiert mich nur als das Schicksal einer bestimmten Volksgruppe; zu der Stadt hingegen habe ich einen zeitlosen, unpersönlichen Bezug. Zur ungarischen Sprache habe ich einen Bezug und zur ungarischen Landschaft. Aber genauso habe ich einen Bezug zu Chartres oder zur Landschaft der Provence. Einen herausragenden, schicksalhaften Bezug habe ich zur ungarischen Sprache, und ich wünschte mir, dass alle, die diese Sprache sprechen, gebildeter, sittlicher, also des Lebens würdiger wären – doch sind sie das heute? Aber wer will schon über Völker richten?

Ich habe einen Bezug zu meiner Seele und zur ungarischen Sprache; zu einigen Büchern, Landschaften, Gedichten, auf Ungarisch. Alles andere ist gleichgültig und hoffnungslos.

Zum Glück ist dieses Volk nicht »heldenhaft«, mögen die schlechten Dichter und kriecherischen Pädagogen reden, was sie wollen. Babits hat recht: Dieses Volk liebt die traute Trägheit. Es weiß, Überleben ist ein höheres Gebot, als den Helden zu spielen.

Das Leben in einer Kleinstadt muss schrecklich sein. Diese Starre im Verhalten der Menschen. Dieses allzu bewusste Schauen, Blicken, Sichsetzen, Eintreten, Hinausgehen, Ansprechen, dieses peinliche Überspielen des Gefühls eigener Unzulänglichkeit, diese persönliche und provinzielle Eitelkeit, diese ständige Beengtheit, in der sich unablässig die Ellbogen und Blicke streifen … Das erlebe ich jetzt den ganzen Tag in Greens *Leviathan*. Auf einem Einödhof leben oder in der Großstadt. In der Kleinstadt, wo man ständig gestreift und angerempelt wird und Entschuldigungen nuschelnd über einander stolpert, verliert die Seele allzu früh jegliche Kraft und Liebe zur Unabhängigkeit.

Es gibt einen Kreis der Hölle, den Dante zu beschreiben vergessen hat: wenn man nie ganz allein sein kann. In der Verlassenheit dieses Hotelzimmers, wo jedes Husten auf die Nachbarn verweist, kann ich das bestens nachvollziehen.

Adlers Buch *Vom Sinn des Lebens*. Zum ersten Mal lese ich ein Buch aus der Feder dieses heute so modischen Erfinders des Minderwertigkeitskomplexes.

Er ist seiner Sache zu sicher, stellt zu viele Behauptungen auf, fällt zu viele Urteile. Ich würde mich nicht trauen, über die menschliche Seele, den menschlichen Charakter so kategorisch zu urteilen. Alle Sekten, die um die Psychoanalyse herum entstanden sind – und Adlers »Individualpsychologie« ist eine solche Sekte –, sind das summarische Ergebnis überhasteter Schlussfolgerungen. Es gab einen Moment – Freuds Moment –, als Licht ins Dunkel fiel, hinter das Bewusstsein. Viele tummelten sich in diesem Licht. Dann verdunkelte sich alles wieder.

Allmählich glaube ich, was ich gehört habe, dass Freud ein Materialist war. (Er glaubte daran, dass es – zu guter Letzt und ein für allemal – möglich sein wird, Menschen auch durch Medikamente zu heilen.)

Mechtilde Lichnowskys Buch *Kindheit*. Tiefe, reine k. u. k. Dichtung; bei ihr haben selbst Katzen und Hunde den gleichen – netten – Schnurrbart wie Franz Joseph.

Apropos Schnurrbart: Ich hätte nie gedacht, dass ich eines Tages noch dem Bart Kaiser Wilhelms nachtrauern werde.

Ich habe nun ein klareres Bild von *Zauber*; habe das Stück mit neuen Kulissen, einer neuen Szenenfolge, einem neuen Unterton versehen. Es soll bescheiden und anspruchslos sein, so wie die Schale eines Töpfers aus Perikles' Zeit: etwas sehr Einfaches, was mit den Plastiken von Phidias nicht wetteifern kann und dennoch, auch wenn es nur eine einfache Schale ist, mit großer Sorgfalt hergestellt wurde.

Vierunddreißig Grad im Schatten. Seitdem ich an Blutarmut leide, atme ich diese Hitze, die mich früher gequält und verblödet hat, gierig ein. Mein Körper würde diese gelegentliche Hitze am liebsten speichern. So, mit solchen biologischen Bedürfnissen, altert man in Wirklichkeit. Alles andere ist nur Koketterie und Gejammer.

Ich schreibe *Zauber* stockend, stoße in jeder Szene auf immer neue Widerstände: Allmählich wird er es also wert sein, dass ich ihn schreibe.

Nur nicht »leicht« schreiben. Endlich, endlich stammeln!

Sternhelle Augustnacht. Der Himmel ist so unendlich groß, so beruhigend, dass ich mich schämen muss.

Aber diese Scham ist pathetisch. Warum soll ich in der Vorstellung von Unendlichkeit leben, wenn mein eigenes Schicksal endlich ist?

Der wichtigste Beweis für Shakespeares Identität – eigentlich erstaunlich, dass die Skeptiker, die nach dem Geheimnis seiner Existenz suchen, noch nicht darauf gestoßen sind! – ist, dass er nicht nur ein Genie, sondern auch ein Effekthascher, ein Bühnenhandwerker, ein Schmied des Erfolgs war. Es wimmelt in seinen Theaterstücken nur so von wirkungsvollen Aktschlüssen, Einschüben, effekthascherischen Nebensächlichkeiten. *Hamlet*, das ist nicht nur der Monolog – der am wenigsten! –, sondern auch die Szene, in der die Schauspieler oder die Totengräber ihre Späßchen treiben. Dieses Genie hatte stets auch den Zuschauerraum im Blick und die Kasse im Kopf, während er für die Unsterblichkeit schrieb. Er war eben Shakespeare, der Schauspieler, Regisseur und Theaterdirektor in einem, der sich sowohl um das kümmerte, was ihm sein Genie diktierte, als auch um das, was der Theaterdirektor der hochverehrten Masse bieten wollte. Ein gelangweilter, herrschaftlicher Literat schreibt keine effekthascherischen Bühneneinschübe für seine Stücke. Shakespeare war auch ein Effekthascher und ein Theatergeschäftsmann, zum Glück. Mit einem Wort, er war Shakespeare, der Mieter des Globe Theatre und der Verfasser von *Hamlet*, alles in einer Person.

Nein, Kaschau ist keine »gesunde Umgebung« für mich. Mir setzt nicht nur das Fieber beharrlich zu, sondern auch die Traurigkeit, die Tag und Nacht auf mir lastet. Wie gleichgültig diese Traurigkeit ist, wie trostlos! Ich schrieb vor zwei Jahren in einem Gedicht über Kaschau: *»Hier begann, hier endet mein Leben vielleicht auch.«* Nichts in mir wehrt sich gegen diesen Gedanken.

Mit allem fertig werden, was noch kommen mag, die Schande »überleben«, weiterleben in der Hoffnungslosigkeit … welch große Kraft das erfordert! Diese Kraft habe ich nicht mehr. Russen, Deutsche, Engländer, Juden, Christen … sie alle haben mich besiegt. Ich streite nicht mehr.

Die Welt hat vierzig, in der Sonne gar vierundfünfzig Grad Fieber. Seit Tagen gleicht das Land einer Heißluftkammer. Alles kocht, alles lodert. (Man hat in der Nacht zwei Millionen Kilogramm Bomben über Berlin abgeworfen, Charkow ist gefallen …) Oh, selig sind die Gleichgültigen!

Eine Lustspielfigur: der Landarzt, der unfähig ist, mit den Kranken über etwas anderes als über seine eigene Krankheit zu reden.

Schon seit drei Wochen: *37,4–37,5* Grad Fieber. Keine Beschwerden. Man schwebt in diesem Fieber, als wandele man einen halben Meter über der Erde. Julien Greens Romanhelden gehen und leben so.

Ein Verhängnis Ungarns ist eine bestimmte Abart des Staatsbeamten; er ist der Zuhälter der Nation! Diese selbstherrliche Willkür, diese Dreistigkeit, sich aushalten zu lassen, dieser arrogante Egoismus, diese Tschinownik-Schreckensherrschaft über die Nation und jeden Einzelnen! Diese Gestalten abbürsten, den Körper der Nation von ihnen säubern und desinfizieren, sie durch Menschen ersetzen, die wissen, dass ein Amt kein Privileg, sondern Dienst ist! Sie haben in den letzten Jahren alles verraten und verkauft, wofür sich zu leben lohnt, die Heimat wie das Recht. Früher waren sie nur vornehmtuerisch, in Geldangelegenheiten jedoch korrekt; heute sind sie – mit Ausnahme der Gerichte – größtenteils nicht einmal mehr das. An ihnen ist alles gescheitert, sie sind die wahren Schuldigen.

Als der Henker den Kopf Maria Stuarts hochhielt, um ihn den Lords zu zeigen, rollte der kahlgeschorene, mit schütterem grauem Haar bedeckte Kopf aus der prächtigen roten Perücke … Wie oft geschieht das Gleiche in der Literatur, wenn ein Kritikaster oder die Zeit den prächtigen grandiosen Schädel einer verstorbenen Größe hochhält!

Alles Nebensächliche hinter sich bringen, zu den *Beleidigten* zurückkehren. Es genügt nicht, das zu wollen und das zu tun, was in unserem Leben das Wichtigste ist: man muss auch Zeit dafür haben.

Ich glaube, Adler hat recht, wenn er die meisten »Liebestragödien« mit den asozialen Neigungen der Liebenden erklärt. Der verwöhnte Mensch, der seine Minderwertigkeits- und Unzulänglichkeitsgefühle nicht kompensieren kann, wird auch in einer Liebesbeziehung immer nur der Beleidigte, der Fordernde, der Zögernde bleiben, unfähig, sich damit abzufinden, dass jede menschliche Gemeinschaft – so auch die einfachste, älteste aller Gemeinschaften, das Liebespaar! – das soziale Zusammenspiel beider Partner erfordert.

Man ist erst dann wirklich erwachsen, wenn man gelernt hat, sich zu langweilen, und dies nicht als Beleidigung empfindet.

Drei Wochen lang tropisches Klima, vierzig, fünfzig Grad Hitze: Alles, was ich in dieser Zeit geschrieben habe, ist schlecht, flau, kraftlos. Es ist kein Zufall, dass der Orient nur Weise, jedoch keine Schriftsteller hervorgebracht hat. Die Literatur ist ein Produkt der gemäßigten Breitengrade.

Radvány. Mitten in einem fünfunddreißig Morgen großen Wald das zum Hotel umgewandelte Károlyi-Schloss. Das Schloss, der Park, die Einrichtung, die Manieren des Personals, alles ist tadellos. Das Publikum ist ausgeprägt jüdisch, sie tummeln sich glücklich in der aristokratischen Atmosphäre, wo sie ihres Geldes wegen geduldet werden.

Beim Mittagessen im herrlichen Speisesaal, in dem man sich wirklich wie der Gast eines Grafen fühlt, denke ich:

Mit dem Feudalismus, der das Ganze genährt hat, werden auch diese großzügigen Lebensformen verschwinden. Die Schlösser jedoch werden bleiben, und zweifellos ist eine solche Umwandlung des gräflichen Schlosses in ein Hotel, in dem nun anstelle eines einzelnen feudalen Dinosauriers zweihundert Menschen die günstig portionierten Vorzüge eines großzügigen Lebensstils genießen können, die einzig zeitgemäße Form des Übergangs. Das ist der richtige Weg, die richtige Methode. Und wenn hier eines Tages nicht nur neureiche Staatsbeamte und betuchte Schuhhändler, sondern auch arme Ärzte, kranke Schriftsteller und Ingenieure mit fixem Gehalt absteigen können, dann hat die gräfliche Lebensform ihren eigentlichen Sinn erfüllt.

Was in den herrlichen Loireschlössern größtenteils schon der Fall ist; und in ganz Italien; und vielerorts auch in England; und in hundert Jahren in ganz Europa der Fall sein wird.

Gibt es wirklich »gute« und »böse« Wochentage? Wochentage, die regelmäßig wiederkehren und Unglück oder gute Nachrichten bringen? Allmählich glaube ich, dass es sie gibt. (Die Chinesen glauben es und haben viel darüber geschrieben.) Im Kalender meines Lebens ist – soweit ich beobachtet habe – der Dienstag der »gute« und Donnerstag der »böse« Tag.

Es kann aber auch sein, dass der Wanderer das Gute und das Böse ein bisschen selbst in diese Tage hineinlegt.

Tiere sind weiser als Menschen, weil sie sich nicht nach fernen Dingen sehnen. Bäume sind weiser als Tiere, weil sie sich nach gar nichts sehnen, nur sein wollen. Wolken sind weiser als Bäume, weil sie nicht einmal sein wollen.

Franz Werfels *Bernadette*. Sein Stil ist schwerfällig, tönern, als schleppte sich ein Golem über die Erde. Aber dieser Golem hat eine Seele.

Ein Wunder setzt voraus, dass es irgendeine irdische Materie gibt, in der es sich spiegeln kann. Es gibt kein Wunder an sich, sondern immer nur über den Menschen. Es ist schon eine große Herrlichkeit, die sich Gott und der Mensch im Wunder zusprechen.

Duff Coopers *Talleyrand*. Ein hervorragendes Buch, die beste »fiktive Biografie«, die ich je gelesen habe. Dieser englische Diplomat schreibt im Stil eines professionellen Schriftstellers aus dem achtzehnten Jahrhundert.

Was er über Talleyrands Wonnenfreude schreibt, über diese unstillbare und unauslöschliche Wonnenfreude, die schließlich in der Arbeit ihre Erfüllung findet, ist klug und richtig. Jeder wirklich sinnliche Mensch landet schließlich bei der Arbeit, denn hier lodert die Wonne am höchsten. Der Genussmensch bekommt nur die Abfälle; der Herr der Wonnen die Arbeit, den Gipfel von allem.

Ich habe heute lange den Himmel betrachtet. Wie fremd doch der Himmel ist, wie wenig er auf die Fragen der Menschen antwortet.

Der Himmel ist gleichgültig.

Weggehen von hier, so schnell wie möglich. Wenn ich noch lebe, wenn ich noch die Kraft und die Möglichkeit habe, fortgehen von hier. Auf Ungarisch schreiben, auch im Ausland, an der Bildung des Ungarntums arbeiten. Aber fort von hier. Ich mache kein Geheimnis daraus: Man hat mich gekränkt.

Wie viel hat dieses Land seinen Schriftstellern zu verdanken, und wie sehr verachtet, verschmäht es sie! Es huldigt ihnen, gewiss, denn es weiß, dass zur nationalen Eitelkeit auch Schriftsteller gehören wie Bilder und Nippes zur Wohnung eines Parvenüs. Aber jeder beliebige Ministerialrat des Landwirtschaftsministeriums – der übrigens samt seiner ganzen Sippschaft von meinen Steuern lebt – zählt in diesem Land mehr als jeder Schriftsteller, ob lebend oder tot, dem es diese Nation zu verdanken hat, dass sie überhaupt existiert und ungarisch ist.

Nicht wütend sein. Sich nicht beklagen, niemals, bei niemandem. Nur in aller Stille, so schnell wie möglich von hier fortgehen. Wäre ich ein Franzose oder ein Engländer, wäre ich ein Tscheche, ein Rumäne, ein Serbe, die Liebe einer ganzen Nation würde mich bei meiner Arbeit beflügeln. Ich hingegen muss sie gegen den Willen einer ganzen Nation verrichten.

Das geistige Selbstgefühl einer Nation ist der Sauerstoff, an dem sich die Fackel eines schöpferischen Geistes entzündet. Ohne diese Atmosphäre beginnen die Fackeln zu qualmen und erlöschen.

Lady Chatterley bei der Badekur: Gräfin *X.* kommt mit ihrem Gatten. Sie trägt einen großen, geschichtsträchtigen Namen: eine junge Frau, sehr ansehnlich. Zufällig weiß ich, dass sie ihren jungen und steinreichen Gatten vor einigen Monaten mit dem herrschaftlichen Förster, einem nach Bock stinkenden Naturburschen, betrogen hat und ihr Zuhause, ihre drei Kinder, ihren großen Namen und Besitz zurücklassen wollte, um sich mit diesem schlichten Mannsbild zusammenzutun, das angesichts dieses Gefühlsüberschwangs natürlich nur tumb, hilflos und verzweifelt bibbern konnte. Die Gräfin »beichtete« dem Gatten alles, der Förster wurde entlassen. Der Graf verzieh seiner Gattin. Jetzt machen sie hier Urlaub.

Nach dem Abendessen lernen wir uns kennen. Wir unterhalten uns über Literatur und Politik. Es gibt nichts Groteskeres als eine solche Situation, wenn ein Dritter alles weiß, was die beiden anderen für das bestgehütete Geheimnis ihres Lebens halten. Der Graf tut mir nicht leid, seine Gattin ebenso wenig. Der Wildhüter aber schon.

Duff Coopers Buch ist perfekt; es übertrifft die Werke modischer professioneller Biografen bei Weitem an Sachkenntnis, an der Fähigkeit, die Vergangenheit zu schauen und heraufzubeschwören, und – nicht zuletzt – durch seine nüchterne, kluge, wortkarge Darstellungsweise.

Was hat also Talleyrand in dreiundachtzig Jahren unter den Bourbonen, Jakobinern, Robespierre, der Restauration, Ludwig XVIII., Karl X. und Louis Philippe gelernt? Während des Terrors, des amerikanischen Exils, der napoleonischen Jahrzehnte? Er hat Folgendes gelernt:

Er war ein vornehmer Herr, also war er nie gekränkt. Wenn man ihn gekränkt hat, blieb er ruhig an seinem Platz und wartete ab, bis ihm die Zeit oder eine passende Gelegenheit Genugtuung verschaffte.

Er beklagte sich nie.

In Geldangelegenheiten war er hemmungslos. Auf dem Wiener Kongress schloss er Freundschaft mit Zar Alexander, ein Jahr später pumpte er ihn an. Der Zar verweigerte ihm den Kredit. Talleyrand war nicht gekränkt.

Von fremden Regierungen nahm er bereitwillig Geld an; Frankreich jedoch verkaufte er nie.

Er lernte gewisse Prinzipien kennen, und diesen Prinzipien blieb er – der sonst nie an etwas oder jemandem hing – treu: dem Prinzip der konstitutionellen Monarchie, der Pressefreiheit, dem Prinzip von Ordnung und Freiheit. Diesbezüglich ließ er nicht mit sich reden.

Er überlebte alle anderen. Wenn es einen Staatsstreich gab, blieb er zu Hause und spielte Whist. Er verfügte über ein genaues Zeitgefühl: Er machte nie zu früh bei einer Sache mit, erst wenn die Zeit dafür gekommen war.

Er war ein so guter Kenner der Menschen, dass er sie nicht einmal verachtete.

Um die öffentliche Meinung kümmerte er sich nie, man konnte über ihn sagen und schreiben, was man wollte. Aber er hatte stets einen Riecher für den Zeitgeist und stellte sich ihm nie entgegen. Umso besorgter kümmerte er sich im hohen Alter um die Meinung der Nachwelt. Er ließ Balzac zu sich kommen und umgarnte ihn, um nach seinem Tod eine »gute Presse« zu haben.

Frauen und Politik hielt er für ein und dasselbe Abenteuer.

Die Sünde ist das Kunstwerk des Proleten. Die Phantasie, die schöpferische Menschen befähigt, Kunstwerke zu schaffen, weckt in der Seele des Proleten nur eine schuldbewusste Begierde oder schafft eine Art monströses Meisterwerk: die Sünde. Wer sich zur Sünde aufmacht, verlässt für eine Weile die Niederungen seines Alltags und steigt in die chaotischen Regionen des Schöpfertums hinauf. Er plant, stellt sich Situationen vor, umreißt Szenen in seiner Phantasie; und wenn der Augenblick der Schöpfung gekommen ist, handelt er. Anschließend flüchtet er, um später heimlich wieder an den Tatort zurückzukehren – wie ein Künstler zu seinem Werk. Das alles ist jenseits des Alltäglichen. Die Kunst des Kleinbürgers ist die Sünde.

Unterwegs nach Hause Zwischenstopp in Eger. Das Hotel, die barocke Stadt, alles ist beim Alten geblieben. Der Glockenschlag klingt hier voller als anderswo, als fühlten sich die Glocken in dieser Stadt der Priester wie zu Hause.

Tiefer Herbst. Vor dem Fenster gesegnete Obstbäume, duftende Weinberge. Gnade und Segen liegen über der Landschaft.

Ich muss heimkehren, man kann dem Schicksal nicht ausweichen. Ich kann mich weder in Eger noch irgendwo anders vor diesem Schicksal verstecken. Auch wenn mich in Budapest die Bomben erwarten, ich muss zurück, zu meinen Büchern, meinem Schicksal … man kann in Europa nicht mehr in Deckung gehen. In Eger wäre es vielleicht möglich; aber die Deckung ist nichts für mich.

Imre Kovács' Buch *Ungarischer Feudalismus, ungarisches Bauerntum*. In einem Punkt irrt er: Er übersieht, dass der Feudalismus nicht nur verbrecherisch war, sondern auch eine wichtige Rolle spielte.

Ich kann dem Volk nur dadurch dienen, dass ich weiterhin genau das und genau so schreibe wie bisher. Ich würde das Volk nur dadurch verraten, dass ich mich den populistischen Schriftstellern anschließe.

Eger ist eine herzliche Stadt. Hier freut man sich auf den Schriftsteller, man erkennt ihn, drückt ihm die Hand, begrüßt ihn wie einen alten Freund. Wildfremde Leute stellen sich ihm vor. Das Andenken Gárdonyis schwebt noch immer über der Stadt, wer von hier ist, fühlt sich der Literatur verbunden.

Die Stadt der Priester und Erzieher. Und Priester waren einst gute Erzieher.

Ich habe von einem jungen Arzt erfahren, dass Gárdonyis Tochter noch immer am Leben ist; sie ist in Pflege in der Irrenanstalt der Barmherzigen Schwestern. Sie hat schon graues Haar. Ist schizophren.

Am Schicksal des Schriftstellernachwuchses will ich lieber nicht rühren … aber dieses Phänomen hat etwas, was mich schmerzhaft berührt. Es scheint, der Schriftsteller braucht schon auf dem Papier all das auf, was andere ihren Kindern vererben.

Sieburgs *Robespierre*. Eine seltsame Themenwahl: über jemanden zu schreiben, den seine Nation verleugnet hat, den die ganze Menschheit verleugnet hat. Über jemanden zu schreiben, über den es nichts Gutes zu sagen gibt. In der Einleitung rechtfertigt der Verfasser nicht seinen Helden, sondern sich selbst. Aber man wählt nicht zufällig einen bestimmten Themenbereich, einen bestimmten Helden.

Wer über Robespierre schreibt, möchte im Grunde seines Herzens Robespierre recht geben.

Tiefer Herbst in Eger, mit Obst, Most und Sonnenschein. Ein Tag ist wie der andere, etwa so: Mussolini wird befreit, Brjansk ist gefallen, Landung und mörderische Schlacht bei Salerno. Alles völlig irreal. Nicht die Welt ist »entrückt«: Ich bin »entrückt«, wie jemand, der von Bleigewichten gezogen glücklich in den Tiefen des sturmgepeitschten Meeres versinkt.

Zum Terror also. Sieburg zeichnet ein sorgfältiges, gewissenhaftes Bild der Entwicklung: wie die Idee einiger Schöngeister und ambitionierter Philosophen in der Praxis zu Massakern und zum Schafott führt. Der Ablauf ist logisch: Sobald eine Idee – so auch die Idee der Freiheit, des Volkes – politische Praxis geworden ist, schleppt sie ihre Anhänger aufs Schafott. Vielleicht werden in fünf Jahren im Namen des Beveridge-Plans Menschen aufs Schafott gezerrt.

»Verdächtig« ist stets der Widerstreitende, also jener, der es wagt zu denken. Wohin sich die Welt, die Welt der Massen auch bewegt, für mich wird es immer heißen: Ich bin »verdächtig« und werde immer verdächtig sein, ich bin reif fürs Schafott. Warum? Wegen der Art, wie ich meine Krawatte binde, und weil ich es wage zu denken.

Alles, was Menschen anfangen, so auch eine Revolution, ist irgendwie erträglich, solange es der menschlichen Natur entspricht. Dantons Revolution, so blutig sie auch gewesen sein mag, war menschengleich, vollzog sich nach menschlichen Maßstäben. Leidenschaften und menschliche Befindlichkeiten prallen unter der Guillotine aufeinander. Unerträglich wird ein menschliches Unterfangen erst dann, wenn es die Gesellschaft nicht mehr nach den Gesetzen der menschlichen Natur, sondern nach dem Einen Prinzip organisieren und disziplinieren will. Sieburgs *Robespierre* – trotz seines Schwulstes und schwerfälligen Pathos ein gewissenhaftes und mit großer Sachkenntnis geschriebenes Buch! – zeigt genau, dass die Französische Revolution in jenem Augenblick scheiterte, als Robespierre und Saint-Just den Versuch unternahmen, diese ungeheure, aber noch dem Menschen angemessene Unternehmung ins Unmenschliche zu steigern, sie an das Eine Prinzip – die Idee des Volkes – anzupassen. Menschen können nur auf menschliche Weise niederträchtig oder Helden sein. Auch die Erlösung wollen sie nur, sofern sie dem Menschen angemessen ist.

Eines Tages wird sich ein Held erheben und verkünden, dass nicht der Staat, nicht die Partei, nicht Europa, sondern der Mensch selbst, das Individuum das wahre Ziel einer jeden menschlichen – individuellen wie gemeinschaftlichen – Unternehmung sei. Dass es auch um ihn gehe. Diesen Menschen wird man erschlagen. Aber er wird der erste wirkliche Revolutionär sein. Und wenn man einmal den

Sinn seiner Worte begriffen hat, wird daraus die erste wirkliche Revolution der Welt entstehen.

Henri Troyats Buch über Dostojewski. Sein Vorzug gegenüber literarischen Dostojewski-Biografien besteht darin, dass es sich seinem Helden ohne eine vorgefertigte Theorie nähert: Es will ihn nicht von vornherein zum Urahnen oder zum Anhänger irgendeiner literarischen oder revolutionären Schule machen. Sein Nachteil besteht darin, dass es bei aller Sachlichkeit und Gewissenhaftigkeit ein bisschen romanhaft geraten ist.

Dostojewski wird für mich stets der schreckliche und großartige Gegenspieler bleiben: das asiatische Genie, vor dem mir, dem Europäer, zu Recht bange ist. Diese Erlösungswut und Besessenheit kann ich verstehen und respektieren, nicht jedoch akzeptieren oder ihr folgen. Die asiatische Seele hat kein Recht, mich auf Kosten dieses terroristischen Christentums zu erlösen, mich, der ich ein Sünder bin, aber immerhin ein Europäer.

Ein wahrer Vollblutschriftsteller ist immer überraschend. Der Pseudoschriftsteller überrascht nur.

Bei einem guten Schriftsteller ist jede Zeile überraschend, und wenn er nur »Das Gras ist grün« sagt. Der Pseudoschriftsteller sagt dasselbe mit Bedacht; er liegt auf der Lauer, beobachtet hinter halb geschlossenen Wimpern sein Opfer, den Leser und die literarische Welt, wägt ab, vergleicht und platzt dann mit gekünstelter Natürlichkeit heraus: »Das Gras ist grün.« Er will mich überraschen, also gähne ich.

Hol's der Teufel, ich kann ebenso gut nach Budapest zurückkehren. Und was erwartet mich da? Es gibt dort keinen, den ich unbedingt treffen möchte; und das liegt zweifellos an mir, nicht an den Menschen. Aber es ist die Wahrheit. Es gibt für mich dort kein Ziel, keine Aufgabe, die ich angehen müsste; so wie ich hier in Eger vormittags und nachmittags arbeite und in den verbleibenden wachen Stunden des Tages und der Nacht lese, so würde ich auch in Budapest arbeiten und leben. Ich liebe niemanden, ich hasse niemanden. Es ist, als sagte ich: Ich gehe in die Sahara. Warum auch nicht? ... Ich kann ebenso gut nach Budapest zurückkehren.

Mit der Zeit verliert man jede Sentimentalität. Man wird aufmerksam, sachlich. Nichts überrascht einen mehr. Man ist keinem mehr wirklich böse. Man lebt, beobachtet, arbeitet. Das ist alles. So wird man.

Ferenc Herczeg wird achtzig. Staatspräsident, Staat, Volk und Militär veranstalten aus diesem Anlass eine Art feierliche Bestattung zu seinen Ehren, wie sie einem ungarischen Schriftsteller – mit Ausnahme von Jókai – noch nie zuteil geworden ist.

Herczeg ist ein talentierter Mann; als Schriftsteller, aber noch viel mehr als Mensch. Er musste nie mit seinem Talent kämpfen, er hatte keinen Dämon. Er blieb immer von gutem Geschmack, auch wenn er mit dem Engel hätte ringen müssen. Seine Sprache ist hohl und kalt, sein Formgefühl untrüglich. Darin und in seinem gesunden Menschenverstand liegt das Geheimnis seines Erfolgs.

Doch wie vieler Kompromisse bedarf es, bis ein achtzigjähriger Schriftsteller so einhellig vom Staat, Volk und Militär gefeiert wird! Ein Schriftsteller ist kein Kompromiss, ein Schriftsteller ist stets Widerstand. Jemand, der – noch zu Lebzeiten – derart von allen für sich vereinnahmt wird, stellt wohl erstaunt fest, dass er den wahren Sinn seines Lebens, den Widerstand, allzu billig verkauft hat!

Ein schöner Tag in Eger, im Keller des Bürgermeisters, wo wir bei Kerzenschein nach Fässern mit altem Stierblut stöbern. Die Kelterei steht inmitten von Obstbäumen, eines ganzen Waldes von Apfelbäumen, jeder mit drei, vier Zentnern Jonathan beladen. Der alte Herr spielt Geige in der Abenddämmerung; wir sitzen auf der Galerie bei Kerzenschein, kaltem Huhn, Weißbrot und Rotwein und schweigen. Der Berghang duftet nach Trauben und Früchten.

Die Russen haben heute früh Smolensk erobert.

Die Arbeit eines Schriftstellers ... Wie viele Missverständnisse ranken sich um diesen Begriff! Ich sehe an den neugierigen, ratlosen Blicken, dass ich nicht dem Idealbild entspreche, das sie sich anhand der Erzählungen von Gelegenheitspoeten und Reportern von Theaterzeitschriften über den Schriftsteller als Schaffenden und als Gemeinschaftswesen gemacht haben. Ich lebe nicht wie ein Romanheld, habe keine wehenden Locken und bezahle meine Rechnungen pünktlich.

Wenn sie wüssten, wie anders geartet das Abenteuer ist, dessen verdächtigen Widerschein sie an der Stirn eines Schriftstellers zu entdecken glauben! Dieses Abenteuer ist im Grunde eine Art Zwangsarbeit. Ein Leben nach Stundenplan. Die allerstrengste Tagesordnung. Die Unterordnung des Gemeinschaftslebens, des Essens, ja des Geschlechtslebens unter das Schreiben. Vom Morgen bis zum Abend die Vorbereitung auf jene anderthalb, höchstens zwei Stunden, in denen ich arbeiten kann. Ich esse Obst, um arbeiten zu können – obwohl ich es nicht mag –, trinke keinen Wein, um arbeiten zu können – obwohl ich ihn mag. Eine Sparsamkeit im Umgang mit der Zeit, die endlich ist – angesichts einer unendlichen Aufgabe –, die niemand begreifen kann, der dieses Gebot nicht kennt. Es wartet eine Frau? Möge sie warten. Es wartet die Welt? Möge sie warten. Es ist das reine Entsetzen. Aber von alledem wissen sie nichts.

Diese durch und durch verdorbene ungarische Mittelklasse will nicht, wagt es nicht, die Wirklichkeit zur Kenntnis zu nehmen. Sie träumen von irgendeiner neuen Geheimwaffe, die alles wieder in Ordnung bringt, und dass sie eines der übriggebliebenen Judenbesitztümer geschenkt bekommen; das ist alles, woran sie noch glauben, was sie verstehen, was sie sich erhoffen.

Tagelang fiel mir kein anderes Buch in die Hände, also las ich einen von *G.*s sehr erfolgreichen historischen Romanen. Ein schöner Jugendroman, für heranwachsende Geschichtsschüler, in Leinen gebunden. Aber auch Untersechzehnjährige werden ihn mit Gewinn lesen.

Gestern 37,2, heute 37,4 Grad Fieber … Warum? Man wird es vermutlich nie wissen. Vielleicht kommt es von der Lunge, vielleicht von den Mandeln, vielleicht von den Nerven. Vielleicht stimmt es wirklich: So wacht der Körper, so reagiert er auf die Welt. Auf diese Welt, die zweifellos ihrem Verhängnis entgegenrast, einem Verhängnis, das kein menschlicher Wille mehr zu ändern oder zu beeinflussen vermag.

Oktober. Nach drei Wochen Abschied von Eger. Dieser Barock hat etwas Herzliches, Menschliches, etwas von der Stimmung zu Beginn des letzten Jahrhunderts. Die Stadt hat im Rahmen ihrer Architektur etwas von der klugen Gemütlichkeit jener Lebensform bewahrt. Und auf der Straße, in Gesellschaft, überall diese schmalen, lauernden türkischen Augen! Eine schlaue Stadt. Abends trinkt sie Wein und zieht sich mitten im Weltkrieg zufrieden die Bettdecke übers Ohr.

Ein Buch des amerikanischen Auswärtigen Amtes über die Geheimnisse von Krieg und Frieden, die Friedensbemühungen zwischen 1931 und 1941, die Vorgeschichte des Krieges. Eine deutsche Ausgabe kam über die Schweiz.

Auch dieses Buch kann meine Überzeugung von der kollektiven Verantwortung aller nicht erschüttern. Sie hatten alles in der Hand: Geld, Arbeitskräfte, Rohstoffe – warum haben sie nicht präventiv und rechtzeitig aufgerüstet? Jetzt rüsten sie auf und schlagen sich; aber das Unglück, das sie hätten verhindern können, ist längst eingetreten.

Um zehn Uhr abends nehme ich einen schönen Racine-Band aus der Mitte des letzten Jahrhunderts vom Bücherregal und beginne *Phädra* zu lesen. Ich bin gerade am Anfang des zweiten Aufzugs, als das Radio, das im dritten Zimmer leise Musik spielt, verstummt und gleich darauf losdröhnt: »Achtung, Luftgefahr!« Es nennt irgendwelche Zahlen. Die Engländer sind irgendwo in den ungarischen Luftraum eingedrungen. Ich hebe den Blick von *Phädra*, horche. So geht das nun schon seit Tagen, wie bei Wer-dreimal-Wolf-ruft, allmählich gewöhnen wir uns daran. Vielleicht passiert nichts, vielleicht werde ich in den nächsten Sekunden samt dem ganzen Stadtteil, in dem ich wohne, vernichtet. Kann man sich wirklich »daran gewöhnen«? … Ich beobachte mich erstaunt und muss sagen: Ja. Ich habe weder Angst noch Empörung im Herzen. Ich fühle mich in der Hand eines gleichgültigen Schicksals. Auch ich bin gleichgültig. Ich blättere weiter, höre mir Hippolytes Röcheln an. Die Franzosen, so auch Jules Renard, schätzen Racine höher ein als Shakespeare. Das ist etwas übertrieben, denke ich. Dann klappe ich das Buch zu und schlafe ein.

Reiselektüre: *Ah King*, der neue Band mit Erzählungen von Somerset Maugham. Auf den Buchseiten tummeln sich die üblichen Novellenhelden von Maugham: der durch und durch korrekte englische Kolonialbeamte, der in aller Höflichkeit seinen besten Freund umbringt, die Lady, die betrunken ihren Smoking tragenden Gatten vergiftet, was sie – mit englischer Korrektheit – zwanzig Jahre lang keinem gegenüber erwähnen … Maughams Figuren tragen den Mord in der Tasche ihres maßgeschneiderten Anzugs wie die Pfeife und das Scheckheft. Diese Dämonie ist mechanisch, langweilig. Die Geschichten bieten keinerlei Überraschung; wir wissen, dass am Ende jemand umgebracht wird. Gute Literatur und das Leben sind überraschender, es kommt auch mal vor, dass niemand umgebracht wird. Aber zu einer solchen Wendung hat Maugham keine Geduld mehr.

In Budapest. Ein Wiedersehen mit meiner Wohnung. Ich besitze nichts als diese Bücher in meinem Zimmer. Darunter etwa tausend, die ich liebe, zu denen ich einen tiefen, persönlichen Bezug habe. Sollten diese Bücher vernichtet werden … geschähe mir offensichtlich auch nichts Gravierendes.

Und doch sind diese Bücher auch eine Quelle der Kraft. Ohne sie fühle ich mich besonders hilflos. Das ist meine Heimat, dieses Zimmer mit den Büchern … in fremden Bibliotheken kann ich mit jener Seele, die in diesem Zimmer, aus diesen Büchern zu mir spricht, keine Verbindung aufnehmen. Sollte dieses Zimmer morgen von einer Bombe zerstört werden, wäre ich heimatlos. Das muss man wissen. Aber man soll nicht jammern. Die Bombe irrt über unseren Köpfen herum, irgendwo in der Luft, sie kann jede Sekunde einschlagen. Es müsste schon ein Wunder geschehen, wenn sie nicht einschlagen würde. Und doch, man muss an dieses Wunder glauben. Aber nicht mit jemand rechnen, auf etwas hoffen. Schweigen, arbeiten, so lange wie möglich. Und in glücklicher Dankbarkeit zu den Büchern blicken, meinen letzten Freunden, so lange wie möglich.

Tante *J.*, die dreiundachtzig Jahre alt ist, hat zweiunddreißig Jahre in Amerika gelebt, gearbeitet, etwas Geld zusammengekratzt, sich nach der Heimkehr in Eger ein Haus gekauft, von ihrem restlichen Geld ein marmornes Mausoleum errichten lassen, in das sie ihren verstorbenen Mann nicht aufnimmt, und vor dem Freibad von Eger einen Obelisken aufstellen lassen, einfach so, ohne Sinn und Zweck. Jetzt ist ihr das Geld ausgegangen, und sie lebt dreiundachtzigjährig allein und trotzig in ihrem Haus in Eger, mümmelt die Früchte ihres Gartens mit ihrem zahnlosen Mund und zürnt.

In erster Linie zürnt sie natürlich ihrem vor fünfzig Jahren verstorbenen Mann, der »ein Hutmacher war, das Entenpörkölt liebte und ohne einen Pfennig starb« und sie, Tante *J.*, mit den Kindern ohne Geld zurückließ. Außerdem zürnt sie den Europäern im Allgemeinen, weil sie »nichts tun«. Sie ist eine überzeugte Anhängerin amerikanischer Prinzipien und Sitten.

Sie hat eine erstaunliche Meinung von Hitler. Jemand schimpfte auf Roosevelt und lobte den deutschen Führer, worauf Tante *J.* wütend ausrief: »Was, Hitler, dieser Rotzlöffel!« ... Diese Charakterisierung ist neuartig, verblüffend. Wir haben schon gehört, Hitler sei der neue Christus, der Antichrist, der Erlöser der Völker, ein Despot, ein Heiliger, ein Ungeheuer – alles Mögliche haben wir schon gehört. Aber Rotzlöffel? ... Man müsste das Phänomen auch einmal aus dieser Perspektive untersuchen.

Vielleicht gibt es die Hölle, vielleicht auch nicht. Aber eines ist gewiss: Wenn die Kirche die Hölle aus erzieherischen Gründen erfunden hat, dann ist sie ein miserabler Pädagoge.

Es hat noch nie einen Menschen gegeben, den die Androhung der Hölle auch nur von der kleinsten Sünde abgehalten hätte.

Seitdem man nicht mehr zum Nachdenken ins Dampfbad geht, sondern um sich zu reinigen, habe ich auch mit dieser Kunstart gebrochen.

Joseph Conrads *Typhoon* in Gides meisterhaft wortkarger Übersetzung.

Wie herrlich kann die Stimme eines Schriftstellers sein! Schon in den ersten Zeilen geht es um Wesentliches, um die Atmosphäre, die Charaktere, das Schicksal. Die »Geschichte« – die Geschichte eines Schiffes und eines Taifuns – umfasst das Wesentliche fast beiläufig, wie eine Landschaft die Tragödie einiger Charaktere. Der Wind, das Wasser, Gott, die Kulis, die Seeleute, sie alle kämpfen in diesem Buch, sie haben ein gemeinsames Schicksal.

Richard Hughes, der Verfasser des wunderbaren Jugendromans *A High Wind in Jamaica*, hat in seinem Roman *In Hazard* die Tragödie eines Südwindes und eines Schiffes beschrieben. Das Thema ist in Form und Inhalt identisch mit Conrads *Typhoon*. Dennoch handelt es sich nicht um ein Plagiat. Für Engländer und Seeleute ist ein Orkan ein ähnliches Urerlebnis wie für einen Menschen des Kontinents die Liebe. Sie werden ewig darüber schreiben, die Engländer und die Seeleute, wenn ihnen nach Schreiben zumute ist.

Montaigne langweilt mich. Ich picke nun schon seit mehreren Nächten in einem Berg von Hirsebrei nach den wenigen Sätzen, in denen er und der Sinn seines Buches verborgen sind. Auch der größte Geist hat nicht das Recht, das, was seinem Gericht Geschmack und Würze verleiht, so zu garnieren. Und da Montaigne tatsächlich weise, ein höchst jovialer Stoiker, ein hinreißender Lateiner, ein raffinierter Franzose und ein ausgewiesener Humanist ist, verdiente er, dass wir den wahren Montaigne aus diesem Berg von Hirsebrei ans Licht bringen. Das ergäbe einen schmalen Band. Aber ein Meisterwerk. Es genügt eben nicht, weise zu sein. Man muss auch vollkommen sein.

Dem großen Franzosen fehlt der Sinn für Proportion. Dieser dichte Formulierer zerredet seine eigene Dichte. Er ist außerordentlich stolz darauf, dass er des Lateinischen mächtig ist und dies und jenes gelesen hat. Der Leser möchte einwerfen: »Wir haben schon verstanden, dass du Lukrez, Sueton und Juvenal gelesen hast. Jetzt sprich endlich du! …« Er spricht ja auch hin und wieder, aber selten, bis dahin haben Lukrez und Sueton den Leser längst ermüdet.

Der Unterschied zwischen Conrads *Typhoon* und Hughes' *In Hazard* ist wie der zwischen einem Taifun und einer Art westlichem Sturmwind, der alles in allem doch nur ein zivilisierter Lufthauch ist. Conrad zeigt uns den Taifun so, wie ein Schriftsteller von allem, so auch von den Naturphänomenen, sprechen muss: aus der menschlichen Perspektive. Er zeigt, dass der große Sturmwind eindeutig Ausdruck irgendeines Affekts in der Natur ist. Dieser Taifun im Stillen Ozean stürzt sich direkt auf die Menschen, packt sie in ihrem Kern, mit ihrem ganzen Schicksal. Der Wind ist für Conrad nicht nur ein Naturphänomen, sondern auch eine Gewalt, die sich direkt auf den Menschen bezieht. Es handelt sich unmissverständlich um eine Art Jähzorn. Conrad ist ein wirklich großer Schriftsteller.

Anfang Oktober, eisiger Wind. Ich werde sofort fiebrig. Meine Abwehrkräfte sind sehr schwach seit der Krankheit, ein kühler Abend genügt, um mich bettlägerig zu machen.

Im Bett, mit Fieber, überlege ich – während uns das englische Radio Bomben androht –, was der Mensch gegen sein Schicksal tun kann. Nichts. Ich kann nicht »klüger« oder »gesünder« leben, als es schon der Fall ist: Ich lebe einfach, maßvoll, reinlich. Ich arbeite nicht mehr und nichts anderes als das, worauf ich Lust habe. Die Welt kann mich vernichten, aber an den Dingen der Welt trage ich keine Schuld. Was kann ich also tun? … Gibt es irgendeine Möglichkeit, mich durch irgendeinen Kunstgriff in mein Schicksal einzumischen? Es gibt keine. Es gibt nur eine einzige Haltung und Einstellung: die Demut. Mein Gott, nimm mich an, tot oder lebendig.

Was ist ein Schriftsteller? Ein Mensch, dessen Libido, dessen Lebensenergie stärker ausgeprägt ist als bei vielen anderen Menschen. Diese Energie muss abgeleitet, der Strom von Zeit zu Zeit ausgeschaltet werden. Ein mit geistiger Schöpferkraft geladener Mensch kann seinen Energieüberschuss am besten in der Arbeit ableiten. (Andere vielleicht im Bett oder in Aggressionen …) Er stirbt und zerspringt, wenn er diese Energie nicht in Arbeit umwandeln kann. Der schlechte Schriftsteller sucht Abenteuer und Erlebnisse in der Welt, er glaubt, dann schreiben zu können. Der gute Schriftsteller flieht nur in die Welt, wenn er sich zu schwach fühlt für das allergrößte Abenteuer, die Spannung der Arbeit zu ertragen.

Niemand kann vorhersagen, was aus der Welt, aus den europäischen Lebensformen, aus uns wird … Ich denke gar nicht mehr darüber nach, schmiede keine Pläne mehr. Ich habe begriffen, dass der einzige Sinn dieses Krieges darin besteht, dass die neuen Menschenmassen eine andere Lebensform begehren. Ich bin an einer Zeitenwende geboren, ich muss es ertragen, demütig.

Ich bin mir dessen immerhin bewusst, und das ist nicht wenig.

Verrückt sind nicht nur die, die sich für Napoleon halten. Es gibt auch eine Art Wahnsinn, bei dem man sich beharrlich mit jenem Trugbild identifiziert, das man für seine eigene Persönlichkeit hält.

Denn eine solche Persönlichkeit im idealen Sinn gibt es nicht. Die Persönlichkeit verändert sich, wandelt sich mit jedem Lebensalter und jeder Lebenslage. Ich bin nicht die gleiche Persönlichkeit, die ich vor zwanzig Jahren war, und werde übermorgen nicht die Persönlichkeit sein, die ich heute bin. Die Persönlichkeit ist ein lockeres Gebilde, sie ändert sich mit der Zeit, den Erfahrungen, den Bedürfnissen des Körpers, dem Wind, dem Sonnenschein. Wer sich für Napoleon hält, ist wahnsinnig; wahnsinnig ist aber auch der, der glaubt, er selbst zu sein, ein für allemal, und niemand sonst.

La Bruyères *Les caractères*. Dieses Buch, das vor zweihundertfünfzig Jahren nicht nur eine literarische, sondern auch eine gesellschaftliche Sensation war, zu dem man Codes, »Schlüssel«, entwarf, wirkt auch heute nicht veraltet, obwohl es für den Leser vollkommen gleichgültig ist, wen der Verfasser hinter den Pseudonymen im Visier hatte. Das Buch, das seinerzeit für eine gigantische Klatschgeschichte gehalten wurde, hat dem atmosphärischen Druck der Zeit standgehalten; es hat sich gezeigt, dass es nicht darauf ankommt, wen La Bruyère im Sinn hatte, sondern was er, der Schriftsteller, allgemein und überzeitlich zu sagen hat. Autoren von Schlüsselromanen, nehmt euch in Acht! Hier habt ihr das Beispiel: Die Helden eurer Romane werden sterben, und die Bücher werden nur dann weiterleben, wenn sie auch über deren Tod hinaus, wenn der Code längst überflüssig geworden ist, lebensfähig sind.

H. – ein Soldat – sagt, dass er mit dem Alter immer fester davon überzeugt ist, dass die Kriege von heute schon im Augenblick ihres Ausbruchs entschieden sind. Ganz gleich, was die Grafik des Kriegsgeschehens während der Kampfhandlungen zeigt: Die Kraftkomponenten, die im Augenblick des Ausbruchs bestimmend sind, entscheiden den Ausgang des Krieges, unabhängig davon, wer zwischendurch, hier oder da einmal »gewinnt«.

Die beiden Weltkriege unserer Zeit belegen diese These.

Was *H.* sagt, gilt für den Sieg. Die Frage ist nur, ob den Führern nicht alles, was sie durch den Sieg errungen haben, aus den Händen gleitet? Das ist schon einmal passiert.

André Malraux' Buch aus der deutschen Kriegsgefangenschaft *La lutte avec l'ange*. Eine abenteuerliche, schwer verständliche Geschichte über einen Vater aus dem Elsass, der in der Türkei Abdul Hamids als Spion und Organisator an der Seite Enver Paschas tätig ist, dann in Altenburg eine Art »Weisheitsschule« à la Keyserling besucht, um dort über Grenzen und Existenzformen des Menschen zu streiten …

Malraux ist ein Berufsrevolutionär, so wie Olivecrona von Beruf Gehirnchirurg ist. Während seiner Jugend in Indochina befasste er sich auch mit Kirchenplünderung, später wurde er ein französischer Kommunist, ein Freund Gides, ein roter Aktivist im Spanischen Bürgerkrieg. Jetzt ist er ein Kriegsgefangener in Deutschland. Er ist einer der rastlosen geistigen Draufgänger des Jahrhunderts; seine Bedeutung liegt eher in seiner Rastlosigkeit als in seinem Werk. Dieses Buch ist langweilig. Das »große Erlebnis« ist kein geeignetes Klima für Schriftsteller.

Willkie, Roosevelts Gegenkandidat, hat ein Buch über seinen Flug um die Welt geschrieben. Das Buch erschien in Schweden auf Deutsch und gelangte jetzt zu mir.

Ein zeitgemäßes Buch: Sein Autor ist in neunundvierzig Tagen fünfzigtausend Kilometer geflogen. Er hat mit Stalin gesprochen, mit türkischen Schülern, mit Juden und Arabern in Palästina, mit de Gaulle und mit wem auch immer man buchstäblich im Fluge sprechen kann, während man die Erde umfliegt. Der Autor stellt in der Höhe etwas überrascht fest, dass die Welt zusammengehört und kein Kontinent in Sicherheit ist, solange ein anderer bedroht wird. So weit hat sich die Technik in den zwanzig Jahren seit dem letzten Weltkrieg entwickelt, so viel ein Politiker dazugelernt. Und die Völker, die Armen, was und wann lernen sie? Sie machen von der Technik Gebrauch und bringen sich gegenseitig um.

Willkie glaubt an das neue China. Und er glaubt, dass es ohne die Mitwirkung der Sowjets kein Gleichgewicht in der Welt geben kann. Und er glaubt an die ausgleichende und initiative Kraft der Demokratie. Er glaubt an vieles: Er ist ein enthusiastischer Amerikaner, unvoreingenommen, er staunt gern, lässt sich von nichts überraschen und hat einen Sinn für das Wesentliche.

Wenn der Sieg solchen Menschen nicht aus der Hand gleitet, ist die Welt vielleicht noch zu retten.

Ich esse mit *X.* zu Abend, der mir eifrig zu erläutern versucht, dass mich die Schriftsteller beleidigt hätten.

Aber ich glaube, er irrt sich; ich empfinde es jedenfalls nicht so. Es stimmt zwar, dass sich seit einem Jahrzehnt alle ihre Stiefel an mir abputzen: die Strauchdiebe sämtlicher Parteien und Weltanschauungen, jeder dahergelaufene Lump und Halunke. Aber ich kann mit alledem ganz gut leben; sollen doch die Säuglinge brüllen, das kräftigt ihre Lungen. Womit ich nicht gut leben kann, was mich in der Tat beleidigt, ist nicht das Geschrei der Halunken in der Literaturszene, sondern das hoffnungslose Verhalten der Nation. Genauer gesagt die Dummheit, mit der sie unter irgendeinem hinterlistigen Vorwand oder irgendeiner falschen Anschuldigung jeden, der in diesen Jahrzehnten in ernsthafter Absicht zu ihr sprach, verschmähte: bedeutendere und hervorragendere Leute als mich. Das ist in der Tat »beleidigend« – und dafür wird sie eines Tages Rechenschaft ablegen müssen. Nicht mir wird sie Rechenschaft ablegen müssen.

Seit zwei Tagen eine schwere Nikotinvergiftung mit hundertzehn Puls, niedrigem Blutdruck, Schwindelgefühlen, Störungen im Atemzentrum und im Gefäßsystem.

Wie viel doch La Rochefoucauld mit wenigen Worten sagt! Und wie selten sagt La Bruyère etwas trotz seiner vielen Worte!

Ja, ja, die Saat dessen, was die Menschen irgendwann aus Gier oder Unwissenheit oder Grausamkeit oder Dummheit oder eitler Ambition begonnen haben, ist nun aufgegangen und herangereift. Der Krieg ist da, er wurde empfangen, ausgetragen, und nun wird geboren, was allein aus einem Krieg geboren werden kann, ein blutiger und schrecklicher Bastard. Und vielleicht wächst diese Missgeburt eines Tages heran, vielleicht wird sie menschenähnlich, vielleicht erziehbar sein.

T., mein deutscher Bühnenverleger, ist aus Hamburg eingetroffen. Er hat die vierzehn Tage, in denen die zweieinhalb Millionen Einwohner zählende Stadt zerstört wurde, dort überstanden; bislang wurden hundertfünfzigtausend

Tote ausgegraben, weitere sechzig-, achtzigtausend liegen noch unter den Trümmern, es wird Jahre dauern, bis der Schutt der zu achtzig Prozent zerstörten Stadt abgetragen ist. Seine Frau und er überlebten die Angriffe und blieben in der Stadt; auch heute leben, arbeiten sie dort.

Wie übersteht man solche Katastrophen? Gleichgültig. Sobald der erste Schrecken gewichen ist, hüllt die wohltätige menschliche Natur den Verstand in eine Art Gleichmut.

Ich verachte die Literatur. Mich interessiert nur noch der Wahnsinn: Dichtung, in der die Leidenschaft zu Geist verglüht und die Grenzen der menschlichen Kompromissbereitschaft übersteigt.

Ich bin Sonntagmittag auf Krankenbesuch im Magdolna-Unfallkrankenhaus, als der Luftalarm ertönt. Es ist ein gespenstischer Anblick, wie die Versehrten der Stadt in den Luftschutzkeller geschleppt werden, wo dieses geballte menschliche Elend, darunter auch ich – unter den Heißwasserrohren –, zu gekochten Krebsen werden könnte. Ja, man wird gleichgültig, überlässt sich demütig der Laune des blinden Schicksals.

Der große Zeitgenosse will überzeugen und redet. Redet in einem fort. Gut gebrüllt, Löwe!

Aber ich weiß, dass Merkur nicht nur der Gott der Redner, sondern auch der Räuber war.

Ja, Wille und Mut, uns selbst gegenüber, gegen alle Hinterhalte des Schicksals, bis an die Schwelle des Verhängnisses.

Und wenn wir die Schwelle des Verhängnisses erreicht haben, uns tief und demütig, ohne zu murren verneigen.

Und ein feines Gehör und einen scharfen Blick haben: einen Unfall vom Verhängnis unterscheiden.

Lange, schlaflose Nacht. Ich sehe die Menschen aus der Vergangenheit hervortreten, wie es Menschen tun, grotesk, grinsend, schadenfroh, dümmlich, hilflos, jeder auf seine Weise seine idiotischen Anschuldigungen wiederholend; und ich sehe die Menschen der Zukunft an die Stelle der Verschwundenen treten und das Gleiche vorbringen, die gleichen blinden und finsteren Affekte und den gleichen Irrglauben ... Die Frauen wie gierige Tiere, die Männer mit schuldbewusster, neidischer Rachsucht im Blick. Ich kann niemandem helfen.

Aber mir selbst kann ich vielleicht helfen: Ich erwarte nichts, von niemandem, ich fürchte mich vor nichts und niemandem.

Die Memoiren des Miklós Bethlen. Diese siebenbürgisch-ungarische Prosa aus dem siebzehnten Jahrhundert führt mir erneut vor Augen, dass uns im Laufe der Zeit etwas verloren gegangen ist. Die ungarische Sprache hat nur noch wunderbare Künstler, die Sprache selbst mit ihrer edlen Kraft, ihren tiefen Strömungen ist kein Allgemeingut mehr, wie sie es noch im siebzehnten Jahrhundert war: der gemeinsame Schatz der Namhaften und Namenlosen eines Volkes.

In der Zwischenzeit hatten wir einen Vörösmarty, einen Arany, einen Babits, einen Árpád Tóth, einen Kosztolányi. Aber einen Miklós Bethlen haben wir nicht mehr, wir können keine echten Briefe mehr schreiben, unsere Alltagssprache, unsere schriftliche Ausdrucksweise ist plump, dreist, hohl und ärmlich. Dieser Graf von Siebenbürgen schrieb eine würzige, präzise, biegsame, kräftige ungarische Prosa mit der Opulenz eines Arany – und das zum Hausgebrauch. Kunstvolle ungarische Prosa wird auch heute geschrieben; aber den Massen fehlt es an Selbstbewusstsein für die ungarische Prosa. Ein einzelner Schriftsteller kann daran nichts ändern. In unseren Salons spricht man den gleichen Argot-Mist wie in der Straßenbahn. Und die Mehrzahl der Schriftsteller behandelt diese Sprache lieb- und sorglos wie der Hehler einen gestohlenen und eingeschmolzenen Schatz.

Das Buch des portugiesischen Schriftstellers Teixeira de Pascoaes über den Apostel Paulus. Seit Langem das erste bemerkenswerte zeitgenössische Buch: das Werk eines Schriftstellers.

Das Buch ist karg und leidenschaftlich wie eine von der iberischen Sonne versengte felsige Landschaft, in der sich im Banne irgendeines Schicksals Heilige und Verrückte tummeln. Aber dieser Wahnsinn ist poetisch. Sätze bleiben hängen, als spräche jemand – nach Langem wieder! – über Wesentliches, mit vollem Pathos. Pascoaes ist ein wahrer Schriftsteller. Er ist mehr als sein Buch. Er ist ein Mann, der immer wieder mit unermüdlicher Leidenschaft Licht ins unendliche Dunkel bringen will.

Es ist vollkommen gleichgültig, was Hinz schreibt oder Kunz glaubt … Am Anfang der Zeiten ging es um etwas ganz anderes: nämlich um das Wort, die Dichtung, die Leidenschaft, das Schicksal.

Das Leben könnte mir noch irgendetwas Schönes geben – irgendeinen Überschuss. Irgendetwas, zum Geschenk, zum Abschied.

Miklós Bethlen beschreibt als Augenzeuge den Tod von Miklós Zrínyi. »Also, das war so«, seufzt er, »wir brachen zur Jagd auf…« Und er beschreibt in einigen ungekünstelten Sätzen, wie Journalisten heute sagen würden, eines der tragischsten Jagdereignisse der ungarischen Geschichte: wie dieser bedeutende Mann, ein Held, berühmter Soldat und hervorragender Jäger, am Ende der Jagd dem Ruf seines Treibers Paka folgt, einen verwundeten Eber aufzuspüren, und von diesem kurz darauf auf die Hauer genommen und getötet wird… Ist das Geschichte? Nein, das ist der ewige Kunstfehler in der Geschichte. Die Geschichte ist nicht alles. Neben einem Zrínyi gibt es auch einen Eber, einen Unfall.

Ich bin für das, was man gesellschaftliches Leben nennt, nicht mehr geeignet; deshalb nehme ich auch keine Einladungen mehr an, es sei denn, ich würde durch meine Absage jene, die mich eingeladen haben, tief verletzen. Aber selbst dann, wie anstrengend ist es doch, unter Menschen zu sein, mit ihnen zu »plaudern«! Ich ertrage nur noch das Wunder, das einfache Wunder, das durch direkten Kontakt in einem entzündet wird. In Gesellschaft finden keine Wunder statt.

Die Liebe ist ein Nervenzustand, der stattfindet und vorübergeht. Aber dieser Nervenzustand kann in der Seele des Menschen zuweilen eine Spannung hervorrufen, die den großen Momenten der Heiligen gleichkommt.

Abends in der Kirche. Tiefe Stille. Der Altar im Dämmerlicht. Ich spüre, dass Gott auch hier gegenwärtig ist, sogar hier, als hielte er Ministersprechstunde – und bin erstaunt, dass er die Zeit findet, auch hier anwesend zu sein, während ihn die ganze Welt sehnlichst erwartet und sucht.

Ich habe aus Stockholm den vierten und abschließenden Band von Thomas Manns *Joseph* erhalten – das Ende der schönen Geschichte, in dem Mann erzählt, wie Joseph, mit heidnischem Namen Osarsiph, der Liebling der Götter, der Sohn der schönen Rahel und des weisen Jaakob, in die Grube fährt und wieder erhöht wird.

Sieben Jahre sind zwischen dem dritten und dem vierten Band vergangen – und was für sieben Jahre! Thomas Mann hat der Geschichte die Zeit gegönnt, die der Autor und die Geschichte gebraucht haben; und es ist in der Tat eine jener Geschichten der Menschheit, in denen die Zeit eine besondere Rolle spielt; die Fabel ist eins mit der Zeit, nicht nur in einer Dimension von sieben, sondern auch von siebentausend Jahren. Die alte Fabel hat noch einmal Gestalt angenommen – eine imposante und großzügige Gestalt, wie sie es verdient. Thomas Manns Sätze sind noch verschlungener als früher – aber auch die Geschichte schlängelt und windet sich, durch die Bibel und die Jahrtausende. Und als man mit dem Autor am Ende der Geschichte den letzten Schlusspunkt gesetzt hat, spürt man eine seltsame Befriedigung: Wieder einmal ist eine der großen Fabeln der Menschheit so erzählt worden, wie es ihr gebührt, wie es sich für Fabeln und für Literatur gehört. Denn am Anfang war das Wort. Und dieses Wort erzählt Thomas Mann in dieser Geschichte weiter.

Wenn man für die Menschen nur arbeiten müsste! Schon das ist nicht leicht! Aber man muss auch unter ihnen leben. Und das ist fast schon unmöglich.

Diese Frau trägt ihren Kummer seit zwanzig Jahren mit sich herum; man sei ihrer nicht würdig, verstehe sie nicht. Sie ist die unverstandene Frau.

Zuletzt gab es eine überraschende und schreckliche Wende in ihrem Schicksal: Sie wurde verstanden. Und alles kam ans Licht.

Sobald der Krieg vorbei ist, werden die Menschen die Toten begraben und schnell und übergangslos die Liebe, den Preisanstieg, die Arbeitslosigkeit, das Dumping, den Streik und den Börsenkrach entdecken. Und jemand wird sich erschießen, weil ihm ein Geschäft mit Dänemark statt der erhofften acht nur fünf Prozent Gewinn gebracht hat.

Die Menschen hören auf, sich vor den Bomben zu fürchten, und beginnen umgehend, sich vor der Geschäftskonkurrenz oder dem Altwerden zu fürchten oder davor, dass Mariska abends um sechs nicht kommt.

Die Menschen ertragen die Wahrheit nur in stark verdünnter Lösung; eine zu kräftige Dosis Wahrheit ist ein schweres, zuweilen tödliches Gift, im Leben wie in der Literatur. Gerade in der Literatur ertragen sie selbst die einfachsten Wahrheiten nur bei einem Verdünnungsgrad von eins zu tausend. Wie ein homöopathisches Medikament lässt sich auch die Wahrheit nur als tausendfach verdünnte Lösung verabreichen.

Das sagt die Erfahrung. Ob eine solch verdünnte Wahrheit auch heilt, ist eine andere Frage. Vielleicht wäre das heilende Gift in seiner ursprünglichen Bitterkeit, auf Leben und Tod gemischt, doch wirkungsvoller? ... Das ist die große Frage. Der Einzelne stürbe vielleicht an der unverdünnten Wahrheit, für die Menschheit als Ganzes wäre es vielleicht die einzige Chance auf Genesung.

Große Leidenschaft ist stets heiter – in der Liebe wie in der Kunst. Pseudoleidenschaft ist düster, pathetisch, keuchend.

Der Krieg ist dabei, die deutsche Mittelklasse auszulöschen. In den zerbombten Städten entsteht ein neues Proletariat, ein Millionenheer von Besitzlosen, deren einzige Sorge darin besteht, wo sie einen Löffel auftreiben sollen, um in den Volksküchen etwas Warmes essen zu können. In Städten, die selten oder noch gar nicht bombardiert wurden, hat man dem Gewerbe und Einzelhandel der Mittelklasse ein Ende gesetzt, das Vermögen wurde konfisziert oder wird überwacht, mit Abgaben belegt und wieder eingezogen, die Frauen der Mittelklasse arbeiten fast ausnahmslos in Rüstungsbetrieben, die Männer werden kriegsbedingt zu manueller Arbeit rekrutiert, Dienstboten gibt es nicht mehr, immer häufiger müssen sie das eigene Zuhause mit Flüchtlingen aus den bombardierten Städten teilen. Die Lebensform der deutschen Mittelklasse wird durch den Krieg vollends zerrüttet. Was bleibt, ist ein neues, intellektuelles Proletariat – Zehnmillionen von Menschen –, das alles verloren hat, was seinem Leben einen Sinn gab. Dieses neue, intellektuelle Proletariat hat nichts mehr zu verlieren. Das ist die neue Gefahr in Europa – und ich weiß nicht, wie die Engländer das verhindern wollen oder ob sie es überhaupt können und wollen.

La Princesse de Clèves … wirkt heute auf die meisten Leser, sollte ihnen das Buch zufällig in die Hände fallen, etwa so wie eine Papyrusrolle, die den exotischen Feldzug einer Pharaonendynastie aus der längst versunkenen Welt Ägyptens vor fünftausend Jahren schildert. Ja, noch fremdartiger, wenn das überhaupt möglich ist. Kann heute denn noch jemand die Erregung verstehen und nachvollziehen, die einst von diesem Buch ausgegangen ist und die Seelen der Leser eines ganzen Jahrhunderts betört hat? Das Problem ist, dass der Herzog von Nemours zwar liebt und auch geliebt wird, aber vielleicht doch nicht genügend geliebt wird; ein anderes Problem ist, dass der Graf von Chartres glücklich ist, weil er liebt und seine Liebe auch erwidert wird, der erwiderten Liebe jedoch jene Nuance von Inbrunst fehlt, die ihn restlos beglücken würde … das ist in der Tat unwahrscheinlich. Und doch gab es eine Zeit, als sich der Hof, der hohe und niedere Adel und das gemeine Volk tatsächlich in allem Ernst mit diesen Problemen befassten!

Die Französische Revolution bedeutete einen genauso tiefen Einschnitt wie die Zeit selbst. Bis dahin hatte es Jahrtausende gebraucht, um eine solche Veränderung im menschlichen Zusammenleben zu bewirken, Problembereiche so zu verwischen, wie es diese Revolution getan hat.

Sofia wurde bombardiert. Schon kreist der Todesvogel mit dem metallenen Schnabel über uns. Und der Krieg wird immer heftiger, erbitterter, unübersichtlicher. Die Deutschen können die Welt nicht bezwingen, aber sie haben die Kraft, den Krieg noch wüst ausarten zu lassen … und warum sollten gerade sie, diese seltsamen Nihilisten, nicht von dieser Kraft Gebrauch machen?

Am Vormittag beim Röntgen. Als ich vor dem Apparat stehe, fällt mir ein, dass das Leben nun eine meiner literarischen Ideen auf mich selbst zurückwirft – die Heldin meines Stückes *Das letzte Abenteuer*, das seit Jahren auf den Bühnen des Krieg führenden Europa gespielt wird, steht genauso vor dem verräterischen Strahl, wie ich, sein Autor, jetzt in diesem Haus an der Üllőistraße dem Kreuzfeuer des Apparats ausgesetzt bin. Ein unangenehmes Gefühl. Ich hoffe, die Diagnose des Röntgenarztes ist genauso präzise, wie es die literarische Diagnose war.

Frauen haben keinen Respekt voreinander. Nie ist eine Frau in den Augen einer anderen Frau ganz und gar »großartig«, makellos »schön«, durch und durch »gütig«, selbstlos, mütterlich und so weiter. Eine Frau betritt ein Zimmer, in dem schon eine Frau sitzt, und das Zimmer füllt sich mit Misstrauen. Eine Frau wird erst dann an die Größe, Klugheit oder Menschlichkeit einer anderen Frau glauben, wenn die es ihr bewiesen hat. Und auch dann nur zögernd und widerwillig. Sie wissen etwas voneinander. Das habe ich schon oft festgestellt.

Immer tiefer hineinblicken, nach innen. Und auch in der Welt alles ansehen; aber sich stets im Klaren darüber sein, dass es zwischen den Menschen niemals Hoffnung auf einen echten Frieden geben kann. Frieden gibt es immer nur in uns, tief drinnen, wo das Getöse der Welt nicht mehr zu hören, wo der Mensch mit Gott allein ist.

Das Leben zwischen den Bombenalarmen gewinnt allmählich traumartige, nebelhafte Züge. Die Häuser scheinen nicht mehr fest verankert zu sein, alles schwebt ein bisschen, eben noch da und schon weg. Als führe man mit dem Wagen durch einen dichten, erbsenpüreedicken Nebel, so leben wir. Niemand sieht weiter, als die Nasenspitze reicht. Alle leben nur noch für den Augenblick. Keiner lebt sein wirkliches Schicksal, nur dieses andere, das eine bloße statistische Angabe ist.

Sterile Tage. Das Auge wandert oberflächlich zwischen den Zeilen der Lektüre; die Arbeit reizt mich nicht, nur die Aufgabe.

Radio London wiederholte heute seine Drohung vom Sommerbeginn; es rief die ungarischen Arbeiter auf, ihre Arbeitsplätze in Budapest zu verlassen und ihre Familien in Sicherheit zu bringen. Natürlich werden sie dem südosteuropäischen »Nervenkrieg« früher oder später Taten folgen lassen; wenn nicht heute, dann innerhalb der nächsten Tage.

Ich könnte aufs Land oder in eine Kleinstadt ziehen; und wenn es wirklich zu toll wird, werde ich es eines Tages vielleicht auch tun. Aber weggehen, schon im Voraus? … Diese arme Wohnung, mein einziges Zuhause in der Welt, den Flammen, Bomben, Marodeuren zurücklassen? Ich sorge mich nicht um die Möbel; Wertsachen besitze ich keine. Aber das »Zuhause« ist keine leere Floskel; ich verlasse es erst, wenn es nicht mehr existiert. Bis dahin werde ich bleiben und arbeiten, so gut es geht, und das Schicksal von einer Million Menschen teilen.

Als sei die ganze Millionenstadt, in der ich lebe, an die Front abkommandiert worden. Man lebt wie ein Soldat: wartet auf den Sturm, schreibt Briefe und putzt seine Waffen. Die meisten werden es überleben.

Aber ich habe keine Angst im Herzen. Ich weiß, dass es irgendwann kommt, aber ich weiß nicht, wie es sein wird. Doch ich werde es schon erfahren … Und die Tage sind so einfach, so klar.

Es ist wunderbar – in solchen Momenten zu sehen –, wie leicht man auf so vieles verzichten kann, worauf man eigentlich gar keine Lust mehr hatte.

Und erst in solchen Momenten merkt man, auf wie vieles man im Leben keine Lust mehr hatte.

Tag für Tag klopft der Staat, dieser erhabene Räuber, bei mir an und nimmt mir mit einfachen, kategorischen Sätzen etwas weg. Gestern ließ er mich wissen, dass er mir für zweitausend Schweizer Franken einen Gegenwert von 1920 Pengő zahlen werde. Also genau ein Zehntel von dem, was der Schweizer Franken gegenüber dem Pengő wert ist. Zweitausend Schweizer Franken sind eine Seltenheit in meinem Leben – das Honorar für meinen Roman

Die Eifersüchtigen, überwiesen von einem Verleger in Bern. Heute lässt mich das »Nachrichtenbataillon Honvéd« wissen, dass es die Gummireifen meines Wagens »requiriert«, gegen eine lächerliche Summe, versteht sich – was in der heutigen Welt nichts anderes heißt, als dass ich den Wagen, die einzige Freude und weltliche Herrlichkeit meines Lebens, zum Altmetall geben kann, weil es in absehbarer Zeit keine Autoreifen aus Gummi geben wird, auch nicht, wenn wieder Frieden einkehrt. Und das zwei Jahre nachdem ihnen eingefallen war, mir die Wagenlizenz zu entziehen, obwohl sämtliche neureichen gnädigen Damen und zwanzigjährigen Textilhändler mit dem Wagen zum Markt fuhren, ihre Wochenendausflüge oder ihre Flanierfahrten in der Vácistraße unternahmen. Zwei Jahre lang schwieg ich; als ich erkrankte, belegte ich meine Gehbehinderung durch meinen Hochschullehrerausweis und bat sie, mir die Wagenlizenz zurückzugeben; die Bitte wurde ohne Angabe von Gründen abgelehnt, anscheinend deshalb, weil ich nur ein ungarischer Schriftsteller und kein von meinen Steuergeldern lebender herumkutschierender Staatsbeamter oder mit Textilien handelnder Regierungsoberrat bin. Heute wurden die neue Kriegssteuer und die Steuern für Wehrpflicht beziehungsweise Wehrdienstbefreiung bewilligt, in nur einer halben Stunde und »mit großer Begeisterung« übrigens – das sind wieder einige Tausend Pengő, die ich durch irgendeine aufreibende und erniedrigende Arbeit werde zusammenkratzen müssen. Ich besaß auch ein Zimmer, eine Einzimmerwohnung, den einzigen materiellen Ertrag aus fünfundzwanzig Jahren schriftstellerischer Arbeit, eine Zufluchtsstätte, um arbeiten und allein sein zu können – ich musste es an ein »anspruchsberechtigtes« Ehepaar vermieten, da die Wohnungsnot nicht zuließ, dass ein Schriftsteller »zwei Wohnungen« besaß – obwohl die meisten Abgeordneten der Einheitspartei zwei

Wohnungen unterhielten, eine für sich und eine für die Geliebte. Sie nehmen einem alles weg, schön der Reihe nach, das Überflüssige ebenso wie das Nützliche – und was bekommt man obendrein von diesem Staat? Sicherheit? Er betreibt eine Politik, die die Existenz des ganzen Staates gefährdet; schon kreisen die Bomben über unseren Köpfen, und das ist der Kurzsichtigkeit, Habgier und törichten Ambition der Machthaber zu verdanken. Sie nehmen einem alles, die Früchte der Arbeit, das Zuhause, die Sicherheit, das Leben. Meine Heimat, ich diene dir, wie ich dir stets dienen wollte! Aber dieser Staat lässt es nicht zu.

Der Rundfunk bittet mich um einen Vortrag in der Reihe »Mein Lieblingsautor«. Ich habe spontan erwidert, dass ich über Goethe sprechen möchte. Ist er denn wirklich mein »Lieblingsschriftsteller«? Nein, er ist im ganzen Universum das einzige Menschenphantom, nach dessen Hand ich noch greifen kann, da nun das Haus über meinem Kopf und die ganze Welt einzustürzen drohen.

Goethe war der einzige Schriftsteller der Weltliteratur, der sich sicher war, dass etwas, das in der Welt einmal Gestalt angenommen hat, nicht mehr verschwinden, sondern sich lebendig weiterentwickeln würde.

Ein nummeriertes kleines Heft aus Amsterdam, ein Geschenk des Pantheon-Verlags: Seume, *Apokryphen*. Seume schrieb die Maximen dieses schmalen Heftes 1806. Er war Sachse, der Sohn eines Bauern. Er empört sich über die Despotie, aber er weiß, dass es noch etwas Schlimmeres als die Despotie gibt: die Willkür der Massen. »Lieber Unrecht als Unordnung«, hat Goethe einmal geschrieben.

Seume wuchs mit den Maximen der Griechen, der Römer und La Rochefoucaulds auf. Er sagt nur das Wesentliche.

Er weiß, dass es für uns nur ein Mittel gegen unsere Leidenschaften gibt: den Gegenstand unserer Leidenschaften gründlich unter die Lupe zu nehmen … Das sind irreführende Weisheiten, die wahr und doch lückenhaft sind. Denn ein Alkoholiker etwa wird den Gegenstand seiner Leidenschaft, den Alkohol, vergeblich »unter die Lupe« nehmen, er wird dennoch ein Trinker bleiben. Und man kann von der Liebe zu einer Frau geheilt werden, indem man sich ihrer Fehler und Unvollkommenheit bewusst wird, aber man wird nicht von jenen Zwangsvorstellungen der Eitelkeit und Sinnlichkeit geheilt, die zu den Liebestragödien führen. So ungeschoren lässt einen das Leben nicht davonkommen. Herr seiner Leidenschaften bleibt man nur, indem man sich mit ihnen abfindet, ihnen gehorcht, sich ihnen aber auch mithilfe gewisser Kunstgriffe, soweit es die menschliche Natur erlaubt, widersetzt.

Es ist nicht wahr, dass in einer Stadt, die zur Bombe verurteilt ist, eine Endzeitstimmung herrscht wie während der letzten Tage von Pompeji und Menschen sich Hals über Kopf in Ausschweifungen und Vergnügen stürzen, nein. Tagtäglich droht der englische Rundfunk Budapest Bomben an, aber die Menschen in Budapest langweilen sich oder ärgern sich oder schimpfen auf die Steuerbescheide genauso wie im friedlichen und sicheren Veracruz.

Wenn Goethe Urworte, orphische Zauberworte raunt, frönt er in Wirklichkeit einem heiteren Spiel. Diese Verse haben ein großväterliches Pathos. Wie einer der Großväter der Menschheit raunt er etwas über Kronos und die Sibyllen in seinen Bart, als erzählte er vom Schneewittchen oder vom Däumling. Was er sagt, ergibt wenig »Sinn«; das Lesebuch einer Grundschule etwa hat einen viel greifbareren »Sinn«. Sein einziger Sinn besteht darin, dass jemand in eine andere Welt hinüberblickt und raunend berichtet, was er dort sieht – und das ist nun mal nicht greifbar.

Zsolt Harsányi ist gestorben. Er hatte einen schönen und guten Tod, sechsundfünfzigjährig, über seinen Schreibtisch gebeugt, durch Gehirnblutung. Er hat alles erreicht, was er vom Leben erwartet hat – aber er hat einen ungeheuren Preis dafür bezahlt.

Er war talentiert, und dieses Talent gab er für Geld, weltlichen Erfolg, Frauen, Verdienstorden, Auflagenzahlen hin. Und das ist kein geringer Preis. Er war klug und wusste, dass er einen zu hohen Preis zahlte. Und so hatte er letztlich doch einen schweren Tod. Niemand stirbt so schwer wie jemand, der im letzten Augenblick keine Rechenschaft über das Talent ablegen kann, das ihm von Gott anvertraut wurde.

Pourtalès' Buch über Wagner. Eine gut verständliche und einfühlsame Abhandlung über die Tragödie eines musikalischen Genies, das sich in einem nebulösen und dumpfen, jenseits der Musik liegenden Rollenspiel, der deutschen Mystik, verirrt. Dieser Franzose ist ein guter Wagnerianer: Er fürchtet an Wagners Musik genau das, was die Welt am Deutschtum fürchtet.

Am Abend ein Konzert. Klavier. Chopin. Der junge Mann ist ganz Herr des Instruments, dieser schwarzen Bestie – er stürmt auf sie los, reißt sie an der Mähne, ohrfeigt sie, es fehlt wirklich nur noch, dass er vor den Augen der Zuschauer Sodomie mit ihr treibt.

Ich sehe das Konzert mehr, als dass ich es höre. Am Abend die ersten Entwürfe zur *Schwester*.

Die ersten Entwürfe zur *Schwester* und die letzten Zeilen des Manuskripts von *Zauber* – Zeilen, die ich im wahrsten

Sinne des Wortes und wirklich in dem Augenblick schreibe, da das Radio die Luftgefahr meldet, sodass ich mich beim Schreiben des Dialogs beeilen muss, weil mir sonst womöglich keine Zeit mehr bleibt, den Satz zu beenden! Ist es möglich, unter solchen Umständen zu arbeiten? Ja, es ist möglich. Ist es nicht Wahnsinn, an Romanen und Theaterstücken zu feilen, während Berlin untergeht? Oder liegt gerade darin der Sinn des Lebens, kommt es nur darauf an, kann und darf man nur so leben, während alles andere, die Berlins, Hamburgs, Kiews, Warschaus und der blutige Wettstreit der marodierenden großen Völker, nur eine Krebserkrankung, eine Gehirnblutung, ein materieller, existenzieller Unfall ist? Ich glaube, das ist die Wahrheit. Nur ein Gedanke, ein Werk ist wirklich, alles andere ein Nebel, ein Albtraum, der ewige schreckliche Schlaf der Menschheit, aus dem sie manchmal, für den Augenblick eines aufblitzenden Gedankens oder Werkes, erwacht.

Seit Wochen habe ich einen schlechten, hektischen Rhythmus beim Lesen, ich merke, dass ich abgelenkt bin. Ich konzentriere mich zu sehr auf die Welt; und das ist nicht gut; ich bin abwesend, habe Fehlstunden. Denn meine Aufgabe ist nicht, mich auf die Welt, sondern ausschließlich auf meine Seele zu konzentrieren.

Gyula Illyés' schriller Aufschrei in *Magyar Csillag*: Seit tausend Jahren hasst die Welt den Ungarn. Warum?

Diese These ist übertrieben. Die Welt hasst den Ungarn nicht, sie belächelt ihn nur. Denn er hat etwas hoffnungslos Aus-der-Mode-Gekommenes; als trüge er noch heute schnürenverzierte Dolmane, als reise er noch heute in der Postkutsche mit einem Heiducken in roter Pluderhose auf dem Bock. Geht ein Ungar in die Welt hinaus, lernt man ihn schnell schätzen und lieben: nicht nur die Stahlarbeiter und

Bergleute, die Illyés anführt, sondern auch die Ärzte, Ingenieure, Wissenschaftler, denn sie haben eine rasche Auffassungsgabe und ein schnelles Kombinationsvermögen, sind begabt und haben angenehme Manieren. Was man an uns verachtet, wofür man uns belächelt, ist das für uns charakteristische Gesellschaftsleben: diese von den Mitgliedern der ungarischen Gentry und der deutsch-jüdisch-slawisch-ungarischen Mittelklasse kultivierte neobarocke Protzerei, diese levantinische Vorliebe für allzu festliche Kleidung, allzu große Vornehmtuerei, allzu manieriertes Auftreten, allzu laute Europäerei. Und das ist in der Tat lächerlich. Aber diese Schicht hat die Macht, sie diktiert den Geschmack in Mode, Literatur und Politik. Sie trägt die Verantwortung; und die Nation, die sich das gefallen lässt.

Ich soll etwas über Goethe als »meinen Lieblingsautor« schreiben – und bin erstaunt, wie leicht mir diese kleine Studie von der Hand geht! Kein Widerstand in der Materie, keinerlei Hindernisse – ich bestehe die Prüfung im Fach Goethe wirklich prompt und aus dem Stegreif, und nicht nur in Bezug auf die Materie, was ja natürlich ist, sondern auch in Bezug auf das, was dieser Geist beinhaltet, was er in die Welt hinausträgt. Dieses schnelle Gelingen ist für mich, der ich sonst so schwerfällig, so voller Zweifel und Hemmungen über geistige Phänomene spreche, eine beglückende Überraschung. Ja, ich glaube Goethe zu »verstehen« – ich weiß schon, was dieser Geist wollte! Er wollte die Grenzen des Menschen mit denen des Göttlichen in Einklang bringen – das wollte er. Daher die seltsame Stille, die sein Werk und sein Andenken umgibt; wie die Stille, die die Sterne umgibt.

Es ist gewiss nicht die schlimmste Beleidigung, die einem in der heutigen Welt widerfahren kann, und dennoch ist es merkwürdig, Tag für Tag mit ansehen zu müssen, wie hochmütige Staatsbeamte mit dem Wagen in ihre Ämter kutschieren – von den Steuern, die ich in die Staatskasse einzahle, lebende Beamte, und deren Tätigkeit vornehmlich darin besteht, mir kraft ihrer Macht systematisch und konsequent alles wegzunehmen, was mir gehört.

Aber eines Tages wird man sagen: Es reicht. Alle werden es sagen, alle auf einmal. Und natürlich werden sie, diese protzigen Tschinowniks des bürokratischen Absolutismus, als Erste versuchen, in den neuen Chor einzustimmen. Ich fürchte nur, in dem Augenblick wird man nicht mehr groß zwischen Schuldigen und Unschuldigen unterscheiden.

Man hat Krúdys kurze Skizzen, die er während des letzten, »kleinen« Weltkriegs für diverse Budapester Blätter schrieb, in einem Heft herausgegeben. Apropos Krúdy, was würde er heute tun? Wie würde er sich verhalten? Die Sperrstunde würde ihn wohl tief treffen und der allgemeine Verfall des geistigen Niveaus seine Würde als Herr, als Mensch und als Schriftsteller verletzen. Ansonsten würde er dasselbe tun wie immer: vor sich hin brummen, Wein trinken und für die Blätter Artikel über den Lucia-Tag und die liederlichen Personen der alten Innenstadt schreiben.

Natürlich schrieb am Ende des letzten Krieges auch er über Trianon, voll rührender Verzweiflung und Hoffnung; auch er glaubte, was viele von uns heute gerne glauben würden, dass diese Nation inmitten der wilden, hasserfüllten Welt durch ihre Kultur, ihre Schriftsteller, ihre Literatur gerettet werden könnte … Aber was hat diese Nation aus Trianon gelernt? Nichts. Sie hat eine geizige, herrschsüchtige, egoistische und ungebildete Mittelklasse herangezüchtet und alles, was echte Kultur war, verachtet und gefürchtet. Wusste Krúdy das? In seinem Herzen gewiss.

In den letzten Jahren starben Babits, Kosztolányi, Karinthy, Árpád Tóth, Krúdy, Zsigmond Móricz … allesamt Schriftsteller, mit denen sich auch große Nationen stolz der Welt präsentiert hätten. Bei uns hat das offizielle Ungarn keinen einzigen Kranz auf ihre Gräber gelegt.

Bei uns ist ein Schriftsteller gezwungen, sich *gegen* die Gemeinschaft zu Wort zu melden. Daran muss man zugrunde gehen, rasch und vorzeitig.

Im dritten Aufzug von *Zauber* riss die klare, geradlinige Handlung, die Fäden verhedderten sich, die Figuren grapschten verzweifelt nach irgendeinem Rettungsring. Das ist eine Katastrophe, im letzten Augenblick, als das Schiff bereits den Hafen anfährt; ich weiß nicht, ob ich meine Helden noch an Land ziehen kann. Schade.

Auch die größte Idee, der weiseste Gedanke hat nicht das Recht, langweilig zu sein.

Abends mit *G*. Er ist ein hervorragender Arzt, einer von der wissenschaftlichen Sorte. Er hat ein breites, fundiertes medizinisches Wissen. Und dazu natürlich Kenntnisse in Literatur und Geschichte. Er weiß viel mehr als mein treuloser alter Arzt, der gleichsam mit Handauflegen arbeitete, der abends, wenn er allein war, die Tür sorgfältig abschloss und am liebsten in den alten Jahrgängen des *Pesti Futár* blätterte. Aber *X*. war ja ein Schamane … *G*. ist ein Wissenschaftler. *X*. wusste vielleicht nicht, was ich habe, aber wenn er wollte, konnte er mich heilen. *G*. kann meine Krankheit genauer diagnostizieren; aber ich bin mir nicht sicher, dass er mich auch heilen kann.

Das Schamanentum ist kein leeres Wort. Es *existiert* wirklich; so etwas hat es schon immer gegeben; die Heilkunst war seit jeher ein Ritus, die Verbundenheit mit den Kräften des Himmels und der Unterwelt; und das gibt es auch heute. Es gibt solche an Wald und Wiese geschulten Ärzte; sie können heilen; dennoch empfiehlt es sich, einen guten Apotheker zu fragen, was auf dem Rezept steht.

Zähneklappernd warten die Menschen auf die Luftangriffe. Ich auch. Aber sie sind auch schon ein wenig indigniert, denn sie warten schon seit Monaten vergeblich darauf. »Na, was ist denn? …«, brummen sie seltsam gekränkt; als hätten sie für ein schreckliches und grandioses Spektakel bezahlt und ärgerten sich nun, dass die Vorstellung mit Verspätung beginnt.

Antrittsvorlesung an der Akademie. Als ich auf dem Podium stehe und meinen Text lese, langweile ich mich insgeheim ein bisschen. Aber ich bin insgeheim auch ein wenig gerührt. Es ist ja schließlich keine Kleinigkeit im Leben eines ungarischen Schriftstellers, an der Akademie der Wissenschaften anzutreten. Aber im Grunde meines Herzens bin ich erstaunt. Ich begreife nämlich nicht, wie ich dazu gekommen bin. Das begreifen auch manche anderen nicht. Es herrscht eine Art Bringen-wir-es-hinter-uns-Stimmung.

Nach meiner Antrittsvorlesung hält der Vorsitzende der Fachabteilung – ein älterer Herr, Linguist und Etymologe, den ich zum ersten Mal sehe – eine Laudatio auf mich. Das ist die prekärste Situation, die man sich nur vorstellen kann. Man wird eine halbe Stunde lang in aller Öffentlichkeit von Angesicht zu Angesicht gelobt. Die Peinlichkeit der Situation ist dadurch ein wenig gemildert, dass sich der Linguist und Vorsitzende auch streng gibt. Im Grunde sagt er: »Márai, Márai, Sie haben viel auf dem Kerbholz. Aber die

Akademie ist geduldig, die Akademie ist großmütig. Und es ist ja noch nicht zu spät.«

Am Ende drückt man mir die kanonenrohrförmige Rolle mit dem Diplom in die Hand. Dann ist das Fest vorbei, ich bin Akademiemitglied. Ich kehre mit diesem Kanonenrohr nach Hause zurück, setze mich todmüde an den Schreibtisch, starre ratlos auf meine angefangenen und abgebrochenen Manuskripte. Nun kann ich – wie jeden Tag – von vorn beginnen.

Mein Buchhändler schickt mir das Heft eines Schriftstellers namens Carl J. Burckhardt *Ein Vormittag beim Buchhändler*. Eine nur wenige Seiten umfassende prächtige Schrift, die von einem Vormittag in Paris erzählt, als es den Autor und Rilke am Quai Voltaire in ein Antiquariat verschlägt und sie erfahren, dass Ronsards Großvater Ungar war. Die Schrift ist in der Tat ein großes Abenteuer.

Vansittart kann recht haben, dass es in diesem Krieg in Europa nicht um Territorien geht; keine der alliierten Mächte will in Europa neue Territorien erobern; sie kämpfen in Wahrheit um die Seele Deutschlands. Die Germanen – so könnte man Vansittarts Überlegungen weiterführen – seien spät zur Kultur gekommen und somit nur Erben, nicht Mitschöpfer der griechisch-römischen Kultur; sie hätten ihre schweren Minderwertigkeitsgefühle stets nur durch irgendein Rollenspiel überspielen können, in der Rolle des kämpferischen oder des schulmeisterlich gebildeten, jedoch nur selten wirklich schöpferisch begabten Volkes. Diesem Volk wieder Selbstbewusstsein und seelisches Gleichgewicht einzuflößen, damit es seine vermeintliche Überlegenheit nicht in immer neuen, immer blutigeren Kriegen beweisen muss, das könnte das eigentliche Ziel der Politik nach dem Krieg sein.

Aber große Völker lassen sich keine heilpädagogischen Lektionen erteilen. Gegen das deutsche »Minderwertigkeitsgefühl« kann man nichts machen. Man kann sich dagegen wehren, das ist alles.

Ich muss auf der Jahresversammlung des Pantheon in einem großen, überfüllten Saal, dem Versammlungssaal des neuen Rathauses, einen Vortrag über Mark Aurel halten. Das ist mein letzter öffentlicher Auftritt in der Heimat – keine Bitte, kein Druck wird mich noch einmal zu so etwas bewegen können. Man kann in Ungarn nicht mehr anders als in innerer Emigration leben. Sich ganz nach innen wenden, seiner Arbeit zuwenden. In die Arbeit auswandern. Dort, im exotischen Reich seiner Arbeit sterben.

Während die anderen Ungarn und Europa plündern, verkaufen und verwüsten – bis zum letzten Augenblick Ungarn und Europa wenigstens dienen.

Das lehrt auch Pourtalès' *Wagner*. Alle Schöpferkraft in der Seele dieses Genies verwandelt sich in einen gigantischen deutschen Mythos. Es gibt eine Art Talent, das sich schließlich auch in seinem Werk stets in den Mythos flüchtet, da es die Wirklichkeit nicht erträgt; vor allem das Talent der Deutschen ist ein solches.

Ich schreibe die letzten Seiten von *Zauber*. Der Titel ist allgemein, aber es steckt darin viel von der verborgenen inneren Stimmung des Stückes.

Ich verstehe nichts von Aktien und Bruchgold – ich habe beschlossen, in dieser Zeit, da jeder sein Geld »retten« möchte, von meinem restlichen Papiergeld etwas anderes zu kaufen: Zeit. Zeit für meine Arbeit. Einem Theaterstück gebe ich ein halbes Jahr. Einem Roman ein ganzes Jahr. Und dann verwahre ich beide für die Friedenszeit, wenn es vor den Theaterkassen und Buchhandlungen keine Schlangen mehr gibt. Ich werde meine Arbeit verwahren, ihr Zeit geben und versuchen, sie später »bombensicher« zu platzieren. Das ist alles, was ich tun kann.

Raoul Alliers Buch *Kultur und Magie*. Die Widerlegung der Legende vom »edlen Wilden«. Der edle Wilde, dessen Legende von Montaigne und Voltaire in Umlauf gebracht wurde, ist in Wahrheit ein finsteres Schwein. Er ist grausam, ohne Grund, aus reinem Aberglauben. Weil er eben ein Mensch ist. Auf keiner Kulturstufe existiert, was ihre Absicht angeht, ein Unterschied im Wesen der Menschen.

Es ist interessant, was er über das melanesische Mana schreibt – den Zauber, das Übernatürliche, das der primitive Mensch seinem Glauben gemäß in den Dienst des praktischen Lebens (Rache, Opfer) stellt. Mehr dazu lesen! Bei Frazer und Lehmann.

Weihnachten. Das erste Weihnachten, an dem ich nicht wie sonst seit meiner Kindheit von meinen Gefühlen überwältigt werde. Ich bin ruhig und gut gelaunt und freue mich über die Geschenke, darunter ein Miniaturradio, das nicht größer als ein Fotoapparat ist, keine Antenne benötigt und die Welt überall empfangen kann, wo es einen Stromanschluss gibt. Das ist das größte Wunder des Jahrhunderts – noch rätselhafter und unheimlicher als das Flugzeug. In zehn Jahren werden wir Radios von der Größe und Form einer Armbanduhr am Handgelenk tragen.

Unter den Geschenken ist auch der große Frazer, *The Golden Bough*. Die ganze Sagenwelt der primitiven Völker des Stillen Ozeans, die Geschichte der Quacksalberei, Hexerei und Fetische. Ich freue mich darauf wie das Kind auf ein Bilderbuch.

Ich gehe früh zu Bett, die gute Laune hält an. Wir hatten dieses Jahr – zum ersten Mal in meinem Leben – keinen Weihnachtsbaum, da diese empfindsame Ware infolge von Krieg und Spekulation vom Markt verschwunden ist. Noch nie hatte ich ein so ruhiges, heiteres, zufriedenes Weihnachten wie in diesem Jahr ohne Weihnachtsbaum. Alles ist anders.

Am zweiten Weihnachtstag spreche ich im Radio über Goethe. Was gibt es über Goethe noch zu sagen? … Und doch, über Goethe kann man immer etwas sagen. Ich habe das Gefühl, dass ich das sage, was gesagt werden muss; unvorbereitet und doch selbstsicher trage ich die vertraute Lektion vor, wie jemand, der in seinem Lieblingsfach geprüft wird.

Wird das kommende Weihnachten womöglich kein Weihnachtsfest mehr sein? Ich weiß es nicht. Ich glaube es nicht. Der Verstand wird am Ende vielleicht doch stärker sein als die revoltierende Instinktwelt.

Eine posthume Essaysammlung von Zweig; Stockholmer Ausgabe. Jene Art Buch, die die Witwe und der Verleger eines Schriftstellers nach seinem Tod aus der Schublade, aus alten Zeitungen und vergessenen Zeitschriften zusammenkratzen. Und der Autor hat keine Zeit und keine Möglichkeit mehr, die Spreu vom Weizen zu trennen.

Zweigs Werk hätte eine solche Auswahl besonders nötig gehabt. Er hinterließ einige Novellen von dramatischer Kraft.

Lorris' Bemerkung über jene Leser, die *Les Faux-Monnayeurs*, Gides *roman pur*, falsch gelesen haben: Es gibt nicht nur schlechte Schriftsteller, nein, auch schlechte Leser.

M. J. möchte einen Roman über Dantes Frau schreiben; was für ein Thema in der Hand eines Schriftstellers! Zur Sicherheit lese ich die entsprechenden Passagen in Boccaccios und Luigi Brunis Dante-Biografien.

Gemma Monna, Frau Dante, blieb in Florenz, als der Dichter, dessen Eitelkeit ihresgleichen suchte – ein großes Wort, aber der Vorwurf wird von beiden Biografen erhoben! –, ins Exil geschickt wurde. Boccaccio bemerkt hinterlistig, Dante sei zweifellos ein großer Schriftsteller, aber nicht nur Bice in himmlischer, sondern auch kropfigen Frauen, ja Frauen allgemein, in allzu irdischer Liebe zugetan gewesen. Von Ehen, vor allem denen der Dichter und Geistesmenschen, habe er die allerschlechteste Meinung gehabt: Sie kosten Geld, nehmen dem Dichter den Zauber des Alleinseins und so weiter. Luigi Bruni tadelt Boccaccio für diese Ansichten, vom Vorwurf der Eitelkeit spricht er Dante aber auch nicht frei.

Und das alles in einem flotten Stil, am Anfang des vierzehnten Jahrhunderts! Wie die Bourbonen haben auch die Schriftsteller nichts hinzugelernt, nichts verlernt.

Es gibt keinen »reinen Roman«. Es gibt nur romanhafte Romane.

Großzügig sein, nicht nur in unseren wesentlichen Handlungen, auch in der Alltagssprache. Niemals, nicht einmal um eines gelungenen Scherzes willen, die Verdienste eines anderen herabsetzen. Großzügig sein bis zum Äußersten, selbst den Kretins gegenüber.

Silvester. In den Kirchen bleiche Menschen. Die Zeit wendet sich, die Zeit des Krieges ist gesättigt, das neue Jahr wird die Veränderung bringen. Aber die Menschen werden sich nicht ändern. Die Lebensformen gewiss.

Dieses Jahr hat mir eine schwere Krankheit gebracht; die Krankheit hat mich gelehrt, dass ich sterblich bin: Ich habe das nicht nur verstandesmäßig, sondern mit dem Bewusstsein meines ganzen Körpers begriffen. Aber es gibt auch die Gnade.

1944

This above all, ja: Sich selbst treu bleiben. Wie leicht wäre das, wenn man es nur zuließe, und wenn ich nur wüsste, wer ich bin.

Ich schreibe Gedichte. Zum ersten Mal seit zwanzig Jahren.

Lektüre am Neujahrstag: József Révay, *Spaziergänge im römischen Ungarn*.

Das Thema des Buches ist fesselnd, gerade heute. Wie alt ist diese Scholle, auf der ich lebe? Genauso alt wie die Erinnerung an die Menschen, die es durchstreift haben. Kelten, Markomannen, Jazygen, Römer, ihr Bewohner von Carnuntum, Scarbantia, Savaria, Aquincum, wo seid ihr? – könnte ich als treuer Schüler Mark Aurels fragen. Wie viele und wie unterschiedliche Schicksale birgt dieses alte Land, das Land Pannoniens und Dakiens? Wie vielerlei Arten von Kulturen? Ja, es ist ein altes Land. Auch mich wird seine Erde einst bedecken; ich werde nicht allein sein und vielleicht nicht einmal in schlechter Gesellschaft.

Schreiben wie ein Verurteilter, der vor der Hinrichtung mit dem Recht des letzten Wortes spricht? Nein, das wäre übertrieben. Schreiben kann man nur unter den Bedingungen des Schreibens und nur, solange diese Bedingungen gelten. Also nicht im Bewusstsein der »Zeitenwende« schreiben. Im Bewusstsein alles dessen schreiben, was du über das Schreiben, den Stil, die menschlichen Dinge weißt; also einfach wie auch gekünstelt, als sei es dein letzter Augenblick, aber auch als hättest du noch ganz viel Zeit: mindestens so viel, wie nötig ist, um das, was du zu sagen hast, nach allen Regeln des Schreibens zu sagen. Anderenfalls solltest du nicht schreiben, höchstens Flugblätter.

Mein Hund Jimmy hat am Morgen eine schwere Herzattacke, wir rufen den Arzt, er bekommt eine Spritze und beruhigt sich. Davor ringt er stundenlang röchelnd mit dem Tod. Seine Schnauze verändert sich genauso wie das Gesicht eines Sterbenden: Die Nase wird auffallend lang, sein Maul färbt sich an den Rändern blau, auf der liebenswerten Hundeschnauze macht sich das Facies hippocratica breit. Er kann sich wegen der Schmerzen, die ihm die Atemnot und die Erstickungsanfälle bereiten, nicht setzen, steht nur stundenlang da und röchelt ... Ich habe das schon oft gesehen. So starb mein Vater, so mein Sohn.

Wie schwer ist es doch zu sterben!

In Ungarn gibt es keinen Salon und keine wirkliche Gesellschaft; es gibt nur arglistig grinsende Klassen und ein Gesellschaftsleben, das meist eine hinterhältige Variante des Klassenkampfes ist. Deshalb bleibt einem Schriftsteller nichts anderes übrig, als in die Einsamkeit zu emigrieren, in die dichteste, bewussteste Einsamkeit. Wer das nicht tut, findet sich eines Tages auf den Barrikaden wieder oder – schlimmer noch – in einem literarischen Café.

Ich habe den Roman *Die Schwester* begonnen; ich fühle, dass es seit Jahren mein erster wirklicher Roman ist – auch der Gattung nach ein Roman – und dass ich darin alles sagen kann, was ich heute zu sagen habe.

Das Problem mit der »ersten Person Singular« in einem Roman ist, dass sie eine fromme Illusion bleibt. Es gibt keine erste Person Singular, es spricht stets der Roman, wenn es ein echter Roman ist; ob durch die Maske des Schriftstellers oder durch die des Romanhelden, spielt keine Rolle.

Die Russen, der Bolschewismus, die Verantwortung des Einzelnen ... Also gut, antworten wir.

Ich habe nie andere für mich arbeiten lassen, nie vom »Profit« der Arbeit anderer gelebt. Ich habe nur mich selbst arbeiten lassen, von früh bis spät, und nie einen Heller bekommen, den mir das Publikum nicht aus freien Stücken für meine Arbeit bezahlt hätte. Das ist die Wahrheit. »Ausbeuter« bin ich also keiner.

Ich habe mit meinen Schriften »nicht der Sache der arbeitenden Massen gedient«? Eine große Frage. Ich konnte mit meinen Schriften nur dadurch der Sache der Arbeiter dienen, dass ich sie genau so schrieb, wie ich sie geschrieben habe. Ich hatte keine Wahl, da ich sonst die Literatur verraten und dadurch meine Leser getäuscht hätte. Die Sache der arbeitenden Massen besteht darin, ein Gesellschaftssystem zu schaffen, das ihnen die Mittel und den Zugang zur Literatur sichert; das ist die Aufgabe von Politikern, den Führern der Massen.

»Ich bin ein bürgerlicher Schriftsteller.« Das stimmt. Ich wurde in eine bürgerliche Familie hineingeboren, genoss eine bürgerliche Bildung. Aber das europäische Bürgertum hat der Menschheit sehr viel gegeben. Geht diese Schicht unter, will ich mit ihr untergehen.

Die Neujahrsausgaben der französischen Blätter zitieren an prominenter Stelle jenen Abschnitt meines »Flugblatts«, in dem ich auf die Rolle Frankreichs in Europa eingehe. Ich stehe zu jeder Zeile, jetzt und in der Zukunft. Die Rolle der

Franzosen ist nicht der Imperialismus, sondern die geistige Führung. Ihre Aufgabe ist keine quantitative, sondern eine qualitative.

Vielleicht wird man einmal auch in Ungarn begreifen, was ich mit dem »Flugblatt«, für das mich die mit totalitären Ideen liebäugelnden Pfeilkreuzler fast erschlagen hätten, sagen wollte. Ich wollte zum Ausdruck bringen, dass im zukünftigen Europa auch Ungarn nur mit einem hohen Qualitätsanspruch wird leben und überleben können; wir haben nicht die Möglichkeit, mittelmäßig zu sein. Aber was für Bauchschmerzen das den hiesigen Interessengemeinschaften bereitet hat, die so gierig vom Mittelmaß profitierten!

Neujahrstag, an dem niemand ein »neues Leben« beginnen will; man ist schon froh, sein altes fortsetzen zu können.

Was wäre, wenn ich die Schankerlaubnis beantragte und tatsächlich eine Weinschenke eröffnete mit dem Gasthausschild: *Weinschenke zum Verrat der Intellektuellen?* …

Eines ist gewiss: Es wäre die einzig angemessene Antwort auf all das, was dieses Land seinen Geistesmenschen angetan hat.

Vergessen wir nie, dass eine entfesselte Bürokratie den toten Tolstoi folgendermaßen etikettiert seiner Familie zurückschickte: *Adresse: Familie Tolstoi. Verpackung: Kiste. Inhalt: Eine Leiche.*

Mark Aurel, edler, großer, treuer Freund. Du »menschlicher Kaiser«, wie Herder dich nannte, du bist meine größte Stütze in dieser unheimlichen Zeit! Die Welt ist heute genauso im Wandel begriffen wie zu deiner Zeit: Auch heute geht eine Lebensform zugrunde, die wesentlich auf Kultur gründete. Das kann man nur aus menschlichem Blickwinkel mit ansehen und ertragen, so wie du es mit angesehen und ertragen hast: geduldig, verständnisvoll, zurückgezogen ins Innerste der Seele, den Körper und das Schicksal den Mächten der Welt überlassend, die Seele und die wahren Absichten für sich bewahrend.

Maugham schreibt in seiner Autobiografie, er sehne sich zuweilen genauso nach dem Tod wie in seiner Jugend nach den Armen seiner Geliebten. Ich glaube, dieses Bekenntnis ist aufrichtig. Je mehr man über das Leben weiß, je mehr man gelebt hat, umso beängstigender kommt es einem vor. Im innersten Bewusstsein aller Lebewesen wohnt die Angst. Für den Menschen ist die Welt ein Ort besonders großer Angst, noch viel beängstigender, als sie für die Tiere sein mag, deren Bewusstsein ohnehin mit dem wilden Zauber der ständigen Gefahr lebt. Leben bedeutet, sich der wimmernden Angst eines zwischen den hoffnungslosen Polarsternen von Geburt und Tod sinnlos zappelnden Lebewesens bewusst zu werden. Was bleibt einem anderes übrig? Es gibt keinen Ausweg. Wer lebt, muss fortwährend Angst haben. Er kann diese Angst durch sein Verhalten überspielen; an seiner inneren Beklemmung wird eine solche Protzerei nichts ändern.

Wer sich vor der Angst in den Tod flüchtet, muss nicht unbedingt ein Feigling sein. (Und selbst wenn er es wäre! …) Rast machen, im Durcheinander der schrecklichen und verwirrenden Missverständnisse zur Ruhe kommen: Das, nichts anderes, ist der Tod. Immer öfter sehne ich mich nach ihm.

Aber es ist immer wieder beruhigend zu wissen, dass ich nicht einen einzigen Schritt auf ihn zugehen muss; er ist da, ganz nah, er weiß, wann es an der Zeit ist, seine Hand auf meine Schulter zu legen. Dieser eine Freund bleibt einem immer treu.

Basic English ... eine Methode, der Welt eine gemeinsame Sprache zu geben, ein achthundert Wörter umfassendes gemeinsames Gestammel, damit sich die Menschen beim Turmbau von Babel miteinander verständigen können!

Ein Europäer glaubt nicht an diese Methode. Und auch an alle anderen nicht, die das europäische Babel abbauen wollen. Dieser tragische Sprachunterschied ist der Sinn unseres Lebens. Ja, auch unser Verhängnis. Ohne eine gemeinsame Sprache gibt es kein gemeinsames Europa. Das letzte Band, das die europäische Kultur zu einer Art geistigen Einheit zusammengefasst hatte, war das Latein. Dieses Band ist gerissen, zerrissen durch nationalen Ehrgeiz. Ohne eine gemeinsame Sprache gibt es kein Europa, es gibt nur Nationen, die sich in vierzig Sprachen hassen.

Am Vormittag gibt es einen langen Luftalarm, zudem habe ich eine Nikotinvergiftung – beides zusammen ist überaus unangenehm. Man kann alles ertragen, was einem das Schicksal auferlegt, aber man sollte die schweren Prüfungen der Geschichte nicht noch aus eigenem Antrieb – etwa durch eine Nikotinvergiftung – verschlimmern.

Den Menschen noch geduldiger zuhören, auch den Gegnern, allen, die anders denken, als dir richtig erscheint. Auch jenen geduldig zuhören, die – im Affekt oder aus Unwissenheit – gegen ihre eigenen Lebensinteressen reden, handeln, leben. Erstens, weil nicht sicher ist, ob sie nicht doch recht haben. Zweitens: Finde dich damit ab, dass Menschen auch anders glücklich und unglücklich werden wollen, als dir richtig erscheint. Die Menschen haben auch das Recht, zugrunde zu gehen. Hilf ihnen und dir selbst, wenn du kannst, aber sprich ihnen dieses Recht nicht ab.

Wird es uns gelingen, aus Ungarn ein Schweden oder ein Dänemark zu machen, oder wird es zu einer Art Mazedonien werden? Haben wir die Zeit und die Menschen, um es zu einem Schweden oder einem Dänemark werden zu lassen? Das ist die Frage.

Die Verbreitung des Nazitums in Ungarn verhinderten lange Zeit rund dreihundert Menschen, unter ihnen einige alte Aristokraten. Aber diese Garnitur eignet sich nicht dazu, auch die Balkanisierung Ungarns zu verhindern. Dazu wäre nur ein selbstbewusstes, gebildetes Bürgertum in der Lage, also ein Menschentyp, der bei uns völlig fehlt. Die Antiselektion der letzten fünfundzwanzig Jahre hat alle Versuche, eine demokratische Mittelklasse heranzuziehen, bewusst vereitelt – alle, die sich für eine demokratische Erziehung aussprachen, galten als verdächtig, standen in jüdischem Sold oder waren heimliche Bolschewiki. Genau diese Schicht fehlt uns heute.

Während des Alarms arbeite ich an meinem Roman, erfülle mein literarisches Tagespensum – und versuche es getreulich und demütig zu tun, also nicht übermütig und auch nicht theatralisch wie jemand, der die Gefahr missachtet und sich »bis zum letzten Augenblick über seine Arbeit beugt«, nein. Natürlich ist auch mir bange, fürchte auch ich mich vor den Folgen und mag die dreisten Helden nicht, die Archimedes spielen, deren Kreise von möglichen Bomben gestört werden. Es geht einfach darum, dass Warnungen vor einem Luftangriff im Radio – die diesmal zum Glück noch keine Bombardierung bedeuteten – auch zwei Stunden dauern können, und wenn ich diese zwei Stunden am Vormittag nicht arbeite, ist mein Arbeitspensum an diesem Tag verloren. Und so viel Zeit bleibt mir vielleicht gar nicht mehr: Ich möchte diesen Roman, den ich – im Gegensatz zur *Möwe* letztes Jahr um diese Zeit – mit echter Lust begonnen habe, zu Ende führen. Das ist der einzige Grund für mein Verhalten. Alles andere ist Eitelkeit oder Hysterie.

Am Vormittag Abrechnung bei meinem Verleger. Bücher sind jetzt gesuchte Artikel – nicht nur als Lektüre und Erlebnis, sondern auch als einfache Ware, die man in Ermangelung anderer Waren kauft –, und man überweist mir für meine Arbeit im vergangenen Jahr eine anständige Summe, von der ich ein Jahr lang leben könnte. Von dieser Summe gehört mir kein Cent; sie nehmen mir in Form von Steuern alles weg, besonders jetzt, da sie den Einfall hatten, sechs Jahre rückwirkend eine »Kriegsprofitsteuer« zu erheben. Ich habe zwar keinen »Kriegsprofit« gemacht und keinen Cent verdient, den mir nicht das Publikum aus freien Stücken für meine Arbeit bezahlt hätte; aber das spielt keine Rolle. Es zählt auch nicht, dass ich alle meine Steuern der letzten sechs Jahre schon einmal pünktlich bezahlt habe. Entscheidend ist, dass der Staat mir mein ganzes Gehalt wegnimmt und ich für den Krankheitsfall und fürs Alter nicht vorsorgen kann – er bestraft mich dafür, dass ich in den letzten Jahren fleißig war, gearbeitet, meine Einkünfte zu einhundert Prozent angegeben und meine Steuern bezahlt habe. Das ist die Wirklichkeit. Das alles gibt mir zu denken, besonders jetzt, da die Bolschewiki dreihundert Kilometer von der ungarischen Grenze entfernt stehen.

Ich muss also von dem leben, was ich irgendwie von meinen Einkünften abzwacken kann; achtzig Prozent meines Gesamteinkommens geht in Steuern und allgemeine Abgaben, und das, was übrig bleibt, ist mit unzähligen familiären und gesellschaftlichen Verbindlichkeiten belastet. Ich überdenke das alles und bin plötzlich gut gelaunt. Es ist klar, dass der Kapitalismus in seiner vertrauten Form am Ende ist; und das ist nicht schlimm. Wir werden von der Hand in den Mund leben, so gut es geht, möglichst heiter und unbekümmert, und nur solche Arbeiten annehmen, die einem Schriftsteller auch Vergnügen bereiten. Das wäre so weit in Ordnung – nur wird sich in dieser Gesellschaft, in der ich nicht die Möglichkeit habe, für den Fall von Krankheit, Alter oder Erschöpfung vorzusorgen, keiner um mich kümmern, wenn diese Unglücksfälle eintreffen; und das ist schon weniger tröstlich. Und was glauben sie eigentlich, was passieren wird, wenn die Masse der Menschen den Eindruck gewinnt, dass Eigeninitiative etwas ist, was der Staat bestraft?

Aristophanes, *Die Vögel*. Die Übersetzung von János Arany ist nicht nur wunderbar, sondern auch getreu und makellos: Gerade deshalb ermüdet mich die Lektüre. Eine solch getreue Wiedergabe ist nützlich im philologischen Seminar, stört jedoch beim Lesen. Es kommt nicht darauf an, dass der Übersetzer die Bedeutung jeder Metapher, jedes Wortspiels, jeder belanglosen geografischen oder geschichtlichen Anspielung klärt, aufdeckt, umfassend erläutert. Viel wichtiger ist, dass die heitere Karikatur, die *Die Vögel* ja sind, ohne inneren Bruch, in der Vermittlung eines großen Dichters, den Leser erfreut und unterhält. Auch das kann übersetzerische »Treue« sein – und eine große Wohltat für das Original, da mir die ungarische Übersetzung nicht als einbalsamierte Mumie, sondern als lebendiges Meisterwerk überreicht wird.

Goethes Maximen, Xenien … wie wenn man aus einer sumpfigen Gegend durch Zauberkraft auf einen Berggipfel hinaufgelangt und klare Luft einatmet. Ein paar Atemzüge in der Atmosphäre dieses Geistes, und ich bin dem Sinn des menschlichen Schicksals näher; und ruhiger.

Er wusste, dass es etwas Göttliches in uns gibt. Aber er wusste auch: *»Ein jeder schnüffelt nach dem eigenen Furz.«*

Die Vögel wirken beängstigend treffend und aktuell. Als Pisthetairos, der Herr des Wolkenkuckucksheims, Zeus droht:

»Werd' ich sein Marmorhaus …
Durch blitzumkrallende Adler niederäschern!
Porphyrionen schick' ich in den Himmel
Nach ihm, beschwingte, pardelfellumhüllte,
Mehr als sechshundert …«

muss man unweigerlich an ein zeitloses Zusammentreffen von menschlicher Phantasie und Wirklichkeit denken. Ich lese diese Passage zu später Stunde; am Morgen erfahre ich, dass just zu jener Stunde »Porphyrionen … mehr als sechshundert« Luftangriffe auf Sofia geflogen haben.

Habe ich Angst? Vor mir selbst noch immer mehr als vor den Bomben. Gott, du himmlischer Geist, gib mir Kraft, redlich, gerecht und unverzagt zu sein.

Und was wäre, wenn du dich plötzlich in der Zeit niederstrecktest und alles geschehen ließest? …

Aristophanes, *Die Ritter*.

Die Art und Weise, dieses hektische, ständig wechselnde Versmaß zu lesen, will erst gelernt sein; man darf es nur *laut*, gleichsam maskiert lesen, wie wenn jemand auf einer griechischen Bühne die wechselnden Strophen skandiert. Denn sonst bleibt sein Sinn dürftig: Es gibt nur wenige antike Schriftsteller, bei denen auch das Spiel, die Vorstellung, das Versmaß so aussagekräftig ist wie der Sinn der Worte.

Scheußliches, quälendes Ohrensausen, das mich stundenlang nicht einschlafen lässt und dann abrupt verstummt. Nikotin? Blutdruck? Nervöse Anspannung? Vermutlich alle drei zusammen.

Dank Mark Aurel, meinen vierundvierzig Jahren und meinem begrenzten Vertrauen zu Ärzten: Um wie vieles geduldiger ertrage ich jetzt alles, was mir die Natur auferlegt!

Ein Herr sucht mich auf und bietet mir eine hohe – für meine Verhältnisse außergewöhnlich hohe – Summe, wenn ich einer Verfilmung meines Romans *Die Glut* zustimme. Natürlich stimme ich nicht zu, da selbst ich nicht mehr in der Lage bin, die ganze Wahrheit zu schreiben, und mir daher vorstellen kann, was sie in ihrer Verlogenheit aus dem machen würden, was nicht einmal ich zu sagen vermochte!

Sándor Eckhardts auf Französisch erschienenes Buch über die geschichtlichen und literarischen Beziehungen zwischen Ungarn und Frankreich; über die Füße von Béla III. und Ronsards Abstammung. Ronsards ungarische Abstammung ist – mag der französische Bouquinist in Burckhardts Buch Rilke erzählen, was er will – höchst ungewiss; der Großvater war möglicherweise Ungar, möglicherweise aber auch Rumäne, Mähre oder Bulgare. Und möglicherweise hat Villon etwas aus den Kutschen der ungarischen Botschaft in Paris gestohlen, als die ungarischen Herren in König Wladislaws Auftrag auf Brautwerbung nach Tours fuhren.

Gewiss gab es im Mittelalter und in der Renaissance eine Beziehung zwischen beiden Völkern; sie wussten voneinander; die Ungarn hatten einen guten Ruf, einen ganz anderen als noch zur Zeit der *sagittis hungarorum*. Man wusste im Ausland, dass die Ungarn eine kämpferische, reiche und bildungshungrige Nation waren. Wenn wir bedenken, unter welchen Umständen sie das waren, muss man sich wundern, dass sie es überhaupt waren. Und diese »Nation«, die so war, bestand zu Ronsards Zeit aus dreihundert, heute aus dreitausend Menschen.

Es gibt in Ungarn nicht zwei Arten von Menschen, es gibt keine rechte und linke Elite. Es gibt nur *eine* Art Mensch, und wenn diese wenigen Menschen in Internierungslager gebracht werden, hat das Land für eine sehr lange Zeit aufgehört, ein organischer Bestandteil Europas zu sein.

Ein Herr gibt ein Zimbalkonzert an der Musikakademie. Seine Bemühungen sind rührend. Die Vorstellung ist exotisch, etwa so, als zupfte ein Japaner alte französische Melodien auf irgendeinem Saiteninstrument. Nicht umsonst wurde das Zimbal als Begleitinstrument konzipiert. Sein Klang ist kalt, und es verfügt über erstaunlich wenige Töne; die Tonskala einer viersaitigen Violine ist unbegrenzt, die Anzahl der Töne eines Zimbals mit vielen Saiten hingegen ist genauso begrenzt wie bei einem Spinett. Dieses »ungarische Klavier« kann nur eine Musik hervorbringen, die zur ungarischen Stimmung passt. Der Künstler spielt darauf auch Bach; ich höre zu und bleibe kalt. Auf diesem ungarischen Instrument kann man leider nur eine Art Melodie klimpern. Lasst uns die Melodien und Instrumente nicht vermischen. Diese Sprache hat keinen Dante und auch keinen Shakespeare, und das hat seinen Grund. Aber sie hat einen János Arany, einen Vörösmarty, einen Kosztolányi. Und das ist eine Menge.

Stets die Wahrheit schreiben. Aber kann ein Schriftsteller stets die Wahrheit schreiben? Es ist schließlich sein Beruf, etwas zu »erdichten«; er erfindet Geschichten, schmückt die Details aus, ergänzt sie, fügt etwas hinzu, vervollkommnet sie. Die Wahrheit im Sinne des Standesregisters kann er nicht schreiben, das wäre keine Literatur, nur Wiederholung und Langeweile.

Aber er wird immer die Wahrheit schreiben, solange er der Vision treu bleibt. Jener Vision, die durch seine erdichtete Fabel hindurchschimmert. Das ist die Wahrheit des Schriftstellers: die Treue zu seiner Vision. Alles andere ist nur Befund und Reportage.

Die meisten Wesen: Schriftsteller, Leser, die Lebewesen, unter denen ich leben muss, sind wie Tiere. Ja, schlimmer als Tiere; sie sind auch boshaft, taub für alles, was schön und sittlich ist.

Da es nun einmal so ist, versuche ich großmütig unter ihnen zu leben. Zweifellos habe auch ich viel Tierisches, Gemeines in mir. Das ist ein Grund mehr, großmütig zu sein, unauffällig und ohne viel Aufhebens, ihnen immer wieder ihre kindische Grausamkeit, wirre Niedertracht, plumpe Sentimentalität, ihr verlogenes Pathos nachzusehen. Du musst so taktvoll und großmütig sein, dass sie deine Gefühle gar nicht erahnen, wenn du nachsichtig gegen sie bist, wenn du großmütig unter ihnen weilst.

Wilde Träume. Und ich erwache ausgeruht. Fremde und Bekannte halten mich auf der Straße an und gratulieren mir missmutig: »Du siehst gut aus.« Der Neid ist die organische Krankheit dieser Stadt. Wer hier lebt, erträgt es nicht einmal, einen anderen in halbwegs guter körperlicher Verfassung zu sehen, ohne vor Neid gelb zu werden.

Mit meinem Hund Jimmy geht es zu Ende. Sein Körper ist voll Wasser, er kann nicht mehr Treppen steigen, wartet geduldig, dass wir ihn auf den Arm nehmen und hinauftragen. Wir stärken sein Herz mit Koffein. Ihm bleiben vielleicht nur noch Tage. Er ist geduldig, kommt immer wieder an mein Bett, hebt seine weiße Schnauze und wartet, dass ich ihn streichle. Das tut ihm gut. Nur die Liebe hält ihn noch am Leben. Er geht mit bedächtigen Schritten hin und her, lauscht. Er versteht nur so viel, dass jetzt etwas Großes und Ernstes mit ihm passiert. Das Größte, was mit einem Lebewesen passieren kann. Ab und zu bellt er, heiser und müde. Sonst lauscht er nur. Er wartet auf etwas, bereitet sich darauf vor.

Eines ist schwer zu verzeihen: die Ungenauigkeit, die Unordnung. Ordnung ist Moral. Wer in diesem oder jenem nicht genau ist, ist letztlich in nichts genau, also in nichts moralisch. Aber so sind sie nun einmal, unordentlich und ungenau. Auch das muss man ertragen.

Rimbaud, auf Ungarisch. Ein kleines Buch, erschienen in Debrecen. Vielleicht ist es gerade deshalb so rührend: Im feisten, tauben Debrecen, dieser soliden und sturen Awarenhochburg, wohnt ein Geist, der der wunderbaren, düster-verspielten, tragischen Existenz und Dichtung dieses wilden Geniebengels Ausdruck verleihen will. Immer und überall lodert das Wunder auf: zum Beispiel Rimbaud, auf Ungarisch, in Debrecen.

Abends ein Gespräch mit *T.*, dem Arzt. Ist es schwer zu sterben? … Nicht so leicht, wie man glaubt.

Zudem gibt es den Augenblick: »Jetzt ist er gestorben« in der Praxis nicht. Man stirbt nicht auf einmal. Das Sterben ist das aufeinanderfolgende Aussetzen bestimmter Lebensfunktionen. Erst hört der Augenreflex auf, dann setzt das Atemzentrum aus, dann das Herz. Das alles geschieht der Reihe nach, nicht auf einmal, sondern eines nach dem anderen. Es dauert nicht »lang«, aber – für den, der stirbt – gewiss auch nicht kurz. Es ist ein Prozess, der sich nicht mit dem Zeitmaß des Lebens messen lässt. Es ist die Zeit des Todes.

Bei Veronal beträgt die tödliche Dosis zehn Gramm. Bei Morphium zwanzig, dreißig Zentigramm. Die Lähmung des Atemzentrums setzt bei beiden nach einer halben Stunde ein, die vollständige Absorption kann bis zu zehn, zwölf Stunden dauern. (Ich brauche das alles für *Die Schwester*.)

Abends, beim Abendessen mit *X.*, der direkt vom Leichnam seines Vaters kommt; der Vater ist tags zuvor gestorben, an Gehirnthrombose. *X.*, den ich erst an dem Abend kennenlerne, wirkt ganz gelöst, redet in einer Art Trance. Sein Vater war Lehrer; der Junge beschuldigt die Welt, für den Tod seines Vaters verantwortlich zu sein; sie habe die Ideen seines Vaters nicht verstanden und ihn verfolgt. Das ist vermutlich übertrieben. Jeder wird heutzutage von irgendeinem verfolgt; eine Gehirnthrombose kann natürlich, muss aber nicht die Folge einer überspannten Nervenverfassung sein. Mein Hund Jimmy hat sich nie mit Politik oder weltanschaulichen Problemen befasst, bekam aber doch Kreislaufstörungen und wurde herzkrank.

Nein, diese gelöste, redselige Erregung ist eine Art Rausch; so redet nur ein Mann, dessen Vater eben gestorben ist. Es ist der Rausch der großen, schmerzvollen Befreiung aus einer Vater-Sohn-Beziehung. Aber sagen kann ich ihm das natürlich nicht, denn davon abgesehen trauert er wirklich aufrichtig.

Hunde verenden schon an einer minimalen Dosis Strychnin oder Arsen – aber sie vertragen Unmengen Morphium oder andere Alkaloide. Man benötigt achtzig Zentigramm, also das Fünffache der für den Menschen tödlichen Dosis, um einen kleinen Hund umzubringen.

Jimmy röchelt und pfeift schon seit Tagen, »sein Zustand ist hoffnungslos«. Manchmal bin ich dieses medikamentös behandelten hoffnungslosen Hundesterbens schon müde; aber *L.* wacht über das erlöschende Hundeleben bis zum letzten Augenblick, lässt es nicht verglimmen. Und sie hat recht. Jimmys Leben hat seine eigenen Gesetze, nach denen er lebt und stirbt; wir haben kein Recht, in diese Gesetze einzugreifen, bevor sein letzter Augenblick gekommen ist. Wir müssen den traurigen Anblick seines Sterbens ertragen, den schweren Dienst an ihm auf uns nehmen. Das ist unsere Pflicht. Denn nicht nur der Mensch hat mit Gott einen Vertrag geschlossen, nein, auch der Hund mit dem Menschen.

Man muss nicht »verständliche« Gedichte schreiben. Man muss wunderbare Gedichte schreiben, poetische. In Gontscharows *Oblomow* ertappt der Held seinen Diener beim Rezitieren von Gedichten. »Verstehst du die Gedichte?«, fragt er ihn spöttisch. »Verstünde ich sie, wären sie keine Gedichte«, erwidert der Diener. Eine perfekte Antwort und wahr.

Vor dem Einschlafen, aufs Geratewohl, nach Langem wieder einmal Proust. Anfangs lese ich zerstreut, unaufmerksam, doch auf einmal packt mich die geheimnisvolle Kraft, die dieses Werk geschaffen hat. Denn nicht nur die Inbrunst seiner Kunst, auch die schiere Größe, das bloße Material, die Millionen Buchstaben bedurften einer göttlichen Kraft. Nicht nur die wunderbare, empfindsame Seele, auch der schwache, kranke Körper konnte das Tempo mitgehen. Ich muss mich in solchen Momenten immer schämen. Es gibt keine Ausreden, keine Schlupflöcher – Krankheit, Weltkrieg –, alles ist zu wenig, wenn die Pflicht der Arbeit ruft. Proust ist das Vorbild und mit ihm alle anderen.

In der Nacht nach der ärztlichen Untersuchung erkranke ich an »Grippe«. Sie bricht anfallartig aus, wie eine akute Vergiftung. Um vier Uhr nachts erwache ich mit Schüttelfrost und 38,6° Fieber. Um sechs Uhr früh ist das Fieber gleich hoch; Unwohlsein, Schwindelgefühle, Schüttelfrost, Ohnmachtsanfälle. Um sieben Uhr kommt G. vorbei, untersucht mich; er gibt mir Zäpfchen und macht mir einen feuchten Brustwickel; wenn bis zum Abend keine Lungenentzündung ausbricht und ich danach vier, fünf Tage geduldig das Bett hüte, könnte ich den ersten Anfall abwehren, sagt er. Es grassiere seit einer Woche eine Epidemie in der Stadt, doch Komplikationen habe es bis jetzt kaum gegeben. Sie trete wie eine Vergiftung auf, und das sei sie auch: eine Virusinfektion. Sie begänne dramatisch, man nenne sie »englische« oder auch »schwedische« oder »ukrainische« Grippe.

Beim Ohrenarzt. Das Ohrensausen kann eine Folge von Polyneuritis sein; leise gesprochene einzelne Wörter kann ich nur schlecht hören. Das ist ziemlich beunruhigend. Bleib geduldig, fürchte dich nicht, bleib demütig und gläubig; alles hat einen Sinn.

Ich nutze die Zeit der Krankheit für die nötigen Streichungen im *Zauber*. Eine anstrengende Arbeit. Ich muss etwa ein Drittel des gesamten Manuskripts (140 Seiten) löschen, damit das Stück räumlich und zeitlich auf die Bühne passt. Ich verrichte diese Arbeit gnadenlos, lasse keinen Stein auf dem anderen. Nun, so scheint mir, kann ich es für die Bühne freigeben.

Um einen »schönen Satz« darf es einem nie leidtun; das Geheimnis lautet: alles streichen, alles löschen, was die Handlung auf der Bühne nicht wenigstens einen Millimeter voranbringt, was ein bisschen vage, »nur schön« ist. Die

Bühne verträgt einen solchen Luxus nicht. Streichen und nochmals streichen, und wenn es noch so sehr schmerzt.

Alles ist möglich. Jetzt messen sich nicht mehr menschliches Wollen, sondern Weltkräfte.

Stunden, in denen ich einer völligen Verwirrung anheimfalle: Was mache ich eigentlich? Hat mein Schreiben irgendeine zwingende Bedeutung? Oder ist es nur ein Zeitvertreib oder, schlimmer noch, gar Broterwerb? Die gewerbliche Verwertung eines Talents, der Fähigkeit, sich auszudrücken? Oder ist das Ganze nur eine Passion, um die Langeweile des Lebens zu vertreiben, irgendeine Neurose abzureagieren? Hat irgendetwas von dem, was ich bisher gemacht habe, den Menschen je etwas gesagt? Erfolg beweist gar nichts. Gut, Erfolglosigkeit auch nicht.

Und arbeite ich nach irgendeinem großen, bewussten Plan? Ich glaube nicht. Ich arbeite so, wie ich lebe. Und das tröstet mich. Mein Leben und meine Arbeit lassen sich nicht voneinander trennen. Beide sind ein und dasselbe, beide bilden die organische Voraussetzung für das jeweils andere. Ich kann mich aus dieser Arbeit weder in einen anderen Beruf noch in den Ruhestand »zurückziehen«; ich kann mich nur ins Grab zurückziehen. Mir bleibt also nichts anderes übrig, als meine Arbeit fortzusetzen, ihr möglichst meine ganze Kraft und ganze Aufmerksamkeit zu widmen, möglichst hoch hinaus zu streben, und das mit leichter, lockerer Hand. Um alles andere kann ich mich nicht kümmern.

In seinem Buch *Europa und die Seele des Ostens* bringt Schubart den tiefsten Sinn des Gegensatzes zwischen West und Ost auf die Formel »Recht oder Liebe«. Der Westen vertraut nur noch auf das Recht, der Osten erhofft sich die Erlösung nur noch von der Liebe.

Aber wie kann jene Erlösung aussehen, die Schubart dem okzidentalen, »prometheischen« Menschen prophezeit? – eine Erlösung, die aus dem Osten kommen und dem sich in permanenter Angst um Macht und Besitz windenden, sich in Rechtssysteme und blutige Sicherheitskriege flüchtenden Menschen die totale Erlösung, ein Gotteserlebnis jenseits aller Religionen und Rechtssysteme bringen soll? Es kann sich natürlich nur um das Wunder des Leidens handeln. Ein Flammenmeer, in dem der Mensch versinkt, um dann erneuert, vom Egoismus befreit, wiedergeboren zu werden. Das ist die Verheißung des Ostens für den Westen.

Gibt es wirklich keine andere Lösung für den Westen? Keine Lösung in Vernunft und Gerechtigkeit? Alles, was ich über die menschliche Natur weiß, lehrt mich, dass es sie nicht gibt.

Es geht etwas in der Seele des westlichen Menschen vor sich, so viel ist gewiss. Ein deutscher Herr erzählt mir, dass sich in den Tagen nach den großen Bombenangriffen, als in Berlin, Leipzig, Hamburg und all den anderen Großstädten plötzlich Hunderttausende Menschen ohne Obdach, Möbel, Kleidung dastanden, eine seltsame Ruhe der Seelen der Menschen bemächtigte. Als hätten sie sich, zu einem entsetzlichen Preis, von etwas befreit: von jener Angst, die Schubart als die *Urangst* des prometheischen Menschen bezeichnet: der Besitzangst. Auf einmal wird alles entsetzlich einfach.

Dieser Herr ging eines Tages kurz nach den Luftangriffen auf Berlin mit seinem kleinen Sohn in der Vorstadt spazieren. »Schau, Papa, letzte Woche stand hier noch ein Haus«, sagte das Kind. Er sagte das ohne jede Verwunderung, wie wenn unsereiner bemerkt, dass ein Weißdornbusch, den er vor Kurzem bei einem Spaziergang gesehen hat, erblüht ist. Für uns war ein Haus noch etwas, was Jahrhunderte Bestand hatte. Für das deutsche Kind ist es etwas Flüchtiges, Vergängliches.

Thornton Wilders (die Budapester Presse schreibt beharrlich Wildner) Stück *Our Town* im Lustspieltheater. Wilder hat mit der *Brücke von San Luis Rey* einen der schönsten zeitgenössischen Romane hervorgebracht. Danach hat er unseres Wissens nichts Bedeutendes mehr geschrieben. Und nun dieses Stück, das vielleicht gar kein Stück, aber gute Literatur ist. Doch wer weiß schon, was ein Stück ist?

Die Aufführung verläuft in atemloser Spannung, in einem Theatergebäude, in dem ein Schriftsteller mittels einiger improvisierter Bühnengestalten, ohne Kulissen und Requisiten, vom Schicksal einiger einfacher Menschen, von Leben und Tod erzählt. Er spricht selbst, in der Maske eines Regisseurs. Das, was er erzählt, erwacht zuweilen durch die Schauspieler zum Leben. Was er erzählt, ist weder spannend noch besonders interessant. Aber wie er es sagt, ist außerordentlich, in höchst dramatischer Weise einfach und interessant. Ein großer Schriftsteller füllt mit seinen Worten die ganze Bühne aus. Das ist seit Shakespeare nur wenigen gelungen. Wilders Wirkung beruht nicht auf seiner »Handlung«, sondern auf seiner Seele.

Denn ohne Kulissen und Requisiten auszukommen ist letztlich nur ein Trick; ein Trick der lärmenderen Art; als erklänge alles, was Wilder zu sagen hat, in Kulissen und mit Requisiten. Ähnliches haben auch schon Copeau im »Vieux Colombiers«, das Théâtre des Quinze, Baty im »Studio«, Piscator in Berlin und die neuen Russen versucht. Das sind nur Äußerlichkeiten. Worauf es ankommt, ist, dass ein Schriftsteller auch auf der Bühne durch seine bloße Seele zu wirken vermag, allein durch das, was er über das Schicksal des Menschen zu sagen hat. Wilder spielt ein bisschen zu sehr damit, dass er mit der Bühnensituation gar nicht spielt. Das ist das Monotone an seinem Werk. Und dennoch ist das Ganze Literatur und Theater, beides zugleich.

In einer Einsamkeit leben wie die Tiere oder die Engel.

Wenn ich vor meinen Bücherregalen stehe, habe ich ständig das Gefühl, dass dort ein Wörterbuch fehlt: eine Art Wörterbuch mit genau jenen Wörtern auf Ungarisch oder Französisch, die alle Menschen ein Leben lang im Kopf haben, aber niemand auszusprechen wagt.

Und was wird derweil aus uns, im versengten Europa? Nichts wird übrigbleiben als unsere Seelen. Aber auf die will ich achtgeben. Ich werde sie, wenn möglich, valorisieren.

Der Mensch lässt sich mit Vernunft nicht davon überzeugen, dass er schuldig ist; aber vielleicht durch irgendeine sehr behutsame, systematische Pädagogik, die ihm bestimmte Gewissensreflexe anerzieht? ... Wie bei Pawlows Experimenten: Eine Ratte, die jedes Mal, wenn sie gefüttert wird, ein Läuten hört, rennt nach dem fünfhundertsten Versuch beim Läuten aus ihrem Versteck. Bei ihrem Enkel hat sich diese Erfahrung bereits in einen reflexartigen Reiz verwandelt: Er reagiert schon auf das fünfzigste Läuten. (Skeptiker behaupten, der Urenkel läute schon von selbst, wenn er hungrig ist. Vielleicht.)

Den Menschen Reflexe anerziehen, die bei Kontakt mit Phänomenen wie Sünde, Eitelkeit, Gier, Egoismus ausgelöst werden. Durch intensive und hartnäckige Methoden mechanische Prozesse im menschlichen Gewissen in Gang setzen. Ein Mensch, der in den Hungerstreik tritt, kann nicht durch seinen Willen verhindern, dass seine Bauchspeicheldrüse zu arbeiten beginnt, wenn ihm Essen gezeigt wird; die lange Erfahrung hat sich in eine biologische Funktion seines Organismus verwandelt. Ein Mönch wird beim Anblick einer schönen Frau vergeblich wegsehen; in seinen Hormondrüsen beginnt der Reiz zu wirken. Und so könnte ein Mensch, der inmitten von Chaos und Sünde durch eine systematische Pädagogik zur Bewusstheit erzogen wurde, seinen Nachkommen vielleicht eine Art Drüsenerfahrung vererben, die in gefährlichen Augenblicken gewisse Selbstschutzreflexe auslöst. Aber wo ist ein solcher Pädagoge?

Ich kann von den Menschen nicht verlangen, dass sie gerecht sind. Aber von mir selbst kann ich es fordern, selbst wenn alle um mich herum ungerecht sind. Ich darf mir selbst gegenüber nicht nachsichtig sein.

Und doch, doch glaube ich an Wunder. Der eine konnte sich retten, kehrte nach anderthalb Jahren aus dem Arbeitslager zurück. Ein anderer, dessen Todesnachricht schon im Umlauf war, schrieb einen Brief aus der Kriegsgefangenschaft. Überall Zeichen des Wunders. Winzige Wunder zwar gemessen am Ganzen, an dem Unglück, das über die Welt hereingebrochen ist, kleine, persönliche Wunder. Aber es gibt etwas, woran man glauben muss, denn seine Zeichen sind da. Aber selbst wenn es keine Zeichen gäbe, müsste man glauben. Ein Wunder kann nur wundersam sein.

Giraudoux ist gestorben. Jede seiner Zeilen war ein brillantes Feuerwerk – seine Romane und Theaterstücke, seine Essays; sein Stil sprühte vor Kraft, als ob in den Tiefen seiner Sätze irgendein geheimnisvolles Element, eine Art Radium glühte.

Heinrich Manns *Henri Quatre* in einer neuen – schlechten – ungarischen Übersetzung.

Der »große« Mann, Thomas, hat seinen jüngeren Bruder Heinrich – der, wie ich jetzt sehe, weniger beredt und bezaubernd, dafür aber eine starke und charaktervolle Schriftstellerpersönlichkeit war – erdrückt und niedergestreckt. Dieses Buch ist der Urvater jener modischen literarischen Biografien, mit denen die Zweigs, Ludwigs, Harsányis später hervorragende Geschäfte machten. Es ist ein einfaches und ernsthaftes Buch, der Autor brüstet sich nicht mit seinem Geschichtswissen, ist in der Vergangenheit heimisch und lässt seine historischen Helden mit der klaren Stimme des Erzählers sprechen. Eine respektable Arbeit – ohne die Musik und das Pathos seines Bruders Thomas. Heinrich hat die undankbarere Rolle gewählt. Er war kein Prophet und kein Zauberer; er war nur ein Schriftsteller. Kein Wunder, dass er an dieser undankbaren Rolle zugrunde ging.

Ich kann von niemandem verlangen, dass er mir verzeiht … was eigentlich? Dass ich gelebt, Romane geschrieben habe, während er im Arbeitslager war. Ich verlange es auch nicht. Ich stelle nur fest, dass es manchmal Zeiten gibt, in denen man durch die Tatsache seiner bloßen Existenz genauso schuldig wird, als hätte man etwas Unrechtes begangen.

Für einen Schriftsteller gibt es keine größere Gnade als ein Gedicht – jener Zustand, in dem ein paar sinnlose Worte in einem bestimmten Versmaß eine überbegriffliche Bedeutung erlangen. So etwas kann man weder beschließen noch wollen. Mit Willen und Verstand lassen sich schöne, edle, knisternde, unterhaltsame oder auch vollkommene Gedichte schreiben – nur eben keine echten Gedichte. »Ode an den Westwind« – geschrieben von Shelley und ohne jeden Sinn. Und doch ist es nicht möglich, mehr zu sagen, in einem Gedicht.

Ich ahne manchmal, wie es Montaigne zur Zeit der Religionskriege dreißig Jahre lang als Schriftsteller, Edelmann und Bürgermeister ergangen sein muss. In einer Zeit, als jeder verdächtig war, der hierzu oder dazu gehörte. Als man tagtäglich mit Kind und Kegel vor den wütenden Henkersknechten der jeweiligen Weltanschauung »Farbe bekennen« musste. Heute leben wir Schriftsteller und Edelmänner genauso, zumindest jene Schriftsteller, die innerlich auch noch Edelmänner sind; was natürlich keine Frage der Herkunft ist. Sozialisten, Weiße, Rote, Kommunisten, Nazis, dazu die entfesselten liberal-demokratischen Freischärler, die Beleidigten und Übergangenen, die Gefolterten und Ausgegrenzten, alle fordern sie Rechenschaft, wollen Rache, wollen mich für sich vereinnahmen und mich zugleich verleugnen, wollen, dass ich den Eid auf sie schwöre und gleich darauf irgendeinen Gelegenheitsscheiterhaufen besteige. Das ist tragisch, keine Frage. Aber fraglos auch langweilig. Ich kann allmählich nachvollziehen, wie es Montaigne erging.

Ich habe den Liberalismus, den Kommunismus, die weiße Ära, die neobarocke Demokratie, den Faschismus und den Nationalsozialismus durchlebt und werde wohl auch noch diverse rosarote oder rote Zeitalter durchleben müssen. Aber nie war es mir beschieden – noch wird es mir je beschieden sein –, unter politischen oder weltanschaulichen Parolen zu leben, bei denen nicht Krüppel und Idioten die Gesunden, Untalentierte und Halbtalentierte all jene, deren Talent in irgendeiner Sparte auch nur um einen Zentimeter herausragte, mit falschen und absurden Anschuldigungen überschwemmt hätten. Wer sich dessen nicht bewusst ist, kennt die Menschen nicht. Man muss damit genauso sicher rechnen wie mit dem Tod.

V. mahnt mich, dass es ratsam wäre, *Zauber* im Frühjahr auf die Bühne zu bringen, da im Herbst bereits eine Atmosphäre in der Welt herrschen könnte, in der es für ein solches »literarisches Theaterstück« kein Publikum mehr gäbe; die Leute wollten nur noch Schund oder politische Tiraden. Das ist schon möglich; aber dann wird es auch für meine Bücher, meine anderen Schriften, mich selbst keine »Atmosphäre« mehr geben. Diese Möglichkeit muss man einkalkulieren, ihr entgegeneilen darf man nicht.

Also bleibt einem nichts anderes übrig als zu arbeiten. Und zu leben, aber nur für das Wesentliche: neben der Arbeit möglichst nur das tun, worauf man wirklich Lust hat, nicht nur das, was einem vielleicht möglich ist. Und möglichst nur mit solchen Menschen in Berührung kommen, die man liebt, schätzt oder mit denen man Mitleid hat. Und geduldig bleiben und sich vor Augen halten, dass der Tod nicht das Schlimmste ist. Aber vielleicht ist auch das Leben nicht das Schlimmste, alles in allem ... und wenn der Abend hereinbricht, wird mich schon irgendein Engel der Finsternis in die Arme nehmen.

S., ein liebenswerter, weinseliger Kneipenphilosoph, hat einmal gesagt: »Charakter ist schon halb Talent.«

Ein weiteres ungarisches Buch über Rimbaud, bereits das zweite innerhalb von zwei Wochen. Diesmal hat György Rónay die Gedichte des Enfant terrible übersetzt und eine Biografie über ihn geschrieben ... Ist das nicht rührend? Im gleichen Augenblick, als die Abtei Monte Cassino auf Betreiben der Deutschen zerstört wird, setzen junge Ungarn in schönen und gewissenhaften Büchern ein Denkmal für ein wildes und groteskes französisches Genie ... Das sind die – letzten – Zeichen, die darauf hoffen lassen, dass noch nicht alles zu Ende ist.

X. ist ein hervorragender Schriftsteller. Seine Gedichte sind konstruiert, aber seine Prosa ist kraftvoll, klug, edel. Davon abgesehen ist er ein verweichlichter, feiger und hinterhältiger Charakter. Ich bewundere seine Prosa, aber seine Person und seine Auftritte muss ich meiden.

Flaubert, *Trois contes*. Die Erzählung vom alten Diener, der an seinem Lebensabend von einem ausgestopften Papagei träumt. Und so stirbt. Ein Meisterwerk.

Was ist das Schreiben, die Kunst? Am Abend ein Disput über Benczúr. War er wirklich ein Künstler? Er war ein guter Maler. Er malte stofflich, konnte die Wirklichkeit hervorragend abbilden: Seide, Samt, Fleisch wirken realistisch auf seinen Bildern. Munkácsy ist deklamatorisch, aber er sagt um einen Wärmegrad mehr über die Welt aus, die er abbildet. László Paál malt einen Wald, und dem Betrachter läuft es kalt über den Rücken.

Einer, der talentiert ist und nur das, bildet die Wirklichkeit ab. Zola war zu mehr nicht in der Lage. Flaubert hingegen war es. Denn ein Künstler bildet nicht die Wirklichkeit ab, sondern jene Vision, die das Erlebnis der Wirklichkeit in seiner Seele weckt. Dieses Mehr ist die Kunst.

Gestern Luftangriffe auf Zagreb, eine Stunde Luftlinie von hier, und auf kleine finnische Städte, zur gleichen Zeit werden Tag für Tag, ununterbrochen mehrere Millionen Kilogramm Bomben über deutschen Städten abgeworfen. Leipzig, die Bücherstadt, in der ich meine ersten Universitätsjahre verbrachte, ist ausgebrannt. Es gibt in Deutschland kaum mehr unversehrte Städte. Über Rom kreischt der Aasgeier des Krieges. Und über Ungarn fliegen Tag für Tag englische, amerikanische und russische Maschinen hinweg. Es vergeht kein Tag, an dem nicht das Radio verstummt, zum Zeichen, dass ausländische Maschinen über uns hinwegfliegen, um zu einem tödlichen Angriff anzusetzen … vorerst noch über uns hinweg. Doch schon heute Nacht, morgen oder in der nächsten halben Stunde könnten sie über Budapest kreisen.

Und was macht man in solchen Stunden, wenn das Radio stumm ist und die Sirenen jede Sekunde aufheulen könnten, wenn eine Bombe aus sechstausend Meter Höhe mit einem Schlag alles zerstören könnte, wozu ich einen Bezug habe, was den Sinn meines Lebens ausmacht? … Man bleibt seltsam ruhig. Ich arbeite in diesen Stunden, schreibe und lese. Meine Seele gehört dem Weltgeist, mit dem sie sich ewig verschmilzt, und der Rest? Auch Menschen sterben, nicht nur Städte.

Die Menschen wimmern, fliehen. Dann beginnen sie auf einmal zu wiehern, Gänsebraten zu fressen, Wein zu bechern, sich zu lieben. Dann wiederum flehen sie unterwürfig zu Gott. Nur wenige benehmen sich in einer menschenwürdigen und unserer göttlichen Abstammung entsprechenden Weise: einfach, besorgt, lächelnd, demütig.

Literarisches Café: wie die Sonderabteilung einer Nervenheilanstalt, wo Patienten statt mit Handarbeit und Gesellschaftsspielen mit größenwahnsinnigen Wunschvorstellungen beschäftigt werden. Augen voll rasender Selbstgefälligkeit, zerzauste Haarschöpfe, Grimassen schneidende, misstrauische Gesichter. Die Literatur ist der einzige Dienst an Gott, zu dem Menschen fähig sind – den Sinn des Daseins zu formulieren und das Verhältnis des Menschen zur Welt auszuloten –, und doch weist gerade dieser Dienst die meisten kranken und geschädigten Priester auf.

Frazer, *Der goldene Zweig*. Tausend dicht bedruckte Seiten über Magie, Verwünschung und Heilung, Glaube und Aberglaube, über die fixen Ideen, Irrglauben und Vorahnungen aller primitiven und hoch entwickelten Kulturen früher und heute und vielleicht auch über etwas anderes, Wirkliches ...

Ich lese es so, als reiste ich in den Dschungel. Und in der Tat, dieses Buch entführt einen in den Dschungel, in die schwülen Urwälder der menschlichen Seele. Erstaunlich sind die vielen Relikte der beiden Arten von Magie in Europa. Wie viele homöopathisch kleine Spuren von Magie es doch in unserem Leben gibt!

Die Vorstellung, dass die menschliche Seele auch aus der Entfernung auf einen menschlichen Organismus einwirken kann – der Urglaube jeder, selbst der primitivsten Magie! –, ist in meinen Augen weder Irrglaube noch »Aberglaube«. Ich weiß freilich nicht, ob die Dayaken recht haben, wenn sie eine aus Haar, Haut und Speichel des Feindes geknetete, diesen verkörpernde Puppe töten und dadurch auch auf das Leben des Originals einzuwirken, es zu vernichten glauben ... Aber ich glaube sehr wohl, dass sich irrationale Kräfte zwischen Menschen über das Bewusstsein in Taten verwandeln können. (Das alles sind Notizen zu einem fernen Roman: *Mana oder der Detektivroman*, so – oder ähnlich – soll er heißen.)

Vor hundert Jahren revoltieren Baudelaire und Poe gegen »die Massen«. Sie ertragen den Amerikanismus nicht länger, die flachen Perspektiven der Demokratie lassen sie erschaudern, sie verkünden das Recht der künstlerischen Revolte gegen die Massen, nehmen die heilige und grausame Rolle des Außenseitertums und Andersseins auf sich gegen die Schreckensherrschaft von Konsens und Kompromiss. Vor hundert Jahren ... Wie würde sich Baudelaire heute verhalten? Sicherlich genauso, nur noch unbeugsamer, noch selbstbewusster, noch entschlossener zum Tod und zu seiner Rolle, sich mit der Kraft eines Bekenners von den anderen unterscheidend, die heldenhafte Inspiration des Dandys in seinem Werk und seiner Rolle bewahrend. Ein Künstler kann auch heute nicht anders handeln. Der Rest ist Aufgabe der Politiker und der Journalisten.

Théophile Gautiers Studie über Baudelaire ist nicht nur deshalb bedeutend, weil sie geistreich und in sich makellos ist, sondern weil sie den Leser sachlich und demütig in Baudelaires Welt einführt, den Dschungel seines Lebens, Wesens und Werkes zu einer einheitlichen Landkarte zusammensetzt. Diese Schrift ist ein klassisches Muster für alle zukünftigen Ästheten: So muss man über einen Dichter sprechen, so muss man etwas Neues vorstellen, so muss man den Zugang zu einer fremden Welt suchen, mit solch stiller Begeisterung und unerbittlicher Professionalität, entzückt und neutral zugleich. Ein Urteil hat nur dann Gültigkeit, wenn es nicht nur den Schlüssel zu einer unbekannten, rätselhaft verschlossenen Welt bietet, sondern auch die phantastischen, geheimnisvollen Territorien dieser neuen Welt ertastet, vermisst und wie ein Ingenieur reguliert. Alle anderen Äußerungen des »Gefallens« und »Missfallens« sind Privatmeinungen.

Nachts lese ich Baudelaire, tauche völlig in seine Welt ein. Seine Worte, seine Musik, seine Stimme, seine Visionen durchdringen mein Bewusstsein, als atmete ich einen duftenden Rauch, der mich sowohl betäubt als auch zu wunderbaren Visionen anregt … Benommen, fast selig schlafe ich ein. Ich vergesse völlig, dass Krieg herrscht, dass unser Schicksal nunmehr besiegelt ist, dass am Morgen alles wieder von vorne beginnt, das Warten auf die Bomben, der elende Kampf gegen die ungeheure Sinnlosigkeit, jede Sekunde in höchster Gefahr, und dass diese grausame Hoffnungslosigkeit nunmehr ebenso wirklich ist wie mein Haar oder dieser Tisch hier ... Dank Baudelaire vergesse ich für eine Nacht die Wirklichkeit. Noch am Morgen erwache ich in dieser seligen Unbewusstheit; wie ein Schwerkranker, zum Tode Verurteilter oder jemand, der sich am Morgen bei irgendeinem schrecklichen Verhör vor einem Richter verantworten muss – und der in der Nacht davor jedes Gefahrenbewusstsein ausgeschaltet hat, sodass er alles, was ihn am Tag erwartet, für einen bösen Traum hält und selig schläft und träumt ... und ein umso schrecklicheres, grauenvolleres Erwachen erlebt.

Schweigen allein genügt nicht. Wirklich und aufrichtig, im tiefsten Inneren, nicht gekränkt sein: das ist die einzig mögliche Antwort.

Wenn ich mein Schicksal Gott anvertrauen will, spüre ich, dass ich nicht das uneingeschränkte Recht dazu habe. Ich muss daran glauben, dass ohne Seinen Willen »kein Spatz vom Dach fällt ...«, aber ich habe nicht das Recht, alles blind in seine Hände zu legen; Gott hat es auch mir anvertraut, mein Schicksal zu lenken und zu bestimmen. Und erst wenn ich diese Aufgabe auf mich genommen habe, wird er mir helfen.

Die Trägen und die Feigen, die nickend und murmelnd alles Gott überlassen: sie werden im Augenblick der Krise ohne Gottes Wort bleiben.

März. Der Winter ist nach Krankheit und Sorgen doch noch vorübergegangen.

Bis zum Frühling verheißen große Gefahren verhängnisvolle Veränderungen.

Was kann ich tun? Ich schreibe meinen Roman, gehe zum Zahnarzt, zahle meine Steuern, lese Frazers Buch über die Magie, pflege nur noch zu wenigen Menschen Kontakt, von deren Loyalität ich überzeugt bin, und schreibe ab und zu in muffigen Budaer Kaffeehäusern Gedichte, Achtzeiler, wie damals, als ich zwanzig war ... Das ist alles, was ich tun kann, wenn die Weltmächte Pest, Schwefel und Untergang über uns bringen. Und manchmal versuche ich, mich und meine Lage in der Welt zu verstehen. Die Welt kann ich nicht mehr verstehen: Der Hang des Menschen zur Selbstzerstörung ist geradezu grandios.

Ich möchte noch einige Gedichte schreiben.

Unsere Kritiker, diese kühnen, unerschrockenen Teufelskerle, diese Verfechter der Wahrheit, versetzen allen bürgerlichen Schriftstellern, so auch mir, kräftige Tritte. Das ist nicht sehr schwer heutzutage. Ich würde mich freuen, wenn dieselben kühnen Kritiker auch die mehr oder weniger zarten Ergüsse unserer bäuerlichen, völkischen und Arbeiterschriftsteller ähnlich überheblich beurteilten. Aber davor hüten sie sich.

Einem »arrivierten« bürgerlichen Schriftsteller kann heutzutage wirklich jeder gefahrlos einen Tritt versetzen. Aber den »benachteiligten« populistischen und proletarischen Schriftstellern nähern sich diese traurigen Halunken der Literatur nur andächtig, mit dem Weihrauchfass. Sie schnuppern nach dem Wind, dem Wetter, sie ahnen etwas. »... und wenn sie nicht gestorben sind, leben sie noch heute?« Das ist nicht gesagt. Vielmehr leben wir heutzutage, bis wir getötet werden. Und das ist nicht dasselbe.

Die *Erneuerung des Westens* vom englischen Schriftsteller Michael Roberts. Der Verfasser ist katholisch, hat sämtliche Diagnosen, die die jahrzehntelange Krisenliteratur bis zum heutigen Tag hervorgebracht hat, gelesen – er zitiert Freud, Wells, de Broglie, Ortega und Huizinga. Und nach alledem empfiehlt er als Methode und Lösung eine aktualisierte Variante der zehn Gebote.

Nervös und gelangweilt durchblättere ich das Buch: Diese Krisenliteratur mündet in hoffnungslose Gemeinplätze. All diese Röpkes, Neergaards, Schubarts, die an der sterbenden – oder ihres Erachtens sterbenden – abendländischen Kultur Leichenschau betreiben und dann Heilmittel und einen »dritten Weg« empfehlen, vergessen eines: mich, den Menschen. Über mich steht nirgends ein Wort geschrieben. Es geht um Kultur und um Systeme, die in die Sackgasse geführt haben. Die Diagnose ist anödend präzise, die Massen haben revoltiert, die Zivilisation hat das Lebensgefühl mechanisiert und so weiter. Nur von mir, mir persönlich spricht keiner, mir bietet niemand eine »Lösung« an, ich kann getrost zur Hölle fahren; für diese hochsinnigen, in großen Dimensionen denkenden und urteilenden Diagnostiker bin ich ein Niemand. Eine echte Revolution wird es erst dann geben, wenn der Mensch verkündet, dass es auch um ihn geht, um ihn persönlich. Aber diesen Augenblick werde ich wohl kaum mehr erleben.

Nachts lese ich Shakespeares Sonette. Wie viel mehr ist das doch als ein Weltkrieg! Und diese Sonette haben auch schon einige Weltkriege überstanden.

Märzschnee. Ich bin seit fünf Jahren nicht mehr im Ausland gewesen. Seit fünf Jahren dieselben Menschen, dieselben Straßen, dasselbe Schicksal, dieselben Requisiten und Kulissen. Und vielleicht werden noch Jahre vergehen, bevor ich das Meer wiedersehe oder das, was von Paris oder Florenz übrig geblieben ist. Und vielleicht werde ich das alles gar nicht mehr wiedersehen: Dieses Schicksal, diese wenigen Straßen, diese Umgebung werden mich hier gefangen halten und irgendeine Macht, eine Bombe, ein Feind oder eine Krankheit mich unter die Erde bringen. Und derweil vergeht die Jugend, vergehen die sogenannten »besten Jahre«. Seit fünf Jahren eine gelegentliche Reise nach Sopron oder Eger, das ist alles. Und gelegentlich ein Buch aus der Schweiz oder aus Stockholm. Die Welt bleibt draußen, und die Jugend vergeht. Und nie wird mir das jemand zurückgeben können.

Das höchste Gut des menschlichen Lebens ist die Unabhängigkeit. Aber verleihen Macht und Vermögen Unabhängigkeit? Sie tun es nicht.

Es gibt nur eine Unabhängigkeit: die Unabhängigkeit der Wunschlosigkeit und der Armut. Und beide sind nur gemeinsam etwas wert. Eine Armut, die noch Wünsche kennt, ist die Hölle auf Erden.

Giraudoux' *Sodome et Gomorrhe*. Eine grandiose Willkür: Er kümmert sich auf der Bühne weder um Raum noch um Zeit, hier existiert nur die Sprache. Aber was für eine Sprache! Sie hat Flügel, sie überfliegt jede Gefahr und jeden Abgrund!

Und er hat letztlich auch recht. Der Mensch ist wirklich ein hoffnungsloser Fall, er hat es verdient, dass Gott Schwefel und Verderbnis über Sodom und Gomorrha schickt. Der Mensch ist hoffnungslos, aber Gottes Verantwortung ist auch nicht gering: Er hat den Menschen so erschaffen.

Eingesperrt in einem Land, das heute noch unversehrt ist, einem Haus, das heute noch unversehrt ist, einer Wohnung, die heute noch steht und mir gehört, einem Keller, der heute noch intakt ist und in dem ich mich vor den Bomben verkriechen kann: Dafür, dass es so ist, müsste ich dem Himmel auf Knien danken. Und ich danke auch aus voller Kehle: Es ist großartig und wunderbar, dass es so ist.

Nur spüre ich, dass ich das Ganze nicht mehr lange aushalte. Dieses Eingesperrtsein, diese Hoffnungslosigkeit, die wimmernde und winselnde Niedertracht der Menschen um mich herum – es fällt mir mit jedem Monat schwerer, es zu ertragen. Eine Möglichkeit zu reisen besteht nicht mehr. Die Möglichkeit zu sterben besteht hingegen sehr wohl. Die gepackte gelbe Ledertasche für den Luftschutzkeller steht Tag und Nacht neben meinem Bett, darin eine Garnitur Unterwäsche, meine Manuskripte. Vielleicht kann man mit diesem Gepäck auch reisen – reisen, weiter als mit der Eisenbahn.

Was von Jókais Werk hat die Zeit überdauert? Nichts; nur das Ganze.

Vor einigen Jahren erschien ein utopischer Kriegs- und Schauerroman mit dem Titel *Prag ist nicht mehr*.

Ich muss jetzt, da es Tag für Tag Luftangriffe von ungeheurer Gewalt auf Berlin gibt, an diesen Buchtitel denken. In der Wirklichkeit geschieht alles diametral anders, als wir es uns vorstellen. Die Wirklichkeit sieht so aus, dass in Prag bisher kein einziges Fenster zu Bruch gegangen ist, Berlin hingegen nicht mehr existiert.

Je älter ich werde, umso tiefer, leidenschaftlicher, inniger interessiert mich die Literatur; und umso weniger interessiert mich das literarische Leben.

Ich spüre, dass mich etwas wiegt. Gottes Hand? … Wie auch immer, manchmal ist mir schwindelig.

Ein alberner französischer Vorkriegsfilm in einem Budapester Kino; der Held ist ein Diplomat, er setzt sich auf einmal in seinen riesigen Wagen, fährt eilig durch die Straßen von Paris, trifft gerade noch rechtzeitig am Bahnhof ein, um einen Schlafwagen in dem aus prächtigen Pullmanwagen bestehenden Zug »Paris–Genève« zu besteigen …

Ich sehe die Bilder, und mich überkommt ein tiefer Schmerz, eine Verzweiflung, wie wenn man vom Tod eines geliebten Menschen erfährt. Was ist aus alledem geworden? Aus diesem Europa mit seinen Straßen von Paris, über die riesige Autos mit gut gekleideten Menschen huschen, seinen Pullmanwagen, die arbeitende oder sich amüsierende Menschen zwischen den Städten Europas befördern … All das ist verschwunden. Vielleicht werde ich es nie, nie wiedersehen. Ich denke an Berlin, das nicht mehr existiert, und dieser Gedanke ist – unabhängig von aller Politik! – genauso entsetzlich und unfassbar wie der, dass demnächst vielleicht auch Budapest nicht mehr sein wird. Gewöhnlich lebe ich in einer Art apathischer Verzückung. Aber in diesem Augenblick, im Kino, begreife und spüre ich, dass das, was in diesen Tagen passiert, unfassbar und nicht wiedergutzumachen und dennoch ungeheuer wirklich ist. Ich erschaudere, Tränen treten mir in die Augen.

Dann denke ich daran, dass auch ich, der Mensch, sterben werde; warum sollen also nicht auch die Steine, die Kulturen, die Städte sterben?

Der Mensch ist nicht wirklich fähig zur Freude. Auch die größte Freude versauert, verdirbt erstaunlich schnell. Er kann sich nur kurz freuen, aber seine Fähigkeit zum Schmerz ist schier unbegrenzt: Er kann ihn fast unendlich ertragen.

Giraudoux' *Bella*. Wie hätte er das Werk je ohne Proust schreiben können? Und doch ist das, was er schreibt, weder ein »Plagiat« noch ein »Effekt«, sondern nur die organische Vermehrung eines geistigen Phänomens, ein Mehrwert. Aber ohne Proust hätte es diesen Mehrwert nie gegeben.

»Noch nie hat ein kleines Volk so keck einer Großmacht den Krieg erklärt wie Ungarn der Sowjetunion ...«, schreibt eine schweizerische Zeitung. Kleines Volk? Das kleine Volk hat niemandem den Krieg erklärt. Nicht einmal das im Namen des Volkes Beschlüsse fassende Parlament hat den Krieg erklärt. Eine kleine Clique hat es getan, ohne das Volk und das Parlament zu befragen, ein paar verblendete oder ambitionierte Militärs und Politiker. Das Volk hat erschüttert geschwiegen. Auf dem Foto, das den Plenarsaal in dem Augenblick zeigt, als Bárdossy die Kriegserklärung an Russland verkündet, stehen alle – auch die Regierungsmitglieder – mit gesenktem Kopf da.

Unruhige Nacht. Ich erwache alle zwei Stunden. Im Halbschlaf vernehme ich die Stimmen von Menschen, mit denen ich mich tagsüber unterhalten habe. Sie wimmern, jammern, stöhnen. Die Bomben. Das Leben, das Geld, die Wohnung.

Ja, das alles schwebt in tödlicher Gefahr. Aber was habt ihr denn erwartet, ihr Elenden? Worauf habt ihr gehofft? Auf die permanente Gewalt, die institutionalisierte Aggression, die legalisierte Dieberei? ... Das alles hat hierher geführt. Und jetzt wundert ihr euch, dass sich die Weltmächte – die nicht moralisch, aber mächtiger sind – in Bewegung gesetzt haben?

Eine Amok laufende Mordmaschinerie hört nicht mehr auf Argumente. Nur ein Wunder kann noch helfen.

Am Mittag Luftalarm. Ich überquere die Kettenbrücke – ich unternehme diesen Ausflug zum ersten Mal seit meiner

Krankheit vor einem Jahr – und erreiche gerade das Pester Ufer, als die Sirenen zu heulen beginnen. Ich kehre in einer Buchhandlung ein, verbringe die Stunde des Alarms unter Freunden. Zu meinem Erstaunen empfinde ich keine Angst, eher einen unsagbaren Widerwillen.

Nichts geschah, sie kreisten irgendwo über Kanizsa.

Wie lebt man in einer Stadt, die erklärtermaßen Zielscheibe von Bombenangriffen ist? Wie sonst auch? Das wäre gelogen. Natürlich herrscht in einer Millionenstadt, in deren Nähe Bomben fallen und andere Millionenstädte untergehen – gestern gab es Luftangriffe auf Sofia, drei in vierundzwanzig Stunden, ebenso auf Wien, vor zwei Wochen auf Zagreb usw. –, eine angespannte Stimmung. Alle warten ständig, dass eintritt, worauf sie warten. Die einfachsten Besuche müssen strategisch geplant werden – gibt es in der Nähe einen akzeptablen Luftschutzkeller?, usw. –, denn sobald die »Störflüge« gemeldet werden, verdunkelt sich die Stadt vollständig, die Straßenbahnen bleiben stehen, Bummler und Spaziergänger müssen stundenlang in fremden Toreinfahrten ausharren. Zu Hause sind wir in ständiger Alarmbereitschaft, mit Radio, Telefonverbindung zu Freunden, Wasser in der Badewanne, Sand neben den Türen, warmer Kleidung, gepackten Sachen für den Luftschutzkeller, Überschuhen am Bett. So leben wir und harren des Unausweichlichen.

Währenddessen arbeite ich. Das überrascht mich selbst; ich bin kein »Held«, nein. Meine Phantasie ist zu lebhaft, als dass ich keine Angst hätte. Und doch arbeite ich, Tag für Tag, nach meinem eigenen Arbeitsplan. Ob ich wirklich ganz bei meiner Arbeit bin, ist eine andere Frage. Gedanklich gewiss, mit meinen Nerven vermutlich nicht. Und das wird sich an der Arbeit dieser Monate vielleicht zeigen.

Das ungarische Wappen wird von zwei schwebenden Engeln gehalten. Ich vertraue nur noch auf diese beiden Engel. Das ist allerdings keine Kleinigkeit.

Kerényis Essay im *Eranos* über den antiken griechischen und römischen Hermeskult. Eine große Entdeckung: ein hervorragender Wissenschaftler, ein gründlicher, souveräner, reicher und guter Schriftsteller.

Hermes war ein bösartiger, heimtückischer Gott. Ein Langfinger, geschwätzig, eine Art Politiker unter den Göttern.

Die Deutschen haben Ungarn besetzt.

Seit vier Tagen in Leányfalu. Wir kommen Ende März mit dem Schiff an, bei Sturm und Schneetreiben. Der März ist wirklich ein seltsamer Monat; das war er nicht nur für Cäsar. – Wir erreichen das unbewohnte Haus am Ende des Dorfes in der Abenddämmerung auf einem Bauernwagen, mit unserem Gepäck. Niemand empfängt uns, die Besitzer sind weit weg verreist. Das ungeheizte Haus erwartet uns mit eingeschlagenen Fensterscheiben und eisigen Zimmern. Holz gibt es im Hof, aber es ist feucht, das Feuer qualmt. Unter anderen Umständen wäre das alles unbehaglich, ungemütlich. Jetzt ist es mir ganz egal. *»Was mich nicht umbringt, macht mich stärker«*, sagten Nietzsche und Dr. Goebbels. Wir sind einverstanden.

Wir richten uns langsam im Haus ein. Das Essen lassen wir aus einer nahe gelegenen Dorfgaststätte kommen. Auf einem Regal entdecke ich Bücher, darunter auch einige lesenswerte. Deáks Sammlung von Briefen ungarischer Frauen aus der alten Zeit. Kata Forgáchs größte Sorge sechs Jahre nach der Katastrophe von Mohács ist, wie sie ihrem im Feld stehenden Mann das Ferkel zukommen lassen soll. Es schneit. Aus dem Fenster sieht man die Donau, die Nebelschwaden, sonst nichts.

Nur ein Wunder kann uns noch helfen. Es gibt Wunder, aber ich glaube, dass man sie sich erst verdienen muss.

Seit einer Woche habe ich nicht mehr gelesen, nicht mehr gearbeitet. In manchen Nächten schlafe ich erschöpft, wie erschlagen – man wählt seine Vergleiche, wie sie einem zufallen –, manchmal wache ich halbe Nächte im Dunkeln.

Und doch sagt mir eine Stimme – wessen Stimme? Ich weiß es nicht! Vielleicht ist es der Schutzengel! –, dass der Moment noch nicht gekommen ist, guten Gewissens aus dem Leben zu scheiden.

Wie schnell man sich an eine neue Lebenslage gewöhnt! Wie falsch es ist, dass man an dieses oder jenes – Wohnung, Umgebung, Bedürfnisse – »gebunden ist«! Das sind nur Worte. Die Wirklichkeit ist immer nur die jeweilige Wirklichkeit, sonst nichts. Und unendlich einfach.

Seit drei Wochen in Leányfalu. Wir packen und brechen auf.

Der Luftalarm am Vormittag des 13. April ereilt uns in Tahi. Wir stehen an der Landstraße, der Himmel ist bewölkt. In großer Höhe ziehen schwere amerikanische Bomber unsichtbar, mit furchterregendem Gedröhn in Richtung Budapest. Sie hinterlassen am Himmel Streifen wie die Linien eines Notenhefts.

Eine Fähre bringt uns hinüber nach Vác; es herrscht wieder akute Minengefahr. (Erst vor einigen Tagen ist der Salondampfer »Königin Elisabeth« unweit von hier auf eine Mine gelaufen und gesunken.) Bis sechs Uhr abends streifen wir in der Nähe des Bahnhofs umher. Viele armselige Juden mit gelbem Stern, Bettler und Gelegenheitsarbeiter mit gelben Sternen, die niemand beachtet. Die Menschen sind taktvoll bemüht, das Zeichen nicht zu bemerken.

Am Abend schlafen wir in Gyarmat, in einem drittklassigen, im wahrsten Sinn des Wortes kolonialen Hotel. Im Morgengrauen von Gyarmat weiter nach Losonc.

Heute wurde sämtliches Vermögen der Juden konfisziert. Alle anständigen Blätter sind verboten. Systematische Luftangriffe auf Budapest, es gibt viele Tote.

Ich habe mein »Programm auf unbestimmte Zeit eingestellt«, wie es heutzutage im Radio oft heißt.

Man löst sein Leben in einer bestimmten logischen Reihenfolge auf. Als Erstes verabschiedete ich mich von meiner Wohnung, die in unserer Abwesenheit von einer Bombe zerstört oder aber requiriert wird; dann – und das ist schon schmerzvoller – von meiner Arbeit und meinen Arbeitsplätzen. Dann von einem ganzen Lebensstil: Wir werden uns auf eine Art Nomadendasein einrichten, im Sattel leben müssen, wie es die alten Ungarn taten; und dann verabschiedet man sich von vielem anderen, das zum Leben gehört hat. Was bleibt, ist die totale Freiheit, die Aussicht auf das Überraschende, das Unerwartete und den Tod.

Am letzten Abend in Leányfalu ließ ich den Tierarzt kommen und bat ihn, meinen Hund Jimmy zu töten. Er war schon alt, sehr krank, er hätte ein solches Wanderleben nicht mehr ertragen. Er wurde mit Strychnin getötet, starb nach zwei Minuten. Er war von vornehmem Wesen, vornehm ist er auch gestorben: fiel der Länge nach hin, grazil, mit der schönen Bewegung einer Pawlowa oder eines Nijinski am Ende eines Tanzes. Ich begrub ihn im Garten unter einem jungen Marillenbaum.

Ich lese Tschechows Erzählungen. Wie »solide« diese Arbeit doch ist, wie aufrichtig; sie hält den zersetzenden Angriffen der Zeit stand.

Das Leben ähnelt eher einem Kampf als einem Tanz – sagt Mark Aurel. Aber das ist nicht sicher. Meistens ist das Leben auch kein Ringkampf, sondern ein qualvolles Kreiseln inmitten gefährlicher Situationen, auf Zehenspitzen, nach Tänzerart.

Ich lebe in einem Erdbeben, inmitten einer Revolution. Rechtssysteme, Häuser, Städte und Menschenmassen erlöschen. Vorlieben, Vereinbarungen verglühen in den Flammen wie Strohhalme. Menschen gehen schuldlos zugrunde, wie das in Revolutionen gang und gäbe ist: Ihre Schuld besteht nicht darin, dieses oder jenes getan oder gesagt zu haben, ihre Schuld besteht einzig darin, dass sie waren und sind. Und das ist eine schlimme Schuld.

Ich halte es mit dem Helden von *Zauber*, der am Ende von sich sagt: »Ich habe die Menschen kennengelernt und will keinen Zauber mehr.« Wenn die ungarische Sprache und der geistige Anspruch, der die ungarische Literatur hervorgebracht hat, zugrunde gehen, wozu soll ich dann noch leben? Ein Leben ohne Aufgabe hat nichts Spannendes.

»Etwas Gutes tun?« Das ist meistens einfach. Etwas Wahrhaftiges tun, ohne sich zu sträuben, zu klagen, in rührseliges Gejammer auszubrechen: das ist schon schwieriger. Ein Arzt, der vor dem geöffneten Bauch eines Patienten in mitleidiges Wehgeschrei ausbricht, ist ein schlechter Arzt.

Alles, was jetzt geschieht – jetzt? Fortan, bis in den Tod! –, mit den Augen eines Richters und Verurteilten zugleich betrachten!

Diese Kleinstadt ist die Strafe. Im Moment noch eine milde Strafe. Staub, gesichtslose Häuser, bröckelnder Verputz, und die erste Hitze verbreitet einen charakteristischen Gestank, den Körpergeruch nicht kanalisierter Kleinstädte. Das ist schlimmer als Armut. Das ist Proletenhaftigkeit.

Bleib ein Dandy, im katholischen und im literarischen Sinn des Wortes, auf dem Schafott wie im Internierungslager; also gläubig und unversöhnlich. *Sei anders*, was auch geschehen mag! – das ist deine Demut, dein Dienst, das ist oberstes Gebot.

Man kann einen Menschen für seine Taten und Worte bestrafen; aber man kann ihn nicht für seine Herkunft bestrafen. Wer für seine Herkunft bestraft wird, dem geschieht ein Unrecht, und jeder, der noch etwas auf sein Menschsein gibt, wird sich mit ihm solidarisieren.

Tiefe, taube Stille. Auf alles vorbereitet sein, ohne dass diese Bereitschaft irgendeine Anspannung in dir auslöst – das ist das ganze Geheimnis.

Nichts ist verdummender und entmutigender als die Geschichte beziehungsweise das, was man »historische Zeiten« nennt. 1910 etwas ersinnen und in vollendeter Form zum Ausdruck bringen, was die Welt zu einem vernünftigeren

Ort machen wird: das ist ein echtes historisches Ereignis. Alles andere ist Dreck, Chaos, Blut, Leid, Dummheit.

Sich damit abzufinden, dass man leiden, sterben muss, ist nicht so schwer. Sich damit abzufinden, dass auch unsere Liebsten und Freunde leiden, Verfolgungen ausgesetzt sind und sterben, das ist die schwere, die übermenschliche Lektion. Aber auch sie will gelernt sein.

Wie Klatschmohn in einem eintönigen Getreidefeld, so leuchtet in einem einfachen Leben – in Form irgendeiner jähen Zwangshandlung – die Geisteskrankheit, die latente Neurose auf.

Eine der Lehren aus der Revolution besteht für mich darin, dass sich der Mensch um seine Bequemlichkeit mehr Sorgen macht als um sein Leben.

Dickens, *Die Pickwickier*. Der Roman, dessen neue Folgen die Sterbenden so gespannt erwarteten, dass sie nicht einmal zu sterben bereit waren, dessen Abonnenten der Postkutsche mit den Fortsetzungsheften meilenweit entgegeneilten … Einer der größten literarischen Erfolge überhaupt.

Nichts altert so schnell wie ein Welterfolg. Es ist kaum hundert Jahre her, dass *Die Pickwickier* erschienen, und doch bin ich, der ich heute ebenfalls – noch mehr als sonst – sterblich bin, bereit zu sterben, ohne auch nur das dritte Kapitel gelesen zu haben.

Eine immer tiefere, geheimnisvollere, bewegendere Erfahrung: In allem, was wir Menschen planen, schaffen, hektisch zu ordnen versuchen, Gottes Handschrift erkennen.

Nicht gekränkt sein, ja, das ist die Aufgabe. Ich habe es mir vorgenommen. Aber ich kann nicht versprechen, dass ich ihrer nicht eines Tages überdrüssig werde.

Die Idioten und Halunken schießen wie Pilze aus dem Boden in den Gewitterschauern dieser grotesken Revolution. Diese Revolution hat alles: Brachialgewalt, »Dynamik« und ein »Ziel«, nur Namen und Talente hat sie nicht.

Was ich mir noch wünsche? Das Meer zu sehen. Nach Paris zu fahren. Im Bett zu sterben, aber so, wie Gott es will.

Und woher willst du wissen, was Gott will? Schweige und ertrage auch, dass du seine Absichten nicht verstehst.

S. erzählt, dass er ein Visum beantragen wollte und zur Gestapo ins Hotel Astoria geschickt wurde. (Seltsam, was für Schicksale manche Häuser haben: Dieses Hotel war einst das Hauptquartier der Revolution von 1918!) Dort missverstand man sein Begehren und lud ihn auf einen der Wagen, die Verhaftete nach Kistarcsa brachten. Es dauerte bis zum Abend, bis er das Missverständnis aufklären konnte. Währenddessen hauste er im Hauptquartier der Gestapo auf dem Schwabenberg. Hier sah und hörte er Folgendes:

Zwei Bauern aus Szentendre melden sich bei einer der dem Volksbund angehörenden, auch ungarisch sprechenden SS-Wachen. Sie berichten ihm, dass ihnen ein Jude aus dem Dorf, der sie angeblich bei einem Pferdekauf betrogen hat, Schwierigkeiten mache. Sie bitten um Erlaubnis, den Juden zu Hause verprügeln zu dürfen. Der SS-Mann beruhigt sie, sie könnten ihn getrost verprügeln, darauf stünde heute keine Strafe. Die beiden Bauern beharren jedoch auf einer *schriftlichen Erlaubnis*; und als sie die nicht bekommen, entfernen sie sich unzufrieden.

Die Geschichte ist typisch, und zwar nicht nur für die beiden Bauern aus Szentendre. Diese ganze rechtsextreme Gesellschaft Ungarns hat sich erst dann so richtig, aus vollem Herzen ans Judenprügeln gemacht, als sie die schriftliche Erlaubnis der Deutschen dafür bekommen hatte.

X. befindet sich seit einer Woche im Getto von Kaschau. In seinen ersten drei Briefen beschreibt er genau, was in einem Lager vor sich geht, in dem es kein Wasser, keine Latrine, keine Gebäude, nur Scheunen ohne Seitenwände gibt und wo man innerhalb von fünf Tagen fünfzehntausend Menschen zusammengepfercht hat.

In jeder ungarischen Stadt mit mehr als zehntausend Seelen werden obligatorisch Gettos eingerichtet und die Juden der umliegenden Dörfer dort zusammengetrieben. In Losonc begann die Umsiedelung heute früh. Noch während ich dies schreibe, klappern vor meinem Fenster die Karren, auf denen die Elenden ihre ärmlichen zerlumpten Sachen vor sich her schieben.

Ich fühle mich wie Josephus Flavius, als ihn Titus und Vespasian zu den Mauern Jerusalems schickten, damit er den Untergang Jerusalems miterlebe und beschreibe. Wenn ich es überlebe, werde ich es beschreiben.

Mai. Blühende Bäume. Diese duftende Gelassenheit und erhaben gleichgültige Konsequenz, mit der die Natur das menschliche Elend zudeckt, ist geradezu ärgerlich.

Es hilft nichts, man muss alles persönlich erleben, am eigenen Leib, in der Wirklichkeit; um es zu verstehen. Alles, was wir in den letzten Jahren über das Schicksal der polnischen, österreichischen, deutschen Juden gehört haben, waren nur Nebelbilder. Erst als ich zum ersten Mal Zeuge wurde, wie zwei Gestapo-Soldaten – am Vörösmartyplatz in Budapest – einen Mann zu einem Lastwagen brachten, begriff ich die Wirklichkeit. Und jetzt, da diese Männer, Frauen und Kinder mit den gelben Sternen und ihrem kümmerlichen Gepäck an meinem Fenster vorbeiziehen, um zu Fünf-, zu Zehntausenden zusammengepfercht irgendeinem ungewissen – ich fürchte, gar nicht ungewissen! – Schicksal entgegenzugehen, da sie ihr Zuhause, ihre Arbeit verlassen müssen – warum?! –, um ihr Dasein in armseligen Hütten und Baracken am Stadtrand zu fristen, mit zwei Wochen alter Nahrung, ohne Geld, ohne Einkünfte – warum?! –, jetzt endlich habe ich begriffen. Man muss es nur mit eigenen Augen sehen.

Die Seele des Menschen hat keine wirkliche Phantasie. Nur die Wirklichkeit hat eine Phantasie.

Es ist eine Schande zu leben. Es ist eine Schande, unter der Sonne zu sein. Es ist eine Schande zu leben.

Und doch: Wer sich inmitten dieser Gräuel nicht eine Art Gleichgültigkeit in seiner Seele bewahren kann, der kann nicht gerecht bleiben und somit weder anderen noch sich selbst helfen.

Das europäische Judentum hat seinen Separatkrieg verloren, nur ein Wunder kann ihnen noch helfen. Aber Juden glauben nicht an Wunder. Juden *glauben* überhaupt nicht: Darum erleiden sie jeden Schlag so verzweifelt, so resigniert.

Es ist klar, dass die Menschenmassen, die jetzt aus ihren Wohnungen getrieben, zu Zehn-, Zwanzig-, Dreißigtausenden in ärmlichen fensterlosen Hütten untergebracht, jeder Möglichkeit eines Besitzes, eines Einkommens, einer Arbeit beraubt, ihrer Menschenwürde entkleidet werden, dass diese Menschenmassen von jenen, die sich das alles gegen sie ausgedacht und ihnen angetan haben, nicht als Augenzeugen am Leben gelassen werden dürfen, sollte sich das Glück wenden. Ich fürchte, das Schlimmste wird eintreten; das, was in Polen und Rußland mit den deportierten österreichischen, deutschen, slowakischen und polnischen Juden passiert ist.

Ich lese Heltais *Der stumme Ritter*. Ein makelloses, in sich geschlossenes kleines Meisterwerk. Anspruchsvoll und bescheiden.

Rousseaus *Confessions*. Welch glücklicher, schwärmerischer, gelöster Ton! Als würde nach viel Geschwätz endlich jemand vom Wesentlichen reden. Es gibt für einen Schriftsteller keine größere Gnade, als wenn sich – selten genug im Leben und bei der Arbeit – der Ton und das Thema gegenseitig bedingen, aufbauen, stützen, formen.

Diese Kleinstadt ist muffig. Manchmal öffne ich das Fenster: Ich lüfte nicht das Zimmer, sondern die Straße.

Heldentum! Wie viel darüber geredet wird.

Dabei ist echtes Heldentum meist nicht eine einzelne heroische Geste. Echtes Heldentum ist meist die Summe zahlloser kleiner, geduldiger und konsequenter Momente, die alle nach einem einzigen moralischen Ziel streben.

Ich habe die zweiundsechzig Manuskriptseiten der *Schwester* gelesen ... Das war seit zwei Monaten die erste geistige Tätigkeit, zu der ich die Kraft fand.

Ich bin nicht gesund, meine Zukunftsaussichten sind trüb. Ich verstehe Gottes Absichten nicht. Aber ich bin noch am Leben, und deshalb muss ich, so hoffnungslos und erniedrigend meine Lebensumstände auch sein mögen, meine ganze verbleibende Kraft der Arbeit widmen. Ich muss diesen Roman beenden. Wenn möglich, Gedichte schreiben ... Ich darf mich auf nichts anderes als meine innere Stimme konzentrieren. Der Krieg, der Terror, das sind alles nur Varianten des Schicksals, wie es auch die Krankheit ist. (Krank bin ich auch, alles explodiert auf einmal, in mir und um mich herum.) Und doch, auch halbseitig paralysiert – die Welt, in der ich lebe, ist halbseitig paralysiert! – arbeiten, beenden, was ich angefangen habe, jeden Tag zwei, drei Stunden finden, in denen ich mich zum Lesen und Schreiben zwinge – bis zum letzten Augenblick.

Kalter Mai. Ich zittere im Sonnenschein.

Mit den Menschen kann man nicht reden, so wie man auch mit Betrunkenen oder Geisteskranken nicht streiten kann: Die ungarische Mittelklasse hat sich an der Judenfrage berauscht und den Verstand verloren. Die Russen stehen bei Kőrösmező, die Engländer und Amerikaner überfliegen Budapest, aber diese Gesellschaft will nicht, kann nicht anders, als rasend und wutschnaubend über die Juden herzuziehen.

Doch zur Arbeit bedarf es nicht nur eines Willens. Es bedarf auch eines Lebensstils, einer Atmosphäre ... und das alles fehlt.

Und dennoch, bleib stärker als dein Schicksal: Ersetze den Lebensstil, die Atmosphäre, ersetze alles durch deinen Willen!

Der Mensch, eine Seuche.

Die Geschichte der Armenier von Musa Dagh findet hier bei uns statt, Tag für Tag, in jeder ungarischen Provinzstadt. Der Schauplatz der Deportationen ist nicht Mesopotamien, es sind in Stadtnähe gelegene Ziegelfabriken und Ähnliches; von dort geht es nach Polen. Tagtäglich erlebe ich die Wiedergeburt von Werfels Roman: So wie Enver Pascha und die Türken die Armenier ausgerottet haben, da »Rechtgläubige nicht mit Christen zusammenleben dürfen«, so treiben die rechtgläubigen Nationalsozialisten die Juden, mit denen sie nicht in einem Land leben dürfen, aus ihren Wohnungen, berauben sie ihres Besitzes, ihrer Freiheit und schließlich wohl auch ihres Lebens – den Mördern bleibt gar keine andere Wahl! Warum? Weil es Juden sind, weil es »Feinde« sind, weil es »Fremde« sind, weil … und am Ende gibt es keine Antwort. Weil es *möglich* ist.

Irgendwo gibt es sie noch, die Musik, das Meer, Lorbeerbäume, denkende Menschen … Ich denke an sie, wie ein Todkranker an die Landschaften und Gerüche eines weit zurückliegenden Sommers denkt.

Das alles wächst in der Tat über jedes individuelle Schicksal hinaus. Ich bin Augenzeuge eines Massenunglücks, ausgelöst durch einen Massenwahn. Der große »Spaß« darf natürlich nicht bei den Juden aufhören. Und was geschieht, wenn sie alles bekommen haben? … Wenn es möglich ist, Menschen die Freiheit, die Menschenwürde, vielleicht sogar das Leben zu nehmen, warum soll dann diese blinde, tollwütig plündernde und zerstörende Meute vor irgendeinem Besitz, irgendeiner Person haltmachen? Den Flammen ist es egal, was sie verbrennen, solange es nur etwas einzuäschern gibt.

Nie sind Menschen so gefährlich wie in dem Augenblick, da sie sich für Verbrechen rächen, die sie selbst begangen haben.

Wo ist wohl jene Elite, von der sich Ortega y Gasset erhoffte, dass sie den durch seine Instinkte wild gewordenen Massenmenschen zügeln, bilden, zur Sittlichkeit erziehen würde? Irgendwo muss sie sein, so viel ist gewiss. Sie verbirgt sich. Versucht, möglichst unauffällig zu bleiben, die heiligen Schriftrollen, die Manuskripte, bewahrt sie in ihrer Handtasche, in ihrem Gepäck für den Luftschutzkeller auf …

Diese Elite ist restlos erschöpft. Niemand, der es nicht erlebt hat, kann wissen, was man in den letzten zehn Jahren ertragen – und verschweigen! – musste. Sie wird, wenn es wieder möglich sein wird zu sprechen, keine Kraft mehr dazu haben.

Ich glaube nicht mehr daran, dass irgendeine Kultur die niedrigen Instinkte und Affekte des Menschen dauerhaft durch Erziehung disziplinieren kann. Ich glaube nicht mehr daran, dass der Mensch auch aus anderen Gründen als aus Feigheit, Not oder einer momentanen Sentimentalität redlich und gerecht sein kann.

Ich glaube immer mehr, dass das Höchste, wozu der Mensch fähig ist, echtes, menschliches Heldentum, nichts anderes als die bedingungslose, unverhandelbare Unparteilichkeit ist. Darin liegt die wahre menschliche Größe.

Heute leben alle Schriftsteller in einer Art Rodostó. Es gehört ungeheuer viel Kraft dazu, in diesem inneren Exil nicht jede Schaffenskraft verkümmern zu lassen. Und sich nicht in sinnlose Zwangshandlungen zu flüchten.

Eines der höchsten Lebensprinzipien ist die Pflichterfüllung. Jedenfalls für die Männer. Die Pflicht ist mehr als das Leben.

Im vergangenen Vierteljahrhundert bestand meine Pflicht darin, mich mit aller Kraft der Arbeit zu widmen. Das habe ich – mal besser, mal schlechter, so gut es eben ging – auch getan. Jetzt besteht meine Pflicht darin, mit aller Kraft nicht zu arbeiten; zumindest nicht für die Welt. Auch das ist nicht einfach.

Und dennoch, so miefig die Lebensbedingungen auch sind: Ich schreibe diesen Roman. Was ich schreibe, ist gewiss nicht »gut«; es fehlen sämtliche Voraussetzungen für die Arbeit, die Atmosphäre eines Schriftstellerlebens, meine Bücher, die würdige Umgebung, die eine solche geistige Arbeit verlangt! Und die vielen kleinen Sorgen, die es gibt! Lächerlich und gar nicht lächerliches Elend! Und es hilft auch nichts, wenn ich an die anderen denke, meine Gefährten und Freunde, die ihr Dasein jetzt in Internierungslagern fristen. Jeder leidet auf seine Weise.

Und dennoch schreibe ich diesen Roman; während Ungarn in sein Verderben rennt. Ich kann nicht anders helfen, kann der Zeit keine andere Antwort geben, nicht anders Widerstand leisten als so: indem ich versuche, diesen Roman niederzuschreiben, während die anderen versuchen, alles zu vernichten, worin der tiefste Sinn Ungarns bestanden hat: die Kultur und die Menschlichkeit.

Diese elenden Wichte: wie sie sich beeilen, »dabei zu sein«, nicht wegzubleiben, die »Stellung«, das »Fixum« nicht zu gefährden! Die Menschen sind gar nicht so niederträchtig, wie sie jämmerlich sind.

Was ist an Rousseau so hoffnungslos langweilig? Nicht das, was er sagt, noch die Art, wie er es sagt. Ich fürchte: seine Seele.

Krankheit, Krieg, Verfolgung, Verleumdung, Elend, Versteckspiel, Denunziation, Pestilenz, Langeweile, Selbstsucht, Habgier, Grausamkeit ... was ist das alles zusammen? Wahnsinn, ein fiebriger Albtraum? Nein, das menschliche Leben.

Hendrik van Loons sarkastisch-wehmütiges Buch über *Die Geschichte der Menschheit*.

Der Autor steht auf einer kleinen Anhöhe, auf seinen Stock gestützt, Zigarre im Mund, als mache er Rast während eines Spaziergangs; so blickt er auf die Geschichte der Menschheit hinab.

Was er sieht, ist entsetzlich. Und doch nicht ganz hoffnungslos. Nur betrachten und erleben wir Menschen die Dinge aus einer solchen Nähe und über einen so hoffnungslos kurzen Zeitraum, dass wir nicht fähig sind, die wirklichen Dimensionen zu überblicken. Der Mensch hat sich sehr wohl entwickelt, sowohl in der unendlichen Zeit – in der sich das Säugetier aufgerichtet hat – als auch in der unendlich kurzen geschichtlichen Zeit, die wir kennen. Er hat wunderbare Dinge gelernt, erfunden, verwirklicht.

Aber dann folgen Zeiten – warum? –, in denen er mit Blindheit und Taubheit geschlagen zu sein scheint. Als habe er alles vergessen, was Ägypter, Chaldäer, Phönizier, Mauren, Europäer geschaffen haben. Eine solche Zeit haben wir auch heute. Der Mensch lebt nur für seinen Bauch, seine Instinkte, seine Leidenschaften.

Aber eines Tages werden ein paar elitäre Menschen die menschliche Gattung wieder aus diesem Dunkel emporheben. Ein Dante. Ein Kolumbus. Ein Paulus. Nur das zählt.

Warum bin ich ein »Städter«? Weil ich glaube, was Hendrik van Loon sagt: Es waren die Städter, die der Menschheit alles geschenkt haben, die Menschen der babylonischen, griechischen, römischen, karthagischen, hanseatischen und lombardischen Stadtstaaten: den Mehrwert, die Proportion, das Maß, die Ideen, das Schöne. Nicht die Schäfer, nein, und auch nicht die Rinderhirten. Die großen Sätze der Menschheitsgeschichte wurden nicht auf Weiden ausgedacht und ausgesprochen, sondern auf den Foren.

Dummheit ist vielleicht doch aggressiver als Habgier und Grausamkeit. Mit einem habgierigen oder grausamen Menschen lässt sich, sofern er ansonsten verständig ist, noch verhandeln. Ein dummer Mensch hingegen ist lebensgefährlich, da er unnahbar und unberechenbar ist. Man kann mit ihm nicht streiten. Es ist beinahe unmöglich, sich gegen ihn zu wehren; man muss ihn ertragen wie einen Schicksalsschlag. Seine Gnadenlosigkeit, seine Selbstsucht, seine Zähigkeit sind höllisch.

Aufgerieben zwischen Juden und Christen, vertraut mit der Seelenwelt der Verfolger wie der Verfolgten, beiden mit der gleichen Hoffnungslosigkeit lauschend … Nun ja, machen wir weiter, solange es geht. Aber nimmt mich eine Bombe ins Visier, ich werde nicht protestieren.

Die Geschichte, diese Krankengeschichte des Irrsinns …

Hin und wieder ein lichter Moment in diesem schwülen Chaos: Konfuzius, Buddha, Dante, Shakespeare, Arany, Goethe. Der Rest ist Wahnsinn, Langeweile und Schande.

Es kann nicht sein, dass das Leben nicht auch noch etwas anderes ist – irgendein Mehrwert, irgendetwas Bleibendes. Irgendetwas anderes als diese wimmernde Mühsal, diese sture Grausamkeit.

Luftangriffe auf Treviso. Und auf Vicenza. Auf Palladios Kirchen und Paläste.

Ich war unmittelbar vor dem Krieg zum letzten Mal dort. Habe vor dem Stadttor von Treviso einen Espresso getrunken und in Vicenza übernachtet. Fünf Jahre ist es her.

Gott, gib den Juden Kraft, die Verfolgung, die Qualen und Peinigungen zu ertragen. Gib ihnen Kraft, stark zu sein im Leben und im Tod.

Und wenn sie die Verfolgungen überleben, gib ihnen Kraft, nicht den Kopf zu verlieren, nicht ihrerseits zu Amok laufenden Verfolgern zu werden. Gib ihnen Kraft zu menschlicher Größe, zur Geduld. Denn Rache gebiert nur neue Affekte. Und vielleicht haben Huxley und die Oxford-Bewegung recht, wenn sie sagen, dass es nur eine Möglichkeit gibt, den Feind zu besiegen: indem man ihn erträgt.

Ich denke an all die Menschen zurück, die in den letzten Jahren den Anschein erweckten, mir wohlgesinnt zu sein. Wie unendlich fern sie sind! Wie substanzlos diese Beziehungen waren, ohne jeden echten inneren Bezug! Nicht ein Einziger unter ihnen hat menschlich anregend auf mich gewirkt. Ist das meine Schuld? … Oder ist es das Schicksal aller zwischenmenschlichen Beziehungen? Die Schriftsteller mit ihrem krankhaften, neidischen Scharwenzeln! Die »Gesellschaftsmenschen«, die ihre Langeweile und Eitelkeit in meiner Gesellschaft spazierenführten. Diese »Diners« und anschließenden Abendgesellschaften, dieses leere Politisieren, diese heuchlerischen Streitgespräche, dieses Positionbeziehen! Ich werde nach Budapest zurückkehren, aber keinen von ihnen aufsuchen. Ich vermisse auch keinen von ihnen. Das »literarische Leben«, diese vor Neid schäumende, verleumderische Bagage … Was gehen sie mich an? Nichts.

Der Tag wird kommen – der heutige Tag! –, an dem der Mensch wirklich und endgültig, mit seinem ganzen Wesen und Schicksal erfährt, dass er nur zu Gott und zu seiner eigenen Seele einen Bezug hat. Und er wird fortan geduldig leben, das grausame und hektische Missverständnis eines Lebens unter Menschen ruhig über sich ergehen lassen und auf den Tod warten.

Die Liebe ... Ich denke an diese Anfälle und Krisen wie an längst vergessene exotische Länder zurück, die ich einst bereist habe.

Und was lag all diesen Krisen zugrunde? Wilder Egoismus. Und die Frage des Geldes. Niemals etwas anderes.

Er wartet auf den Tod ... aber mit welch tiefem Vertrauen er auf ihn wartet! Er drängt ihn nicht, geht ihm aber auch nicht mehr aus dem Weg. Er lebt, so gut es geht, schweigt, wenn er unter Menschen ist, sieht den Untergang von Städten, Ländern und Gesellschaften, schweigt und wartet. Der Tod ist ein großes Gutes. Aber auch ein großer Kraftakt, eine Prüfung, auf die wir uns ein Leben lang vorbereiten. Man muss getreu leben, aber auch getreu sterben ... treu jenem inneren Gesetz, das der Sinn unseres Lebens ist.

Wäre nur den Kindern ein leichteres Los beschieden. Diese Verantwortung ist furchtbar.

Vor einigen Monaten, als es in Ungarn noch den Anschein eines literarischen Lebens gab, schrieb man in Literaturzeitschriften fortwährend, ich sei kein Schriftsteller mehr, nur eine Art Journalist mit gelegentlichen Ausflügen in die Belletristik. Damals hatten sie nicht recht. Heute hätten sie recht, wenn ich ihnen die Gelegenheit böte, mich zu rezensieren: Ich bin in der Tat kein Schriftsteller mehr. Ich will es auch nicht sein.

In Budapest. Ständiger Luftalarm. Um neun Uhr früh in einem Felsenbunker im Burgberg während des Alarms. Am Bunkereingang Menschen im grellen Junilicht, bleich und verkatert, als kämen sie von einer Zecherei.

Ein funkelnder, strahlender, vollendeter Junimorgen. Kastanien wie toll gewordene Weihnachtsbäume, über und über mit Laub und Kerzen bedeckt. Es ist schon ein wildes Fest. Ich lese Goethes *Campagne in Frankreich*. Er bleibt 1793 – dreiundvierzigjährig – nahe Verdun vor einem Fischweiher stehen und bestaunt begeistert, wie die schuppigen Körper der Fische rötliches Licht abstrahlen, wenn Sonnenlicht auf sie fällt. Zu dieser Zeit beschäftigt er sich bereits mit der *Farbenlehre*. Am folgenden Tag erzählt er dem Herzog von Reuß von den Fischen und den roten Schuppen, und während die Heere der Verbündeten die Mauern Verduns mit Brandbomben versengen, gehen Goethe und der Herzog inmitten von Gewehrkugeln der Burgverteidiger spazieren und diskutieren über die Möglichkeiten der Farbenlehre.

So muss man leben, nur so.

Und mit Mitgefühl muss man leben. Ohne Sentimentalität, aber mit Mitgefühl, mit Erbarmen. Achtgeben, wann das Rettungsboot voll ist, und dann gnadenlos jeden zurückweisen, der auf das Boot zuschwimmt, weil er die voll besetzte Barke zum Kentern bringen könnte.

Voll Mitgefühl leben, aber objektiv. Wie ein Pfleger oder ein Arzt während einer großen Epidemie. Es steht nicht in unserer Macht, die Epidemie aufzuhalten, aber wir können von Bett zu Bett gehen, ein Glas Wasser, eine Spritze, ein linderndes Medikament, ein gutes Wort geben. Von früh bis spät, von spät bis früh. Das kann man tun, auch in Zeiten der Epidemie.

Beim Lesen unerbittlich sein. Lass dich nicht durch das Thema oder irgendeinen Trick des Autors bestechen. Lass dir solche Bestechungsversuche auch von den Größten nicht gefallen. Stets unerbittlich das Ganze im Auge haben, den Ton des Autors, seine Darstellungsweise, den Gegenstand und die Eigenheiten des Werkes; lass dich nicht langweilen oder durch Kunstfertigkeit blenden. Lies das Wesentliche heraus, das, was sowohl für das Werk als auch für seinen Schöpfer charakteristisch ist; denn der Charakter verleiht dem Werk seine Haltung.

Zwei Tage auf dem Lande. Alles steht in voller Blüte. Diese stille Fülle, diese über dem menschlichen Elend erblühende triumphale, gleichgültige, souveräne Junifülle tut weh. In der Luft irgendein süßer, gesegneter Duft.

Rom ist gefallen.

Während des französischen Feldzugs interessiert sich Goethe vornehmlich für die Möglichkeiten körperlicher Bequemlichkeit. Er hat früh gelernt, was wir irgendwann alle lernen müssen, dass sich ständige Lebensgefahr fast leichter ertragen lässt als permanente Unbequemlichkeit.

Warum ich nicht schreibe? Aber wie soll ich denn schreiben? Was denken sich die Verrückten, die hinterhältigen Ankläger, die jetzt die politische Blutanklage der »geistigen Sabotage« gegen die Schriftsteller erheben? Ich bin nicht ich, wenn ich schreibe: Das, was ich schreibe, erschafft mich, nicht umgekehrt. Ein Schriftsteller ist nicht jemand, der in einem Zimmer Platz nimmt und aus freien Stücken zum Schriftsteller wird; ein Schriftsteller ist nur eine Nervenfaser in einem geistigen Organismus, und wenn der Organismus als Ganzes gelähmt ist, wenn die Nervenfaser durch den geistigen Organismus als Ganzes nicht mit ausreichend Blut versorgt wird, hört sie auf zu funktionieren.

Gedichte, schon wieder Gedichte. Sie summen mir im Ohr, suchen mich heim. Jemand schickt mir eine Botschaft von sehr weit her. Mit zitternder Hand, tränennassen Augen notiere ich, was er gesandt hat. Das ist das ganze Gedicht.

In Budapest. Jedes Läuten hat eine Bedeutung; und ich öffne die Tür nur noch, wenn ich ein verabredetes Läuten höre. Den Telefonhörer hebe ich nur ab, wenn es nach einem bestimmten Signal läutet. So leben wir.

Wer diese Zeit nicht mit uns durchlebt hat, wer nicht unter uns war, als das alles begann, sich zuspitzte, sein wahres Wesen offenbarte, wer nicht weiß, was es heißt, beim Läuten aufzuschrecken und dabei schon lange nicht mehr um das eigene Leben besorgt zu sein; wer nicht weiß, was dazu gehört, beim Sirenengeheul, das einen Bombenangriff ankündigt, gleichgültig aufzublicken, da unsere Nerven diese Gefahr längst in einem Gemisch anderer, noch bittererer und gefährlicherer Gifte neutralisiert haben; wer nicht wenigstens einem Kind geholfen, einem armseligen Obdachlosen Unterkunft gewährt hat, wer nicht weiß, was es heißt, mit der morgendlichen Post eine Postkarte zu bekommen, die an irgendeinem Bahnhof von jemandem aus einem Viehwaggon geworfen wurde, der mit achtzig anderen dem Tod entgegenfährt; wer das nicht mit uns durchlebt hat, diese drei Monate, diese fünf Jahre, diese zehn

Jahre, der stelle sich niemals als Richter vor uns. Richten darf hier nur einer, der unter uns gelebt hat.

Ich habe in diesen Monaten zwei Arten von Menschen kennengelernt: den, der sein Bedauern ausdrückt und nichts tut. Und den, der kein Wort sagt, aber hilft.

Marlowe, *The Jew of Malta*. Er war ein Zeitgenosse Shakespeares, und es ist gut möglich, dass er dem *Kaufmann von Venedig* den Dramenstoff lieh.

Wie lebt der Jude in der Phantasie eines englischen Schriftstellers des sechzehnten Jahrhunderts? Eine spannende Lektüre in diesen Tagen. Marlowes Jude scheint direkt den Spalten des *Stürmer* entsprungen zu sein: habgierig, unersättlich, blutrünstig, arglistig, wortbrüchig, feige und rührselig. Dieser Jude von Malta ist eine Art *Jud Süß* – dem Stück wäre Erfolg beschieden, wenn es heute aufgeführt würde. Was ist dieses ewige Missverständnis? Und welche Schuld trägt die Literatur daran? So wie die unvergänglichen Gestalten des Marionettentheaters – der Kasper, János Vitéz und der Tod – oder der Komödie, der Commedia dell'Arte – die Schwiegermutter, der Geizige, der gehörnte Gatte, der Esel, der einfältige Diener –, so lebte der Jude in der Requisitenkammer der Literatur. Eine unvergängliche Gestalt mit Schläfenlocken, Blutdurst, Wucher, falschem Eid in der Kaftantasche und Christen schmähendem Fluch auf den Lippen. Wenn ein Schriftsteller in Bedrängnis geriet, zog er zu allen Zeiten diesen Stoff und diese Gestalt aus der Schublade wie etwa die Schwiegermutter oder den Geizigen.

Der Blick der Menschen in den Straßen von Budapest: Ja, lebt der denn noch? Und warum, mit welchem Recht? … Ihre Seh-, Gehör- und Geruchsorgane arbeiten auf Hochtouren. Ihr Gehör ist geschärft, ihr Blick der eines Spürhunds. Genauso stellt der Jagdhund das Wild, wittert er die Beute.

Den Roman beenden. Es gibt keinen Ausweg.

X. ist nach Polen deportiert worden. Der Bezirksverwalter, den ich brieflich bat, den sechsundsiebzigjährigen Mann nicht wegzubringen, sondern im Getto zu lassen, schlug mir die Bitte in wenigen Zeilen ab. Er könne nichts tun, schrieb er. Aber warum kündigt er nicht, wenn er nichts tun kann?

In jedem Viehwaggon fahren achtzig Personen, mit zwei Eimern Wasser. Die Sterbensrate während der Fahrt liegt bei fast zwanzig Personen. Ein Waggon war sechs Tage lang von Nagyvárad bis Kaschau unterwegs. In den für vierzig Personen beziehungsweise sechs Pferde konzipierten Waggons können achtzig Personen weder liegen noch sitzen.

Die Angelsachsen haben mit der Invasion Frankreichs begonnen.

Ich habe zwei Gedichte geschrieben: »Widmung« und in einer ersten Fassung die These von »Rosen, Sommer, Leidenschaft«.

Kosztolányi war ein großer, sehr großer Schriftsteller: heiter, empfindsam, klug, geistvoll, weise, traurig, boshaft. Jede seiner Zeilen ist edel, reich, seltsam pulsierend.

Aber es gibt bei ihm, in seinem Leben wie in seiner Literatur, auch noch einen Mehrwert; und es genügt nicht, ein großer Schriftsteller zu sein, damit ein Werk einen solchen Mehrwert ergibt. Ich denke an den Mehrwert eines Werkes wie das *Buch Jona*. Das ist bereits Gnade.

In der Stadt *L*. Der jüdische Arzt *A*. wurde ins Arbeitslager, sein fünfjähriges Kind mit den Gettobewohnern im Waggon nach Polen gebracht; seine Praxis blieb, wo sie war. *A*. war mein Schulkamerad gewesen. Er hatte seine Praxis modern eingerichtet, mit Röntgenapparat, Elektrokardiograf. Lauter Raritäten auf dem Land. Um die Praxis, den Röntgenapparat, die Ausstattung stritten sich zwei Leute: der örtliche Amtsarzt und ein Internist. Die Räuber konnten sich nicht einigen. Der Streit artete in eine ritterliche Angelegenheit, ein Duell aus.

Denn wir sind ein ritterliches, herrschaftliches Volk, bitte ergebenst.

Die Gestapo hat vierzehn »Großjuden«, unter ihnen die Familienangehörigen des berühmten milliardenschweren Fabrikanten, gegen ein märchenhaftes Lösegeld in die Schweiz ausreisen lassen. Es wird berichtet, dass sie auch schon angekommen sind.

Diese steinreichen jüdischen Millionäre haben bei uns alles vom Leben bekommen, was ein Mensch nur bekommen kann. Während der Fluchtverhandlungen kam keinem von ihnen der Gedanke, um das Leben von fünfhundert armen, elenden jüdischen Kindern zu bitten, wenn sich denn so etwas überhaupt mit Geld regeln lässt. Und wie ich die Deutschen kenne, hätten sie dem um das Leben der fünfhundert Kinder bittenden Großjuden als Zugabe vielleicht auch das Leben der flüchtenden Familienangehörigen der reichen Familie geschenkt. Aber auf den Gedanken verfielen sie gar nicht.

Am Vormittag beobachte ich die Bewohner eines Ameisenhaufens bei der Arbeit. Es entsteht nicht nur eine, es entstehen gleich vier solche Awaren- oder Gepidenburgen, eine Art *West-Wall* der Insekten. Ihre Arbeit ist erschreckend zweckmäßig. Manche Ameisen tragen schwere, reiskorngroße Steinbröckchen, das Zweifache, Dreifache ihres Körpergewichts, aus der Tiefe bis zum Rand des Trichters herauf. Andere schleppen tote Fliegen, Insekten in die Tiefe, in die Kühlhäuser hinunter. Am Mittag zerwühlt, zerscharrt ein verspielter junger Hund einen der Ameisenhaufen. Bis zum Abend zeichnen sich bereits die Umrisse des neuen Baus ab.

Gefahrenbewusstsein ist bei ihnen nicht erkennbar. Ich zertrete mit einem unbedachten Schritt ihre mehrwöchige Arbeit. Dennoch bauen sie weiter; und wie ich von Maeterlinck und anderen weiß, brauchen sie auch Euphorie, Betäubung, um existieren zu können; sie nehmen eine Art Blattlaus gefangen, melken sie und betäuben sich lustvoll an ihrem Sekret.

Monsun. Am frühen Morgen liegen drei tote Spatzen auf dem Gartenweg.

In Budapest. Luftalarm, Luftangriffe in der Nacht und am Tag. Nach dem Angriff am Vormittag steigen drei dichte, schwarze Rauchsäulen hinter dem Gellértberg hoch. Dieser säuerlich riechende schwarze Nebel verdunkelt die Sonne. Ich sehe so etwas zum ersten Mal. Man hat eine der Ölraffinerien getroffen.

Im Luftschutzkeller sitzt Gräfin *U.* auf einem Schemel, in larvenhafter Schönheit, mit glänzenden Augen. Begrüßungen, Gesellschaftsklatsch. Wir unterhalten uns über gemeinsame Bekannte, Menschen, die in alle Winde zerstreut wurden. Das alles geschieht – im schwülen, feuchten Dämmerlicht des öffentlichen Luftschutzkellers unter Kranken, Säuglinge wiegenden Müttern, finster dreinblickenden Menschen, inmitten dumpfer Bombenexplosionen und wegen

Stromunterbrechung erlöschender Glühbirnen – in einem gesellschaftlichen Ton wie im Keller der Conciergerie.

Ich habe nichts mehr übrig für »mutige« Menschen, bin ihnen gegenüber misstrauisch. In der Not sind alle mutig, auch die Feiglinge, wenn der Augenblick gekommen ist. Ich liebe die zähen Menschen, die das, was sie sich vorgenommen haben, schließlich auch schaffen; und dabei vielleicht gar nicht so mutig sind.

Ein Luftangriff am Vormittag. Er endet beim mittäglichen Glockengeläut. Schirokko. In der Luft ein bitterer Gestank, der Geruch brennenden Öls. Budapest in dieser Stunde ist wie ein großer Körper nach einer heftigen Liebesumarmung: zwischen Tod und Befriedigung.

Du guter Tod, nimm mich in die Arme, wiege mich in den Schlaf.

Der eine sagt: Ich muss es überleben, das Ganze ist doch zu beschämend, um daran zugrunde zu gehen. Der andere sagt: Ich muss es überleben, ich will wissen, wie es ausgeht. Der Dritte sagt: Ich muss es überleben, weil mir noch viel zu tun bleibt, und so weiter. Keiner von ihnen sagt die Wahrheit: Dass es manchmal fast genauso gut ist zu leben, wie tot und ahnungslos zu sein.

Von diesem Krieg, der grauenvoller ist, als sich irgendjemand ihn je hätte vorstellen können, kann schließlich jeder mehr ertragen, als er sich je hätte vorstellen können.

Wir haben das Leben als Ganzes aus dem Blick verloren. Stattdessen haben wir etwas bekommen, was fast genauso ganz ist: die halben Stunden.

Die echten Schreckensgerüchte werden jetzt nicht mehr in Cafés ausgebrütet, sondern in den offiziellen Blättern mitgeteilt.

Nachts lese ich den fertigen ersten und den begonnenen zweiten Band der *Beleidigten*.

Ich habe das Manuskript seit einem Jahr nicht mehr angesehen. Jetzt ist mir klar, dass es unproportioniert ist; und ich sehe seine wirklichen Proportionen deutlicher vor mir. Auch mit dem Manuskript ist in der Zwischenzeit etwas passiert, nicht nur mit der Welt, nicht nur mit mir; sein Schicksal hat sich erfüllt. Es ist mir nicht möglich, mich von ihm zu trennen. Ich muss *Die Schwester* und *Die Beleidigten* beenden. Bomben, Deportationen, das alles ist keine Ausrede; ich darf nicht nur die Menschen, ich darf auch mein Werk nicht im Stich lassen.

Ich muss all meine verbleibende Kraft der Vollendung der *Beleidigten* widmen. Sonst war alles nutzlos und umsonst, meine Arbeit wie mein Leben.

Ja, das Leben ahmt die Kunst nach. Mit einem visionären, treffenden Wort aus dem Sagenkreis kann ein Schriftsteller die Wirklichkeit um Jahrtausende vorwegnehmen.

Die »Kondensstreifen« etwa, die die amerikanischen Flugzeugstaffeln bei ihrem Angriff auf Budapest an den sommerlichen Himmel über meinem Kopf zeichnen: die Straße der Heere.

Eine Dame sucht mich auf und teilt mir mit, dass ich schon am nächsten Tag in Kairo sein könne – mit einem Flugzeug des Roten Kreuzes und der heimlichen Hilfe der Gestapo –, wenn ich sechshunderttausend Pengő bezahle oder jemanden finde, der eine Million Pengő bezahlt und mich als Fahrgast zu sich ins Flugzeug setzt.

Ich bedanke mich für das Angebot und lehne ab. Habe weder sechshunderttausend Pengő noch einen Mäzen, der für einen solchen Zweck eine Million opfern würde. Aber das ist nicht das größte Hindernis, ein solcher Mäzen ließe sich vielleicht noch auftreiben. Irgendein reicher Aristokrat oder großzügiger Jude könnte solch astronomische Summen wohl beschaffen. Es geht um etwas anderes: Ich will von hier nicht weggehen. Ich glaube nicht, dass ich mich irre: Ich weiß genau, was kommen wird. Man muss es ertragen. Ich muss mein Buch beenden und dann leben oder sterben, wie es das Schicksal will.

Man kann daran sterben; das ist eine Lösung. Aber man kann es auch ertragen; und auch das ist eine Lösung.

Der Gärtner ernährt sieben Kinder von diesem Stück Land, das nicht einmal ihm gehört; er bewirtschaftet und bebaut es nur, weil es sich so ergeben hat; die männlichen Familienmitglieder haben nur ein Paar Schuhe; ist der Sohn bei der Levente-Übung, gehen die anderen barfuß. Der Gärtner beschäftigt sich also nur mit den wesentlichen Dingen. Eines der sieben Kinder ist ein Enkelkind; es stammt aus einer wilden Ehe, die älteste Tochter, eine Straßenbahnschaffnerin, hat es eines Tages mitgebracht. Es hat seinen Platz neben den anderen sechs, niemand spricht darüber. (Wie Montaigne, der gesagt hat: »Ich hatte drei Kinder oder vier …«) Der Gärtner weiß genau, wie wichtig es auch inmitten eines Weltkriegs ist, ob es regnet, ob die Kirschen wurmig sind, weiß, was schon Goethe wusste: dass es für einen Menschen eine bedeutungsvollere Aufgabe ist, sieben Kinder satt zu machen als einen Staat zu regieren.

Frances *Thaïs*. Ich lese es wieder nach zwanzig Jahren zum zweiten Mal. Heiter, sprühend, vollendet. Der tiefste Sinn des Lebens war eben doch die Leidenschaft.

Und da es auf die Frage, ob es sich »gelohnt« hat, ohnehin keine Antwort gibt, ist es menschlicher und aufrichtiger, sie gar nicht erst zu stellen.

Die Autobiografie von Miklós Barabás: eine Oase in jener Wüste, die bis heute das Los eines ungarischen Schriftstellers und Künstlers ist. Ein gnädiges Schicksal trägt ihn über achtzig Jahre auf Händen; nach Jahren des Elends in der Kindheit wendet sich die Welt seinem Talent zu, und er bekommt die Möglichkeit, in Ruhe, Würde und Anstand sein Werk, die große ungarische Porträtgalerie des neunzehnten Jahrhunderts, zu erschaffen. Er lebte freilich im letzten Jahrhundert, als sich Künstler und Publikum noch gegenseitig achteten. »Ich habe mich nie mit Politik beschäftigt«, schreibt er bescheiden nach 1848. Heute würde sich die Politik seiner schon noch annehmen!

Barabás zitiert Miklós Wesselényis Ausspruch: »Leiden lehrte man mich, nicht mich zu fürchten.«

Cherbourg ist gefallen. Die Russen haben in Finnland und bei Witebsk ihre große Sommeroffensive gestartet.

Carlyles Studie über Walter Scott. Ich machte mich misstrauisch an die Lektüre, ich mag seinen Schwulst, seine Zwischenrufe, seine pathetische und bombastische Sprechweise nicht. Aber die kleine Studie kommt gleich im einleitenden Abschnitt zum Wesentlichen: dass Größe im Allgemeinen nicht in unserem Handeln, unserem Werk, unserem Verhalten, unseren Äußerungen, sondern in etwas anderem liegt in dem hinter den Worten und Taten verborgenen stummen Gehalt. Vielleicht in der Inbrunst, mit der man seinem

Dämon antwortet. Und Größe kann nur jemand haben, der einen Dämon hat.

Walter Scott zum Beispiel hatte keinen. Aber er war gesund, und Gesundheit ist vielleicht noch mehr als Größe. Und dennoch brauchen die Menschen eher jene unglücklichen, mit sich ringenden Geister, die zu einem ungeheuren Preis irgendeine evangelische Botschaft übermitteln, wie Dostojewski, Goethe oder Shakespeare. Letzterer überbringt selbst dann noch eine Heilsbotschaft, wenn er mit seinem gesunden Menschenverstand nichts anderes will, als die Kassen des Globe Theatre zu füllen. Und zu diesem Zweck *Hamlet* schreibt …

Die Walter Scotts wollen keine himmlische, evangelische Botschaft überbringen; den Dämon kennen sie nicht. Sie sind gesund, prächtig, reich. Sie bilden im schrecklichen Zweikampf von Mensch und Welt jene besänftigenden, üppigen, vor vegetativer Fülle wuchernden Inseln, in deren Revieren keine Dämonen lauern und auch keine Götter.

Samstag um Mitternacht wurden die Häuser des Budapester Gettos abgesperrt. In diesen schrecklichen Massenunterkünften leben über zweihunderttausend Menschen und warten darauf, in Viehwaggons in die polnischen Lager deportiert zu werden. Besuche sind nicht mehr gestattet.

Dieses Massenunglück kam nicht unerwartet; und doch hat niemand wirklich damit gerechnet, dass es passieren könnte. Seine Ausmaße, seine menschliche Bedeutung lassen sich im Moment noch gar nicht begreifen. Tag für Tag erlebe ich eines der fürchterlichsten Kapitel der ungarischen Geschichte. Und ich hänge nicht mehr am Leben. In mir herrscht eine tiefe Gleichgültigkeit und Entschlossenheit, alles zu akzeptieren, was mir das Schicksal noch bringt.

Macaulays Büchlein über Milton. Der Geschichtsschreiber, für den ein Dichter oder eine Dichtung genauso ein Produkt der menschlichen Geschichte ist wie eine politische Partei oder eine Schlacht. Und vielleicht hat er damit sogar recht: Dichter und Dichtungen sind geschichtliche Ereignisse im Leben der Völker. Eine geheimnisvolle geschichtliche Erfahrung; die Völker erschaudern zuweilen ob ihrer Bedeutung und erschlagen den Dichter wie einen Krieger. Aber »ein Mohawk spürt das Skalpiermesser kaum, während er sein Todeslied herausschreit«.

Der blinde, verbannte, verfolgte Milton in seiner stillen, traurigen Erhabenheit ist als Mensch genauso groß wie als Dichter. Er erduldete alles und sang bis zum letzten Moment die seltsame Melodie, die nur die seine war.

All dieser Schrecken, dieses Grauen wird einmal ein Ende haben, und für viele – denn viele werden auch das Grauen überleben – bricht dann »die Zeit des angstfreien Lebens und der Freiheit« an. Aber auch diese Zeit wird schrecklich sein, eine Zeit der Rache, des Blutvergießens und der ungerechten Forderungen nach Rechenschaft. Und doch wird es so richtig sein. »Für die Übel, die eine vor Kurzem erworbene Freiheit erzeugt, gibt es nur ein Heilmittel: Freiheit«, schreibt Macaulay. »Wenn ein Gefangener seine Zelle zum ersten Mal verlässt, so vermag er das Tageslicht kaum zu ertragen, unterscheidet keine Farbe, erkennt kein Gesicht. Will man ihn aber heilen, so darf man ihn nicht in sein Gefängnis zurückführen, sondern muss ihn an die Sonnenstrahlen gewöhnen. Der Glanz, den Wahrheit und Freiheit ausstrahlen, mag Völker, die in dem Hause der Knechtschaft halb blind geworden sind, auf den ersten Augenblick blenden und betäuben. Lasst sie aber nur in das helle Licht blicken, und sie werden es bald ertragen. Im Laufe weniger Jahre lernen die Menschen denken.

Die äußerste Heftigkeit der Meinungen lässt nach … Die zerstreuten Elemente der Wahrheit hören auf, sich zu bekämpfen, und beginnen zusammenzuschmelzen …« Und das ist viel wert; auch das, was es uns unweigerlich kosten wird.

Nein, nichts kann durch Rache geregelt werden. Aber sie ist in sich ganz und vollkommen, wie ein Sturm, eine Flut. Es gibt keine menschliche Handlung, die ihrer ganz entbehrte.

Und dennoch, ein Schriftsteller sollte nie nach Rache rufen. Er sollte die Menschen verstehen und alles ertragen, was der menschlichen Natur entspringt.

Fast noch unsympathischer als die großen Räuber sind die kleinen Feiglinge, die inmitten dieser Feuersbrunst mit falschem Lächeln und feigen Bedenken Silberlöffel retten wollen.

Nachts heftiger Bombenangriff. Und in der Stadt, die von den Bomben aufgerissen und umgewühlt wird, hoffen viele Tausend Menschen, dass eine der Brandbomben ihrem Leben ein Ende setzt.

Ich weiß nicht, ob ich die Kraft finden werde, die beiden Fragmente – *Die Schwester* und *Die Beleidigten* – in der kommenden kurzen Zeit noch abzuschließen. (Kurze Zeit, denn ich spüre, dass die Kraft, die mich bisher aufrecht gehalten hat – die Kraft des inneren Widerstands –, nachzulassen, zu versiegen beginnt.)

Ein Moment im Garten. Ein Moment zwischen zwei Unendlichkeiten; die Sonne scheint; die Rosen verblühen; zwischen den Fluten zweier Meere des Grauens fühle ich mich restlos glücklich.

Sie blinzeln und manövrieren. Wie ich sie verachte!

Die Schuld, die sie auf sich laden, ist kollektiv, also wird auch die Sühne kollektiv sein. Ist ihnen auch das nicht bewusst?

Die Erde zum Beben bringender – im wahrsten Sinn des Wortes erdbebender – Luftangriff. Ich sitze im Garten unter einem Baum. Amerikanische Maschinen fliegen tief am Himmel.

Ich lese Sainte-Beuves *Causeries du lundi*.

Der Luftdruck hebt das Häuschen, in dem ich jetzt lebe, wie die gereizte Handbewegung eine Spielzeugdose.

Der Versuch – der erste in meinem Leben –, einen Detektivroman zu lesen. Ich nehme mir gleich zwei Romane vor, Werke der Herren Wallace und Leblanc: Beide sind sterbenslangweilig. Auf Seite zehn schlafe ich ein.

Da ist Dante schon spannender; und Vörösmarty auch.

Ein dicker politischer Journalist eilt mir entgegen, hält mich an, sagt misstrauisch: »Du siehst gut aus! ...«

Der bisher schwerste Luftangriff beginnt am dritten Juli morgens um halb zehn – und ist vermutlich doch nur das Vorspiel zu noch heftigeren Angriffen. Der Himmel gleicht nun wirklich einer Eisbahn, die von Schlittschuhkufen mit verspielten Linien vollgekratzt wurde, oder einem Spiegel, auf den betrunkene Hände mit einem Diamanten krumme Linien gezogen haben. Ab und zu blitzen in großer Höhe ein paar Dutzend schmetterlingsgroße Flugzeuge mit silbernen Flügeln im Sonnenschein auf. Zwei Stunden lang dröhnen die Flugzeuge. Manches stürzt unweit von hier in die Donau. Ich sitze im Zimmer mit Blick auf den Garten, von dort verfolge ich durch das offene Fenster den Angriff, der – wie ich am Abend erfahre – einen Großteil des Villenviertels am Stadtwäldchen und viele Häuser in der Neuen Leopoldstadt zerstört hat.

Am Morgen begebe ich mich bei einem schwülen Schirokko in die bombardierte Stadt. Im Tunnel ereilt mich die Meldung eines neuerlichen Luftalarms. Im Horváth-Garten, im Vérmező-Park kampieren Tausende Menschen: Männer in Hemdsärmeln, Mütter mit Bündeln und Kindern. Das ist schon Panik. Bei Luftgefahr rennen sie in Richtung des Tunnels und des als sicher geltenden Felsenbunkers in der Burg. Unterwegs passiert der Zug die Ziegelfabrik von Budakalász. Hier, in den Scheunen, die sonst zum Trocknen der Ziegel dienen, warten siebentausend Juden aus dem Budapester Umland auf die Deportation. Am Bahndamm stehen Soldaten mit Maschinenpistolen

Das muss man alles *gesehen haben*; Gehörtes, Erzähltes gibt die Wirklichkeit nicht wieder. Ich gehe zum Arzt, dann zu meiner Wohnung. Ich besorge mir abermals eine Portion Morphin, um ganz sicherzugehen, falls das Ganze zu langweilig und sinnlos wird.

Sich jetzt nach Budapest hineinzubegeben ist so, als liefe man in ein brennendes Haus, um dem Rauch und den Flammen zu entreißen, was noch zu retten ist.

Ausgiebiger halbtägiger Juliregen. Untätig, mit einer Art Heimweh starre ich in den Regen; wie jemand, der schon allzu gern sein Menschenschicksal ablegen und sich den Gesetzen der Natur überlassen möchte.

Es ist in der Tat sehr spannend, was Sainte-Beuve in den *Montagsplaudereien* über die Sitten Mademoiselle Scudérys mitteilt. Und über die Tugend Madame Maintenons. Und über die literarischen Ambitionen Mademoiselles, der Schwester des Königs … Ich lese diese feinsinnigen, gewissenhaften und edelmütigen Apologien, diese Rechtfertigungen vermeintlicher Tändeleien längst verstorbener Damen zwischen zwei Bombenangriffen, und die Lektüre kommt mir nicht unzeitgemäß vor. Mademoiselle Scudéry lebte neunzig Jahre, und von ihren langen Romanen lebt keine einzige Zeile mehr; auch Berlin ist nicht mehr; und morgen werde ich auch nicht mehr sein. Aber der Geist wird bleiben, solange Menschen leben. Ich lese diese Plaudereien ohne Gewissensbisse.

Was wird uns die Zukunft bringen? … Die Wende? … Aber die Zukunft ist doch schon da! Kann sie etwas anderes sein als die Fortsetzung der Gegenwart, kann dieser Gegenwart eine andere Zukunft entspringen als die, deren Saat diese Zeit in sich trägt und heranreifen lässt? Ist es vorstellbar, dass uns irgendein militärisches oder gesellschaftliches Ereignis eine andere Zukunft beschert als die, die aus der Verbindung einer Schreckensherrschaft revoltierender Instinkte mit der Rache der gequälten Massen hervorgehen wird? Genau aus dieser Gegenwart wird die Zukunft entspringen. An die Stelle der Judenfrage wird die Klassenfrage oder eine Deutschenfrage treten – und alles wird genauso sein, wie es unter solchen Voraussetzungen sein kann.

Auch im Tierreich findet man Vornehmheit. Es gibt auch einen tierischen Adel – und das ist fast schon ein Trost in einer Zeit, in der überall die Herde herrscht und gedeiht.

Diese Goldamsel kehrt beharrlich in den Garten zurück. Ich beobachte sie stundenlang. Sie ist vornehm und von Welt. Sieht aus wie ein alter Hofrat in seinem schwarzgelben Staat am Hof Franz' I.

Lerne zu lächeln. Entspanne dich… Kein verkrampftes »Benehmen« nach außen! Und ein Lächeln nach innen! Ein ehrliches Lächeln, frei von jedem Gekränktsein. Hättest du den Menschen nicht helfen können?… Es war auch nicht deine Aufgabe. Du warst ein Mensch und lebtest unter Menschen, also hattest du keine Möglichkeit, irgendjemandem wirklich zu helfen.

Jetzt ist es auch egal: Irgendetwas ist unwiederbringlich vorbei. Noch einen Tag? Noch zehn Jahre? Irgendwie, irgendwo, gerade noch geduldet?… Wer wäre so töricht, jetzt noch Pläne zu schmieden? Oder gekränkt zu sein? Oder Wiedergutmachung zu fordern? Wieso Wiedergutmachung? Wofür? Sind nicht alle, die heute leben, die Opfer wie die Urteilsvollstrecker, gleichermaßen schuldig? Nimm den Tag, wie er kommt, mit Sonnenschein oder mit Regen. Und lächle, aufrichtig, von innen. Alles andere ist Sache der Menschen und der Götter.

Sainte-Beuve hat recht: Das »große Jahrhundert«, das in Wirklichkeit eine Mischung aus dem siebzehnten und dem achtzehnten Jahrhundert ist, brachte nicht nur große Frauen, sondern auch große Leidenschaften hervor. Diese Scudérys, Lespinasses, Sévignés hatten nicht nur den Mut zu denken, sondern auch zu fühlen. Ich habe unter Girls gelebt.

Ich fürchte mich vor meinem Gewissen noch immer mehr als vor der Welt.

Ich ertrage Hitze und Kälte noch immer schlechter als den Weltkrieg.

Die Menschen sagen nicht nur das, was sie sagen, sie sagen auch *sich selbst*: Diese beharrliche, einer fixen Idee gleichende zweite Aussage, die ihnen merklich wichtiger ist als alles, was sie sagen, schlägt im Stil durch.

Denke ich an das »literarische Leben« Ungarns in den letzten zehn, fünfzehn Jahren zurück, packt mich ein Ekel, der es mir wahrhaftig leicht macht, diesen lädierten Füller im nächsten oder übernächsten Moment ohne Bedauern wegzuwerfen. Das, was Csortos, der Schauspieler, die »Schreckensherrschaft der Choristen« nannte, war in der Literatur das schamlose Gekeife der Halbtalentierten, der elenden Schreiberlinge; es ist genauso erniedrigend, als hätte man in einer Abteilung der Nervenheilanstalt ein literarisches Café eingerichtet und zwänge einen, dort zu leben ... Diese »völkischen« Schriftsteller, die sich in ihrer Eitelkeit und Kränkung wie alternde Schauspielerinnen gerierten, diese »urbanen« Schriftsteller, die ihren Mangel an Talent und Charakter durch lexikalische Bildung ersetzen wollten, und überall fehlt die Großzügigkeit eines echten Talents ... oh, was für ein Graus! Und ich habe darin gelebt. Herr, ich kann verstehen, dass du das Ganze verabscheut und verurteilt hast und mit ihm die Gesellschaft, der es entsprang, deren Teil es war.

Individuelle Grausamkeit erzeugt Schuldgefühle. Institutionelle Grausamkeit erzeugt Situationen, die infolge ihrer eigenen Trägheit zu neuen Grausamkeiten verleiten.

Shaws *Mensch und Übermensch*. Wie veraltet, wie verstaubt, wie abgestanden ist doch diese muntere Revoluzzerei; wie abgedroschen dieses flexible Gesellschaftsbild; und wie unschriftstellerisch, also unverantwortlich dieses aufgeregte Bürgerschrecksgehabe. Die Zeit rächt sich furchtbar an solch großspurigen Revolutionären: Shaw will schockieren, aber er veranlasst den Leser nur zum Gähnen. Auf Seite hundert, als die Handlung im Sinne des Autors »am spannendsten« sein soll, schließe ich das Buch zutiefst gelangweilt und stelle es ins Regal zurück.

Ein Tag in Losonc. Vollkommener Frieden. Dann schon lieber als Opfer in Budapest bleiben.

Thomas De Quinceys Bekenntnis, Opium gegessen zu haben.

Er war am Ende über zweiundsiebzig Jahre alt, als er starb; dreißig Jahre lang hatte er das Laudanum genommen, an manchen Tagen in den letzten Jahren täglich siebentausend Tropfen. Was nützen alle moralischen und medizinischen Argumente angesichts der Wirklichkeit? Nicht viel. Vielleicht ist auch das Opium eine Lösung; neben dem Einnehmen seiner täglichen siebentausend Tropfen verrichtete De Quincey auch ordentlich seine Aufgaben.

Von der Frau ist jetzt natürlich keine Rede; wie überhaupt von nichts mehr die Rede ist; aber die Frau ist irgendwo noch da. Jene bestimmte »Frau«, die in den Erzählungen und Romanen der Jahrhundertwende unter solch quälenden Sorgen von einem Mann herbeigesehnt oder verstoßen wurde; was macht sie jetzt? ... Sie lebt wohl im Krieg, auf ihre Weise, gebärt, flüchtet vor den Bomben, steht vor den Lebensmittelläden Schlange und stürzt sich auch in Abenteuer; aber sie tritt nicht in Erscheinung ... Eines Tages wird sie sich rächen; die Gewehre werden verstummen, und die Frau erscheint in der Literatur und im Leben, in voller Rüstung, unversöhnlich.

Ich habe vom Optiker meine erste Brille bekommen. Eine Dioptrie; und auf den Buchseiten glänzen die winzigen Buchstaben wieder wie einst in meiner Jugendzeit; nur interessieren sie mich nicht mehr so sehr.

Man fragt mich, ob ich nicht meine, dass ich das, was ist und was noch kommen mag, überleben müsse, da mich in Zukunft noch eine »Aufgabe« erwarte?

Ich erwidere guten Gewissens und entschieden, dass ich nicht an diese »Aufgabe« glaube. Ich habe in den vergangenen fünfundzwanzig Jahren alles getan, um nach bestem Wissen und Gewissen zu dienen, aber sämtliche Extremisten von links bis rechts waren sofort zur Stelle, um mir klarzumachen, dass dieses Land meiner und meinesgleichen nicht bedarf. So steht es geschrieben, wortwörtlich, Hunderte und Aberhunderte Male. Ich bin nicht gekränkt; ich beherzige nur den liebenswürdigen Rat … Was wollte ich? Ich wollte mich bilden, um andere bilden zu können; ich wollte Qualität. Aber nichts wird in diesem Land mehr gefürchtet als Qualität und echte Kultur, das wahre Heldentum. Ich will also nicht mehr »dienen«. Ich werde nur noch leben, so lange und so gut es geht, und inmitten der Genies und Propheten ein »Handwerker des Schreibens« bleiben, falls das noch möglich ist. Ein anderes Ziel habe ich nicht mehr.

Die Russen stehen vor Lemberg.

Ich lese Erasmus' *Laus stultitiae*. Nicht eine seiner Zeilen ist in den vergangenen vierhundert Jahren verblasst; das Buch ist heute genauso glänzend und spritzig wie damals,

als es den Dummköpfen und Wichtigtuern der Reformation einen Nasenstüber versetzt.

Ich werde nie wieder ein Haus betreten, in dem sich geladene Gäste miteinander »unterhalten« sollen; ich werde keine Einladungen mehr annehmen, weder von Christen noch von Juden. Ich bin nicht mehr bereit, mit irgendjemandem Streitgespräche zu führen. Mir reicht's.

Das Buch von Kapitän Slocum beschreibt, wie er in den Neunzigerjahren die Welt umsegelt hat.

Drei Jahre trieb er sich mit seinem Boot »Spray« auf den Meeren herum, überquerte die Magellanstraße, den Atlantischen und den Stillen Ozean. Neben der seemännischen Leistung ist natürlich das menschliche Leistungsvermögen faszinierend. Monatelang mitten im Stillen Ozean am Boden eines Bootes zu kauern, geräucherten Fisch zu knabbern und nach Regenwasser Ausschau zu halten, das setzt nicht nur Navigationsfähigkeit, sondern auch eine Art Geisteskrankheit voraus. Diese Slocums und Alain Gerbaults sind alle schizophren oder zumindest schizoid; bestes Beispiel dafür ist Slocum, der bekundet hat, dass ihm auf hoher See regelmäßig einer der Steuermänner von Kolumbus' Hilfsschiff »Pinta« im Traum erschienen ist und sein Schiff gelenkt hat.

Der Wahnsinn ist eine große Macht. Er treibt einen Menschen rund um die Welt; mit schlafwandlerischer Sicherheit durchquert er Mahlströme und Monsune, während der Steuermann der »Pinta« sein Boot lenkt! Nicht einmal nüchtern und auf festem Boden wandelt man sicherer.

In Budapest. Luftalarm. Er ereilt mich im Restaurant, man scheucht uns in den Keller des Hauses. Im Luftschutzkeller stehen Stuhlreihen hintereinander wie in einem Vorstadtkino. Das Publikum aus dem Haus und von der Straße nimmt auf den Stühlen Platz und wartet still und geduldig auf den Beginn der Vorstellung.

Die Natur ist auch nicht besser; aber sie ist wenigstens konsequent.

Diese zweistündigen kleinen Schiffsfahrten auf der verminten Donau zwischen Budapest und Leányfalu ... das ist alles, was von der Welt geblieben ist.

Aber auch das ist ein Geschenk, ich nehme es dankbar an. Der Sommer ist mild, die Landschaft ahnt nichts von dem Sturm, der in der Welt tobt. Tahi ist voller Obstduft. Die Schiffer sind freundliche Draufgänger, der letzte bunte Menschentyp dieser mechanisierten Menschheit: lauter Turnschuh tragende Schmuggler, die mit der unnachahmlichen Verschmitztheit der Friedenszeit zwei Finger zum Gruß an den Mützenschirm legen ... Wasser ist etwas Ewiges, und die Menschen, die auf dem Wasser leben, bewahren in sich etwas vom tiefsten Sinn des Lebens, dem Spiel.

Denn es ist gut möglich, dass der wahre Sinn des menschlichen Lebens das Spiel ist. Erde, Wasser, Himmel wird es auch ohne uns geben; wir erscheinen für Sekunden auf der Bühne und spielen. Manchmal ist es ein schreckliches Spiel; stets ein bißchen lächerlich. Aber über allem der Schauder, das große Pathos, wenn der Mensch Gott, der Kunst oder dem Tod begegnet.

Ich bin nicht einmal mehr böse. Ich sehne mich nicht nach Rache. Verzeihen will ich allerdings auch nicht. *Aber eine Nachprüfung wird es nicht geben*.

Ich hasse, also bin ich.

Beim Hassen breche ich in Gelächter aus und zucke die Achseln: Also bin ich ein Mensch.

Mit gespenstischer Kraft erneuern sich Worte und kehren wieder. Heute las ich in einer Zeitung: »Lemberg ist noch unser.«

Ich denke an Paris. Die heiße Lava des Krieges umschwappt den Fuß des Mont Sainte-Geneviève. Ich sehe Straßenecken, Gesichter vor mir. Wenn ich wieder in die Straßen von Paris zurückkehre, wird die Jugend vorbei sein.

Aber diese Steine, die Steine von Paris, wahren die Erinnerung an die Jugend von Millionen und Abermillionen Menschen, so auch an meine. Mich verbindet etwas mit ihnen wie mit allem, was von der Jugend berührt wurde.

Während der Fahrt auf dem kleinen Schiff lese ich Valéry Larbauds *Jaune, Bleu, Blanc*. Dieses Buch entstand – nach dem letzten Krieg – im selben Jahr, in dem ich in Paris eintraf. Es erzählt von dem, was uns damals allen am Herzen lag: Wie könnte man nach Europa zurückkehren?

Wer wird wohl das neue *Gelb-blau-weiß*-Buch schreiben? Das diplomatische Bekenntnis einer ganzen Generation, dass wir – wir alle und überall – im Zweiten Weltkrieg unsere gemeinsame Heimat verloren haben?

Einer der Rosenbüsche im Garten bringt jetzt – Ende Juli – plötzlich mit wilder und resoluter Kraft Blüten hervor. Alle anderen Rosenstöcke sind schon verblüht; es ist die Zeit der Levkojen und Dahlien. Aber dieser Nachzügler schreit auf einmal auf und weist fünf blutrote Blüten vor, wie Corpora delicti einer späten Leidenschaft.

Tage in Budapest zwischen Luftalarm und Bombenangriffen, bei vierzig Grad Hitze, in völliger Ziellosigkeit; Begegnungen mit Menschen, denen längst klar ist, dass dieser Lebensstil aufgehört hat, Freunde zu vereinen und Feinde zu trennen; und alles flimmert wie eine Fata Morgana im hellblauen Julisonnenschein.

Morgens um acht schlendere ich in Buda die Hauptstraße entlang; in einer Espressobar trinke ich einen Kaffee, lese die verlogenen und schauerlichen Nachrichten einer Zeitung; in der leeren Wohnung nehme ich ein Bad, ziehe auf gut Glück ein Buch aus dem Regal, lese bis Mittag ... Oh, diese Bücher! Fünftausend Bücher, fünftausend Erinnerungen, Kämpfe, Konflikte, Versöhnung, Lust, Entspannung – was geht mich das alles noch an? Die Wohnung? Die Arbeit, mit der und für die ich sechzehn Jahre hier gelebt habe? Mittags suche ich müßig eine Kirche auf, bleibe in einer Ecke stehen. Wohin soll ich gehen? Auf der Elisabethbrücke in einer überfüllten Straßenbahn, unter Menschen mit gelben Sternen; wir dümpeln in der Mitte der Brücke, als die Luftschutzsirene ertönt; ich begebe mich auf gut Glück unter die Brücke; von dort werde ich verscheucht; im Keller eines Mietshauses treffe ich auf meinen Arzt, der auf die Liste der Auswanderer nach Schweden kommen möchte.

Nach dem Angriff in der Tiefe des leeren alten Kaffeehauses, fast allein im großen Raum, einer Loge. Kosztolányi, Karinthy, Surányi saßen einst hier, wann nur? Gestern. Wo sind sie jetzt? Nirgends. Und die ganze ungarische Literatur, wo ist sie? Ein paar Revolverblätter in den Straßen, das Gestammel einiger Dilettanten in den Schaufenstern der Buchhandlungen. Meine Freunde im Ausland oder in Internierungslagern, in Viehwaggons, die sie in die Gaskammern fahren, sofern sie Juden sind, in tiefer, heimlicher, erschrockener, beschämter Einsamkeit, sofern sie Christen sind.

Das ganze Land im Vorhof der Hölle. Stundenlang sitze ich da, in einer Loge des alten Lokals, und tue, als läse ich, und auf einmal wird mir klar: So kann man nicht leben! Damit kann man sich nicht abfinden; wie meine Lebensbedingungen in Zukunft auch sein mögen, ich muss mit ganzer Kraft und ganzem Willen arbeiten; auch für die Schublade, lange, jahrelang; und dennoch arbeiten, nicht der Arbeit, nicht des Landes, nicht des paralysierten Europäers wegen, nur arbeiten, so wie ein Ertrinkender auch dann noch seine Züge macht, wenn sein Blick schon verschwommen ist, die Arme erschlaffen und das Ufer außer Sichtweite gerät …

Wie war das doch? Ich erwachte morgens um sieben, als jemand (es war das Zimmermädchen) leise durchs Zimmer ging und ein Glas Orangen- und Zitronensaft auf das Tischchen neben meinem Bett stellte, dazu die Morgenblätter. Ich erwachte und trank das herbe, erfrischende Gebräu (Vitamine!) in einem Zug aus, blätterte in den Zeitungen, nahm die tags zuvor begonnene Lektüre zur Hand und las bis neun. Dann wurde auf einem rollenden Tablett das Frühstück hereingeschoben: Tee, Butter, ein weiches Ei, Honig. Um zehn stand ich auf, arbeitete bis elf. Zu diesem Zeitpunkt wartete vor dem Haus bereits mein Wagen, den der Garagenmeister am frühen Morgen abgeholt und mit sorgfältig verschlossenen Türen vor dem Tor abgestellt hatte. Ich zog eine weiße Hose und ein weißes Trikot an, ging, den Schläger in der Hand, hinaus, setzte mich in den Wagen, fuhr auf die Insel, spielte eine Stunde Tennis, duschte, schwamm und ließ mich im Schwimmbad massieren. Auf dem Weg nach Hause hielt ich vor einem Café oder Espresso, in dem es einen guten Mokka gab, und kippte, die Ellbogen auf die Theke gestützt, eine Tasse höllisch starken Mokka hinunter. Das Mittagessen war leicht und schmackhaft; wenn die Köchin ihre Sache nicht gut genug machte, ersetzten wir sie nach einer Weile durch eine andere. Nach dem Mittagessen schlief ich, anschließend arbeitete ich bis fünf; dann folgte ein Spaziergang in Hűvösvölgy oder auf dem Svábhegy (auch dorthin fuhr ich mit dem Wagen und ärgerte mich, wenn er ab und zu nicht perfekt funktionierte – er muss durch einen anderen ersetzt werden!), nach dem Spaziergang nach Hause und umziehen, da am Abend Gäste erwartet wurden oder ein Besuch zu machen war. Wenn möglich, kehrte ich bis Mitternacht nach Hause zurück. Im Bett las ich noch eine Stunde. Und vor dem Einschlafen stellte ich gähnend fest, dass das Abendessen schlecht, die Unterhaltung langweilig, das Niveau des literarischen Lebens gesunken und das Leben alles in allem wirklich unerträglich war.

Wer weiß, vielleicht war es das wirklich.

Guter, alter Montaigne, begleite mich noch einmal ins Dorf hinaus. Rede über die Erziehung, den Tod und darüber, dass der heilige Augustinus einen Mann gekannt hat, der im Takt furzen konnte; und über den Sinn der Freundschaft und der Erziehung; egal worüber, nur rede, zitiere bis zum Überdruss deinen Lukrez und deinen Plutarch. Schlauer, alter Montaigne in deinem Turmzimmer, umgeben von Pest und Bürgerkrieg, wahnsinnigen Hugenotten und Papisten, rede!

Allabendliche Spaziergänge in Tahi. Die wunderbare Anmut der Landschaft. Ich hatte einst an der Seine, in La Roche-Guyon, eine gewisse Villa Rosabeille besichtigt, die ich mieten wollte, dann aber für zu teuer befand, denn man verlangte fünfhundert Francs im Jahr … Aus dem Fenster jener Villa tat sich ein ähnlich anmutiger Ausblick mit Fluss, Abhang, Wiese und Dorf vor mir auf. Nun habe ich alles gefunden, was mir seinerzeit entgangen ist; nicht genau dort, wo ich es damals gesucht habe, und nicht damals, sondern zwanzig Jahre später. Und nur für kurze Zeit. Aber ich habe es gefunden.

Mittagessen mit *E.* in einem Budaer Restaurant. Er gehört zu den wenigen Menschen, mit denen ich noch Kontakt habe; uns verbinden nicht Freundschaft und Vertraulichkeit, so nah sind wir uns nie gekommen; das Band zwischen uns ist vielmehr das Vertrauen, das ich zu seinem Geschmack und seiner Bildung habe. Man merkt ihm die Hygiene der Bildung an, und mehr kann man sich heute von einem Menschen nicht erhoffen. Er ist in seiner sehr edlen und bescheidenen Art auch mutig; mutiger als die schwadronierenden Propheten und nach Alibis suchenden Maulhelden.

Wer verstummt, soll sein Verstummen nicht mit Trompeten ankündigen. Man muss vor aller Welt verstummen, ohne auch nur den leisesten Laut von sich zu geben.

Montaigne behauptet, es genüge nicht, mit dem Wissen zusammenzuleben, man müsse es auch ehelichen. Aber das Zusammenleben stellt den Menschen stets auf eine harte Probe; mit dem Wissen zusammenzuleben bedeutet, auf das erstaunliche Abenteuer unserer Instinkte zu verzichten. Und das tut weh.

In Babits' *Ödipus*-Übersetzung spürt man manchmal diesen Mehrwert, den ich immer begieriger suche, sowohl in den Menschen als auch im Schreiben: als könne nur noch ein Wort von geradezu evangelischer Kraft die Welt erretten. Die Evangelisten haben nicht immer diese evangelische Kraft; nur in den Zeilen des Paulus spüre ich diesen Mehrwert immer und manchmal in den Schriften des Johannes.

Wenn sich Babits und Sophokles zusammentun, um von Ödipus' Tragödie zu künden, lodert uns aus den Tiefen der Zeit und des Werkes dieses seltsame Licht der Unterwelt entgegen.

Seit anderthalb Jahren zum ersten Mal wieder im Dampfbad. Ein zeitloser Ort, nichts hat sich verändert. Auch heute entspannen sich im heißen Wasser Menschen, die Lumpen, Weise oder Selbstmordkandidaten sein könnten. Und ich glaube, das sind sie auch, nach wie vor; sie sind das Stammpublikum solch zeitloser Örtlichkeiten, jenseits aller zeitlichen Wertmaßstäbe: die Lumpen, die Weisen und die Selbstmordkandidaten.

Larbaud beklagt sich:

> »*Que ferais-je, grand Dieu, d'une vie ennuyeuse*
> *Ou de tant de périls je suis environné,*
> *D'une vie en tout temps superbe et malheureuse*
> *Si mon cœur à soi même était abandonné?*«,

und dieser Seufzer mag vielen von uns, denen die Zeit aus welchen Gründen auch immer das Messer an die Brust gesetzt hat, frivol erscheinen. Und doch ist er nicht unbegründet oder unzeitgemäß. Denke doch nur an den sogenannten tiefen Frieden zurück! An deine Sorgen! Deine Sehnsüchte! Deine Ängste! Deinen falschen Ehrgeiz und deine unstillbaren Leidenschaften! Die menschliche Existenz war auch damals kein Paradies auf Erden. *Que ferais-je, grand Dieu, d'une vie ennuyeuse?* ... Aber diese Gefahr droht im Moment ja nicht.

»*Zog ihn ein Tod seltsamer Art schleunig hinab*«, spricht Theseus – und der Leser erschaudert, denn er spürt, dass jetzt nicht nur ein Dichter etwas Ahnungsvolles, Schauerliches oder Schönes sagt, sondern Sophokles und Babits eine bestimmte Information verkünden: Dieser Tod, der Tod des Ödipus, war wahrhaftig »seltsam«. Das Wort besitzt hier noch seine ganze Authentizität.

Auf diesen evangelischen Mehrwert warte ich, nach ihm halte ich Ausschau; doch stattdessen sehe ich überall nur Politiker, Staatsmänner, Soldaten, schön oder klug vortragende und argumentierende Schriftsteller von künstlerischer Kraft; aber das genügt nicht. Einen solchen Mehrwert hatte noch das Wort Dostojewskis. Bei uns sprachen Pázmány, Vörösmarty, Babits mit solcher Authentizität.

Abends ein kindlich-schauerlicher Vollmond, blutrot, riesengroß und rund wie ein … aber die Metaphern dieses Mondes sind schon alle gesagt worden. Man wird wählerisch. Kein Vollmond, und sei er noch so voll, verpflichtet mich, bei seinem Erscheinen eine Metapher von mir zu geben.

Er erscheint jedenfalls über einer Welt, die sich in tollwütiger Weise selbst vernichtet; er erscheint genauso gleichgültig, wie ein rotbemützter Henker das Schafott besteigt, auf dem bereits das Opfer kniet. (Nun bin ich doch nicht ohne Metapher davongekommen.)

Die Substanz des Ungarn ist erschlafft; neben den Herren und Dienern sind der Deutsche und der Jude erstarkt; die zähe, feminine Kraft des Slawentums strömt zu uns und unter uns; und die Substanz, die auf diese Herausforderung antworten müsste, ist nicht widerstandsfähig. Man kann nicht alles mit dem Scheitern von György Dózsa erklären. Feudalherren und mächtige Regionalherrscher, Großgrundbesitz, Lehnswesen und Leibeigenschaft hat es auch anderswo gegeben, aber überall gelang es dem Volk, diese Mächte zu überwinden: mit Gewalt oder durch den zähen

Willen von Jahrhunderten. Es gibt keine Ausreden: Jedes Volk ist für sein Schicksal verantwortlich.

Aber die hundertfünfzig Jahre währende Türkenherrschaft ist doch eine Entschuldigung. Vielleicht brach damals das Rückgrat der Nation. Und irgendwann nach achtundvierzig … Darum geht es in Szekfűs unvollendeter Artikelreihe »Wir haben uns irgendwo verirrt«.

Ich liege am Morgen nackt auf einer Hügelkuppe, unter Obstbäumen im glänzenden Augustsonnenschein, und lese Montaigne. Ich erlebe diesen seligen Sommermorgen in einem der letzten, schrecklichsten Augenblicke des Krieges, und doch vermag ich mich deshalb nicht zu schämen.

Begegnungen auf der Straße, im Keller eines fremden Mietshauses während eines Luftalarms, Wiedersehen, die abenteuerlicher als Fernostreisen und zuweilen beängstigender als Erlebnisse auf einem Schlachtfeld sind … das Leben hat sich in der Tat in ein Schlachtfeld verwandelt, im wahrsten Sinn des Wortes. Schicksale, die in ihrer Außergewöhnlichkeit schon übermenschlich sind und in einen Schundroman gehörten. Schicksale, die sich nicht einmal große Dichter so ausdenken könnten. Der Mensch hat seinen natürlichen Rahmen verlassen. Nun wandelt er Schritt für Schritt an der Grenze zwischen Schicksal und Unwirklichkeit; aber diese Unwirklichkeit ist alltägliche Wirklichkeit.

Begegnungen mit Menschen, die mit jedem verschreckten und geheuchelten Wort ein Alibi suchen. Sie leben in ständiger Alarmbereitschaft, sprechen im Flüsterton, berufen sich augenzwinkernd auf abwesende Personen, die ihre Worte schon bestätigen werden, wenn der Zeitpunkt gekommen ist. Das alles ist schon mehr als niederträchtig, es ist dumm und traurig.

Es kann passieren, dass um vier Uhr nachmittags plötzlich der Strom ausfällt; zur gleichen Zeit hört man ferne Bombendetonationen, Kanonenfeuer, obwohl die Sirenen kein Notsignal gegeben haben. Die Phänomene verselbstständigen sich, halten sich nicht an die Hausordnung. Was ist geschehen? Niemand weiß es. Vielleicht werden wir es auch nie erfahren. Ist das noch der Krieg? Oder schon etwas anderes? Alles verschwimmt, alles ist möglich.

Das »*Safe-Öffnungs-Komitee*« fordert mich in einem Einschreibebrief auf, in der Bank soundso zu erscheinen, da mein gemeinsam mit *X.* gemietetes Schließfach geöffnet werde. Ich bewahre im *Safe* zwar nur mein Testament auf, dennoch erstaunt mich die Aufforderung. Die Russen an der Grenze, die Engländer und Amerikaner über uns, doch der Verwaltungsapparat sucht noch immer ernst und beflissen nach versteckten Taschenuhren in den *Safes* von Budapest.

Bei sechsunddreißig Grad Hitze in Budapest. Ich irre in fremder Sache umher, in überfüllten Straßenbahnen und in der Gewissheit, dass das ganz und gar aussichtslos, vielleicht sogar überflüssig ist: Den Menschen ist nicht zu helfen. Dennoch schleppe ich mich weiter, durch die verreckten und betäubten, ausgebombten Straßen Budapests, im klebrigen Schmutz dieser Hundstage. Wie viel traurige Niedertracht! Und andererseits wie viel zähe menschliche Kraft, fast schon Größe! Hier setzt sich jemand für ein Kind ein und nimmt Gefahren und, was fast schon mehr ist, Unbequemlichkeiten auf sich, dort telefoniert jemand, um einem Internierten zu helfen, nimmt anstelle einer unbequemen persönlichen Begegnung das gefährlichere (da leichter zu überwachende) Telefonat auf sich. Dann wiederum staune ich über die Klugheit, ungebrochene Souveränität und Vitalität dieser Stadt. Ruhig, fast schon heiter und überlegen lebt sie im Rachen des Todes.

Es gibt den Krieg, den Tod, die Schikanen der Behörden ... aber es gibt auch etwas anderes. Es gibt gewiss auch die Liebe, die jenseits aller langweiligen, tragischen und kläglichen Missverständnisse infolge menschlicher Selbstsucht und Eitelkeit eine reine und unschuldige Macht in der Welt darstellt und über die Gefahrenzonen von Krieg und Tod hinaus wirkt, in alle Ewigkeit.

Ungarn ist das Opfer falscher Autoritätsgläubigkeit. Man verehrte hier sämtliche künstliche Autoritäten und beargwöhnte alle, die einzuwenden wagten, dass es keine andere Autorität gäbe als die Autorität des Verstands, des Talents, der Qualität und der Großmut. Geldbriefträger trugen eine Hochmut zur Schau wie einst siegreiche Generäle, und hatte jemand die sechzig vollendet, forderte er schon einen Verdienstorden.

Ein Kind mit gelbem Stern, dessen Eltern und Großeltern in Viehwaggons verschleppt wurden in die polnischen Deportationslager – das Kind entkam und lebt in einem Internat –, trägt bei einem Fest am Sonntag ein Gedicht vor. Es ist acht Jahre alt und hat das Gedicht selbst ausgesucht. Es rezitiert:

Ungar bin ich, als Ungar geboren,
Ungarisch das Lied, das meine Amme gesungen,
Ungarisch lehrte mich die Mutter beten
Und dich, meine schöne Heimat, lieben,

und die wenigen Menschen im Saal, die sein Schicksal kennen, sitzen da, bleich. Ein kalter Schauder hat die Zuhörer ergriffen.

Julien Greens *Tagebücher*, 1928–1934. Diese Tagebücher sind ein ungewolltes Eingeständnis der eigenen Verantwortung für den Krieg. All diese französischen Schriftsteller – Gide, Roger Martin du Gard, Green, Malraux, Cocteau usw. – bekunden die Unvermeidlichkeit eines neuerlichen Krieges, als stünde der schon fest, als sagten sie nur, dass morgen Dienstag sei. Sie argumentieren nicht, loten nicht die Möglichkeiten aus, sie haben die Notwendigkeit des Krieges akzeptiert. Sie streiten nur noch über seinen Zeitpunkt und seine Ausmaße. Und das 1928, also zehn Jahre nach dem Waffenstillstand, vier Jahre vor Hitlers Machtergreifung und elf Jahre vor dem Ausbruch des neuen Krieges! Diese Schriftsteller, deren Kenntnisse in Politik und Diplomatie vielleicht nicht hervorragend, deren Kenntnisse der menschlichen und gesellschaftlichen Kräfte sowie derer Triebfedern jedoch gewiss tiefer, unmittelbarer und zuverlässiger als die eines Abteilungsleiters im Außenministerium waren, hatten sich schon zehn Jahre vor dem Ausbruch des neuen Krieges innerlich mit diesem Unglück abgefunden, es als unausweichliches Verhängnis akzeptiert – die Bankiers würden sagen: »eskomptiert«.

Und wenn wir an diese Zeit zurückdenken: Chamberlain war eine große Gestalt! Man verspottete ihn als einen beflügelten Engel im Redingote, der im kriegslüsternen Europa umherfliegt und mit den Urkunden trügerischer Verträge wedelt, lächerlich und hilflos. In Wahrheit tat er alles, was in seiner Macht stand: Er wusste, dass sie unvorbereitet waren, auf Zeit spielen, abwarten mussten. Eine undankbare Rolle, aber im Nachhinein sehen wir: Er hatte recht, ihm blieb nichts anderes übrig.

Drei Tage Hitzschlag. Nachts heftige Regenschauer mit Blitz und Donner, ein mehrstündiger Angriff aus der Luft.

Als wolle Gott dem dilettierenden Menschen zeigen, dass auch Er einiges kann.

Im Garten entdecke ich einen jungen Apfelbaum, der nur zwei rote Äpfel trägt. Das ist wie der erste Gedichtband. Ich begutachte ihn: Ein talentierter Baum, aus ihm wird noch etwas.

Die Niedertracht eines Menschen manifestiert sich meist nicht im Hauptsatz, sondern im Nebensatz: im Nebensatz seiner Antworten auf die Fragen der Zeit.

X., der Dichter, wurde gebeten, eine Petition zu unterzeichnen, damit *B.*, sein einstiger Mäzen – der nun den gelben Stern und dessen Folgen zu tragen hat –, in seiner Wohnung bleiben darf. *X.* verweigert seine Unterschrift unter Hinweis auf die eigene vertrackte Lage; das ist immerhin ein Standpunkt. Doch dann fügt er hinzu: »Aber ich lade *B.* gern zum Mittagessen ein.«

Mit anderen Worten, er möchte ihn vor der Hinrichtung, die er nicht zu verhindern bereit ist, mit echt ungarischer Herzlichkeit hinter herabgelassenen Jalousien zu einem feinen, kleinen Pörkölt willkommen heißen.

Am Abend bei *R.*; er ist mit seiner Frau gerade aus dem Internierungslager zurückgekehrt, wo er die Hölle durchlebt hat, Bombenangriffen ohne Luftschutzkeller ausgesetzt war, und die Brutalität der Wächter, die mürrischen und verzweifelten Launen der Internierten erfahren musste.

Er ist nur noch Haut und Knochen und ergraut. (Sie stehen jetzt unter schwedischem Schutz.) Die Begegnung überzeugt mich davon, dass der Mensch stärker als das Schicksal ist und man alles aushalten kann, solange man ein reines Gewissen hat. Und wenn auch Gott es will.

Ich lese *König Lear* in Kosztolányis Übersetzung. Die Übersetzung demonstriert das brillante Können eines großen Schriftstellers; nur ist sie nicht Shakespeare. Die Sprache, Kosztolányis Sprache, ist weich; sie flucht nicht, sie lallt und jammert nur, selbst wenn sie die ausgefallensten Schimpfwörter gebraucht. Die Kraft eines Fluches beruht nicht auf Wortreichtum, sondern auf dem Charakter dessen, der die Worte benutzt.

Auf dem Schiff schmuddelige alte Weiber, die ständig schmierige Töpfe und mit verdächtigen Säften gefüllte Näpfe aus ihren Pappschachteln holen und mit klebrigen Fingern essen.

Ein junger Mann, der genauso laut redet wie das Radio. Und das Gleiche sagt.

Ich lese während eines dreistündigen Luftalarms die deutsche Übersetzung von *Zauber*. (Man hat den Übersetzer, Jenő Mohácsi, deportiert – vermutlich als Dank dafür, dass er *Die Tragödie des Menschen* übersetzt und der Welt überreicht hat.)

Zauber muss nur leicht gekürzt werden. Er steht auf ziemlich sicheren Füßen, auch wenn er nicht auf hohem Kothurn einherschreitet. Und das, worin sein Sinn liegt (»Nehmen wir eine Kugel … nein, nehmen wir einen Menschen! …«), kann ohnehin kein Schauspieler nach meinen Vorstellungen spielen.

Im Innersten aller Dinge herrschen Langeweile und Erwartung. Diese Anspannung löst sich nur in der Lust und in der Arbeit. Aber der Liebestaumel ist flüchtig. Und den wahren Sinn der Arbeit – den Glauben, Menschen mithilfe des Verstands helfen zu können – hat man uns genommen und zunichte gemacht.

Der Mensch von der billigsten Beschaffenheit: der höhnische Mensch. Er hat ständig ein säuerliches Lächeln im Gesicht und trägt in verleumderischem Ton feige, niederträchtige Beschuldigungen vor, für die er natürlich nicht wirklich einstehen will, denn er spöttelt ja nur …

Es stimmt nicht, dass Hunger und Liebe die einzigen treibenden Kräfte in der menschlichen Welt sind. Ich habe zwei noch mächtigere kennengelernt: Eitelkeit und Neid.

Chartres, Orléans. Und die Amerikaner sind nicht weiter weg von Paris als Gödöllő von Budapest.

»Chartres« – dieses Wort lässt mein Herz höher schlagen. Man hat sich längst abgewöhnt, Städten nachzuweinen. Die Nachricht, dass Florenz mit Kanonen beschossen wird, nahm ich gleichgültig zur Kenntnis. Aber Chartres ist etwas anderes. Es waren zwei Tage, und es war die Jugend.

Und das bläuliche Licht im Dom, das bläuliche Licht der Fenster über dem Eingang!

Schliemanns Buch über Troja. Dieser reiche romantische Kunstliebhaber aus Deutschland, der unter dem Eindruck eines Jugenderlebnisses, der Lektüre der *Odyssee*, den ganzen Ehrgeiz seines Lebens dem letztlich fast geglückten Versuch widmet, den Schauplatz dieses großen Mythos der Menschheit auszugraben, ist vielleicht der großartigste Menschentyp, den die Deutschen der Welt je geschenkt haben.

In Ithaka entdeckt er, viele Jahrzehnte vor Hitler, die Spuren der Swastika. Dieses hinduistische und chinesische Zeichen in seiner griechischen Version verleitet ihn zu keiner politischen Schlussfolgerung. Er stellt nur bescheiden fest, Swastika habe die Bedeutung »gutes Zeichen«. Aber dieses »gute Zeichen« hat sich durch den Willen eines anderen Deutschen in ein unheilvolles Zeichen für die Welt verwandelt.

In der Bretagne gab es einen Feigenbaum; der Geruch des Fischmarkts in Morlaix; die roten Felsen im dunkelblauen Meer. Und noch einmal die Jugend.

Shakespeare lädt den Leser elektrisch auf, wie es seltene, große menschliche Begegnungen tun. Dieser Strom erquickt, regt zum Handeln an, erzeugt eine Anspannung in einem. Das Publikum, ob auf der Galerie oder in Proszeniumslogen, weiß schon nach dem ersten Aufzug von *König Lear*, was sich im Laufe des Dramas abspielen wird, der »Ausgang der Handlung« ist klar. Und doch warten wir mit offenem Mund … worauf eigentlich? Auf den »Ausgang«? Nein, auf die Strahlen, die Shakespeares Seele aussendet; auf diesen überirdischen Sonnenaufgang und Sonnenuntergang.

In der dunstigen Eintönigkeit des heißen Nachmittags lese ich die jüngsten Auslassungen von Dorfrichter Gábor Göre. Dieser Dorfschulze Gábor Göre ist ein mit der für den Ungarn so typischen Aufrichtigkeit gezeichnetes getreues Bild des gesunden Urteilsvermögens eines, ja vieler öffentlich Bediensteter auf dem ungarischen Dorf, vor allem im Hinblick darauf, wie man schmarotzen und durch Umgehung der Gesetze einen bescheidenen kleinen Extragewinn einstreichen kann. Ein würziges, erbauliches Buch. Es sollte später einmal im Schulunterricht verwendet werden.

Von der Hügelkuppe hat man einen weiten Blick. Auf dem Fluss schwimmt ein hellgrün gestrichener Dampfer. Die Landschaft ist domestiziert, bewusst mild wie alles, was längere Zeit einen organischen Bezug zum Menschen hat.

Die Welt ist wunderbar, die Natur reich und unendlich. Gott konnte seine Augen am siebten Tag zufrieden über dieses Wunder schweifen lassen, er befand zu Recht, dass es »gut war«.

Aber zum Wunder der Natur gibt es noch eine Zugabe. Der Mensch hat der Natur noch etwas hinzugefügt; er, der Mensch, hat der Schöpfung die Krone aufgesetzt in Form von Schöpfungen, die man mit einem Sammelbegriff Kunst nennt. Das Meer, das Tal, der Wald, der Fluss, die Ebene, das alles ist absolut. Aber eine Fuge von Bach, ein Gedicht von Rilke, ein Bild von Cranach oder Goya, ein Bau von Palladio, ein Gedanke von Goethe, eine Plastik von Phidias oder Rodin sind Geschenke, die nur der Mensch, und er allein von allen Lebewesen, aus freiem Willen dem Wunderwerk der Welt hinzugefügt hat. Und das ist auch das Einzige, was für den Menschen zählt: die Kunst. Der Rest ist nur Dasein, die rhythmische Verbindung aus der Wechselwirkung von Kraft und Materie.

Tennyson, *Enoch Arden*. Ein schönes Versmärchen über gute Menschen, die allen Schicksalsschlägen zum Trotz gut bleiben. Das Raunen des Meeres ist die Begleitmusik dieser Gedichtzeilen, in denen das Herz Englands schlägt.

Es handelt sich gewiss nicht um »Hochspannungskunst«. Dickens, Tennyson, Burns, sie alle sind eine eher idyllische als existenzielle Erfahrung. Aber nur die größten und reifsten Völker können sich solche Idyllen schenken. Diese Legende von der menschlichen Güte und Milde ist nicht »naiv«, nein: sie ist in aller Demut menschlich.

Kann man vergessen und verzeihen? ... Man »muss«, gewiss; aber ob man auch kann? Zu tief brennt und wütet in den Seelen der Überlebenden die Erinnerung an das Leid der Unschuldigen, als dass man sie mit der gleichgültigen Asche des Vergessens löschen könnte.

Rache oder Vergeltung sind nicht vonnöten, nein. Die persönliche Verantwortung vor dem Gesetz genügt; denn anders kann man unter Menschen nicht leben, eine solche Rechenschaftspflicht ist unabdingbar. Alles andere bleibt zwecklos und gebiert nur neue Schuld.

Aber vergessen und verzeihen? … Ich glaube kaum. Weiterleben, ja, das menschliche Schauspiel in all seinem Glanz und Elend beobachten, vielleicht auch arbeiten. Aber vergessen und verzeihen kann ich nicht.

Ich lese Cholnokys *Kaleidoszkop*. Er war ein wundersamer Narr, ein ungarischer Amokläufer, der sich mit grenzenlosem Heimweh nach irgendeiner orientalischen Fata-Morgana-Heimat zurücksehnte, aus der er und alles, was er für ungarisch hielt, verbannt worden war.

Aber während er träumte, studierte er auch; er interessierte sich ebenso für das Geheimnis von Tammuz wie fürs Fliegen oder für Dieselmotoren. Der ungarische Mythos faszinierte ihn genauso wie eine gute Enzyklopädie. Diese übergeschnappten Pseudoungarn, die heutzutage die tollen Parolen einer völkisch-nazistisch-hungarisierenden Lebensart propagieren, könnten sich an diesem sympathischen und traurigen ungarischen Gaukler, der unbedingt wissen wollte, wie die Motoren konstruiert sind, die die Träume der Menschen emporschwingen lassen, ein Beispiel nehmen.

Die zeitgenössische Literatur kann sich nicht aus der Verantwortung stehlen. Wir haben aus Gier, Eitelkeit und falscher Ambition gerade das versäumt, was unsere vorrangigste Pflicht gewesen wäre: die Erziehung der Gesellschaft, die rücksichtslose Klärung der Begriffe. Diese sittenlose Gesellschaft kann sich zu Recht darauf berufen, dass ihre höchsten Mentoren sie nicht erzogen, sondern nur unterhalten oder »gegeißelt«, über die wahre Bedeutung der wichtigsten – da einfachsten – Begriffe jedoch im Dunkeln gelassen haben.

Die Vorhut der amerikanischen Armee vor Versailles.

Versailles sah ich zum letzten Mal an jenem Tag, an dem der von einem Paneuropa träumende Briand bei den Präsidentschaftswahlen unterlag. Es war sehr heiß. In der kurzen Pause, während die Stimmen Briands und des Bossuet lesenden bärtigen Doumergue ausgezählt wurden, schlenderten einige Senatoren, den Orden der Ehrenlegion im Knopfloch ihres Gehrocks, zu einem nahe gelegenen Bordell, um eine kleine Siesta zu halten.

Der Rasen in Versailles. Der lanzenförmige Zaun mit seinen vergoldeten Spitzen. Die gestutzten Alleen, in denen all die Ludwige beim Schäferspiel ein ganzes Christenreich verspielten. Spaziergänge im herbstlichen Versailles, unter den sich weiß wiegenden Marmornymphen im gelben Laub. Und noch einmal die Jugend.

Am Vormittag Bombenangriff. Während des Luftalarms lese ich Babits' letzte Gedichte, »Mahnung zur Buße«, »Blasiussegen« und die Schlusszeilen vom *Buch Jona*: *»mal mit der rechten Hand, mal mit der linken – wem soll die Unterscheidung da gelingen?«* Wer vermag schon zu sagen, wer in diesem Augenblick in der bombardierten Stadt, die die Strafe Gottes gerade ereilt, schuldig ist und wer nicht?

Babits war ein großer Dichter, der größte unter den Zeitgenossen; aber vielleicht war seine Seele noch größer als seine Dichtung. Sein Stil ist manchmal ermüdend, seine Seele stets erquickend und kraftspendend.

Die Frau des Gärtners schlendert mit ihren vier Sprösslingen – darunter ein Enkelkind, ein uneheliches Kind – ziellos im Garten umher wie eine Glucke mit ihren Küken; sie picken, hier eine Birne, dort eine unreife Tomate; sie sind gleichgültig und selbstsicher. Sie haben ihren Platz in der Welt, die Glucke und ihre Küken, sie plappern, trippeln, leben vor sich hin. Sind sie die »Zukunft«, die »ungarische Zukunft?« … Nein, sie sind die Gegenwart, die einzige Wirklichkeit.

Falstaff, auf Französisch.

Ist Falstaff »unmoralisch«? Nein, er hat nur keine Moral; das ist nicht dasselbe.

Die meisten stellen sich die »Wende« so vor, dass eines Abends um zwanzig vor acht das Radio ertönt und verkündet … Was eigentlich? Das Ende des Krieges? Den ewigen Frieden? Wohl kaum. Die Wende ist vermutlich längst da, vollzieht sich schon beharrlich und unbemerkt, Tag für Tag, während wir glauben, dass das Rad der Welt stillsteht und nichts geschieht.

Der alte Feigenbaum im Garten ist riesig, aber trotz der Kraftanstrengung eines langen Lebens und eines ganzen Sommers hat er nur eine einzige verdorrte Feige hervorgebracht; man sieht ihm an, dass er es sich zweimal überlegt, bevor er etwas sagt.

Seit fünf Tagen schwankt das Thermometer zwischen dreißig und vierzig Grad; ich bin nur noch in Badehose, so tippe ich auch diese Zeilen; und in der tropischen Hölle dieses Wetters werden in der Normandie, in Südfrankreich und im Osten die größten Schlachten der Weltgeschichte ausgetragen. Was mag ein Engländer oder ein Kanadier in diesen

Mittagsstunden empfinden, eingeschlossen in einen Panzer, diesen erhitzten Eisenkessel, der über irgendeine normannische Landstraße kriecht und in flammenden Feldern den Tod auf flüchtende Deutsche spuckt? ... Er flucht vermutlich, weil ihm heiß ist, weil er kämpfen muss; er flucht und kämpft. Denk an sie, wenn du das Gefühl hast, dass du es nicht mehr aushältst – was, die Hitze? Nein, die Schande! Fluche, aber kämpfe, ertrage alles und arbeite.

Am Morgen zwischen zwei Luftalarmen strahlt das Radio *Tod und Verklärung* von Richard Strauss aus. Die Musik berührt mich tief, wiegt mich in eine Stimmung von Trauer und Erhabenheit. Die Verklärung gibt es nicht, den Tod gibt es; aber zwischen beiden gibt es den Menschen, der den monotonen Ablauf des Daseins in wunderbares Pathos kleiden kann.

Falstaff erwähnt mit liebenswerter Ungezwungenheit, dass Ungepflegtheit und Gestank schon zu Shakespeares Zeiten mit am meisten dazu beitrugen, die Menschen unerträglich zu machen.

Die Schwester steht jetzt am Scheideweg: Ich muss mich entscheiden, ob daraus ein Roman oder ein Memoirenband werden soll. Das ist der größte Kraftakt bei einem schriftstellerischen Unterfangen. Und ich spüre, dass ich müde bin.

Als wäre am neunzehnten März etwas in mir zerbrochen. Ich kann meine eigene Stimme nicht mehr hören; wie wenn ein Instrument taub wird; bei Holzinstrumenten soll das gelegentlich vorkommen.

Das, was passiert ist, kann man nicht rechtfertigen und nicht erklären; man kann es nur eingestehen und berichten. Und das wird die Aufgabe der kommenden Generation sein. »Wer den Ton angeben will, muss erst durch die Hölle gehen.« Wir sind durch die Hölle gegangen. Mögen sie nun den Ton angeben.

Was können sie noch berichten? Dass wir so waren und so sind; und aus dem und jenem Grund so sind. Dass wir einst auch anders waren, und sollten wir noch einmal aus der Hölle ans Tageslicht gelangen, vielleicht wieder anders sein werden. Was ging hier fünfundzwanzig Jahre lang vor sich? Ein Interessenverband hat zum Schutze des feudalen Großgrundbesitzes unter dem Vorwand von Trianon fünfundzwanzig Jahre lang ein System aufrechterhalten, das mit sanftem und weniger sanftem Terror jedes Streben nach Qualität unterdrückt und unterschlagen hat. Wer nur verdächtigt werden konnte, nach Qualität zu streben, war entweder jüdisch oder judenverdächtig oder jüdisch versippt, ein dekadenter Engländer- oder Franzosenfreund, ein Freimaurer und Kommunist. Der Interessenverband wollte keine Qualität; sie riefen uns aus Kolozsvár und Kaschau zu, es möge sich bei uns nichts ändern, und niemand bekam die Gelegenheit zu erwidern, dass Kolozsvár und Kaschau nur dadurch zurückzugewinnen waren, dass wir hier zu Hause ein qualitätvolles Ungarn schufen, das auch auf die Völker der Nachbarstaaten und das vom Mutterland abgetrennte Ungarntum anziehend wirkte. Die Tschechen, Serben, Rumänen präsentierten sich mit ihren Schriftstellern, Malern, Bildhauern stolz der Welt, führten begeistert ihre Talente vor. Unsere Auslandsvertretungen empfingen den ungarischen Schriftsteller, Künstler, Intellektuellen, der dort anklopfte, wie ein Stuhlrichter den zum Rapport bestellten Leibeigenen empfängt.

All das muss berichtet werden; hier zu Hause und draußen in der Welt. Und deshalb muss man jenen anderen gelben Fleck tragen, den fortan Generationen von Ungarn vor der Welt tragen werden; muss man einen Klassenraum suchen, eine Art Grundschule eröffnen, in der Menschen von Geist zukünftigen Generationen von Ungarn die Grundbegriffe erläutern; die Grundbegriffe von Heimat, Nation, Staat und Gesellschaft sowie die Grundregeln im Verhältnis von Mensch und Nation zur Welt; muss man den Herrschaften von der Turul-Kameradschaft berichten, was Théophile Gautier über Baudelaire gesagt hat, der vielleicht ein ganz anderer war als der, für den ihn diese Turul-Leute fünfundzwanzig Jahre lang hielten ...; muss man alles von Neuem beginnen.

Ich werde nicht nach Schweden gehen. (Ich werde zwar auch nicht vehement dorthin gerufen, aber wenn ich wirklich wollte, könnte ich gehen.)

Warum ich nicht nach Schweden gehe? Weil ich dort nichts verloren habe; und mein Leben zu retten, nur so *pour mon plaisir*, dazu habe ich keine Lust mehr. Ich möchte noch zwei Romane schreiben (*Die Beleidigten* beenden) und einige Dramen. Und Gedichte. Und dieses Tagebuch. Und dabei sterben, herzlich gern, jederzeit, wenn es die Menschen oder Götter befehlen.

Hitler ist gescheitert, weil ... Aber Stalingrad und alle anderen Stationen dieses Krieges waren nur noch Folgeerscheinungen.

Hitler ist gescheitert, weil er gelogen hat. Ihm fehlte die Größe; er war ein verlogener Mensch. Der Führer eines großen Volkes kann seinem Volk alles gewaltsam verschaffen, wozu es die Kraft und das Recht hat; so ist die Welt beschaffen. Aber der Führer eines großen Volkes darf nicht im September 1938 im Berliner Sportpalast erklären, er könne nicht schlafen, solange drei Millionen Sudetendeutsche unter tschechischem Joch »litten«, er darf nicht versprechen, er würde die Welt in Ruhe lassen, wenn man ihm nur noch diese drei Millionen Deutsche gäbe. Und er darf nicht brüllend geloben: »… und dann will ich keinen Tschechen mehr sehen« – und kurz darauf in Prag einmarschieren. Ein großes Volk kann ein kleines Volk vernichten, das liegt in der Natur der großen Völker; aber der Führer einer großen Nation darf nicht bewusst und öffentlich lügen, weil die Welt so etwas nicht duldet. Pacta sunt servanda.

Mittags erfahre ich, dass Paris gefallen ist. Im Kriegsbericht der Zeitung lese ich: La Roche-Guyon. – Das ist die Ortschaft, wo die Amerikaner jetzt die Seine überquert haben. Das ist die Ortschaft, in der ich in meiner Jugend ein paar Tage glücklich war. Die Seinelandschaft ist herrlich sanft hier; die Gärten sind voller Rosen und Bienen.

Abends höre ich im Radio, dass de Gaulle in Paris einmarschiert ist und amerikanische Panzer am Boulevard Saint-Germain vorrücken. Ich kenne dort jeden Stein. Figon, der Gastwirt. Das Deux Magots, mit Derain. Ich weiß nicht, was auf uns zukommt, aber dieser Tag hat doch etwas Beglückendes; vielleicht lohnt es sich doch zu leben.

Jeder will sein Leben retten, jeder für sich. Weil er ein Mensch ist. Und das Land? Die Nation? Auch sie lebt, und die hoffnungslose Mehrheit kann nur im Rahmen dieser Nation leben und sterben, selbst wenn sie keinen Bezug zu ihr zu haben glaubt.

Die Nation schwebt in tödlicher Gefahr. Ich glaube gar nicht mehr, dass sie in ihren vertrauten Lebensformen, ihrer historischen Gestalt noch gerettet werden kann. Ich rede nicht mehr von Städten und Territorien, sondern vom nackten Überleben dieser Nation. Davon, dass irgendetwas von Ungarn übrig bleibt, irgendein Keim, den fürsorgliche und hingebungsvolle Hände zu einem nationalen Organismus heranziehen können, der in der Welt wieder geachtet wird. Aber wo sind diese fürsorglichen Hände? Diese sauberen Hände? Wohin man sieht, nichts als Gier, Ehrgeiz oder Duckmäuserei.

Benvenuto Cellinis Autobiografie – »von ihm selbst verfasst, in Florenz« – ist deshalb so elektrisierend und erschütternd, weil ihr Held und Autor mit der Feder genauso umgeht wie mit dem Meißel, mit dem er seine Meisterwerke formt, und mit dem Meißel genauso wie mit »dem kleinen Dolch«, den er stets in Reichweite hat, wenn es gilt, irgendein Geschäft gründlich zu erledigen. Leben, schaffen, morden, zarte Linien ins Silber ritzen oder einem Rivalen einen zarten Stich zwischen die Rippen versetzen, für ihn ist das ein und dasselbe; leben heißt handeln; dieser Florentiner lebt den Lebensrhythmus des sechzehnten Jahrhunderts sowohl in seinem Werk als auch in seinem Leben bis zur Neige.

Vielleicht mochte ihn deshalb Goethe, der nur das mochte, worin er den Pulsschlag der Zeit spürte. »Dann nahm ich meinen kleinen Dolch, suchte Giuseppe auf und stieß ihm den Dolch zwischen die Rippen …«, sagt Cellini in einem Ton, als wenn wir ausrufen: »Dann griff ich zum Hörer und sagte dem miesen Kerl ordentlich meine Meinung.«

Ich lese in Messiaens Notizen zu *Falstaff*, dass ein Paar Seidenstrümpfe – laut Stubbs – schon zu Shakespeares Zeiten zwanzig Schilling kostete; und der trockene spanische Wein schon damals mit Kalk versetzt wurde.

Diese Randnotizen sind überaus nützlich; vielleicht machen sie den eigentlichen Wert von Messiaens Shakespeare-Übersetzungen aus. Ein Fluch von Falstaff (»Lieber will ich Strumpfmacher sein« usw.) ist auch eine Anspielung darauf, dass Strümpfe im sechzehnten Jahrhundert sehr teuer sind, Arbeiter hingegen schon damals schlecht bezahlt werden. Statt einen Leitartikel zu schreiben, bringt Shakespeare seine Meinung über die sozialen Zustände seiner Zeit auf diese Weise zum Ausdruck: in Form eines Fluches mit nationalökonomischem Hintergrund.

Diese erbärmlichen Schreiberlinge, mit der Füllfeder Mordenden – es gab unter ihnen auch Talente, und deren Schuld ist noch größer und noch weniger verzeihlich als die der untalentierten Abenteurer! –, die sich nicht scheuten, über lebende oder tote Schriftsteller auf Ungarisch zu schreiben in einer Zeit, als hinter jedem geschriebenen und gesprochenen Wort Brachialgewalt stand, die jederzeit bereit war, über jene herzufallen, die von diesen feigen, niederträchtigen Söldlingen an den Pranger gestellt wurden: Sie werden sich den »Veränderungen« am allerschnellsten anpassen.

Die Schriftsteller dagegen schwiegen. Sie lebten gefährlich und schwiegen. Sie waren keine »Helden«, nein; das Heldengebaren überließen sie den zwielichtigen Konjunkturrittern. Sie waren keine »Barden von Wales«; sie schwiegen ohnmächtig. Und doch schwiegen sie, schwieg das ganze ungarische Geistesleben; und wie viel das bedeutete, wie sehr das in diesen Monaten eine *Tat* war, das weiß nur einer, der hier gelebt hat. Es ist einer der wenigen Hoffnungsschimmer; es kann die Düsternis zwar nicht zerstreuen, ein Strahl ist es dennoch.

Nein, etwas ist zerbrochen. Ich arbeite, aber etwas ist nicht in Ordnung, mit mir, mit meiner Arbeit, zwischen uns, zwischen meiner Arbeit und mir. Ich habe den Glauben an meine Arbeit verloren. Ich arbeite, da ich sonst krepieren würde. Aber man muss an die Arbeit glauben, man muss an die Menschen glauben. Und das will mir nicht mehr gelingen. Deshalb ist das Ganze nicht viel wert; vermutlich gar nichts.

Die Mittelklasse. Jetzt erwarten sie geknickt und beleidigt den »Genickschuss«. Ich weiß nicht, ob es den Genickschuss geben wird, ich weiß überhaupt nicht, was werden wird ... Ich weiß nur, dass diese Mittelklasse nicht nur feige und neidisch, sondern auch unendlich faul ist. Deshalb ist ihr so bange vor der kommenden Zeit, wenn man wirklich wird arbeiten müssen; also nicht nur irgendeine Pseudoarbeit, etwa in einem bequemen Amt, sondern eine wirkliche, konkurrenzfähige Arbeit wird verrichten müssen, mit allen Konsequenzen. Bis vor Kurzem konnte sich diese Mittelklasse ihrer Stellung als privilegierter Erbe eines unsichtbaren Fideikommisses noch sicher sein. Nun ist sie herausgefallen aus diesem Fideikommiss, aus der müßigen, verantwortungslosen, vornehmtuerischen, faultierartigen Nichtstuerei, von jetzt an werden die gnädigen Herren wirklichen Handel treiben, verantwortlich arbeiten müssen; und davor ist ihnen bange. Dann schon lieber den Genickschuss, sagen sie mit verlogenem Märtyrerlächeln. Sie sind nicht nur feige und eitel, sondern auch faul.

Pseudoarbeiten verschaffen einem keine Befriedigung. Die Erde beackern, ja. Einen Schuh herstellen, mit Geschick und handwerklichem Können, ja. Einen Kranken heilen, mit allem, was dazugehört, lege artis, ja. Ein Buch schreiben, unter Einsatz unserer ganzen Kraft und inneren Spannung, ja. Aber ein leitender Direktor, ein »vornehmer Staatsbeamter« sein, ein Leben lang mit gepflegten Fingernägeln Däumchen drehen und sich bei aller eitlen Arroganz, die solche Tätigkeiten in der Seele erzeugen, langweilen ... das bereitet natürlich keine Befriedigung. Und jede Verantwortung scheuen. Denn das tun sie. Und deshalb wimmern sie jetzt, denn sie ahnen, dass ihnen nun, mag sich die Welt drehen, wie sie will, die grausame Prüfung der Verantwortung und der konkurrenzfähigen Arbeit bevorsteht.

Diese Vormittagsstunden in Budapest, wenn die Sirenen ertönen. Endlich kehrt in den Straßen, in der ganzen Stadt Stille ein. Es rattern keine Fahrzeuge, die Straßen sind menschenleer, es droht kein Besuch, das Telefon kann nicht läuten. Endlich finde ich, wonach ich mich immer gesehnt habe – ein Leben in völliger, absoluter Verborgenheit und Ruhe. Nicht ganz so und nicht ganz dort, wie und wo ich es mir vorgestellt habe, aber ich habe es gefunden.

Ich gehe nicht mehr in den Luftschutzkeller; bleibe in der leeren Wohnung und lese. Endlich kann ich einmal ungestört lesen.

Heute – am ersten September – würde der Kleine fünf Jahre alt. Ich kann mich genau an den Tag seiner Geburt erinnern. Ich lauschte in meiner Budapester Wohnung Hitlers Ankündigung: »*Von fünf Uhr Morgen ab an der polnischen Grenze wird geschossen …*« Später fuhr ich ins Schwimmbad.

Was gab es in diesen fünf Jahren? Es wurde unendlich viel gelogen, das war am anstrengendsten. Ekelerregende Dunstwolken der Lüge vernebelten das ganze Leben; eine Atmosphäre wie beim Schirokko; immer und in allem wurde gelogen. Auch meine Arbeit wurde zur Lüge, denn ich konnte die Sätze nur halb aussprechen. Dann begann das massenhafte Morden, nicht nur auf den Schlachtfeldern und in den bombardierten Städten; in den Internierungslagern in Auschwitz, bei Olmütz und Lublin begann das industrielle Morden, Massen von Menschen – Millionen und Abermillionen Juden, Polen, Russen, Belgier, Franzosen, Holländer – wurden in Viehwaggons in diese Industriegebiete des Todes transportiert und dort auf zeitgemäße Weise, mithilfe chemischer Mittel, umgebracht, in Krematorien hat man sich ihrer entledigt. Dann wurden die schönsten europäischen Städte zerstört; doch das nahmen wir gar nicht mehr zur Kenntnis.

Und währenddessen permanentes Lügen, von früh bis spät; man nannte es jetzt Propaganda. Jubelnde Ausbrüche grenzenloser Dummheit und Habgier über die anfänglichen Erfolge. Viele Irrtümer, noch mehr Verirrungen. Und immerzu Feigheit und habgieriger Egoismus.

Was gab es noch in diesen fünf Jahren? Eine große Liebe und eine große Krankheit; ein zweifelhaftes Etwas, das man Erfolg nennt; und den bleibenden, mit den Jahren immer stärker werdenden Schmerz über den Tod des kleinen Kindes.

Das Erlebnis vieler Bücher. Uralte Bücher, die mir hin und wieder Trost spendeten. Viel Arbeit. Neid, Verleumdung und Hass, also alle natürlichen Begleiterscheinungen des Erfolgs. Immer größere Einsamkeit. Pflichten, die es zu erledigen galt; ansonsten Gleichgültigkeit. Ich bin vierundvierzig Jahre alt, möchte noch leben, die Wahrheit schreiben, aber anders, vollständig; als könnte der Weltenhauch meiner Seele noch einmal Flügel verleihen.

Tag und Nacht Luftalarm. Die Rumänen und Russen haben die Karpaten überquert, kämpfen auf ungarischem Territorium. Sooft ich kann, halte ich mich in Budapest auf, vier, fünf Tage in der Woche. Was ich hier suche? Ich weiß es nicht. Zwischen zwei Luftalarmen besuche ich jemanden, der mir etwas vorjammert, sitze draußen auf einer Bank oder lese in der leeren Wohnung ein Buch. Ich bin ruhig, geradezu unbekümmert.

Diese Bande von Raubmördern, die sich seit dem 19. März königlich-ungarische Regierung nannte, hat abgedankt. Was werden diese Leute nun tun, außer ihre Haut zu retten? Was geht ihnen jetzt, *post festum*, durch den Kopf? ... Das Land ertrinkt in Schuld. Es wird Generationen dauern, bis sein Ruf, seine Ehre wiederhergestellt sind. Und wir können uns nicht einmal darauf berufen, dass all das unter äußerstem, fremdem Zwang geschehen sei; der Zwang war da, aber das Volk trug willig und spontan das Seine dazu bei, die Schande zu einer historischen Verantwortung zu machen.

Was meine schönste Erinnerung an diese fünf Jahre ist? Vielleicht der Moment, als ich nach fast überwundener Krankheit das Osterläuten vernahm. Aber das war ein pathetischer Moment. Was war das Schönste? Das ganze Leben war schön, mit allem, auch inmitten des Elends.

Und was war das Schrecklichste? Von Menschen enttäuscht worden zu sein? Ich weiß es nicht. Viel habe ich von niemandem erwartet. Vielleicht die »letzten Briefe« einiger Freunde. Aber auch das vergeht, zerrinnt mit der Zeit.

Benvenuto stach immer sofort zu, das stimmt; aber gleich danach machte er sich wieder ans Meißeln, ans Schreiben, ans Malen; das Leben war für ihn genauso eine Kunstgattung wie die Silberschmiedekunst oder die Bildhauerei.

Der »Übergang«, vor dem sich die vornehmtuerische Mittelklasse so fürchtet, wird mir keine großen Überraschungen bereiten. Längst hat mich die Zeit still und heimlich jedes Privilegs und jeder Bequemlichkeit beraubt. Vor drei Jahren nahm man mir das Recht auf mein kleines Automobil, das die einzige Passion, der einzige Luxus meines Lebens gewesen ist. Die offiziellen Stellen waren der Meinung, ich hätte in einem Krieg kein Recht auf ein solches Privileg, obwohl zur gleichen Zeit Nutten und nichtsnutzige Beamte durch die Stadt kutschierten. Dann nahm mir die Zeit den Arbeitsplatz weg. Seit sechs Monaten kehre ich, halte mein Zimmer sauber, mache mein Bett, putze meine Schuhe, schleppe mich in eigener oder fremder Sache zu Fuß oder in überfüllten Straßenbahnen durch die bombardierte Stadt; mit einem Wort, man hat mir still und beharrlich alles genommen, was meinem Leben einen »bürgerlichen« Anstrich, einen »bürgerlichen« Anschein verliehen hatte. Aber ich vermisse nichts von alledem. Dem »Übergang« sehe ich gleichgültig entgegen: Ich habe keine »Existenz« und auch keinen »bürgerlichen Lebensstil« mehr. Und genauso gleichgültig verfolge ich das Schicksal derer, die dank gewisser Privilegien das alles noch genießen und jetzt wimmernd um ihre Vorrechte fürchten.

Gott weiß es besser.

Die Russen und die Rumänen haben die Grenze nach Ungarn überschritten; sie kämpfen im Szeklerland, vor Marosvásárhely, diesseits der Gyimesi- und Ojtozipässe.

Die neue Regierung hat angesichts der ernsten Lage zwei Verordnungen erlassen: Die eine regelt die Ausgangszeiten für Juden neu – bisher durften sie sich von 11 bis 17 Uhr, fortan dürfen sie sich nur von 12 bis 17 Uhr auf der Straße aufhalten –, die andere ernennt einen neuen Regierungskommissar für Preiskontrolle. Und der erste Schultag wurde auf den 1. Oktober verschoben …

Das alles hat etwas Schönes, wie alles, was vollkommen und makellos ist.

Ich kann mich an Cellinis Autobiografie nicht satt lesen. Für Paris zum Beispiel hat er kein Wort übrig; er verachtet alles Französische, die Architektur, die Silberschmiedekunst, die Lebensweise. Er ist leidenschaftlich italienisch. So oft wie möglich sticht er mit seinem Dolch zu; aber dazwischen schafft er Meisterwerke. Von der damals virulenten »französischen Krankheit« erholt er sich nach eigenem Bekunden in drei Wochen; er ernährt sich von Pfauen, das gibt ihm die Lebenskraft wieder (auch Casanova behandelte seine Lues mithilfe von Diäten und konnte damit siebzig Jahre dahinleben …). Beinbruch, Einkerkerung in der Engelsburg, all das bereitet ihm eher Vergnügen als Qualen. Ab und zu, zwischen zwei Dolchstößen oder zwei neuen Silberplastiken, schreibt er auch Sonette.

Nicht nach Rache schreien – niemals – und sich nicht entschuldigen. Niemals, bei niemandem.

Ein Sommer, in dem alles zur vollen Reife gelangt ist. Und jetzt verrottet alles.

Stendhal schrieb seinen Essay über die Liebe für »dreißig oder vierzig Menschen«. Dieser Essay hat in hundert Jahren unzählige gefunden. Aber ich glaube, es ließen sich keine dreißig oder vierzig Liebende finden, die aus diesem Buch auch nur um einen Buchstaben klüger geworden wären.

Ich kenne mich noch immer nicht gut genug; und ich werde mich auch niemals ganz kennenlernen. Es gibt in uns eine Art tiefes Gewässer, das von den Scheinwerfern des Verstands nicht erreicht wird. In diesem tiefen Gewässer schwimmen seltsame, groteske, haarig-glimmrige Ungeheuer: unsere Sehnsüchte, Ängste, Erinnerungen.

Schon seit Wochen gehe ich beim Sirenengeheul nicht mehr in den Keller; ich bleibe in meinem Zimmer, lese oder arbeite. Heute, am Sonntagmorgen, packt mich bei Luftalarm eine höllische Angst; ich renne sofort in den Felsenbunker in der Burg, doch meine Angst legt sich auch dort nicht. Aber es geschieht nichts, es war blinder Alarm.

Sztójay, der zurückgetretene Ministerpräsident, leidet an Paralyse; er bekommt Spritzen gegen Malaria. Vor Kurzem sagte er in Gesellschaft: »Man muss nicht gleich die Sturmvögel läuten.«

Nächtlicher Sturm. Ein spätsommerlicher Sturm, der Apfelbäume entwurzelt und die mit Früchten beladenen dicken Äste der Nussbäume knickt. Das zornige, erbitterte Heulen des Windes übertönt für einen Moment den Krieg, als habe auch die Natur schon das Wüten des Menschen satt.

Am Morgen antwortet der Mensch mit heftigen Bombenangriffen. Die Erde dröhnt, die Welt erbebt. Am Nachmittag ist der Herbst da: übergangslos, herb-kühler Sonnenschein zum Septemberanfang. Marienseide. In der Luft der Duft von Gärung. Eine wunderbare Heiterkeit über der sturm- und bombenzerrissenen Landschaft. Ich lese Shakespeares Sonette im Garten.

Der Verrat des wunderschönen blonden Jünglings und der brünetten Dame erfüllte ihn, Shakespeare, um 1600 – vor *Hamlet* – mit großem Schmerz. Der Mensch, und möge er auch Shakespeare heißen, kann sich mit einem solchen Verrat nur schwer abfinden, erst recht, wenn er gerade noch vierzig war. Und dann schreibt der Mensch, erst recht wenn er Shakespeare heißt, einen *Othello*; und das nicht ohne Grund.

Laut Messiaen handelt es sich bei dem blonden Jüngling zweifellos um Shakespeares Freund Essex, Graf von Southampton. Und die brünette Dame ist womöglich eine schwarze Kurtisane, die um 1600 in London viel Furore machte.

Wilde und Samuel Butler schwören darauf, wohl aus egoistischen Gründen, dass Shakespeare homosexuell war (Sonett 20 u. a.). Viel wahrscheinlicher ist, dass er nur ein Künstler war, der Freundschaft und Liebe auf einmal wollte.

Ich treffe auf der Straße meinen Übersetzer aus der Schweiz. Wir tauschen uns über das Schicksal gemeinsamer Freunde aus. Die Nachrichten sind nicht gut.

Wir haben uns seit sechs Monaten nicht gesehen. Er erkundigt sich, ob der schweizerische Verlag, der sich letztes Jahr die Rechte an meinem Roman *Die Eifersüchtigen* gesichert hatte, ihn schon veröffentlicht hat. Ich habe von dem Verlag seit sechs Monaten nichts mehr gehört; man hat mir den Vertrag und den Vorschuss geschickt, aber seitdem – dem 19. März – schweigt man. Das verlegene Lächeln meines Übersetzers verrät mir die vermutliche Wahrheit: Kein Verlag in der Schweiz darf im Moment das Buch eines ungarischen Schriftstellers veröffentlichen.

Wegen der Verbrechen einiger mörderischer, sadistischer, habgieriger Schurken stehen wir alle auf dem Index, das ganze Ungarn. Wir stehen vor den gebildeten und moralisch verantwortungsbewussten Völkern Europas gleichsam wie eine diebische, menschenfresserische Zigeunerbande da, in einer Elendssiedlung irgendwo am Rande Europas, wo wir uns mit verdächtigen und widerwärtigen Dingen beschäftigen: mit Hühnerdiebstahl und Aasfresserei. Und das müssen wir – vielleicht Generationen von Ungarn! – wegen einer Handvoll Schurken auf uns nehmen. Aber auch deshalb, weil der Nation die moralischen Abwehrkräfte fehlten.

Nur ein paar Menschen von Geist können Ungarns Ehre noch retten: Schriftsteller, Wissenschaftler, Künstler, Techniker, Erzieher. Aber wen gibt es hier noch mit der Kraft und der Legitimation zu erziehen?

Sollte ich überleben und noch einmal ins Ausland fahren, werden die Schweden und Dänen, Holländer und Franzosen, Engländer und Portugiesen nach der Vorstellung verstummen, mich frostig mustern, aus dem Fenster blicken, das Thema wechseln. Das wird sehr lange so sein.

Und ich werde ihnen nicht jedes Mal erzählen können, was für Männer diese Nation zu einer europäischen Nation geformt haben; Männer wie die Könige des Hauses Árpád – ich denke jetzt gar nicht so sehr an Stephan den Heiligen wie an Béla III.! –, wie Pázmány und Zrínyi, wie Rákóczi, der einen Privatbesitz von der Größe eines ganzen Landes für die nationale Sache hingab (seine wahre Größe wird immer auf dieser Geste beruhen, die einen mit den eitlen und grausamen Illusionen des alternden Emigranten versöhnt!), wie ihre Dichter und Schriftsteller Berzsenyi, Vörösmarty, Arany, Petőfi, Jókai, Mikszáth, Babits und andere. Das alles werde ich nicht erzählen können, denn man würde mit den Namen von Schuften kontern, die meine Zeitgenossen waren und den guten Ruf einer ganzen Nation für lange, wenn nicht für immer besudelt haben.

Wieder reisen? Wenn ja, möchte ich vor allem Europa sehen. Gleichgültig, was für ein zahnlückiger, fiebergeschüttelter Krüppel der Kontinent auch sein mag. Ich will die zerstörten europäischen Städte sehen. Ich sehne mich weder nach Amerika noch nach Südamerika. Landschaften interessieren mich nicht; mich interessiert nur der Mensch, immer und ewig nur der europäische Mensch. Ich will weder die Hindus noch das Volk der Tschuringa kennenlernen; ich verzichte auf die menschliche Idylle der Pazifikinseln. Mich interessiert nur jener Mensch, dessen Erlebniswelt die Kultur ist.

Deshalb möchte ich, sollte ich jemals aus Europa herauskommen, nur nach China fahren; denn auch dort widerfuhr dem Menschen, was auf unserem tragischen Kontinent uns widerfahren ist: Er traf auf eine Kultur und machte eine Lebensform daraus. Nur diese Art Mensch interessiert mich; alles andere ist nur Geografie, Ethnografie, Abenteuer und mir gleichgültig.

Nomen est omen – Scheffler macht darauf aufmerksam –, nicht umsonst trug diese gotische Seele den Namen Goethe. In seinem rokokohaft-deutschen Temperament schlugen gotische Vorfahren durch; und nicht nur in seinem Namen klingt diese größte Schaffensperiode Europas nach.

Nachts lese ich Goethes Jugendgedichte. Karl Schefflers hervorragender kleiner Essay trifft es: Goethe war ein »Gelegenheitsdichter«. Die Welt stellte für diese Seele nur ein Mittel zur Selbsterkenntnis dar. Was sich Montaigne und die griechischen und römischen Weisen bewusst vornahmen, war für Goethe ein Gelegenheitsunterfangen. Reisen, Lektüre, das Amt, das weltliche Leben, die Liebe, die Kunst: Er begegnete allen Dingen – absichtslos – mit der unvoreingenommenen Erwartung und heiteren Inbrunst eines Menschen, der sich bewusst ist, dass er und die Welt ein Doppelspiegel sind: Sie bespiegeln sich gegenseitig, zeigen und deuten den jeweils anderen. Diese »Gelegenheiten« sind ein permanentes Phänomen im Rahmen des Lebens von Goethe.

»Plus un homme est grand artiste, plus il doit désirer les titres et décorations comme rempart«, ruft Stendhal aus, während er über die Liebe doziert. Ich bin nicht einverstanden. Ein Schriftsteller verliert genauso viel an schriftstellerischer Bedeutung, wie er kraft seiner Stellung an gesellschaftlichem Gewicht verdrängt.

Diese Hornochsen wollen mich töten – Hornochsen aller Art, in allen möglichen Verkleidungen, unter allen möglichen Vorwänden; und im Innersten, im tiefsten Inneren kann ich ein solches Vorhaben nicht gutheißen. Nicht nur, weil das Leben dennoch etwas Herrliches und Absolutes ist und mir selbst in einem solchen Elend, im Griff des Halseisens, eine immer größere Freude bereitet: die Natur, die Pflanzen, die Tiere, die Frauen und Männer, die Lektüre und die Arbeit, alles überbordet mit schmerzhafter Lust. Aber irgendwann muss man ja doch Abschied nehmen, und ob mich diese wütenden Hornochsen oder ein wütender Bazillus tötet, ist letztlich egal. Nein, ich missbillige ihr Vorhaben in erster Linie, weil ich noch arbeiten möchte.

Stendhal war ein großer Schriftsteller und ein schlechter Liebhaber; er glaubte natürlich – oder tat, als glaube er –, er sei ein schlechter Schriftsteller und ein großer Liebhaber. Alles, was er über den Coup de foudre schreibt, ist naturwissenschaftliches Geschwätz. Die Wirklichkeit ist anders.

Die Liebenden tun gut daran, sich nach dem ersten Kuss zu trennen; sie ziehen sich räumlich und zeitlich voneinander zurück, blicken in sich hinein, warten die Wirkung ab. Und erst Tage später, wenn sich diese Wirkung tatsächlich eingestellt hat, nähern sie sich einander wieder: wenn also nicht mehr der Augenblick, sondern die Wirkung, die der Kuss – diese menschlichste aller Handlungen – in ihrer Seele und ihrem Körper ausgelöst hat, zu ihnen spricht.

Mit allen Mitteln jung bleiben; natürlich nicht mithilfe kosmetischer Mittel, sondern von innen heraus und bewusst, heldenhaft. Ich habe für alle, die sich aus Feigheit und Bequemlichkeit vorzeitig einen Bart ankleben und in eine künstliche Autorität flüchten, die Autorität des »fortgeschrittenen Alters«, nur Verachtung übrig. Montaigne zitiert Ciceros Bekenntnis – in *De senectute* –, dass es ihm lieber wäre, nicht lange alt zu sein, als es vorzeitig zu werden.

Wenn der Großteil der Menschheit den Verstand verliert, nimmt es nicht wunder, dass auch die menschlichen Erfindungen einer Art Geisteskrankheit anheimfallen. Zum Beispiel das Radio; jedes Mal, wenn ich es tagsüber einschalte, murmelt es mit dem Gestammel eines epileptischen Paralytikers Worte wie: »Störflug«, »Luftgefahr«, »Luftalarm«. Ansonsten hat es seinen Wortreichtum und seine einst so große Sprachgewandtheit eingebüßt.

Der Herbst, ein Wunder.

Als nähme Gott gar nicht zur Kenntnis, was der Mensch, dieser Wurm, auf der wunderbaren Bühne der Welt anstellt.

Der hiesige Fuhrmann verlangt hundertfünfzig Pengő für einen Tag. Beanstandet man die Höhe der Summe, erwidert er empört: »Zu hoch? Es gibt hier – ich weiß es! – zwei Generäle, die letztens die ganze Nacht Champagner getrunken haben. Ich hingegen trinke zwei Liter Wein und *bin gleich betrunken*!« …

In einer verborgenen Nische des Gartens mästet der Gärtner ein Schwein. Ein solches Schwein ist ein großer Schatz heutzutage. Ich bleibe jeden Morgen vor dem Koben stehen und erwidere das freundliche Grunzen des Mastschweins.

Es hat schon ein ganz ansehnliches Fettpolster; und eine sehr sympathische Schnauze. Ist von lustigem und einnehmendem Wesen. Wir sind uns sichtlich sympathisch. Nie hätte ich gedacht, dass auch ein lebendes Schwein sympathisch sein kann. Alles hat sich verändert, alles.

Ich betrachte die Landkarte. Die Finnen räumen Karelien. In Siebenbürgen pochen die Russen und die Rumänen an die Grenzen Ungarns.

Vielleicht ist ein Land in Wahrheit nur das, was als Vorstellung davon in einem Gedicht oder in der Seele einer Nation fortlebt, geht mir durch den Kopf. Alles andere fließt, verblasst, verändert sich. Ungarn könnte die Zeile sein: »*Sterbender Schwan, flieg langsam, singe, klinge, Erinnerung* …« Nur das ist die Wirklichkeit. Alles andere ist ein Nebelbild, das sich mit der Zeit verflüchtigt.

Ich lese Goethes *Italienische Reise*, Tag und Nacht. Wird diese Lektüre die letzte Reise meines Lebens sein?

Ich habe dieses Buch das erste – und letzte – Mal im Juni 1919 gelesen, in den Monaten von Ungarns kommunistischem Experiment, in einem kleinen Badeort am Plattensee. Die Lebens- und Weltlage von damals und heute begegnen sich auf geradezu unheimliche Weise in dieser Lektüre.

Am Vormittag wurden die Brücken bombardiert. Seit zwei Tagen gibt es kein Gas mehr in Budapest. Aber es gibt auch keine Panik, nirgendwo; die Menschen sind müde und gleichgültig.

Die wirkliche Bürde, die Ungarn zu tragen hat, ist nicht, was es getan, sondern was es versäumt hat. Und vor allem das, was es geduldet hat.

Treffen mit einem Schriftsteller. Wie kriecherisch er ist! Und wie feige: Er sorgt sich mehr um seine Haut als um sein Werk.

Und Bartók und Rippl-Rónai? Und Mednyánszky, Szinyei Merse? … Und Krúdy? Wie ein Kartenspieler, der schon alles verloren hat und am Morgen in seiner Westentasche nach einem vergessenen Goldstück kramt, das er auf den

Tisch werfen könnte, um mit einem einzigen Einsatz alles zurückzugewinnen: So suche ich nach diesen Namen.

Epigonen sind gefährlich; nicht weil sie mich nachahmen, sondern weil ihre Nachahmung, einem Zerrspiegel gleich, mir verrät, wie falsch, wie gefährlich, wie verzerrt es war, was ich im Original für gut und aufrichtig gehalten habe.

Ich erwache morgens um vier Uhr in völliger, abgrundtiefer Verzweiflung. In diesen frühen Morgenstunden verstehe ich die Selbstmörder.

Später im Café, beim sonnigen Licht des Herbstmorgens, versuche ich diese Verzweiflung zu begreifen. Worin liegt der Grund? Im Krieg? In der Hoffnungslosigkeit meiner persönlichen Lage und dazu in der Hoffnungslosigkeit des Landes, der Kultur, jeder gerechten Sache? Das sind nur Vorwände und Ausflüchte. Oder bin ich krank, habe ich eine pathologische Veranlagung zur Depression? Gewiss habe ich auch das. Aber davon abgesehen bin ich gesund, zäh und ausdauernd (wie es manische Menschen oft sind). Um wen bin ich besorgt? Um mich oder um andere? Ich bin sehr besorgt um einige Menschen und manchmal auch um mich; aber das kommt selten vor.

Ich bin verzweifelt, weil die Freude in meinem Leben fehlt. Ohne Freude lässt sich nicht leben.

Das seichte Geschwätz des älteren Rosny über Balzac. Dieser unerträgliche französische Stil der Jahrhundertwende, diese »Direktheit« der Boulevardliteratur; etwas Gekünstelteres, Verlogeneres, Gewollteres lässt sich gar nicht vorstellen. In den Papierkorb damit.

Brennen, verbrennen.

Aber rasch noch einen kalten Umschlag, weil ich mich in der Nacht erkältet und Halsschmerzen habe.

Eine Schauspielschülerin bittet um Erlaubnis, bei ihrer Kammerprüfung den Monolog der Franciska aus *Gastspiel* vorzutragen.

Sie ist hübsch, sehr jung, sprüht vor Ehrgeiz und selbstbewusster Zielstrebigkeit. Aber Franciska ist italienisch, katholisch, also vielfältig, vollkommen, absolut und demütig, gläubig und maßlos, fanatisch. In einer besseren Welt könnte sie auch eine Heilige sein.

Zur Liebe und zur Kunst und um eine Heilige zu sein bedarf es der Demut. Die heutige Generation weiß viel, aber die Demut kennt sie nicht.

Eine Ärztin, die sich mit der Erziehung nervöser Kinder beschäftigt, erwähnt, dass es für den Typ des nervösen – gewöhnlich nicht unbegabten – Kindes bezeichnend ist, dass es die weiterreichenden Folgen seiner Handlungen nicht voraussehen kann. Sein Urteilsvermögen kann nur die unmittelbaren Folgen ermessen; was über die ersten Folgen hinausgeht, kann es nicht mehr einschätzen.

An dieser Krankheit leidet auch das Ungarntum. Ungarn sehen im Moment des Handelns meist nur die unmittelbare Reaktion voraus. Das wird ihnen oft zum Verhängnis; so auch jetzt.

Engländer ermessen im Moment des Handelns auch dessen weiterreichende Folgen. Das macht sie zu einem erwachsenen Volk.

Diese Gesellschaft behandelt die Möglichkeit einer Invasion ähnlich wie das byzantinische Volk, das den Kopf vor dem Verhängnis senkt und in regloser Stille wartet, dass sein Schicksal sich erfülle.

Eine Frau erzählt mir ihre Erlebnisse mit einem Gendarmerieoffizier. Sie zeigt mir sein Bild: Unter einem mit Hahnenfedern geschmückten Tschako blickt den Betrachter ein zartes Profil, ein intellektuelles Gesicht an.

Dieser Mann gehört zu jenen Gendarmerieoffizieren, die die Deportation der ungarischen Juden durchgeführt haben. Als Hauptmann leitete er in der Gegend von Sopron, Sárvár und einiger anderer Städte den Massentod in die Wege. Auch persönlich schlug und trat er die Juden, drängte sie in Gruppen von achtzig Personen in die überfüllten Viehwaggons, trennte über die offiziellen Bestimmungen hinaus Ehepartner voneinander, wenn einer von beiden christlich war, stahl und raubte und so weiter. Jetzt sitzt er – gerade wegen seiner Räubereien – im Militärgefängnis und harrt seines Schicksals.

Dieser Mann war einst der Bräutigam der jungen Frau gewesen. Er habe Gedichte geschrieben und eine schöne Bibliothek besessen, erzählt sie. Ich frage sie, was für eine Bibliothek er gehabt habe? Sein Lieblingsbuch sei der Roman *Die Heilige und ihr Narr* gewesen. Drei Jahre war er unsterblich in die Tochter des B…er Rabbiners verliebt und wollte sie ehelichen: Um den Hals trug er ein Goldkettchen mit einem Judenstern. Seine Vorgesetzten verweigerten ihm die Erlaubnis zur Heirat des Mädchens. Daraufhin hätte er mit ihr gebrochen, die Frau sei deportiert worden, der Mann – bis dahin ein Offizier der Armee – habe zur Gendarmerie gewechselt.

»Es kann mich höchstens das Leben kosten«, sagt man. Aber machen wir uns nichts vor. Dieses »Höchstens« ist auch schon alles.

Frauen beklagen sich immer, die Männer ließen sich nicht liebkosen. Aber wenn diese Liebe, Zärtlichkeit und Liebkosungen begehren – was sie, die Starken, die Herren der Schöpfung, natürlich hochmütig verbergen –, erschrecken sie bei der ersten Liebesberührung, protestieren, wehren sich und so weiter.

Liebe zu empfangen ist in der Tat schwer, da die Liebe – Schubart hat recht – stets anarchisch, maßlos, übertrieben und absolut ist; wer geliebt wird, hat zu Recht Angst um seine Individualität, um das, was ihn von anderen unterscheidet, was ihn ausmacht, um seine Haut also und um mehr. Der reife Mensch versöhnt sich in der Zärtlichkeit.

Warum wundern wir uns, dass die Menschen so empfindlich sind? Dass sie jeden Unterton heraushören, der nicht würdigend, anerkennend, der womöglich sogar kritisch ist? Die Tiere – jedenfalls die domestizierten Tiere – sind genauso empfindlich. Mein Hund verzieht sich beim kleinsten Tadel beleidigt für einen halben Tag, frisst nicht, liegt nur knurrend da. Pferde sind noch viel empfindlicher. Jedes Lebewesen braucht Liebe und Anerkennung – und verweigert natürlich jede vertraglich beglaubigte Gegenleistung.

Goethe zeichnet die Breiten- und Längengrade in Trient und Bozen mit rührender, kleinlich-besorgter Pedanterie auf. Die gleiche Aufmerksamkeit widmet er dem Klima, der mineralischen Beschaffenheit des Gesteins, der Qualität der Ernährung der Menschen. In solchen Momenten ist er nicht der Größte – Fausts Interesse gilt anderen Dingen –, aber am menschlichsten. In solchen Momenten verspüren wir jenes magische Vertrauen zu seiner Person, das eines der schönsten Geschenke des Menschen ist.

Tage, vielleicht Wochen, in denen etwas langsam zerbricht: in Deutschland, in ganz Europa, auch bei uns. Was zerbricht? Ein Machtsystem? Eine Lebensart? Der Krieg ist nur eine Folge von alledem. Auch während des Kanonenfeuers und der Bombenangriffe herrscht große Stille in den Seelen; die Stille des Grauens und der Erwartung. Ungeheure Kräfte brechen langsam und unerbittlich das Rückgrat von irgendetwas … man hört das Knacken der Wirbel.

Es gab im Leben die Literatur, die Musik, die Kunst, die Liebe und den Tod. Darin lag sein Sinn. Alles andere war Tagesnachricht oder Geschichte, also etwas Nebensächliches. Es lohnte sich nicht, sich damit zu befassen, selbst wenn man daran zugrunde ging.

In Budapest zu leben ist jetzt ungeheuer »interessant« – das Wort ist natürlich frivol, diese Erfahrung ist anders und mehr als »interessant«! – und erzeugt eine Spannung, wie ich sie noch nie, in keiner Lebenssituation je erlebt habe. Die Fragen und reflexartigen Antworten der Menschen, ihre Ängste und Hoffnungen. In der spannungsgeladenen Atmosphäre des Augenblicks brechen die Charaktere auf, zeigen sich unverhüllt. Ich habe in diesen Tagen mehr über die menschliche Natur erfahren, sie besser kennengelernt als je zuvor in meinem Leben.

Während man sich fürchtet, hofft man auch, während man hofft, fürchtet man sich zugleich. Das Gewohnte, Vertraute erscheint, da es sich jetzt wandelt und verschwindet, plötzlich wieder begehrenswert, selbst wenn es schrecklich war. Es ist, als zöge man aus einer vertrauten Hölle in einen leeren Raum um, der gewiss kein Himmel ist, ja, vielleicht sogar eine neue Hölle sein könnte …

Seit einigen Tagen grüßen sie sich anders, drücken sich anders die Hand; sie verabschieden sich und versichern den anderen dabei ihrer Freundschaft – sind sie Scheusale? Nein, sie sind Menschen.

In Stendhals Buch über die Liebe sind wirklich nur die sorgfältig zusammengetragenen Beispiele lehrreich. Das Beispiel Nello della Pietras oder des in den Wäldern von Sesia nur seiner Rache lebenden Grafen oder der Hofdame Franz' I., die ihren infolge einer Krankheit stumm gewordenen treulosen Liebhaber eines Tages auffordert: »Sprich!« – und der Mann beginnt zu sprechen. In diesen Beispielen leuchtet die krankhafte, irrationale Kraft, die Heilige wie Liebende bewegt und zu Wundertaten animiert, mit heller Flamme. Der Rest ist zahnlose Rechthaberei.

Alles wandelt sich, Städte verschwinden, Menschen sterben oder ändern – aus Eigeninteresse, aus einer Laune heraus oder nur infolge ihrer Drüsenfunktion – ihre Meinung. So ist das Leben.

Aber jenseits alles Wandelbaren gibt es etwas Dauerhaftes. Die Ordnung von Leben und Tod. Die Jahreszeiten. Die Erkenntnis, dass der menschliche Geist immer wieder, selbst unter den hoffnungslosesten Bedingungen, etwas Neues hervorzubringen vermag. Ob in Zeiten der Liebe, ob in Zeiten der Pest; die immer wiederkehrenden Phänomene der Natur. Die überraschende Feststellung, dass dem Menschen am Ende immer etwas einfällt. Und die Gewissheit, dass sich sein Charakter nie verändern wird. Mehr auf das achthaben, was im Leben beständig ist.

Im Leben braucht man Geduld. Für das Wunder dagegen braucht man Mut. Das stille, schlichte Wunder, wenn jemand den Mut hat, im Leben Geduld zu haben. Aber das ist sehr schwer.

In Vicenza konstatiert Goethe, dass man zum Scheitern verurteilt ist, wenn man die Menschen zu höheren Ansprüchen erziehen, ihnen ein größeres Selbstverständnis vermitteln will. Huxley drückt es so aus: Man kann den Menschen nur auf der Ebene des Göttlichen über sich erheben. Der Rest ist Sache der Politiker und Erzieher, nicht der Dichter.

Die Russen nähern sich Kolozsvár. Das Radio hat es am Morgen gemeldet. Ich beobachte meine Reflexe.

Der Garten glänzte im kühlen Septembersonnenschein. Ich begab mich wie immer in der Badehose auf den Hügel, machte Atemübungen, turnte auch ein wenig und lief. Danach las ich Stendhal und Goethe. Jetzt schreibe ich dieses Tagebuch; auch an meinem Roman habe ich gearbeitet. Mittags fahre ich nach Budapest.

Ist das nicht frivol? Nein. Das ist alles, was ich tun kann. Alles andere wäre Wehleidigkeit oder bloße Wichtigtuerei.

Wenn das, was jetzt in Ungarn passiert, in Anarchie ausartet, müssen wir es natürlich akzeptieren, wie ein Schicksal. Die Verantwortung all derer, die in den vergangenen fünfundzwanzig Jahren ihre Pflicht versäumt und eine anständige, gesellschaftliche Prävention unterlassen haben, ist gewaltig.

Jedenfalls hat uns die Zeit eine Lektion erteilt: Ich hatte an den europäischen Humanismus und an jenen bürgerlichen Sozialismus geglaubt, der jedem Arbeiter Freiheit, Bildung und einen anständigen Lebensstandard sichert. Also nicht an diese egoistische, habgierige und kulturlose ungarische Mittelklasse, sondern an jene andere, die Europa aufgebaut hat und von der einige Generationen noch in Oberungarn und Siebenbürgen gelebt haben. Wenn dieser Anspruch aus dem ungarischen Leben verschwindet, muss ich mit ihm verschwinden.

Jetzt, da die ungarische Mittelklasse mit schlechtem Gewissen nach Ausreden sucht und die Koffer packt, ist der falsche Zeitpunkt für Schuldzuweisungen. Wer schuldig ist, möge flüchten oder büßen; sein Schicksal ist nicht mehr von Belang. Die Lektion lautet: Bleiben noch genügend Menschen von Geist, um Ungarn aus den Niederungen dieses verhängnisvollen Kurses wieder auf ein europäisches Lebensniveau, auf den Standard einer gerechten und kreativen Demokratie zu heben? Das wird unsere Aufgabe sein, wenn wir überleben. Der Rest ist genauso sehr Konjunktur wie die, die gerade untergegangen ist.

Das Gedicht ist das Größte. Größer noch als die Musik. Größer als das Leben. Nichts kann das Leben geben, was größer wäre als folgende Zeilen: *»lässt / Mit Blitz und Regen Engel niedereilen / Aus Meer und Himmels knotigem Geäst: / Du reißt auf deinen blauen Wogen mit – / Mänadenmähne, hell, die aufgelöst / Vom Horizontsaum flattert zum Zenit – / Des nahen Sturmes wirre Lockenpracht …«* Und dabei ergibt das Ganze gar keinen Sinn. Aber vielleicht ist es gerade deshalb so majestätisch, so beglückend. Was einen Sinn ergibt, ist schon irgendeinen Kompromiss eingegangen.

Eine glückliche Nacht in meinem Zimmer in Budapest, endlich wieder unter meinen Büchern; ich lese Gedichte. Shelleys »Ode an den Westwind«. Árpád Tóths Übersetzung lässt vermuten, dass auch das Original nicht großartiger sein kann. Ich lese es mehrmals hintereinander laut, vergesse die Sorgen und Nöte des Tages. Was für ein Glück, dass es auch das noch gibt! Wie reich man doch ist, selbst in dieser Grube, in die uns Niedertracht, Dummheit und Grausamkeit gestoßen haben. Glücklich schlafe ich ein, und meine Träume durchweht der Westwind: *»Mach mich zu deiner Leier wie den Wald.«*

Am Vormittag Daueralarm. Ich möchte am Roman arbeiten, kann aber nicht. Ich lese die Gedichte von Zoltán Somlyó.

Wie sehr er doch ein echter Dichter war! Ich kann »Morgengebet« noch heute nicht lesen, ohne dass mir Tränen in die Augen schössen. Das, nur das ist Dichtung: eine lautlose Musik, die durch das Bindemittel Wort etwas mitteilt! Dieser armselige, düstere, traurige Jude in den verwanzten Budapester Absteigen, im derb stinkenden Schmutz der Budapester Cafés, war eine der lautersten Erscheinungen der zeitgenössischen Literatur. (Für den vor zehn Jahren posthum erschienenen Band hat József Erdélyi ein einfühlsames Porträt des Dichters gezeichnet …)

Tiefe Wehmut: Wo seid ihr, ihr Meister und Mentoren meiner Jugend, denen ich noch zu Lebzeiten die Hand drücken durfte: Kosztolányi, Karinthy, Árpád Tóth, Babits, Zoltán Somlyó! Wie einsam bin ich geworden. Was weiß schon diese Welt von dem dunklen Licht, das in unseren Herzen loderte?

Man braucht alles zur selben Zeit: Geduld und Sachlichkeit, Maßlosigkeit und Ekstase, eiskalte Aufmerksamkeit und Rausch. Anders geht es nicht.

Und man braucht Freude, Freude und wieder Freude! Eine Wonne, die schon dem Tod nahe ist. Die Wonne ist vielleicht noch mehr als das Gedicht. Oder dasselbe.

Kleine Zeichen: Am Mittag, in der 75er-Straßenbahn, drei sturzbesoffene SS-Kerle. Sonst zeigen sich diese khakiuniformierten Burschen stets höflich und diszipliniert in der Öffentlichkeit. Es ist das erste Mal, dass ich solche grölenden, selbstvergessenen, betrunkenen SS-Leute sehe, die anscheinend längst alles wissen und auf alles pfeifen.

Ein Wehrmachtssoldat steigt in die Straßenbahn ein, setzt sich still in eine Ecke. Ein alter Mann, dünn, sein Gesicht gequält, unrasiert. Seine Uniform ist abgetragen. Er hat eine weiße Henne bei sich, wärmt, beschützt sie mit ernster, sorgenvoller Zärtlichkeit.

Wie anders dieser deutsche Soldat in schäbiger Montur mit seiner Henne doch ist als jene Soldaten, die noch vor einigen Jahren am Donauufer entlang gen Jugoslawien rasten!

Babits war groß, sehr groß! Aber er wollte höher greifen, als seine Hand reichte. Deshalb wirkt seine Geste manchmal unsicher, gekünstelt, gewollt. Aber ergreifend ist er allemal.

Während ich diese Zeilen schreibe, gibt es wieder Luftalarm – zum vierten Mal in anderthalb Stunden. Man stumpft ab. Die Tiere dagegen ertragen diese Bedrohung nicht. An der Schiffsanlegestelle sah ich einen unter Schock stehenden schwarzen Hund; sein Besitzer erzählte mir, dass der Hund den großen Luftangriff auf Pestszentlörinc erlebt hat und seitdem ständig zittert.

Nachts wütende Bombenangriffe. Ich gehe nach Mitternacht nach Hause, durch die stillen Straßen Budas, in einer sternhellen Herbstnacht. Der Himmel ist wolkenlos, funkelt mit allen Sternbildern, die das menschliche Auge erreichen kann. Als wollte das Weltall seine ganze Pracht vorführen. Ich krieche aus dem unterirdischen Loch hervor, blicke zum leuchtenden Himmel empor und empfinde in dieser kalten Herbstnacht ein plötzliches Entzücken, als hätte ich eine Auszeichnung erhalten, als habe man diese Milliarden und Abermilliarden Sterne zu Ehren der Kreatur angesteckt. Leben ist etwas unfassbar Großes.

Und wie überraschend, wie beglückend mannigfaltig es ist! Es gibt den freien Willen; bis da und da kann ich frei über mein Handeln verfügen. Aber jenseits davon ständig, jeden Augenblick Überraschungen: Denn alles ist anders, mal ein bisschen, mal ganz, aber immer anders, als ich es mir vorgestellt habe. Manchmal viel besser. Oft viel hoffnungsloser. Und am Ende immer die Lösung. Und jenseits von allem die schönste aller Lösungen: der Tod.

Natürlich hallt in dieser sternklaren Herbstnacht nach dem Bombenangriff Pascals Zeile wider. Aber sie klingt jetzt nicht beängstigend. Das Schweigen des unendlichen Raumes hat nichts Erschreckendes, sondern etwas Beruhigendes.

Diesen Herbst reise ich mit Goethe: Wir befinden uns jetzt in Venedig. Von der Malerei verstand er nichts; er ließ sich von Palladio allzu sehr verzaubern und wandte sich im Banne dieses Zaubers undankbar von der deutschen Gotik ab; aber der bewegte, feierliche Moment, als ich Arm in Arm mit Goethe den Zuschauerraum eines venezianischen Theaters von vor hundertfünfzig Jahren betrete und wir uns dem Rhythmus des elfsilbigen italienischen Jambus hingeben, oder als wir an einem Fischmarkt oder auf den Stufen des Arsenals stehen bleiben: Welch großes Geschenk das ist, immer und erst recht heute. Ich hätte nicht gedacht, dass ich diesen Herbst noch in so außergewöhnlicher Gesellschaft nach Venedig reisen würde.

Seit sechs Monaten schleppe ich nun Gepäck mit mir herum wie ein Lastenträger: Schuhe, Kleider, Lebensmittel für Frauen, Männer und Kinder, denn … Aber wie mir das alles zuwider ist! Schon der Gedanke des Gepäckschleppens ist mir ein Graus und dann noch die karitative Pflicht, die mich dazu zwingt. Widerwillig trage ich diese Rucksäcke und mit Gebrauchsgegenständen vollgestopften Aktentaschen und habe dabei keineswegs das Gefühl, eine »hehre Pflicht zu erfüllen«. Ich habe nur das Gefühl, dass das alles widerlich und peinlich ist.

Aber man hat sich in diesen sechs Monaten gewisse Vorurteile und Hemmungen wunderbar abgewöhnen können. Ich wurde zum Beispiel ziemlich streng erzogen und erzog mich später auch selbst streng. Ich hätte mir vor sechs Monaten nicht vorstellen können, mit einem fremden Namen zu unterschreiben, fremde Anmeldeformulare auszufüllen, für andere heimlich Lebensmittelkarten zu kaufen. Heute tue ich das alles, ohne mit der Wimper zu zucken.

Was geschieht in Ungarn während dieser Tage? Die Mitglieder der Führungsschicht: Offiziere, Staatsbeamte, Angehörige der Gentry und der Aristokratie verlängern ihr Leben um einige Wochen. Sie nehmen dafür in Kauf, dass die Alliierten die Eingeweide des Landes herausquetschen. Die Parolen lauten: »Alles für Siebenbürgen!« und: »Lasst uns ehrenvoll sterben!« In Wahrheit werden wir, die anderen, sterben, während sie fieberhaft packen und sich in Richtung Österreich und wenn möglich der Schweiz davonmachen.

Das Schicksal Siebenbürgens ist schmerzlich. Aber auch die Finnen hängen an Petsamo und Karelien, auch den Bulgaren ist Mazedonien wichtig, und auch den Rumänen tut es um Moldawien und Bessarabien leid: Dennoch tragen sie den Realitäten Rechnung, haben zu einem grausam hohen Preis mit den Deutschen – mit denen sie ohnehin nur der Zwang und das Interesse zusammengeführt hatte – gebrochen und denken nicht länger in territorialen Kategorien, sondern versuchen, die Fundamente des nationalen Überlebens zu retten. Arad gehört schon »uns«, »unsere Truppen haben es gestern erobert«; aber das Schicksal Budapests ist ungewiss. Und das ist das Maß.

Nein, hier prolongiert eine Klasse; aus Feigheit, Eigeninteresse, Korruption. Über »Bündnistreue« verlören sie kein Wort mehr, müssten sie nur mit den Engländern, nicht mit den Russen verhandeln. Eine andere gerüchtweise verbreitete Botschaft lautet: »Lasst uns im Osten durchhalten, bis die Engländer das Donaubecken erreichen.« Auch das ist nur eine Parole, der Wunschtraum einer Klasse, nichts anderes. Im Moment ist nur eines gewiss: Budapest und die Städte gehen zugrunde, und das Überleben der ganzen Nation wäre gefährdet, wenn die Russen nicht auf der Grundlage eines Abkommens, sondern aufgrund des Faustrechts, wie Sieger auf einem Kriegsschauplatz, erschienen … aber einige Tausend Menschen wollen sich nicht der Möglichkeit eines deutschen Transitvisums berauben, wollen das gute Verhältnis zu den Deutschen nicht trüben, weil sie dann nirgendwohin mehr fliehen könnten. Und deshalb geht alles vor die Hunde. (Und bis dahin findet die Führung allzu sichere Luftschutzkeller im Felsenbunker der Burg …)

Und noch etwas: Die Finnen, die Bulgaren, die Rumänen hegten nie ehrliche Sympathien für die Deutschen, aber der ungarische Prolet und eine bestimmte Schicht des ungarischen Adels sympathisierten sehr wohl aus ganzem Herzen mit ihnen. Und begingen die gleichen Schandtaten wie sie. Daher der Chorgesang »Lasst uns gemeinsam sterben«. Was nichts anderes bedeutet als: Mag das Land auch vor die Hunde gehen, einige werden sich unter dem Deckmantel der Deutschen vielleicht für eine Weile retten können.

Zwei Tage in Budapest, im Bombenhagel; herbstlicher Sonnenschein; ich bin ruhig, gleichgültig gut gelaunt. Man spürt meine Ruhe, wendet sich vertrauensvoll an mich.

Doch dann plötzlich, übergangslos, eine tiefe Depression; zwei Tage lang neununddreißig Grad Fieber.

Glitzernder Herbst, taufeuchte Blumen. Dicke, fette Mücken, schläfrige Wespen; sie summen wie die viermotorigen amerikanischen Bomber am Himmel. Bin mit Goethe in Neapel eingetroffen. Ich mag seine Freude nicht trüben, habe aber das Gefühl, dass er in Rom zu viel Zeit in der Gesellschaft von Deutschen, vor allem mit Tischbein, verbracht hat.

Der hinreißende Geisteskranke verrät sich in einem Satz: Stendhal bemerkt beiläufig, aber allen Ernstes: »Der schöne Anblick des Meeres heilt die Eifersucht.«

Ich glaube, dass nicht einmal eine nationale Katastrophe diese Mittelklasse, deren Kulturlosigkeit tief wie das Meer ist, zu erziehen vermöchte. Noch heute schwadronieren sie wutschäumend, mit wahnwitziger Sturheit die gleichen Parolen wie vor einem Jahr, wie vor fünf Jahren; sie träumen von »neuen Waffen«, von einem deutsch-englischen oder deutsch-russischen Separatfrieden … Da ist wirklich nichts zu machen. Aber es ist eine Schande, mit ihnen zugrunde zu gehen.

Ja, wenn es möglich wäre, Siebenbürgen zu retten! Und Ungarn! Aber es ist nicht möglich, Grenzen zu retten, wo es – innerhalb dieser bedrohten, unsicheren, sich verändernden Grenzen – keinen nationalen Zusammenhalt, kein verantwortungsbewusstes nationales Gewissen, keine nationale öffentliche Meinung gibt! Davon hängt alles ab. Wir werden Tag und Nacht bombardiert, sind von vielfacher Vernichtung bedroht. Jetzt wäre es leicht, *für etwas* zu sterben, was Sinn und Recht, Vernunft und Moral, Lebensform und

Verheißung in einem ist! Aber dieses Ziel ist für niemanden erkennbar. Es ist nicht meine Aufgabe, mit einem Gewehr in der Hand zu kämpfen, aber ich bin inzwischen bereit, widerspruchslos zum Gewehr zu greifen, wenn jemand den Weg weist. Doch alles, was ich sehe, ist Finsternis, Feigheit, Egoismus, grausame Täuschung.

Auch die Finnen haben Finnland geliebt und lieben es noch. Warum haben sie dennoch Frieden geschlossen mit den Russen, große Opfer gebracht? Weil sie das Land, die finnische Nation, die Zukunft, das kultivierte finnische Leben, das Leben der ganzen Nation retten wollten und nicht die Privilegien und den Großgrundbesitz einer Klasse.

In Finnland gibt es keinen Großgrundbesitz.

Das ungarische Judentum hat dem ungarischen Geistesleben große Talente geschenkt: Dávid Angyal, Bernát Alexander, Sándor Ferenczi, Milán Füst, Albert Gyergyai, Sándor Hevesi, Jenő Heltai und noch einige Dutzend Namen drängen sich mir auf. Aber wie seicht war unter dem Deckmantel dieser Elite der Durchschnitt – und das allein zählt! –, war alles, was sie in Presse, Theater, Verlagswesen produziert, popularisiert, verbreitet haben! Diese »geistige Front« ist in gleichem Maß verantwortlich dafür, dass die breite Masse des Ungarntums einschließlich der Mittelklasse genauso ungebildet und damit moralisch unverantwortlich blieb wie die Gentry, die Großgrundbesitzer und das von ihnen ausgehaltene Beamtentum. Wenn wir die Wahrheit wollen, müssen wir sie heldenhaft, bedingungslos wollen. Man kann nicht in Klatschblättern ein »geistiges Niveau« vorgaukeln und zur gleichen Zeit bewusst auf jeden höheren geistigen Anspruch verzichten! Gewiss, es gab auch anderes. Es gab auch einen Osvát, einen Ignotus, die Zeitschrift *Nyugat* … Aber zur breiten Masse sprach eine Presse, die so war, wie sie eben war, und es waren jüdische Csínom Palkós, die, geschmückt mit Federgras und Bändern in den Nationalfarben, jenes erbauliche Gebräu, jenes Kuddelmuddel rührten, das jeden, der es verschlang, ganz hübsch verdummte. Als ich zum ersten Mal mit diesen Blättern in Kontakt kam, glaubte ich noch etwas retten, eine Prise Pfeffer in dieses Gebräu, ein Flämmchen Licht in diese Dunkelheit hineinschmuggeln zu können! Ich habe mich getäuscht. Und die Juden sollten sich nicht wundern, dass diese habgierige Gesellschaft, die nicht zuletzt infolge ihrer eigenen geschäftlichen Gier und geistigen Anspruchslosigkeit – genauer: ihres geistigen Pseudoanspruchs – ungebildet blieb und moralisch verkam, später jene Verbrechen beging, die den Untergang so großer Teile des Judentums und schließlich die Vernichtung des ganzen Ungarntums zur Folge hatte. Denn Bildung bedeutet nicht nur Heldenhaftigkeit, Bildung bedeutet auch Moral. Wenn sie die Wahrheit wollen, sollen die Juden Helden sein; sollen sie *wirklich* gebildet und anspruchsvoll sein.

Diese Kommanditgesellschaft, die das Land unter dem Etikett des »Geistes von Szeged« fünfundzwanzig Jahre lang ausgenutzt hat, sorgte nicht nur dafür, dass jeder höhere geistige Anspruch ausgesiebt und eingeschüchtert, jedem echten Talent die Lust und die Flügel beschnitten und der ganze aus reichem Humus sprudelnde Gewinn im Namen von durch Herkunft und Weltanschauung begründeten Privilegien abgeschöpft wurde. Nein, sie haben auch dafür gesorgt, dass dieser Vorgang von ihrer Presse mit der passenden Begleitmusik versehen wurde; während im Vordergrund die patriotischen Baritone und Buffos schwülstig sangen, spielte das Presseorchester immer nur zwei Melodien, mal andante, mal fortissimo: die Themen Bolschewismus und Judenfrage.

Und die »Pressefreiheit« der vergangenen fünfundzwanzig Jahre! … Wer kann sagen, durch welche Kanäle alle Aussagen, in denen es um die Wahrheit ging, versickert sind? … Fünfundzwanzig Jahre lang schrieben wir – zu allem, was irgendeinen nationalen, gesellschaftlichen oder moralischen Bezug hatte! – nur halbe Sätze. Die andere Hälfte des Satzes blieb im Füllfederhalter und im Nervensystem der Schriftsteller zurück. Diese subtile geistige Schreckensherrschaft, die nicht mit Schafott und Ochsenziemer arbeitete, in der das Konzert des ungarischen Geisteslebens ein Vierteljahrhundert durch die aufblitzenden Blicke und Gesten Siegelringe tragender Beamten dirigiert wurde! Wer weiß etwas davon? …

Sz., dem ich auf dem Schiff begegne, bemerkt sachlich: »Pressefreiheit bedeutete in den vergangenen fünfundzwanzig Jahren nichts anderes, als dass es erlaubt war, in der Ehre des Einzelnen herumzustochern.«

Tag und Nacht Bombenangriffe. Beim nächtlichen Luftalarm bin ich schon müde; ich warte sein Ende in meinem Etagenzimmer ab. Das ist sicher leichtfertig, denn erst letzte Nacht schlug eine Bombe in ein Haus in der Királystraße ein und hinterließ einhundertsechzig Tote im Luftschutzkeller … Aber die Gleichgültigkeit, die sich meiner bemächtigt, ist stärker als alles andere. Erst bei der Entwarnung erwache ich aus meinem bleiernen Halbschlaf. Ich trete auf den Balkon hinaus; im Dunkeln das Klappern holzbesohlter Schuhe. Eine kalte, sternhelle Nacht. Die Stadt ist wie erstarrt. Es war der dritte Angriff in vierundzwanzig Stunden. Unsere Eisenbahnbrücken sind weggerissen, der Straßenbahnverkehr stand am Nachmittag sechs Stunden lang still, Strom und Telefon sind mal vorhanden, mal nicht, Brot gibt es schon seit dem Morgen keines mehr, da man die Läden gestürmt hat und keine Züge mehr ankommen, Reisende müssen bei Gödöllő aussteigen, da der Rangierbahnhof in Rákos zerbombt worden ist, gestern hat auch die Strecke nach Székesfehérvár Bomben abbekommen, Kolozsvár ist evakuiert worden … Ich höre im Dunkeln das Klappern der nach dem Luftalarm nach Hause trottenden Schuhe, atme den kalten, staubigen Nachtwind, betrachte die Sterne. Keine Klage, keine Revolte; in mir herrscht tiefe Gleichgültigkeit.

Der Zerfall ist jetzt schon spürbar, mit Händen greifbar. Hunderttausende Menschen sind mangels öffentlicher Verkehrsmittel zu Fuß unterwegs; an vielen Straßen läuft der Verkauf in fensterlosen Läden, gleichsam im Freien; ich suche meinen Arzt auf, er gibt mir die Spritze in der Diele, da seine Jalousien und Fensterscheiben beim nächtlichen Angriff herausgerissen wurden; aber darüber redet schon niemand mehr. Drei deutsche Divisionen haben um Budapest Stellung bezogen; die Deutschen »verteidigen« Budapest, wir werden zum Kriegsschauplatz. So ist das Verhängnis: kurz und bündig, roh, wortkarg. Ich lausche eine Weile der finsteren, schlurfenden Masse der nächtlichen Heimkehrer. Ich lege mich hin, lese Morands kurze Maximen über das Reisen. Ich schlafe tief.

Wieder ein Tag, an dem ich nicht umhinkann, in jeder Begegnung Gottes Finger, seine wunderbare Vorsehung, seine souveräne Ordnung zu erkennen!

Welch undankbare Aufgabe erwartet all jene, die die verfälschten Ideale von Nation, Christentum und Heimat werden beseitigen müssen! Sie tun mir leid.

Am Morgen entdecke ich ein Buch im Briefkasten: ein Exemplar der finnischen Ausgabe von *Wandlungen einer Ehe*. Das Buch ist soeben erschienen, und dank irgendeiner Brieftaube fand ein Exemplar durch alle Kriegswirren hindurch seinen Weg zu mir. Finnland hat letzte Woche einen Waffenstillstand unterzeichnet und alle diplomatischen Beziehungen zu Ungarn abgebrochen. Dieses Buch ist eine letzte Botschaft aus Europa.

Und dabei verstehe ich kein einziges Wort dieser der unseren verwandten Sprache! Jede beliebige ausländische Ausgabe meiner Bücher, ob schwedisch, holländisch, spanisch oder tschechisch, verstünde ich eher als dieses finnische Bruderwort!

Menschen kommen mitten am Tag betrunken aus den Luftschutzkellern; eine grell geschminkte Frau torkelt umher wie nach einem Gelage.

Ein SS-Mann schleppt seit Jahren eine polnische Frau mit sich herum; er benutzt sie wie ein dressiertes Tier, nimmt sie von Land zu Land mit, lässt sie nicht gehen, hält sie gleichsam an der Leine und im Käfig. Die Frau hält sich gerade mit ihm in Budapest auf und hat ihre Bekannten um Gift angefleht.

Pläne: Alles vergessen, was ich bisher geschrieben habe. Den Detektivroman schreiben. Ein Mann stirbt; alle sind verdächtig. Wer hat ihn umgebracht? Die Familie? Die Bediensteten? Der Geheimpolizist durchleuchtet sein Leben. Am Ende findet er ein einziges Beweisstück, das alles erklärt: fehlende Liebe. Dieser Mangel ist ein schnell tötendes Gift.

Der Mais, die Walnuss, die Zwetschge sind reif. Die Kartoffeln sind eingefahren worden. Seit einigen Tagen essen wir süße Trauben. Winterapfel und Winterbirne warten noch auf die letzten Sonnenstrahlen des Herbstes. Gestern eisiger Nebel, moderig riechender Regen. Das Mastschwein des Gärtners wiegt bereits hundertvierzig Kilo. Es hat große Ohren wie ein Elefant. Seit einigen Tagen ist es schlecht gelaunt, frisst nicht mehr.

Ein Zentner Kartoffeln kostet achtzig Pengő, ein Sack Weizen vierhundertfünfzig. Mein Geld schwindet, und ich habe kein Einkommen. Ich gehe im Nebel spazieren, am Donauufer, das Wasser ist seicht, der Schiffsverkehr wird bald eingestellt werden. Ab und zu explodiert eine Zeitbombe am Ufer, dröhnen Flugabwehrkanonen auf der Pester Seite. Entlang der Theiß überschwemmen mit Bündeln bepackte Flüchtlinge aus Siebenbürgen die Dörfer. Der Krieg ringt schon nach Atem, im Westen und im Osten raffen sich die Reservetruppen zu immer neuen Attacken auf. Arbeiten kann ich nicht, ab und zu schreibe ich zwei, drei Tage an einigen Romanseiten, dann wochenlang keine einzige Zeile. Goethe ist in Sizilien eingetroffen, er ist sehr glücklich.

Ich bekomme in diesem Garten die Struktur des Herbstes aus unmittelbarer Nähe mit. Der Garten ist jetzt nicht »weise«, nein; er ist nur hilflos, im Zerfall befindlich. Ich laufe in der Abenddämmerung sieben, acht Kilometer am Flussufer entlang. So gingen wohl Anarchisten vor ihrer Tat spazieren, mit einer Bombe in der Manteltasche. Doch ich habe keine Bombe bei mir. Das ist der ultimative Bankrott.

Schriftsteller, was für kranke Seelen! Wir sind es alle, auch ich. Davon geheilt zu werden ist beinahe unmöglich.

Es ist gut möglich, dass ich ohne Alkohol schon vor Wochen Selbstmord begangen hätte. Morphin habe ich genug, um mehrere Menschen für immer einzuschläfern. Der Wein hilft mir, solche Nächte zu überstehen.

Der Herbst ist jetzt festlich, überschwänglich. Hellblauer Nebel über der Donau. Es hat seit drei Tagen keinen Bombenangriff mehr gegeben, die Landschaft kommt allmählich zu sich, atmet schwer.

Christentum, sagten sie – und meinten einen ohne Fachausbildung erworbenen Gewerbeschein. Christentum, sagten sie und meinten den Raub jüdischer Möbel. Christentum, sagten sie und meinten die Einschüchterung jedes freien Gedankens, jeder persönlichen Meinungsäußerung. Ich bin ein Christ, sagten sie hochmütig und hielten die Hand auf.

Ich schlafe nur zwei, drei Stunden in der Nacht; danach liege ich bis zum Morgengrauen mit offenen Augen im Bett. Ich mache kein Licht, lese nicht. Ich fürchte mich nicht, bin nicht besorgt. Es ist eine taube Ruhe, eine wachsame Gleichgültigkeit.

Russische Reiter haben die ungarische Grenze erreicht.

Jetzt beginnt etwas Geheimnisvolles, Spannendes, schmerzhaft Interessantes: die Veränderung.

Und ich muss noch den dritten, abschließenden Band der *Bekenntnisse eines Bürgers* schreiben. In den schlaflosen Nächten denke ich über die Struktur dieses Bandes nach.

Es ist einem Schriftsteller nur selten gegeben, ein großes Thema, das ihn im Innersten bewegt, auch in der Wirklichkeit mitzuerleben, zu durchleben, bis zu seinem Ausgang mitzuverfolgen. Ich habe das ungarische Bürgertum, die Klasse, in die ich hineingeboren wurde, gesehen, kennengelernt, in all seinen Aspekten bis zu den Wurzeln untersucht; und nun bin ich Zeuge seines völligen Zerfalls. Die

Beschreibung dieses Zerfallsprozesses: das ist vielleicht die einzige wirkliche schriftstellerische Aufgabe meines Lebens. Die Beschreibung des Zersetzungsprozesses der letzten fünfundzwanzig Jahre. Die subtilen Filter, durch die jedes echte Talent offiziell oder inoffiziell ausgesiebt wurde. Die Art und Weise, wie jede wettbewerbsfähige Persönlichkeit gezähmt, eingeschüchtert, domestiziert wurde. Wie man anfing, sich in Insignienspielchen, Stammtischspielchen, Weltanschauungsspielchen zu ergehen. Und wie das Ganze in einen wilden Raubzug und den völligen Untergang mündete.

Seit zehn Tagen keine Bombenangriffe mehr. Vor Szeged, in Nagyvárad wird gekämpft, Nagyszalonta ist gefallen.

Tage in Budapest, in denen ich die Stadt bewundern muss. Budapest ist ruhig. Hundertachtzig Kilometer weiter tobt in den ungarischen Städten der Krieg; rings um Budapest werden Gräben ausgehoben. Die Cafés, Espressos, Restaurants, Läden sind voller Gäste, voller Kundschaft. In manchen Lokalen gibt es immer noch echten Bohnenkaffee, in vielen Restaurants kocht man gut und nicht teuer. Die Stadt schnattert. Die Russen sind in Makó, der Preis des Napoleondor ist auf zweitausendfünfhundert Pengő hochgeschnellt, die fliehenden Pfeilkreuzler-Führer kaufen fieberhaft Gold und Valuten. Die Theatersaison hat begonnen, gerade wurde Shaws *Candida* aufgeführt. László Endre hält sich, nachdem er fünfhunderttausend Juden deportiert und dann angekündigt hat, an die Front zu gehen, in Kőszeg auf. Soprons Einwohnerzahl ist von vierzigtausend auf sechzigtausend angewachsen: Hier sitzen all jene auf gepackten Koffern, die Grund zur Flucht haben. Sztójay, der ehemalige Ministerpräsident, erholt sich auf dem

Semmering von den Anstrengungen der sechsmonatigen Judenvernichtung.

Das alles ist Müll. Interessanter sind die Antworten der Menschen auf die Fragen der Zeit und des Augenblicks. Viele richten ihre Wohnungen neu ein, lassen ihre Zimmer streichen, ihre Möbel neu beziehen. Man hat einen Großteil der internierten Juden wieder freigelassen, viele Bekannte gehen ohne Stern spazieren, manche Juden haben sich auch schon Opernabonnements für den Winter gesichert. Natürlich haben auch sie nichts dazugelernt. Die große Mehrheit der Juden gehört zur Mittelklasse und teilt das Schicksal dieser Klasse, auch wenn sie zwischendurch Märtyrer waren. Alle erstellen Listen, spitzen die Bleistifte und notieren die Namen all jener, die sie möglichst bald am Galgen sehen wollen. Z., ein früherer sozialistischer Schriftsteller, der in den letzten Jahren für ein Pfeilkreuzler-Blatt gearbeitet hat, eilt mir auf der Straße entgegen, dann weicht er mit unverkennbaren Anzeichen von Verfolgungswahn vor mir zurück: »Ich sehe, du fliehst vor mir. Ich kann dich verstehen«, sagt er. In Wahrheit flüchte ich nicht vor ihm, sondern laufe der Straßenbahn hinterher, die mir vor der Nase davonfährt.

An einem verregneten Tag lese ich Hugh Wilsons Buch *Lehrjahre eines Diplomaten*. Ein sachlicher amerikanischer Herr berichtet selbstzufrieden, dass man in Paris besser speisen kann als in Guatemala und während des letzten Krieges in Bern besser gekocht wurde als in Berlin.

Die Christinenstadt funktioniert auf Freundschaftsbasis in diesen wirren Zeiten: Beim Apotheker bekomme ich Kalbfleisch, beim Tabaktrafikanten ergattere ich manchmal Aspirin, der Gemüsehändler besorgt mir jede Woche hundert Memphis-Zigaretten, und ein Kaffeegeschäft hat mir zehn

Zentner Holz versprochen. In einem Espresso bekommt man Wollstrümpfe und Napoleondor; aber beide sind sehr teuer.

Abends befällt mich eine Müdigkeit, als hätte auch ich den ganzen Tag Gräben ausgehoben. Ich lese Shakespeares Sonette, das Buch fällt mir aus der Hand, so schlafe ich ein; am Morgen finde ich das Buch neben meinem Bett, lese auf der aufgeschlagenen Seite die Anfangszeilen des 66. Sonetts: *»Nach Grabesruh muss müde ich mich sehnen, Wenn das Verdienst als Bettler sich mir zeigt.«* Ich murmle diese Zeilen, während ich meine Schuhe putze; und schon bin ich nicht mehr so müde, ich werde heiter und freue mich auf den Tag.

Alle packen fieberhaft; wer im Frühjahr aufs Land geflohen ist, zieht jetzt nach Budapest, was sie gestern vor den Bomben retten wollten, möchten sie nun vor der Plünderung schützen. Und dann gibt es auch noch die Gleichgültigen und Resignierenden und die Aufrichtigen, die zugeben, dass es fast unbequemer ist, zu packen, als in Todesgefahr zu leben.

Retten, wen man nur retten kann; bis jetzt die Juden, fortan die Christen, jene, die wirklich unschuldig sind; damit werden die nächsten Monate vergehen wie schon die letzten. Ich suche meinen untergetauchten jüdischen Freund in einem konspirativen Zimmer im fünften Stock auf, das die Herzogin *W.* bereits für die nächsten Monate von ihm gemietet hat. Niemand schläft zu Hause, wenn es sich irgendwie vermeiden lässt.

Nur mich selbst zu retten verspüre ich keine Lust; diese Aufgabe habe ich bisher ganz und gar Gott überlassen und werde sie auch in Zukunft Ihm überlassen.

Der 2. Oktober.

Ich will mit dem Fünfuhrschiff am Morgen nach Budapest fahren. Der Regen, der sich in heftigen Schauern über die Landschaft ergießt, lässt mich auf das Schiff am Nachmittag warten.

Vormittags um elf erscheint *A.* Er sucht *I.*, der vergangene Woche hier war und nebenan schlief. Er ist mit einem Militärwagen gekommen, im Wagen vor dem Tor wartet General *U.* auf ihn; *I.* hätte die Aufgabe, sofort Kontakt zur Arbeiterschaft aufzunehmen, da Botschafter Veesenmayer mit allen Vollmachten ausgestattet aus Deutschland zurückgekehrt sei; er verlange die Absetzung der gegenwärtigen Regierung und die sofortige Ernennung einer Regierung Szálasi–Rajniss. *A.* glaubt, dass ihm der Reichsverweser diese Bitte abschlagen und man die Arbeiterschaft und das Militär gegen die Deutschen mobilisieren werde. Darauf zielte vielleicht schon der versöhnlichere Ton der Churchill-Rede vor einigen Tagen ab. Und es gab seit zwölf Tagen keinen Luftangriff mehr.

Wenn das Militär gehorcht, wird es natürlich Kämpfe geben; drei deutsche Divisionen sind um Budapest zusammengezogen worden. Auch unsere Gemeinde befindet sich innerhalb dieses Ringes. Was auch geschieht, es wird für die Zukunft von unschätzbarem Vorteil sein, wenn wir handeln. Und eine Kugel kann man so oder so abbekommen; das muss man riskieren.

Seit vierundzwanzig Stunden gießt es in Strömen. Aber die Gegend ist wasserarm; der Brunnen ist ausgetrocknet, in dem mit Sandbänken durchsetzten Wasser der Donau kommen kleine, kahle Sandinseln zum Vorschein. Diese Wasserarmut weckt irgendeine uralte, beunruhigende Erinnerung; ein Städter wie ich nimmt sie genauso erschrocken zur Kenntnis, wie ein ägyptischer oder chinesischer Bauer die Trockenheit zur Kenntnis nimmt. Mein Schicksal wird nicht nur vom »historischen Schicksal« bestimmt, sondern auch von der Frage, ob es regnen wird.

Im Radio wird das Werk eines französischen Komponisten angesagt: *Die Wasserträgerin*. Es folgt ein reichlich disharmonisches Stückchen. Aber warum heißt es *Die Wasserträgerin*? Was hat dieser Notenmischmasch mit einer Wasserträgerin zu tun? Durch welche Sinneswahrnehmung möchte der Komponist in der Sprache der Musik die Vorstellung einer Wasserträgerin in mir evozieren? Sprechen wir verschiedene Sprachen? Oder bin ich taub und blind für die Vision des Komponisten? Vielleicht.

Am Nachmittag die Beerdigung eines Bekannten. Als der Sarg ins Grab gesenkt wird, ertönen die Sirenen.

Verstört, erschrocken, ein wenig neidisch betrachten die Trauernden den Sarg im offenen Grab: Der Tote ist schon in Sicherheit, in einem regulären Luftschutzgraben. Vielleicht ist das die einzige Sicherheit auf Erden.

Jetzt kommt die Zeit, da »Broterwerb« keine Metapher, sondern die alltägliche Wirklichkeit ist: Das Brot muss tatsächlich schwer erworben oder aufgespürt werden, Tag für Tag, beim Bäcker, der backt oder nicht backt, weil die »warme Stube« keine dichterische Beschreibung einer menschlichen Wohnsituation, sondern ein tragisch-ernsthaftes, beinahe unlösbares Problem ist. Überaus seriöse Menschen sprechen darüber, dass sie eine Adresse kennen, wo es Eier gibt – drei Stück, zu je eins siebzig.

Es kommt nicht nur darauf an, was passiert, sondern auch auf die Art und Weise, wie ich das, was passiert ist, annehme.

Gib also auf beide acht: auf die Welt, in der ein Bissen Brot eine ernsthafte Aufgabe darstellt, und auf deine Seele, die auch nicht anspruchsloser als dein Körper sein kann. Versorge auch deine Seele täglich mit Nahrung, und vermindere nicht die Qualität dieser Nahrung. Vielleicht wird es in diesem Winter keine Kartoffeln und kein Heizmaterial, dafür aber Goethe, Shakespeare und János Arany geben.

Die allgemeine Unsicherheit lockt gewisse Leute wieder aus ihrem vornehmen Frühjahrs- und Sommerexil hervor. Heute ist die Stadt – vielleicht – sicherer als das vor Kurzem noch als sicher geltende Umland.

Diese Vorsichtigen, die in diesen Monaten so viel hätten helfen können! Stattdessen versteckten sie sich und zwinkerten uns aus der Ferne zu, schrieben uns bestenfalls wehleidig-mitleidvolle Briefe. Nicht einem Kind haben sie geholfen, nicht eine Nacht einen Flüchtling bei sich aufgenommen. Sie blieben demonstrativ allem fern, was in diesen Monaten Elend war und eine Aufgabe. Jetzt treten sie händereibend vor. Aber sie sind nicht so unschuldig, wie sie glauben.

Rings um Budapest werden Gräben gezogen; ein Beamter der Gemeindeverwaltung hat auch mich zu dieser Arbeit aufgefordert, fand sich aber bereitwillig damit ab, dass ich meine Teilnahme verweigerte.

Budapest und Ungarn sind nicht durch Gräben zu retten; die Rettung kann nur von innen, aus den Seelen der Menschen kommen.

Am Vormittag gehe ich mangels anderer Verkehrsmöglichkeiten zu Fuß von Leányfalu nach Szentendre. Acht Kilometer; den Spaziergang im feuchten, eisigen Oktoberwind meistere ich erstaunlich gut. Unterwegs lange Fahrzeugkolonnen mit Geschützen; die Deutschen ziehen in Richtung Budapest. In der Stadt kursieren die wildesten Nachrichten. Die Berichte von vorgestern scheinen sich zu bestätigen; ich rufe *H.* an, der doch besser informiert ist als die meisten Menschen, und er beruhigt mich, dass »alles im Lot« sei. Näheres kann er am Telefon natürlich nicht sagen. Ich kann mir nicht vorstellen, was »im Lot« sein soll – schließlich stehen die Russen bei Szeged, ziehen die Deutschen in Richtung Budapest –, aber ich beruhige mich. Eisiger Regen. Ich mache in der Wohnung den Elektroofen an und gehe an die Arbeit.

Die Lage ist todernst, aber ich kann nichts dafür, das Ganze erinnert mich auch furchtbar ans Indianerspielen. Alle putzen und ölen irgendwelche Geheimwaffen, viele schlafen wieder auswärts; aber mir scheint, sie haben gar keinen Grund dazu, denn kein Mensch sucht sie.

Sicher ist nur eines: Alle, die überleben, werden ihre ganze Kraft der Erziehung dieses Landes widmen müssen – der Erziehung zur Demokratie, ob es ihnen passt oder nicht.

Die ganze Woche mit Goethe in Sizilien; wir sind schon in Girgenti eingetroffen; ich erinnere mich an den buttergelben und blitzblauen Vormittag, an dem ich wirklich dort war. Und zur Erholung zwischendurch Shakespeares Sonette; so wie ein Kranker, der Musik hört.

Wie die fixe Idee zu einem Wahnsinnigen, so kehrt alles wieder. Im sechsten Jahr des Krieges plappert man exakt dieselben Worte, dieselben Wahnvorstellungen nach wie im Oktober 1918. Japan wird es schon richten! Die neuen Waffen werden es schon richten! In Wirklichkeit waren das durch nationalsozialistischen Terror organisierte Deutsche Reich und seine Verbündeten diesem Krieg genauso wenig gewachsen wie das Regime Wilhelms und Franz Josephs ihrem Weltkrieg. Im Herbst 1918 stand kein einziger feindlicher Soldat auf dem Territorium der verbündeten Mächte. Heute kämpft man bei Aachen und diesseits der ungarischen Grenze.

Was die Sache so hoffnungslos macht, ist ihr krampfhaftes Festhalten an den eigenen Interessen und den aus diesen Interessen abgeleiteten Wunschvorstellungen. Wo es keine einheitliche nationale Volksmeinung gibt, wo es nur Parteien- und Klasseninteressen gibt, ist eine einheitliche nationale Haltung in Augenblicken der Gefahr nicht zu erwarten. Jeder fürchtet sich auf seine Weise vor der Abrechnung, und jeder fürchtet sich zu Recht.

Gendarmen hat es schließlich auch in Schweden und Dänemark gegeben. Und auch in Holland. Das sind große Unterschiede.

Frost, Gefrierpunkt. Holz ist keins zu haben. Die Fenster, wo es sie noch gibt, sind einfache Fenster, man hat die inneren Scheiben wegen der Luftdruckgefahr in die Keller gebracht. Der Zugverkehr ist weitgehend zum Erliegen gekommen. Ein Lastwagen mit fünf Tonnen Ladegewicht verlangt für eine Fahrt von Miskolc nach Budapest neuntausend Pengő. In Budapest verlangt man dreizehn Pengő für Trauben, die auf dem Land für drei Pengő verschleudert werden; man kann die Ware nicht in die Stadt transportieren. Mein Schuh hat ein Loch, jedoch kein Schuster ist bereit, ihn schwarz zu sohlen; aber auch auf Bezugsschein gibt es keine Sohlen. An manchen Tagen sind weder Brot noch Kartoffeln zu haben; einige der großen Mühlen sind ausgebrannt, man kann die Ernte nicht transportieren.

Jüdische Wohnungen werden indessen noch immer geplündert, auch in der Hauptstadt. Sie schrecken vor nichts zurück, »amtliche Organe« transportieren aus den verlassenen Wohnungen der Juden Möbel, Kleider und Bettwäsche ab.

Ich ziehe Kraus' *Die letzten Tage der Menschheit* aus dem Regal. Es ist schon erschütternd, wie wahrheitsgetreu er die Rülpser und das Todesröcheln einer untergehenden Welt festgehalten hat. Aber dieselben Leute haben auch fünfundzwanzig Jahre später noch nichts dazugelernt.

Ich habe kein Zuhause mehr, im alten Sinn des Wortes. Ich bin nur so mal hier, mal da. Meine Kleider, meine Unterwäsche, meine Schuhe zerfallen, nutzen sich ab; die Verlotterung vollzieht sich verblüffend schnell. Aber auch in mir zerfällt etwas, nutzt sich ab, auch von innen verlottere ich.

Große Sehnsucht: zu arbeiten. Und zu den Büchern zurückzukehren, die nicht nur lehren und ergötzen, sondern dem Leben auch seinen tieferen Sinn verleihen! Aber dazu gehört eine bestimmte Lebensform, ein bestimmter Lebensstil. Dieses Herumlungern, Dahinvegetieren, bloßes Existieren ist kein Leben, sondern eine trostlose, traurige Zeitverschwendung.

Wie sagt es doch Wilde? Es gibt nichts Traurigeres, als wenn man sich nach etwas sehnt, und nichts Tragischeres, als wenn sich diese Sehnsucht erfüllt.

Ich lese das Buch des Mathematikers Poincaré: *La valeur de la science*. Ich lese unaufmerksam, nervös, müde und oberflächlich; ich kann seinen mathematischen Gedanken nicht folgen, mir fehlt das Wissen. Doch plötzlich leuchtet mir der Sinn seines Buches ein. Das Ziel der Wissenschaft ist die Erkenntnis der Wahrheit; die Methode des Wissenschaftlers ist die Logik oder die intuitive Erkenntnis. Poincaré glaubt an die Intuition; ein Gedanke sei nichts als ein Blitzschlag zwischen zwei unendlichen Dunkelheiten, sagt er.

Das Fehlen einer geregelten Arbeit oder besser die geregelte Arbeitslosigkeit demoralisiert mich vollkommen. Ich bin seit Wochen unfähig, *Die Schwester* fortzusetzen; mir wird aber auch immer klarer, welch großer Fehler – ja, »mehr als eine Sünde, ein Fehler« – es war, dass ich in meinen Experimenten der letzten Jahre Zugeständnisse an die Wirklichkeit gemacht habe. Literatur hat nicht die Aufgabe, die katasteramtliche oder kriminologische Wirklichkeit abzubilden. Die Erscheinung heraufzubeschwören, das neblige Bild der Vision festzuhalten: das ist die Wirklichkeit der Literatur. Alles andere ist Rechenschaftsbericht in Romanform. Eine solche Aufgabe geht mich im Innersten nichts an.

Aber wenn ich es schon begonnen habe, muss ich es um der Ehre willen auch zu Ende bringen; so wie man ein Verbrechen zu Ende führt.

Das Buch von Joyce auf Französisch: *Gens du Dublin*. Es ist 1907 im New Yorker *Little Review* zum ersten Mal erschienen; die Puritaner haben ihm den Prozess gemacht.

Und überhaupt, was haben all diese Moralwächter, Methodisten, Presbyterianer, Puritaner, diese wild gewordenen Kleinbürger im »freien« Amerika und England nicht schon alles aus dem Verkehr gezogen, unter Verschluss gehalten! Man ist allzu vergesslich. Heute sprechen wir von diesen Reichen als Horten der uneingeschränkten geistigen Freiheit. Aber diesen freien Ländern, in denen Tierschutzvereine und karitative Frauenverbände im Namen der Meinungsfreiheit jeden freien Geist ankläffen durften, war die uneingeschränkte Wahrheit nicht weniger zuwider als Diktaturen. Nur haben sie schließlich doch klein beigegeben; das ist der große Unterschied.

Neue Verordnungen werden im Halbtagestakt an den Straßenecken angeschlagen; stündlich wird irgendetwas verordnet, weggenommen, befohlen. Die Behörden haben sich verselbstständigt, erlassen mit wahnwitzigem Eifer Verfügungen, schlagen tollwütig um sich.

Drei Tage lang versuche ich in Budapest zehn Zentner Holz zu kaufen und einen Schuster zu finden, der bereit ist, meinen Schuh zu besohlen. Beide Unternehmungen misslingen. Holz gibt es überhaupt nicht, für kein Geld. Später wäre ich schon zufrieden, wenn mir nur ein Schuster einen Flicken auf die löchrige Schuhsohle klebte; aber keiner ist bereit dazu. Es gibt keinen Arbeiter, kein Material, nichts.

Dieses »Haben wir nicht« ist genauso allgegenwärtig wie die Luft. Die Bäcker können nicht backen, solange sie kein Heizmaterial bekommen; jetzt überlegt man, die Gerüste an den im Bau befindlichen Häusern zu zersägen. Währenddessen lesen Detektive in Cafés und Espressos die »Zecher« auf: Männer und Frauen, die auf einen Sandwich, eine Tasse Ersatzkaffee eingekehrt sind.

Sie haben noch immer nicht begriffen, dass man ohne Moral, ohne Katharsis, ohne Läuterung nicht leben kann.

Auf dem Schiff Zusammentreffen mit *X.*, Professor der Medizin: die Karikatur eines in die Mittelklasse abgeglittenen Mitglieds der Gentry. Er spricht mit nasaler Stimme, schnarrt das typische kehlige »r« und ist modisch gekleidet wie ein Filmschauspieler. Ich betrachte, beobachte ihn verblüfft als eines der letzten Exemplare einer seltenen, vom Aussterben bedrohten Tierart. Natürlich referiert er über

»die neuen Waffen«: das Raketenflugzeug, das mit einer Geschwindigkeit von tausend Kilometern in der Stunde fliegt und bei dem der Pilot in den Sitz »eingegipst« wird, über das Einfrieren und so weiter. Solche Wunschträume spuken jetzt in den Köpfen der Mittelklasse. Sie begreifen noch immer nicht, dass sie den Krieg verloren haben und dass die Niederlage nichts mit einzelnen Waffengattungen, sondern mit den Kräfteverhältnissen auf der Welt zu tun hat.

Das deutsche Militär hat Leányfalu besetzt. Die Truppen formieren sich um Budapest, bereit, gegen die Stadt vorzugehen, falls die Regierung um einen Waffenstillstand ansucht. Militärfahrzeuge, Panzerabwehrkanonen warten an der Landstraße. Es sind ganz junge Burschen; sie stehlen Holz, Hühner, Obst, in der Nacht haben sie die Tabaktrafik ausgeraubt. Auch unter den hiesigen Deutschen ist die Stimmung gekippt; von einem Tag auf den anderen hat sich finsterer Hass in den Seelen eingenistet. Was sie gestern noch nicht begriffen haben, kapieren sie jetzt. Sie verstehen immer nur die Wirklichkeit.

Die Völkerwanderung bewegt sich jetzt in umgekehrter Richtung: Sie eilen mit ihren Bündeln von den Dörfern wieder in die Stadt zurück, kümmern sich nicht mehr um die Bombengefahr.

Am Vormittag eine lange Kolonne in der Attilastraße: ein Flüchtlingstreck einspänniger und zweispänniger Planwagen. Niemand weiß, woher sie kommen, wohin sie fahren. Vielleicht sind es Ruthenen, vielleicht Szekler oder Rumänen aus dem Grenzgebiet. Gesichter, wie man sie in dieser Stadt noch nie gesehen hat, Menschen, die von ganz weit unten kommen. In den Gesichtern völlige Gleichgültigkeit. Der Mensch dieser Masse streitet nicht, er interessiert sich nicht für die politische Haltung des Städters: Er kommt von tief unten, besitzt nichts als die Sachen, die er auf den Wagen geladen hat, und eine Axt. Und wenn er eines Tages mit dieser Axt ausholt, wird keine Zeit bleiben, sich vorzustellen.

Joyce' Novellen, Werke aus der Jugend, realistisch, im Flaubertschen Stil. Aber man spürt in jeder Zeile die Spannung, die diese Realität eines Tages sprengen und in eine epische Dimension heben wird.

Ich bin auf ein sieben Jahre altes *Esquire*-Heft gestoßen. Betrachte die Reklame. All diese Whiskys, Automobile, Tennisschläger, Schlangenhautschuhe, Edelsteine, ausgefallen geschnittenen Männerhemden, aus rätselhaften Stoffen gefertigten Wäschestücke für Damen, diese an Detailversessenheit trunkene Welt – ja, gibt es das heute überhaupt noch irgendwo? Ich muss wieder daran denken, dass ich in Budapest drei Tage lang vergeblich nach einem Schuster gesucht habe, der mir einen Lederfleck auf die Schuhsohle genagelt hätte.

Die Deutschen sind fort, das Dorf atmet auf. Diese jungen Soldaten wurden schon im Rahmen von Goebbels' totaler Mobilmachung zwangsrekrutiert; ihre Ausbildung ist mangelhaft, sie haben am Vormittag hier im Maisfeld vor dem Haus geübt; von hier wurden sie in Richtung Süden gebracht.

Ein Rekrut betritt den Laden des Gemüsehändlers. Er kauft ein halbes Pfund Trauben, zählt zaghaft die Pengős ab. Er ist aus Wien, sehr jung und sympathisch. Ich bedaure ihn zutiefst, kann nicht anders.

Der Gärtner macht sich Gedanken über die Weltlage: Er ist besorgt um sein Schwein, das durch diese Weltlage so oder so bedroht ist. Sowohl durch die patrouillierenden deutschen Soldaten als auch durch die neue Weltordnung der russischen kommunistischen Besatzer. Sein Misstrauen ist tief, historisch, begründet.

Am Vormittag besuche ich das Schwein in seinem Koben, nehme es gründlich unter die Lupe. Denn letztendlich geht es immer um dieses Schwein. Das ist die Realität. Alles andere, was darüber gestülpt wird: Weltordnungen, Weltanschauungen, Gesellschaftssysteme – sind nur ein vages Nebelbild.

Es kann für diese Mittelklasse, diese im Geist der Turul-Kameradschaft und der vormilitärischen Levente-Bewegung erzogene Jugend nur eine wirkliche Strafe geben: wenn man sie zwingt, sich statt für Géza Gyóni für Babits zu begeistern.

Die Russen haben mit einer groß angelegten Truppenbewegung begonnen: Sie dringen von Serbien und Kroatien nach Norden vor und kreisen das Donaubecken ein.

Das Besorgen einer Mastgans verlangt einem heute genauso viel geistige und körperliche Energie ab wie früher die Aufstellung eines mathematischen Lehrsatzes.

Es ist keinesfalls sicher, dass der zornige Gouverneur von Messina, der Goethe so kühl empfing, ein bösartiger Mensch gewesen ist. Er war wohl eher nur ein trauriger und einsamer Mensch.

Sehr viel Grausamkeit hat ihren Ursprung in Trauer, Schüchternheit und Einsamkeit.

Das Gömbös-Denkmal wurde erst beschmutzt, dann gesprengt.

Es war ein schlechtes Denkmal, gefertigt aus einem großen weißen Marmorblock, der auch zu einem edleren Zweck hätte verwendet werden können. Dieses Denkmal symbolisierte alles, was in Ungarn in den vergangenen fünfundzwanzig Jahren niederträchtig, habgierig, schwülstig, verlogen chauvinistisch, schwärmerisch und bedrohlich selbstgefällig war. Die jungen Offiziere, die Grobheit mit Disziplin verwechselten, die rüden Beamten, die alles, was ihnen an Kultur und Charakter fehlte, durch weltanschaulichen Dünkel kompensierten, das nach Beute schnüffelnde, sein Christentum feilbietende Kleinbürgertum: Sie alle schöpften Mut aus diesem Denkmal.

Nun ist das Denkmal gefallen. Und auch der Geist, den dieses Denkmal symbolisierte, liegt in den letzten Zügen. Vielleicht wird auch das, was jetzt kommt, nicht besser sein; ich beobachte die menschliche Substanz der Ungarn mit wachsender Unruhe und Skepsis. Als Lehre bleibt jedenfalls, dass man lieber hundert Jahre warten sollte, bevor man jemandem ein Denkmal setzt.

Kosztolányi starb zur gleichen Zeit wie Gömbös; und bis heute gibt es kein Grabmal für ihn. Und was das Tisza-Denkmal betrifft … ich bin mir nicht sicher, ob man nicht auch mit diesem Denkmal dem historischen Urteil allzu schnell vorgegriffen hat.

In Zeiten großer Umwälzungen, wie wir sie auch heute erleben, stellen stets jene eifersüchtigen, untalentierten Rivalen unter meinen Berufsgenossen die wirkliche Gefahr dar, die nun endlich einen Knüppel in die Hand bekommen, um den Disput, den sie im professionellen Wettstreit nicht erfolgreich bestehen konnten, jetzt mit einer Geste der Macht zu beenden.

Die immer größeren Menschenmassen haben in allen Berufssparten Massen von unfähigen Rivalen herangezüchtet, die niemanden so sehr hassen wie denjenigen, der Talent hat. Wenn sich ihnen die Möglichkeit bietet – und jetzt bietet sie sich ihnen –, bringen sie ihn um.

Es galt jedenfalls der Grundsatz, dass man den gemeinen Bürger bei der Behörde erst einmal warten ließ, wenn er kam, um – sagen wir – seine Steuern zu zahlen; Steuern, von denen der Beamte, der ihn warten ließ, lebte.

Der Gärtner hat viele Kinder. Hin und wieder stößt auch noch das eine oder andere illegitime Enkelkind zu dieser Gänseschar hinzu.

Das ist schön und gut. Aber es beeindruckt mich nicht mehr. Mich interessiert nicht die Quantität, nur noch die Qualität. Diese künstliche, staatlich animierte und geförderte Menschenzüchtung zählt überhaupt nichts. Die Deutschen und die Italiener sollten nicht so viele Kinder zeugen. Und auch die Ungarn würden besser weniger Kinder machen; sie sollten vielmehr begabte, gebildete und entsprechend erzogene Menschen hervorbringen. Es gibt drei Millionen Dänen, vier Millionen Finnen und Schweizer; dennoch sind es große Nationen. Die Größe einer Nation lässt sich nicht in Zahlen messen. Und vielleicht werden es unter all den blindwütig marodierenden großen Völkern nur die kleinen Nationen sein, die das Erbe der europäischen Kultur wahren. Und das zählt mehr als so und so viele mittelmäßige Menschen.

Es war so: Ich benutzte ausschließlich zwei Sorten Seife, entweder Peau d'Espagne oder Bon gros von Roger & Gallet. Beim Mundwasser kam natürlich nur eine Sorte in Frage: das französische Botot. Zum Rasieren benutzte ich eine Seife von Colgate, anschließend rieb ich mir das Gesicht mit Yardley-Lavendel ein. Der Drogist versuchte gar nicht erst, mir etwas anderes zu empfehlen.

Das fällt mir ein, während ich mich wasche und vergeblich abmühe, ein wenig Seifenschaum aus der Einheitsseife zu reiben. Und mir dabei denke, wie völlig gleichgültig das eigentlich ist.

Die russischen Truppen stehen achtzig Kilometer vor Budapest. Und doch ist es beängstigend ruhig in der Stadt. Jemand hat Shaws *Candida* gesehen, das Theater war zu zwei Dritteln besetzt. Ein paar kompromittierte Menschen des öffentlichen Lebens sowie einige unbedeutende Leute, die sich in bestimmten Parteien oder bei der Plünderung jüdischer Wohnungen hervorgetan haben, befinden sich auf der Flucht; der Gastwirt von nebenan, ein Anwalt, lärmende Schauspieler und Journalisten verdrücken sich unauffällig in Richtung Landesgrenze. Ansonsten geheimnisvolle Ruhe.

Was bedeutet diese Ruhe? Klugheit? Einsicht in die Lebenswirklichkeit? Vielleicht. Auf keinen Fall die Ruhe des guten Gewissens. Oder doch nur Erschöpfung, Gleichgültigkeit? Obwohl die Russen Kolozsvár, Várad, Szeged, Szabadka erobert haben, ist Budapest – im sechsten Jahr des Krieges – noch immer nicht am Ende. Eigentlich befürchtet man nur, dass die Deutschen die Stadt verteidigen und die Donaubrücken sprengen.

Und jetzt spüren alle, wie sehr die wahre Bedeutung Ungarns in diesem »sündigen, zynischen« Budapest liegt. Sollte diese Stadt – »nach der Zerstörung der militärisch relevanten Ziele« – zugrunde gehen, wäre auch Ungarn tödlich getroffen.

Dieser Krieg, der sich im militärischen wie gesellschaftlichen Sinn des Wortes sowohl horizontal als auch vertikal auswirkt, stellt für alle Gesellschaftssysteme eine unermesslich große Belastungsprobe dar: für den kapitalistischen Staat ebenso wie für die Kommunisten und die Nationalsozialisten. Niemand kann vorhersagen, was nach ihm kommen wird. Vielleicht irgendein viertes System … Ein Kompromiss aus allem, was bisher da war.

Ich packe Mehl, Kartoffeln, Zwiebeln ein und bereite mich vor, nach Budapest zu ziehen, das in Kürze von den Russen belagert und besetzt wird. Ich will in meinem Zimmer, unter meinen Büchern leben und mich der Literatur widmen; bis zum letzten Augenblick, geschehe was mag.

Aber die Mühe ist umsonst: Ich kann unter solchen Umständen nicht arbeiten, mich auf den Roman konzentrieren. Ein Roman erfordert ebenso viel Opferbereitschaft, ja Heldentum wie ein Krieg. Beides auf einmal schaffe ich nervlich und gesundheitlich nicht. Jetzt muss man mit dem Krieg leben.

Ich lese die Briefe Franz Josephs, auf Französisch. Er war kein großer Stilist, das ist allgemein bekannt. Und doch haben seine Briefe etwas Kaiserliches. Aber auch etwas vom Stil eines Feldwebels und eines Wiener Hausmeisters.

Und dennoch ist er ein Kaiser. Er weiß, dass Herrschen nichts anderes bedeutet als zu dienen, seine Pflicht zu erfüllen. Er bleibt bei aller kühlen, ein wenig nach Virginia-Zigarillo riechenden Höflichkeit stets unnahbar. Jeder in der Monarchie wusste, dass es einen, einen einzigen Menschen gab, der es nie verzieh, wenn sich jemand zu einer ehrlosen Tat hinreißen ließ.

Er war nicht klug, er war nicht gebildet; und doch verstand er sich in seiner bürokratischen Art auf die Kunst des Herrschens. Trotz seiner Farblosigkeit war er eine Persönlichkeit; konnte die Geschicke des bunten, sich wandelnden Lebens nach seiner eigenen Persönlichkeit ausrichten. Er verstand sich auf Menschen: Er herrschte.

Gestern wäre es mir beinahe gelungen, ein sechzig Kilo schweres Ferkel zu erstehen; im letzten Augenblick überlegte es sich sein Besitzer anders.

Ich merke, wie sich eine Art Jagdinstinkt meiner bemächtigt. Ich habe in der Tat seit Wochen keinen Bissen Fleisch oder Geflügel gegessen. Jetzt verhandele ich ernsthaft über einige Hühner. Mir fällt Chaplin ein, wie er in *Goldrausch* entsetzt vor seinem Partner flieht, der ihn in seinem Hungerdelirium für Geflügel hält …

Am Abend stoße ich auf einen Koffer, in dem ich im Frühjahr Kleider, Unterwäsche, Manuskripte versteckt habe.

Das Wiedersehen ist zärtlich, bewegt. Ich entdecke drei Hemden, sechs Unterhosen und zwei Manuskripte. Ich wusste gar nicht, dass ich so reich bin! Vor allem die Unterhosen, Hemden und Taschentücher befühle ich andächtig. Manuskripte wird es schließlich immer wieder geben, auch in der kommenden Zeit. Aber Unterwäsche, und dazu in dieser Qualität, wird man in den Läden noch lange nicht finden; und wenn doch, dann gewiss nicht für mich.

Wie wird es sein? Wenn Budapest nicht in Trümmer geschossen wird, die Russen einmarschieren, und zwei Wochen später die Stadt wieder genauso leben kann wie zuvor?

Leben, ja, aber nicht *so* … und es kann vielleicht sehr anstrengend, ja zuweilen tragisch sein; und es wird kein Fehler sein. Denn *so* konnte es wirklich nicht mehr weitergehen.

Ich möchte noch Gedichte schreiben, mindestens ein Dutzend. Worüber? Über den Tod, die Liebe, den Herbst, das

Unbegreifliche und Erhabene. Dann möchte ich nach Rom fahren, in meinem eigenen Wagen. Möchte in Rom goldgelben Wein trinken und im Morgengrauen, während der Regen die Platanen wäscht, ruhig einschlafen.

Budapests intellektuelle Partisanen, lauter enthusiastische Kinder. Alles, was sie tun und sagen, erinnert an einen Taubenzüchterverein.

Und doch liegt manchmal gerade in dieser enthusiastischen Blauäugigkeit die Kraft, die hoffnungslos verrottete Dinge verändern kann.

Horthys Proklamation wird mittags um halb zwei im Radio verlesen. Gegen halb fünf das erste verdächtige Signal: die Durchsage des Generalstabschefs, der die Truppen ermuntert, den Kampf unverzagt fortzusetzen. Um neun Uhr abends Szálasis »Einsatzbefehl«. Der längste Einsatzbefehl der Geschichte. Schwülstige, bombastische, sinnlose, hohle Phrasendrescherei; an seiner Beredsamkeit erkennt man den Geisteskranken, der lange zum Schweigen verurteilt war und nun glücklich ist, endlich reden zu können. Es folgt ein Pfeilkreuzler-Verschen über die »Scholle«. Das alles klingt eher peinlich amüsant als ernst; und doch auch verhängnisvoll, unausweichlich; Ungarn muss sämtliche Gänge dieses bitteren Menüs auslöffeln. Angefangen hatte es mit Darányi, der »den Wind aus den Segeln nehmen wollte«, und mit Gömbös, der die Nation mit den gleichen hohlen, schwülstigen Phrasen in seinen Bann schlug, und nach dem paralytischen Sztójay wird der geisteskranke Szálasi nun vielleicht der Letzte in diesem Chorgesang sein.

Diese musikalische Geschichtsstunde wird von folgenden Programmpunkten begleitet: Zwischen fünf Uhr nachmittags und Mitternacht gibt es Kammermusik, Zigeunermusik, Kirchenmusik mit Orgel, Barlieder, den lyrischen »Aufruf«, die Hymne, und versehentlich auch den Horthy-Marsch. Dieses Potpourri passte wunderbar zum Einsatzbefehl und zum Text der Rede.

Die Russen in Kecskemét. Wenn sie Budapest nicht innerhalb von drei Tagen erreichen, schwebt das Budapester Judentum in tödlicher Gefahr.

Was war am schönsten? Ich weiß es nicht. Alles.

Was war am schlimmsten? Wenn ich eine Arbeit tat, zu der ich keine Lust hatte; und die Langeweile.

Das Leben ist wirklich unfassbarer als alles andere. Hätte jemand vor einem halben Jahr prophezeit, es werde der Tag kommen, an dem Horthy und seine Entourage irgendwo in der Burg bang und hoffnungsvoll die Ankunft der bolschewistischen Befreier erwarten … Und doch ist dieser Tag gekommen.

Lauer, überreifer, nach Früchten duftender, leicht nebliger Herbst. Die Nation zuckt im Veitstanz, es gibt kein Staatsoberhaupt, keine Regierung, keine Zentralmacht, es gibt nur Terror und Krieg, Flüchtlinge, Bomben – aber die Landschaft ist still, friedlich und zufrieden wie eine stillende Frau.

Ich verrichte in diesen Tagen nützliche Arbeiten. Habe vier Ster Holz besorgt und in den Keller getragen, Kartoffeln, Mehl, Walnüsse besorgt und versucht, diese Schätze zu verstecken, damit wir im Dezember und Januar nicht verhungern. Ich habe auch ein zwanzig Kilo schweres Ferkel erstanden, aber das haben wir gierig verschlungen: Wir hatten seit Wochen kein Fleisch gegessen.

Viele von uns in Ungarn dachten in den vergangenen Monaten, wir befänden uns schon auf dem Höllengrund. Seit zwei Tagen wissen wir, dass es auch vom Höllengrund noch weiter abwärtsgehen kann; als habe sich eine Falltür geöffnet, als empfinge uns nun eine noch tiefere, noch übler riechende Verdammnis als bisher.

Die Budapester Juden werden massenweise zu den frostigen Richtstätten getrieben. Die deutschen Henker und ihre ungarischen Schinder entscheiden in diesen Stunden über das Leben von dreihunderttausend Menschen. In manchen Häusern sollen sich Juden mit Waffengewalt zur Wehr setzen; und das ist in der Tat das Klügste, was sie tun können; die Verteidigung wird in der Praxis nicht viel nützen, aber es ist immer noch ein besserer Tod, als wenn sie das Schicksal abwarten, das die Henkersknechte für sie bestimmt haben – und für uns alle, die sie hassen und die von ihnen gehasst werden.

Für all das ist die Nation nicht mehr verantwortlich; das ist unser einziger Trost. Dennoch ist es traurig, dass ungarisch sprechende Menschen – und mögen sie noch so erbärmlich sein – bereit waren, auf Geheiß der deutschen Bajonette diese Rolle auf sich zu nehmen. Solche Menschen hat es in Finnland, in Bulgarien, in Rumänien nicht gegeben. Und das ist ein gewaltiger Unterschied. Die Mehrheit dieses Landes ist aufrichtig reaktionär und deutschfreundlich. Der hiesige Prolet findet Gefallen an jeder Art gestiefelter, uniformierter Reaktion; er ist zu feige, um diese Rolle von sich aus zu spielen, aber wenn er dazu angehalten wird, klatscht er vor Freude.

Es gibt im Leben eines Einzelnen wie auch eines Volkes Tage, an denen sich das gewohnte und vertraute Antlitz der Dinge gespenstisch verwandelt, alles Intime und Vertraute eine groteske Fratze, eine Grimasse zu schneiden scheint, ein Land seiner Zeit mit einem historischen

Grinsen ins Gesicht starrt… Solche Tage erleben wir jetzt.

Die Deutschen sind wahrhaftige Zauberer. Sie haben das Wunder vollbracht, dass jeder anständige Mensch innig und aufrichtig die Ankunft der Russen, der Bolschewiki herbeisehnt, die als echte Befreier kommen. So erwarte auch ich sie. Es ist eine lange Reise, die wir in diesen zwei Tagen… zwei Tagen, zwei Monaten, fünfundzwanzig Jahren zurückgelegt haben.

Die Zauberei der Deutschen hat das Wunder vollbracht, dass die Frau des Reichsverwesers in diesem Augenblick in einem Zimmer der Nuntiatur – wohin sie angeblich geflüchtet ist – die Ankunft der Bolschewiki herbeifleht und der Nuntius sie damit tröstet, dass die Russen nach seinen Informationen schon bei Kenderes ständen.

Jetzt, da in jeder Sekunde des Tages und der Nacht, in jeglicher, auch persönlicher Hinsicht alles eine Frage von Leben und Tod ist, haben wir endlich begriffen, dass man zu einer neuen Welt nicht gratis Zutritt bekommt, wie sich das so viele erhofft haben. Jeder muss sich seine Eintrittskarte lösen, so oder so; umsonst wird keinem der Zutritt gewährt.

Was bedeutet schon rechts und links? Heute regiert eine »Rechte«, die im Großen und Ganzen genau das propagiert und verspricht, was sonst die »Linke« will. Dennoch handelt es sich nicht um das Gleiche. Es besteht da ein sehr wesentlicher moralischer Unterschied. Und noch etwas anderes. Briand hat einmal gesagt: »Einem Linken steckt die Zigarre anders im Mund.«

Die Deutschen bauen Budapest zu einer »Igelstellung« aus; sie graben an den Straßen Kanonen ein und so weiter. Es ist gut möglich, dass Budapest untergeht. Aber vielleicht wird das Land nach alledem leben, so wie es schon vor Budapest ein Land gewesen ist, und damals war seine Bedeutung gewiss nicht am geringsten.

Die »lieben Ungarn« lauschten, beobachteten die Lage. Im März, als es begann, hegten sie noch Zweifel. »Ob das in Ordnung geht, Schwager?«, fragten sie einander leise und steckten die Köpfe zusammen. »Wird das gut gehen? Werden wir da nicht Schwierigkeiten bekommen?« … Dann, eines Tages, sahen sie, dass es »ging«; die Russen waren noch weit weg, in Frankreich und in Belgien patrouillierten noch die Deutschen; die Juden waren bei der Hand, man konnte sie ausplündern, ermorden. Da krempelten die lieben Ungarn – Minister, Staatssekretäre, Abgeordnete, Notare, Stuhlrichter, Gendarmen sowie das Volk und das Militär, das sich ihnen anschloss – die Ärmel hoch, zwirbelten ihre Schnurrbärte und machten sich mit echt ungarischem Elan an die Arbeit. Und sie sahen, dass es »ging«.

Acht Monate verstrichen. Der Krieg ging verloren, die Russen klopften an der Soroksárer Straße an. Am selben Tag erschienen einige halbstarke Pfeilkreuzler in grünen Hemden und mit Schulterriemen in einem Arbeitslager für jüdische Frauen und Männer auf der nahe gelegenen Insel Szentendre und zogen den Juden auch noch die Eheringe von den Fingern. Warum? Erstens, weil sie glänzten und aus Gold waren. Sodann weil ihnen eingefallen war, dass auch das ging; die fetteste Beute hatten ihnen allerdings schon geschicktere Gesinnungsgenossen weggeschnappt. »Verdammt, Bruder, die Eheringe!«, sagte einer von ihnen. Und sie machten sich ans Werk.

Diese Pfeilkreuzler sind gar nicht die wahren Schuldigen. Sie sind wild gewordene Pfadfinder, exaltierte Jünglinge, die ihre verspätete Pubertät austoben. Schuldig gemacht haben sich all jene Ungarn, die in dieser Zeit an ihrem Platz blieben, auf die neue Macht schworen, um ihr Novembergehalt zu retten. Vergessen wir nicht, dass der November der Mietenmonat ist. In dieser Zeit ist die Nation zu keinerlei Protest bereit.

Das Erstaunliche ist nicht, dass ein paar übergeschnappte politische Hampelmänner im Marmorsaal der königlichen Burg eine staatsrechtliche Komödie – die Vereidigung des »Staatsoberhaupts« – vorspielen; das ist schließlich eine logische Folge der Lage. Das Erstaunliche ist vielmehr, dass sich ein Mitglied des ungarischen Hochadels – der Kronwächter – bereit findet, auf Geheiß der Gestapo die heilige Krone Ungarns herbeizuschaffen und aus der eisernen Kassette zu nehmen, wie von Szálasi-Szaluzsán und Winkelmann, dem Gestapochef, geheißen. Das ist es, was anderswo unvorstellbar wäre. Und das, während die Russen mit ihren Geschützen schon Budapest beschießen.

Die Welt scheint sich um irgendeine mathematische Achse zu drehen; Gott war in Wahrheit weder Physiker noch Biologe, sondern vor allem und in erster Linie Mathematiker.

Ich lese Duhamels Essay *Les confessions sans pénitences*.

Es ist sehr wahr, was er über Rousseau sagt: Natur ist nicht Gesundheit. Die Natur an sich ist nicht gesund, sie erzeugt nicht nur, sie frisst auch ihre Kinder. Primitive Völker sind von Krankheiten geplagt, Obstbäume sterben ab, wenn der Mensch die grünen Blätter und Knospen nicht spritzt, Insekten verbreiten Seuchen und Krankheiten in aller Welt, der Mensch könnte gar nicht leben, wenn er sich der grausamen Gleichgültigkeit der Natur überließe: Er fiele dem Winter, dem Sturm, der Hitze, der Dürre zum Opfer. Ohne Haus, ohne Landwirtschaft, ohne Weitsicht würde er im Winter hinweggerafft wie die Feldmäuse. Nein, die Natur wird erst gesund, wenn der Mensch ihren mörderischen und gleichgültigen Verschwendungstrieb durch seine Weitsicht, seine bewahrenden und beschützenden Eingriffe korrigiert, ihr zuvorkommt, sie lenkt.

G., der nun selbst unter Stubenarrest lebt, behauptet, der Mensch entwickle sich zu immer kleineren Formen; er kehre gleichsam zurück zur Daseinsform der Kriechtiere. Er glaubt, der Mensch sei noch sehr jung, vielleicht nicht einmal eine Million Jahre alt.

Ich lese *Neuropathologische Syndrome* von Kroll, dem Neurologen der Universität Minsk. Ein hervorragendes Buch, es systematisiert ein außerordentlich umfassendes klinisches Material, filtert daraus geschickt sein eigenes Material und zieht einfache Schlussfolgerungen.

Neben zahllosen anderen wissenswerten, mir bisher unbekannten Fakten erfahre ich aus diesem Buch, dass auch die Malaria stark neurotrop ist; Krankheiten wie Ischias, Radikulitis und Neuritis können ebenso gut von Malaria wie von einer Ansteckung mit Lues und Tuberkulose ausgelöst werden oder als Folge von Alkohol, Nikotin, Blei, Arsen usw. entstehen.

Alles hängt davon ab, ob ich den Satz, mit dem ich etwas über mich oder die Welt aussagen will, noch mit genügend elektrischer Energie versehen kann. Diesen Strom entzieht mir im Lauf der Jahre die Welt, dieser hinterlistige Stromdieb.

Die Leidenschaft war mehr als die Lust, der Verstand mehr als die Wahrheit, die er erkannte und zum Ausdruck brachte.

Ein »Leben ohne Angst«, wie es Roosevelt verspricht, ist nur zu verwirklichen: indem man eines Tages beschließt, fortan keine Angst mehr zu haben.

Am Nachmittag zu Fuß nach Szentendre. Beim Bäcker bekomme ich zwei Kilo Brot. Ich verpasse das Nachmittagsschiff, irre bis zum Abend im Regen umher, dann gehe ich – zum ersten Mal in den acht Monaten – ins hiesige Kino, wo ein antibolschewistischer Tendenzfilm, eine Art italienischer *Jud Süß*, gezeigt wird. Der öde Raum ist voll deutscher Soldaten, die weder die italienischen Dialoge noch die ungarischen Untertitel verstehen. Sie sitzen da, weil sie leben und darauf warten, nach Szolnok oder anderswohin an die Front geschickt zu werden.

Auf dem Abendschiff finde ich neben einem Eisenbahner Platz. Mein Reisegefährte erzählt mir in der Dunkelheit von seinen Erlebnissen in Russland, er ist sehr mitteilsam. Einmal habe ihn ein russischer Major an der Front auf Ungarisch angesprochen; er sei Jude und früher in der Üllőistraße in Budapest Anwalt gewesen. Der Major habe die ungarischen Kriegsgefangenen bewirtet und zu ihren Truppen zurückgeschickt. »Wir tranken ständig Wodka da draußen, aßen Lammbraten mit Gurken«, sagt er. Das alles erzählt er zufrieden, wie eine angenehme Erinnerung.

An der dunklen, verregneten Schiffshaltestelle eine Stimmung wie in Wladiwostok. Die regennassen Pelzjacken verbreiten den Gestank von Armut und Hoffnungslosigkeit. Irgendjemand hat Pilze dabei, man betastet gierig den Sack, mustert heißhungrig den herb-moderigen Stoff.

Eines Nachmittags, nach einem Regen, ein silbrigblauer Schimmer über der Donau. Die Bäume am Ufer des seichten Wassers wie auf einem englischen Gemälde aus dem letzten Jahrhundert. Feenreich. Stille. Weiser, wohlriechender Herbst.

Bei Szolnok, keine hundert Kilometer entfernt, erbitterte Panzerschlachten.

Ich bin ein Reiter beim Hindernisrennen, ein paar Gräben und Hecken habe ich bereits übersprungen … werde ich auch den Rest schaffen? Ich verlasse eine Gefahrenzone, um in eine neue zu geraten: Das ist alles, was mir passieren kann.

Dennoch fürchte ich mich nicht, bin nicht enttäuscht, nicht gekränkt. Ich erwache im Morgengrauen mit einem Gefühl von Beklommenheit; doch dann reibe ich mir den Schlaf und die Beklommenheit aus den Augen, und schon bin ich neugierig.

Wie kläglich diese tägliche deutsche – und ungarische – Propaganda ist, die die Niederlage im Jargon der Kriegsberichte zu verklären versucht! Wie unwürdig eines großen Volkes diese »erfolgreichen« und »planmäßigen« Rückzüge sind! Sie sollen zugeben, dass sie den Krieg verloren haben: Das weiß ohnehin jeder. Dieses Bekenntnis wäre des vielen Leides würdiger als die verschnörkelten, unverständlichen Entstellungen.

Alle Weltanschauungen, die den Menschen nur als Material eines bestimmten Gesellschaftssystems sehen, sind menschenfeindlich; sie leugnen jedes menschliche und göttliche Recht. Der Mensch ist mehr als nur ein Bindemittel in irgendeinem Gesellschaftssystem.

Sie sind unbelehrbar. Als vor einer Woche die Waffenruhe verkündet wurde, johlten sie froh und begeistert. Als sie ein paar Stunden später erfuhren, dass der Entschluss seinen Preis hat, machten sie sich plötzlich klein, flohen die Nähe gefährlicher Leute wie eine pestverseuchte Gegend. Ich kann keinem mehr böse sein. Ich beobachte sie nur: Sie sind, wie sie sind, weil sie Menschen sind.

Meinen Körper beobachten, als sei er ein Tier.

Der Tod erscheint mir im Halbschlaf nicht mehr als grinsendes Ungeheuer mit klappernden Knochen, sondern eher als eine Art dunkelfleischige Sarazenenmama, die mich herzlich in ihre weichen schwarzen Arme schließt.

Eine Nacht in Budapest. Ich suche in der Dunkelheit unbemerkt meine Wohnung auf. Der Hausmeister empfängt mich mit der überraschenden Nachricht, dass die Nazis in der Nacht des Putsches vier Kugeln durch die Jalousien und Fensterscheiben meiner Wohnung geschossen haben; dann hätten sie ihn mit Waffengewalt gezwungen, die Wohnung aufzuschließen, denn dort oben »versteckte sich jemand, der vom Balkon Schüsse abgegeben hat«. Sie hätten die Wohnung durchsucht, aber niemanden gefunden, dann – so der Hausmeister – »haben sie die Asche und die Zigarettenstummel im Aschenbecher untersucht, ob sie nicht noch warm wären, und die Bücherregale bestaunt«. Dann seien sie weggegangen.

Hätten sie mich zufällig in der Wohnung angetroffen – und ich habe neuerdings stets eine Waffe bei mir –, hätten sie mich erschossen oder verschleppt.

Eine der Kugeln drang durch *L.*s Schlafzimmerfenster ein, durchschlug die Wand des Kleiderschranks und durchbohrte *L.*s Garderobe. Die anderen drei Kugeln zerrissen die Speisezimmerfenster und blieben in der Decke stecken.

Der Verteidigungsminister der Regierung Károlyi sagte am Ende des letzten Krieges, er wolle keine Soldaten mehr sehen. Die Zeit vergeht; und ich bin bald so weit, dass ich auch keine Zivilisten mehr sehen mag.

Sie marschieren immer vorneweg, jetzt wie eh und je: der Hanswurst und der schlechte Schreiberling.

Budapest ist ein reichlich abenteuerlicher Ort in diesen Tagen; es ist nicht ratsam, sich tagsüber auf der Straße zu zeigen, es gibt viele persönliche Denunziationen. Junge Männer in Stiefeln und grünen Hemden patrouillieren mit Maschinenpistolen in den Straßen. Es herrscht totaler, bedingungsloser Terror. Der Krieg in der Tiefebene keucht erschöpft, kommt zum Erliegen. Die Deutschen haben neue Truppen nach Szolnok verschoben und Nyíregyháza zurückerobert. Die Engländer fliegen seit zehn Tagen keine Bombenangriffe mehr auf die ungarischen Kriegsschauplätze, unbegreiflicherweise stören sie den hiesigen deutschen Aufmarsch nicht.

Maeterlincks Buch über die Termiten.

Maeterlinck ist ehrlich sympathisch in diesen Büchern. Er hat sich eines Tages vom Ahnungsvollen, Wehleidigen, Raunenden, Symbolträchtigen wieder der Welt zugewandt und mit der Inbrunst eines Dichters das Ahnungsvolle und Übernatürliche in der Wirklichkeit und im Einfachen erspürt und ausgedrückt. Wenn er über Bienen, Blumen, Ameisen und Termiten schreibt, ist er ein wahrhaftiger Dichter. Wenn er über den blauen Vogel schreibt, ist er nur dichterisch.

Ein wunderbarer Instinkt leitet den Menschen beim Versuch, eine zeitgemäße, zu seiner Lebenslage passende Lektüre zu finden. Maeterlincks Buch über die Termiten steht seit Jahren auf meinem Regal; ich zog es jetzt instinktiv heraus und begann darin zu lesen. Die Welt der Termiten ist die kollektive Gesellschaft in Vollendung. Eine Existenzform, die allen Formen menschlicher Existenz um viele Millionen Jahre vorausging, bleibt dem Menschen ein düsteres Vorbild, ein düsterer Wegweiser.

Es ist gut möglich, dass am Ende die Insekten über die organische Welt herrschen, alles erobern und vernichten werden. Schließlich ist auch der Humus nichts anderes als das geheimnisvolle, verrottete Überbleibsel einer von Bakterien zersetzten Vegetation.

Das, was der Dichter *»esprit de la ruche«* nennt, ist letztlich auch nichts anderes als der unbekannte Geist, der das ganze Zellgebilde des menschlichen Organismus durchdringt. Ich, Herr Márai, entscheide nicht allein, meine Körper-, Nerven-, Knochenzellen entscheiden mit, rebellieren in Form von Krankheiten und so weiter. Wie die Termiten bilden auch diese Zellen eine Einheit und unterliegen einer Art Kontrolle, die meinen Verstand übersteigt.

Ich erwache am Morgen mit heftigen Schmerzen im Kiefer, kann nicht mehr kauen; bis zum Abend ist mein Gesicht angeschwollen. Was ist passiert? Vielleicht wird es sich herausstellen, vielleicht auch nicht; vielleicht vergeht es, vielleicht werde ich einen Arzt benötigen; jedenfalls findet in meinem Organismus, ohne dass ich davon wüsste oder es rational beeinflussen könnte, eine Rebellion und Revolution statt. Ja, auch ein Körper hat Esprit, nicht nur ein Bienenkorb.

Man wird also eine Machtorganisation schaffen, die über den Frieden wacht. So wird es kommen, denn etwas anderes bleibt ihnen nicht übrig.

Aber dauerhaften Frieden wird auch diese Organisation nicht schaffen können, und sei sie noch so perfekt; gerade weil sie perfekt, weil sie mächtig, weil sie eine Organisation ist: Sie wird unweigerlich den Krieg in Erinnerung rufen. Wann? Morgen oder in fünfzig Jahren; an den Folgen wird das nichts ändern.

Auf diesem Wege ist der Mensch nicht zu befrieden. Frieden wird er nur in sich finden, wenn er seine wahre Natur und die Welt erkennt. Außerdem weiß ich gar nicht, ob es unbedingt nötig ist, dass der Mensch in Frieden lebt. Die Ziele der Natur sind uns unbekannt, und der Mensch ist nichts als ein ausführendes Organ der Natur.

Was kommt auf uns zu? Man muss keine prophetische Gabe besitzen, um zu erkennen: Es kann nur das kommen, was sich aus dem vorliegenden Material und dessen Qualität ergibt.

Vielleicht bleiben Budapest nennenswerte Schäden erspart; vielleicht bleiben von ihm wie von Aachen nur einige Keller und Brandmauern übrig. Es wird jedenfalls zu einer Besatzung, zu Nahrungsmittel- und Heizmittelknappheit, zu Entente-Missionen und Elend kommen. Alles andere wird sich mit mathematischer Folgerichtigkeit daraus ergeben.

Es ist nicht unvorstellbar – ja, für mich wird es immer wahrscheinlicher –, dass es Gesellschaftsformen gibt, die nicht aus organischen, sondern aus mathematischen Individuen bestehen.

Allen Gefahren, die einem im Leben drohen – Krankheit, Knechtschaft, Folter, der Tod der Liebsten, der eigene Tod –, mit derselben Gleichgültigkeit begegnen, mit der man unter einem Mikroskop das Wachstum und den Zerfall einer Bakterienkultur beobachtet. Es war Voltaire, wenn ich mich recht erinnere, der gesagt hat, dass es nur eine Möglichkeit gibt, glücklich zu sein: wenn man keine Gefühle hat.

Die Jugend war doch schöner als die Erinnerung daran.

Wenn jemand in China Kaiser ist, ist er der Kaiser von China. Wenn jemand in Berlin wahnsinnig ist und sich einbildet, der Kaiser von China zu sein, dann ist er wahnsinnig. Wenn aber jemand in Berlin wahnsinnig ist und sich einbildet, der Kaiser von China zu sein, und dies laut ausspricht, und wenn sich eine Nation findet, die ihm das auch noch glaubt, dann ist das Geschichte. Das geschah mit Hitler und dem deutschen Volk.

Kretschmers Buch über geniale Menschen.

Das Porträt Goethes in siebenjährigen Zyklen ist hervorragend. Das Porträt Bismarcks ist wirr. Zur Psychologie Hölderlins und Rousseaus sagt er nichts Neues. Sein Entwurf über die Möglichkeiten der Geniezüchtung bei Mischrassen ist zu allgemein, kaum belegt und schwer nachprüfbar.

Ich stimme ihm zu, dass ein Genie sowohl gesund als auch krank ist, sowohl etwas Robustes, Handfestes als auch etwas Pathologisches hat; vor allem aber jemand ist, dem ein Dämon innewohnt. Und ich würde hinzufügen, jemand ist, der auch hört, was ihm sein Dämon einflüstert. Denn vermutlich haben viele Durchschnittsmenschen Dämonen, nur kein Gehör für das, was ihnen dieser Geist einflüstert.

Der »manisch-depressive« Goethe war sich seiner Zyklen bewusst und lenkte sie. Schizophrene Menschen rufen ihre Anfälle auch herbei, desgleichen Epileptiker und Gichtkranke. Den epileptischen Anfällen Mohammeds und des heiligen Paulus ging ein fast schon bewusstes Warten voraus; Dostojewski beschwor diese Gefahr und Befriedigung mit geradezu lustvoller Vorfreude herauf.

Ein großer Manisch-Depressiver, den Kretschmer nicht erwähnt, dessen Krankheitsbild auch einmal aus medizinischer Sicht gezeichnet werden sollte, war Tolstoi.

Was wirklich zählt, ist gewiss nicht der Weltkrieg, sind nicht künstliche Friedensabkommen, was wirklich zählt, sind Bach, Mozart, Beethoven, Michelangelo, Goethe und Shakespeare. Alles andere ist nur Zwischenspiel und bei allem Schrecken etwas Langweiliges und Gleichgültiges.

Einmal die *wahre* Geschichte der Menschheit schreiben: wie aus all der Kraftanstrengung auf dem Umweg über einige Dutzend Weltkriege und Völkerwanderungen ein Bild, eine chinesische Vase, eine Bachsche Fuge entsteht?

Ein Holländer, ein Belgier, ein Schwede wissen, wohin es geht, während sie durch diesen stinkenden, blutigen Tunnel kriechen. Ich als Ungar weiß es auch, und gerade darum habe ich Angst.

Der Politiker wird Rechenschaft verlangen und neu organisieren, der Erzieher versuchen, die Grundbedingungen menschlichen Zusammenlebens in den Seelen zu verankern; und das ist auch nötig und nützlich.

Doch das alles ist zu wenig und hilft letztlich nicht. Vielleicht die Dichter. Vielleicht meldet sich eines Tages ein Schriftsteller zu Wort und spendet den Menschen für eine Weile wieder Kraft für die große Aufgabe des Zusammenlebens; und nicht nur dafür. Davon hängt alles ab. Paulus war – in einem ähnlichen historischen Augenblick wie jetzt, beim Übergang von einer Kultur, einer Weltordnung, einer Lebensform zu einer anderen – ebenso eine Quelle solcher

Kraft, wie es später Dostojewski, der andere Epileptiker, für sein Volk war. Ich warte auf einen Menschen, der auf den öffentlichen Plätzen zu singen beginnt; die Menschen halten inne, hören mit der Phrasendrescherei auf und begreifen, dass es sich hier um etwas anderes handelt.

Worum handelte es sich? Um eine Spontaneität, die der Liebe entspringt.

Chestertons kurzer Essay über den heiligen Franziskus lehrt uns, dass man ohne Höflichkeit kein großer Heiliger sein kann. Der Mensch kann nur nach menschlichem Maßstab ein echter Heiliger sein. Und am größten ist der Mensch stets dann, wenn er seine Ungeduld besiegt und höflich ist.

Dieser himmlische Troubadour, Freund der heiligen Klara und Bräutigam der heiligen Armut, sprach Gott, das Weltall, die Vögel und die Fische nicht nur persönlich an – und schon das ist viel –, er sprach Gott, das Weltall, die Vögel und die Fische *höflich* an. Er hatte recht: Um ein echter Mönch, also ein Prophet, ein brennender Dornbusch zu sein, bedarf es keines Klosters, keiner Regeln, keines Gelübdes. Nicht einmal eines heiligen Lebens. Nötig ist nur, dass man sich irgendwann aller inneren Verpflichtungen, denen man ohnehin nicht nachkommen kann, entledigt und sich höflich und mit wesentlichen Worten an Gott und die Welt wendet. »Nur« das ist nötig. Und ein heiliger Franziskus.

Die Russen in Újpest und Kispest. Am Vormittag begebe ich mich nach Tahi. Der Novembersonnenschein ist mild und sanft, wie frühherbstlicher Zauber. Ich gehe im duftenden Sonnenschein den Fluss entlang. Unweit von mir dröhnt Geschützfeuer, auf der Landstraße rasen riesige deutsche Kanonen in Richtung Újpest, an die nahe gelegene Front. Aber hier am Flussufer herrscht auch während des Geschützfeuers tiefer, versöhnlicher Frieden.

Viele Menschen sind auf der Margaretenbrücke umgekommen, überfüllte Straßenbahnen ins Wasser gestürzt, vielleicht bis zu tausend Menschen ertrunken; wir werden es nie sicher wissen. Ich denke an das Schicksal der Figuren in *The Bridge of San Luis Rey*. Aber wie man es auch dreht und wendet, es bleibt ein ganz elender Tod.

Nicht die Armut ist die schlimmste Strafe, nicht einmal die Krankheit, das körperliche Leiden. Die schlimmste Strafe ist, wenn uns das Schicksal mit gemeinen, niedrig gesinnten Menschen zusammensperrt und zwingt, unsere Tage mit ihnen zu verbringen. Das ist die schlimmste Strafe. Solche Leute findet man meist unter den Proleten.

Arme Leute sind gewöhnlich viel rücksichtsvoller, feiner, großmütiger im zwischenmenschlichen Umgang als der Pöbel.

Das Radio spricht von Kaschau als einem »Verkehrsknotenpunkt«.

Diese Bestimmung macht mich stutzig. Kaschau war für mich Geburtsstadt, Erinnerung, Romansujet, Dramenhintergrund. Das alles war wirklich. Dass es eines Tages in einem deutschen Kriegsbericht zu einem Verkehrsknotenpunkt werden könnte, wäre mir nie eingefallen. Das hat etwas Unwirkliches.

Die Briefe Schillers und Goethes an ihren Verleger Cotta. Schiller überredet Cotta, die *Propyläen* des gerade aus Italien zurückgekehrten Goethe herauszugeben. Die Veröffentlichung verspräche zwar keinen großen Erfolg – schreibt er –, dennoch sollte ihm Cotta tausend Reichstaler bieten in der Hoffnung, später einmal das Manuskript mit dem Titel *Faust* zu bekommen, von dem sich Schiller einen schönen Geschäftserfolg erhofft …

Der Mensch ist irgendwie zurückgeblieben, was seinen Körper betrifft. Er schleppt ihn noch immer mit sich herum, hat ständig Kummer und Sorgen mit ihm und kann sich selbst ohne ihn gar nicht vorstellen. Ich denke jetzt gar nicht ans Jenseits, das ich nicht kenne und das mich folglich nichts angeht, sondern ans Diesseits, das ich kenne und innerhalb dessen ich mich allzu sehr um diesen Körper, diese quengelige, verderbliche Materie, kümmern muss. Dabei weiß ich, dass das Ganze vielleicht nur eine schlechte Gewohnheit, eine träge und rückständige, verkrustete Tradition ist. Obwohl ich zweifellos schon viel weiter bin als mein Körper, muss ich mich dennoch ständig mit diesem undankbaren und anspruchsvollen Reisegefährten abgeben, kann mich von ihm nicht befreien, muss ihn füttern und pflegen, und nichtsdestotrotz wird er sich irgendwann gegen mich wenden und mich als Person plump und undankbar vernichten. Es wäre an der Zeit, dass ihn irgendein energischer Mensch in den Ruhestand schickte, in irgendeiner Mottenkiste für verfallene Daseinsformen verstaute.

Bei den Details immer darauf achten, aus welchen unzweideutig auf das Ganze geschlossen werden kann.

Das ehrlichste, menschlichste und deshalb vielleicht schönste Wort, das ein Mensch je ausgesprochen hat: »Vielleicht«.

Pascal hat etwas geahnt, als er hinter den mathematischen Formeln nicht nur Gott, sondern auch den Menschen suchte.

Die unmittelbare Gefahr ist der Feuersturm des Krieges, die langfristige die Hungersnot. Wenn die Deutschen Budapest zerstören, hört Ungarn als Nation auf zu existieren. Es wird vielleicht in den Gedichten einiger Poeten fortleben … und schon das ist allerhand. Aber ohne Budapest gibt es kein Land.

Es wird wohl eine Hungersnot geben. Aus Furcht vor der Requirierung werden überall Schweine und Ochsen geschlachtet. Es gibt kein Salz, das Fleisch der geschlachteten Tiere kann nicht konserviert werden.

Es gibt kein Salz, nicht im Dorf, nicht in Budapest, nirgends. Ein neuer Schrecken: Man muss nicht nur sterben, man muss auch – Gott bewahre! – ohne Salz sterben.

Ich habe mich über die tatsächliche Bedeutung des Salzes für den menschlichen Organismus informiert. Die Wirklichkeit sieht nicht so düster aus, wie die Hausfrauen glauben. Der Mensch braucht nur zwei Gramm Salz pro Tag, und ein Gramm findet er schon in gewöhnlicher Mischkost. Man kann auch ohne Salz leben; nur ist es geschmacklos und langweilig.

Ich habe meiner Familie angeboten, die Suppe mit attischem Salz zu würzen, aber ich wurde ausgebuht.

Vielleicht kommt einmal der Tag, an dem die Priester den Gläubigen in der Kirche nicht mehr Bibelpassagen, sondern mathematische Lehrsätze vorlesen werden.

Morgens zwischen zwei und vier: die kritische Zeit. Ich erwache schweißgebadet, angsterfüllt.

Um diese Uhrzeit ereignen sich die meisten Todesfälle, gibt es die meisten Gallenkoliken und Fälle von Angina pectoris; um diese Zeit verändert sich der Weltrhythmus.

Wir sehen den Krieg inzwischen wie durch eine Lupe, er gewinnt für uns allmählich einen Sinn. Zum Beispiel: Dunaharaszti ist gefallen, Vecsés gehört noch uns. Das ist greifbar, wirklich. Paris ist Geschichte, es geht uns nicht wirklich etwas an …

Aber Vecsés, Taksony, das sagt ihnen etwas. Sie begreifen jetzt, dass sie dies und jenes vielleicht nicht hätten tun dürfen. Sie begreifen immer nur die unmittelbare, vor ihrer Nase qualmende Wirklichkeit.

Seit acht Monaten lebe ich vorwiegend auf dem Dorf, verkehre mit Bauern. Aber ich bilde mir nicht ein, die Bauern zu »kennen«. Ich bin kein Dorfforscher. Ich halte generell wenig von Untersuchungen, bei denen jemand ein paar Monate in Pomáz verbringt und dann ein Buch über eine Gesellschaftsschicht schreibt.

Ich kann nur bescheiden feststellen, dass in der Seele des einfachsten Fabrikarbeiters mehr Großmut und menschliche Solidarität wohnen als in der eines wohlhabenden Bauern.

Ich muss sechs Kilometer für ein Kilo Brot laufen. Und gehe am Ende leer aus. Auf der Landstraße Hunderte von Wagen inmitten eines unvorstellbaren Chaos. Flüchtlinge aus Kolozsvár, soeben eingetroffen, schleppen sich in Richtung Budapest voran, von Budapest sind zweihundert Wagen in Richtung Somogy unterwegs. Sie hätten alle genauso gut bleiben können, wo sie waren.

Nervöse Zuckungen auf der Landstraße, am Körper der Städte: Das ist schon das Ende.

Entweder komme ich in diesem Krieg um oder nicht; ich kann daran oder an meiner eigenen Lage herzlich wenig ändern! Sollte ich überleben, wird meine Aufgabe darin bestehen, die *Schwester* und *Die Beleidigten* zu beenden. Alles andere geht mich nichts an.

In Budapest. Im Novembernebel passiert das frühmorgendliche Schiff die noch stehenden Pfeiler der eingestürzten Margaretenbrücke.

Ich habe mich früher oft gegen das Geländer dieser Brücke gelehnt, im Morgengrauen, wenn ich in mein kleines Hotel auf der Insel zurückkehrte. Ich betrachtete von dort die Möwen und das Bild Budas, eingerahmt vom rechten Donauufer.

Die Stadt ist angeschlagen und heruntergekommen. Ausverkauf, wohin man sieht: Ohne Bezugsschein bekommt man in den Schuhgeschäften lederbesohlte Schuhe, in den Textilgeschäften Stoffe. Die Schaufenster sind leer; in den Auslagen der großen Lebensmittelläden sieht man ein paar Dosen Insektenpulver. Hier und da findet man noch Rüben, ein Bund Salat, Weißkohl. Sonst nichts.

Ich kehre in einem meiner Stammcafés ein; deutsche Soldaten sind gerade dabei, das Mobiliar zu verpacken. Straßenbahnen schleppen sich dahin, beladen mit Krankenhauseinrichtungen. Der Verkehr ist zum Erliegen gekommen; seitdem mit der Margaretenbrücke die wichtigste Schlagader der Stadt zerrissen worden ist, stehen die Straßenbahnen in Sackgassen herum. Panzer rollen über die Elisabethbrücke, sie kommen aus Soroksár, von der nahe gelegenen Front. In der Ferne Kanonenfeuer. Niemand kümmert sich mehr um die Warnsignale des Luftschutzes.

In den mit einem gelben Stern markierten Häusern bangen dreihunderttausend Menschen um ihr Leben; halbwüchsige Pfeilkreuzler-Jungen, sechzehn-, siebzehnjährige Lümmel, plündern die gelben Häuser, treiben ihre Bewohner zu den Schleppern und Sammelstellen. Gruppen von vielen Tausend Menschen – Frauen, Kinder, Alte – ziehen in der Novemberkälte stumm einem ungewissen Schicksal entgegen. Plünderungen und Geiselnahmen sind an der Tagesordnung.

Selbst wenn alle Anschuldigungen, die jemals gegen die Juden vorgebracht wurden, wahr wären, müsste jeder, der als Mensch noch etwas auf sich hält, für sie Partei ergreifen; denn ihr Leid übersteigt jede Vorstellung.

Diese Presse, deren Exemplare mir in diversen Dorfaborten in die Hände fallen! Dieser Allerlei-Schwachsinn, diese hier und dort aufgeschnappten Neuigkeiten und Informationen, die Redakteure und Leser für Bildung hielten! Sie lasen darüber, warum der Schwanz der Klapperschlange klappert und ob ein Schnupfen durch Liebe zu heilen sei. Und schon hielten sie sich für gebildet.

Nachts lese ich Emersons *Essays*. Eine reine, heitere Seele, er will nie tiefer dringen als bis unter die Oberfläche der Moral und der Harmonie. Vor den Abgründen, den Urgewässern, in denen die Ungeheuer leben, scheut er zurück, wechselt das Thema. Was er über die Polarität sagt, sind Gemeinplätze; aber so angenehm wahr!

Ich bin in Tótfalu, in einer Lebensmittelangelegenheit. Der Handel gelingt; Tagelöhner begleiten mich in die Nähe des Dorfes zurück.

Sie haben jetzt keine Hemmungen, keine Angst mehr: Schäumend, wortreich ergehen sie sich in Wehklagen und Schimpftiraden über die Deutschen. Endlich haben sie begriffen, was hinter alldem lauerte! Sie recken die Fäuste mit einer letzten, hilflosen Geste … Aber sie sind nicht organisiert.

Sie kommen auf die Juden zu sprechen, von sich aus. Wie konnte so etwas passieren mit Menschen, die von Müttern geboren sind! …, sagen sie. Dafür werden wir alle büßen müssen, denn die wahren Schuldigen sind schon geflohen!, sagen sie.

Der Tabaktrafikant im Ort, ein kleiner Prolet, ein Pfeilkreuzler, bemerkt zähneknirschend: »Ich bin gezwungen zu fliehen, weil ich meinen Prinzipien treu bin! Aber die feinen Herren bleiben hier, denn die feinen Herren sind alle Bolschewiki! …«

Und tatsächlich, die Deutschen, diese Zauberer, haben auch dieses zweite Wunder vollbracht, dass die alten Kapitalisten in Budapest die Ankunft der bolschewistischen Truppen sehnlichst erwarten, damit die endlich das Privateigentum schützen!

Wetterumschwung. Am Nyerges ist der erste Schnee gefallen. Der Brunnen ist ohne Wasser, ich kann nachts nicht schlafen, lausche dem Artilleriefeuer.

Ich lese die Tagebücher von Tolstois Sekretär Gussew. Er schildert die letzten Jahre dieses wunderbaren Schriftstellers, als er in seinem Privatleben zu einem jämmerlichen Komödianten verkommen war. Er habe Metschnikow erzählt, er schäme sich für alle seine literarischen Werke, könne sich nicht einmal erinnern, *Anna Karenina* geschrieben zu haben. Bei solchen Zeilen räuspert man sich, senkt man als Leser beschämt den Blick.

In Alltagsangelegenheiten hingegen wusste dieser Prophet bestens Bescheid. Auch wenn er sich gegen diese Behauptung verwahrte, er kannte sehr wohl den Wert von Rubeln und Kopeken. Erstaunt lese ich, dass er phasenweise auch Morphinist war: Wenn ihn nachts Schmerzen quälten, gab er sich eine Spritze.

Und doch war er alles in allem einer der Größten, die je zu den Menschen sprachen.

Ich könnte nicht mit Morphin oder ähnlichen Mitteln leben; das wäre nichts für mich, etwas in mir sträubt sich gegen solche Lösungen. Aber ich stimme *H.* zu, dass wir das Recht haben, uns das Leben zu nehmen: besonders wenn wir eines Tages auf dem Gipfel ankommen und nicht mehr davon überzeugt sind, dass sich das Lebensgefühl noch steigern lässt.

Tolstoi war natürlich kein Morphinist, er konnte es gar nicht sein, selbst wenn er dieses Gift regelmäßig nahm. (Was ich nicht glaube.) Es gibt Morphinisten, die sich über Jahrzehnte hinweg täglich zwei, drei bis höchstens fünf Zentigramm spritzen. Und sie erhöhen die Dosis nicht, sie leben und arbeiten. Das sind keine echten Morphinisten.

Ein echter Morphinist ist gezwungen, die Dosis zu steigern, bis zu einem Gramm und sogar darüber hinaus. Ihn versetzt das Morphin nicht mehr in Euphorie, es setzt nur seinem quälenden Durst ein Ende.

Es ist verblüffend, wie verschwenderisch die Natur ist. Die Kerne eines Apfels, einer Orange, einer Melone: welch maßloses Übertreiben! Wie viel Vorsicht waltet in einer Walnussschale, und was stellt eine Haselnuss nicht alles an, um sich zu schützen! Der Mensch ist selbst in seinen vorsichtigsten Momenten noch leichtfertiger als eine Frucht oder eine Pflanze.

Ich sehe keinen Sinn mehr darin, weiterzuleben.

Der Brunnen hat wenig Wasser, bange lasse ich allmorgendlich den Eimer in die Tiefe hinunter. Ich hadere regelrecht mit den Elementen. Der Weg – rückwärts aus einer Zivilisation – ist viel kürzer, als man annehmen möchte.

Und es ist nicht wahr, dass »auch unsere Väter so gelebt haben«. Sie hatten sich daran gewöhnt, sie wurden hineingeboren und konnten sich darauf vorbereiten, alle Griffe und Kniffe erlernen. Ich bin schon verwöhnt durch das Fließband der Zivilisation. Hatte andere Sorgen, andere Aufgaben. Ich werde auch das noch erlernen, aber man verlange von mir nichts Überflüssiges und Unmögliches.

Alle diese Menschen werden für etwas gebraucht. Vielleicht für die Insekten. Vielleicht damit in einer Million Jahren ein neuer Menschentyp entstehen kann. Du und ich, dieser traurige Dünger. Und meine Seele über allem anderen, wirklich? … Auch das ist nicht gewiss.

Man benachrichtigt mich, dass das kleine Automobil, das ich vor drei Jahren in einer Garage unterstellen musste, von irgendeiner Pfeilkreuzler-Einheit gestohlen wurde.

Es tut mir leid um den Wagen, ich werde in absehbarer Zeit nicht mehr in den Genuss dieser Zauberkutsche kommen. Die Begründung des Diebs ist jedoch reichlich amüsant: Er hat dem Hausmeister gesagt, er wolle meinen Wagen retten, denn wenn er ihn nicht mitnähme, würden ihn sich die Russen holen!

Endlich können sich die faschistischen ungarischen Offiziere wohlfühlen: Sie können tun und lassen, was sie wollen. Fünfundzwanzig Jahre lang haben sie sich darauf vorbereitet, sich eine Art Exterritorialität und Unantastbarkeit, eigene Ehrenkodexe und Immunität geschaffen! Jetzt können sie feierlich, mit gen Himmel gerichteten Augen, Willkür und Gewalt praktizieren.

So hat sich Zrínyi den ungarischen Soldaten nicht vorgestellt.

Der Sprecher des Pfeilkreuzler-Radios klingt bei der Zeitansage genauso wie ein Vorgesetzter bei der vormilitärischen Levente-Ausbildung, wenn er seine Zöglinge anherrscht.

Ein englischer oder ein russischer General weiß genau, dass er zu Hause über seine Taten Rechenschaft ablegen muss. Dieses Verantwortungsbewusstsein muss in den Kadettenschulen vermittelt werden, sollte es in Ungarn jemals wieder so etwas wie Erziehung geben.

Aber dieser Menschentyp ist unbelehrbar. Sie verstehen leider nur die grausame, gewalttätige Wirklichkeit.

Der Innenminister der Pfeilkreuzler spricht im Radio. Er spricht »männlich«, gebraucht Gemeinplätze, also hat er großen Erfolg. Aber man würde ihn auch dann beklatschen, wenn er eine Seite des Telefonbuchs vorläse.

Was auch geschieht: Man sollte am Ende mit denen, die das alles geplant und durchgeführt, durch ihre Untaten die Ehre des Ungarntums besudelt haben, nicht zimperlich sein.

Sie sind so durch und durch korrupt, dass sie nicht nur keines Mitleids, sondern auch keiner Anklage wert sind. Man kann sie nur wegfegen, so wie sie sind.

Nordwind, eisiger Novemberregen. Zehntausende Budapester Juden werden an unbekannten Sammelstellen zusammengetrieben. Frauen, Kinder, Greise schleppen sich durch den strömenden Regen. Ein junger Hauptmann, der achtzehn Monate an der Front verbracht hat, bekommt beim Anblick dieses Zuges einen Nervenzusammenbruch.

Es gibt keine »Wiedergutmachung« für solche Verbrechen. Auch die Vergeltung wird keine Wiedergutmachung sein. *P.* ist in den Gaskammern von Auschwitz, wohin er Ende Mai verschleppt wurde, gewiss schon umgekommen; und sollte er doch noch leben, unter welchen Umständen? Ein Sechsundsiebzigjähriger ohne Winterkleidung, ohne alles ... *L.* hofft, dass er noch am Leben ist, und ich wage nicht, ihr zu sagen: Es wäre besser, er lebte nicht, denn die Leiden der Deportierten sind unvorstellbar.

Und es fanden sich Ungarn bereit, bei alldem mitzumachen ... fanden sich bereit? Sie standen Schlange, um dabei behilflich zu sein.

Zum Mittagessen Besuch von zwei Nonnen. Sie erzählen, das Kloster habe ihnen vor einigen Wochen angesichts des Vorrückens der Russen freigestellt, bürgerliche Kleidung zu tragen, falls sie Angst haben. Sie hätten vorige Woche eine Modenschau veranstaltet; eine fortschrittliche Gruppe habe für modische Kleidung plädiert, eine konservative sich mit einer Art Rotkreuzschwesterntracht zufriedengegeben. Die fortschrittliche habe gewonnen.

Die Russen sind inzwischen in Zs. einmarschiert, wo sich das Kloster des Ordens befindet; sie haben niemandem etwas zuleide getan. Die Schwestern haben sich beruhigt und tragen wieder ihre Ordenstracht.

Lange sprach der Europäer ruhig und vertrauensvoll: »Mein Gott.« Dann sprach er plötzlich aufbrausend, mit düsterer, bedrohlicher Stimme: »Meine Religion«. Dann begann er, haspelnd vor Aufregung, nachzuplappern: »Meine Heimat, meine Nation«. Jetzt kreischt er mit blutunterlaufenen Augen und tollwütigem Gestotter: »Meine Rasse«.

In diesem Augenblick hat er aufgehört, ein Europäer zu sein.

Ich finde Trost bei Emerson: Er hat etwas von einem methodistischen Prediger und Quäker, aber auch von einem Dichter. Ich kenne tiefsinnigere Denker, aber kaum einen, dessen Vorsätze reiner, engelhafter wären.

Wir füllen für den Winter Schmalz in Gläser ab … Wie widerwärtig diese kluge Voraussicht ist, wie erniedrigend und alles in allem vielleicht sogar überflüssig. Der heilige Franziskus hatte recht, sich nackt auf die Erde zu legen.

Am Vormittag tauchen – in Begleitung eines Finanzbeamten – Typen in Ledermänteln bei uns im Haus auf und fordern die Bewohner der Villa feierlich auf, »Textilien« und Weinfässer, die zum Besitz des jüdischen Eigentümers der Villa gehören, herauszugeben. Ich lehne ihre Bitte ab und komplimentiere sie hinaus. Sie gehen murrend und versprechen wiederzukommen.

Während dieser viertelstündigen zeitgemäßen Unterhaltung ist vom gegenüberliegenden Donauufer Geschützdonner zu hören, die Antwort der russischen Artillerie.

»Doch der Herr wusste Jeremias zu verstecken …« Aber wusste Jeremias etwas davon? Schließlich musste auch er etwas dafür tun.

Die Regeln des heiligen Benedikt lehren, dass das Geheimnis jeder guten Lebensführung Schweigen und Mäßigung sind.

Aber es wird auch anderes gelehrt. Und alle, denen irgendwann in nächster Zeit die Aufgabe bevorsteht, über gewisse Menschen, die diese schrecklichen Verbrechen im Namen von »Partei« und »Weltanschauung« begangen haben, zu richten, sollten sich die Worte der Schrift, die der heilige Benedikt zitiert, gut einprägen: »*Mit Worten lässt ein Sklave sich nicht bessern.*« Und wo das Wort nicht fruchtet, empfiehlt er die Rute.

Dieser Rat ist hart … aber allmählich leuchtet er uns ein. Während wir, Schriftsteller und Erzieher, den Humanismus predigten, frönten gewisse Menschen fröhlich ihren blutigen Abenteuern. Wir predigten Verzeihung, doch vor unseren Augen wurden Menschenmassen ausgerottet. Wir wollten erziehen, aber sie warfen uns fröhlich grölend Knüppel an die Köpfe. Wir sollten endlich begreifen, dass es gewisse Menschen gibt – »die Sklaven« –, die man nicht anders erziehen kann, als sie zu zwingen, ihre bösen und sturen Köpfe über ihre Untaten zu beugen. Schuldig sind jedoch nicht nur die, die diese Untaten begangen haben, obwohl auch sie für »Erziehung« unempfindlich sind. Nein, alle sind schuldig, die gutgeheißen und abgenickt, sich mit einem »Tja« oder einem »Aber, aber!« begnügt haben, weil sie sich in dieser Hochkonjunktur einen Posten oder eine Karrieremöglichkeit erhofften … Mit solchen Leuten lässt sich nicht diskutieren, da sie nie auf ein gutes Wort hören; man muss sie mit allen Mitteln zwingen, aus der Welt zu verschwinden, die dadurch blutig und schrecklich, aber nichtsdestoweniger eine neue Welt sein wird, und irgendwo dämmert sie auch schon herauf. Irgendwann werden wir begreifen, dass man nur mit der Waffe und der Handgranate in Händen ein Humanist sein kann.

Und doch wird es nicht so kommen. Ich bin und bleibe ein Humanist ohne Handgranate und Maschinenpistole. Und ich werde zukünftig wie schon in der Vergangenheit wissen, dass der Mensch durch Erziehung nicht zu bessern ist. Ich werde mich selbst erziehen, bis zum Tod, und wissen, dass jede Mühe vergeblich ist.

Wie gut wäre es, wenn man wüsste, dass irgendwo in dieser sich auflösenden Welt gerade ein großer und schöner Roman im Entstehen ist, der nichts als nur ein Roman ist! Etwas wie *Krieg und Frieden* oder *Die Brücke von San Luis Rey*! Wie ärmlich ist doch eine Welt, in der nur noch argumentiert und gehandelt wird, die keine Kraft zu einem großen Roman hat!

Warum soll ein Theaterstück nicht »theatralisch« sein? Ich verstehe diesen Vorwurf nicht. Und warum soll ein Roman nicht episch, ein Gedicht nicht lyrisch sein? Vielleicht ist das alles gar nicht so abwegig.

Ich erwache jede Nacht um drei und liege bis zum Morgen mit offenen Augen im Dunkeln. Man braucht nicht viel Schlaf. Kriegsheimkehrer mit Kopfschussverletzungen haben jahrelang ohne Schlaf gelebt.

November, Nebel und Regen. Aber auch diese Witterung verleiht der Landschaft eine zarte, träumerische Schönheit. Die Welt ist immer makellos.

Jesus war ein Schöpfer: Er schuf ein Werk. Sein Werk besteht aus einer Handvoll Sprüchen, wohlformulierten Wahrheiten. Vor allem revolutionären Wahrheiten, die ein Weltbild gesprengt und durch ein neues ersetzt haben: »Mein Königtum ist nicht von dieser Welt.« Wer daran glaubt, ist ein Christ.

Aber als er vom Kreuz herabblickte, sprach er zu Maria, seiner Mutter: »Frau, was willst du von mir?« Ein düsterer Satz, ob von einem Menschen oder einem Teufel, und der ehrlichste in der ganzen Bibel. Und einer, der, so wie er ist, auch von Dakah, dem Teufel der Perser, stammen könnte.

Ich lese Renans *Jesus*, zum zweiten oder dritten Mal nach vielen Jahren.

Renan mochte Jesus nicht. Er spricht zärtlich, aber von oben herab, distanziert über ihn. »Er war ein Charmeur …«, schreibt er an einer Stelle über Jesus.

Er glaubte vielleicht an ihn, aber er liebte ihn nicht. Er war geduldig und nachsichtig mit ihm. Er hielt ihn für einen Menschen, den der Glaube der Menschen zu einem Gott gemacht hatte.

Zum ersten Mal seit Wochen wieder eine literarische Neuigkeit in den Zeitungen: Das antisemitische Fachblatt *Harc*, »Europas beste antisemitische Wochenzeitung«, teilt in einer Anzeige mit, dass sich in ihrer neuen Ausgabe *»G. A., der prominente Dichter, mit dem schönsten antisemitischen Gedicht der letzten Jahre zu Wort meldet.«*

Ich nehme die Neuigkeit mit Erleichterung zur Kenntnis. Die ungarische Lyrik lebt.

Schlaflose Nächte. Seit zwei Wochen erwache ich jede Nacht gegen drei, liege bis zum Morgengrauen wach im Dunkeln. Was sind das für Schatten, die die Seele des Menschen in solchen Nächten heimsuchen? Ich mustere sie neugierig, mache mich mit ihren grotesken Gestalten vertraut.

Wir wissen sehr wenig über uns selbst; und über das Wesentliche fast nichts.

Ende November, eisiger Regen, Nordwind; bis zum Morgen eitel Sonnenschein. Geschützfeuer über der Donau. Ich gehe bei Kanonendonner und Sonnenschein über einen kahlen Berghang und beginne zu begreifen, dass es zwei Frontlinien gibt: die eine vor mir, mit dem Auge sichtbar, die andere in mir; und Letztere ist fast die Gefährlichere.

Freunde von mir haben Epikurs Rat: *Lathe biosas!* und Tacitus' Mahnung: *Ridens discede!* an die Wand genagelt.

Mir steht leider nur Letzteres frei; ich werde mit einem Lächeln die Welt verlassen, auch wenn ich keine Gelegenheit hatte, im Verborgenen zu leben.

Und dem Fanatismus die Stirn bieten. Die einzige Waffe: unermüdlich argumentieren, logisch antworten, auch wenn dir der Fanatismus krächzend Speichel ins Gesicht spuckt.

Eine Morgenzeitung berichtet über die »Heldentaten« ungarischer Feldgeistlicher: wie sie beim Sturmlauf das Kreuz wegwarfen, zur Handgranate und Maschinenpistole griffen und auf die Bolschewiki zu feuern begannen und so weiter.

Das sind natürlich nur Folgeerscheinungen. Schon als die erste Bildreportage vor fünf Jahren katholische Bischöfe beim Segnen der Panzer zeigte, war klar, dass an den Frontlinien des neuen Krieges nicht nur viele Menschen, sondern auch eine Idee fallen würden.

Schweigen und wieder schweigen. Lerne vom heiligen Benedikt. Immer tiefer, tauber, hartnäckiger schweigen.

In meiner Wohnung in Budapest, in einem eisigen Zimmer, dessen Fenster von den Maschinenpistolen der Gestapo durchlöchert wurden, überkommt mich ein fast feierliches Lebensgefühl: die Geborgenheit der Zivilisation. Das ist nur eine Illusion, denn nichts ist zerbrechlicher als ebendiese Zivilisation: In Csepel dröhnen die Kanonen, in der Wohnung klirren die zerbrochenen Fensterscheiben. Ich lasse mir ein Bad einlaufen (schon seit Wochen wasche ich mich am Brunnen) und lebe ein paar Tage wie in der längst verblassten Vergangenheit. Ich gehe in Stadtkleidern durch die Straßen, speise im Restaurant, lese bei Lampenschein.

In der Stadt wird Tag und Nacht geplündert; Pfeilkreuzler-Schergen ziehen von Wohnung zu Wohnung, nehmen Geiseln, verhaften Menschen aufgrund einer einfachen Denunziation und rauben ihre Wohnungen, ihre Läden aus. Es gibt in Budapest nichts mehr zu kaufen; die Stadt wird sehr lange, vielleicht jahrelang ohne Waren bleiben; ein Paar Socken wird eine Sensation sein. Die Plünderungen gehen vorschriftsmäßig, gründlich und begeistert vor sich. Kommandos mit trübsinnigen Gesichtern patrouillieren beim Geschützfeuer der Russen in den Straßen und halten Ausschau, wo es noch etwas zu holen gibt. Menschen verschwinden wie zur Zeit großer Epidemien. Alles sehr eintönig. Zehntausende Juden werden deportiert, fast beiläufig erzählen mir Bekannte nach der Begrüßung, dass Mutter, Vater, Sohn oder Schwager den Schindern in die Hände gefallen sei. Ich begreife die Frauen von Paris, die während der großen Revolution im Schatten der Guillotine an der Place de Grève fleißig häkelten. Die Zeitgenossen werden der Massentragödien schnell überdrüssig, selbst die, die Opfer dieser Tragödien sind. Niemand weiß, wann er als Geisel, als politischer Gefangener oder schlicht weil er in seinem Beruf eine etwas bedeutendere Rolle spielt, verschleppt wird – die Deutschen und die Pfeilkreuzler wollen jene paar Tausend Menschen, die hier etwas zählen, auflesen, damit das Land nach ihrem Weggang führungslos bleibt. Und sie haben ihre Opfer schon fast beisammen. Alle sind ermattet. Noch vor acht Monaten gerieten wir bei einer Hiobsbotschaft in Aufruhr, wie ein junger Soldat, wenn eine Kugel an seinem Kopf vorbeipfeift. Inzwischen sind wir abgestumpft. Gestern wurde ein Verwandter getötet, heute ein Freund verschleppt. Bei solchen Nachrichten nickt man nur noch, erkundigt sich mit höflicher und mechanischer Teilnahme und wechselt schnell, beschämt das Thema.

Mein alter Barbier rasiert mich, während die Geschütze dröhnen, und bedauert, dass er mich nicht wie früher mit Colgate-Seife einseifen kann!

Es ist wie bei einem Sturm; das ist es auch, ein Sturm. Und all das, während die Russen schon in den Vorstädten stehen. Und die ungarischen Nazis schwingen noch immer große Reden, plündern, drohen. Sie wollen alle Männer abführen. Ich habe in letzter Zeit keinen getroffen, der nicht irgendwie »illegal«, außerhalb der Gesetze lebte. Die Polizei, die Sanitätsärzte sind außerordentlich anständig; sie helfen allen. Der Riss geht durch die ganze Nation: Auf der einen Seite die Pfeilkreuzler, auf der anderen die ganze ungarische Gesellschaft, Arbeiter, Sozialisten, Kommunisten, Legitimisten, die bürgerlichen Parteien, Juden, Christen, sie stehen alle auf der anderen Seite, dem Abschaum gegenüber.

Trotz dieser völligen Zerrüttung – ich habe zwei Revolutionen erlebt, den Spartakusaufstand in Berlin und das kommunistische Experiment in Ungarn 1919, aber verglichen mit dem, was sich heute abspielt, waren beide nur kindliche Spektakel! – herrscht in der Stadt noch immer irgendeine mechanische Ordnung. Auf diesem gefährlichen Terrain rattern Straßenbahnen, gehen Menschen ihren Geschäften nach. Waren, Lebensmittel gibt es nicht, es kann nicht geheizt werden, das Gas entzündet sich nicht, die Restaurants können nicht einmal mehr das Kriegsmenü kochen; und doch lebt das Ganze, atmet der große Körper. Die Menschen eilen seelenruhig über die verminten Brücken. Ein paar Theater sind in Betrieb.

Man wird eilig beteuern, wie viel man gelitten hat und wie unschuldig man ist und wie vielen Opfern man geholfen hat! Und in der Tat, viele haben viel gelitten, und viele haben auch geholfen. Aber die Wahrheit ist, jeder, der in den letzten fünfundzwanzig Jahren hier lebte, hat sich mehr oder weniger kompromittiert, jeder ist ein wenig schuldig, während er auch Opfer ist. Wie kläglich dieses wimmernde »Sammeln von Pluspunkten« ist, die geflüsterten Beteuerungen: Ich habe doch, bitte schön, zwei Juden gerettet, einem Flüchtling Unterkunft gewährt, den Eid auf Szálasi und die Seinen nicht geleistet und so weiter! Darum geht es nicht, meine Herrschaften. Es geht darum, dass diese Gesellschaft fünfundzwanzig Jahre lang die Kultur verweigert hat. Alles andere ist eine Folgeerscheinung. Die Wahrheit ist, dass wir in dieser Zeit alle gelitten, aber auch alle Schuld auf uns geladen haben.

Ich sitze im Mondschein am Donaukai, warte auf das abendliche Schiff. Die dämmerige Stadt im nebligen, unheilvollen Licht ist zauberhaft, beängstigend schön: die Silhouette der zertrümmerten Margaretenbrücke wie der Kadaver eines verwundet in die Knie gegangenen schrecklichen prähistorischen Tieres; und gegenüber, bei Nebel und silbriger Beleuchtung, die Kuppel des Parlaments! Jetzt ist Budapest groß und wahrhaftig, wie alles, dessen Schicksal sich erfüllt hat.

Man hat ein Haus mit gelbem Stern geräumt, die jüdischen Bewohner verschleppt. Pfeilkreuzler beziehen mit ihren Familien die Wohnungen des Hauses, tauschen die zurückgelassenen Möbel, Einrichtungs- und Gebrauchsgegenstände nach Belieben untereinander aus. Was überflüssig ist, werfen sie in die Abfalltonne vor dem Haus. So auch die meisten Bücher. Ein Bekannter von mir zog heute Vormittag eine ungarische Ausgabe von Sokrates' Verteidigungsrede aus der Abfalltonne; und noch zwanzig andere »überflüssige« Bücher.

Wir sind so tief gefallen: sehen über den Rand der Grube gar nicht mehr hinweg. Das einzige Licht, das am Horizont unseres Lebens noch flackert, ist jener rötliche Schimmer, den der Krieg auf die Felder ringsum wirft.

Sie plündern überlegt, die Pfeilkreuzler und die Deutschen; planmäßig, fachgerecht. Die Russen sind in Csepel, aber die nazistischen Räuberkommandos ziehen planmäßig von Wohnung zu Wohnung, von Laden zu Laden. Dieses ernsthafte, planmäßige, offizielle Plündern ist vielleicht noch beängstigender als das kopflose Marodieren einer revoltierenden Masse.

Ich werde nur mein Leben retten können, so viel ist klar; wenn ich alles überlebe, was noch kommt, besitze ich nichts mehr – keine Wohnung, keinen Arbeitsplatz, nichts – und werde ganz von vorne beginnen müssen.

Ich habe mich damit innerlich abgefunden. Es ist nicht leicht. Ich friste mein fünfundvierzigstes Lebensjahr; andere fahren in diesem Alter allmählich die Ernte ein. Ich kann jetzt mit dem Pflügen und Säen beginnen, wenn ich noch Lust und Kraft dazu habe.

Aber was am schwersten zu ertragen ist: Ich habe den Glauben an die menschliche Substanz, die sich Nation nennt, verloren; ich habe den Glauben daran verloren, wie auch immer sie etikettiert und verpackt wird.

Dieser Mensch hat sich in den letzten Wochen folgende Dokumente besorgt: seine Entlassungspapiere sowie eine zweite Bescheinigung, dass er jeden zweiten Tag im Felsenbunker Luftschutzdienst verrichtet, eine sanitätsärztliche Bescheinigung, dass er arbeitsunfähig ist; einen Schutzbrief des Internationalen Roten Kreuzes und einen Schweizer Schutzpass für seine Wohnung.

Es ist gut möglich, dass er eines Abends, wenn er mit den Dokumenten in der Tasche nach Hause geht, an irgendeiner Straßenecke erschlagen wird.

Früher Wintermorgen in einer Kleinstadt. Ich sitze an der Torschwelle eines Hauses. Überall Wagen der Nachschubkolonne, herumlungernde Rekruten. Nahes Geschützfeuer, das ist schon die Front. Der Bäcker wirft Dutzende Brotlaibe auf die Wagen vom Nachschubtross, der Metzger reicht ganze Kälber hinauf.

Ein gut gelauntes Getümmel. Die Frontlinie verläuft hier, ganz nah, in ein paar Stunden werden diese im winterlichen Licht verharrenden Menschen und Wagen an der Front sein. Allseits Gelächter. Sie werfen den Frauen lange Blicke zu, betteln sie um Zigaretten an. Jetzt begreife ich jene Passage in *Krieg und Frieden*, als der junge Graf Rostow am Morgen vor der Schlacht eine glückliche, feierliche Vorfreude empfindet.

Und dann ertrinkt alles in Schlamm und Blut.

Ich habe seit Tagen nichts mehr gelesen. Das ist die echte Sabotage, die einzige Arbeitsverweigerung, durch die man wirklich schuldig wird.

Krúdys *Sindbad* ist eines der reinsten Meisterwerke der Weltliteratur. Könnte Krúdy schreiben, wenn er heute lebte, selbst wenn man ihn ließe? Er könnte es nicht. Ein Schriftsteller kann über sein intimstes Geheimnis, den innersten Sinn seines Daseins nur dann berichten, wenn die Zeit und die Welt, in der er lebt, nach diesem Geheimnis rufen. Ohne Licht und Luft kann man nicht sprechen.

Was würde Krúdy heute tun? Er würde leise vor sich hin brummen. Durch die kleinen Hintereingänge die Kneipen von Óbuda frequentieren. Geld bekommen … ja, von wem eigentlich? Das wäre ihm egal. Sein Sohn, den ich kürzlich traf, sagte: »Wenn Papa noch lebte, er hätte längst einen Judenpass.«

Budapest ist seit einigen Tagen »Frontstadt«, wie es in den deutschen Kriegsberichten heißt: Tag und Nacht mischt sich Geschützdonner in den Lärm der Stadt, an den Straßen eingegrabene Kanonen, Stacheldrahtbarrikaden, Panzerfallen. An den Auffahrten zu den Brücken ragen gewaltige Kanonenrohre empor. In den Gräben der aufgerissenen Fahrbahnen lauern Maschinengewehrschützen.

Wie ist in diesen Tagen das Leben in Budapest, der »Frontstadt«? Die Lebensumstände sind natürlich anders, als ich sie mir je erträumt hätte. Dieses »Alles-ist-anders« ist das einzige Gesetz, das in jeder Lebenslage gilt. Budapest lebt auch inmitten von Geschützdonner, Panzerfallen und Nestern von Maschinengewehrschützen verhältnismäßig ruhig. Die Menschen sitzen in den Kaffeehäusern bei Ersatzkaffee oder künstlichem Tee – der ohne Zucker, Rum oder Marmelade serviert wird –, verhandeln Sachen und schwatzen. In den Restaurants bekommt man noch immer akzeptable Speisen, vor allem, wenn man rechtzeitig da ist. An den Straßenbahnen hängen auch nicht mehr Menschen als vor zwei Monaten, da die Front noch weit weg war. Die Theater und Kinos sind in Betrieb, die Zeitungen berichten, dass diese oder jene Schauspielerin ihre Rolle abgelehnt und zurückgegeben hat. Auch Bücher erscheinen, weiß der Himmel, was für Bücher? – aber sie erscheinen, ja, der Verlag wirbt auf Plakaten, dass das spannende Werk von Herrn X endlich das Licht der Welt erblickt hat. Auf den verminten Brücken drängelt sich das Volk.

Ich begebe mich zwischen spanischen Reitern und Stacheldrahtbarrikaden zum Mittagessen ins Hotel Gellért. Vor einigen Tagen hat die Bombe eines Störflugzeugs das

Lokal zerstört; mehrere Gäste starben, Messer und Gabel in der Hand. Die Trümmer wurden beseitigt, von den Toten spricht niemand mehr; oben im festlichen Speisesaal deckt man auf makellosen Leinentischtüchern, hervorragend ausgebildete Kellner servieren lautlos schmackhaft zubereitete, gar nicht teure Speisen auf Silbertabletts. Ich speise für zwölf Pengő in Scheinen, bei Lampenlicht, in einer an die Friedenszeit erinnernden Umgebung, an den Tischen sitzen gut gekleidete Menschen, die Hemdbrüste der Kellner sind blendend weiß, durch das Fenster sehe ich die große Flugabwehrkanone, die die Brücke und den Hoteleingang schützt, und einige Stacheldrahtverhaue, die im Falle eines Nahkampfes den Gellértberg verteidigen sollen. Dann nähert sich eine Gruppe auf der Straße: Ältere und jüngere Frauen mit Kopftüchern, Kinder; es sind Juden, sie werden zu den Deportationsstellen getrieben. Zwei bewaffnete Polizisten geleiten die Gruppe. In dem schönen, lauen, von elektrischem Licht erleuchteten Saal unterhalten sich alle leise, niemand macht eine Bemerkung. An einem Tisch plaudern gemütlich Offiziere in Paradeuniform, mit Orden – es ist allzu offensichtlich, dass sie nicht von der nahen, kaum zwanzig Kilometer entfernten, immer wieder aufblitzenden Front, sondern von irgendeiner Pfeilkreuzler-Feier kommen.

Von dort begebe ich mich zu Juden, die sich versteckt halten. Sie sind natürlich nicht gewillt, einen weiteren sich versteckt haltenden, aber obdachlosen Juden aufzunehmen, denn sie machen sich Sorgen um ihre Sicherheit. Ich gehe zwischen Geschützen und Maschinengewehren zu Fuß nach Hause und denke darüber nach, dass die Flugabwehrkanone den geregelten Verkehr der 44er-Straßenbahn vor der Elisabethbrücke eigentlich stören muss. Ich denke darüber allen Ernstes nach, erst im Nachhinein schießt mir durch den Kopf, um was es hier eigentlich geht …

Vor einem Laden, dessen leeres Schaufenster von einer Bombe eingedrückt und dessen Firmenschild durch den Luftdruck abgerissen wurde, stehen Menschen geduldig Schlange. Ich spreche eine Frau an: »Worauf warten Sie? …« »Ich weiß nicht«, erwidert sie. »Man verteilt irgendetwas.«

Budapest, diese sarkastische, sentimentale, klatschsüchtige, unseriöse Stadt, wirkt nun ruhig und seriös. Alles, was jetzt geschieht, spielt sich auf schicksalsträchtige Weise ab. Die Stadt ist erwachsen geworden, hat zu schweigen und zu warten gelernt. Sie wartet auf etwas Ernstes, Entscheidendes; wie der Mensch auf den Tod.

Mir fällt Michelets berühmter Satz über die Ungarn in die Hände: *»La nation hongroise est l'aristocratie de l'héroïsme, de la grandeur morale et de la dignité.«*

Ich lese den Satz noch einmal Buchstabe für Buchstabe, mit dem Genuss eines Gourmets. Mich amüsiert vor allem die Herrlichkeit der »grandeur morale«. Davon kann keine Rede sein: Die ungarische Gesellschaft wurde in den letzten Monaten gerade im Fach Moral geprüft.

Ein Tag mit Herzrhythmusstörungen, Schwindelanfällen. Nikotin … und der Rest.

In gefährlichen Zeiten wie heute, da jeder Tag für alle immer neue, unberechenbare, tödliche Gefahren mit sich bringt, reagieren die Menschen mit überraschenden Reflexen auf die Hornsignale der Gefahr. Frauen bringen Opfer, büßen, indem sie geloben, auf Zigaretten oder die Liebe zu verzichten und so weiter. Viele Männer lassen sich in spontaner Hysterie die Haare lang wachsen: einen Bart oder einen Schnurrbart oder beides zugleich. Diese Notbehaarung beobachte ich bei vielen Bekannten in diesen Tagen. Als wollten sie ihre Persönlichkeit hinter einer Maske verbergen; wie Negermütter, wenn sie ihrem kranken Kind einen neuen Namen geben, damit der Geist der Krankheit es nicht findet.

Totaler Terror, totale Panik. Nach dem Durchbruch der Russen nach Transdanubien bleibt den Deutschen und Pfeilkreuzlern kaum eine Rückzugsmöglichkeit: nur die Straße nach Wien und zwei Straßen entlang des Plattensees. Diese Straßen sind überfüllt. Die studentische Jugend wird heute nach Halle evakuiert. Viele Studentinnen und Studenten sind auf der Flucht. Überhaupt sind alle auf der Flucht, vor echten und eingebildeten Gefahren.

Tage, an denen jeder Atemzug gefährlich ist, ob man sich versteckt hält oder sich zeigt. Die fliehende Horde tobt, plündert und mordet. Sie plündern schamlos, sie haben Ausreden gar nicht mehr nötig.

Ich lese Shakespeare auf Deutsch – eine zweisprachige Ausgabe; *Das Wintermärchen* und *Ein Sommernachtstraum*; und *Hamlet*; und *Das unerfahrene Gespenst*, eine humoristische Schrift von Wells; und, da ich gerade nichts anderes zur Hand habe, Herczegs *Brigadier Ocskay*; dieses talentierte, aber herausgeputzte Stück Patriotismus in Ledereinband.

Budapest ist von drei Seiten umzingelt. Ich fahre im Morgengrauen mit dem letzten Schiff in die Stadt. Ein Oberst der sogenannten Flussstreitkräfte will noch im letzten Augenblick vor der Belagerung meine Wohnung requirieren. Er schickt einen Unteroffizier mit der genauen Adresse, hat vermutlich aufgrund einer Denunziation ausfindig gemacht, dass die Wohnung unbewohnt ist. Ich kann ihm nicht verraten, warum sie unbewohnt ist. Hilflos streife ich durch die Nebengassen, gerate überall in Razzien hinein. Ich passiere zwei Razzien problemlos, mache eine Handbewegung, dass sie mich gehen lassen. Der Polizist und der Gendarm salutieren und lassen mich wortlos durch. Mir wird allmählich klar, dass sich sicheres Auftreten und natürliche Gelassenheit auch in den größten Krisen bewähren. Erst durch Feigheit oder Widerstand wird Aggression provoziert. Gelassenheit lässt sie zurückweichen, ab und zu jedenfalls.

In den Seitengassen ergreifende Begegnungen. Wildfremde Menschen treten an mich heran, drücken mir wortlos die Hand oder bieten mir mit wenigen Worten ihre Wohnung an, falls ich eine benötige. In der Stadt geht das Gerücht, ich sei verhaftet worden. In Wirklichkeit wurden nur wenige Künstler und Schriftsteller in den letzten Tagen verhaftet; aber das Gerücht hält sich hartnäckig, dass alle halbwegs bekannten Intellektuellen unter irgendeinem Vorwand nach Deutschland deportiert werden sollen. Man hat auch schon einen Regierungskommissar bestimmt, der dieses »Komitee für die Umsiedlung der Wissenschaftler und Geistesschaffenden nach Deutschland« leiten soll, einen Pfeilkreuzler-Historiker; denn auch das gibt es. Ich schlafe zu Hause, kann mich nicht ernsthaft mit solchen Hiobsbotschaften befassen; das Chaos ist schon zu groß, als dass sie noch einzelne Personen aufstöbern könnten.

Ich besorge mir Wein aus dem Weinkeller eines Bekannten, fünfundzwanzig Flaschen. (Erst vor Tagen wurden in Eger zwanzig Hektoliter meines Weins vernichtet, die einzige Wertsache, deren Verlust ich bedauere. Es war ein köstlicher Tropfen!) Am Morgen erfahre ich: Die Russen sind aus Richtung Hatvan zur Donau durchgebrochen und haben in der Nacht Vác erobert. Ich erkundige mich und bringe in Erfahrung, dass auf der Donau keine Schiffe mehr verkehren. Die Gefahr ist groß, dass ich in Budapest feststecke. Ich breche frühmorgens auf, in der Hoffnung, doch noch nach Leányfalu zu gelangen. In Wirklichkeit kommt es immer anders: Vác ist tatsächlich gefallen, aber die Schnellbahn verkehrt noch; in Szentendre nimmt mich ein Bauer auf seinem Wagen mit, ich komme am Vormittag an. Zu Hause ist alles in Ordnung, sie haben nachts vom Fenster aus die Belagerung von Vác verfolgt. (Vác ist vier Kilometer Luftlinie von unserem Haus entfernt.)

Es ist der Anfang der viertägigen Schlacht, die noch jetzt andauert: die Schlacht, die die russischen Truppen von Vác nach Újpest führen wird. Ich beobachte alles, Tag und Nacht, aus zwei, drei Kilometern Entfernung, vom Fenster oder vom Gartentor aus. Pausenloses Geschützfeuer und Luftangriffe, das Mündungsfeuer der Kanonen erhellt die Nacht. Auch in unserer unmittelbaren Nähe schlagen Bomben und Minen, Raketen der Stalinorgeln ein. Einen Luftschutzkeller haben wir nicht, nur den baufälligen Vorratskeller. Jeder schläft in seinem eigenen Bett, das Haus bebt Tag und Nacht; die ganze Melodramatik dieses Krieges ist nun auch für uns Wirklichkeit geworden. Was in den offiziellen Verlautbarungen, im offiziellen Kriegsjargon, so klingt: *»Die Luftwaffe hat sich trotz schlechter Witterung erfolgreich in die Bodenkämpfe eingeschaltet«* oder so: *»Unseren Truppen gelang es, die feindlichen Streitkräfte nach einem minimalen Bodengewinn aufzuhalten«* oder so: *»Wir haben den Ort Alsó-Göd nach heftigen Gefechten aufgegeben, um uns auf eine günstigere Verteidigungslinie zurückzuziehen«*, wütet nun als Wirklichkeit vor unseren Augen.

Wer das nicht selbst erlebt hat, weiß nicht, was Krieg bedeutet. Nachts schlägt eine Luftmine so nah ein, dass alles zu wackeln beginnt, das Haus, das Zimmer, das Bett, in dem ich liege. Und doch kann man sich an all das gewöhnen. Auch jetzt, während ich dies schreibe, bebt die Erde: Diesmal wird zwischen Szentendre, Szigetmonostor und Dunakeszi gekämpft. Und während die Gefechte draußen andauern, höre ich in der offiziellen Berichterstattung aus

Moskau und England, dass die Kämpfe, deren Augenzeuge ich gerade bin, die heftigsten an der ganzen Ostfront sind.

Es wäre klüger, zurück nach Budapest zu gehen und alles, Gepäck, Haus, Einrichtung, hier zu lassen; denn Fuhrwerke gibt es nicht mehr, die Straße von Szentendre wird beschossen. Obwohl auch Buda und Pest unter Beschuss von Granaten sind; die Chancen stehen also gleich. Aber vielleicht ist Budapest sicherer dank der Luftschutzkeller, es wäre zudem zweckmäßiger, die Übergangszeit in einer Großstadt durchzustehen. Aber ich kann nicht mit einer Frau und einem Kind, die sich beide verkrochen haben, auf einer unter Kanonenbeschuss liegenden Landstraße aufbrechen; und so lese ich lieber Emersons Essay über den Charakter und bleibe, wo ich bin. Man kann Pläne nur noch von einer halben Stunde auf die andere machen.

Aber immer und überall, immer inniger und greifbarer spürbar: Gottes Absicht und Vorsehung. Ich entscheide und handle, so oder anders. Aber im letzten Moment nimmt mich Gott an die Hand und sagt: »Nicht so, anders.« Und ich sehe jedes Mal ein, dass es nur so richtig war.

Im Keller lagert Wein, der Wein von *R.*; ich habe ihn bislang verwahrt; die Obrigkeit will ihn nun abholen lassen, man befürchtet, der Wein könnte die deutschen Besatzer oder später die russischen Soldaten erregen und enthemmen. Sie reden von dem Wein wie von Dynamit.

Emerson hat recht: Damit in der Welt etwas Wesentliches geschieht, genügt nicht ein Mensch, der die Wirklichkeit rational erfasst und entsprechend zweckmäßig handelt. Das ist der ewige Irrtum der großen Realisten. Damit etwas Entscheidendes und Wesentliches geschieht, bedarf es jenseits des rationalen Handelns der dämonischen Ausstrahlung einer Menschenseele, jenes geheimen, jedes Hindernis überwindenden Überschusses an Charakter, in dem der wahre Sinn jeder großen Tat liegt.

Seit sechs Tagen bebt alles, die Landschaft, das Haus, der Garten, die Wälder. Die Russen stehen in Vác und Gödöllő, die Deutschen im benachbarten Szentendre. Erst zu später Nachtstunde hören das Geschützfeuer und die Luftangriffe für eine kurze Weile auf. Das alles geschieht im Umkreis von einigen Kilometern. Im Keller waren wir noch nicht, ich weiß gar nicht, warum. Das ist eine Frage des Instinkts. Strom ist mal vorhanden, mal nicht; die Leitungen werden ab und zu von Bomben zerrissen; wenn das Geschützfeuer abebbt, werden sie repariert. Sobald die Russen die Insel Szentendre überqueren und unser Ufer ins Kreuzfeuer gerät, können wir nicht mehr hier im Haus bleiben, dann müssen wir in die Wälder hinaufgehen.

L. backt und kocht. Endlich ist sie in ihrem Element; sie kann Menschen versorgen, sich der ältesten aller Tätigkeiten widmen. Luftangriffe und Geschützfeuer kümmern sie nicht. Endlich weiß sie, was ihr ureigenstes Element ist. Ich wusste es bisher allerdings auch noch nicht.

Heute ist der dreizehnte Dezember, Lucia-Tag. Wer auf einen Stuhl steigt, sieht die Zukunft.

Man muss gar nicht auf einen Stuhl steigen, es genügt, sich ans Fenster zu stellen. Vor dem Fenster, am gegenüberliegenden Donauufer, wütet der Krieg. Das ist die Gegenwart, aus der notwendigerweise die Zukunft folgen wird. Im Detail lässt sich nichts vorhersagen, aber die Struktur einer Zukunft, die auf solchen Voraussetzungen aufbaut, sind unschwer zu erraten. Die Zerstörung wird zum Elend führen, auf lange Sicht; dann werden sich die Schichten der erschütterten Gesellschaft langsam wieder setzen. Vieles wird natürlich davon abhängen, wie groß die Erschütterung war. Eine alte Regel besagt, dass eine Revolution nur so viel wert ist, wie es ihr gelingt, die brauchbaren Werte aus der Vergangenheit hinüberzuretten.

Diese hochgeborenen Herren der Mittelklasse, die angesichts von Malinowskis Truppen auf einmal ihre antifaschistischen Gefühle entdecken, täuschen sich sehr, wenn sie meinen, durch einige deutschfeindliche Bemerkungen in vertrautem Kreis oder durch zwischenzeitliches Fernbleiben aus dem von den Pfeilkreuzlern besetzten Amt jene Verantwortung, die aus dem Sündenberg des untergegangenen Regimes auf ihnen persönlich lastet, abgebüßt zu haben.

Kollektive Vorwürfe sind immer ungerecht; deshalb wird es nicht schaden, mit jedem persönlich abzurechnen. Niemand hat etwas Unmögliches von ihnen verlangt. Sie sollen nur auf die Frage antworten: Wann und womit haben sie jenen geholfen, die vor zehn, zwanzig Jahren mit gerechten und angemessenen Mitteln versucht haben, ein demokratisches Ungarn aufzubauen? Diese Abrechnung wird unangenehm sein.

Ein Sprecher der Pfeilkreuzler verspricht im Radio mit krächzender Stimme die Vernichtung Budapests und fordert die Bevölkerung auf, »nicht sentimental zu sein und alles zu ertragen, was die Bevölkerung der zerstörten ungarischen Städte schon ertragen musste«.

Eine vertraute Stimme. Die ekstatische Stimme eines geistesgestörten Amokläufers. Diese Leute brüllten so lange mit dieser Stimme, bis das Land dort war, wo es heute ist.

Mir fällt zufällig *Petit Nozière* von France in die Hände, in der hervorragenden Übersetzung von Gyula Szini. (Wie wenig hat es dieser edle, reine Schriftsteller Szini verdient, in Vergessenheit zu geraten!)

Aber auch France ist in Vergessenheit geraten. Man darf seinen Namen in höheren literarischen Kreisen gar nicht aussprechen. Er ist zu Unrecht vergessen, denn auch wenn er seine Aufgabe diesmal mit leichter Hand angeht, kann ich mich, da ich ihn nach Langem wieder lese, der zärtlichen Anmut, die mir von jeder Seite dieses Buches entgegenschlägt, nicht entziehen.

Was einem die Welt auch zeigt, immer auf die einzig mögliche Art reagieren: höflich und gleichgültig.

Jugend. Ich bin in diesen Tagen ab und zu unter Zwanzigjährigen.

Ich gebe mir Mühe, sie unparteiisch und unvoreingenommen zu beobachten. Wie sind sie? Sie kichern viel, aber sie haben keinen Humor. Zynisch sind sie nicht, nein. Aber sie sind auch nicht begeisterungsfähig. Sie brummen eher vor sich hin, leidenschaftslos, mit hölzerner Stimme. Ihr Jargon hat keinen Esprit, ihre Worte ähneln den leeren, schmuddeligen Zwischenrufen auf Fußballplätzen.

Woran glauben sie? An nichts, stelle ich erstaunt fest. Sie wollen gut leben und wünschen sich gleich von Anfang an eine Rente. Sie lesen viel; aber kaum ein Buch kann sie beeinflussen.

Der erste Schnee. In einer Woche Weihnachten. Weißer Frieden senkt sich über den Hof, den Garten, das Flussufer, die Insel.

Inmitten dieses weißen Friedens brüllt und röchelt die Kriegsmaschinerie. Die Phonetik dieses neuen Krieges klingt, als habe sich die Welt in eine fauchende, knatternde Maschinenfabrik verwandelt: Um acht Uhr früh beginnt die

Arbeit, der Betrieb dröhnt pausenlos bis abends um sechs, dann wird – nach einer kurzen Pause – die Tagschicht von der Nachtschicht abgelöst.

In den Straßen Budapests blutige Fleischfetzen, mit Packpapier eilig abgedeckte Leichen. Die Bomben fallen unerwartet, ohne Vorwarnung. Der Budapester Sender ist schon seit Tagen nicht mehr zu empfangen, er knistert und kracht nur.

Ich lese Ribbecks Buch über die Geschichte der römischen Dichtung. Gergely Csikys Übersetzung ist gründlich und hat Würze.

Ich bin auf alles gefasst; nicht nur auf den Tod; auch auf anderes und auf mehr, auf alles.

Noch nie hat eine Nation das Schicksal so provoziert, so frivol herausgefordert wie die ungarische in den letzten Jahren.

Wer jetzt noch immer nicht mit allem abgerechnet hat, ist ein Kind. Man muss alles, aber auch alles als Erinnerung betrachten: das Zuhause, die Heimat, Budapest, Europa, die Arbeit, das Leben selbst. Jeder Tag – nein: – jede Minute ist ein Geschenk. Es weht ein eisiger Wind, in einer Woche ist Weihnachten. Setz dich in deiner geflickten Hose oder auch mit nacktem Hintern auf die gefrorene Erde. Ja, nun bist du endlich zu Hause angekommen. Das bist du, das ist deine Lage in der Welt, das ist alles, was du bist.

Mir hat nie jemand geholfen. Auch die Frauen nicht. Nie jemand. Das hat etwas Gutes und Beruhigendes: Ich schulde keinem etwas.

Friedlicher, verschneiter Goldener Sonntag, mit vereinzeltem Geschützfeuer aus Richtung Göd.

Diese frührömische Literatur, die Ribbecks Buch so ausführlich und langweilig beschreibt, konnte lange Zeit nicht aus eigener Kraft entflammen. Selbst Plautus, das erste große original lateinische Talent, schöpfte noch aus dem griechischen Erlebnis, selbst Horaz destillierte noch seine Lyrik aus dem weisen Gleichmut der Stoiker. Der erste wirklich bedeutende lateinische Dichter war Dante. Ein Volk von Barbaren erholt sich nur langsam von der Begegnung mit einer lebendigen Kultur. Es braucht ein Jahrtausend, bis es die Überraschung der Begegnung verdaut hat und zu seinem eigenen Erlebnis findet.

Die lateinischen und griechischen Haus- und Waldgötter, die *penates* und *lares* und der zornige *marmar*: Leben sie noch in unseren Häusern und Wäldern? Menschen verehren Bäume noch heute abergläubisch wie Gottheiten; sie »klopfen« den Baum »ab«, wenn sie eine gute oder schlechte Nachricht hören. Sie vermuten irgendeinen Zusammenhang zwischen dem Baum und dem Schicksal; als wohnte in den Bäumen noch heute irgendeine Gottheit. Auch tief in mir, in den tiefen Gewässern meines Verstands, lauert und flimmert dieser abergläubische Verdacht.

Sie bleiben bereits alle weg, die Menschen wie die Erinnerungen. Nur die Trauer, dieser Engel der Düsternis, besucht mich noch ab und zu, in der morgendlichen Dämmerung. Alles andere ist Gleichgültigkeit.

Der feine Pendelschlag in mir, der das Gleichgewicht meines Lebens anzeigt, tendiert jetzt eher zum Tod als zum Leben.

Wenn ich mich nicht innerhalb kürzester Zeit – ein paar Tage sind das Maximum! – zur Arbeit durchringen kann, gehe ich zugrunde. Geschützfeuer, Räuber, Mörder, all das gehört zum Leben. Aber wenn ich nicht arbeiten kann, muss ich sterben. Ich lebe in der Feuerlinie, drei Kilometer vor meinem Fenster am gegenüberliegenden Donauufer spielen sich wilde Materialschlachten ab. Ein Grund mehr, *Die Schwester* und *Die Beleidigten* zu beenden.

Vorweihnachtliche Tage in Budapest.

Niemand kümmert sich mehr um den Luftalarm; selbst während eines »Großalarms« gehen die Leute auf der Straße ruhig ihren Geschäften nach. Was haben sie noch für Geschäfte? … Sie hetzen hin und her, um sich Ausweise und entlastende Bescheinigungen zu besorgen. Es spricht sich herum, dass es irgendwo Pilze, Weißkohl, Kohlrabi gäbe. Solchen Dingen hetzen sie hinterher.

Ein Kilo Brot kostet schwarz zehn bis fünfundzwanzig Pengő. Was hat der »Weihnachtsmarkt« in den Budapester Schaufenstern noch zu bieten? Die Glaswarengeschäfte verkaufen noch ein paar Glasgegenstände, Läden mit Nippes kleine Schnitzereien, Häkeleien; in den Drogerien, Gemischtwarenläden bekommt man nichts mehr. Auch Äpfel und Früchte sind seit einigen Tagen »gesperrt«. Es gibt zu Weihnachten in ganz Budapest keine Äpfel, keine Walnüsse mehr. In einem Restaurant bekomme ich einen Teller Makkaroni, da der Besitzer ein Literaturliebhaber ist. Die Apotheken wurden aufgerufen, innerhalb von achtundvierzig Stunden ihre Bestände zu melden, »Überschüssiges« soll ins Ausland, »in Sicherheit« gebracht werden … Auch die Ärzte werden ins Ausland, »in Sicherheit« gebracht, wie überhaupt alle, die sie erwischen und die sich noch auf den Beinen halten können. Nur zweihundertzwanzig Ärzte dürfen in Budapest bleiben, ohne Medikamente; für anderthalb Millionen hungernde, frierende Menschen.

Auf den Straßen vereinzelte Pferdekadaver, mit Packpapier abgedeckte Leichen. Ich bin zu Besuch bei *T.*;

Fremde gehen bei ihm ein und aus, frühere Sympathisanten der Deutschen, die sich durch diese Besuche ein Alibi verschaffen wollen, so *T*. In der Stadt geht das Gerücht, die Deutschen hätten im Westen eine große Gegenoffensive gestartet. Die Stadt ist wie ein Sterbender, der bis zum Morgen noch nicht sterben konnte; der Arzt untersucht ihn und sagt nur, dass es noch zu früh sei, die Verwandten auf dem Land telegrafisch zu benachrichtigen; die Agonie könne noch eine Weile dauern.

Die kurze Reise ist lebensgefährlich im wahrsten Sinn des Wortes. Die Vorortzüge sind unglaublich überfüllt, schon der kleinste Unfall würde alle das Leben kosten, die in den Wagen eingeklemmt sind. Unterwegs hält der kleine Zug immer wieder an, die Flugabwehrkanonen dröhnen, über uns russische und englische Flugzeuge. Im Wagen schweigen alle, viele halten sich mit einer einfältigen Schutzgeste irgendein Gepäckstück vors Gesicht.

Es »droht« kein Hunger mehr, er ist schon da, mitten im Zimmer. In den Zeitungen phantastische Annoncen: Jemand bietet Mehl für ein Paar Stiefel Größe fünfundvierzig, ein anderer Zucker, Fotoapparat, Bruchgold für Kartoffeln, wieder ein anderer Herrenkleidung für Brennholz. Das ist gar kein Ausverkauf mehr, das ist der völlige Zerfall; hier steigert sich die Angst zur Panik.

Babits' Geschichte der Weltliteratur berichtet von einem Erlebnis: vom Erlebnis Weltliteratur. Die Geschichte der Weltliteratur, wie sie Ribbeck und all die anderen Ribbecks erzählen, berichtet über Schriftsteller und Bücher; deshalb ist Babits' Buch spannend, sind die Bücher der Ribbecks langweilig.

Am Anfang der Weltliteratur, so Babits, steht ein Wort des Affekts: »Singe den Zorn, o Göttin!«, heißt es in der ersten Zeile der *Ilias*. Am Anfang jeder großen menschlichen Unternehmung steht ein Wort oder eine Regung des Affekts; der Verstand hinkt diesem furchterregenden Wort, dieser furchterregenden Geste nur hinterher.

Ich habe meine gute, alte englische Pfeife gefunden. So warte ich beim leisen Pfeifengeräusch und dem dröhnenden Geschützlärm auf Weihnachten und das Schicksal.

Nachts in der Wohnung lese ich Gides *Nouvelles Nourritures*. Ich glaube, ich bin ein guter Leser: treu, willig, empfänglich, aufmerksam. Aber wir werden keine Freunde, Gides Buch und ich, der Leser. Mich stört wieder die *Absicht* … es gibt keine größere Sünde, kein größeres Hindernis als die Absicht des Schriftstellers, bewusst spontan zu sein. Diesen Steilhang hinauf kann ich ihm nicht folgen.

Ich notiere, dass mein Tabaktrafikant – in einer Zeit, in der Tabakwaren Gold wert sind und für alles, auch Lebensmittel eingetauscht werden können –, ohne dass ich ihn darum gebeten hätte, meinen Aktenkoffer zu Weihnachten mit Tabak und Zigaretten vollgestopft hat. Als ich dagegen protestiere und ihn bitte, den »Schwarzmarktpreis« dieser Schätze anzunehmen, lehnt er energisch und beleidigt ab. Dieser Trafikant hat Charakter; und das sage ich nicht nur so. Er ist wirklich ein Mann von Charakter.

Nachts Bomben auf Leányfalu. Die Druckwelle lässt das Haus erbeben. Ich schlafe tief und erschöpft, wache nicht auf; erst am Morgen höre ich, dass nachts das explosive Schicksal ums Haus geschlichen ist.

Meine Erschöpfung ist schon krankhaft. Eine Depression, die zweifellos pathologisch ist. Es gibt nur eine Möglichkeit, wie ich zu mir kommen kann: indem ich meine letzte Kraft, meinen verbleibenden Willen zusammennehme und zu arbeiten beginne.

Babits' Buch über die europäische Literatur sagt nichts Neues; jedenfalls habe ich nicht das Gefühl, etwas »dazugelernt« zu haben. Menschen eines bestimmten Fachs, in einer bestimmten Zeit haben das gleiche Wissen. Was mich überzeugt, ist die Perspektive des Buches: Babits glaubt an einen übernationalen Geist, für ihn bildet die Weltliteratur eine Einheit, bewegte Homer, Dante, Shakespeare und Goethe der gleiche Impuls. Und das kann man heute, da es ein einheitliches Europa – wie noch zur Zeit der lateinischen und der französischen Kultur – nicht mehr gibt, sondern nur eine tragische Spaltung in Nationen, nicht oft genug wiederholen und belegen.

Ein Versprecher, an dem Freud seine Freude gehabt hätte:

Ich unterhalte mich – sehr müde – mit jemandem über die jüngsten Regierungsverfügungen und frage: »Und wer soll diese letztwillige Verfügung vollstrecken?«

Es lohnt sich, in diesen Tagen, da Geld nichts wert und jedes Kilo Kartoffeln, jedes Pfund Mehl, jede Ofenladung Brot lebensnotwendig ist, das schäbige, leisetreterische Hamstern der Bekannten zu beobachten. Wie sie um jeden Preis ihren Teil haben wollen, wenn es uns gelungen ist, etwas zu ergattern, wie sie uns aber lamentierend bei der Verteilung vergessen, wenn sie sich irgendein Lebensmittel unter den Nagel gerissen haben ... Dieses verlogene, heuchlerische: »Wir wussten nicht, dass ihr das braucht!« ... so durch und durch hinterlistig; als verweigerte man einem Sterbenden den Sauerstoff.

Aber auch das ist natürlich; sie sind Menschen. Ein Grund mehr, bis zum letzten Bissen ehrlich mit allen zu teilen, die wirklich nichts haben und darauf angewiesen sind.

Der Mensch ist kein »wildes Tier«. Er ist etwas viel Schlimmeres. Ein Mensch.

Lob des Gemeinplatzes.

Gemeinplätze, wenn sie wirklich allen gemein und an ihrem Platz sind: halten die wankenden Nebeltürme des Geistes im Gleichgewicht.

Das wahre Wesensmerkmal der Souveränität ist für mich die Geduld. Wenn sich jemand dem Furcht einflößenden und großartigen Schauspiel der Welt geduldig stellt. Wenn er Schrecklichem wie Freudigem geduldig begegnet. Diese Geduld kann nur die Bildung vermitteln. Nicht unbedingt die Bildung durch Wissen; manchmal auch nur die Herzensbildung. »Nur? …« Sie ist wahrscheinlich mehr als jede verstandesmäßige Bildung.

Der Nachmittag vor Weihnachten. Vor jenem Weihnachten, das der Sprecher des englischen Rundfunks in den Nachmittagsnachrichten als das »tragischste Weihnachten der ungarischen Geschichte« bezeichnet. Er hat recht, das ist es in der Tat.

Wir hier verbringen Weihnachten an der Front, unter unwirklichen, phantastischen Umständen. Gleich gegenüber liegt Vác, dort sind die Russen; niemand weiß genau, wie das Leben dort ist – aber man hört über der Donau die Glocken von Vác. Aus der Richtung von Fót heftiges Kampfgetöse; das Gefecht tobt schon seit zwei Tagen. Am Vormittag hole ich Wasser, dann sammle ich Reisig. Am Nachmittag unternehme ich in der großen Stille, die auch das Geschützfeuer nicht stört – eher nur mit monotonem

Ernst füllt –, einen Spaziergang nach Tahi. Die Landstraße ist wie ausgestorben. Tahi wird ab und zu vom Vácer Ufer beschossen. Am Wegesrand überall verschneite Schützengräben, leer wie Massengräber. Die Landschaft harrt des Krieges, der schon da ist, nicht nur »nah«, sondern da. Sie ist keine Landschaft mehr, sondern »Kriegsschauplatz«, auch offiziell.

Ich habe diese Landschaft in ihrem Frühlings-, Sommer- und Herbstgewand gesehen; und jetzt habe ich sie in winterlicher Nacktheit vor mir, mit den Narben der Schützengräben an ihrem Körper. Ich habe sie strahlend, reif, üppig, versöhnt gesehen. Jetzt ist sie ernst und knochig, voll stummen Schicksals.

Gegen Abend Stromausfall, wie so oft in diesen Tagen; eine Granate oder Bombe hat irgendwo die Leitung zerrissen. Bis sie repariert wird, sitze ich im Dunkeln; das Petroleum ist uns ausgegangen, mit den wenigen Kerzen müssen wir sparsam umgehen.

Es ist gar nicht so schlecht, am Vorabend von Weihnachten so im Dunkeln zu sitzen. Gegen Abend verstärkt sich das Geschützfeuer. Mir wird plötzlich klar, warum ich *Die Schwester* – neben diesem Tagebuch mein einziges geistiges Unterfangen in diesem Jahr, das vor einigen Monaten kläglich entschlummert ist – nicht fortsetzen und beenden konnte. Die Lösung taucht nun klar, plastisch, greifbar im Dunkeln vor mir auf – die einzige »praktische« Lösung, die nicht »ausgedacht« werden könnte. Und nun erblicke, berühre ich sie gleichsam wie ein wunderbares Geschenk, eine Weihnachtsgabe. Was geht da in einer Seele vor sich? … Ich weiß es nicht. Aber es ist nicht wahr, dass meine Blockade durch den Krieg, das Versteckspiel, das Elend verursacht worden wäre; mir fehlte einfach die Vision dessen, was ich schreiben wollte; und jetzt habe ich sie. Wenn ich die nächsten Wochen überlebe, kann ich den Roman zu Ende bringen.

Die Lösung lautet: Die Leidenschaft ist substanziell stärker und echter als alles andere, was einem im Leben begegnet, als der Verstand oder die Lust. Nur sehr arme Menschen haben noch eine Art Leutseligkeit, Herzlichkeit in sich. Der Gärtner von nebenan bringt uns am Morgen spontan einen Liter Milch als Geschenk; von seiner Frau, als »ihr gemeinsames Weihnachtsgeschenk« für uns. Mit Wein und Tabak, Mandeln und Sultaninen erwidere ich ihre Liebenswürdigkeit, die dieses Weihnachten eine größere Wohltat ist als alle Geschenke, die ich je bei vergleichbaren Anlässen bekommen habe.

Der Gärtner und seine Frau sind herzlich, menschlich, weil sie so bettelarm sind, dass sie sich diesen menschlichen Luxus leisten können. Wer etwas hat, fletscht nur die Zähne wie ein Hamster.

Ich habe dieses Jahr viel gelesen, aber nicht immer das, was ich gerne gelesen hätte. Fern von meinen Büchern, von Bibliotheken und Buchhandlungen, in der Not auf Gelegenheitslektüre angewiesen, konnte ich mir meine geistige Nahrung ebenso wenig aussuchen wie meine leibliche … Nun fühle ich mich ein wenig *unterernährt*, schlecht genährt, auch geistig. Dieser Krieg ist in der Tat total: Körper und Seele leiden gleichermaßen Not.

Ich habe begonnen, das Ende der *Schwester* zu schreiben.

Weihnachten. Vollmond, eine frostige, klare Landschaft. Ich suche am frühen Abend die kleine Kirche des Ortes auf. Rings um die Kirche deutsche Lastwagen, Munitionskisten, bewaffnete Wachposten. So sieht es aus, wenn es in der deutschen Kriegsberichterstattung später heißt: »Der Feind hat erneut Kirchen und Krankenhäuser bombardiert.«

Die kleine Kirche ist verlassen. Der Himmel ist wie bei Pascal, funkensprühend und beängstigend still. Hin und wieder blitzt eine rote oder gelbe Rakete auf, seltsame Wunderkerzen am Weihnachtsabend. Als ich auf der frostigen Landstraße nach Hause gehe, höre ich jemanden ein französisches Lied singen.

Gegen neun Uhr erlischt das Licht. Dann ein ohrenzerreißender Angriff am gegenüberliegenden Ufer, Trommelfeuer mit schweren Batterien. Dieser entfesselte weihnachtliche Chorgesang dauert bis Mitternacht. Unser kleines Haus am Hang erzittert in der großen Spannung, die über der Landschaft liegt. Ich sitze lange im Dunkeln.

Mir kann gewiss noch vieles zustoßen, Überraschendes, Gemeines, Großartiges; ebenso gewiss ist aber, dass ich nie mehr aus vollem Herzen von etwas überrascht sein werde.

Das Radio schweigt, es gibt keinen Strom. Eine beängstigende Taubheit. Dieser raffinierte, teuflische Mechanismus ist schon genauso zu einem Teil unseres Lebens geworden wie unsere Glieder; ohne ihn sind wir hilflos und gelähmt.

Die Natur wird alles, was jetzt passiert und in Zukunft passieren wird, im großen Konzentrat von Zeit und Materie auflösen. Wozu sich Sorgen machen? Alles hat seinen Platz und geschieht gesetzmäßig.

Nur Gefühle sind eine Last. Erziehe dich zur Gefühllosigkeit. Das ist vielleicht unmöglich … aber eine grausame, notwendige Aufgabe. Du wirst nicht mehr »menschlich« sein; aber umso mehr ein Mensch.

Am Morgen des zweiten Weihnachtstages spricht es sich im Dorf herum, dass die beiden Nachbarorte Tahi und Szentendre gefallen sind und die Russen unmittelbar vor Leányfalu, bei der Kneipe am Ortsende, stehen. Vormittags Trommelfeuer aus Richtung Pomáz, danach gespenstische Stille. Die Brücke, die von Tahi nach Tótfalu führt – zwei Kilometer von meiner Wohnung entfernt –, wurde in der Nacht gesprengt. Alle Deutschen sind aus der Gegend verschwunden. Die Russen haben bei Székesfehérvár die gegnerischen Linien durchbrochen, Bicske erobert; von Budapest führt keine große Straßenverbindung mehr nach Westen.

Am Nachmittag gehe ich die Landstraße hinunter. Die Menschen stehen festlich gekleidet vor ihren Häusern und erwarten die Russen. Ein prächtiger, heller, stiller Wintertag. Die Stimmen, die Manieren, das Benehmen der Menschen sind merklich befangen. Sie spüren, dass jetzt etwas Großes im Leben dieses Volkes geschieht. Sie schwatzen, tauschen Neuigkeiten aus: Die Russen hätten von Budakeszi kommend schon den Széll-Kálmán-Platz erreicht und so weiter. Niemand weiß etwas Genaues. Sicher ist nur, dass sich die deutschen Soldaten davongemacht haben und die ungarischen ohne Waffen herumstreunen. Die Russen haben schon Tótfalu, die Insel, erreicht, sind bereits vom Pfarrer und Notar empfangen worden; sie haben keinem etwas zuleide getan, nur verfügt, dass die Mühle wieder mahlen soll, und die Nationalgardisten mit weißen Armbinden auf Patrouille geschickt.

Auf der Landstraße läuft mir ein Mann über den Weg, wir gehen Seite an Seite. Er ist aus Lajosmizse geflohen; er bedauere sehr, auf die Propaganda hereingefallen zu sein, sagt er. Ich beruhige ihn, er könne bald nach Hause zurückkehren. »Ich habe zwei Morgen jüdisches Land«, murmelt er verstört, »was meinen Sie, ob ich die wohl behalten darf? …« In den Bündeln dieser Flüchtlinge finden sich immer solche zwei Morgen jüdisches Land oder etwas Ähnliches.

Während wir bei Trommelfeuer auf die Russen warten, stellen *L.* und ich fest, dass wir in den vergangenen Monaten beide ergraut sind. Nicht vor »Schreck«, nein; nur weil die Zeit auch über uns hinweggegangen ist. Eine seltsame Stille umgibt uns, inmitten des Sturms.

Lin Yutangs *Moment in Peking* ist vielleicht keine »hohe Literatur«, aber diese gelbe Version von *Krieg und Frieden* entbehrt nicht einer gewissen Größe … Und ich muss immer wieder an den Titel der ungarischen Ausgabe denken: Was jetzt mit uns passiert, ist wirklich nur: ein vergänglicher Moment.

Ich kann in diesem entsetzlichen, wahnsinnigen Streit der Menschen weder Richter noch Staatsanwalt, noch Verteidiger sein; nicht einmal Zeuge kann ich sein. Ich sitze nur unter den Zuhörern auf der Bank, beobachte und lausche.

Inmitten des Trommelfeuers, in einem der heftigsten Augenblicke dieses Weltkriegs, während die uns vertraute Welt in Scherben fällt, spüre ich die Angst, die mich bei allen momentanen Sorgen am meisten beschäftigt. Und diese Angst fragt: Wie wird es sein, wenn das alles vorbei ist, wenn es wieder möglich sein wird, ohne Bomben, Granaten und Terror zu leben, wie werde ich wieder mit dem Dämon fertig werden, dessen Verfolgung ich bisher weder in der Arbeit noch im Vergnügen entkommen konnte? Dem Dämon der Langeweile und der Erwartung, der Unzufriedenheit und der brennenden Neugier. Wie werde ich mit ihm fertig werden, wenn er sich wieder zu Wort meldet? … Er ist mein wirklicher Feind, erst nach ihm kommen alle anderen.

Für die Juden ist das Problem mit dem Einmarsch der Russen auf lange Sicht gelöst: Sie sind befreit. Nun beginnt der schwierigere Teil des Problems: die Befreiung der Christen.

Alle wollen jetzt »jemand sein«: der eine ein Staatssekretär, der andere ein Apotheker, der Dritte ein Richter am Femegericht. Auch ich möchte »jemand sein«.

Ich möchte ein Schriftsteller sein und ungehindert schreiben.

Am Nachmittag begebe ich mich ins Gemeindehaus. Unterwegs erzählt mir eine Frau hysterisch: »Die Russen sind da!« Ich erfahre, dass sie kürzlich bei der Kneipe am Ortsende »sechs Stück« Russen begegnet ist; sie erzählt atemlos, möchte bei mir den Eindruck von etwas Schrecklichem und Außergewöhnlichem wecken; in Wirklichkeit begegnete sie nur sechs Russen auf dem Weg nach Szentendre, erschrak und lief davon, die Russen rannten ihr schreiend hinterher: »Russki nix tut, Russki nix.« Sie umzingelten sie, worauf sie ihnen in ihrem naiven Schrecken ihren Ehering und zwölf Pengő geben wollte; aber die Russen lachten nur und winkten ab, sie solle ihr Geld und ihren Schmuck behalten; sie erkundigten sich, ob sie Kinder habe, und als sie zugab, dass sie zwei Kinder habe, schenkten sie ihr saure Fruchtbonbons und ließen sie gehen.

Im Gemeindehaus wird ein Protokoll aufgesetzt: Der Notar, der Schuster, der Metzger und noch ein paar andere haben den russischen Kommandanten, der jetzt im nahe gelegenen H.-K.-Schloss wohnt, aufgesucht und ihm mitgeteilt, dass die ungarischen und deutschen Soldaten die Gemeinde verlassen hätten, die Einwohner keinen Widerstand leisteten und auf Anweisungen warteten. Der Kommandant – ein Major – empfing sie mit dem Gewehr in der

Hand; er war höflich; versprach, dass er die Gemeinde am Abend persönlich aufsuchen werde und keinem etwas geschähe, wenn sie die Waffen abgäben und keinen Widerstand leisteten. Die Delegation kehrte heim und setzte das Protokoll dieses »historischen Aktes« auf. Merkwürdige Gestalten im Halbdunkel, angespannte Stille, verlegenes Warten. Der Schuster heißt Krummfuß; welch herrlicher Name für einen Schuster!

Als ich die Galerie des Gemeindehauses betrete, galoppieren vier Kosaken in den Hof. Sie kommen aus einer mit Raureif überzogenen, russisch anmutenden verschneiten Landschaft; nähern sich auf prächtigen Pferden, gut gekleidet, schussbereite Maschinenpistolen in der Hand. Vorne ein ganz junger Bursche, er trägt eine weiße Pelzmütze und einen Pelzrock aus weißem Lammfell; hinter ihm ein finster dreinblickender älterer Soldat, auf seinem Helm der Sowjetstern. Er fragt mich, wer ich sei. Ich kratze meine paar Brocken Slowakisch und Russisch zusammen und erwidere, ich sei ein ungarischer Schriftsteller. »Ein Schriftsteller?«, fragt er, bricht in Gelächter aus und reicht mir die Hand. »Gut.« Damit steigt er vom Pferd ab und geht zum Gemeindenotar hinein.

Die neugierig herumlungernden Menschen auf der Straße begrüßen einander, auch Fremde. Diese Höflichkeit kommt aus ihrer Verlegenheit, ihrer Befangenheit, ihren seltsamen Schuldgefühlen. Niemand weiß, was nun passieren, von wem sein Schicksal abhängen wird – darum sind sie so höflich.

So geschah es; ohne einen einzigen Schuss abzugeben, als kämen sie aus einem russischen Roman, galoppierten diese gut gelaunten Kosakenreiter ins Bild. Im Dorf völlige Stille und Ordnung. Die Russen interessieren sich nicht für diese kleinen Dörfer, sie mischen sich nicht ins Leben der Bevölkerung ein. Manchmal geht eine Patrouille vorbei,

Menschen von sehr weit weg, Mongolen mit chinesischen Bärten. Manche von ihnen begrüßen die Passanten gleich auf Ungarisch: »Guten Morgen, guten Morgen.«

Einige herrschaftliche Häuser im Ort luden die russischen Offiziere natürlich gleich zum Abendessen ein. Diese gingen hin, aßen, tranken, benahmen sich freundlich. Dieselben herrschaftlichen Häuser haben noch vor wenigen Tagen die deutschen Gestapo-Offiziere hofiert. Das ist das Duckmäusertum der ungarischen Mittelklasse: Sie meinen, mit Zwetschgenschnaps und knusprigem Backhuhn ließen sich immer alle Probleme lösen.

Am Tag nach der Besatzung läutet es an meiner Tür: Ein blasser Mann kommt zum Vorschein, stellt sich mir vor. Es ist der orthodoxe Rabbiner *F.*, der sich seit Monaten hier in der Nachbarschaft versteckt hält. Er will wissen, ob er sich schon draußen zeigen dürfe. In den letzten Monaten hat er fast seine ganze Familie verloren. Ich rate ihm, sich noch Zeit zu lassen, bis Budapest gefallen ist.

Die Pfeilkreuzler stellten diese Weihnachten statt Weihnachtsbäumen Galgenbäume auf; etwa am Freiheitsplatz, wo sie am zweiten Weihnachtstag fünf ihrer Opfer – angeblich Geiseln – gehenkt haben.

Früher wurden zu Weihnachten auf den öffentlichen Plätzen hohe, kerzengerade Tannen, sogenannte »Arme-Leute-Weihnachtsbäume«, aufgestellt. Aber die öffentlichen Galgen am Freiheitsplatz passen diese Weihnachten irgendwie besser in unsere Zeit.

Seit Tagen leben wir ohne Strom, und auch unsere Kerzen haben wir fast alle verbraucht; nur ab und zu entzünden wir kurz das blasse Flämmchen; nachmittags um vier herrscht bereits Dunkelheit. Wir sitzen im Dunkeln und lauschen dem Trommelfeuer, der Belagerung Budapests.

Schadenfrohes Räuspern kündigt die ersten Rechenschaftsforderungen an; höhnisch umschleichen die Dorfbewohner diejenigen, die im Ruf stehen, Pfeilkreuzler zu sein. Niemand arbeitet. Was tun sie? Sie räuspern sich, warten.

Am zweiten Tag der Besetzung Leányfalus werden zu Mittag drei Russen bei uns vorstellig. Ich rasiere mich gerade; ich solle mich nicht stören lassen und fortfahren, mich einzuseifen, ermuntern sie mich lachend. Sie beginnen eine Unterhaltung mit den weiblichen Bewohnern der Villa; ich wische mir den Seifenschaum vom Gesicht und nehme mit ihnen im Wohnzimmer Platz.

Alle drei sind jung; zwei sind Offiziere, »Kapitano«, im Hauptmannsrang, der dritte ist ein einfacher Soldat, Rumäne. Die beiden Offiziere tragen warme Ledermäntel, gute Stiefel, Kosakenfellmützen; sie sind schwer bewaffnet. Der eine ist Kaukasier, der andere Ukrainer. Der Kaukasier ist mitteilsam, der Ukrainer ein wenig verschlossen. Wie in allen Häusern des Dorfes suchen sie auch bei uns nach Deutschen, steigen auch in den ersten Stock hinauf und sehen sich in den Zimmern um; natürlich finden sie niemanden. Dann sitzen wir im Wohnzimmer herum und versuchen uns miteinander zu unterhalten; Z. dolmetscht.

Als sie erfahren, dass ich Schriftsteller bin, beglückwünschen sie mich interessiert. Sie erkundigen sich, wen ich aus der russischen Literatur kenne? Ich erwähne Puschkin, Tolstoi, Dostojewski, Tschechow; sie bekunden begeistert, dass sie ihre Literatur gut kennen und sich freuen, dass auch ich die Werke dieser Schriftsteller gelesen hätte. Ich erzähle ihnen, dass mein französischer Verleger auch die Werke Ilja Ehrenburgs herausgegeben habe. Sie erkundigen sich, ob die Villa mir gehöre und ob ich ein Auto hätte – und als sie hören, dass ich hier nur Mieter bin und mein Auto vom Militär requiriert worden sei, beginnen sie mich stolz zu belehren. In Rußland besäße ich längst ein Auto und eine Villa, sagen sie, Schriftsteller seien dort hoch geachtete Menschen. Sie sind enthusiastisch; es fehlte nicht viel, und sie hätten mir eines der Schlösser im Dorf geschenkt; ich rede es ihnen lachend aus. Sie fragen nach meiner politischen Einstellung. Ich erwidere, dass ich dem Bürgertum entstammte, kein Kommunist, aber auch kein Faschist sei. Dass ich Bürger sei und Demokrat. Das verstehen sie und nicken.

Der ukrainische Hauptmann ist ein »Politruk«, der Kaukasier ein regulärer Armeeoffizier. Der Ukrainer sagt, sie kämpften gegen die Deutschen, marschierten nach Österreich und auf Berlin zu; Ungarn sei nur Durchmarschgebiet für sie, aber da die Ungarn Widerstand geleistet hätten, müssten sie gegen uns kämpfen; sobald sie von hier fort wären, könnten die Ungarn »leben, wie sie wollten«.

Dann reichen sie uns die Hand und brechen auf; am Tor winken sie uns noch einmal zu. Wie waren sie? Sehr jung, enthusiastisch. Und fremd; eine andere Welt, eine andere Art, kaum gemeinsame Erinnerungen. Ich, der ich ein Überbleibsel einer untergehenden Kultur bin, hatte heute gewiss zum ersten Mal eine Begegnung mit dem aufstrebenden neuen Menschen einer neuen Kultur. Und diese Begegnung hat einen seltsamen Eindruck bei mir hinterlassen; keinen schlechten; eher eine Art Zuversicht, was die Zukunft betrifft. Vielleicht werden wir einander in einer ruhigeren Atmosphäre gegenseitig bereichern können.

Was war diese »rechte Gesinnung«, die zu Ungarns Untergang geführt hat? Ein Glaube, ein sakrosanktes Prinzip, eine fundamentale Überzeugung? Nein, es war etwas anderes.

Wenn dieser Krieg vorbei ist, warten unzählige Aufgaben auf uns; wir müssen die Toten begraben, die Trümmer wegräumen, den Hungernden Brot geben, aus dem Scherbenhaufen, den uns diese Bande von inzwischen größtenteils geflohenen Raubmördern zurückgelassen hat, irgendetwas Staatsähnliches errichten. Aber das ist der kleinere Teil der Aufgaben. Damit Ungarn wieder eine Nation, eine geachtete Familie in der Welt wird, muss aus der Seele eines bestimmten Menschentyps dieses seltsame, als »rechte Gesinnung« bekannte Etwas getilgt werden; die Vorstellung, dass ihm als »christlichem Ungarn« in dieser Welt Privilegien zustünden; dass er aus dem einfachen Grund, weil er ein »christlicher, ungarischer, vornehmer Herr« ist, das Recht habe, auch ohne jedes Talent und Wissen gut zu leben, die Nase hoch zu tragen, auf alle herabzublicken, die nicht »christlich-ungarisch« oder »vornehme Herren« sind, die Hand aufzuhalten und von Staat und Gesellschaft Bakschisch in seine christlich-ungarische Hand zu fordern: Posten, Auszeichnungen, zurückgelassenen jüdischen Besitz, Gratisurlaub in Galyatető, Privilegien in allen Lebensbereichen. Denn darin lag der wirkliche Sinn der »rechten Gesinnung«. Aber dieser Typ ist unbelehrbar. Wer über dreißig Jahre alt ist und in diesem Geist, dieser Atmosphäre aufgewachsen, ist ein hoffnungsloser Fall; er wird sich vielleicht fügen, zähneknirschend und weil er egoistisch und feige ist: Er wird gewiss auch vor der neuen Macht katzbuckeln; aber im Grunde seines Herzens wird er ewig der »rechten, christlich-nationalen« Welt nachtrauern, in der sich so schön jüdisches Vermögen rauben, Konkurrenten hinmorden, in Großunternehmen ohne jede Ausbildung und jeden Sachverstand Karriere und Profit machen ließen. Und man ein »vornehmer Staatsbeamter«, ein unantastbarer, durchs Panzerhemd geschützter Offizier sein konnte; und das alles allein aufgrund der Tatsache der werten Existenz. Diese Typen werden sich niemals ändern. Aber solange sie Einfluss und das Sagen haben, wird Ungarn nicht zu einer Nation.

Dem lässt sich nur durch eine Erziehung abhelfen, die die Seelen der Kinder erreicht.

Ich beneide all jene, die das, was jetzt geschieht, mit einer Art überlegenem Phlegma über sich ergehen lassen können, nicht um ihr Naturell.

Ich beobachte mich, ob ich schon etwas von einer »Befreiung« spüre?

Ich muss dieses Tagebuch zum Beispiel seit zwei Tagen nicht mehr auf irgendwelchen Dachböden verstecken wie in den Monaten zuvor. Das ist bisher alles, was mir auffällt. Aber es ist ohnehin nicht möglich, ganz »von außen« befreit zu werden: Eine echte Befreiung kann nur von innen kommen.

Seit einer Woche ohne Strom, ohne Radio. Am Abend bringt man mir ein getipptes Blatt: irgendjemand in der Gemeinde besitzt ein Batterieradio und hat heute – am Silvestertag – einen kurzen Bericht aus den ausländischen Nachrichten zusammengestellt.

Ich erfahre, dass in Buda, am Margaretenring, südlich der Zitadelle, an der Miklós-Horthy-Straße, heftige Kämpfe toben; es gibt weder Strom noch Gas in der Stadt; zu essen bekommt nur, wer gegen die Russen kämpft; siebzigtausend Deutsche sind in der Stadt eingeschlossen und kämpfen sich mit den Pfeilkreuzler-Schergen von Haus zu Haus; und sie haben alle Donaubrücken in die Luft gesprengt.

Nachts liege ich mit offenen Augen im Dunkeln, bis zum Morgengrauen. Als sei – in der Ferne – das Todesröcheln der Millionenstadt zu hören. Das war einmal Budapest, die Hauptstadt meiner Heimat … ich kann nicht sagen, was es war. Für mich war es alles. Vielleicht sind die Radionachrichten übertrieben; die Wirklichkeit ist manchmal einfacher, manchmal aber auch schrecklicher als in den Meldungen. (In letzter Zeit eher schrecklicher.) Alle Menschen und alle Dinge, die zu mir gehören, sind in der Stadt: meine Freunde, meine Bücher … ja, selbst meine Feinde. Das Schicksal hat jetzt alle, Juden, Christen, Freund und Feind, in einen Kessel geworfen und verkocht das Ganze zu einem heißen Brei. Wird die Zeit aus diesem Brei jemals eine Gesellschaft, eine Nation kneten? Ich habe keine Antwort darauf.

Ich sehe im Dunkeln die Brücken vor mir. Diese Brücken haben nicht nur Stadtteile, sie haben etwas miteinander verbunden, worin die Bedeutung Ungarns lag; und nun gibt es sie nicht mehr.

Wer ist dafür verantwortlich? Kann Rache eine Antwort darauf sein? Alles ist zu wenig, alles zu aussichtslos. Die letzte Verantwortung liegt doch bei Horthy und seinen Gefolgsleuten, die diesen Geist, dem alles andere mit unerbittlicher Folgerichtigkeit entsprang, wachsen und gedeihen ließen. Aber die Verantwortung löst nichts, die Rache bringt nichts zurück.

Das Jahr ist vorbei. Kann man noch ein solches Jahr ertragen? Oder verzieht sich der Sturm nach Westen und lässt uns inmitten der Leichen und Trümmer zurück, umherirrend auf dem Müllhaufen, den uns die Führer des »christlich-nationalen« Ungarn und ihre Henkersknechte vererbt haben? Ich weiß nichts.

Wer weiß schon, was sich hinter dem »J'ai vécu« eines Abbé von Sieyès verbirgt? Das weiß nur einer, der es selbst erlebt hat.

Nachwort

Mit diesem ersten Band beginnt der Piper Verlag die Edition sämtlicher Bände der »ungekürzten und sorgfältig überprüften« Tagebücher Sándor Márais.

Das dieser Übersetzung zugrunde liegende Original *A teljes napló (Das vollständige Tagebuch)* ist eine komplette kritische Ausgabe der Márai-Tagebücher im Helikon Verlag, Budapest. Sie wurde möglich, nachdem im Jahr 1997 sämtliche, teilweise handschriftlichen, Aufzeichnungen Márais von der Vörösváry Publishing Company in Toronto dem Petőfi-Literaturmuseum in Budapest überantwortet worden waren. Der ungarische Helikon Verlag hat es sich zur Aufgabe gemacht, die von kompetenten Wissenschaftlern aufbereitete vollständige Edition in einer heute noch nicht endgültig feststehenden Zahl von Bänden zu veröffentlichen.

Dies vorauszuschicken scheint mir deshalb wichtig, weil schon vor mehreren Jahren beim Oberbaum Verlag in Berlin einige Bände der Tagebücher, allerdings nur mit einer Auswahl von Texten, erschienen sind, darunter der besonders berührende letzte Band 1984–1989 (auch als Taschenbuchausgabe des Piper Verlags).

Vielleicht fragen sich manche Leser, wie der Márai-Nachlass überhaupt nach Toronto gelangen konnte, da der Autor doch zuletzt als Emigrant im kalifornischen San Diego gelebt hat und dort auch gestorben ist, ohne noch einmal in seine ungarische Heimat zurückzukehren.

In Toronto bestand die bereits erwähnte Vörösváry Publishing Company: Druckerei, Verlag und Redaktion des Wochenblatts der Ungarn in Kanada. Hier wurden auch die Bücher ungarischer Klassiker und emigrierter ungarischer Autoren in der Originalsprache gedruckt und verlegt. Mit dem Verleger-Ehepaar Vörösváry verband Sándor und Lola Márai eine langjährige Freundschaft, ihnen vertraute der Schriftsteller kurz vor seinem wohlgeplanten Ende den gesamten Nachlass zu treuen Händen an. In einer schriftlich niedergelegten Vereinbarung zwischen Márai und dem Verlagshaus ist festgehalten, dass die seinerzeitigen Besitzer der Vörösváry Publishing Company im Fall von Márais Ableben »über das ausschließliche Recht verfügen, Neuausgaben der bereits erschienenen Werke Sándor Márais zu veranstalten«. In einem Zusatz zu dieser Vereinbarung heißt es dann: »István Vörösváry kann frei über die Herausgabe der in den vier Überseekoffern befindlichen Manuskripte verfügen. Die Honorare bitte ich zu jeweils einem Drittel aufzuteilen …«

Bei der Sicherstellung dieser Hinterlassenschaft hat sich auch Csaba Gaál Verdienste erworben. Denn er war es, der die 22 Kartons mit zahllosen Manuskripten, Aufzeichnungen, Notizbüchern etc., von denen ein Großteil die Tagebuch-Unterlagen sind, zur weiteren Verwahrung und Betreuung dem Budapester Literaturmuseum überbrachte. Vor dieser begrüßenswerten Transaktion hat Gaál als Redakteur des Vörösváry Verlags, später als Nachfolger des Verlegers, selbst einige Bände unter dem Titel *Was nicht in den Tagebüchern steht* herausgebracht. Noch verdienstvoller aber war die Erstellung und Herausgabe des posthumen Tagebuch-Bandes der Jahre 1984–1989, bei dem Gaál, anders als seinerzeit der Autor selbst, bewusst auf jegliche Selektion des Materials verzichtete; er hat »jede einzelne der mit der Zeit immer weniger gewordenen Eintragungen berücksichtigt«, die »hieroglyphenähnlichen Aufzeichnungen« entziffert, zusammengestellt und 1997 publiziert. Dazu schrieb er mir: »[…] häufig hat Márai die Eintragungen mit der Feder geschrieben, und seine Handschrift ist nahezu unleserlich; auch auf der Schreibmaschine schlug er, fast blind, häufig auf benachbarte Tasten.«

Gegen die vollständige Veröffentlichung der Tagebuchtexte ließe sich vielleicht einwenden, dass Márai im Band für die Jahre 1943/44, den er selbst herausgab und der 1945 in Ungarn erschien, nicht ohne Grund nur eine Auswahl seiner Aufzeichnungen aufgenommen hat; und dass es möglicherweise nicht in seinem Sinne wäre, die Texte nun in aller Vollständigkeit der Öffentlichkeit preiszugeben. Auch die von ihm in der Emigration zusammengestellten Bände (die Tagebücher der Jahre 1945–1957, 1958–1967, 1968–1975, 1976–1983) enthalten nämlich nur eine Auswahl seiner Einträge. Im Falle des 1945 erschienenen Bandes waren es sicher die ihm aus politischen Gründen gebotene Zurückhaltung, aber auch Rücksicht auf noch lebende Personen seines Bekanntenkreises, deren Namen er nicht preisgeben wollte und die man auch dann hätte identifizieren können, wenn Márai sie nur mit den Anfangsbuchstaben erwähnt.

Bei den späteren Bänden sprachen bezüglich des Umfangs auch die Verlage ein Wort mit, es war eine Kostenfrage. Aber Márai plädiert im Tagebuchband 1945 doch für Vollständigkeit, wenn er schreibt: »Einige Auszüge dieses *Tagebuchs* sind in Buchform erschienen; eine gekürzte Fassung meiner Aufzeichnungen aus den Jahren 1943/44. Ein dicker Band, der aber nicht vollständig ist. Vieles, das einen tieferen Sinn hat, die Veröffentlichung aber nicht verträgt, fehlt.« Und auch als im Dezember 1984 der druckfrische Tagebuchband der Jahre 1967–83 bei ihm eintraf – zusammen mit dem bereits 40 Jahre zuvor geschriebenen ersten war dies der fünfte –, notierte Márai: »An Manuskripten enthält der Überseekoffer noch einmal so viel. Vielleicht werden sie eines Tages von zeitgeschichtlichem Interesse sein.« Ein wichtiger Hinweis darauf, dass der Autor auch diese weggelassenen Teile seiner Aufzeichnungen nicht für immer eliminiert wissen wollte.

Zu den Anmerkungen

Zwar enthielten weder der 1945 in Ungarn vom Autor veröffentlichte Tagebuch-Band noch die während Márais Emigration erschienenen Editionen erklärende Hinweise und Anmerkungen, doch liegt es wohl auf der Hand, dass es zu vielen Eintragungen, die inzwischen mehr als 60 Jahre zurückliegen, Erklärungsbedarf gibt. Zumal die Aufzeichnungen – zumindest was den ersten Teil des 1945 erschienenen Bandes angeht – ursprünglich wohl noch gar nicht zur Veröffentlichung bestimmt gewesen sind und auch nicht bis ins Detail ausformuliert waren. Manches ist da nur angedeutet oder auch verklausuliert gesagt. Solche Passagen verlangen ebenso nach Aufklärung wie Tatbestände, die zur Entstehungszeit der Tagebücher noch allgemein bekannt waren.

Für einen Anmerkungsapparat spricht auch, dass es sich hier nicht um kalendermäßig geordnete Begebenheiten oder kommentiertes Tagesgeschehen handelt, sondern oft um Gedanken und Reflexionen des Autors sowie seine persönliche Resonanz auf Ereignisse aus Geschichte und Politik, auf Begegnungen und vor allem auf seine Lektüre. Da sind erklärende Anmerkungen nicht nur hilfreich, sondern oft unerlässlich. Zudem können bei der deutschsprachigen Leserschaft dieser Übersetzung keine detaillierten Kenntnisse der ungarischen Geschichte und Literatur, von Ortsnamen und anderen geografischen Begriffen sowie über politische Ereignisse des 20. Jahrhunderts in Ungarn vorausgesetzt werden, die zum Verständnis der Tagebuchtexte vielfach erforderlich sind.

Da Márai, wie gesagt, kein Tagebuch in chronologischer Abfolge geführt hat, wird im Anmerkungsteil von Zeit zu Zeit auf genau zu datierende Fakten und Ereignisse hingewiesen, die Datierungshilfe bieten und als eine Art kalendarisches Gerüst dienen können.

Bei der Zahl solcher Texterläuterungen das richtige Maß zu finden war nicht ganz leicht. Kein Leser soll sich bevormundet oder gar genötigt fühlen, sämtliche Anmerkungen zu lesen oder nachzuschlagen; deshalb finden sich im laufenden Text auch keine Fußnoten oder sonstige vielleicht störende Hinweise auf vorhandene Anmerkungen.

Márai war ein bewusster Bürger Europas, ein polyglotter Autor, der außer seiner ungarischen Muttersprache auch Deutsch, Französisch, Englisch, Italienisch und einigermaßen Slowakisch sprach; er las den Großteil seines täglichen literarischen Pensums, aber auch Werke zu Religion, Philosophie, Naturwissenschaft in der Originalsprache; so nennt er in seinen Tagebuch-Aufzeichnungen meist die fremdsprachigen Titel seiner Lektüre; sie sind hier bewusst beibehalten, in Klammern ist die deutsche Übersetzung angeführt, auch wenn diese Bücher nicht auf Deutsch erschienen sind. Wo es deutsche Ausgaben davon gibt oder gab, findet sich beim deutschen Titel der Hinweis »dt.«.

Aus all den genannten Gründen hoffen Verlag und Herausgeber, dass diese Edition den Erwartungen der Leser und dem hohen Anspruch genügt, den Márai zeitlebens an sich, seine Übersetzer und Verlage gestellt hat.

Auch wenn der Autor seine Einträge einmal verharmlosend als »Treibgut« bezeichnet hat, wird doch dieses umfangreiche Werk von manchen Márai-Kennern als sein wichtigstes betrachtet; für die Leserinnen und Leser seiner Romane, Essays und Gedichte sind die Tagebücher authentische und erhellende Bekenntnisse und Zeugnisse eines langen Schriftstellerlebens im 20. Jahrhundert.

Ernő Zeltner

Anmerkungen

43 **Guelfen und Ghibellinen** – Guelfen: Parteigänger des Papstes; Ghibellinen: Parteigänger des Kaisers im Italien des 12. und 13. Jahrhunderts; Anspielung auf die Kämpfe beider Lager

44 **Tabaktrafikantin** – Trafik, Tabaktrafik: Verkaufsstelle für Tabakwaren, meist auch für Zeitungen und andere Papierwaren

46 **Tiefebene** – das Ungarische Tiefland: Gebiet zwischen mittlerer Donau und der Ostgrenze des Landes, geteilt durch die Theiß; ursprünglich baumlose Steppenlandschaft (Puszta); heute landwirtschaftlich genutzt, mit blühenden Städten (von Kecskemét im Westen bis Debrecen im Osten und Szeged im Südosten)

Mithridates – Mithridates VI. (132–63 v. Chr.), König von Ponthos; Rom führte 88–64 Krieg gegen ihn; Mithridates soll versucht haben, durch regelmäßige Einnahme von Arsen (zum Zweck der Immunisierung) gegen eine Arsenvergiftung gewappnet zu sein

47 **Cap d'Antibes** – Winterkurort an der französischen Riviera, südlich von Antibes auf der Halbinsel La Garoupe, die hier ausläuft, mit eleganten Villen in großen Gärten

Bártfa – eigtl. Bártfafürdő, dt. Bad Bartfeld (slowak. Bardejovske Kupele), eine Stunde von Bardejov (Nordslowakei) entfernt; Heilbad mit großer Vergangenheit zur Behandlung von Verdauungs- und Stoffwechselkrankheiten; Kurgäste waren u. a. Kaiser Joseph II., Zar Alexander I. und Kaiserin Elisabeth

49 **Zwischenstation** – Márais Geburtsstadt Kaschau

50 **Teleki** – Pál Graf Teleki (1879–1941), Großgrundbesitzer, Geograf und Politiker; nach dem Sturz der Räterepub-

lik (1919) ungarischer Außenminister, mehrfach Ministerpräsident; seine Revisionspolitik brachte Ungarn 1940 den 2. Wiener Schiedsspruch (Rückgabe Nordsiebenbürgens und des Szeklerlands); kein Freund Hitler-Deutschlands, versuchte Ungarn aus dem Zweiten Weltkrieg herauszuhalten; wegen des Freundschaftsvertrags mit Jugoslawien wehrte er sich gegen den Marsch der deutschen Truppen durch Ungarn auf dem Weg nach Jugoslawien, Armeeführung und Miklós Horthy (1868–1957) entschieden sich anders; daraufhin beging Teleki am 3. April 1941 Selbstmord

Da erscheint der König – Begegnung mit Karl IV., Kaiser von Österreich, König von Ungarn (1887–1922), dem letzten Habsburgerherrscher (1916–18), im Park von Schloss Gödöllő, unweit von Budapest; Schloss Gödöllő, erbaut 1744–47 von András Mayerhoffer (1690–1771), 1867 umgebaut zur königlichen Sommerresidenz; Elisabethgarten, benannt nach der Gemahlin Kaiser Franz Josephs (Sisi)

51 **In der Stadt kreischt schon die Revolution** – Ende Oktober 1918, die Asternrevolution; in seiner Erklärung von Eckartsau am 13. November verzichtet Karl IV. – nach der Ausrufung der Republik Ungarn, dann der Republik Österreich – auf seine weitere Teilnahme an den Staatsangelegenheiten; seine Entthronung wird 1921 ausgesprochen

Leptis Magna – der antike Name einer jener drei Städte, aus denen Tripolis hervorging, heute eine Ruinenstadt

52 **zwischen Italien und Abessinien der Krieg ausgebrochen ist** – am 3. Oktober 1935

53 **Festung von Montechristo** – die Festung If auf einer kleinen Insel vor Marseille; sie wurde 1524 vom französischen König Franz I. erbaut und durch Alexandre Dumas' d. Ä. Roman bekannt; diente jahrhundertelang als Gefängnis

55 **Kiskőrös** – damals tatsächlich staubige Kleinstadt, eher Marktflecken, südlich von Budapest links der Donau; Geburtsort von Sándor Petőfi

56 **D'Annunzios Garten** – Gabriele D'Annunzio (1863–1938), italienischer Dichter, Schriftsteller, Politiker; führende Gestalt des italienischen Nationalismus, eroberte mit seinen Freischärlern 1919 Fiume (heute Rijeka) und herrschte dort als Diktator bis 1921

58 **Als mein Vater starb** – am 12. Oktober 1934 in Miskolc
als mein Sohn starb – am 6. April 1939 in Budapest
Nachmittag bei Barbusse – Henri Barbusse (1873–1935), französischer Dichter, Schriftsteller; sein erwähntes Werk: *Zola* (1932)

59 **Pengő** – ungarische Landeswährung 1927–46; 1 Pengő waren 100 Fillér

60 **Rilke sagt** – »Voilà votre mort, monsieur. Man stirbt, wie es gerade kommt; man stirbt den Tod …« aus: Rainer Maria Rilke, *Die Aufzeichnungen des Malte Laurids Brigge*, Leipzig 1910, S. 13

62 **Széchenyi** – István Graf Széchenyi (1791–1860), aristokratischer Großgrundbesitzer, Politiker, Schriftsteller; Führer der Reformbewegung im Ungarn der Zwanzigerjahre des 19. Jahrhunderts; brachte mit seinen Initiativen und Schriften die wirtschaftliche, bauliche und kulturelle Entwicklung Ungarns entscheidend voran; starb durch Selbstmord in der Nervenheilanstalt Döbling bei Wien

63 **Gide** – André Gide (1869–1951), französischer Schriftsteller, Nobelpreisträger; Zitat aus: *Journal*, Eintrag vom 5. Februar 1931 (dt.: *Tagebuch, 1889–1939*)
Ingres – Jean Auguste Dominique Ingres (1780–1867), französischer Maler, einer der wichtigsten Vertreter des Klassizismus in der Malerei

66 **Glossitis** – griech.: Zungenentzündung
Neuritis – griech.: Nervenentzündung

67 **Mousset** – Paul Mousset (*1907), *Quand le temps travaillait pour nous: récit de guerre* (1941; dt.: *Als die Zeit für uns arbeitete*)
Dünkirchen – im Verlauf der Evakuierung der Stadt (frz. Dunkerque) vor den Deutschen wurden vom 27. Mai bis 4. Juni 1940 200 000 britische und 140 000 französische Soldaten nach England gebracht
mein dreiundvierzigstes Lebensjahr vollendet – 11. April 1943

69 **die ersten Exemplare** – *Füveskönyv* (*Buch der Kräuter*, Prosaepigramme, 1943)

71 **Ehrenkonvent an der Akademie der Wissenschaften** – 16. Mai 1943

dem sechsundachtzigjährigen Professor *A.* – Dávid Angyal (1857–1943), Historiker, Literaturhistoriker, der an diesem Tag in seinem Tagebuch Folgendes über Márai notiert: »Márai erschien heute bei der Sitzung in der Akademie. Er stützt sich auf einen Stock, sieht sehr schlecht aus. Er hat abgenommen. Das haben wir gemeinsam.«

72 **Illyés' Selbstbekenntnisse** – Gyula Illyés (1902–1983), großer ungarischer Dichter, Dramatiker, Essayist; nach der Räterepublik (1919) Emigration, meist in Paris, befreundet mit Paul Éluard, André Breton, Louis Aragon; 1926 wieder in Ungarn; gehörte zur erfolgreichen Dichtergeneration um die Zeitschrift *Nyugat*; seine feinsinnige Lyrik ist vom Surrealismus beeinflusst; *Puszták népe* (1934, dt.: *Pusztavolk*, 1969), ein Klassiker der soziografischen Literatur, hat ihn berühmt gemacht; zeitweilig war er tonangebend in der Gruppe populistischer Schriftsteller; auch gefeierter Dramatiker; sein *Petőfi*-Buch ist Essay, Biografie, Werkanalyse und Bekenntnis zu dem großen Dichter in einem

73 **Beveridge-Plan** – allgemeines Sozialversicherungsprogramm (1942) des liberalen britischen Politikers und Ökonomen William Henry Beveridge (1879–1963)

Leopoldstadt – heute 5. Bezirk von Budapest (ung. Lipótváros); damals wie heute geschäftlicher und kultureller Mittelpunkt der Stadt mit Prachtbauten, eleganten Straßen und Plätzen; möglicherweise Anspielung auf das Leopoldstädter Kasino, Treffpunkt des exklusiven Großbürgertums

Petronius – Petronius Arbiter (†66 n. Chr.), *Gastmahl bei Trimalchio*

77 **Montherlant** – Henry de Montherlant (1896–1972), französischer Romancier und Dramatiker

78 **Bossuet** – Jacques-Bénigne Bossuet (1627–1704), französischer Bischof, Schriftsteller, Prediger; Erzieher Ludwigs XIV. und Verfechter der Ideen des Absolutismus

79 **Kosztolányis *Gesammelte Novellen*** – Dezső Kosztolányi (1885–1936), ungarischer Dichter, Romancier und Publizist; Verfasser impressionistisch-symbolistischer Lyrik; großer Sprachkünstler; *Gesammelte Novellen* (1943)

80 **Molnár** – Franz Molnár (1878–1952), auch im deutschen Sprachraum bekannter ungarischer Dramatiker, Schrift-

steller, Publizist; *Liliom. Vorstadtlegende in 7 Bildern* (dt. 1942)

Thema der ***Möwe*** – Márais 1943 erschienener Roman *Sirály* (dt.: *Die Möwe*)

81 **Pfeilkreuzler** – Mitglieder der faschistischen Ideen anhängenden Pfeilkreuzler-Partei

82 **Lin Yutangs Buch** – Lin Yutang (1895–1976), auf Englisch publizierender chinesischer Schriftsteller, Essayist, Kritiker; *With Love and Irony* (dt.: *Weisheit des lächelnden Lebens*)

Altenberg – Peter Altenberg (1859–1919), *Was der Tag mir zuträgt* (1900)

83 **Montherlant** – *Encore un instant de bonheur. Poèmes* (1934)

84 **Der Redakteur eines Klatschblattes** – zweifellos handelt es sich um Zoltán Egyed, der in seiner Zeitschrift *Film Színház Irodalom (Film Theater Literatur)* (4.–10. Juni 1943) unter der Überschrift »Entschuldigungsbrief an Sándor Márai« ein aus den Antworten des Autors zusammengestelltes Interview veröffentlicht; das persönliche Gespräch kreiste um Themen wie Krieg und Frauen, Gyula Krúdy und Gyula Illyés

85 **Insel** – die Margareteninsel, das 2,5 Kilometer lange und 500 Meter breite grüne Erholungsparadies der Budapester und attraktives Ziel der Hauptstadtbesucher, mit dem Rosengarten sowie Bade-, Sport und kulturellen Einrichtungen; die Margaretenbrücke über die Donau verbindet die Insel mit Pest und Buda

Gedichte Victor Hugos – Victor Hugo (1802–1885), *Les Châtiments* (1853; dt.: *Die Züchtigungen*)

Napoleon III. – Charles Louis Napoléon Bonaparte (1808–1873), Kaiser der Franzosen 1852–70

86 **Sedan** – Anspielung auf die französische Stadt, in der Napoleon III. und das französische Heer am 1. September 1870 in deutsche Gefangenschaft gerieten

87 ***Nyugat*** – avantgardistische Kulturzeitschrift (1908–41; *Der Westen*), vorwiegend mit Ausrichtung auf die Belletristik des 20. Jahrhunderts; gegründet mit finanzieller Unterstützung jüdischer Industrieller und Intellektueller; mit ihr begann die Erneuerung der ungarischen Literatur von einem

patriotischen Populismus früherer Generationen zu literarischer Weltoffenheit; aufs Engste mit ihr verbunden waren die Schriftsteller Endre Ady, Mihály Babits, Dezső Kosztolányi, später Zsigmond Móricz; die Zeitschrift prägte über Jahrzehnte das literarische und geistige Leben Ungarns

Ortega y Gasset – José Ortega y Gasset (1883–1955), *Meditationes del »Quijote«* (1914; dt.: *Meditationen über »Don Quijote«*)

Jemand, der noch vor einigen Wochen – Anspielung auf die unter dem Titel »Gemeinsames Bekenntnis« veröffentlichte Erklärung über das moralische Ansehen der ungarischen Schriftsteller und die Glaubwürdigkeit des Schreibens (*Magyar Csillag*, 15. Mai 1943, Nr. 10, S. 573f.); die Unterzeichner der Erklärung: Endre Illés, Gyula Illyés, János Kodolányi, Sándor Márai, Áron Tamási, Péter Veres, Lajos Zilahy

89 **Morand** – Paul Morand (1888–1976), *Chronique du XXème siècle* (1926–28); Morand blieb während der deutschen Besatzung Frankreichs als Botschafter in Bukarest und später in Bern im diplomatischen Dienst der Vichy-Regierung, weshalb er nach dem Krieg längere Zeit im schweizerischen Exil leben musste

Pázmány – Péter Pázmány (1570–1637), Kardinal, Erzbischof von Gran (Esztergom), Prediger, Gründer der Universität von Tyrnau (Nagyszombat)

90 **Morphin** – Hauptbestandteil des Opiums mit einschläfernder und beruhigender Wirkung (die Bezeichnung leitet sich vom Namen des griechischen Gottes des Schlafes, Morpheus, ab)

Dolantin – krampflösendes und schmerzstillendes Medikament

91 **Huizingas Buch** – Johan Huizinga (1872–1945), *Im Bann der Geschichte* (1943)

Vico – Giovanni Battista Vico (1868–1744), italienischer Philosoph, Begründer der modernen Geschichtsphilosophie

Juhász' Versuch – Vilmos Juhász (1899–1967), *Der Weg zur Erlösung. Eine neue Religionsgeschichte. Erster Band. Die nicht-christliche Welt* (1943)

Pläne – *Mana, oder der Detektivroman* wurde nie geschrieben, das Schauspiel *Zweikampf* ist im Márai-Nachlass nur in deutscher Sprache erhalten, das ungarische Original ging verloren (laut eigenhändig geschriebenem Vermerk des Autors auf der Mappe mit der deutschen Fassung); die Versfassung von *Begegnung in Bolzano* erschien 1960 unter dem Titel *Ein Herr aus Venedig* bei Occidental Press in Washington, sein Kammerspiel über Mark Aurel wurde nie geschrieben; anstelle des hier unter dem Titel »Gestern und heute« geplanten Bandes erschien im Laufe des Jahres wohl sein publizistischer Band *Sonntagschronik*; die anderen erwähnten Bände sind im Révai-Verlag, Budapest, erschienen

92 **von meinem deutschen Verleger** – gemeint ist wohl József Tóth, der Besitzer des Hamburger Toth Verlags

Machiavellis *Principe* – Niccolò Machiavelli (1469–1527), *Il principe* (1532; dt.: *Der Fürst*)

livre de chevet – frz.: Lieblingslektüre, Lieblingsbuch

Borgias einstiger Hauschronist – Cesare Borgia (1475–1507), italienischer Herrscher, Kardinal; zur Durchsetzung seiner Ziele hielt er jedes Mittel für legitim. Er diente als Vorbild für Machiavellis *Il principe*

93 **Horváth-Park** – Park in Buda, in der Christinenstadt, 1789–1960 so benannt; heute Haydn-Park

Dschingis Khans – Dschingis Khan (1167–1227), Gründer des mongolischen Weltreichs

Timur-Lengs – Timur-Leng (1336–1405), mongolischer Herrscher und Eroberer; er griff mit seinem Heer u. a. Indien, die Türkei und China an

94 **Woolfs Roman** – Virginia Woolf (1882–1941), *The Years* (1937; dt.: *Die Jahre*)

95 **Blüher** – Hans Blüher (1888–1955), deutscher Schriftsteller, Philosoph; sein berühmtes Werk: *Traktat über die Heilkunde, insbesondere die Neurosenlehre* (1926)

Hippokrates – (um 460 – um 370), griechischer Arzt, Vater der antiken Medizin; gilt als Verfasser der um 400 aufgezeichneten sogenannten Hippokratischen Schriften mit dem Text des Hippokratischen Eides

Paracelsus – eigtl. Theophrastus Bombastus von Hohenheim (1493–1541), schweizerischer Arzt, Alchimist und

Mystiker; für ihn galt die Medizin als die grundlegende Wissenschaft

96 **Bernanos' Roman** – Georges Bernanos (1888–1948), französischer katholischer Schriftsteller; sein bekanntester Roman: *Journal d'un curé de campagne* (1936; dt.: *Tagebuch eines Landpfarrers*)

Wilders *Die Brücke* – Thornton Wilder (1897–1975), amerikanischer Romancier, Dramatiker; sein Hauptwerk: *The Bridge of San Luis Rey* (1927; dt.: *Die Brücke von San Luis Rey*)

Italien, wo man jeden Augenblick – Beginn der Invasion in Italien: 9./10. Juli 1943 (die Landung in Sizilien; die Eroberung Siziliens endete am 17. August mit der Einnahme Messinas)

97 **Schriften Pascals** – Blaise Pascal (1623–1662), *Pensées* (1670; dt.: *Gedanken*)

99 **Erasmus' *Colloquia*** – Erasmus von Rotterdam (um 1649–1536), *Colloquia familiaria* (1518; dt.: *Vertraute Gespräche*)

Religionskriege – Franz I. (Valois), König von Frankreich (1494–1547), herrschte 1515–47; Karl V. (Habsburg), Deutsch-Römischer Kaiser (1500–1558), herrschte 1519–56; Heinrich VIII. (Tudor), König von England (1491–1547), herrschte 1509–47

Bild Holbeins – Hans Holbein der Jüngere (1497/98–1543), deutscher Maler und Grafiker, eine der herausragenden Gestalten der europäischen Porträtmalerei

Frobenius – Johann Frobenius (eigtl. Froben) (um 1460–1527), schweizerischer Drucker und Verleger; Freund und Verleger von Erasmus von Rotterdam; zeitweilig fertigte Hans Holbein die Holzschnitte für seine Publikationen an

Maeterlinck – Gemeint ist wohl Maurice Maeterlincks (1862–1949) *Le grand secret* (1921; dt.: *Das große Rätsel*)

100 **dass der Stil der Mensch sei** – »Le style c'est l'homme même«, vgl. *Discours sur le style* (1753) des französischen Naturwissenschaftlers und Fachautors Georges-Louis Leclerc Buffon (1707–1788)

Táncsics – Mihály Táncsics (1799–1884), ungarischer Schriftsteller, Publizist und Politiker; als Leibeigener geboren, als Weber auf der Wanderschaft durch Europa; propagierte in

Ungarn als erster die Befreiung von der Leibeigenschaft ohne Ablöse (1846), Kerkerstrafe, 1848/49 Abgeordneter, in Abwesenheit zum Tode verurteilt; *Életpályám* (1876; *Mein Lebensweg*)

101 **Luther-Bibel** – Martin Luthers Gesamtübersetzung der Bibel erschien 1533; erste ungarische Übersetzung, 1590, der Luther-Bibel von Gáspár Károlyi (eigtl. der lutherische Pastor Kaspar Helth; um 1510–1574)

102 ***Nemo contra Deum, nisi Deus ipse*** – lat.: niemand kommt gegen Gott auf denn Gott selbst

Petőfi – Sándor Petőfi (1823–1844), größter und in seiner Heimat volkstümlichster ungarischer Dichter; verband in seiner Lyrik jünglinghafte Begeisterung mit genialer Sprachkunst; seine Themen waren die Heimat, kämpferischer Patriotismus und vor allem die Liebe; seine revolutionären Gedichte spielten im Aufstand von 1848 gegen die Habsburger eine wichtige Rolle; der Dichter ist in der Schlacht bei Schäßburg (heute Rumänien) verschollen, viele Legenden rankten sich um sein Schicksal; Gyula Illyés, *Petőfi* (1936)

103 **Laborfalvi** – Róza Laborfalvi (1817–1886), auf vorwiegend tragische Rollen spezialisierte Schauspielerin, Frau von Mór Jókai; Sándor Petőfi war ein Gegner ihrer Verbindung

La Rochefoucaulds *Maximen* – François La Rochefoucauld (1613–1680), *Maximes* (1664; dt.: *Maximen und Reflexionen*)

Beschwichtigungsversuche Madame de La Fayettes – Marie-Madeleine Pioche de la Vergne, Marquise La Fayette (1634–1693), französische Schriftstellerin

104 **Széchenyiberg** – südöstlicher Teil des Schwabenbergs (Svábhegy) im 12. Bezirk von Budapest; breites bewaldetes Plateau, zum Teil besiedelt; Erholungsgebiet der Stadt mit Endstation der Zahnradbahn und der Schmalspur-Kinderbahn; 1891 wurde hier ein Széchenyi-Denkmal errichtet

105 **Heltais Umdichtung** – Jenő Heltai (1871–1957), ungarischer Lyriker, Schriftsteller, Journalist; verfasste gesellschaftskritische Romane über Großstadtleben, Boheme und Künstler, Satiren und Lustspiele; schrieb *Lumpáciusz Vagabundusz* …, Johann Nepomuk Nestroys Posse, zu einem burlesken Mär-

chenspiel für die heutige Bühne um und fasste es in Verse (1943)
Lumpazivagabundus – Johann Nepomuk Nestroy (1801–1862), *Der böse Geist Lumpazivagabundus oder das liederliche Kleeblatt* (1833)

107 **Protagoras** – (481–411 v. Chr.), griechischer Sophist

108 **Eroberung von Syrakus durch die Besatzer**: 10. Juli 1943
Vámosgyörk – kleiner Ort südlich des Mátragebirges zwischen Donau und Theiß; von Márai als Synonym verwendet für ein abgelegenes kleines Dörfchen, in dem sich Fuchs und Hase gute Nacht sagen

110 **Digitalis** – (lat.), aus dem Fingerhut hergestelltes Herzstärkungsmittel

111 *R.* – gemeint ist wohl der Nervenarzt und Psychiater Pál Ranschburg (1870–1945)
Sz. – Leopold Szondi (1893–1986), schweizerischer Psychiater ungarischer Herkunft; anfangs beschäftigte er sich mit Stammbaumforschung, später begründete er die Schicksalsanalyse und den nach ihm benannten Test
Csombor – Márton Szepsi Csombor (1595–1622/23), ungarischer reformierter Prediger und Prosaschriftsteller

112 **Szekfűs** ***Rákóczi*** – Gyula Szekfű (1883–1955), Archivar, Historiker, Publizist; mit seiner Veröffentlichung *Rákóczi in der Verbannung* (1913), in der er u. a. über die Spielsucht und Frauenaffären des Fürsten Ferenc Rákóczi II. (1676–1735) berichtete, des Helden der Freiheitskriege gegen die Habsburger, erntete er Entrüstung und heftige Diskussionen; politisch einflussreicher konservativer Historiker, schon in der Vorkriegszeit Gegner der deutschfreundlichen Politik ungarischer Regierungen; 1945 erster Botschafter Ungarns in der Sowjetunion

113 **Tanagra-Figuren** – fein angemalte kleine Tonfiguren (nach der griechischen Stadt Tanagra)

114 **Jouvets … Geplapper** – die *Réflexions du comédien* (1941; *Aufzeichnungen eines Komödianten*) des französischen Schauspielers Louis Jouvet (1887–1951)

115 **Goethes** ***Novelle*** – Johann Wolfgang von Goethe (1749–1832), *Novelle* (1828)

116 **Rom wird bombardiert** – 19. Juli 1943

Kefalos – Sohn des Deion und der Diomede, Vater von Odysseus

117 **Platon** – (um 427 – 347 v. Chr.), *Der Staat (Politeia)*

Die Druckerei schickt mir – eine Auswahl von Márais sonntags in der Zeitung *Pesti Hírlap* erschienenen Artikeln

118 **Ligne** – Charles-Joseph de Ligne (1735–1814), *Mélanges militaires littéraires et sentimentaires*, 34 Bände (1795–1811); *Lettres et pensées du maréchal prince de Ligne* (dt.: *Gestalten und Ideen*)

119 **lyrische Skizze *China*** – Márai hat wohl die kurze Schrift »In China« im Sinn, die am 15. Dezember 1943 in *Magyar Csillag* veröffentlicht wurde; seine Schrift *China* war bereits 1938 erschienen

Die Angelsachsen haben Palermo erobert – 22. Juli 1943

C'est une belle ville, tout de même! – frz.: Und doch ist dies eine schöne Stadt!

Briefe von Berzsenyi – Dániel Berzsenyi (1776–1836), ungarischer Lyriker; Verfasser pathetisch-vaterländischer Gedichte

Kazinczy – Ferenc Kazinczy (1759–1831), ungarischer Lyriker und Schriftsteller; Haupt der Bewegung zur Spracherneuerung (1811–19)

120 **Kölcsey** – Ferenc Kölcsey (1790–1838), ungarischer Dichter, Kritiker und Politiker; richtungweisend für die Literatur des Reformzeitalters; Landtagsabgeordneter und wortgewandter Sprecher der Reformpartei; Dichter der Nationalhymne

Mussolini und das faschistische System in Italien sind gestürzt – 25. Juli 1943

Marcia su Roma – der Staatsstreich der italienischen Faschisten und ihr Marsch auf Rom am 28./29. Oktober 1922

Quirinal – einer der Hügel Roms, Ort des Königspalastes

121 **Der König, dieser traurige Zwerg** – Viktor Emanuel III. (1869–1947), König von Italien (1900–46)

Der Ling – Prinzessin Der Ling (1885–1944), *Two Years in the Forbidden City* (1911; dt.: *Zwei Jahre am Hofe von Peking*, 1915)

Boxeraufstand – Volksaufstand in China mit dem Ziel der Vertreibung der Ch'ing-Dynastie und der Tötung von Ausländern (Ausbruch: Mai 1900); der Aufstand wurde von den vereinten Streitkräften acht ausländischer Großmächte niedergeschlagen

des letzten Mandschukaisers – Puyi (1906–1967), letzter Kaiser von China (1908–12)

122 **Via Matteotti** – Anspielung auf den sozialistischen italienischen Politiker Giacomo Matteotti (1885–1924); 1924 protestierte er gegen den Terror und die Wahlfälschungen der Faschisten; er wurde von sechs Mitgliedern einer faschistischen Sturmtruppe entführt, umgebracht und verscharrt; Benito Mussolini gestand den Mord, aber die sechs vermutlichen Täter wurden auf freien Fuß gesetzt

Teleki – József Teleki (1738–1796), *La cour de Louis XV. Journal de voyage du Comte Joseph Teleki* (1943; dt.: *Die Reisen des József Teleki 1759–1761*)

125 **Hamburg und Berlin werden evakuiert** – die Evakuierung Berlins: 6. August 1943; am selben Tag fährt Hermann Göring nach Hamburg, um die Lage nach den ständigen Luftangriffen in Augenschein zu nehmen (Hamburg wird seit dem 25. Juli bombardiert)

Wells' Roman – Herbert George Wells (1866–1946), *The War of Worlds* (1897; dt.: *Krieg der Welten*)

127 **Theaterstück *Zauber*** – das Stück wurde am 15. Dezember 1945 unter der Regie von Andor Ajtay (1903–1975) im Theater Pesti Színház uraufgeführt; gleichzeitig erschien das Werk in Buchform im Révai-Verlag, Budapest

129 **Conrads Roman** – Joseph Conrad (eigtl. Józef Teodor Konrad Korzeniowski; 1857–1924), *The Rover* (1931; dt.: *Der Freibeuter*)

130 **Ecke des Vérmező-Parks** – Vérmező: Blutwiese, Blutfeld; an der Westseite des Budaer Burgbergs gelegen, grenzt an den Christinenring und die Mikóstraße (in der Márais Wohnung lag); im 19. Jahrhundert Generalswiese genannt, hier wurden 1795 fünf Führer der Jakobinerverschwörung hingerichtet; heute Parkgelände

Zweigs *Brasilien* – Stefan Zweig (1881–1942), *Brasilien, ein Land der Zukunft* (1941); Zweig nahm sich am 22. Februar 1942 im brasilianischen Exil das Leben

131 ***Magyar Csillag*** – literarische Zeitschrift; nach Einstellung

der Zeitschrift *Nyugat* 1941 bekamen Gyula Illyés und Aladár Schöpflin die Lizenz zur Herausgabe dieses Blattes, das im Geiste von *Nyugat* fortgeführt wurde; außer literarischen auch politische Themen; Forum für junge Schriftsteller; nach der deutschen Besatzung 1944 eingestellt

132 **Was geht mich** – »Was geht mich all das an, was ihm missfällt? / Ich will nur Frieden hier auf dieser Welt«, Mihály Babits, *Das Buch Jona*, 1. Teil

133 **Greens *Leviathan*** – Julien Green (1900–1998), *Léviathan* (1929)

Adlers Buch – Alfred Adler (1870–1937), österreichischer Psychiater, Begründer der Individualpsychologie

135 ***Hier begann*** – Ausschnitt aus dem 1942 in *Pesti Hírlap* erschienenen Gedicht »In Kaschau«

136 **Man hat in der Nacht** – 24. August 1943

Charkow ist gefallen – am 23. August 1943 geben die deutschen Truppen Charkow auf (die Stadt wird zum ersten Mal am 16. Februar von den Sowjets befreit)

Tschinownik – russ.: zaristisch-russischer Staatsbeamter, seelenloser Bürokrat

137 **Radvány** – vermutlich das slowakische Radvaň (dt. Burgstädtl), früherer Bergwerksort, heute Ortsteil von Neusohl (Banská Bystrica) mit einem Renaissanceschloss aus dem 16. Jahrhundert; unwahrscheinlicher ein anderes Radvaň (nad Dunajom) bei Komorn (Komárom) mit einem Neorenaissanceschloss aus dem 19. Jahrhundert

140 **Lady Chatterley** – Anspielung auf den Roman *Lady Chatterley's Lover* (1928; dt.: *Lady Chatterley*) des britischen Schriftstellers David Herbert Lawrence (1885–1930); der Roman erschien 1933 auf Ungarisch

142 **Proleten** – hier und im weiteren Text nicht als Proletarier im gesellschaftlichen Sinne, sondern als Pöbel, Mob zu verstehen

Eger – (dt. Erlau), malerisch am Fuß des Bükkgebirges gelegene historische Stadt nordöstlich von Budapest, wo Berge und Ebenen aufeinandertreffen; Bischofssitz, Universitätsstadt, Verwaltungszentrum; wichtiger Fremdenverkehrsort und Bäderstadt; Weingebiet mit dem berühmten Egri bikavér (Erlauer Stierblut)

143 **Kovács' Buch** – Imre Kovács (1913–1980), ungarischer Ökonom, Politiker und Schriftsteller

Andenken Gárdonyis – Géza Gárdonyi (1863–1922), ungarischer Schriftsteller; durch seine historischen Romane, vor allem das in viele Sprachen übersetzte *Sterne von Eger*, ein ungarischer Klassiker; auch Verfasser von Gesellschaftsromanen in volkstümlicher Sprache

populistischen Schriftstellern – (ung. népi írok), gelegentlich auch völkische Schriftsteller genannt, was seit dem Nationalsozialismus zu Missverständnissen führen kann; in Ungarn war der Populismus seit den 20er-, 30er-Jahren des 20. Jahrhunderts eine literarisch-politische Bewegung mit gesellschafts- und kulturpolitischem Programm; Tendenz zur antifeudalen und antikapitalistischen Umgestaltung der Dorfstrukturen; Gegensatz zu den auf die städtische Lebensform und bürgerliche Ideale bezogenen Urbanisten in der Literatur; wichtige literarische Protagonisten des Populismus waren László Németh, Gyula Illyés, Áron Tamási

144 **Sieburgs *Robespierre*** – Friedrich Sieburg (1893–1964), deutscher Schriftsteller, Biograf, Essayist; Hauptwerke: *Robespierre* (1936), *Chateaubriand* (1959).

Mussolini wird befreit – deutsche Fallschirmjäger unter Führung Otto Skorzenys (1908–1975) befreien den Duce am 12. September 1943

Brjansk ist gefallen – sowjetische Truppen erobern Brjansk am 17. September 1943

Landung ... bei Salerno – amerikanische Truppen unter der Führung Dwight D. Eisenhowers landen am 9. September 1943 bei Salerno, dem späteren Wohnort Márais (1967–80)

146 **Troyats Buch** – Henri Troyat (1911–2007), *Dostoïevsky* (1940; dt.: *Dostojewsky*, 1964), Biografie

147 **Herczeg** – Ferenc Herczeg (1863–1954), ungarischer Schriftsteller, Dramatiker, Journalist, galt damals als einer der führenden Schriftsteller des Landes; sein Geburtstag (22. September) bietet eine mögliche Datierung von Márais Tagebucheintrag

148 **Die Russen haben heute früh Smolensk erobert** – 24. August 1943

149 **einen von *G.*'s ... Romanen** – gemeint ist zweifellos ein Werk von Géza Gárdonyi

150 **Ein Buch des amerikanischen Auswärtigen Amtes** – *Friede und Krieg. Die Außenpolitik der Vereinigten Staaten* (1931–41)

Somerset Maugham – William Somerset Maugham (1874–1965), *Ah King. Six Stories* (1934)

153 **Joseph Conrads *Typhoon*** – 1902 (dt.: *Taifun*)

Hughes – Richard Hughes (1900–1976), *A High Wind in Jamaica* (1929; dt.: *Ein Sturmwind auf Jamaica*), *In Hazard* (1938; dt.: *Hurrikan im Karibischen Meer*)

Montaigne – Michel Eyquem de Montaigne (1533–1592), *Essais* (1580; dt.: *Gedanken und Meinungen*)

156 **La Bruyères *Les caractères*** – Jean de La Bruyère (1645–1696), *Les caractères de Théophraste* (1688; dt.: *Die Caractere Theophrasts oder die Sitten des Jahrhunderts*)

157 ***H.* – ein Soldat** – vermutlich Kálmán Hardy (1892–1980), Generalleutnant, Marineoffizier, 1942–44 Kommandant der ungarischen Flussstreitkräfte

Malraux' Buch – André Malraux (1901–1976), *La lutte avec l'ange* (1943; dt.: *Der Kampf mit dem Engel*)

Türkei Abdul Hamids – Abdul Hamid II. (1842–1918), türkischer Sultan; erließ die erste türkische Verfassung; wahrte seit 1882 den Bestand des Reiches durch straffe Autokratie; 1909 von Jungtürken abgesetzt

Seite Enver Paschas – Enver Pascha (1881–1922), türkischer Politiker und General; einer der Führer der jungtürkischen Revolution; bewirkte im Ersten Weltkrieg den Bündnisvertrag mit Deutschland; floh 1918 vor Kemal Atatürk nach Russland

Keyserling – Hermann Graf Keyserling (1880–1946), *Schöpferische Erkenntnis* (1922)

Olivecrona – Herbert von Olivecrona (1891–1960), weltberühmter schwedischer Gehirnchirurg; auch der ungarische Schriftsteller Frigyes Karinthy wurde von ihm operiert

158 **Willkie** – Wendell Lewis Willkie (1892–1944), 1940 republikanischer Präsidentschaftskandidat; im Mittelpunkt seines Programms stand die internationale Zusammenarbeit; die

deutsche Ausgabe seines zitierten Werkes *One World* (1942) erschien 1943 in Stockholm unter dem Titel *Unteilbare Welt*

159 ***T.*, mein deutscher Bühnenverleger** – der Hamburger Verleger József Tóth; er gab der Zeitung *A Mai Nap* ein Interview unter dem Titel »Sehen Sie mich gut an, ich wurde für tot gehalten« (15. November 1943) und erzählte darin unter anderem, dass ihn Márai während seiner Ungarnreise als Freund empfangen habe und dass er gerade die Deutschlandpremiere von *Die Bürger von Kaschau* vorbereite

161 **Bethlen** – Miklós Bethlen (1642–1716), Memoirenschreiber, Kanzler von Siebenbürgen

Vörösmarty – Mihály Vörösmarty (1800–1855), ungarischer Dichter; Verfasser von Heldenepen, historischen Dramen und patriotischer Lyrik; noch immer bühnenwirksam sein romantisches Liebesmärchen *Csongor és Tünde* (1831; dt.: *Csongor und Tünde*)

Arany – János Arany (1817–1882), ungarischer Dichter, großer Sprachkünstler; seine volkstümliche Epik (*Toldi*-Trilogie), die virtuosen Balladen und das resignative lyrische Spätwerk waren ein nie mehr erreichter Höhepunkt der ungarischen Dichtung

Babits – Mihály Babits (1883–1941), ungarischer Dichter, Romancier, Essayist und Literaturhistoriker; Hauptschriftleiter der Zeitschrift *Nyugat* (1908–41), die jahrzehntelang das geistige Leben Ungarns prägte; *Geschichte der europäischen Literatur* (dt. 1949)

Tóth – Árpád Tóth (1886–1928), ungarischer Dichter und Übersetzer; gehörte zur ersten Generation des *Nyugat*-Kreises; Verfasser sehnsüchtig-melancholischer Lyrik; berühmte Nachdichtungen von Charles Baudelaire und Paul Verlaine

162 **Teixeira de Pascoaes** – gemeint ist wohl das Werk *São Paulo* (1934; dt.: *Paulus, der Dichter Gottes*, 1938) von Joaquim Teixeira de Pascoaes (1877–1952)

Zrínyis Tod: Die Memoiren von Miklós Bethlen, 1. Buch, 18. Teil, S. 206f.

163 **Manns *Joseph*** – Thomas Mann (1875–1955), *Joseph und seine Brüder. Der vierte Roman: Joseph, der Ernährer* (1943)

166 *La Princesse de Clèves* – Roman von Madame de La Fayette (1678)

167 **Sofia wurde bombardiert** – 14. November 1943

Das letzte Abenteuer – Márais am 16. Oktober 1940 unter der Regie von Antal Németh (1903–1968) im Kammertheater (Nemzeti Kamaraszínház) uraufgeführte Stück; es wurde in Ungarn über 300 Mal gespielt und auch in mehreren westeuropäischen Ländern (Deutschland, Italien, Finnland) aufgeführt

170 **überwiesen von einem Verleger in Bern** – Márai meint wohl den Hallwag Verlag, der die Rechte an dem Roman *Die Eifersüchtigen* erworben hatte, ihn aber erst 1947 veröffentlichte

Ich besaß auch ein Zimmer – gemeint ist wohl die von den ausländischen Tantiemen für sein Stück *Das letzte Abenteuer* gekaufte Wohnung in der Zárdastraße (heute: Rómer-Flóris-Straße) 28

171 **über Goethe sprechen** – gemeint ist wohl Márais Essay *Goethe*, erschienen in *Inspiration und Generation* (1946)

Seume – Johann Gottfried Seume (1763–1810), deutscher Schriftsteller und Abenteurer; sein Werk weist Züge der späten Aufklärung auf; er bereiste Amerika, Russland, Polen, Finnland; seine Reisebeschreibungen sind von kulturhistorischem Interesse; *Apokryphen* erschienen 1806

173 **Harsányi** – Zsolt Harsányi (1887–1943), hochbegabter Schriftsteller, der sein Talent aber bald dem schnellen Erfolg opferte; seine biografischen Romane wurden vor allem im Ausland zu Bestsellern, etwa *Ungarische Rhapsodie* (dt. 1936)

Pourtalès' Buch – Guy de Pourtalès (1881–1941), *Wagner, la vie d'un artiste* (1932; dt.: *Richard Wagner*)

die ersten Entwürfe zur *Schwester* – der Roman erschien im Herbst 1946 im Révai-Verlag, Budapest

174 **Illyés' schriller Aufschrei** – Gyula Illyés, *Unser Ungarntum, unser Fremdsein*, erschienen in *Magyar Csillag* (1943)

176 **Krúdys kurze Skizzen** – Gyula Krúdy (1878–1933), ungarischer Schriftsteller; seine Romane und Erzählungen entstammen oft einer märchenhaften und surrealen Phantasiewelt; Márai verehrte in ihm, der in einem sehr persönlichen

lyrischen Stil schrieb, den Meister der modernen ungarischen Prosa; eindrucksvoll seine Bilder vom alten Pest

Lucia-Tag – Fest der heiligen Lucia von Syrakus (um 286–304) am 13. Dezember; ihr Namenstag ist mit mancherlei Brauchtum verbunden: Lucia-Braut, Lucia-Weizen, Lucia-Brot usw.; wer am Heiligen Abend auf dem aus neunerlei Holz gefertigten Lucia-Stuhl Platz nimmt, hat die Gabe, alle anwesenden Hexen zu erkennen

Trianon – Lustschloss im Park von Versailles, in dem am 4. Juni 1920 Ungarn den von den Alliierten diktierten Trianon-Friedensvertrag zu unterzeichnen hatte; neben anderen Auflagen musste das seither von Österreich getrennte Ungarn große Teile von Oberungarn an die Tschechoslowakei, das Burgenland an Österreich, Kroatien-Slawonien an Jugoslawien, das Banat an Jugoslawien und Rumänien, Siebenbürgen an Rumänien abtreten; der Vertrag von Trianon gilt bis heute als größte Tragödie der jüngeren ungarischen Geschichte

177 **In den letzten Jahren starben** – Mihály Babits 1941; Dezső Kosztolányi 1936; Frigyes Karinthy 1938; Árpád Tóth 1928; Gyula Krúdy 1933; Zsigmond Móricz 1942

Karinthy – Frigyes Karinthy (1888–1938), ungarischer Schriftsteller, Übersetzer und Humorist; größter Satiriker der modernen ungarischen Literatur; Verfasser ausgezeichneter gesellschaftlicher Persiflagen

Móricz – Zsigmond Móricz (1879–1942), ungarischer Romancier, Dramatiker und Journalist; sein gewichtiges Œuvre umfasst eine große Zahl gesellschaftskritischer und historischer Romane und Erzählungen sowie Dramen, Reportagen u. a.; jahrzehntelang dominierte er das literarische Leben Ungarns; war zeitweilig Redakteur der Zeitschrift *Nyugat*; in seiner Prosa schildert er bevorzugt das bäuerliche Milieu sowie das Leben des Landadels in Ungarn; eine elementare Kraft der Sprache zeichnet seine Prosa aus

Pesti Futár – von Sándor Nádas herausgegebenes, mit kurzen Unterbrechungen 1908–38 erscheinendes politisch-gesellschaftliches Wochenblatt mit Boulevardtendenz

178 **Antrittsvorlesung** – Márai wurde am 15. Mai 1942 zum korrespondierenden Mitglied der Sprach- und Geisteswis-

senschaftlichen Abteilung der Ungarischen Akademie der Wissenschaften gewählt, hielt seine Antrittsvorlesung »Inspiration und Generation« jedoch erst am 6. Dezember 1943; in der Begründung hieß es: »Durch die Wahl möchten wir sein herausragendes belletristisches Wirken, das hohe literarische Niveau seiner Schriften und seine Verdienste um die ungarische Geisteskultur würdigen und anerkennen«; Márai wurde am 6. Juni 1947 zum ordentlichen Mitglied der Akademie, seine akademische Mitgliedschaft erlosch 1949 wegen seiner Emigration, im Rahmen der Neuorganisierung der Akademie wurde sie jedoch am 9. Mai 1989 posthum wieder bestätigt

179 **Ronsards Großvater** – Pierre de Ronsard (1524–1585), französischer Dichter; eine Familienlegende besagt, dass einer seiner Ahnen aus der Donaugegend stammte, was urkundlich jedoch nicht belegt wird

Vansittart – Robert Gilbert Vansittart (1881–1957), britischer Diplomat, Schriftsteller, Gegner der sogenannten Beschwichtigungspolitik, 1930–38 stellvertretender Außenminister, 1938–41 ständiger Berater des Außenministers

180 **Vortrag über Mark Aurel** – 19. Dezember 1943

Pantheon – 1920 als Literarisches Institut in Budapest unter Schirmherrschaft der Englisch-Ungarischen Bank gegründet, auch Verlag unter Patronat und Mitarbeit der wissenschaftlichen und literarischen Elite des Landes; bestand bis 1944; hier erschienen auch Werke von Márai

181 **Alliers Buch** – Raoul Allier (1862–1939), *Le non-civilisé et nous* (1928; dt.: *Kultur und Magie*)

Mana – in der polynesischen Glaubenswelt eine sowohl in Menschen als auch in Tieren waltende übernatürliche Kraft

Frazer – James George Frazer (1854–1941), *The Golden Bough. A Study in Magic and Religion* (12 Bände, 1890–1915; dt.: *Der goldene Zweig*)

Lehmann – Max Lehmann (1845–1929), deutscher Historiker, Professor an mehreren Universitäten

182 **Zweig** – Stefan Zweig, *Zeit und Welt. Gesammelte Aufsätze und Vorträge, 1904–1940* (1943)

Lorris' Bemerkung – gemeint ist wohl der französische Literaturkritiker Robert Lorris

Les Faux-Monnayeurs – von André Gide (1926; dt.: *Die Falschmünzer*)

183 **einen Roman über Dantes Frau** – *Gemma, Dantes Gemahlin* (1944), ein Werk des Schriftstellers, Übersetzers und Journalisten Jenő Mohácsi (1886–1944); Márai rezensiert das Werk in *Pesti Hírlap* am 12. Februar 1944, die Rezension erscheint auch im Band *Ihlet és nemzedék* (1946)

Boccaccios ... Biografien – Giovanni Boccaccio (1330–1375), *Trattatello i laude di Dante* (1477; *Kleine Abhandlung zum Lobe Dantes*, auch *Dantes Leben*); die erste Biografie über Dante Alighieri; im Anhang: *Dantes Biografie* des humanistischen italienischen Schriftstellers und Historikers Luigi Bruni (1369–1444), die Dante-Rubrik der Chronik von Florenz von Giovanni Villani (um 1280–1348) sowie einige Kapitel der *Vita interna* von Boccaccio

Bice – der Kosename von Dantes Idealbild Beatrice; die Zitate entstammen vermutlich folgenden Kapiteln: IV. Die Behinderung von Dantes Studien; V. Seine Liebe zu Beatrice; VII. Erinnerung an seine Ehe; XXV. Dantes Charakter

187 **Ich schreibe Gedichte** – Márais bis dahin letzter Gedichtband *Wie ein Fisch oder ein Neger* war 1930 erschienen

Jazygen – ein Zweig des altertümlichen Volkes der Sarmaten; sie lebten in der Gegend des Dondeltas, ein Teil von ihnen drang in das Ungarische Tiefland vor

Carnuntum – in der Römerzeit Hauptstadt der Provinz Oberpannonien

Scarbantia – der römische Name für Ödenburg (Sopron)

Savaria – der römische Name für Steinamanger (Szombathely)

Aquincum – römische Siedlung und Militärlager in Altofen (Óbuda)

188 **Facies hippocratica** – lat.: Gesichtsausdruck des Sterbenden

189 **Neujahrsausgaben** – Anspielung auf seinen Essay »Flugblatt über die Volksbildung«, der auf Ungarisch zum ersten Mal 1942 im Révai-Verlag in Budapest erschien und ein Jahr später, in einer erweiterten Fassung und mit einem Nachwort versehen, erneut veröffentlicht wurde

190 *Weinschenke* – Anspielung auf Mihály Babits' am 16. September 1928 in der Zeitschrift *Nyugat* veröffentlichten Essay »Der Verrat der Intellektuellen«, den er anlässlich des 1927 unter einem ähnlichen Titel erschienenen Werkes des französischen Essayisten und Philosophen Julien Benda (1867–1956) geschrieben hatte

191 **Maugham … Autobiografie** – William Somerset Maugham, *The Summing Up* (1938; dt.: *Die halbe Wahrheit*)

193 **Aristophanes' *Die Vögel*** – Aristophanes' (um 448 – um 385 v. Chr.) *Ornithes* erschien 1880 in der ungarischen Übersetzung von János Arany

Goethes Maximen, Xenien – xenia (griech.): literarische Epigramme; Johann Wolfgang von Goethe, *Maximen und Reflexionen* (1832)

196 **Luftangriffe auf Sofia** – Mitte Januar 1944

Aristophanes, *Die Ritter* – *Hippēs* wurde ebenfalls von János Arany ins Ungarische übertragen

197 **Ein Herr sucht mich auf** – der ungarische Schauspieler und Regisseur Géza von Bolváry (1897–1961) wollte den Roman *Die Glut* verfilmen

Eckhardts … Buch – Sándor Eckhardt (1890–1969), ungarischer Literaturhistoriker und Linguist, Autor des auf Französisch erschienenen Werkes über die ungarisch-französischen Beziehungen *De Sicambria à Sans-Souci. Histoires et légendes franco-hongroises* (1943)

Béla III. – (1148–1196), König von Ungarn (1172–96)

Bouquinist – Pariser Antiquariatsbuchhändler, besonders am Seineufer (frz. bouquiniste)

Wladislaw – Wladislaw II. (ung. Ulászló II; 1456–1516), ein Jagellone, König von Ungarn (1490–1516)

sagittis hungarorum – lat.; das vollständige Zitat lautet: »Sagittis hungarorum, libera nos Domine« (Vor den Pfeilen der Ungarn, rette uns, oh Herr!); Auszug aus einem Kirchengebet zum Schutzheiligen Geminianus, aufgezeichnet 924 im italienischen Modena

198 **Herr … an der Musikakademie** – bei dem erwähnten Zimbalvirtuosen handelt es sich um Aladár Rácz (1886–1958), der unter dem Einfluss Igor Strawinskys und Ernest Ansermets das Zimbal für die klassische Musik entwickelte und

mit seiner Frau Yvonne Barblan ein klassisches Repertoire dafür erarbeitete

200 **Debrecen** – Großstadt im Osten des Ungarischen Tieflands (dt. Debreczin), die sich in manchen Vierteln bis heute ihren ländlichen Charakter bewahrt hat; sie beherbergt drei Universitäten und vier Hochschulen und hat eine große Vergangenheit: 1540 traten ihre Bürger geschlossen zum Protestantismus über (»kalvinistisches Rom«); während der Türkenherrschaft stand die Stadt unter dem besonderen Schutz des Sultans; während der Revolution von 1848 war sie kurze Zeit auch Hauptstadt des Landes, hier wurde 1849 die Entmachtung der Habsburger verkündet; 1944 trat in Debrecen die Nationalversammlung zusammen und wählte eine provisorische Regierung

202 ***L.*** – Lola Márai, geb. Matzner, Márais Frau; sie wird in den Tagebüchern fast durchweg so bezeichnet

Proust – Marcel Proust (1871–1922), *À la recherche du temps perdu* (1914–20; dt.: *Auf der Suche nach der verlorenen Zeit*)

203 **kommt *G.* vorbei** – vermutlich Géza Hetényi (1894–1959), Internist, Universitätsprofessor, zu dieser Zeit Márais behandelnder Arzt

204 **Schubart** – Walter Schubart (1897– nach 1941), *Europa und die Seele des Ostens* (1938); die erwähnten Gedanken finden sich vor allem auf S. 95f.

205 ***Urangst* des prometheischen Menschen** – siehe Schubart, Kapitel »Urangst und Urvertrauen«

206 **Wilders ... Stück** – Thornton Wilder, *Our Town* (1938; dt.: *Unsere kleine Stadt*)

208 **Manns *Henri Quatre*** – Heinrich Mann (1871–1950), *Die Jugend des Königs Henri Quatre* (1935); *Die Vollendung des Königs Henri Quatre* (1938); Heinrich war nicht der jüngere, sondern der ältere Bruder Thomas Manns; er starb am 12. März 1950 in Santa Monica, Kalifornien; Nelly Mann, die zweite Frau des Autors, hatte am 12. Dezember 1944 Selbstmord begangen

209 **»Ode an den Westwind«** – »Ode to the West Wind« (1819) des britischen Dichters Percy Bysshe Shelley (1792–1822)

211 **als die Abtei Monte Cassino auf Betreiben der Deutschen zerstört wird** – 15. Februar 1944; die amerikanische Luft-

waffe zerbombte die Abtei in der Annahme, deutsches Militär halte sich dort auf; die Deutschen beteuerten wiederholt in Erklärungen und auf Pressekonferenzen, dass kein deutscher Soldat in der Abtei gewesen sei; am 18. Mai 1944 durchbrechen die Alliierten die deutschen Linien bei Monte Cassino

212 **Flaubert, *Trois contes*** – Gustave Flaubert (1821–1880), *Trois contes. Un cœur simple – La légende de Saint-Julien l'Hospitaler – Hérodias* (1877; dt.: *Drei Erzählungen*)

Benczúr – Gyula Benczúr (1844–1920), ungarischer Maler, vor allem von Historienbildern und repräsentativen Porträts, der zu seiner Zeit höchste Wertschätzung genoss; Ausbildung und Wirken an der Münchner Akademie, lebte seit 1883 in Budapest

Munkácsy – Mihály Munkácsy (1844–1900) gilt als bedeutendster ungarischer Maler; Lehrjahre in Wien, München, Düsseldorf, verbrachte viele Jahre seines Künstlerlebens in Paris, wo er zu Weltruhm gelangte; besonders geschätzt sind seine kritisch-realistischen Genrebilder, eindrucksvoll die Landschafts- und Historienmalerei sowie Gemälde mit religiösen Themen

Paál – László Paál (1846–1879), ungarischer Maler, vor allem von Landschaftsbildern; nach Lehrjahren in Wien und in Holland kam er durch seinen Freund Mihály Munkácsy nach Frankreich (Schule von Barbizon)

Luftangriffe auf Zagreb – um den 3. März 1944

Leipzig ... ist ausgebrannt – 20. Februar 1944 (schwere Luftangriffe auf Leipzig hatte es auch schon am 21. Oktober und 4. Dezember 1943 gegeben)

214 **Dayaken** – die Ureinwohner Borneos, vgl. Frazers *The Golden Bough* (1890)

215 **Gautiers Studie** – Théophile Gautier (1811–1872), französischer Lyriker und Romanschriftsteller; schrieb ein Vorwort zu Charles Baudelaires Gedichtzyklus *Die Blumen des Bösen* (dt. 1891)

216 **März** – 1944: die sowjetische Frontlinie verläuft im Baltikum

217 **Roberts** – Michael Roberts (1902–1948), *The Recovery of the West* (1941; dt.: *Die Erneuerung des Westens*)

218 **diese Röpkes** – Wilhelm Röpke (1899–1966), deutscher Ökonom und Soziologe; die ungarische Ausgabe seines Werkes *Die Gesellschaftskrisis der Gegenwart* (1942) erschien 1943

Neergaards – Kurt von Neergaard (1887–1947), Schweizer Arzt, *Die Aufgabe des 20. Jahrhunderts* (1940)

219 ***Sodome et Gomorrhe*** – von Jean Giraudoux (1882–1944), 1943 in Paris uraufgeführt (dt.: *Sodom und Gomorrha*)

220 **Jókais Werk** – Mór Jókai (1825–1904), ungarischer Schriftsteller; bis heute meistgelesener Romancier des Landes mit einem riesigen Gesamtwerk; behandelte vorwiegend historische Stoffe in romantischer Manier

Prag ist nicht mehr – war der in ungarischer Sprache erschienene Titel von Sydney Fowler Wrights (1874–1944) Buch *Prélude in Prague: The War of 1938*

221 ***Bella*** – Jean Giraudoux, *Bella* (1926; dt.: *Bella*, 1927)

222 **Bárdossy** – László Bárdossy (1890–1946), ungarischer Außenminister, später Ministerpräsident, erklärte der Sowjetunion am Tag nach den nicht eindeutig identifizierten Luftangriffen auf Kaschau (26. Juni 1941) den Krieg

223 **Kanizsa** – eigtl. Nagykanizsa (dt. Großkanizsa), mittlere Kleinstadt im Südwesten von Transdanubien, zwischen Plattensee und kroatischer Grenze; ab Mitte des 19. Jahrhunderts Aufschwung durch die wichtige Eisenbahnlinie Budapest–Adria; heute Zentrum der ungarischen Ölgewinnung

Luftangriffe ... auf Wien – am 17. März 1944

224 **Kerényis Essay** – Karl Kerényi (1897–1973), *Hermes der Seelenführer. Das Mythologem vom männlichen Lebensursprung* (1944)

Die Deutschen haben Ungarn besetzt – 19. März 1944 (am 20. März trifft Adolf Eichmann in Budapest ein, um die Endlösung der ungarischen Judenfrage in die Wege zu leiten)

Seit vier Tagen in Leányfalu – Márai wohnte 1944/45 im Haus des Antiquars und Eigentümers des Grill-Verlags Rudolf Gergely; Leányfalu, eine Großgemeinde, ist ein idyllischer Ausflugsort am rechten Ufer des Donauknies zu Füßen des Berges Vörös-kő; nach dem Verfall des mittelalterlichen Dörfchens wurde der Ort erst seit den 70er-Jahren des 19. Jahrhunderts wieder besiedelt; vorwiegend Villen von Schauspielern, Malern, Schriftstellern (u. a. lebte hier jahrzehntelang der Schriftsteller Zsigmond Móricz); erst seit 1949 eigenständige Gemeinde; in der Nachbarschaft liegen die Gemeinden Tahi und Tahitótfalu

225 **Deáks Sammlung** – Farkas Deák (1832–1888), *Briefe ungarischer Frauen 1515–1709* (499 Briefe, erschienen 1879)

Mohács – historische Stadt an der Donau, 30 Kilometer südöstlich von Pécs; hier brachte das Heer von Sultan Soliman II. am 29. August 1526 der christlich-ungarischen Armee unter König Ludwig II. eine verheerende Niederlage bei; damit nahm die 150 Jahre dauernde türkische Besatzung Ungarns ihren Anfang

226 **Vác** – Kleinstadt am linken Donauufer (dt. Weitzen), dort, wo der Strom endgültig nach Süden fließt; sie war eines der zehn von Stephan dem Heiligen gegründeten Bistümer; nach anderthalb Jahrhunderten türkischer Herrschaft erlebte die Stadt einen wirtschaftlichen Aufschwung, ebenso wie später mit dem Beginn der Dampfschifffahrt; 1846 erste Eisenbahnstrecke Ungarns von Weitzen nach Budapest

Juden mit gelbem Stern – 5. April 1944: die Juden werden verpflichtet, den gelben Stern an der Oberkleidung zu tragen

Gyarmat – eigtl. Balassagyarmat; nördlich von Vác gelegene Kleinstadt am Flüsschen Ipoly, unweit der Grenze zur Slowakei

sämtliches Vermögen der Juden konfisziert – 14. April 1944, Regierungserlass zur Registrierung und Konfiszierung jüdischen Vermögens

229 **Dickens** – Charles Dickens (1812–1870), *The Pickwick Papers* (1836; dt.: *Die Pickwickier*)

230 **Schwabenberg** – ung.: Svábhegy (zeitweise Szabadsághegy, Freiheitsberg), Zentralgebirgsstock des Budaer Gebirges (480 Meter); im 18. Jahrhundert bis zur Reblausplage wurde hier von deutschen und serbischen Winzern Weinbau betrieben; seit Mitte des 19. Jahrhunderts war der Berg beliebtes Erholungsgebiet von Schauspielern, Schriftstellern und anderen Künstlern; heute eines der begehrtesten Villenviertel Budapests

Szentendre – idyllisches barockes Städtchen (dt. Sankt Andräe), 12 Kilometer nördlich der Hauptstadt, am rechten Donauufer und am Fuß des Visegrádgebirges gelegen, gegenüber der 35 Kilometer langen Insel Szentendre; Künstlerkolonie und viele Wochenenddomizile der Budapester; zahlreiche kulturelle Einrichtungen und Kirchen; attraktives Ausflugs- und Touristenziel

Volksbund – Bund der Volksdeutschen in Ungarn; vor und während des Zweiten Weltkriegs agierte die Organisation im Geist des Nationalsozialismus

231 ***X.* befindet sich** – gemeint ist zweifellos Márais Schwiegervater Sámuel Matzner

werden obligatorisch Gettos eingerichtet – 26. April 1944, Regierungserlass zur Deklarierung jüdischer Wohnsitze; seit dem 15. Mai 1944 werden als jüdisch geltende Personen in Gettos zusammengetrieben und in Konzentrationslager abtransportiert

Josephus Flavius – (37/38 – nach 100), *Über den jüdischen Krieg*

233 **Heltais ... *Ritter*** – Jenő Heltai (1871–1957), *Der stumme Ritter* (1936), neuromantisches Märchenspiel

Rousseaus *Confessions* – Jean-Jacques Rousseau (1712–1778), *Les Confessions* (1761–70; dt.: *Bekenntnisse*)

234 **Die Russen stehen** – bei Kőrösmező (Jasina, Karpato-Ukraine): 16. Mai 1944

Engländer und Amerikaner – 19./20. Mai 1944

Armenier von Musa Dagh – Franz Werfel (1890–1945), *Die vierzig Tage des Musa Dagh* (Roman, 1933)

236 **Ortega y Gasset** – José Ortega y Gasset, *La rebelión de las masas* (1930; dt.: *Der Aufstand der Massen*)

in einer Art Rodostó – Anspielung auf Ferenc Rákóczi und seine Gefolgsleute, die nach dem Scheitern des Freiheitskampfes gegen die Habsburger fliehen mussten und in Rodostó (heute: Tekirdağ, Türkei) im Exil lebten

238 **van Loons ... Buch** – Hendrik Willem van Loon (1882–1944), *The Story of Mankind* (1921; dt.: *Die Geschichte der Menschheit*, 1924)

240 **Luftangriffe** – Ende Mai, Anfang Juni 1944

Palladios Kirche – Andrea Palladio (1508–1580), italienischer Architekt, Baumeister des Teatro Olimpico in Vicenza, Verfasser von *Die vier Bücher zur Architektur* (1570)

Oxford-Bewegung – Bewegung in der anglikanischen Kirche, die für eine Annäherung an den Katholizismus eintrat

243 **Rom ist gefallen** – 4. Juni 1944, Einmarsch der Alliierten in Rom

245 **Marlowe** – Christopher Marlowe (1564–1593), *The Famous Tragedy of the Rich Jew of Malta* (um 1585; dt.: *Der Jude von Malta*)

Jud Süß – Anspielung auf den 1925 erschienenen gleichnamigen Roman des deutschen Romanciers und Dramatikers Lion Feuchtwanger (1884–1958) sowie den berüchtigten antisemitischen Propagandafilm (1940) von Veit Harlan (1899–1964)

János Vitéz und der Tod – der Name ist ein Versehen Márais; er hatte natürlich nicht den Humanisten und Erzbischof von Gran (Esztergom), János Vitéz (1408–1472), im Sinn, sondern die beliebte Marionettenfigur Paprika Jancsi alias László Vitéz; zu Márais Verwechslung hat vielleicht beigetragen, dass der Held in dem viel gespielten Singspiel *János Vitéz* von Pongrác Kacsoh (1873–1923) ebenfalls diesen Namen trägt

246 ***X.* ist nach Polen deportiert worden** – gemeint ist Sámuel Matzner, Lola Márais Vater

Angelsachsen – 6. Juni 1944, Landung in der Normandie, Operation »Overlord«

wie das *Buch Jona* – Anspielung auf Mihály Babits' *Das Buch Jona* (1940)

247 **vierzehn »Großjuden«** – 25. Juni 1944

West-Wall – die deutsche Verteidigungslinie im Zweiten Weltkrieg, der Westwall, die im November 1944 von der 3. Armee unter General George Smith Patton (1885–1945) angegriffen wurde

248 **Maeterlinck** – Maurice Maeterlinck, *La vie des termites* (dt.: *Das Leben der Termiten*, 1926)

249 **Conciergerie** – der Pariser Justizpalast, dessen Keller während der Französischen Revolution als berüchtigtes Gefängnis diente; hier wurde unter anderem auch Marie Antoinette eingesperrt

250 **Nachts lese ich** – der erste Band der Romantrilogie *Die Beleidigten* erschien 1947 mit dem Untertitel *Die Stimme*, der zweite 1948 mit dem Titel *Zeichen und Bedeutung*, beide im Révai-Verlag; der dritte Band (*Kunst und Liebe*, 1948) wurde bereits eingestampft

Ja, das Leben ahmt die Kunst nach – Anspielung auf einen zum geflügelten Wort gewordenen Ausspruch Oscar Wildes (1854–1900)

Straße der Heere – der Sage nach sind die Sterne der Milchstraße die Hufspuren der Rösser von toten Hunnenkriegern, mit denen Csaba, der Sohn Attilas, immer dann den Szeklern zu Hilfe eilt, wenn sie in höchster Not sind; deshalb wird die Milchstraße von den Ungarn bis heute »Straße der Heere« genannt

Eine Dame sucht mich auf – Márai lehnte die Möglichkeit zur »Flucht« ab und tat gut daran, denn das Flugzeug hätte ihn ins Konzentrationslager Mauthausen gebracht; in einem Interview nach dem Krieg erklärte er: »Ich konnte das Angebot nicht annehmen, da ich zu jener Zeit für das Schicksal einiger Menschen verantwortlich war. Wäre ich weggegangen, wären diese Menschen schutzlos zurückgeblieben. Und sie mitzunehmen kam nicht infrage. Das war der entscheidende Grund, warum ich das Angebot ablehnte.«

251 **Levente-Übung** – Levente: früher Bezeichnung für den stolzen Kämpfer; in der Horthy-Ära obligatorische militärische Vorausbildung für Jugendliche von 12 bis 21 Jahren in irredentischem, nationalistischem Geist

252 **Frances *Thaïs*** – Anatole France (1844–1924), *Thaïs* (1890; dt.: *Thais*)

Barabás – Miklós Barabás (1810–1898), Autobiografie von 1929; das Zitat: »Wie der Vater von Miklós Wesselényi konnte auch er von sich behaupten: ›Leiden lehrte man mich, nicht, mich zu fürchten.‹«

Cherbourg ist gefallen – die deutschen Truppen geben Cherbourg am 26. Juni 1944 auf

in Finnland und bei Witebsk – 21. Juni 1944

253 **Samstag um Mitternacht** – 16. Juni 1944; Einrichtung der mit Judenstern gekennzeichneten Häuser; 21. bzw. 23. Juni: Einschränkung der Bewegungsfreiheit für Juden

255 **Nachts heftiger Bombenangriff** – 2./3. Juli 1944
Ein Moment im Garten – dieser Tagebucheintrag diente als Aufhänger für Angriffe gegen Márai 1947; eine Karikatur zeigt ihn mit einer Rose im Vordergrund, während im Hintergrund Juden deportiert werden; mit dieser Gedankenverbindung sollte seine Teilnahmslosigkeit gegenüber dem Leid der Juden belegt werden
256 **Sainte-Beuves *Causeries*** – Charles-Augustin Sainte-Beuve (1804–1869), französischer Literat, Historiker und Kritiker; *Causeries du lundi* (dt.: *Montagsplaudereien*): Titel der Sammelausgabe seiner 1851–62 wöchentlich für *Le Constitutionnel* verfassten Essays, die posthum in 15 Bänden veröffentlicht wurden
258 **Sitten Mademoiselle Scudérys** – Madeleine de Scudéry (1607–1701), beliebte französische Romanautorin ihrer Zeit
Tugend Madame Maintenons – Françoise d'Aubigné Marquise de Maintenon (1635–1719), Mätresse, später legendäre zweite Frau des französischen Königs Ludwig XIV.
259 **am Hof Franz' I.** – Franz I. (1768–1855), Kaiser von Österreich, König von Ungarn, regierte 1792–1835, als Franz II. Kaiser des Heiligen Römischen Reichs
Lespinasses – Julie Jeanne Éléonore de Lespinasse (1732–1776), französische Schriftstellerin, führte seit 1764 einen beliebten Literatursalon
Sévignés – Marie de Rabutin-Chantal, Marquise de Sévigné (1626–1696), französische Schriftstellerin
260 **Csortos** – Gyula Csortos (1883–1945), ungarischer Schauspieler
Shaws *Mensch und Übermensch* – George Bernard Shaw (1856–1950), *Man and Superman* (1903; dt.: *Mensch und Übermensch*, 1907)
261 **Losonc** – Kleinstadt im Ipolytal (slowak. Lučenec, dt. früher Losontz), Straßen- und Eisenbahnknotenpunkt; in der Umgebung Heilbäder und die Renaissancefestung von Halič; fiel nach dem 1. Wiener Schiedsspruch 1938 an Ungarn und kam 1944 zurück an die Tschechoslowakei
De Quinceys Bekenntnis – Thomas De Quincey (1785–1859), *Confessions of an English Opium-Eater* (1821; dt.: *Bekenntnisse eines englischen Opiumessers*)

Laudanum – lat.; aus Opium gewonnenes Beruhigungsmittel

262 **Die Russen stehen vor Lemberg** – um den 13. Juli 1944 (die Truppen der 1. Ukrainischen Front vernichten die 4. Ungarische Armee; Lemberg: russ. Lwow, heute ukrain. Lwiw)

Erasmus' *Laus stultitiae* – Erasmus von Rotterdam, *Morias Enkomion seu laus stultitiae* (1511; dt.: *Lob der Torheit*)

263 **Kapitän Slocum** – Joshua Slocum (1844–1909/10), kanadischer Seemann, Weltreisender, erster Weltumsegler; seine Reise beschrieb er in *Sailing Alone Around the World* (1899); er legte 74 000 Kilometer in drei Jahren zurück; von einer weiteren Reise 1909 kehrte er nicht zurück

Diese ... Gerbaults – Alain Gerbault (1893–1941), französischer Seemann, Weltreisender, überquerte als Erster allein den Atlantik; er umsegelte die Erde in sechs Jahren, legte dabei etwa 60 000 Kilometer zurück; sein Reisebericht: *A la poursuite du soleil* (1929; *Auf der Jagd nach der Sonne*)

265 **Ich denke an Paris** – um den 18. Juli 1944

Larbauds *Jaune* – Valéry Larbaud (1881–1957), *Jaune, Bleu, Blanc* (1927; *Gelb, blau, weiß*)

266 **Surányi** – Miklós Surányi (1882–1936), ungarischer Schriftsteller und Journalist

268 **Hűvösvölgy** – malerisches Tal (»kühles Tal«), das das Budaer Gebirge teilt; das beliebte Ausflugsziel befindet sich noch auf Budapester Stadtgebiet

270 **Larbaud** – »Großer Gott, was bedeutete mir dieses qualvolle Leben / In dem mich so viele Gefahren umgeben / Ein Leben doch so erhaben und unglücklich / Wenn mein Herz allein bliebe?«

271 **Dózsa** – György Dózsa (um 1470–1514), Bauernführer siebenbürgischer Herkunft, führte den Bauernaufstand von 1514 an

272 **Szekfűs ... Artikelreihe** – Gyula Szekfű, »Wir haben uns irgendwo verirrt«; die Veröffentlichung der Artikelreihe in der Zeitung *Magyar Nemzet* begann im Dezember 1943

274 ***Ungar bin ich, als Ungar geboren*** – Zitat aus der ersten Strophe von Lajos Pósas (1850–1914) Gedicht »Ungar bin ich«; die Anfangszeile des Gedichts lautet korrekt: »Ungar bin ich, Ungar. Als Ungar geboren«

275 **Greens *Tagebücher*** – Julien Green, *Journal* (seit 1926; dt. 1952–54)

277 **Mohácsi** – Jenő Mohácsi (1886–1944); zu seinen herausragenden Übersetzungen ins Deutsche gehören auch *Bánk Bán* sowie *Csongor* und *Tünde*; er kehrte von der Deportation nicht zurück

Die Tragödie des Menschen – *Az ember tragédiája* (1862), Hauptwerk von Imre Madách (1823–1864); die dramatische Dichtung über Weg und Schicksal des Menschen vom Sündenfall bis zum Jüngsten Gericht wird oft mit Goethes *Faust* verglichen; sie wurde in viele Sprachen übersetzt, auch auf ausländischen Bühnen aufgeführt und machte Madáchs Namen weltbekannt

278 **Chartres, Orléans** – um den 25. Juli 1944

279 **Gábor Göre** – Géza Gárdonyis – später verleugnete – böse bauernsatirische Reihe: *Die Bücher des Dorfrichters Gábor Göre. Seine Briefe, Abenteuer und Erlebnisse aller Art* (1895) Die jüngsten Auslassungen von Richter Gábor Göre – so bezeichnete Gárdonyi scherzhaft die einzelnen Ausgaben der Gábor-Göre-Reihe

280 **Tennyson** – Alfred Lord Tennyson (1809–1872), *Enoch Arden* (1864), vertont (1897) von Richard Strauss

281 **Cholnokys *Kaleidoszkop*** – 1913 veröffentlichte Skizzensammlung von Viktor Cholnoky (1868–1912)

Geheimnis von Tammuz – Anspielung auf Cholnokys 1910 veröffentlichten Erzählband *Tammuz*; Tammuz (wahrscheinlich mesopotamisch): akkadischer Held, der für Ischtar in die Unterwelt hinabstieg und die Erlaubnis erflehte, mit ihr auf die Erde zurückzukehren; Gottheit der Vergänglichkeit und Erneuerung der Natur

282 **Die Vorhut … vor Versailles** – 16./17. Juli 1944

mal mit der rechten Hand – Mihály Babits, *Das Buch Jona*, 4. Teil

283 **in der Normandie** – Landung in der Normandie: 6. Juni 1944; Manöver in Nordfrankreich: Juli/August; Angriff der sowjetischen Truppen im Baltikum: seit dem 10. Juli 1944; Landung in Südfrankreich: 15. August 1944

284 ***Tod und Verklärung*** – symphonische Dichtung von Richard Strauss (1864–1949)

Als wäre am neunzehnten März – der Tag der deutschen Okkupation Ungarns (19. März 1944)

285 **Wer den Ton angeben will** – Anspielung auf einen volkstümlichen Ausspruch, den auch Attila József (1905–1937) seinem Band *Külvárosi éj (Nacht am Stadtrand)* als Motto voranstellte

aus Kolozsvár und Kaschau – Anspielung auf die Gebietsforderungen Ungarns nach dem Friedensabkommen von Trianon

Kolozsvár – heute zweitgrößte Stadt Rumäniens (dt. Klausenburg, rumän. Cluj-Napoca), am Kleinen Samosch im Nordwesten gelegen, ursprünglich Hauptstadt von Siebenbürgen; geht auf eine deutsche Gründung zurück, seit 1405 königliche Freistadt (abwechselnd von einem deutschen und einem ungarischen Rat verwaltet); nach dem Ersten Weltkrieg (1920) an Rumänien, aufgrund des 2. Wiener Schiedsspruchs 1940 an Ungarn; seit 1946 wieder rumänisch

Kaschau – größte Stadt der Ostslowakei (slowak. Košice, ung. Kassa); jahrhundertelang Wirtschafts-, Kultur- und Verkehrszentrum Oberungarns, das nach dem Friedensvertrag von Trianon an die Tschechoslowakei fiel; nach dem 2. Wiener Schiedsspruch (1940) wurde ein Teil Oberungarns mit Kaschau erneut Ungarn zugeschlagen, 1945 kam es endgültig an die Tschechoslowakei; die Stadt besitzt eine sehenswerte Altstadt mit schönen Bürgerhäusern und dem Theater sowie dem berühmten gotischen Dom; sie hat bis heute eine große ungarische Minderheit; Kaschau war die Geburts- und Heimatstadt Márais und hat den Schriftsteller nachhaltig geprägt

286 **Turul-Kameradschaft** – 1919 von Studenten der Rechtswissenschaft, Philosophie und Medizin gegründeter Kameradschaftsbund; der Name geht auf den sagenhaften Wundervogel Turul zurück, den die landnehmenden Magyaren im Banner hatten, ebenso wie angeblich schon die Hunnen vor ihnen; der Turul führte stets das in die Schlacht ziehende Volk

287 **keinen Tschechen mehr sehen** – Auszug aus Hitlers Rede im Berliner Sportpalast am 26. September 1938

kurz darauf in Prag einmarschieren – deutsche Truppen besetzten Prag am 15. März 1939

Pacta sunt servanda – lat.: Verträge sind einzuhalten

dass Paris gefallen ist – Paris wurde während eines Volksaufstands am 19.–25. August 1944 befreit

de Gaulle in Paris einmarschiert – 25. August 1944

Deux Magots – das Pariser Café »Les Deux Magots«

288 **Messiaens Notizen** – Pierre Messiaen (1883–1958), Übersetzer der Werke William Shakespeares ins Französische, Vater des berühmten französischen Komponisten Olivier Messiaen (1908–1992)

Stubbs – William Stubbs (1825–1901), britischer Historiker, beschäftigte sich vor allem mit dem mittelalterlichen England

289 **»Barden von Wales«** – Anspielung auf János Aranys Gedicht »Die Barden von Wales«; damit waren Schriftsteller gemeint, die sich in kritischen Zeiten zu Wort melden

290 **Fideikommiss** – d. h. zu treuen Händen belassen; das vom Herrscher verliehene Privileg bedeutete, dass Familienvermögen (vor allem Grundbesitz) ungeteilt in einer bestimmten Erbfolge vererbt wurde, also unveräußerlich und unpfändbar war; es konnte auch nicht verschenkt oder innerhalb der Familie aufgeteilt werden; nur der Ertrag daraus stand zur freien Verfügung; in Ungarn wurde der Großgrundbesitz nach diesem Prinzip vererbt, das unteilbare Vermögen der Familie fiel stets an ein männliches Familienmitglied

291 ***Von fünf Uhr Morgen ab*** – Hitlers Rede am 1. September 1939; der berüchtigte Satz lautete wörtlich: »Seit 5.45 Uhr wird jetzt zurückgeschossen.«

292 **Schmerz über den Tod** – seines Sohnes Kristóf im Jahr 1939

Rumänen und Russen – am 25. August 1944 schob sich die Front bei Illyefalva (heute: Ilieni, Rumänien), sechs Kilometer von Sepsiszentgyörgy entfernt, über die damalige ungarische Grenze

Bande … hat abgedankt – 29. August 1944, Ablösung der Regierung Sztójay durch die Regierung von Generaloberst Géza Lakatos (1890–1967)

294 **Szeklerland** – es wird von der ethnisch ungarischen Volksgruppe der Szekler bewohnt und liegt zwischen Hargita-, Csík- und Gyergyógebirge am Ostrand von Siebenbürgen, heute Rumänien; das Gebiet, fast ganz von Bergen umschlossen, konnte sich seine Eigenständigkeit (in Mundart, Brauchtum, Sprache) bewahren; 1940 wurde durch den 2. Wiener Schiedsspruch Nordsiebenbürgen mit dem Szeklerland Ungarn zugesprochen, 1947 ging das Gebiet, in dem rund 670 000 Szekler leben, wieder an Rumänien (Teil der autonomen ungarischen Region Maros)

Regierung hat ... erlassen – 1. September 1944

296 **Sztójay** – Döme Sztójay (1883–1946), Diplomat, Feldmarschall, März bis August 1944 ungarischer Ministerpräsident

Wilde – Oscar Wilde, *The Portrait of Mr. W. H.* (1889; dt.: *Das Sonettenproblem des Herrn W. H.*)

297 **meinen Übersetzer** – Artur Saternus (1892–1970)

298 **Könige des Hauses Árpád** – ungarische Herrscherfamilie in der Nachfolge des landnehmenden Fürsten Árpád zwischen dem 10. Jahrhundert und 1301; Béla III. war ein herausragender Vertreter der Dynastie, unter seiner Herrschaft erlebte Ungarn innen- und außenpolitisch sowie kulturell eine Blütezeit

Stephan – Stephan I., der Heilige (ung. István; 969/975–1038), ungarischer Landesfürst, seit 1000 König, Gatte der bayerischen Herzogin Gisela, führte das Christentum in Ungarn ein

Zrínyi – Miklós Zrínyi (1620–1664), ungarischer Politiker, Feldherr und Dichter; zog sich bei einer Eberjagd tödliche Verletzungen zu

Rákóczi – Ferenc Rákóczi II., ungarischer und siebenbürgischer Fürst, Führer des Freiheitskampfs 1703–11

Mikszáth – Kálmán Mikszáth (1847–1910), ungarischer Schriftsteller, Journalist und Politiker; neben Mór Jókai der bedeutendste und meistgelesene ungarische Prosaschriftsteller der Wende vom 19. zum 20. Jahrhundert; Meister der humoristischen Anekdote und Satire

Tschuringa – Ureinwohner Australiens; Tschuringa (Herkunft unbekannt): aus Holz oder Stein gefertigtes fischförmiges Zauberinstrument der australischen Ureinwohner

299 **Scheffler** – Karl Scheffler (1869–1951), *Der Geist der Gotik* (1917)

Plus un homme – »Je größer ein Künstler, desto mehr Titel und Auszeichnungen begehrt er als Stütze«

300 **Coup de foudre** – frz.: Blitzschlag; der tiefe Eindruck, den eine erste Begegnung hinterlässt

Ciceros Bekenntnis – Marcus Tullius Cicero (106–43 v. Chr.), *Cato maior de senectute* (44; dt.: *Vom Alter*)

301 **Die Finnen räumen Karelien** – 4. September 1944

In Siebenbürgen pochen die Russen – 14. September 1944, Angriff der 4. Ukrainischen Front auf die sogenannte Árpádlinie in den Nordostkarpaten

302 ***Sterbender Schwan*** – Zitat aus Sándor Petőfis Gedicht »Feentraum«; es lautet genau: »Sterbender Schwan, flieg langsam, singe, klinge, Erinnerung, und tröste mein Gemüt!«

Bartók – Béla Bartók (1881–1945), ungarischer Komponist, Pianist und Musikethnologe; lebte seit 1940 in den Vereinigten Staaten, wo er auch starb; neben Franz Liszt der bedeutendste ungarische Musiker

Rippl-Rónai – József Rippl-Rónai (1861–1927), ungarischer Maler von europäischem Rang; auch Grafiker und bedeutender Kunsthandwerker; während seines langen Parisaufenthalts Mitglied der Malergruppe der »Nabis«

Mednyánszky – László Mednyánszky (1852–1919), ungarischer Maler, lebte abwechselnd in Budapest, Wien und Paris; Vertreter des Ende des 19. Jahrhunderts vorherrschenden Realismus; malte Landschaftsbilder, Porträts und eindringliche Darstellungen von Kriegserlebnissen

Szinyei-Merse – Pál Szinyei-Merse (1845–1920), neben Mihály Munkácsy der bedeutendste Maler seiner Zeit; herausragender Vertreter der ungarischen Freilichtmalerei, Direktor der Hochschule für Bildende Künste

303 **Rosny** – Joseph Henri Honoré Rosny (1856–1940), französischer Schriftsteller, bekannt vor allem für seine phantastischen Romane

305 **Sopron** – im äußersten Westen Ungarns gelegene mittelgroße Stadt (zur Römerzeit Scarbantia, dt. Ödenburg) mit

reizvoller Umgebung an den östlichen Ausläufern der Alpen; seit 1277 Stadtrecht, reich an Kunstdenkmälern, weitgehend erhaltene mittelalterliche und barocke Altstadt; seit alters und bis heute kulturelles und wirtschaftliches Zentrum mit Universität und Hochschule, Weinbau, Handel und Industrie; beliebter Fremdenverkehrsort; wurde nach dem Ersten Weltkrieg zunächst Österreich zugesprochen, bei einer umstrittenen Abstimmung 1921 optierte die Mehrheit für Ungarn; Ende des Zweiten Weltkriegs letzte Zufluchtsstätte der abgewirtschafteten faschistischen Regierung Ungarns

Die Heilige und ihr Narr – Roman (1913) von Agnes Günther (1863–1911)

308 **Stendhals Buch** – Stendhal (eigtl. Henri Marie Beyle; 1783–1842), *Über die Liebe*, 18. Kapitel: »Über den weiblichen Hochmut«

309 **Russen nähern sich Kolozsvár** – Mitte September 1944

310 ***Blitz und Regen*** – das Zitat entstammt dem 2. Teil von Percy Bysshe Shelleys »Ode an den Westwind«

311 **Somlyó** – Zoltán Somlyó (1882–1937), *Somlyó Zoltán válogatott versei* (1936; *Gesammelte Gedichte*)

Erdélyi – József Erdélyi (1896–1978), ungarischer Lyriker, volkstümliche bäuerliche Themen

312 **am Donauufer entlang** – deutsche Truppen durchquerten Ungarn beim Überfall auf Jugoslawien am 2.–6. April 1941

314 **Gentry** – in Ungarn Mittel- und Kleinadelige, eine Art christliche Herrenmittelklasse, die bis zum Ende des Zweiten Weltkriegs rund ein Drittel des Komitatsbeamtentums sowie der Staatsverwaltung, aber auch Mitglieder des Offizierskorps stellten und oft einen ausgeprägten Standesdünkel an den Tag legten

Schicksal Siebenbürgens – 5. September 1944: Beginn einer deutsch-ungarischen Truppenbewegung, um die Kontrolle über das südliche Siebenbürgen zu erlangen

Arad – Stadt an der Maros im Westen Rumäniens, unmittelbar an der ungarischen Grenze; gehörte bis zum Friedensvertrag von Trianon (1920) zu Ungarn; während des ungarischen Freiheitskriegs (1849) zeitweise Regierungssitz, nach der Niederschlagung der Erhebung wurden hier 13 ungarische Generäle hingerichtet; für Ungarn ein Ort der nationalen Trauer

316 **Tischbein** – Johann Heinrich Wilhelm Tischbein (1751–1829), deutscher Maler, mit Johann Wolfgang von Goethe befreundet, Beiname Goethe-Tischbein oder Neapolitaner-Tischbein; sein berühmtestes Bild stellt seinen Dichterfreund dar: *Goethe auf der römischen Campagna* (1787)

Stendhal – *Über die Liebe*, 35. Kapitel, »Über die Eifersucht«

317 **Alexander** – Bernát Alexander (1850–1927), ungarischer Philosoph, Ästhet

Ferenczi – Sándor Ferenczi (1873–1933), ungarischer Nervenarzt, Professor

Füst – Milán Füst (1888–1967), ungarischer Lyriker und Romancier; pflegte die freie Versform; im deutschen Sprachraum vor allem mit seinem Roman *Die Geschichte meiner Frau* (dt. 1962) bekannt geworden

Gyergyai – Albert Gyergyai (1893–1981), ungarischer Literaturhistoriker und Übersetzer

Hevesi – Sándor Hevesi (1873–1939), ungarischer Theaterregisseur und Schriftsteller

Osvát – Ernő Osvát (1876–1929), ungarischer Literat, Redakteur; Verfasser von Essays und Aphorismen; maßgeblicher Literaturkritiker für die *Nyugat*-Generation; eigentlich die »graue Eminenz« dieser Zeitschrift

Ignotus – eigtl. Hugó Veigelsberg (1869–1949), maßgeblicher Redakteur der Kulturzeitschrift *Nyugat*

318 **Csínom Palkós** – Soldaten- und Trinklieder der Kuruzenkriege, geht vermutlich auf die siegreiche Erhebung Imre Graf Thökölys (1657–1705) gegen die Habsburger (1681) zurück; allgemein bekannt als Lied der Rákóczi-Freiheitskriege gegen Österreich; später gab es ein Singspiel *Csínom Palkó* (1951) von Ferenc Farkas (1905–2000)

Etikett des »Geistes von Szeged« – auch Szegeder Idee; ideologische Fundierung der ungarischen Gegenrevolution, Formulierung der christlich-nationalen Idee; Szeged galt als Geburtsstätte der Gegenrevolution, dort hatte sich 1919 unter Miklós Horthy das Nationalheer gebildet

320 **Kolozsvár ist evakuiert worden** – Ende September 1944; die Stadt wurde am 11. Oktober von sowjetischen und rumänischen Truppen besetzt
Morands kurze Maximen – Paul Morand, *Le Voyage. Notes et maximes* (1927)
321 **Finnland hat … unterzeichnet** – 19. September 1944
322 **Flüchtlinge aus Siebenbürgen** – Mitte September 1944 beginnt die Evakuierung des Szeklerlands im heutigen Rumänien; etwa 300 000 Menschen werden aus ihrer Heimat vertrieben
323 **Russische Reiter** – 23. September 1944, in der Gegend von Battonya
den dritten, abschließenden Band – Márai spricht seit dem Kriegsende wiederholt von diesem Vorhaben; es kann in Ungarn nicht mehr verwirklicht werden, das Werk erscheint auf Ungarisch 1972 beim Vörösváry-Weller-Verlag in Toronto; deutsch 2000 unter dem Titel *Land, Land!*
324 **Vor Szeged … wird gekämpft** – 23.–27. September 1944
Die Russen sind in Makó – 26. September 1944
Shaws ***Candida*** – 23. September 1944 im Lustspieltheater Budapest
Endre – László Endre (1895–1946), Vizegespan, Innenstaatssekretär, Gründer der Sozialistischen Rassenschutzpartei, Organisator der Judendeportationen; durch ein Volksgericht 1946 zum Tode verurteilt
325 **Semmering** – beliebter Gebirgs- und Ausflugsort südlich von Wien
Wilsons Buch – Hugh Robert Wilson (1885–1946), *The Education of a Diplomat* (1938; dt.: *Lehrjahre eines Diplomaten*)
Christinenstadt – Stadtteil von Budapest (1. und 12. Bezirk), rechts der Donau, zwischen den östlichen Ausläufern der Budaer Berge und den Hängen des Burgbergs; bis ins 18. Jahrhundert zwischen Weingärten und Feldern nur schwach besiedelt, später begehrtes Wohngebiet der Hauptstadt; der Name geht auf Marie Christine zurück, die Tochter Kaiserin Maria Theresias, die mithilfe ihres Mannes Albert Kasimir, Statthalter in Ungarn, gegen den Widerstand der Heeresleitung durchsetzte, dass das Gelände bebaut werden durfte

327 **Der 2. Oktober** – Niederschlagung des Aufstands im Warschauer Getto durch das deutsche Militär, vorwiegend SS-Truppen

Veesenmayer – Edmund Veesenmayer (1904–1977), Botschafter Deutschlands in Budapest, bevollmächtigter Reichskommissar im besetzten Ungarn; spielte eine wesentliche Rolle bei der Ermächtigung Ferenc Szálasis; 1945 bei den Nürnberger Prozessen zu 20 Jahren Gefängnis verurteilt, von denen er nur drei absaß

sofortige Ernennung – Ferenc Szálasi (1897–1946), faschistischer Politiker, Offizier; nach dem Krieg durch ein Volksgericht zum Tod durch den Strang verurteilt; Ferenc Rajniss (1893–1946), Journalist, Minister für Religion und Bildung in der Regierung Szálasi; siehe Anm. zu S. 343

Churchill-Rede – vor dem 30. September 1944; Winston Churchill (1874–1965) rief zum Widerstand gegen die Deutschen auf; auf diese Rede bezieht sich der Aufruf des von Mihály Graf Károlyi (1875–1955) geführten, in England residierenden Ungarischen Rates am 30. September

328 ***Die Wasserträgerin*** – eventuell handelt es sich hier um Luigi Cherubinis Oper *Les Deux journées* (1800; *Der Wasserträger*)

329 **Rings um Budapest** – am 22. September 1944 beginnt man mit dem Ausbau der sogenannten Attilalinie

332 **Poincaré** – Jules-Henri Poincaré (1854–1912), *La valeur de la science* (1904; dt.: *Wert der Wissenschaft*)

333 **Joyce** – James Joyce (1882–1941), *Gens de Dublin* (*Dubliners*, 1914; dt.: *Dubliner*)

335 **Das deutsche Militär** – Ende September 1944

ein Flüchtlingstreck – seit Anfang September 1944

336 **Joyce' Novellen** – gemeint ist vielleicht sein Roman *A Portrait of the Artist as a Young Man* (1916; dt.: *Jugendbildnis*)

***Esquire*-Heft** – Márai meint wohl die 1933–78 in Chicago herausgegebene Zeitschrift

337 **Levente-Bewegung** – siehe Anm. zu S. 251

Gyóni – Géza Gyóni (eigtl. G. Áchim, 1884–1917), ungarischer Dichter und Zeitungsredakteur; meldete sich im Ersten Weltkrieg zum Kriegsdienst, seine dort entstandenen Gedichte machten ihn berühmt; er starb in geistiger Umnachtung

Russen haben ... begonnen – 10. Oktober 1944, Unterbrechung der Bahnlinie Belgrad–Budapest (20. Oktober Befreiung Belgrads)

Gömbös-Denkmal – Gyula Gömbös (1886–1936), Hauptmann im Generalstab, ungarischer Ministerpräsident (1932–36); sein Denkmal wurde am 6. Oktober 1944 gesprengt; am selben Tag begann die Offensive der 2. Ukrainischen Front entlang der südöstlichen Grenze Ungarns

338 **Kosztolányi starb** – Dezső Kosztolányi starb am 3. November 1936, Gyula Gömbös am 6. Oktober 1936

Tisza-Denkmal – Anspielung auf den ehemaligen Ministerpräsidenten und Präsidenten des Repräsentantenhauses István Graf Tisza (1861–1918); sein von Antal Orbán (1887–1940) und György Zala (1858–1937) geschaffenes Denkmal wurde 1934 auf dem Kossuthplatz in Budapest eingeweiht, 1945 abgerissen und in das Stalin-Denkmal eingeschmolzen

340 **Die russischen Truppen** – am 8. Oktober 1944 erreichte die 2. Ukrainische Front bei Szentes und Szolnok die Theiß

341 **Briefe Franz Josephs** – Franz Joseph (1830–1916), Kaiser von Österreich, König von Ungarn, regierte 1848–1916; vgl. *François-Joseph intime, le dernier siècle de la cour de Vienne. D'après la correspondance tirée des archives secrètes de la Maison d'Autriche*, hrsg. v. Otto Ernst (frz. 1928; dt.: *Franz Joseph I. in seinen Briefen, auf Grund von Forschungen im Haus-, Hof- u. Staatsarchiv zu Wien*; 1924)

342 ***Goldrausch*** – der Stummfilm *The Gold Rush* (1925) von Charles Chaplin (1889–1977)

343 **Horthys Proklamation** – 15. Oktober 1944, Proklamation des Kriegsaustritts Ungarns; die Proklamation wird am nächsten Tag für ungültig erklärt, Miklós Horthy tritt von seinem Amt als Reichsverweser zurück, Ferenc Szálasi wird zum Ministerpräsidenten ernannt; die Regierung Gömbös ist 1932–36, die Regierung Darányi 1936–38, die Regierung Szálasi 1944/45 im Amt

Szálasi – Ferenc Szálasi (1897–1946), Führer der ungarischen faschistischen Pfeilkreuzler-Bewegung; Major im

Generalstab, 1935 in den Ruhestand versetzt, gründete 1935 die Partei des Nationalen Willens, die bald verboten wurde; 1938 Zuchthaus wegen staatsfeindlicher Aufwiegelung, 1940 amnestiert; Führer der Pfeilkreuzler-Partei; nach der deutschen Besetzung im Oktober 1944 Ministerpräsident und »Führer der Nation«; 1946 vom Volksgericht zum Tode verurteilt und hingerichtet

344 **Russen in Kecskemét** – 29. Oktober 1944

345 **Budapester Juden** – Pfeilkreuzler richten am 17. November 1944 200 Gefangene am Donauufer hin

in Finnland, in Bulgarien, in Rumänien – am 25. August erklärt Rumänien, am 4. September Finnland, am 8. September Bulgarien Deutschland den Krieg

346 **Russen ... bei Kenderes** – 28. Oktober 1944, Überschreiten der Theißlinie; in Kenderes befand sich auch der Landsitz Miklós Horthys

347 **Die Deutschen bauen Budapest** – seit Anfang November 1944

an der Soroksárer Straße – 29. Oktober 1944, Beginn der Kriegshandlungen um Budapest

348 **Marmorsaal der königlichen Burg** – 2. November 1944, Ferenc Szálasi erhält die Regierungsbefugnis

Kronwächter – Kronwächter waren damals Innenstaatssekretär Zsigmond Baron Perényi (1870–1946) und der evangelische Kirchenkurator und Parlamentsabgeordnete Albert Baron Radvánszky (1880–1963); obwohl die Kronwächter die Herrschaft Ferenc Szálasis nicht anerkannten, ließen sie für dessen Inauguration am 2. November auf Befehl des Pfeilkreuzler-Führers die schon früher in der Burg vergrabene Krone herbeischaffen

Winkelmann – Otto Winkelmann (1894–1977), Oberkommandierender der seit dem 19. März 1944 in Ungarn stationierten SS-Polizeieinheiten, 1.–5. Dezember 1944 Oberkommandierender der Festung Budapest, einer der Hauptverantwortlichen für die Deportation der ungarischen Juden

Duhamels Essay – Georges Duhamel (1884–1966), *Les confessions sans pénitences suivi de trois autres entretiens. Rousseau, Montesquieu, Descartes, Pascal* (1941)

349 **G.… unter Stubenarrest** – vermutlich sein behandelnder Arzt Géza Hetényi, der jüdischer Herkunft war und sich deshalb versteckt halten musste

Kroll – Michail Kroll (eigtl. M. Borissowitsch Krol; 1879–1939), *Die neuropathologischen Syndrome, zugleich Differentialdiagnostik der Nervenkrankheiten* (1929)

neurotrop – auf das Nervensystem einwirkend; ein Virus, das eine besondere Affinität zum Nervengewebe hat

351 **Bei Szolnok** – 4. November 1944 Befreiung Szolnoks

Als die Waffenruhe verkündet wurde – 22. Oktober 1944

353 **Nyíregyháza zurückerobert** – 27. Oktober 1944

354 ***esprit de la ruche*** – frz.: Ameisenhaufenmentalität, Bienenstockmentalität

356 **Kretschmers Buch** – Ernst Kretschmer (1888–1964), *Geniale Menschen* (1929)

358 **Chestertons kurzer Essay** – Gilbert Keith Chesterton (1874–1936), *St. Francis of Assisi* (1923; dt.: *Franziskus. Der Heilige von Assisi*)

Russen in Újpest und Kispest – die endgültige Befreiung beider Stadtteile erfolgt erst am 2. Januar (Kispest) bzw. 9. Januar 1945 (Újpest)

359 **auf der Margaretenbrücke umgekommen** – 4. November 1944

The Bridge of San Luis Rey – Anspielung auf Thornton Wilders Roman (dt.: *Die Brücke von San Luis Rey*)

Propyläen – 1798–1800 von Johann Wolfgang von Goethe herausgegebene kunstkritische Zeitschrift

361 **mit attischem Salz** – in der Rhetorik ein Mittel, die Zuhörer zum Lachen zu bringen; bissiger, aber nicht beleidigender oder verletzender Witz; bestimmt den Ton eines Witzes, Scherzes

362 **Dunaharaszti ist gefallen** – um den 10. November 1944

364 **Emersons *Essays*** – Ralph Waldo Emerson (1803–1882), *Essays* (1841)

365 **Gussew** – Nikolai Nikolajewitsch Gussew (1882–1967), 1907–10 Lew Tolstois Sekretär

Metschnikow – Ilja Iljitsch Metschnikow (1845–1916); wiederholt erwähnt Lew Nikolajewitsch Tolstoi (1828–1910) in seinen Tagebüchern den Biologen und Nobelpreisträger, der die zerstörerische Wirkung der weißen Blutkörperchen auf andere Zellen entdeckt hat; vgl. Tolstoi, *Tagebücher 1847–1910*

368 **Zrínyi** – Miklós Zrínyi (1620–1664), Ban von Kroatien, Politiker, Heerführer und Dichter; Autor des ersten nationalen Epos der ungarischen Literatur, der *Zrínyiade* (dt.: *Belagerung von Sziget*), über den heroischen Kampf, den sein Urgroßvater gegen die Türken führte

Innenminister – Gábor Vajna (1891–1946)

369 ***P.* ist … gewiss schon umgekommen** – gemeint ist wohl Márais Schwiegervater, der früher als *X.* gekennzeichnete Sámuel Matzner (der Buchstabe *P.* könnte für »Papa« stehen)

370 **wusste Jeremias zu verstecken** – das Buch Jeremias 36,26

371 ***Mit Worten*** – das Buch der Sprüche 29,19; »Du schlägst ihn vielmehr mit der Rute und rettest vor dem Totenreich sein Leben« (das Buch der Sprüche 23,14)

372 **»Mein Königtum ist nicht von dieser Welt«** – diese Worte spricht Jesus bei seinem Verhör durch Pilatus (Johannes 18,36)

als er vom Kreuz herabblickte – Márai zitiert hier falsch aus dem Neuen Testament; im 19. Kapitel (26f.) des *Johannesevangeliums* stehen folgende Sätze: »Als nun Jesus seine Mutter sah und neben ihr stehend den Jünger, den er liebte, sprach er zur Mutter: ›Frau, siehe dein Sohn!‹ Darauf sprach er zum Jünger: ›Siehe, deine Mutter!‹« Márai hat womöglich eine Szene aus dem *Markusevangelium* (3,33–35) im Sinn, in der ein ähnlicher Satz fällt: »›Wer ist meine Mutter, und wer sind meine Brüder?‹ Und er blickte auf die rings um ihn Sitzenden und sprach: ›Seht meine Mutter und meine Brüder! Denn wer den Willen Gottes tut, der ist mir Bruder, Schwester und Mutter.‹« Möglicherweise denkt er auch an die Hochzeit zu Kana, als Jesus sagt: »Frau, was willst du von mir? Noch ist meine Stunde nicht gekommen.« (Johannes 2,4)

373 **Renans *Jesus*** – Ernest Renan (1823–1892), *La vie de Jésus* (1863; dt.: *Das Leben Jesu*)

Das antisemitische Fachblatt – *Harc* (Kampf); in der Ausgabe vom 18. November 1944 erscheint ein Gedicht des

Dichters und Journalisten Géza Alföldi (1908–1991), zweifellos verbirgt er sich hinter dem Monogramm *G. A.*

374 *Lathe biosas!* – griech.: Lebe im Verborgenen!

Ridens discede! – lat.: Verlass die Welt mit einem Lächeln!

378 **Die Russen sind in Csepel** – seit dem 13. November 1944 auf der Insel Csepel

379 **Krúdys *Sindbad*** – Gyula Krúdy, *Szindbad* (1911; dt.: *Sindbad*)

382 **Michelets berühmter Satz** – Jules Michelet (1798–1874): »Die ungarische Nation verkörpert die Aristokratie des Heldentums, der moralischen Größe und der Würde«

383 **Durchbruch der Russen** – 3.–28. November 1944; Befreiung von Fünfkirchen (Pécs), Bátaszék und Mohács

kaum eine Rückzugsmöglichkeit – 28./29. November 1944

nach Halle evakuiert – seit Ende November 1944

Wells – H. G. Wells, *The Story of the Inexperienced Ghost* (dt.: *Das unerfahrene Gespenst*)

Herczegs *Brigadier* – Ferenc Herczeg (1863–1954), ungarischer Schriftsteller, Journalist und Politiker; gebürtiger Donauschwabe, zwischen den beiden Weltkriegen wichtiger Repräsentant der ungarischen Literatur; verfasste naturalistische Familienromane; seine historischen Romane sind vom Geist des Nationalismus geprägt; *Ocskay Brigadéros* (1902; dt.: *Brigadier Ocskay*) ist ein historisches Schauspiel

Budapest ist von drei Seiten umzingelt – 5.–9. Dezember 1944

384 **Russen haben ... Vác erobert** – 9. Dezember 1944; tags darauf werden die Tore des Budapester Gettos abgeschlossen

385 **Stalinorgeln** – von der sowjetischen Armee im Zweiten Weltkrieg eingesetzte Raketenwerfer, mit denen man gleichzeitig eine ganze Batterie Geschosse abfeuern konnte

386 **der Wein von *R.*** – gemeint ist wohl Rudolf Gergely, der Besitzer des Hauses

387 **Die Russen stehen in Vác** – 11./12. Dezember 1944

Lucia-Tag – 13. Dezember 1944 (in Debreczin bildet sich das Komitee zur Bildung einer Provisorischen Nationalversammlung)

388 ***Petit Nozière* von France** – Anatole France, *Le petit Pierre* (1918; dt.: *Der kleine Peter*)

389 **In einer Woche Weihnachten** – 17. Dezember 1944, Goldener Sonntag; seit dem 16. Dezember der gemeinsame Vorstoß der 2. und 3. Ukrainischen Front gegen Budapest; südlich des Plattensees Vorstoß der sowjetischen Truppen

390 **Ribbecks Buch** – Johann Karl Otto Ribbeck (1827–1898), *Geschichte der römischen Dichtung*, 1.–3. Band (1891–93)

391 ***penates*** – Penaten: Schutzgeister der römischen Glaubenswelt, verantwortlich für den Schutz des Familienherds, für die Ernährung und den Wohlstand der Familie; ihre Altäre standen im Haus

lares – Laren: in der römischen Mythologie Schutzgeister der Fruchtbarkeit der Familie; ihre Altäre standen auf den Feldern

marmar – Mars, Mavors, später auch Quirin: bei Kämpfen helfender Geist in Wolfsgestalt

393 **Babits' Geschichte** – Mihály Babits, *Geschichte der europäischen Literatur* (dt. 1949)

394 **Gides *Nouvelles Nourritures*** – André Gide, *Les nouvelles nourritures* (1935; dt.: *Früchte der Erde*)

396 **Der Nachmittag vor Weihnachten** – 23. Dezember 1944, die Befreiung von Stuhlweißenburg (Székesfehérvár) (die Provisorische Nationalregierung beschließt, die Sowjetunion um einen Waffenstillstand zu ersuchen; ein Standgericht der Pfeilkreuzler verurteilt Endre Bajcsy-Zsilinszky zum Tode)

Weihnachten – 24. Dezember 1944: schwere Gefechte in Budapest, Hitler gibt den Befehl, Budapests östliche Brückenkopfstellung zu halten; Endre Bajcsy-Zsilinszky, István Pataki und Barnabás Pesti werden im Strafgefängnis von Sopronkőhida bei Ödenburg (Sopron) hingerichtet

400 **Tahi und Szentendre gefallen** – 25. Dezember 1944; die vollständige Befreiung der Szentendreinsel ist am 27. Dezember abgeschlossen

keine große Straßenverbindung mehr nach Westen – am 26. Dezember 1944 schließt sich der Belagerungsring um Budapest; Gran (Esztergom) wird befreit

401 **Lin Yutangs *Moment*** – Lin Yutang, *Moment in Peking. A Novel of Contemporary Chinese Life* (1939; dt.: *Peking, Augenblick und Ewigkeit*)

407 **Galyatető** – zweithöchter Berg Ungarns (966 Meter) im dicht bewaldeten Mátragebirge nordwestlich von Budapest; mit Grandhotel, Sternwarte und seismografischer Station; heute beliebtes Skigebiet

409 **Sieyès** – Emmanuel Joseph Graf Sieyès (1748–1836), Abbé, französischer Politiker; herausragende Persönlichkeit im Kampf um die Rechte des dritten Standes während der Französischen Revolution; sein berühmtes Flugblatt von 1789: »Qu'est-ce le tiers-état?«; seine Schrift *J'ai vécu* erschien 1793

Am 29. Dezember 1944 ruft das sowjetische Oberkommando die in Budapest eingeschlossenen Truppen zur Kapitulation auf. Am letzten Tag des Jahres erklärt Béla Dálnoki Miklós (1890–1948), Ministerpräsident der Provisorischen Nationalregierung von Debreczin (Debrecen), Deutschland den Krieg.

Personenregister

Abdul Hamid II., türkischer Sultan 157, 431
Adler, Alfred 133, 137, 429
Ady, Endre 22, 33, 422
Ági 18
Ajtay, Andor 428
Albert Kasimir, Herzog von Sachsen-Teschen 454
Alexander I., Zar und Kaiser von Russland 141, 417
Alexander, Bernát 317, 453
Alföldi, Géza 373, 460
Allier, Raoul 181, 435
Altenberg, Peter 82, 421
Angyal, Dávid 71, 317, 420
Ansermet, Ernest 437
Apollinaire, Guillaume 83
Aragon, Louis 420
Arany, János 74, 86, 161f., 195, 198, 239, 298, 329, 432, 437, 449
Aristophanes 195f., 437
Attila, König der Hunnen 444
Augustinus, Aurelius, hl. 15, 268

Babits, Mihály 132, 161, 177, 269–271, 282, 298, 311f., 337, 393, 395, 422, 429, 432, 434, 437, 443, 447, 461
Babocsay, János 16
Bach, Johann Sebastian 198, 280, 357
Bajcsy-Zsilinszky, Endre 461
Balázs, Béla 25
Balzac, Honoré de 142, 303
Barabás, Miklós 252, 444
Barblan, Yvonne 438
Barbusse, Henri 58, 419
Bárdossy, László 222, 440
Bartók, Béla 302, 451
Baty, Gaston 206
Baudelaire, Charles 214–216, 286, 432, 439
Beethoven, Ludwig van 357
Béla III., König von Ungarn 197, 298, 437, 450
Benczúr, Gyula 212, 439
Benda, Julien 437
Benedikt von Nursia, hl. 371, 374
Beneš, Eduard 26
Bernanos, Georges 96, 424
Berzsenyi, Dániel 119, 298, 427
Bethlen, Miklós 161f., 432
Beveridge, William Henry 100, 144, 420
Bibó, István 24
Bismarck, Otto Fürst von 356

Blüher, Hans 95, 97, 423
Blum, Léon 127
Boccaccio, Giovanni 183, 436
Bolváry, Géza von 437
Borgia, Cesare 92, 423
Bossuet, Jacques-Bénigne 78, 282, 420
Breton, André 420
Briand, Aristide 282, 346
Broglie, Louis de 218
Bruni, Luigi 183, 436
Buddha (eigtl. Siddharta Gautama) 239
Buffon, Georges-Louis Leclerc, Graf von 100, 424
Burckhardt, Carl Jakob 179, 197
Burns, Robert 280
Butler, Samuel 296

Carlyle, Thomas 252
Casanova, Giacomo 118, 295
Cäsar (Gajus Julius Caesar) 224
Cellini, Benvenuto 288, 293f.
Chamberlain, Joseph 275
Chaplin, Charles 342, 456
Cherubini, Luigi 455
Chesterton, Gilbert Keith 358, 458
Cholnoky, Viktor 281, 447
Chopin, Frédéric 173
Churchill, Winston 327, 455
Cicero, Marcus Tullius 300, 451
Cocteau, Jean 275
Colette (eigtl. Sidonie Gabrielle C.) 94
Conrad, Joseph 129, 153f., 428, 431
Cooper, Duff 139, 141
Copeau, Jacques 206
Corneille, Pierre 70
Cotta von Cottendorf, Johann Friedrich Freiherr 359
Cranach, Lucas, d. Ä. 280
Csiky, Gergely 390
Csortos, Gyula 260, 445
Curtius, Ernst Robert 15

D'Annunzio, Gabriele 56, 418
Dante Alighieri 43, 133, 183, 198, 238f., 256, 391, 395, 436
Danton, Georges 145
Darányi, Kálmán 343, 456
Deák, Farkas 225, 441
Delacroix, Eugène 70
De Quincey, Thomas 261, 445
Derain, André 287
Der Ling, Prinzessin 121, 427
Dickens, Charles 229, 280, 441
Döbrentei, Gábor 119
Donati, Gemma 183
Dostojewski, Fjodor Michailowitsch 65f., 68f., 146, 253, 271, 357f., 405
Doumergue, Gaston 282
Dózsa, György 21, 271, 446
Dschingis Khan 423
Duhamel, Georges 348, 457
Dumas, Alexandre, d. Ä. 418

Eckhardt, Sándor 197, 437
Egyed, Zoltán 421
Ehrenburg, Ilja (eigtl. I. Grigorjewitsch Erenburg) 405

Eichmann, Adolf 27, 440
Eisenhower, Dwight D. 430
Elisabeth in Bayern, Kaiserin von Österreich 417f.
Éluard, Paul 420
Emerson, Ralph Waldo 364, 370, 386, 458
Endre, László 324, 454
Enver Pascha 157, 235, 431
Epikur (Epikuros) 374
Erasmus von Rotterdam 99, 262, 424, 446
Erdélyi, József 311, 452
Ernst, Otto 456
Essex, Earl of 296

Farkas, Ferenc 453
Ferenc (Franz) Rákóczi II., Fürst von Siebenbürgen 48, 298, 426, 442, 450, 453
Ferenczi, Sándor 317, 453
Feuchtwanger, Lion 443
Figon, Georges 287
Flaubert, Gustave 212, 336, 439
Forgách, Kata 225
France, Anatole 252, 388f., 444, 460
Franz von Assisi, hl. 358, 370
Franz I., Kaiser von Österreich, als Franz II. Kaiser des Heiligen Römischen Reichs 259, 445
Franz I., König von Frankreich 99, 308, 418, 424, 445
Franz Joseph I., Kaiser von Österreich 133, 330, 341, 418, 456
Frazer, James George 181, 214, 217, 435, 439
Freud, Sigmund 81, 104, 133, 218, 395
Frobenius, Johann (eigtl. J. Froben) 99, 424
Füst, Milán 317, 453

Gaál, Csaba 412
Galsworthy, John 127
Gárdonyi, Géza 143, 149, 430f., 447
Gaulle, Charles de 158, 287, 449
Gautier, Théophile 215, 286, 439
Geminianus, hl. 437
Gerbault, Alain 263, 446
Gergely, Rudolf 386, 440, 460
Gide, André 63, 78, 153, 157, 275, 394, 419, 436, 461
Gide, Madeleine 78
Giraudoux, Jean 208, 219, 221, 440
Gisela von Bayern, Königin von Ungarn 450
Goebbels, Joseph 224, 336
Goethe, Johann Wolfgang von 61f., 70, 102, 115, 117, 123–125, 171f., 175, 182, 195, 239, 242f., 251, 253, 280, 288, 299, 302, 306, 308f., 313, 316, 322, 329f., 337, 356f., 359, 395, 426, 433, 437, 447, 453, 458
Gömbös, Gyula 24f., 337f., 343, 456
Goncourt, Edmond de 8
Goncourt, Jules de 8

Gontscharow, Iwan Alexandrowitsch 202
Göring, Hermann 428
Gorki, Maxim (eigtl. Alexei Maximowitsch Peschkow) 37
Goya, Francisco José de 280
Green, Julien 61, 63, 133, 136, 275, 429, 447
Grosschmid, Géza 14, 28, 58, 419
Grosschmid, Margit 48
Gunther, John 127
Günther, Agnes 305, 452
Gussew, Nikolai Nikolajewitsch 365, 458
Gyergyai, Albert 317, 453
Gyóni, Géza (eigtl. G. Áchim) 337, 455

Hamvas, Béla 25
Hardy, Kálmán 17, 157, 431
Harlan, Veit 443
Harsányi, Zsolt 173, 209, 433
Heinrich VIII., König von England 99, 424
Heinrich XIII., Fürst von Reuß 242
Heltai, Jenő 105f., 233, 317, 425, 442
Herczeg, Ferenc 11, 24, 38, 147, 383, 430, 460
Herder, Johann Gottfried von 190
Hetényi, Géza 203, 349, 438, 458
Hevesi, Sándor 317, 453
Hippokrates 95, 97, 423
Hitler, Adolf 10, 24, 67, 127, 152, 275, 278, 286, 291, 356, 418, 448f., 461
Holbein, Hans, d. J. 99, 424
Hölderlin, Friedrich 92, 356
Homer 278, 393, 395
Horaz (Quintus Horatius Flaccus) 391
Horthy, Magdolna 346
Horthy, Miklós 17, 21, 24f., 27, 343f., 409, 418, 444, 453, 456f.
Horthy, Miklós, jun. 17
Horváth, Márton 13
Horváth, Mihály 119
Hufnagel, Georg 37
Hughes, Richard 153f., 431
Hugo, Victor 85f., 421
Huizinga, Johan 91, 218, 422
Huxley, Aldous 240, 309

Ignotus (eigtl. Hugó Veigelsberg) 317, 453
Illés, Endre 422
Illyés, Gyula 72, 102f., 174f., 420–422, 425, 429f.
Ingres, Jean Auguste Dominique 63, 419

Johst, Hanns 38f.
Jókai, Mór 103, 147, 220, 298, 425, 440, 450
Joseph II., Kaiser des Heiligen Römischen Reichs 118, 417
Josephus Flavius 231
Jouvet, Louis 114, 426
Joyce, James 333, 336, 455
József, Attila 448
Juhász, Vilmos 91, 422

Juvenal (Decimus Iunius Iuvenalis) 154

Kacsoh, Pongrác 443
Kafka, Franz 61, 63
Karinthy, Frigyes 177, 266, 311, 431, 434
Karl V., Kaiser des Heiligen Römischen Reichs 99, 424
Karl X., König von Frankreich 141
Karl IV., König von Ungarn, als Karl I. Kaiser von Österreich 14, 50f., 418
Károlyi, Gáspár (eigtl. Kaspar Helth) 101, 352, 425
Károlyi, Mihály Graf 455
Kazinczy, Ferenc 119f., 427
Kemal Atatürk (eigtl. Mustafa K. Pascha) 431
Kerényi, Karl 224, 440
Kertész, Imre 29–31
Keyserling, Hermann Graf 157, 431
Kisfaludy, Károly 120
Klara von Assisi, hl. 358
Knight, Eric 73
Kodolányi, János 422
Kölcsey, Ferenc 120, 427
Kolumbus, Christoph 238, 263
Konfuzius 239
Kosztolányi, Dezső 15f., 24f., 30, 74–76, 79, 88, 161, 177, 198, 246, 266, 277, 311, 338, 420, 422, 434, 456
Kovács, Imre 143, 430
Kraus, Karl 332
Krausz, Poldi 18
Kretschmer, Ernst 356f., 458
Kroll, Michail (eigtl. M. Borissowitsch Krol) 349, 458
Krúdy, Gyula 18, 176f., 302, 379, 421, 433f., 460

Laborfalvi, Róza 425
La Bruyère, Jean de 156, 159, 431
La Fayette, Madame de 103, 166, 425, 433
Lakatos, Géza 449
Laotse 68
Larbaud, Valéry 265, 270, 446
La Rochefoucauld, François, Herzog von 103, 110, 159, 171, 425
Lawrence, David Herbert 429
Leblanc, Maurice 256
Lehmann, Max 181, 435
Leonardo da Vinci 117
Lespinasse, Julie Jeanne Éléonore de 259, 445
Lichnowsky, Mechtilde 133
Ligne, Charles-Joseph Fürst von 118, 427
Lin Yutang 82, 401, 421, 461
Liszt, Franz 451
Loon, Hendrik Willem van 238, 442
Lorris, Robert 182, 435
Louis Philippe, König von Frankreich 141
Lucia von Syrakus, hl. 434
Ludwig XIV., König von Frankreich 122, 258, 420, 445
Ludwig XV., König von Frankreich 122

Ludwig XVIII., König von Frankreich 141
Ludwig II., König von Ungarn 441
Ludwig, Emil 209
Lukrez (Titus Lucretius Carus) 154, 268
Luther, Martin 101, 425

Macaulay, Thomas Babington 254
Machiavelli, Niccolò 92, 423
Madách, Imre 447
Maeterlinck, Maurice 99, 248, 353, 424, 443
Maintenon, Françoise d'Aubigné, Marquise de 258, 445
Malinowski, Rodion Jakowlewitsch 388
Malraux, André 157, 275, 431
Mann, Heinrich 208f., 438
Mann, Nelly 438
Mann, Thomas 31, 34, 163f., 209, 432, 438
Márai, János 31, 39
Márai, Kristóf 16f., 58, 419, 449
Márai, Lola (geb. Ilona Matzner) 12, 18, 29f., 39, 202, 352, 369, 387, 401, 412, 438, 443
Maria Stuart, Königin von Schottland 136
Maria Theresia, Kaiserin des Heiligen Römischen Reichs 454
Marie Antoinette, Königin von Frankreich 443
Marie Christine, Erzherzogin von Österreich, Herzogin von Sachsen-Teschen 454
Mark Aurel (Marcus Aurelius Antoninus), römischer Kaiser 15f., 91, 180, 187, 190, 197, 227, 423, 435
Marlowe, Christopher 245, 443
Martial 71
Martin du Gard, Roger 275
Marx, Karl 91
Matteotti, Giacomo 428
Matzner, Sámuel 29, 231, 246, 369, 438, 442f., 459
Maugham, William Somerset 150f., 191, 431, 437
Mauriac, François 97
Mednyánszky, László 302, 451
Messiaen, Olivier 449
Messiaen, Pierre 71, 288, 296, 449
Metschnikow, Ilja Iljitsch 365, 458
Michelangelo Buonarroti 357
Michelet, Jules 382, 460
Miklós, Béla Dálnoki 462
Mikszáth, Kálmán 298, 450
Milton, John 254
Mithridates VI., König von Pontos 46, 417
Mohácsi, Jenő 183, 277, 436, 447
Mohammed 356
Molière (eigtl. Jean-Baptiste Poquelin) 106
Molnár, Franz 80, 420
Mommsen, Theodor 73

Montaigne, Michel Eyquem de 153f., 181, 210, 251, 268f., 272, 299f., 431
Montgomery, Bernard Law, Viscount 73, 119
Montherlant, Henry de 77, 83, 420f.
Montpensier, Anne Marie Louise d'Orléans, Herzogin von (gen. Mademoiselle) 258
Morand, Paul 89, 320, 422, 454
Morgan, Charles 61f., 64
Móricz, Zsigmond 24, 177, 422, 434, 441
Mousset, Paul 67, 419
Mozart, Wolfgang Amadeus 357
Munkácsy, Mihály 212, 439, 451
Musil, Robert 34
Mussolini, Benito 17, 96, 120, 122f., 127, 144, 427f.

Nádas, Sándor 434
Napoleon I., Kaiser der Franzosen 156
Napoleon III., Kaiser der Franzosen 85f., 421
Neergaard, Kurt von 218, 440
Nello della Pietra 308
Németh, Antal 433
Németh, László 24, 430
Nero, römischer Kaiser 73
Nestroy, Johann Nepomuk 105f., 425f.
Nietzsche, Friedrich 39, 92, 224
Nijinski, Waslaw (eigtl. Wazlaw Fomitsch Nischinski) 227

Olivecrona, Herbert von 157, 431
Orbán, Antal 456
Ortega y Gasset, José 15, 87, 218, 236, 422, 442
Osvát, Ernő 317, 453

Paál, László 212, 439
Palladio, Andrea 240, 280, 313, 442
Paracelsus (eigtl. Theophrastus Bombastus von Hohenheim) 95, 423
Pascal, Blaise 97f., 102, 313, 360, 399, 424
Pataki, István 461
Patton, George Smith 443
Paulus, hl. 162, 238, 269, 357
Pawlow, Iwan Petrowitsch 207
Pawlowa, Anna (eigtl. A. Pawlowna Matwejewa) 227
Pázmány, Péter 89f., 271, 298, 422
Perényi, Zsigmond Baron 348, 457
Perikles 113, 134
Pesti, Barnabás 461
Petőfi, Sándor 86, 100, 102f., 298, 418, 425, 451
Petronius, Gajus (gen. Petronius Arbiter) 73, 420
Phaidros 109
Phidias (Pheidias) 134, 280
Piscator, Erwin 206
Platon (eigtl. Aristokles) 105, 107–109, 113, 117, 124, 427

Plautus, Titus Maccius 391
Plutarch 268
Poe, Edgar Allan 214
Poincaré, Jules-Henri 332f., 455
Portinari, Beatrice 183, 436
Pósa, Lajos 446
Pourtalès, Guy de 173, 180, 433
Protagoras 107, 426
Proust, Marcel 94, 202, 221f., 438
Puyi, Kaiser von China 121, 428
Puschkin, Alexandr Sergejewitsch 405

Racine, Jean 70, 150
Rácz, Aladár 437
Radvánszky, Albert Baron 348, 457
Rajniss, Ferenc 327, 455
Ranschburg, Pál 111, 426
Renan, Ernest 373, 459
Renard, Jules 7f., 12, 150
Révay, József 187
Ribbeck, Johann Karl Otto 390f., 393, 461
Rilke, Rainer Maria 60, 78, 129, 179, 197, 280, 419
Rimbaud, Arthur 54, 200, 211
Rippl-Rónai, József 302, 451
Roberts, Michael 217, 439
Robespierre, Maximilien de 141, 144f.
Rodin, Auguste 280
Rónay, György 211
Ronsard, Pierre de 179, 197f., 435
Roosevelt, Franklin Delano 152, 158, 350
Röpke, Wilhelm 218
Rosny, Joseph Henri Honoré 303, 451
Rousseau, Jean-Jacques 15, 233, 237, 348, 356, 442

Saint-Just, Louis Antoine Léon 145
Sainte-Beuve, Charles-Augustin 256, 258f., 445
Saternus, Artur 297, 450
Scheffler, Karl 299, 451
Schiller, Friedrich von 115, 359f.
Schliemann, Heinrich 278
Schöpflin, Aladár 429
Schubart, Walter 204f., 218, 306, 438
Scott, Walter 252f.
Scudéry, Madeleine de 258f., 445
Seume, Andreas 171
Seume, Johann Gottfried 171, 433
Sévigné, Marie Marquise de 259, 445
Shakespeare, William 70–72, 74–77, 81, 87, 89, 134f., 150, 198, 206, 218, 239, 245, 253, 277, 279, 283f., 288f., 296, 326, 329f., 357, 383, 395, 449
Shaw, George Bernard 260f., 324, 340, 445, 454
Shelley, Percy Bysshe 209, 310, 438, 452
Sieburg, Friedrich 144f., 430

Sieyès, Emmanuel Joseph Graf 409, 462
Skorzeny, Otto 17, 430
Slocum, Joshua 263, 446
Sokrates 105, 107, 109, 113, 116, 377
Soliman II., osmanischer Sultan 441
Somlyó, Zoltán 311, 452
Sophokles 269–271
Spengler, Oswald 15
Stalin, Josef (eigtl. Iossif Wissarionowitsch Dschugaschwili) 127, 158, 456
Stendhal (eigtl. Henri Marie Beyle) 295, 299f., 308f., 316, 452f.
Stephan I., der Heilige, König von Ungarn 298, 441, 450
Strauss, Richard 284, 447
Strawinsky, Igor (eigtl. I. Fjodorowitsch Strawinski) 437
Stubbs, William 288, 449
Sueton (Gajus Suetonius Tranquillus) 154
Surányi, Miklós 266, 446
Szálasi, Ferenc 17, 327, 343, 377, 455–457
Szálasi-Szaluzsán 348
Széchenyi, István Graf 62, 72, 419
Szekfű, Gyula 22f., 112, 272, 426, 446
Szepsi Csombor, Márton 111, 426
Szini, Gyula 388f.
Szinyei Merse, Pál 302
Szondi, Leopold 57, 72, 111, 319, 426
Sztójay, Döme 296, 324, 343, 449f.

Tacitus, Publius Cornelius 374
Talleyrand, Charles Maurice de 139, 141
Tamási, Áron 422, 430
Táncsics, Mihály 100f., 424
Teixeira de Pascoaes, Joaquim 162, 432
Teleki, József 21, 122, 418, 428
Teleki, Pál Graf 14, 50, 123, 417
Tennyson, Alfred Lord 280, 447
Thököly, Imre Graf 453
Timur-Leng 423
Tischbein, Johann Heinrich Wilhelm 316, 453
Tisza, István Graf 338, 456
Titus, römischer Kaiser 231
Tolstoi, Lew Nikolajewitsch Graf 7, 37, 190, 357, 365f., 372, 379, 401, 405, 458f.
Tóth, Árpád 159, 161, 177, 310f., 432, 434
Tóth, József 423, 432
Trattner, Mátyás 101
Troyat, Henri 146, 430
Tschechow, Anton Pawlowitsch 227, 405

Vajna, Gábor 368, 459
Vansittart, Robert Gilbert 179, 435
Veesenmayer, Edmund 327, 455
Veres, Péter 422

Verlaine, Paul 54, 432
Vespasian (Titus Flavius Vespasianus), römischer Kaiser 231
Vico, Giovanni Battista 91, 422
Viktor Emanuel III., König von Italien 427
Villani, Giovanni 436
Villon, François 197
Vitéz, János 245, 443
Voltaire (eigtl. François Marie Arouet) 181, 356
Vörösmarty, Mihály 74, 86, 89, 161, 198, 256, 271, 298, 432
Vörösváry, Irén 412
Vörösváry, István 412

Wagner, Richard 173, 180
Wallace, Edgar 256
Walser, Robert 61
Wells, Herbert George 125, 218, 383, 428
Werfel, Franz 139, 235, 442
Wesselényi, Miklós 119, 252, 444
Wilde, Oscar 296, 332, 444, 450
Wilder, Thornton 96, 206f., 359, 372, 424, 438, 458
Wilhelm II., Deutscher Kaiser 134, 330
Willkie, Wendell Lewis 158, 431
Wilson, Hugh Robert 325, 454
Winkelmann, Otto 348, 457
Wladislaw II., König von Ungarn 197, 437
Woolf, Virginia 94, 97, 423
Wright, Sydney Fowler 440

Zala, György 456
Zilahy, Lajos 422
Zola, Émile 58, 212
Zrínyi, Miklós 162f., 298, 368, 450, 459
Zrínyi, Miklós (eigtl. Nikola Šubić Zrinski) 459
Zweig, Stefan 130, 182, 209, 428, 435

Von Sándor Márai liegen im Piper Verlag außerdem vor:

Die Glut
Das Vermächtnis der Eszter
Der Wind kommt von Westen
Bekenntnisse eines Bürgers
Himmel und Erde
Die jungen Rebellen
Ein Hund mit Charakter
Lieber Tibor. Briefwechsel Sándor Márai / Tibor Simányi
Tagebücher 1984–1989
Die Gräfin von Parma
Wandlungen einer Ehe
Die Nacht vor der Scheidung
Das Wunder des San Gennaro
Die Fremde
Schule der Armen
Die vier Jahreszeiten
Die Möwe
Unzeitgemäße Gedanken. Tagebücher 2: 1945

Über Sándor Márai:

Ernő Zeltner: Sándor Márai. Ein Leben in Bildern

PIPER

Sándor Márai

Die Möwe

Roman. Aus dem Ungarischen von Christina Kunze.
192 Seiten. Gebunden

Sie tritt in sein Leben, als er, seiner Pflicht als Ministerialbeamter folgend, eine verhängnisvolle Entscheidung für sein Land gefällt hat. Aino Lainen, die geheimnisvolle junge Finnin mit der verblüffenden Ähnlichkeit zu seiner vor Jahren verstorbenen Frau, bringt den sonst so kontrollierten Mann vollkommen aus der Fassung. Er vergisst alle Würde seiner Stellung und lädt sie noch für denselben Abend in die Oper ein. Sehnsüchte und Hoffnungen steigen in dem einsamen Mann auf, aber auch viele Fragen. Weshalb taucht die so seltsam vertraute Fremde gerade jetzt auf? Und wohin wird diese schicksalhafte Begegnung die beiden führen? Es beginnt ein gefährliches Spiel zwischen Leidenschaft, Sehnsucht und Zerstörung.

01/1744/02/R

PIPER

Sándor Márai

Unzeitgemäße Gedanken – Tagebücher 2

Herausgegeben und mit Anmerkungen von Ernő Zeltner. Aus dem Ungarischen von Clemens Prinz. 440 Seiten. Gebunden

Für Sándor Márai ist 1945 ein Schicksalsjahr, es ist der Untergang der alten Welt, das Ende des bürgerlichen Zeitalters, dem er mit Leib und Seele angehörte. Genau beobachtet er, was um ihn herum geschieht, liest Zeitung und lauscht den Informationen der BBC, die auch in Ungarn zu empfangen ist. Als scharfer Kommentator und zorniger Prophet beschreibt er die Zustände in seinem Land und nimmt die Zukunft Europas in den Blick. Klug, hellsichtig, anrührend, zutiefst human und persönlich sind die unzeitgemäßen Gedanken des bürgerlichen Demokraten Márai, der neben seinen Notizen zu Shakespeare und Baudelaire, Büchner und Freud seine Ansichten zu Neubeginn und Emigration verfasst. Das leidenschaftliche, ebenso persönliche wie zeithistorische Dokument eines großen Schriftstellers und Denkers.

01/1754/01/L

PIPER

Ingeborg Bachmann / Hans Werner Henze
Briefe einer Freundschaft

Herausgegeben von Hans Höller. Mit einem Vorwort von Hans Werner Henze. 538 Seiten mit 8 Faksimiles. Gebunden

»Ich lehnte mich an sie an, ihr Geist half meiner Schwachheit auf«, schreibt Hans Werner Henze über Ingeborg Bachmann. Der aufstrebende Komponist erkannte rasch eine Seelenverwandte in der jungen Lyrikerin, das war 1952 in Göttingen. Und noch im selben Jahr setzte ein immer vertrauter werdender Briefwechsel ein, der über zwei Jahrzehnte anhalten sollte. Geprägt ist er von Pathos, Überschwang und bald auch Verzweiflung. Alle Freude und Trauer sind unmittelbar spürbar in den Briefen, die vom Haß auf Nazideutschland sprechen, von der Flucht in den Süden, nach Italien, und von der schwierigen Beziehung zwischen dem Leben, der eigenen Arbeit und der Liebe. Im Herzen sind Ingeborg Bachmann und Hans Werner Henze immer bei ihrer »Pflicht«, der Kunst, bei der sie gemeinsam an Liedern und einer großen Oper arbeiten.
Herausgegeben, kommentiert und mit einem ausführlichen biographischen Nachwort versehen von Hans Höller, beleuchten die »Briefe einer Freundschaft« die zentralen Lebensthemen und die intensive Zusammenarbeit zweier herausragender Künstler. Erstmals macht dieser Band dabei Briefe von Ingeborg Bachmann zugänglich.

01/1412/01/R